20세기 문학연구의 쟁점과 과제

한국문학연구학회

국학자료원

|차|례|

미적 근대성의 두 가지 길

- 탈주의 욕망과 에로티즘 -

나병철*

1. 미적 근대성과 인식론적 혁명

근대문학의 기원은 다양한 근대성의 기획들이 상호 충돌하는 불연속적인 논쟁의 장에 위치하고 있다. 그런 의미에서의 기원이란 선적인 시간 속의 한 점이 아니라 근대 기획들을 추동하는 이질적인 힘들의 관계 속에서 표상된다. 아직 "미완의 기획'1)으로 남아 있는 근대성 프로젝트들의

---

* 교원대 교수

1) 여기서 미완의 기획이란 하버마스가 「모더니티-미완의 기획」에서 말한 의미와는 다른 뜻을 지닌다. 하버마스는 근대성의 발전과정에서 과학, 도덕, 예술 등으로 분화된 각 자율적인 영역들이 삶의 관계들를 합리화하는 데 이용되어야 한다며, 아직 그런 삶의 합리화에 이르지 못했다는 의미에서 미완의 기획을 말하고 있다. 그러나

고찰이 기원에 대한 논의에서 중요한 것은 그 때문이다. 그 중에서도 특히 예술적 자율성을 확보하려는 미적 근대성의 출현은 매우 핵심적이다. 미적 근대성의 기획은 (근대)문학적 시도로서 뿐만 아니라 근대성의 기획 자체에서 하나의 변환의 계기가 되기 때문이다.

근대 초기 우리의 근대성의 프로젝트는 세 시기의 변주를 경험한다. 첫 번째는 이른바 애국계몽기 혹은 근대계몽기로 불리는 시기였다. 근대성을 소망하는 이 시기의 담론들은 한결같이 독립된 <민족국가>의 수립을 시도했었다. 두 번째는 합방 이후 1910년대인데, 이 시기에 오면 근대기획의 목표는 <자아 각성>을 통한 근대성의 실현으로 변이된다. 마지막으로 3·1운동 이후 1920년대는 <미적 근대성>2)의 기획들이 각축을 벌이며 경쟁적으로 출현한 시기였다.

근대문학의 형성과정에서 세 번째 시기가 매우 중요한 것은 근대성의 또다른 얼굴인 미적 근대성을 자각한 점에 있다. 외적으로만 보면 위의 세 시기는 근대실현의 목표가 국가와 민족에서 개인적 자아로, 그리고 단지 미적 영역으로 협애화된 것으로 여겨진다. 그러나 다른 한편 그런 관심의 분화는 근대적 경험의 깊이를 얻는 과정이기도 했다. 애국계몽기에는 논설과 문학이 미분화되었으며 1910년대에는 문학가들이 모두 사회적으로 계몽주의자들이었다. 하지만 1920년대에 오면 예술에서 계몽

우리는 합리성의 근대적 기획을 넘어서는 다른 기획들이 필요하다는 뜻에서 그 미결정적인 근대성의 기획을 미완의 과정에 있는 것으로 생각한다. 그런 맥락에서 낭만주의역시 계몽의 합리성을 넘어서기 위한 또다른 근대성으로서 미적 근대성의 기획의 하나로 볼 수 있다.

2) 서구의 문예사조를 합리주의 계열(계몽주의, 고전주의, 리얼리즘)과 비합리주의 계열(낭만주의, 상징주의, 모더니즘)로 나눌 때 미적 근대성은 후자에서 두드러지게 드러난다. 미적 근대성을 흔히 모더니즘과 연관시켜 논의하는 것은 그 때문이다. 그러나 우리문학에서 미적 근대성은 계몽적 합리성의 한계를 극복하는 단계인 1920년대 초반에 이미 특징적으로 나타났다.

은 불순물로 여겨지기 시작하며 예술의 독립을 외치는 미적 근대성의 주장이 나타난다.[3] 이 시기에 자기의식적으로 발견된 미적 근대성은 예술이 다른 영역의 근대성과 구별된다는 단순한 자율성의 주장만은 아니었다. 예술이 사회적 근대성의 프로젝트와 다르다는 주장(미적 근대성)은, 계몽에 의한 근대사회 실현의 계획이 예술을 통해서는 매우 다르게 그려질 수밖에 없다는 절박함을 담고 있다. 예술은 계몽의 프로젝트가 모순과 아포리아를 지님을 드러냄으로써 비로소 자율성과 근대성을 획득한다. 예술의 근대성은 그처럼 계몽의 근대성을 해체한 대가로 얻어졌던 것이다. 이점에서 미적 근대성은 탈계몽적인 동시에 탈근대적이다. 문학과 예술의 근대성이 근대성과 탈근대성이라는 이중성을 지니는 것은 그 때문이다.

이렇게 볼 때 1920년대의 미적 근대성의 출현은 근대문학의 기획으로서 뿐만 아니라 근대성의 프로젝트 자체로서 매우 혁신적인 것이었다. 미적 근대성의 등장은 근대를 근대성과 탈근대성의 이중성으로 파악하게 되는 계기를 마련했기 때문이다. 1920년대 이전까지 예술의 근대성은 계몽과 근대성의 기획의 한 부속품일 뿐이었다. 그것은 근대성의 기획이 단선적이고 총체적으로 실현될 수 있다는 모종의 이데올로기에 포획되어 있었기 때문이다. 그러나 예술은 계몽의 기획과 다르다고 주장하면서부터, 계몽의 근대성이 실제 현실(혹은 '인생')[4]에서는 계몽과 탈계

3) 물론 1920년대에도 염상섭 등은 여전히 문학을 통해 사회적 계몽을 시도한다. 그러나 염상섭 소설 속의 계몽은 스스로 전복되면서 근대의 이중성을 드러내게 된다. 계몽과 계몽의 전복이라는 이중성을 경험하는 점에서 염상섭의 문학 역시 20년대의 미적 근대성의 시도에 해당된다.

4) 김동인은 전영택의 말(『창조』 2호의 「남은 말」)을 예로 들면서 창조 발간 이후 조선소설이 사회의 교화에서 벗어나 '인생'문제 제시라는 소설의 본무대에 올라섰다고 회고한다. 이는 계몽적 문학에서 벗어나 인생 그 자체를 그리는 '참소설'(자율적

몽으로, 혹은 근대성과 탈근대성으로 이중화될 수밖에 없음을 드러내기 시작한 것이다. 미적 근대성의 출현이 새로운 에피스테에의 형성을 의미하는 것은 그 때문이다. 그리고 이점에서 예술의 독립을 주장한 미적 근대성은 인식론적으로 민족 독립을 외친 3·1운동 만큼이나 혁명적이었던 셈이다.

3·1운동 이후 미적 근대성이 형성된 것은 단순히 우연한 일이 아니었다. 3·1운동은 계몽의 프로젝트에 근거한 식민지적 근대성의 궤도 바깥으로 탈주하려는 시도였다. 그런 혁명적 운동은 근대란 근대성의 궤도와 궤도 이탈 '사이'의 공간에서 경험되는 것임을 인식하게 한 계기가 된다. 그와 유사하게 미적 근대성의 혁명은 계몽에 근거한 근대성의 기획에서 이탈한 또다른 근대성의 발견이었다. 그것은 다음에서 살펴볼 것처럼 근대적 주체와 근대기획의 이중성을 발견하는 과정이기도 했다.

물론 미적 근대성의 시도는 매우 다양하게 나타났다. 예컨대 김동인과 염상섭, 현진건, 나도향 등은 각기 다른 방식으로 근대문학을 실험한 작가들이었다. 그리고 이들 중에는 김동인처럼 미적 자율성의 주장이 예술을 물신화하는 데까지 나아가기도 했다.5) 김동인 뿐만 아니라 『창조』 『폐허』 등의 동인지를 중심으로 활동하며 '순문학'을 주장한 작가들은 얼마간 미학주의에 폐쇄되는 경향을 지니고 있었다. 그들은 문학과 예술을 중세의 신을 대신할 만한 근대의 초월적 코드로 물신화한다. 그러나 염상섭, 현진건, 나도향 등은 그런 예술 물신화에서 차츰 벗어나 진정한 미적 근대성의 길로 나아간다. 그리고 그들의 미학적 실험으로부터 식민

예술)의 차원에 이르렀다는 뜻으로 해석된다. 김동인, 「조선근대소설고」, 『조선일보』, 1929. 7. 28-8. 16 참조.
5) 차승기, 「'폐허'의 시간」, 『1920년대 동인지 문학과 근대성 연구』, 깊은 샘, ,2000, 73쪽.

지 조선의 근대문학을 완성하는 경로가 만들어진다. 여기에는 식민지 조선의 특성에서 기인된 두 가지 길이 열려 있었다. 하나는 염상섭이 걸어갔던 길이며 다른 하나는 나도향이 밟았던 길이다. 염상섭은 자아각성된 지식인을 통해 자기자신의 계몽 이념이 전복되는 순간을 포착함으로써 식민지 근대화를 부정하는 미적 근대성을 획득한다. 반면에 나도향은 민중들의 욕망을 낭만적 열정으로 드러냄으로써 왜곡된 사회적 근대성에 저항하는 미적 근대성을 표현한다. 이 두 가지 길은 식민지 상황에서 증폭된 사회적 근대성의 모순에서 해방되는 탈식민지주의로 나아가는 경로이기도 했다. 그리고 그것은 이후 두 가지 리얼리즘(비판적 리얼리즘과 사회주의 리얼리즘)과 모더니즘으로 꽃피워진 우리 근대문학의 전주곡과도 같은 것이었다. 우리 근대문학의 발전과정은 그처럼 근대성에 저항하는 또다른 근대성(미적 근대성), 그리고 식민주의에 반항하는 탈식민주의를 발견하는 길이었다. 본고에서는 염상섭과 나도향의 소설을 통해 초기 근대문학의 두 가지 계보를 살펴보고, 그것이 다양한 경로를 통해 이후의 지식인 문학과 민중적 문학, 그리고 리얼리즘과 모더니즘으로 이어졌음을 확인해보기로 한다. 그러면 먼저 염상섭과 나도향의 초기 소설들을 살펴보자.

2. 염상섭 초기소설의 이중적 주체

염상섭은 김동인과는 달리 개인의 자아각성이라는 전시대의 계몽의 주제를 발전시킨 작가이다.[6] 물론 그 역시 20년대 다른 동인지 작가들처럼 예술을 '영혼을 불어넣은' 개성의 표현[7]으로 이상화한다. 그러나 그는

---

6) 염상섭의 「개성과 예술」을 살펴보면 이점을 분명히 알 수 있다.

예술을 근대적 삶의 이상의 하나로 볼 뿐 결코 물신화하지는 않는다. 그는 예술을 계몽의 부속품으로 보지 않는 점에서 전시대의 작가들과 달랐지만, 예술의 자율성(그리고 아우라)에 신성불가침성을 부여하지 않는 점에서는 동시대의 김동인과 구분되었다.[8] 김동인은 예술의 근대성(참소설)을 초월화시킨 반면, 염상섭은 예술의 자율성을 존중하면서도 그것을 근대적 삶 전체를 가로지르는 위치에 놓아둔다. 김동인의 기준은 <어떻게 '참예술(미적 근대성)'을 창조하는가>라는 단일한 것이었다. 그에 반해 염상섭은 '창조적 생명의 영원함'을 지닌 예술(예술의 아우라)에 유념하는 한편, 또한 사회·정치를 포함한 전체 근대적 삶 속에서 예술의 위치를 염두에 두고 있었다. 이같은 단일성과 이중성[9], 자율성의 물신화와 복합적 가로지르기가 김동인과 염상섭의 차이였다.

물론 염상섭의 가로지르기는 탈근대적인 횡단과는 매우 다른 것이었다. 염상섭은 자아각성을 뜻하는 개성이라는 기표를 매개로 그의 이중성을 표현하고 있다.[10] 염상섭의 경우 개성의 기의는 이중적이다. 개성은 '영원한 생명의 유로(流露)[11]'인 예술의 원천인 동시에 개인의 자아각성을 의미한다. 전자는 미적 근대성의 낭만적 이상화를 뜻하며 후자는 '자아주의'[12]라는 계몽적 주제의 발전을 암시한다.

---

7) 염상섭, 「개성과 예술」(『개벽』, 1922. 4), 『염상섭전집』12, 민음사, 1987, 39쪽.
8) 김환의 「자연의 감각」을 둘러싼 이른바 창조파와 폐허파의 논쟁(김윤식·정호웅, 『한국소설사』, 예하, 1993, 95-96쪽 참조)은 실상 김동인과 염상섭의 상이한 예술관을 입증하는 계기가 되었다. 물론 이 논쟁은 창조파와 폐허파의 집단의 성격을 대표하는 것은 아니었고 다분히 감정적인 논전의 색채를 띠고 있었다(김영민, 『한국문학비평논쟁사』, 한길사, 1992, 35쪽 참조). 그러나 김동인이 예술의 자율성에 입각해 형식주의적 비평관을 보인 반면 염상섭은 작품이나 작가에 대한 가치평가에 관심을 보인점은 두 사람의 서로 다른 관점을 보여준 셈이다.
9) 김윤식, 『염상섭 연구』, 서울대출판부, 1987, 112쪽 참조.
10) 염상섭, 「개성과 예술」, 앞의 책, 33-40쪽.
11) 염상섭, 「개성과 예술」, 위의 책, 39-40쪽.

자아주의와 미적 근대성, 혹은 계몽성과 낭만성은 실상 상충되는 요소를 지니고 있다. 염상섭의 초기 소설들은 바로 그 양자 사이에서 갈등하는 이중적 주체를 그리고 있다. 예컨대 「표본실의 청개구리」의 '나'는 자아각성된 합리적인 지식인이지만 자신의 이상(자연주의)이 실현될 수 없는 식민지 현실에서 신경증에 시달리게 된다. '나'의 여행의 욕구는 자신의 정신을 피폐하게 만드는 현실로부터 탈출(탈주)하려는 욕망에 다름이 아니다. '나'는 여행 중에 남포에서 광인 김창억을 만나는데, 그에 대한 양면적 태도는 '나'의 이중적 내면과 연관되어 있다.[13] 합리적 지식인인 '나'에게 광인의 모습은 기이하고 충격적으로 느껴질 수밖에 없다. 그러나 다른 한편 '나'는 그를 조소하지 않고 존중하는데 그것은 그의 분열증적인 모습이 현실로부터 탈출하려는 '나'의 욕망을 극적으로 보여주고 있기 때문이다. '나'의 신경증이나 그의 분열증은 똑같이 식민지 현실에서 벗어나려는 탈주의 욕망의 표현인 것이다.

김창억의 탈주자[14]의 모습은 오늘날 탈근대론이 주목하는 분열증적인 주체에 다름이 아니다. 현실의 환멸에 따른 '나'의 낭만적인 여행의 욕구는 김창억을 동정하는 순간 그의 탈근대적인 욕망에 동화된다. 즉, 그를 만난 후 '나'의 계몽성(합리주의)과 낭만성(여행의 욕구)의 이중성은 근대성과 탈근대성의 이중성으로 변주된다. 이 근대성과 탈근대성을 지닌 이중적 주체의 발견이야말로 염상섭이 미적 근대성을 통해 전시대의 근대기획들을 인식론적으로 넘어선 성과라고 할 수 있다.

주지하다시피 1920년대 이전에도 근대적 주체를 확립하려는 시도들

---

12) 염상섭, 「지상선을 위하여」, 위의 책, 54-57쪽.
13) 나병철, 「근대문학의 기원과 주체의 계보학」, 『현대문학이론연구』 15집, 2001, 101쪽.
14) 김창억은 광인이지만 식민지 현실에서 이탈하려는 들뢰즈적 의미의 분열증적 탈주자로 볼 수 있다.

이 끊임없이 있어 왔다. 더욱이 1910년대의 현상윤, 양현식 등은 염상섭과 비슷하게 소설공간을 통해 그들의 근대기획(실력양성론)이 실현될 수 없는 현실에서 분열을 경험하는 주체를 발견한다. 그러나 염상섭은 주체의 분열의 경험 속에 포함된 탈주의 욕망을 더욱 뚜렷하게 드러낸다. 현상윤의 「핍박」이나 양건식의 「슬픈 모순」의 '나'는 자신의 분열(그리고 탈주)의 충동과 그것을 억제하는 강한 힘('약자에 대한 강자의 압박'15)) 사이의 긴장을 경험했다. 반면에 염상섭의 「표본실의 청개구리」의 '나'는 신경증적인 상태에서 낭만적인 여행의 충동을 통해 탈주의 욕망을 드러낸다. 그리고 그 여행길에서 김창억이라는 분열증적인 탈주자를 발견하게 된다.

물론 염상섭 소설의 '나' 역시 여전히 합리적인 지식인으로서 합리성과 분열증적 충동이라는 이중성을 통해 미적 근대성을 드러낸다. 사적인 내면공간에서 자유(자율성)를 얻은 합리적인 지식인 '나'는, 공적인 현실공간, 즉 자신의 이념이 모순을 드러내는 식민지적 상황에선 탈주의 충동 속에서만 자유를 얻는다. 이 근대성(합리성)과 근대비판(탈근대성)의 이중성 속에서 진정으로 자유로운 근대적 주체를 발견한 것이 바로 염상섭의 미적 근대성이었다.

그런데 염상섭의 미적 근대성은 끝내 합리성을 해체하지 않는 점에서 전도된 형태를 지니고 있었다. 가령 염상섭의 동정의 시선에 놓인 광인 김창억은 3층집을 짓고 톨스토이즘과 윌슨이즘을 외치는 점에서 (탈근대적인) 분열증 속에서도 근대적인(합리적인) 건축에의 의지를 표명한다. 이는 근대적인 건축기사이면서도 건축이 해체된 「오감도」라는 분열증적인 시를 쓴 이상의 전도된 형태이다. 즉, 염상섭이 발견한 미적 근대성은 뒤집어진 모더니즘이었다. 초기 염상섭은 물구나무선 이상이었

---

15) 양건식, 「슬픈모순」(『半島時論』 10호, 1918. 2), 『창작과 비평』1990 봄, 227쪽.

던 것이다.

끝내 합리성을 넘어서지 못한 초기 염상섭 소설의 한계는 식민지 초기 지식인 소설의 한계였다. 염상섭 소설이 보여주는 것처럼 자기중심적이고 남성중심적인 근대적 합리성에 근거한 지식인 소설은 빈번히 민중이나 여성을 폄하했다. 식민지 상황에서 민중과 여성은 근대적 합리성의 타자였기 때문이다. 이처럼 미적 근대성을 통해 계몽을 넘어서면서도 또한 여전히 계몽적 합리성의 한계에 묶여 있었던 것이 초기 염상섭의 이중적 주체의 특징이었다.

3. 나도향 초기소설의 이중적 주체

염상섭처럼 미적 근대성을 탐구하면서도 그와는 정반대되는 길로 나아간 것이 바로 나도향이었다. 나도향은 염상섭이 폄하한 근대적 합리성의 타자들에게 관심을 가져 여성을 이상화하거나 민중의 욕망을 드러내는 소설을 썼다. 나도향 소설의 여성들은 흔히 천사형과 요부형으로 나뉜다.[16] 그중 전자는 여성을 천사처럼 이상화한 경우로서 「젊은이의 시절」(누이) 「별을 안거든 울지나 말걸」(연인) 「옛날 꿈은 창백하더이다」(어머니) 등 주로 초기소설에 나타난다. 또한 후자는 여성의 욕망을 적극적으로 다룬 결과인데, 성적인 개방성에 대한 도덕적인 판단과는 상관없이 이 유형의 여성은 가장 매력적으로 그려진다.

여성을 이상화한 초기 소설에서는 또한 예술과 사랑에 대한 이상화가 나타나는 것이 특징적이다. 예컨대 「젊은이의 시절」에서 철하는 예술과 음악을 숭엄하고 순결한 것으로 여기는 한편 그의 누이의 마음을 천사와도 같은 음조를 지닌 것으로 묘사한다.[17] 또한 누이를 사랑하는

---

16) 박상민, 「나도향소설연구」, 연세대석사논문, 1998.

철하는 누이와 영빈의 사랑에 질투를 느끼면서도 그것을 극복해야 한다고 생각한다. 참사랑이란 예술과도 같이 세상의 모든 것을 초월한 것이기 때문이다.

> 사랑은 이 세상 모든 것에서 떠나고 뛰어넘은 것이고, 벗어난 것이다. 문학가가 신의 부르는 영(靈)의 곡을 받아 써놓는 것이나, 음악가 미술가 배우들이 그 예술 속에 화(化)하여 이 세상 모든 것으로부터 떠나는 것과 같은 경우를 생각하고 시기를 생각하는 것은 참사랑이 아니다.[18]

이처럼 사랑과 예술을 거의 동의어로 이상화하는 것은 『창조』 동인들에게서도 발견할 수 있다. 『창조』 동인에게 있어 사랑이나 예술을 지고의 가치를 지닌 것으로서 그들이 도달하고자 한 근대성의 이념에 해당된다. 그러나 그들의 이념은 계몽의 이념인 신문명만큼이나 추상적인 보편성을 지니고 있었다. 또한 새로운 근대성의 이념으로서 사랑과 예술은, 감성을 통해 계몽의 이념을 넘어서려는 코드임에도 불구하고, 여전히 정신/육체의 이분법에서 전자에 우월성을 부여하는 (로고스 중심적) 근대 이념에 속박되어 있었다. 이른바 '강한 자아'가 사랑과 예술을 자각한 주체와 동격으로 사용되고 있는 점은 그것을 암시한다.

나도향의 사랑과 예술 역시 그와 크게 다르지 않았다. 그러나 나도향이 창조 동인들과 구별되는 점은 성욕의 문제를 매우 적극적으로 다루고 있다는 것이다.[19] 나도향의 경우에도 성욕은 참사랑이나 도덕과 충돌하

---

17) 나도향, 「젊은이의 시절」, 『나도향전집』上, 집문당, 1988, 31쪽.
18) 위의 책, 32쪽.
19) 박헌호, 「나도향과 욕망의 문제」, 『1920년대 동인지문학과 근대성 연구』, 앞의 책, 300-306쪽.

는 것으로 그려진다. 하지만 점차로 그는 성욕이 도덕적 판단으로만 다뤄질 수 없는 물질적 삶의 욕망임을 드러내게 된다. 이미 초기소설에서부터 성욕은 부정적으로 그려지는 경우에도 매우 적극적인 관심의 대상이 된다.[20] 그리고 민중의 욕망을 다룬 후기소설에서는 성욕 그 자체가 핵심적인 주제가 된다. 나도향은 근대 이념이 타자로서 배제한 육체를 정면으로 응시함으로써 계몽을 넘어선 또다른 근대성(미적 근대성)을 발견할 수 있었던 셈이다.

비록 추상적이지만 이미 초기 소설에서도 성욕을 예술(미적 근대성)과 화합시키려는 시도가 나타난다. 가령 「젊은이의 시절」(1922)의 철하는 누이에게 근친애를 경험할 뿐만 아니라 육체적인 정욕을 느낀다. 물론 철하의 성욕은 현실에서는 고민과 갈등을 가져올 뿐이다.

> 경애는 눈물을 씻고 아무소리 없이 나간다. 그가 몸을 슬쩍 돌릴 때에 그의 희고 고운 옷자락이 바람에 슬쩍 날리어 그의 부드러운 육체의 윤곽이 선명하게 철하의 눈에 보였다. 아아, 정욕! 그는 고개를 다시 내려 엎드려 책상 위에 엎드렀다. 그는 자꾸 울었다. 방안은 고요하다. 그때는 철하의 머리속에는 아무 의식도 없었다. 그는 깜빡 잠이 들었다.[21]

이 결말부에서 철하는 꿈을 꾸는데 그 내용은 이전의 꿈과는 매우 다른것이었다. 앞에서 철하는 꿈을 꿀때마다 천사의 음악소리를 들었다. 천사의 음악소리는 이미 언급한 사랑과 예술로 표상되는 추상적인 미적 근대성의 이념을 암시한다. 그것은 계몽적인 윤리(오이디푸스적 가족, 현모양처 등)를 넘어선 것이지만 여전히 육체보다 정신을 앞세우는

---

20) 「출학」의 경우를 예로 들 수 있다.
21) 나도향, 「젊은이의 시절」, 앞의 책, 45쪽.

근대적 도덕성의 압박 하에 놓여 있다. 따라서 천사의 음악과 등가적 관계에 있는 철하의 사랑과 예술은 그의 누이에 대한 성욕과 갈등할 수밖에 없다.

그러나 위의 인용문에 이어지는 철하의 또다른 꿈에서는 천사가 사라지고 대신에 마왕이 노래를 부른다. 마왕의 미약에 취한 철하는 고통을 잊고 정욕의 열정에 사로잡힌다. 이윽고 그는 옷을 벗고 여성의 육체를 포옹하기에 이른다.

> 철하의 가슴속에 붉은 심장은 가장 높은 속도로 뛰었다. 그가 마왕에게 취한 거슴츠레한 눈으로 사랑의 이슬이 스미는 듯한 그의 입술을 바라볼 때 그는 알지 못하게 그 여자의 뭉클하고 부드러운 유방을 끼어 안았다. 그는 타는 듯한 입을 맞추었다. 초자연의 순간이었다.[22]

위에서 철하의 행위는 결코 도덕성의 기준에서 그려지지 않는다. 술의 노래와 화합한 철하의 성욕은 예술과 욕망의 결합을 통해 초자연적인 순간에 이르고 있다. 여기서 초자연적인 순간이란 정신/육체 성욕/도덕의 이분법이 사라지는 순간을 말한다. 이 탈이분법적 유희는 이성중심적 근대를 넘어서려는 니체의 디오니소스적 열정과 비슷한 것으로 볼 수 있다.

그런데 철하는 열정의 순간이 지난 후 다시 정신적인 사랑과 예술로 돌아온다. 이는 초기 나도향의 이중성을 말해주는 것이다. 나도향은 성욕이 해방의 순간을 가져오는 진정으로 자유로운 주체를 갈망하지만 다시 정신의 성곽에 갖힌 사랑으로 회귀한다. 물론 이후 나도향은 민중의 욕망

---

22) 위의 책, 48쪽.

을 그리면서부터 그 성곽에서 해방된 야성적인 에로티즘을 보여준다. 그러나 이 시기에는 낭만주의적 주관성이 해방된 삶의 추동력으로서 성적 욕망의 에너지를 제한한다.

그 같은 한계를 지니지만 나도향 소설의 이중적 주체는 식민지적 근대성을 넘어서는 미적 근대성의 지향을 암시한다. 염상섭이 식민지적 현실에서 탈주하려는 분열증적인 내면을 발견했다면, 나도향은 식민지 근대의 규율을 내포한 도덕에서 탈주하려는 에로티즘을 발견한다. 두 사람은 정반대의 길로 나아갔지만 비슷한 이중성과 탈주의 욕망을 통해 미적 근대성과 탈식민주의의 위치에 이르게 된다. 나도향은 정신적인 사랑(예술)과 낭만적 주관성에 속박됨으로써 (민중의 욕망을 그리는 경우에도) 성적 욕망을 억압하는 도덕 속에 식민지 근대의 규율이 포함되어 있음을 미처 밝히지 못한다. 그러나 그는 근대작가 중 최초로 성욕과 에로스(그리고 에로티즘)가 근대의 규율에서 해방되려는 욕망의 표현임을 드러냈다. 그래서 특히 민중의 욕망을 그린 그의 후기소설에서는, 이기영의 「서화」 『고향』이나 강경애의 『인간문제』에서 나타나는 해방의 욕망으로서 민중적 에로스(사랑)의 단초가 읽혀지기까지 한다. 분열증적 내면을 발견한 초기 염상섭이 머리로 선 이상이었다면, 물질적인 에로스적 욕망을 발견한 후기 나도향은 가슴으로 서려 한 리얼리스트였다고 할 수 있다.

4. 식민지 지식인의 고백과 민중의 무의식

나도향의 에로티즘은 민중을 주인공으로 한 소설에서 단연 이채를 띤다. 성욕의 문제를 다룬 나도향 소설이 그처럼 민중의 욕망을 그린 소설에서 성취를 이룬 것은, 식민지 상황에서의 지식인과 민중의 특수한 관계와 연관이 있다. 식민지 초기 지식인 작가들은 감성적인 사랑과 예술을 주제로 하는 경우에도 로고스중심적인 근대적 주체론에서 벗어나기 어려웠다. 앞서 살폈듯이 1920년대 작가들은 전시대의 이성적인 계몽 대신 감성적인 사랑(그리고 예술)의 코드를 통해 자아를 확립하려는 (미적 근대성의) 기획을 갖고 있었다. 그러나 그들은 정신/육체의 이분법에 근거한 근대적 주체론에서 여전히 벗어나지 못함으로써, 정신적 사랑을 이상화할뿐 육체적 욕망의 문제를 제대로 다룰 수 없었다. 반면에 서구적 근대성의 타자로 남아있던 식민지 민중들은 근대적 주체론의 타자인 육체의 영역에서 주체를 욕망할 수 있었다.

성욕의 문제를 왜곡시킬 수밖에 없었던 지식인들의 저간의 사정은 당대에 성행했던 고백의 담론을 통해 확인된다. 푸코는 서구의 근대문학 형성 과정에는 '고난'을 중심으로 한 영웅담에서 '마음속 진실을 말들 사이로 떠오르게 하는' 고백의 형식으로의 이행이 있었다고 말한다.23) 서구 사회에서 고백은 중세 이래로 진실을 드러내는 중요한 의식의 하나로 여겨져 왔다. 그러나 어떤 사람에 대한 신분·자기동일성·가치의 확인으로서 타인의 중세적 고백에서, 어떤 사람 자신의 행위와 생각에 대한 자기확인으로서 근대적 고백으로의 이행이 생겨났다.24)

이 같은 근대적 고백의 탄생과정은 우리 근대문학의 형성 과정에서도 비슷하게 반복된다. 예컨대 이광수의 『무정』은 주인공이 형식의 내면 고백에 의해 근대성을 얻고 있다. 이소설의 도처에서 발견되는 이형식의 아이러니적인 심리상태는 내면 고백을 통해 그의 무의식을 드러내는 형식이라고 할 수 있다. 그러나 전체적으로 보면 『무정』은 고난-극복형의 중세적 영웅담에서 미처 벗어나지 못하고 있다. 이소설의 젊은 주인공들

---

23) 푸코, 이규현 역, 『성의 역사』 1권, 나남, 1992, 76~77쪽.
24) 위의 책, 75쪽.

은 이광수가 소망하는 새로운 시민공동체를 실현하려는 근대적 영웅들이라고 할 수 있다.

이후로 1920년대 초에 이르면 내면고백체 형식의 소설들이 갑작스럽게 많아진다. 이는 시민공동체 형성의 욕구보다도 자아의 자기확인의 의지가 더 우세해진 결과로 볼수 있다. 이 자아의 자기 확인으로서의 내면고백체는 우리 근대문학 형식의 중요한 한 축을 이루고 있다.

그러나 내면고백체가 '말들 사이로 떠오르게 하는 마음속 진실'은, 실상은 근대적 지식을 생산한 로고스중심적 권력과 연계되어 있다. 가령 성에 대한 담론을 입에 담지 못하게 위축시키는 것은 정신을 육체로부터 분리시킨 근대적 지식의 권력이 행사된 결과이다. 하지만 아이러니컬하게도 1920년대 소설들에서처럼 성에 대한 담론은 은폐되기 보다는 오히려 증대되고 있었다. 푸코에 의하면 근대의 이런 성적 담론의 확신은 성에 대한 과학이 출현한 데 기인된다. 성의 과학은 성욕을 주체의 자기함양의 방식[25]으로 보기보다는 객관주의적인 과학의 시선으로 해부한다. 예컨대 1920년대 김동인의 소설에는 유례없이 성적담론이 많이 나타나는데 대개는 생리적인 충동으로서의 성욕이 그려진다. 김동인은 성욕을 주체의 의지와는 상관없는 생물학적인 욕망으로 조명하고 있는 것이다. 이처럼 성욕을 근대적과학 지식의 목록 속에 끌어들임으로써, 고백체 소설에서는 앎에의 의지에 의해 성욕에 대한 진실을 말하려는 충동이 나타난다. 그러나 다른 한편, 1920년대 작가들에게 생물학적 지식으로서의 성욕은 자아를 확립시키기 보다는 파멸시키는 것이었으며, 여전히 은폐하고 싶은 진실일 뿐이었다.

이 같은 성욕에 대한 왜곡은 근대적 지식과 권력이 결탁한 결과이다. 그리고 그런 권력의 메커니즘은 진실을 입증하려는 고백체 형식에서 뚜

---

25) 이는 성의 역사 제3권의 주제 중의 하나이다.

렷하게 나타난다. 고백은 대개 병, 정신질환(신경증이나 분열증), 불륜 등을 의사, 정신분석가, 신부, 혹은 진실 그 자체 앞에서 털어 놓는 형식이다. 후자의 고백을 듣는 자들은 은유적으로 가부장제적 근대의 아버지들이다. 고백을 하는 사람은 진리의 아버지(의사, 정신분석가, 신부) 앞에 무릎을 꿇고 자신의 욕망과 그 욕망의 좌절(병, 정신질환, 불륜)을 얘기해야한다. 고백의 과정은 좌절을 가져온 고백자의 욕망의 기제의 결함을 치유함으로써 진리를 입증하는 형식으로 되어 있다. 그 같은 진리를 받아들임으로써 고백자는 분열을 봉합하고 자아를 확립한다.

그러나 고백자의 좌절과 분열이 그의 내적 결함보다는 현실의 모순에서 기인된 것일 경우 고백은 현실의 모순을 봉합함으로써 상상적으로 주체를 확립시키는 과정이다. 이는 욕망을 거세시키고 진리에 무릎을 꿇으므로서 예속적인 주체를 만드는 과정이기도 하다. 근대적 고백형식은 진리를 입증하는 과정인 동시에 그 진리에 예속된 주체를 생산하는 과정인 것이다.

그런데 문제는 식민지 상황에서는 분열을 봉합시킬 수 없을 만큼 현실의 모순이 증폭된다는 점이다. 식민지 지식인 역시 고백을 통해 진리를 입증하지만 그 과정에서 치유될 수 없는 분열을 경험한다. 고백체 소설에서 식민지 지식인의 내면이 이성적 자아와 분열된 내면의 이중성으로 나타나는 것은 그 때문이다.[26] 앞서 살폈듯이 전자가 사적인 내면에서 자유로운 주체라면 후자는 공적인 현실의 공간에서 해방을 욕망하는 주체이다.

그 같은 고백체의 이중성을 가장 잘 드러낸 것은 1910년대의 현상윤, 양건식과 1920년대의 염상섭이었다. 가령 '이즘은 병인가보다'로 시작되는 현상윤의 「핍박」에서, '나'의 병은 결코 근대과학의 지식으로 치료할

---

26) 이에 대해서는 나병철, 「근대문학의 기원과 주체의 계보학」, 앞의 논문 참조,

수 없는 어떤 다른 요인에서 기인된 것이다. 즉, '나'의 병은 '나'의 지식과 이념을 배반하는 현실의 모순에서 생겨난 것으로서, 양건식의「슬픈 모순」은 그런 이중성을 '슬픈 모순'이라고 직접적으로 표현하고 있다. 마찬가지로「표본실의 청개구리」의 '나'의 신경증이나「암야」의 '그'의 무력증은 그들이 소망하는 어떤 진리에 의해 치유될수 있는 내면의 문제가 아니다. 또한「제야」의 '나'(최정인)의 불륜 역시 결코 '나'만의 윤리적 문제가 아니며 남성중심적인 근대적 자유연애와 결혼관의 모순과도 연관되어 있다.

> 감정이란 무엇입니까. 연애란 무엇입니까. 생식이란 무엇입니까. 신이란 무엇입니까. 도덕이란 무엇입니까. 정조란 무엇입니까. 결혼이란 무엇입니까. 양심이란 무엇입니까. 정사란? 선악이란? 죄란? 속죄란?……그리고 사회란 가정이란, 혈통이란, 연분이란 무엇입니까? …(중략)
> 대체 돌을 던질자가 그누구냐? 무엇이 죄냐. 타락? 그것은 자유연애를 갈망하는 어린처녀에게만 씨우는 교수대상의 사형수 복면건을 이름이냐?[27]

위에서 최정인은 자유연애의 정조관 뿐만 아니라 근대적 지식과 이념 자체를 회의하고 있다. 그러나 그녀는 결국 자신의 잘못을 회개하며 자살을 결심한다. 최정인은 근대적 지식인의 정신의 아버지(신, 도덕, 양심)로부터 달아나려 하면서도 또한 그 아버지의 품에 안겨 참회의 고백을 하고 있는 것이다.[28] 이 같은 이중성이 국가와 전통문화를 상실한 상태에서 근대적 이념이라는 새아버지를 맞아들여야 했던 식민지 지식인의 양가

---

27) 염상섭, 「제야」, 『염상섭 전집』 9, 민음사, 1987, 61-62쪽.
28) 이는 김명순 자신의 목소리와 염상섭 목소리의 이중주도 볼수 있다. 최혜실, 「신여성의 '고백'과 근대성」, 제2회 한국여성문학학회 학술대회 자료집, 85쪽 참조.

성이었다.[29)]

　그와 달리 서구적 근대의 타자로 남아 있던 민중에게는 품에 안길 정신의 아버지도 고백의 말을 끌어낼 내면도 갖고 있지 않았다. 그들은 아직까지 봉건적 의식에 얽매여 있거나 무의식적으로 고아인 상태에서 식민지 권력에 억눌려 있을 수 밖에 없었다. 그러나 바로 그 때문에 권력에서 벗어나려는 민중의 저항력은 새아버지로부터 달아나려는 지식인의 탈주의 욕망 못지 않게 격렬한 잠재력을 지니고 있었다. 그 같은 격한 저항력을 권력과 결탁된 도덕과 법으로부터 달아나려는 에로스적 욕망으로 포착한 것이 나도향의 에로티즘이었다. 그리고 그 반항력의 근원인 고아 상태의 무의식을 감성적인 언어로 고려낸 것이 나도향 소설의 심리묘사이다.

　흔히 나도향 소설을 심리소설의 비조(鼻祖)라고 부르기도 한다.[30)] 그러나 나도향 소설의 심리묘사는 이광수에서 김동인, 염상섭, 현진건으로 이어지는 내면의 발견에 의한 심리묘사와는 매우 다름을 주목해야 한다. 나도향의 심리묘사 방식은 당연히 초기 염상섭의 특허품인 내면고백체와도 구별된다. 기법적으로 고백체나 내면의 발견에 의한 심리묘사는 주로 내부시점이나 내적 초점화를 이용한다. 인물의 내면에 침투해 그의 사고, 감정, 시선을 그리는 이 수법은 현대소설에서는 아주 자연스럽게 나타나는 방식이다. 그러나 그 자연스러운 내면 제시방식은 결코 자연스럽게 만들어진 것이 아니다. 그것은 인간과 자연, 주체와 객체, 자아와 타자 사이에 내부/외부라는 <인위적인> 가름대(/)를 만드는 서구적

---

29) 염상섭 고백체 소설에 대한 논의는 나병철, 「근대문학의 기원과 주체의 계보학」, 앞의 논문 참조. 이글에서는 그와 대비되는 나도향 소설에 보다 더 초점을 맞추고 있다.
30) 임화, 「본격소설론」, 『문학의 논리』, 서음출판사, 1989, 221쪽.

근대의 정신의 틀을 받아들임으로써, 즉 내면을 발견함으로써 비로소 가능해진 수법이다. 이처럼 내면 제시방식은 담론과 지식을 생산하는 새로운 인식의 장을 전제로 한다. 예컨대 내면의 발견에 의해 제도화된 대표적인 담론방식인 내면고백체에서, 고백이 가능하려면 그것을 들어주는 근대적 정신의 아버지가 존재해야 한다. 근대적 정신의 아버지란 의사, 정신분석가, 신부, 혹은 그에 상응하는 진리의 담당자로서, 그런 의사소통 관계를 지닌 고백의 담론적 제도는 새로운 인식의 장에서만 수행될 수 있다. 그러나 아직 근대적 인식의 장에 들어서지 못한 민중에게는 고백을 들어줄 정신의 아버지도 내면의 언어도 갖을 수 없었다. 나도향의 「행랑자식」(1923)의 한 부분은 그점을 잘 보여준다.

> 그는 눈물이 방바닥에 떨어지는 것을 알았다. 삿자리 깐 밑으로 흙내가 올라오는 것을 맡았다. 그리고는 어머니도 걱정을 하고 아버지도 걱정을 할 터요, 더구나 아버지가 이것을 알며는 돌짝 같은 손으로 얻어맞을 것을 생각하매, 몸서리가 난다. 그는 신세 한탄할 문자를 모르고 말도 모른다. 어떻든 억울하고 분하였다. 그렇다고 어디가서 호소할 데도 없었고 분풀이할 곳도 없었다.[31]

위에서 '행랑자식' 진태가 '신세한탄할 문자도 모르고 말도 모른다'는 것은 아직 그에게 내면이 형성되지 않았음을 뜻한다. '어디가서 호소할 곳도 분풀이 할곳도 없는' 그는 고백의 제도 바깥에 위치해 있다. 진태의 심리상태가 김동인이나 염상섭 소설에서와는 달리 내적 초점화(혹은 내부시점)로 제시되지 않는 것은 그처럼 그가 내면이라는 인식의 제도(혹은 인식의 장) 외부에 놓여 있기 때문이다. 그럼에도 불구하고 나도향은 진태의 심리를 더없이 절묘하게 표현하고 있다. 위에서처럼 진태의

---

31) 나도향, 「행랑자식」, 『나도향전집』上, 앞의 책, 146쪽.

심리는 내부시점이 아닌 내부와 외부가 뒤섞인 감정상태와 육체적 반응으로 묘사된다. 그러나 그 모호한 심리상태는, 고백의 제도에 의해 이중화되고 순화된 내면심리보다 훨씬 더 직접적으로 본능적이고 저항적인 <무의식>을 표현한다. 진태의 심리는 내면에 갇히고 정신의 아버지에 의해 거세된 무의식이 아니라 억압에 대해 야성적으로 반응하는 고아상태의 무의식이기 때문이다. 이 소설에서 진태의 고아상태의 무의식은 그가 '매맞는 아이'로 등장함으로써 분명히 암시된다. 행랑집 아들 진태는 아침에 마당의 눈을 치우다가 실수로 교장선생(주인나리)의 버선에 눈을 쏟아 붓는다. 이 일로 진태는 교장선생님과 주인마님에게 모욕을 당하고 눈을 치우던 삼태기마저 잃어버리는 바람에 아버지에게 매를 맞는다. 주인집을 의식한 아버지의 심한 매질은 단순한 체벌 이상의 것으로 진태에게 상처를 남긴다.

프로이트는 「매맞는 아이」라는 글에서 유년기의 체벌의 기억이 '매맞는 아이'의 환상으로 나타나는 사례에 대해 다음과 같이 설명한다.[32] 그 해석에 의하면 '매맞는 아이'의 환상은 오이디푸스 콤플렉스에 연관된 성도착의 하나이다. 아이가 소녀이든 소년이든 환상을 일으키는 아이는 아버지에게 매를 맞는 장면을 보며[33] 성적흥분을 경험한다. 프로이트는 그 같은 매를 맞는 환상이 아버지에 대한 근친상간적 애착에 그 기원을 두고 있다고 설명한다.[34]

반면에 들뢰즈·가타리는 프로이트가 든 사례는 거세의 과정을 주체형성의 조건으로 보는 오이디푸스 구조로 된 사회의 집단환상이라고 설

---

32) 프로이트, 「매맞는 아이」, 황보석 역, 『프로이트전집』12, 열린책들, 1997, 143-177쪽.
33) 다른 아이가 매를 맞는 장면을 보기도 한다. 이 다른 아이는 환상을 일으키는 아이의 대리인이다. 또한 어머니(혹은 선생)에게 매를 맞는 경우도 있지만 원래의 상황은 아버지에게 매를 맞는 것이라고 설명된다.
34) 프로이트, 「매맞는 아이」, 앞의 책, 170쪽.

명한다.35) 아이들은 아버지나 선생에게 매를 맞고 거세된 어른(주체)이 되는 것이며 아버지에 대한 애착은 실상 거세의 과정의 이면이라는 것이다.

그런데 「행랑자식」에서 '매맞는 아이'는 그 같은 집단 환상과는 정반대의 과정을 보여준다고 할 수 있다. 그것은 아마 오이디푸스 구조에 아직 완전히 속박되지 않은 민중들의 세계에서 일어난 일이기 때문일 것이다. 진태의 경우 매맞는 일은 '아버지(혹은 선생)에게 매를 맞고 어른이 되는' 과정을 의미하지 않는다. 오히려 매맞는 진태는 아버지와의 예속관계를 단절하는 경험을 한다. 물론 교장선생(주인나리)-아버지-진태 사이에는 일정한 예속관계가 엄존한다. 이 억압의 연쇄관계에서 아버지의 체벌은 실상 교장선생(주인나리)을 대신해 진태를 때리는 것은 볼 수 있다. 그러나 다음에서처럼 아버지는 단순히 교장선생의 대리인만은 아니다.

> 아범의 손이 자기 아들의 볼기짝 등어리 넓적다리 할 것 없이 사정없이 때릴 때마다 어린 살에는 푸르게 멍이 들고 피가 맺힌다. 그럴 때마다 아범의 목소리는 더한층 높아지고 떨리고 슬픔과 호소가 엉키었다. 그는 자기 아들을 때릴 때마다 눈앞에서 자기 손에 매달려 애걸하는 자기 아들이 보이지 않고 안방 아랫목에 앉아 있는 주인 나리가 보인다. 그리고는 자기 아들을 때리는 것 같지 않고 자기 주인나리를 욕하고 원망하고 주먹질하고 싶었다.36)

아버지의 체벌은 주인나리에 대한 순종과 진태에 대한 거세를 동시에 상징한다. 그런데 이 억압의 연쇄과정은 아버지의 무의식(민중의 무의식)

---

35) 들뢰즈 · 가타리, 최명관 역, 『잉떠오이디푸스』, 민음사, 1994, 98-102쪽.
36) 나도향, 「행랑자식」, 앞의 책, 149쪽.

속에서 본능적으로 역전을 가져온다. 그것은 오이디푸스적 억압구조가 안정화될 수 없을 만큼 민중에게 가해지는 식민지 현실의 모순이 증폭된 데 기인된 것이다. 식민지의 공적·사적 오이디푸스 구조의 가장 약한 고리로서 민중(진태의 아버지)은 예속의 상징('매')을 과장하는 행위를 통해 동시에 저항의 욕망을 증대시키고 있다. 그런 양가성을 지닌 아버지와는 달리 어리고 순진한 진태에게 심한 체벌은 은폐될 수 없는 현실적 모순으로 경험될 뿐이다. 진태에게 '매'는 거세와 예속의 상징이기는커녕 교장이나 아버지라는 기표의 권위에 반발하게 만드는 사건일 뿐이다. 오히려 '매'를 통해 아버지에 대한 예속관계가 단절되며 진태는 심리적으로 고아상태가 된다. 진태의 고아상태의 무의식은 현실의 모순과 예속관계에 대한 순수한 반항의 거점이 된다. 진태는 안집에서 밥 먹으러 들어오라는 부름을 거절하고 고아상태의 무의식, 즉 민중의 저항적 무의식을 표현한다. 거세와 예속의 고리를 끊은 그 같은 고아상태의 무의식은 매를 맞고 자라 어른이 된 후 (「물레방아」에서처럼) 사랑을 위해 목숨을 걸고 상전과 대결을 벌이는 본능적인 반항의 힘을 얻게 된다.

5. 인식의 서사와 욕망의 서사

염상섭과 나도향은 미적 근대성의 두 가지 길을 보여준다.[37] 미적 근대성은 계몽적 근대성을 넘어서는 과정에서 근대성과 탈근대성의 이중성을 드러낸다. 염상섭은 식민지적 근대성에서 탈주하려는 분열증적 주체

---

37) 미적 근대성의 두 가지 길 중에서 초기 염상섭에 대해서는 다른 글에서 자세히 살폈으므로, 여기서는 나도향의 에로티즘에 대해 보다 자세히 고찰하기로 한다. 염상섭에 대해서는 나병철, 「근대문학의 기원과 주체의 계보학」, 앞의 논문 참조.

를 발견함으로써, 그리고 나도향은 민중들의 본능적인 욕망을 발견함으로써 그것을 보여준다. 양자의 공통분모는 탈주의 욕망을 지닌 고아상태의 무의식이라고 할 수 있다. 염상섭은 지식인의 근대적 이념을 좌절시키는 식민지 현실로부터 탈주하려 했으며, 나도향은 식민지적 규율을 은폐하고 있는 금기와 법으로부터 달아나려 시도했다. 탈주의 욕망 혹은 고아상태의 무의식은, 억압적인 오이디푸스 구조의 사회에 반항하는 모든 저항적 주체에서 찾아볼 수 있지만, 우리 사회와 같은 식민지 상황에서 보다 특징적으로 나타난다. 식민지 상황에서는 거의 근대의 출발점에서부터 미적 근대성을 통해 고아상태의 무의식이 발견된다. 그것은 국권을 상실한 심리적 고아상태가 바로 근대의 출발점이 되기 때문이다.

심리적 고아는 이광수처럼 새아버지=신문명을 맞아들임으로써 식민화된 오이디푸스 구조에 스스로 폐쇄되는 길로 들어서기도 했다. 그러나 염상섭과 나도향은 그 반대되는 두 가지 길로 나아간다. 염상섭은 오이디푸스 구조가 해체될 수밖에 없는 상황(김창억의 가족의 해체)에서, 그리고 나도향은 미처 오이디푸스화되지 않는 세계(민중의 세계)에서, 고아상태의 무의식이 분열증적 탈주(김창억)와 민중의 에로티즘(「물레방아」, 1925)으로 나타남을 보여줬다. 그 두 가지 길은 식민지 상황에서 (서로 만나기 어려웠던) 지식인과 민중의 해방된 욕망을 표현하는 미적 근대성의 두 가지 방식이었다. 이 근대소설 형성기를 거친 후, 지식인과 민중이 서로 만나고 고아인 무의식이 복수성을 얻는 공간[38]에서, 변혁의 에너지와 에로스적 욕망이 접합된 이기영(「서화」, 『고향』)과 강경애(『인간문제』)의 소설이 나타난다.

그같은 접합이 이뤄지기 전 초기 지식인 소설과 민중소설을 대표하는 염상섭과 나도향은, 다른 한편으로는 인식의 서사와 욕망의 서사의 두

---

38) 이 집단성을 얻는 공간은 사회주의적 서사에 의해 비로소 가능해진다.

길을 보여주기도 했다. 합리적 지식인이 등장하는 염상섭 소설은 욕망(탈주의 욕망)의 충동 이외에 인식(현실인식)의 충동을 지니고 있기도 했다. 1920년대 중반을 거치면서 염상섭 소설은 전자가 약화되고 후자가 강화되는 방향으로 나아간다. 예컨대 「표본실의 청개구리」(1921)는 현실의 반영보다는 탈주의 욕망이 강렬하게 표현된 소설이었다. 반면에 염상섭 고백체의 마지막 소설인 「만세전」(1922. 7-1924. 6)에 오면 현실의 비판적 반영(그리고 인식)이 우세해진 대신 탈주의 욕망은 (일본 혹은 사적 내면으로 되돌아가는 정도로) 약화된다. 이후로 염상섭 소설은 현실의 반영이 더 복합적이고 풍부해지지만 그 대가로 주인공은 얼마간 거세된 상태로 현실의 공간으로 돌아온다. 그리고 가족의 해체(「표본실의 청개구리」)에서 가족주의(『삼대』)로 앙티오이디푸스에서 오이디푸스 공간으로 회귀한다. 그대신 식민지 현실(오이디푸스 공간)을 해체하는 다양한 이질적 힘들(사회주의 등) 간들의 대화적 관계를 포착함으로서 비판적 리얼리즘을 성취한다.

　나도향 소설은 그런 인식의 서사와는 다른 길을 선택한다. 나도향 소설에서 '신세 한탄할 문자도 모르고 호소할 데도 없는'[39] 민중은 현실을 인식할 능력도 비판할 언어도 갖고 있지 않다. 그리고 민족공동체가 파멸된 후 그들은 억압에 반발하는 힘을 집단적으로 조직할 수 있는 위치에 있지도 않다. 그들의 자연발생적인(즉자적인) 저항(살인. 방화)은 자연주의 소설에서 처럼 억압에 의해 파멸된 내면을 드러낼 뿐이다.

　그러나 나도향은 해방을 갈망하는 민중들의 저항적 에너지를 식민화된 규율을 위반하는 난폭한 사랑의 형태로 보여 준다. 나도향 소설에서 에로스적 사랑은 타자화되고 개체화된 민중들이 개체들간의 단절을 넘어서려는 욕망을 표현한 것에 다름이 아니다. 바타이유가 말했듯이 에로

---

39) 나도향, 「행랑자식」, 앞의 책, 146쪽.

행위는 폐쇄된 존재구조를 파괴하고 단절과 분리(불연속)를 극복하는 교통의 상태를 나타낸다.[40] 나도향 소설의 에로티즘 역시 분열된 공동체에서 개체들간의 소외를 해소하려는 욕망의 표현으로 볼 수 있다. 또한 그런 사랑의 욕망에 수반되는 폭력은, 식민지 하에서 억압의 규율을 위반하는 과정에서 나타나는 것으로서, 사랑의 표현 만큼이나 매력적이다. 더 나아가 그런 폭력의 가장 격렬한 형태인 죽음의 충동은, 사회적 모순으로 인해 개인의 힘으로는 해소할 수 없는 단절의 벽에 부딪혀, 그 폐쇄구조를 파괴하려는 또다른 욕망으로 볼 수 있다. 에로행위가 개체들간의 불화를 해소하듯이 죽음과 살인은 사랑으로도 이을 수 없는 단절된 개체들의 균열을 연결한다.[41] 이 에로티즘의 이면으로서의 죽음(그리고 살인)의 충동은, 사랑만큼이나 단절을 넘어서려는 욕망으로서, 단지 파괴된 내면의 표현일 뿐인 자연주의의 죽음과는 구별된다.

> 그러나 화풀이를 받아 주는 사람은 아직까지도 계집밖에는 없었다. 제일 만만하다는 것보다도 가장 마음 놓고 화풀이 할 수 있음이다. 싸움한 뒤, 하루가 못 되어 두 사람이 베개를 나란히 하고 서로 꼭 끼고 잘 때에는 그렇게 고맙고 그렇게 감격이 일어나는 위안이 또다시 없음이다. 계집을 치고 화풀이를 하고 난 뒤에 다시 가슴을 에는 듯한 후회와 더 뜨거운 포옹으로 위로를 받을 그때에는 두 사람 아니라 방원에게는 그만큼 힘있고 뜨거운 믿음이 또다시 없는 까닭이다.[42] 「물레방아」(가)

> 『이놈, 너 죽고 나 죽으면 고만 아니냐?』
> 하고 방원은 주먹으로 사정없이 닥치는 대로 들이 팬다. 나중에는

---

40) 바타이유, 조한경 역, 『에로티즘』, 민음사, 1999, 17-18쪽.
41) 위의 책, 9-24쪽.
42) 나도향, 「물레방아」, 앞의 책, 238쪽.

주먹이 부족하여 옆에 있는 모루돌멩이를 집어서 죽어라 하고 내리
친다. 그의 팔, 그의 온몸에는 끓어 오르는 분노가 극도에 달하자
사람의 가슴속에 본능적으로 숨어 있는 잔인성이 조금도 남지 않고
그대로 나타났다. 그의 눈은 마치 펄떡펄떡 뛰는 미끼를 가로채고
앉은 승냥이나 이리와 같이 뜨거운 피를 보고야 만족하다는 듯이
무섭게 번쩍거렸다. 그에게는 초자연의 무서운 힘이 그의 팔과 다리
에 올라왔다.[43] -「물레방아」(나)

「물레방아」(가)에서 아무데도 호소할 곳이 없는 방원은 아내에게 화풀
이를 한 후 사랑의 행위로 불화를 해소한다. 상전에게 예속되고 돈으로부
터 소외된 미천한 삶의 과정에서 방원과 아내 사이에도 낮지 않는 벽이
생겨나 있었다. 방원은 폭력과 사랑의 행위로 잠시나마 그 벽을 허물수
있을 뿐이다.

그러나 열악한 환경에서 안락한 삶을 소망하는 아내는 자주 신치규의
유혹에 넘어간다. 신치규의 방원의 아내에 대한 성욕은 방원의 욕망과는
달리 권력으로 성적 육체를 매수하여 물화된 계급적 욕망(지주의 부르주
아적 욕망)을 자기확인하는 것일 뿐이다. 그 같은 물화된 욕망은 피억압
계급을 더욱 거세시켜 사회적 불평등의 벽을 견고하게 할 뿐이다. 방원과
아내 사이의 균열 역시 그런 불평등의 벽에 의해 생겨난 것이다.

방원은 아내와 신치규의 불륜을 확인한 후 (나)에서처럼 살인(그리고
죽음)의 충동을 느끼는데 이는 단순한 치정사건에 연관된 질투심이 아니
다. 방원의 살해의 욕구는 아내에 대한 사랑의 욕구가 사회적 모순의
벽에 의해 금지된 데에 대한 반발로서 에로스의 충동의 이면으로 볼수
있다. 또한 그것은 아내와의 사이의 단절을 없애려는 에로스의 욕망을
방해하는 사회적 불평등의 벽을 파괴하려는 욕망이기도 하다. 방원의

---

43) 위의 책, 242쪽.

전도된 사랑의 욕망으로서 그 같은 살해의 충동은 단절과 소외를 극복하려는 에로티즘의 욕망과 동질적인 것이며 자연주의적인 복수심이나 파괴의 충동과는 구별된다.

방원은 마음을 돌리지 않는 아내를 찌르고 자신도 자결을 하는데, 이 죽음의 충동 역시 단절을 해소하려는 에로티즘적인 욕망이라고 할수 있다. 아내 위에 엎어져 자결하는 방원의 행위는 그의 죽음의 충동이 사랑의 욕망의 이면임을 보여준다. 그것은 피폐화된 (자연주의) 내면의 절망과 자포자기의 표현이 아니라, 단절을 고착화시키는 사회적 규율을 위반하는 굽히지 않는 정념의 표현이다. 다만 문제는 그런 정념의 표현으로서의 죽음이 개체들간의 단절을 해소하려는 욕망의 표현일뿐 실제로 사회적 단절을 해결하는 힘으로는 작용하지 못한다는 점이다. 이는 나도향의 에로티즘과 죽음의 충동이 낭만적 주관성의 한계를 지님을 의미한다. 나도향은 에로티즘을 통해 민중들의 해방의 욕망을 표현하지만 그 욕망을 상징적인 주관성의 차원에 옮겨 놓음으로써 객관현실로부터 괴리된다.

「물레방아」에서는 억압적 규율의 위반으로서의 에로티즘이 그 규율의 근거인 객관적 현실반영의 미흡으로 인해 현실 비판력을 뚜렷이 드러내지 못한다. 그점은 나도향 소설에서 전체적으로 나타나는 특징일 것이다. 하지만 그 대신 나도향 소설은 물신화된 성욕과 해방의 욕망으로서의 에로티즘의 대립을 통해 민중의 반항력을 드러낸다. 나도향 소설의 백미인 「뽕」(1925) 역시 그 같은 에로티즘을 보여주고 있다. 물론 「뽕」에서는 외견상 민중의 반항력이 잘 드러나지 않는다. 그것은 물화된 성욕이 민중의 세계에도 만연된 대신 그에 저항하는 에로스적 정념의 순수성이 희석되고 있기 때문이다. 민중의 세계가 물화된 성욕에 오염되어 있음을 대표적으로 보여주는 인물은 안협집이다. 안협집은 정조를 팔면서도 전혀 수치심을 느끼지 않는 점에서 바타이유가 분류한 천박한 매음[44]에 함몰된 인물이다. 그녀는 「물레방아」의 방원의 처처럼 전도된 권력에의 의지를 지닌 것도 또 「소나기」(김유정)의 춘호의 처와 같이 남편의 폭력에 시달리는 것도 아니다. 안협집에게는 매음이 일상화되어 있으며 그점에서 그녀는 '삼박자'의 쾌감을 즐기는 「감자」(김동인)의 복녀와 비슷한 유형이다.

그러나 안협집은 복녀와 결정적인 차이를 지니고 있다. 복녀가 거지들에게 애교를 팔지 않는 것은 왕서방이라는 '돈주머니'가 있기 때문이며 그녀의 매음에는 어떤 금기사항도 없다. 반면에 안협집은 야비한 사내에게는 절대로 정조를 허락하지 않는데 그것은 그녀가 최소한의 인간적인 품위를 지키려는 안간힘이라고 할 수 있다. 더욱이 안협집의 당당함의 이면에는 매음이란 남성중심적인 거래라는 그녀의 판단이 깔려 있다. 안협집은 뽕잎을 도둑질하다 들긴 후 뽕지기의 웃음의 의미를 간파하고 다음과 같이 생각한다.

> 안협집은 끌려갔다. 「제가 철석 같은 간장을 가진 놈이 아닌 바에…한 번이면 놓아 줄 것.」 그는 자기의 정조를 팔아서 자기의 죄를 면할 수 있음을 알았다. 그는 마지못한 체하고 끌려갔다.[45]

위에서 처럼 남성중심적 매음의 생리에 대한 안협집의 냉소는 그녀를 당당하게 만든다. 안협집의 도덕적 위반은 인간다움을 저버리는 것이지만 그 도덕에 포함된 남성중심성에 대한 냉소는 그녀의 해방의 욕구를 충족시키는 것이다. 또한 그녀가 삼돌이 같은 비열한 사내에게 침을 뱉은

---

44) 바타이유, 『에로티즘』, 앞의 책, 148-151쪽.
45) 나도향, 「뽕」, 앞의 책, 274쪽.

것은 그녀의 인간다움에 대한 절실한 소망을 보여준다. 그처럼 마지막 인간적 품위를 지키려는 몸짓은 그녀의 일탈을 단순한 매음에서 해방의 욕망인 에로티즘으로 바꾸어 놓는다.

안협집은 그녀의 내부의 어떤 한계선에서 자기자신이 받아들인 물화된 욕망과 대치하고 있다. 그녀의 일상화된 매음이 중단되지 않는다는 점에서 그 싸움은 언제나 중립상태에 놓여 있다. 그러나 그처럼 안협집의 일탈이 내부의 어떤 한계선까지 밀려난 것은 그녀의 개인적인 타락이기보다는 사회적 모순이 심화되고 일상화되었음을 뜻한다. 우리가 그녀의 내부의 중립상태의 싸움에서 읽을 수 있는 것은 민중들의 반항력이 무력화될 만큼 사회적 모순이 심화되었다는 점이다. 그것은 안협집의 매음을 질타하는 남편 김삼보의 행위를 통해서도 나타난다.

> 김삼보는 자기의 무딘 팔다리가 계집의 따뜻하고 연한 몸에 닿을 때에 적지 않은 쾌감을 느끼었다. 그는 그럴수록 더욱 힘을 주어 때리도록 속에 숨겨 있던 잔인성이 북받쳐 올라왔다.…(중략)…
> 그의 팔다리는 떨렸다. 그가 의원에서 약을 지어 가지고 왔을 때 안협집은 일어나 앉아 있었다. 삼보는 반갑기도 하고 분하기도 하여 약을 마당에 팽개쳤다. 그리고 밤새도록 서로 말이 없었다. 이튿날은 벙어리들 모양으로 말이 없이 서로 앉아 밥을 먹고, 서로 앉아 쳐다 보고, 서로 말만 없이 옷도 주고 받아 갈아 입고, 하루를 더 묵어 삼보는 가버렸다.[46]

안협집에 대한 김삼보의 잔인한 충동은 방원의 그의 처에 대한 살해의 욕구와도 비슷한 것이다. 그런 살인의 충동은 아내의 연한 몸에서 느끼는 쾌감으로서 에로스의 욕망과 동질적인 것이다. 그러나 김삼보는 방원과

---

46) 위의 책, 281-282쪽.

는 달리 안협집을 죽이지도 스스로 자결하지도 않는다. 김삼보는 오히려 몸을 떨며 안협집의 소생을 기다린다. 에로티즘적 죽음의 충동이 해방의 욕망이었던 것과는 달리 이런 생존의 욕구는 실상은 굴욕적인 삶에 대한 무력함을 드러내는 것이다. 그런 무력함은 김삼보와 안협집의 벙어리같은 침묵으로 가시화된다. 안협집의 내부의 중립상태, 그리고 김삼보의 살해의 충동의 머뭇거림은, 실상은 어떤 거대한 힘에 의해 민중들의 해방의 욕망과 에로티즘적 정념의 순수성이 희석화되었음을 의미한다. 두 사람의 침묵은 그런 무력감을 호소하는 또다른 절규이다. 우리가 그들의 벙어리같은 침묵에서 에로티즘을 무력화시키는 냉혹한 권력의 존재를 읽을 수 있는 것은 그 때문이다.

나도향은 「지형근」(1926)에서 그 잔혹한 권력의 메커니즘을 드러내는 식민지 현실을 그리려 시도한다. 그러나 여기에 이르면 민중의 해방의 욕망으로서 에로티즘의 정념은 거의 사라져 버린다. 「지형근」은 나도향 소설 중 식민지 현실을 가장 잘 반영한 작품이지만 그대신 민중적 에로티즘의 열정은 희박화되고 만다. 이점에서 나도향 소설의 정점은 「물레방아」와 「뽕」에 있다고 할 수 있다.

임화가 말한 심리소설의 비조(鼻祖)[47] 역시 「물레방아」와 「뽕」에 해당될 수 있다. 임화는 나도향 소설이 리얼리즘(본격소설)과 모더니즘(이상, 박태원 소설)의 과도점으로서 조선 심리소설의 원조라고 설명한다.[48] 나도향의 심리적 리얼리즘으로의 길은 졸라가 죽은 후 서구 자연주의 문학이 걸어간 경로를 방불케 하며 1930년 이후의 현대소설의 한 계열(모더니즘)과 연결된다는 것이다.[49]

---

47) 임화, 「본격소설론」, 앞의 책, 221쪽.
48) 위의 책, 220-221쪽.
49) 임화, 「소설문학의 20년」, 『신문학사』, 한길사, 1993, 396-397쪽.

임화의 논의대로, 규율화된 도덕에서 이탈하는 나도향의 에로티즘과 심리묘사는, 상식과 금기를 위반하는 세속화된 디오니소스적 유희(혹은 분열증적 유희)로서 30년대 모더니즘의 분명한 원조로 볼 수 있다. 이점에서 나도향의 미적 근대성은 창조동인들과 이상. 박태원의 사이에 놓여 있다. 그러나 다른 한편 나도향의 민중소설은 해방의 욕망으로서 에로스적 사랑을 탐구하는 점에서 「서화」 『고향』(이기영)이나 「인간문제」(강경애) 같은 프로소설의 사랑의 서사와 연결된다. 후자의 소설들은 흔히 사회주의적 세계관의 문학적 성취로만 이해되지만 실상은 민중적 에로스의 서사와 사회주의적 서사가 결합한 산물이라고 할 수 있다. 「서화」 『고향』이나 『인간문제』가 초기 사회주의적 자연주의를 넘어선 것은 민중적 사랑의 서사를 도입한 데 힘입고 있다. 이점에서 보면 나도향 소설은 초기자연주의와 30년대 사회주의 리얼리즘의 사이에 위치한다.

지식인 문학으로서 초기 염상섭 소설은 차츰 리얼리즘으로 발전되는 길로 나아가지만 그 내면고백체의 분열증적 주체는 오히려 30년대 모더니즘에 연결된다. 이와 유사하게 나도향의 심리적 에로티즘은 30년대 심리적 모더니즘의 비조이면서도 그 민중적 욕망의 서사는 도리어 사회주의 리얼리즘에 접속된다. 초기 염상섭과 나도향은 이처럼 그 이후의 리얼리즘과 모더니즘, 그리고 지식인 문학과 민중문학의 복합적 계보의 선두주자였다고 할 수 있다. 그들은 전시대의 이광수가 흠모하던 새아버지(신문명)의 품으로부터 탈출을 시도함으로써 새로운 차원의 근대문학의 두 길을 창시한다. 그것은 근대성의 품안에 이미 탈근대적인 근대비판을 포함할 수 있었던 미적 근대성의 두 길이었다.

참고문헌

권보드래, 『한국근대소설의 기원』, 소명출판, 2000.

김수용, 『예술의 자율성과 부정의 미학』, 연세대출판부, 1998.

김영민, 『한국문학비평논쟁사』, 한길사, 1992.

김윤식, 『염상섭 연구』, 서울대출판부, 1987.

김윤식 · 정호웅, 『한국소설사』, 예하, 1993.

김진수, 『우리는 왜 지금 낭만주의를 이야기하는가』, 책세상, 2001.

나병철, 「근대문학의 기원과 주체의 계보학」, 『현대문학이론연구』15
　　　　집, 2001.

박상민, 「나도향소설연구」, 연세대석사논문, 1998.

박상준, 『한국 근대문학의 형성과 신경향파』. 소명출판, 2000.

상허학회, 『1920년대 동인지 문학과 근대성 연구』, 깊은 샘, 2000.

임화, 『문학의 논리』, 서음출판사, 1989.

____, 『신문학사』, 한길사, 1993.

들뢰즈 · 가타리, 최명관 역, 『잉떠오이디푸스』, 민음사, 1994.

바타이유, 조한경 역, 『에로티즘』, 민음사, 1999.

볼프강 벨쉬, 박민수 역, 『우리의 포스트모던적 모던』, 책세상, 2001.

푸코, 이규현 역, 『성의 역사』1권, 나남, 1992.

프로이트, 황보석 역, 『프로이트전집』12, 열린책들, 1997.

하버마스 외, 정정호 강내희 편역, 『포스트모더니즘론』, 터, 1989.

Abstract

Two Ways of Aesthetic Modernity
- A Desire of Escape and Erotism -

Na, Byung-chul

This paper studied the way how Korean modern novel was developing in 1920'. It was essential at the development of modern novel in 1920' that aesthetic modernity appeared. The most important modern project at that period was aesthetic modernity. And this project of aesthetic modernity was essential at not only literature but also completion of modernity. Because another modern project was initiated by the appearance of aesthetic modernity.

The appearance of aesthetic modernity made us think of the ambivalence of modernity that was both modern and postmodern. And Krean literature reached to the completion of modern lterature by obtaining the ambivalence of modernity that was both modern and postmodern.

This paper studied the two ways how the writers of 1920' overcomed the moderity of enlightenment, by studying on the novels of Yeom Sang-Sub and Na Do-Hyang. Yeom Sang-Sub obtained aesthetic modernity by desire of flight, and Na Do-Hyang obtained it by erotism. This two ways of aesthetic modernity were another modern project that tried to overcome colonial modernity.

Key Words : Aesthetic Modernity, Inner Confession Style, A Desire of Escape, Erotism.

신소설에 나타난 전대소설의 계승 양상

- 언어의 문제를 중심으로 -

양문규*

1. 기존 논의와 언어 계승의 문제

전통단절론의 입장에 놓여 있던 초기의 신소설 연구는 신소설에 나타난 전통계승의 문제에 아예 관심을 기울이지 않았다. 가령 김태준, 임화 등은 신소설을 구소설과 근대소설을 잇는 과도기 문학으로 규정한다. 이러한 규정은 신소설이 아직도 구소설의 유제를 벗어나지 못했고, 서구 문학의 미흡한 모방에 그친 과도기적 장르임을 강조하는 것이라고 볼 수 있다. 따라서 신소설에 나타난 전대의 양식, 구체적으로 조선 후기의

---

* 강릉대 교수

국문소설은 현대소설이 불가피하게 지양해야 할 "낡은 것"에 불과할 따름이다. 단 임화는 단편적인 것이기는 하지만 "이조의 언문문학 가운데는 생생한 조선어의 보옥(寶玉)이 숨어 있었다"[1]는 정도의 긍정적 언급을 하기는 했다.

이후 오랜 시간이 지나 신소설에 나타난 전대소설의 계승 문제에 대한 관심은 조동일의 『신소설의 문학사적 성격』(1973년)에서 구체화된다. 그는 이 책에서 신소설이 조선 후기의 국문소설을 이어 받고 있다는 앞 시기의 막연한 논의를 넘어선다. 우선 그는 조선 후기 국문소설을 귀족적 영웅소설과 판소리계 소설로 대별한다. 그리고 삽화, 유형 등의 구조주의적 대비를 통해 신소설은 이 중 상대적으로 진보적 성격을 갖고 있는 판소리계 소설이 아닌, 봉건적 성격이 강한 귀족적 영웅소설을 계승하고 있음을 밝힌다. 그리하여 신소설은 새로운 소설을 지향하는 표면적 의식과는 반대로 전대의 영웅소설을 답습하여 퇴영적인 성격을 드러낸다고 본다.

조동일이 신소설과 전대소설의 계승 관계에서 영웅소설을 중심에 놓고 고찰하면서 신소설에 대한 전면적 부정이라는 결론을 내린 것에 반해, 최원식의 「은세계 연구」(1978년)는 일단 이에 대한 반론을 보여준다. 즉 이인직의 「은세계」(1908년)의 전반부는 영웅소설이 아닌 판소리 소설의 구조를 기반으로 극적인 전개와 더불어 뛰어난 현실인식을 보여 준다면서 이는 조선후기문학 소설의 발전적 완성이며 동시에 이후 한국 근대소설 발전의 중대한 모멘트로 본다. 그리하여 조선 후기 문학은 신소설 발전에 중요한 계기가 되었음을 지적한다.

그는 이어 『한국근대소설사론』(1986년)에서 이인직보다 이해조에 초점을 맞춰 이해조 소설이 구소설을 국민주의에 입각한 새로운 소설로

---

1) 임화, 「신문학사」, 『조선일보』, 1939.12.8.

개량함으로써 우리 소설을 근대소설로 일보 전진시켰다고 평가한다. 그러나 그의 「은세계」 논의가 전대소설과 신소설 「은세계」의 관계를 본격적으로 보여준 것과 달리, 이해조 논의는 구소설이 단지 "봉건적 낙인이 깊숙이 밴" 개량의 대상일 뿐, 이것이 정작 이해조 소설에서 어떻게 긍정적으로 계승되고 있는가에 대한 생각은 전개하지 않고 있다.

　이후 김교봉 · 설성경의 『근대전환기소설연구』(1991년)가 신소설과 전통소설의 전승구조를 일반화하여 종합적으로 설명하고 있으나 긍정적 계승이 강조될 뿐, 기존의 논의를 크게 넘어서지는 않는다. 최근 김영민의 『한국근대소설사』(1997년)는 신소설을 조선 후기의 국문소설보다는 야담이나 한문단편의 양식에 영향받은 이른바 서사적 논설 및 논설적 서사의 발전된 형태로 보고 있다. 이는 주로 양식의 측면에 초점을 맞춘 논의로서 앞으로 좀더 다양한 논증을 필요로 할 듯하다.

　이 글은 이러한 앞 시기 논의들 가운데 신소설을 일단 조선후기 문학 그 중에서도 구체적으로 국문소설의 발전 선상에 놓여 있다는 입장을 따르고자 한다. 그런데 기존 논의들은 앞서 살펴보았듯이 전대소설과 신소설의 계승관계를 첫째 삽화, 유형 등의 구조주의적 측면에서 둘째, 현실인식 및 주제의 측면에서 셋째, 양식의 측면에서 다양하게 접근했으나, 정작 문학예술의 근본을 이루는 언어의 측면에서 이의 긍정적 계승을 살핀 논의는 없다. 사실 신소설이 등장한 시기는 근대로의 전환 시기로 언어와 문자의 문제가 각별히 심각한 시기였음에 주목할 필요가 있다. 그럼에도 불구하고 기존의 소설사 논의들이 이를 대체로 국어학의 문제로 삼은 탓인지 본격적인 논의는 없었던 편이다.

　따라서 이 글은 조선 후기 국문소설의 표기 수단이었던 국문이라는 언어가 신소설 안에서 어떻게 계승되는가에 초점을 맞춰 논의를 전개하고자 한다. 신소설에 나타난 과거 우리 문화 특히 언어의 계승 양상을 고찰하는 것은 전통계승이냐, 단절이냐 하는 문제를 떠나 그것이 궁극적으로 새롭게 등장하는 문화와 이후 전개될 문화의 성격과 문제점을 이해하는 기본 열쇠라는 사실에 유념하여 이를 구체적인 논의로 뒷받침하고자 한다.

2. 표기 수단의 계승문제

이인직으로부터 시작된 신소설의 가장 큰 문학적 성과는 뭐니뭐니 해도 국문을 표기 수단으로 한 조선 후기 국문소설의 전통을 잇고 있다는 점이다. 그러나 그러한 계승이 당연하게 이뤄졌던 것만은 아니다. 가령 최초의 신소설 이인직의 「혈의누」(1906년)에는 명치 이후의 일본 소설이나 기타 근대적 산문에서 흔히 보아온 루비식 표기가 눈에 띈다. 그 표기의 특징은 국한문혼용에다, 한자에는 모든 국문으로 독음과 뜻을 다는 곧 일본식 후리가나다. 이 같은 표기 방식은 이인직 이전의 소설 문장에서는 보기 드문 현상이었던 만큼, 일본 소설의 영향이 작용하고 있음을 단정할 수 있다.[2]

그리고 작품 안에 사용된 어휘 가운데 일본 훈독식 한자 표기 내지 일본 한자식 표기가 눈에 띈다.[3] 이러한 일본식 문체는 이미 봉건시대부터 한글 전용의 전통을 견지하고 있었던 우리 소설 문체에 대한 후퇴가 되는 것으로 볼 수 있다. 이른바 우리나라 최초의 신소설이라고 일컫는 「혈의누」가 연재 당시에는 그 제목뿐만 아니라, 문체까지도 일본식을 흉내내었다는 사실은 충격적이다.[4] 이는 이인직 문학의 친일적 성격을

---

2) 이재선,『한국개화기소설 연구』, 일조각, 1972, 138면.
3) 예컨대 家內(아내), 芝居(연극장), 御孃樣(작은 아씨), 旦那(영감) 같은 일본 한자를 쓴다.

뒷받침하는 또 하나의 좋은 소재거리가 된다.

그러나 이 문제는 신중하게 살펴보아야 할 필요가 있다. 개화기 문체는 대별하면 ①한문체, ②국문체, ③국한문혼용체로 나뉜다. ①과 ②는 종래부터 있어온 것으로 전자는 양반계층의 전용어로 후자는 부녀 및 서민들의 전용어로 병행되어 이중구조를 보여 주었으나 ③에 와서 이중구조의 양상을 보여주게 된다. 그러나 이러한 양상은 그 기간이 별로 길지못하고, 국한문혼용체와 국문체라는 이중구조로 대치된다. 그리고 곧 국한문혼용체가 언어의 기능상 가장 효율적으로 당시의 사상을 감당할 수있는 중요한 문체가 된다. 즉 국한문혼용체는 표면상 개화 쪽의 공적의미를 띠어 교육의 표준어로 되어 있으며, 개화기에서 압도적으로 우세한 위치를 차지한다.5)

이렇게 놓고 볼 때, 「혈의누」가 게재된 『만세보』에 쓰이던 루비식 표기는 국문 독자층과 국한문 독자층을 두루 포용하고자 하는 의도로 간주된다. 이인직의 루비식 표기 선택은 소설 장르가 갖는 특색인 대중성을 고려하며 국한문체의 사용 계층이었던 지식인 역시 독자 대상으로 삼아야 한다는 문제에서 비롯되었음을 추측할 수 있다. 당대 식자층들이 국문전용을 주저했던 이유 중의 하나가 그들이 부정적으로 인식하고 있던고소설의 주요 표기 수단이 순국문이었다는 점 때문이다.

이러한 사실로 미뤄 보건대 신소설 작가들의 창작 표기 수단의 선택이그리 간단한 일은 아니었던 듯하다. 실제 「혈의누」이전 이와 유사한제재를 미리 다룬 작품도 한문 또는 한문현토식 표기 수단을 선택한다.6)

---

4) 최원식, 『한국근대소설사론』, 창작사, 1986, 293면.
5) 이기문, 『개화기의 국문연구』, 일조각, 1975. 참조
   김윤식·김현, 「개화기와 문체의 변혁」, 『한국문학사』, 민음사, 1973.
6) 일학산인(一鶴山人)의 「일념홍(一念紅)」(『대한일보』 1906.1.23~2.18)이 그러한 예다.
   (송민호, 『개화기소설의 사적 연구』, 일지사, 1975. 참조)

이해조의 처녀작 「잠상태(岑上笞)」(1906년)가 백화체 한문소설이며, 그의 순국문 소설은 이인직의 「혈의누」, 「귀의성」(1907년) 이후에야 비로소 등장한다는 점, 이광수의 처녀 단편 격인 「무정」(1910년)의 상당 부분이 국한문체였다는 사실은 순국문 소설에 대한 시대적 저항을 엿볼 수 있게 한다.

그런데 무엇보다도 중요한 사실은 『만세보』의 「혈의누」가 실제 순국문 소설이나 다름없다는 점이다. 즉 『만세보』의 「혈의누」에서 루비식 표기는 1회, 9회에만 나타날 뿐 전체적(50회 분)으로 큰 비중을 갖지 않는다. 특히 전체가 루비식 표기로 앞서 발표된 「소설단편」에는 "이 小說은 國文으로만 보고 漢字音으로는 보지 말으시오"라고 독자의 주의를 환기시키는 단서를 붙여 놓아 이인직의 문자의식이 국문지향임을 알 수 있게 한다. 그리고 1907년 단행본 「혈의누」에서는 곧 국문 전용으로 돌아서며 이후 루비식 표기는 결코 나타나지 않는다. 그리고 『만세보』에 등장하는 일본식 한자어도 옥련의 일본 생활을 묘사하는 부분(21회~35회)에서만 이따금씩 나와 현장의 생동감을 보여주기 위한 장치로 이해해야 한다.

요컨대 이인직은 궁극적으로는 새로운 소설을 순국문으로 창작해보고자 했다. 그리고 그것은 모든 신소설 작가들의 전범이 되었다. 물론 국문 사용이 조선 후기 국문 소설의 당연한 전통이었음에도 불구하고 앞에서 살펴보았듯이 신소설은 선뜻 이를 계승하지는 못한다. 따라서 이인직이 잠정적으로 루비식 표기 방식을 시험해본 것은 일본 문화에 민감했던 개화 인텔리의, 한문 또는 국한문 혼용을 견지했던 봉건지배계급 또는 상층 문화에 대항하여 나온 하나의 타협적인 문자행위였다.

그러나 신소설이 궁극적으로 순국문의 신소설을 쓰게 되었다는 사실은 조선 후기 평민문학을 대표하는 국문소설의 전통을 계승하며 봉건지배계급의 문화에 도전한 일종의 시민적 미학의 발로로 이해할 수 있다.

더 나아가 이해조 등의 신소설에서 나타나게 되는 국문의 생동감은 종래의 국문소설 특히 영웅소설이 순국문으로 되어 있지만 다분히 상투화된 것과 달리 발전적 계승을 보여 준다고 할 수 있다.

3. 대화언어의 양상

대부분의 신소설은 지문과 대화를 명확하게 구분한다. 이러한 지문과 대화의 분리 표기는 종래 이조의 소설이 지문과 대화를 아무런 구분 없이 내리닫이 식으로 기술한 것과는 상당히 다르다. 물론 이러한 방식도 일본소설『설중매』에서는 현저한 사실이고 보면 일본문학의 영향에 힘입은 듯하다.[7] 그렇다면 종래의 국문소설은 화법의 형태가 구체적으로 어떠했는가? 이를 위해 고소설 연구자의 도움[8]을 잠시 빌리기로 하자.

종래의 국문소설은 문체와 구성의 측면에서 크게 둘로 나눠볼 수 있는데, 그 하나가『홍길동전』,『조웅전』등의 문어체 소설이며 또 다른 하나는『춘향전』등의 판소리계 소설이다. 우선 문어체 소설에서는 진정한 의미의 대화체 문장이 이뤄지지 않는다. 문어체 소설에서는 인물의 대화가 제시될 경우, 인물의 발언과 그 발언을 유도하는 설명 및 상투적 인용어구 예컨대 "~왈"의 단조로운 교체를 보여준다. 그리고 문어체 소설에서는 작가의 서술과 인물의 대화가 단조로이 교체해 나갈 뿐만 아니라, 인물의 발언에 서술자의 언어가 부단히 간섭을 하고 있어, 진정한 의미의 대화체가 이뤄지고 있지 않다. 따라서 대화를 통해 드러낼 수 있는 작중

---

7) 이재선, 앞의 책, 139면.
8) 김병국, 「고대소설 서사체와 서술시점」, 『현상과인식』, 1981년 봄호.
   김병국, 「국문소설의 문체와 구성」, 황패강 편, 『한국문학연구입문』, 지식산업사, 1982.

인물들의 생동감 있는 묘사가 이뤄지지 않는다.

그러나 판소리계 소설의 판소리 서사체는 인물들의 대화가 가장 순수한 상태로 모방된다. 가령 인물의 말을 인도하는 상투적 인용어구 "~왈" 등이나, 대화와 대화 사이에 개재하는 서술자의 인물의 행동에 대한 설명도 없이, 일종의 자유직접체라고나 할 인물의 말에 대한 자동기술적 형태의 예가 허다히 보인다. 한편 인물의 발언의 자동기술적 형태를 떠나서, 상투적 인용구나 인물의 행위에 대한 설명을 수반하는 대화체가 이뤄져도, 각 인물은 그 자신의 언어로써 발화 행위를 그대로 재현하고 있다. 판소리계 소설의 인물들은 각각 그 자신의 연령과 신분과 성격에 걸맞는 언어로써 말을 한다. 이는 판소리계 소설이 소리창과 '판'이라는 현장을 통해 구연되는 판소리의 개방성을 이어받고 있기 때문에 가능하다.

이러한 우리 국문소설의 전통적인 두 가지 화법형태를 지양한 형태가 신소설의 지문과 대화의 분리표기방식이라 할 수 있다. 특히 대화자의 이름을 괄호 안에 정확히 표기하는 방식은, 인물의 발언에 대한 자동기술을 해야 할 경우 뚜렷이 나타난다.

> 박참봉이 … 졈순의 뒤를 짜라 드러가며 시럽슨 말을 시작한다.
> (박참봉) 너 엇지흐야 여기 왓느냐
> (졈순) 딕에는 못올데이오닛가
> (박) 너 온졔 니집에 와셔보앗냐
> (졈) 전에는 못 왓슴니다마는 이제는 즈쥬즈쥬 오깃슴니다.
> (박) 오냐 긔특하다 이담에는 나졔 오지말고 밤에 오너라 기다리고 잇스마
> (졈) 에그 망측흐여라 누가 나리 뵈우러 옴닛가 마마님 뵈우러 오지요
> (박) 나는 마마님커냥 별상님도 업다. 이럿케 얼근놈의에 쏘 마마님이니 별상님이니 그런 거시 잇셔셔 엇지하게

(졈) 누가 나리딕 마마님 뵈우러 왓슴닛가 우리딕 마마님 뵈우러
왓지

(박) 이이 너의 딕 령감게셔 쳡두섯단 쇼문이 잇스니 참말니냐

(졈) 령감마님 심부름흐러온 졈순이는 병신으로 ᄋ르시네 어셔
마마님 뵙고 가기슴니다. 어는 방에 게심닛가9)

(이하 인용문의 띄어쓰기는 필자에 의한 것임.)

이러한 지문과 대화의 분리 표기 방식은, 영웅소설 등의 국문소설 화
법 형태의 경직성을 벗어나 판소리계 소설의 화법 형태의 자유분방한
성격을 수용할 수 있는 당시로서는 최선의 방식이 아니었나 싶은 생각
이 든다.

물론 이러한 방식은 소설 안에서 생생한 대화 언어를 구현시킬 수
있는 장점을 안고 있다. 따라서 인물들의 성격을 실감나게 구체적으로
형상화할 수 있게끔 한다. 김동인이 위에서 거론된 「귀의성」에 "한국
근대소설의 원조의 영관(榮冠)을 돌릴 수밖에 없을" 것이라고 상찬한 것
에는 이러한 대화언어의 생동성에도 기인한다고 볼 수 있다. 대화언어의
생동성은 이미 판소리계 소설의 전통에서 확인되는 바, 비록 지문과 대화
의 분리 표기방식이 외래적인 것일지라도 이러한 판소리계 소설 전통의
뒷받침 없이는 신소설에서 그 실현이 불가능했다.

4. 구어(口語)의 수사

신소설은 비유적 표현으로 속담 또는 고사를 인용하고 있으므로 전대
소설적 잔재를 벗어나지 못한다고 부정적으로 평가된다. 이 문제는 일면

---

9) 『귀의성(상)』, 광학서포, 1907, 51면.

타당하지만 이 역시 재고해볼 필요가 있다. 우선 고사(故事)의 인용을 통한 비유는 신소설의 문학적 상상력의 빈곤을 의미하는 일면이 있다. 그러나 신소설에 등장한 고사 및 고사성어를 통한 비유는 전대 문어체 소설에서 보이는 것같이 식자층에 점유되어 상투화 된 것이기보다는 민중적 일상성을 기초로 한 생기 있는 속담과 유사한 기능을 수행한다.

> 최씨가 그 쫄 기를 쩌의 일을 말하자 흐면 소진의 혀를 두셋식 이여놋코 삼스월 긴긴히를 멧식 포개노홀지라도 다 말홀 슈 업는 일일러라.[10]

> 앞헤셔 무쥬오난 인력거와 엇지 몹시 부듸쳣던지 인력거 틋던 사람들은 박낭사 철퇴 소리에 놀란 진시황ㅈㅊ 혼이 나셔 셔로 니다 보더라.[11]

이러한 고사를 인용한 수사법들은 진부하기보다는 판소리계 소설에서 볼 수 있는 것 같은 설명과 묘사의 해학성 때문에 소설을 읽는 독자들에게 흥미를 촉발시킬 수 있다. 실제 이러한 고사들은 진지하고 교양이 있는 표현을 위해서 쓰여졌다기 보다는 웃음을 유발하기 위해 쓰여진 것으로 판소리 말놀이 등의 수사법을 답습했다고 볼 수 있다.[12] 물론 이인직이나 이해조 등 같은 신소설의 대표적 작가들은 고사성어를 인용한 비유법의 빈도수가 다른 신소설 작가들에 비해 상대적으로 낮다. 더욱이 인용된 고사들도 생경한 한자성어로 이뤄져 독자들에게 상투적으로 전달되기보다는 궁극적으로는 이야기 안에 알맞게 끼어 들어가 해학적인 분위기 조성과 인상적 비유의 기능을 적절하게 수행하고

---

10) 『혈의누』, 광학서포, 1908년, 23면.
11) 『귀의성(상)』, 133면.
12) 김대행, 『우리시대의 판소리문화』, 역락, 2001, 126면.

있어 독자들이 소설 안의 사태에 실감으로 다가갈 수 있게 한다.

이와 같은 점에서 속담의 수사법이 갖는 효과는 더 말할 필요가 없다. 판소리계 소설에서도 속담들이 사용되고는 있지만, 신소설에서 일층 강화된다. 속담은 우리의 언어생활과 가장 밀접한 관계가 있기 때문에 퍽 익숙해진 말의 벗이다. 속담은 설화, 민요와 같이 대중 속에서 형성된 민중 생활의 산물로서 민중이 공감하고 애용할 때에 그 생명력이 살아난다. 그리고 민중적 일상생활의 주변에서 항상 보고 느끼는 소재로서 표현되기에 일상생활에 체득한 진리로서 예리한 풍자와 엄숙한 교훈과 실감나는 비유가 민중의 기지에 의해 번득여진다.

　　　　모주 먹은 도야지 별으듯 흔다13)
　　　　십년 공부가 삶은 개다리 되었다14)
　　　　된장 항아리에 풋고초 백이듯15)
　　　　모밀섬에 참시쎄 덤뷔듯 흐얏스니16)
　　　　인절미를 굴녀도 검불 하나 안이 뭇을 것 갓흐나17)
　　　　농익은 연감 모양 갓치 홀쑥흐도록 쌜녀 보아라18)

사실 위와 같이 이루 헤아릴 수 없는 예를 통해 볼 수 있는 다양한 생활 언어가 이후의 우리의 소설사에서 확대, 재생산되지 못한 것은 안타깝기조차 하다.

한편 신소설은 그것이 꼭 속담은 아니더라도 시정의 세태 또는 당대의 사회 문제로부터 유래되었을 법한, 즉 사회적 세태에 빗댄 비유체계를

---

13) 『고목화』, 박문서관, 1922년, 64면.
14) 『고목화』, 135면.
15) 『빈상설』, 광학서포, 1908년, 119면.
16) 『빈상설』, 130면.
17) 『구마검』, 이문당, 1917년, 1면.
18) 『구마검』, 53면.

자주 동원한다. 특히 새롭게 들어온 문명 내지 문물들을 비유체계로 활용하여 시대적 추세에 기민하게 적응하는 이른바 '도청도설(道聽塗說)'로의 소설 성격을 십분 드러낸다.

　　사룸을 죽이고 벌력을 입으려면 낙동장신 리경하[19]는 눌모다 벌력믄 입다 므럿게오.[20]

　　김씨 부인 노쥬(奴主-필자)가 례비당에셔 아멘 부르듯 여출일구
(如出一口-필자)로
　　에그 고마워라[21]

　　엇더케 ᄒ면 ᄒ번 어울녀들어 그 집 셰간을 홀쥭ᄒ도록 빨아먹을쏘 ᄒ고 아라사 피득황뎨가 동양졔국을 경영ᄒ듯 ᄒ던 ᄎ에[22]

　　금방울(무당)이 … 파산션고(破産宣告) 당ᄒ 집의 판심하나 다름업시 집어 너려들더라.[23]

　　그 니외의 웃고 찡그리는 것까지 뎐보를 노은드시 금방울의 귀에드러오면[24]

　신소설에서 속담을 중요한 수사법으로 활용하는 것은 전대 판소리계 소설에서 구사되는 구어체 미학의 발전적 계승이라고 할 수 있다. 판소리

---

19) 이경하(李景夏, 1811~1891); 대원군이 천주교도를 탄압할 때, 포도대장으로 입으면서 죄인을 다스리되 반드시 낙동(駱洞)에 있는 그의 집에서 하였으므로 그가 살던 동네를 낙동염라(駱洞閻羅)라 하였다.
20) 『귀의성(상)』,115면.
21) 『치악산(하)』, 동양서원, 1911, 13면.
22) 『구마검』, 18면.
23) 『구마검』, 23면.
24) 『구마검』, 115면.

계 소설의 속담과 관용구 등의 체계가 민중의 상상력에 바탕을 두었듯이, 신소설의 그것도 당대 민중들의 상상력을 토대로 한다는 점에서 신소설이 중세적 미학체계를 벗어나 근대를 지향하는 판소리계 소설의 연장선상에 놓여 있음을 보여준다. 이는 신소설이 반봉건의 시대적 추세에 일정한 역할을 감당할 수 있는 시민문학의 속성을 갖추고 있기 때문이다.

그러나 한편으론 신소설에서 활용되는 속담 그 외에 과장, 언어유희, 욕설 등의 구어의 수사 체계는 민중적 상상력을 기초로 하는 면도 있지만 단순히 독자들의 통속적 흥미를 자극하는 수준에 머물고 있는 것도 사실이다. 사실 판소리계 소설에서 사용된 구어의 수사체계들은 조선 후기 현실의 모순을 전면적으로 문제 삼는 수준에까지 나아가지는 못했다 하더라도, 물질적 매개를 용납하지 않는 도학(道學)의 수직적 상하질서를 뒤집으려는 차원에서 전개되었고, 관념화된 사고 체계에 대한 반역이었다고 얘기할 수 있다.

그러나 신소설에서 속담 또는 이를 매개로 한 해학적 비유들이 작품의 맥락에 어울리지 않게 또는 과도하게 나타난든지 하여 작품 주제의 진지성을 떨어뜨리기도 하고 문제의 본질을 감춘다.

> 네펴년 목쇼리지마는 무당년의 소리갓치 씩씩하고 시연흔더 폭포슈 쏘다놋틋 것침시업시 나오는 말이라. 마루청이 쏘개지도록 발을 구르더니 명창광더 화루도 승성 지르드시…[25]

이는 「귀의성」에서 김승지의 부인을 묘사하는 부분인데, 그 모습이 희화적으로 과장되고 있다. 이와 같은 부인의 악행에 대한 과장된 묘사 및 서술은 「귀의성」에서 자주 나타나는데, 이는 「귀의성」의 비극이 반상

---

25) 『귀의성(상)』, 20면.

제도의 모순에서 빚어진 비극임에도 불구하고, 독자들의 관심을 시샘에 불타는 김승지 부인의 우스꽝스러울 정도의 악행으로 돌리게 한다.

이인직의 「은세계」에서는 탐관 정감사가 최병도를 문초하는 장면은 최병도의 비장성과 동떨어지게 회화화되는 측면이 있다.

> 찍으려는 황시나 찍히지 아니ㅎ려는 우렁이나 쏙갓다 ㅎ는 말이 정감사와 최병도의게 절당한 물이라 … 최병도의 마음에는 찬 밥 흔 술이 악가운 거시 아니라 괴양이 버릇이 패씸ㅎ다는 말과 갓치 …26)

이후 문초 끝에 죽은 최병도의 묘를 대관령 산봉우리에 쓰는데, 이 묘의 놓인 형상을 "전긔선 우에 시가 올나 안진 것 갓치"27) 하는 분위기와 어울리지 않는 비유를 쓴다. 「은세계」는 기본적으로 조선 후기의 모순에 맞서는 평민 영웅의 비장성에 초점을 맞추기보다는 이러한 저항이 무의미할 수밖에 없게 된 봉건조선의 필연적 망국론에 더 초점이 맞춰 있다. 따라서 최병도의 비극은 봉건조선의 부정적 현실에 대하여 표피적 분노만을 유발하게 하는, 심하게 얘기하자면 흥미로운 이야기 거리로 전락할 수도 있는 셈이다.

물론 판소리의 골계와 해학은 일부러 웃자는 의미의 강한 오락성을 가지고 있다.28) 그러나 신소설에 나타나는 오락성의 배경을 살피자면 그것의 반민중적 지향을 감지할 수 있다. 예컨대 신소설이 판소리계 소설과 같은 해학과 풍자가 활기를 보여주는 것은 주로 작가가 부정적 대상으로 설정한 인물이 등장하는 경우에 한해서다. 아래와 같이 이인직 소설에

---

26) 『은세계』, 동문사, 1908, 56~57면.
27) 『은세계』, 78면.
28) 김대행, 앞의 책, 48면.

서 부정적 인물로 등장하는 노비 등의 인물들은 한결같이 회화적인 모습으로 그려진다.

> 졈순이가 입에는 꿀을 발랏스나 가삼에는 칼을 품은 사룸이라 …
> 졈순이 그 부인 압헤서 주라날 썩에 디강이는 주로 어더맛너라고
> 맛치 돌갓치 구덧고 마음은 하로 열두번식 핀잔과 꾸지람 듯기에
> 졸업을 히셔 여긴 꾸지람은 드러도 드른듯 시푸지 아니혼 졈순이
> 라29)

> 옥단이가 디답을 흐는디 나뷔야 부르면 고양이 디답흐듯 가량스
> 러운 목소리로 네 — 30)

이해조 소설은 이 점에서 좀더 뚜렷하다. 그리고 이러한 점 때문에 이해조 소설은 오히려 풍자와 해학이 훨씬 활발하며 그것이 바로 이해조 문학의 시정성을 돋보이게도 한다.31) 가령 이해조의 작품에서는 이인직 소설과 달리 부정적 인물이 작품 전개에서 주동적 역할을 수행한다. 그리하여 이들의 성격과 행동 및 이들과 연관된 사건들 내지 이의 풍자로부터 빚어지는 생동성은 판소리계 소설에서 발견할 수 있는 풍요로운 해학 또는 풍자의 수사와 곧 바로 연결된다. 다음의 첩들(또는 기생첩), 노복의 걸쭉한 입심들은 저절로 웃음을 자아내게 한다.

> (괴산집) 알수가 업거던 병아리를 세여보지32)

---

29) 『귀의셩(상)』, 88~90면.
30) 『치악산(상)』, 유일서관, 1908년, 111면.
31) 이해조 문학의 시정성과 현실비판은 조선 후기 한문단편의 서사 전통(세태반영과 강렬한 현실비판의 화소 등)을 흡수하여 근대적 문학의 자양분으로 삼은 점에서도 살펴 볼 수 있으나, (한기형, 「한문단편의 서사전통과 신소설」, 『민족문학사연구』 4호, 1993년 참고) 이 글에서 이에 대한 논의는 미룬다.

(평양집) 왜굴머 왜굴머 엽구리에다 독을 츠고 먹든가 보구려33)

(거복) 아쥬머닌지 두루쥬머닌지 언제 방구석에 붓터 잇는 것 보 앗니34)

(최부인) 팔즈 스오ᄂ와 열 소경의 한 막더갓은 즈식을 죽이어 구진 일에 청ᄒ엿네그레35)

　

그러나 이러한 유희적 충동을 느끼게 하는 말의 잔치들은 부정적 인물로 간주된 하층민 즉 무당, 기생(첩), 노비 계층의 부도덕함과 경박스러움을 강조하는 것으로 나타나 단순한 흥미거리로 떨어진다. 사실 판소리계 소설에 사용된 기층계급의 언어는 두루 알다시피 당대 지배계급의 규범과 습속의 굴레를 넘고자 하는 반(反)명제의 의미를 갖고 있다. 가령 판소리계소설에 등장하는 방자형 인물들의 상전에 대한 어깃장과 대거리 등의 언어는 사대부의 위선적 문화에 대항하는 성격을 갖고 있다. 그러나 신소설의 구어적 수사학은 대부분 하층계급의 야비한 성향을 드러내는 데 쓰여져 하층민을 경멸하는 작가의식의 일단을 엿볼 수 있게 할뿐이다. 따라서 신소설에서 자주 나타나는 하층민의 상스러운 욕설을 비롯한 비속어 역시 양반문화에 대한 전복의 성격보다는 예교적(禮敎的) 양반문화와 대비된 하층계급의 비속한 일상을 대비적으로 강조하는데 그치고 만다.

　

요 박살를 하여 노흘 년 우이 나가지 아니ᄒ고 알진알진하는냐 니가 조년붓터 쳐죽여야 속이 시연ᄒ깃다36)

---

32) 『고목화』, 15면.
33) 『빈상설』, 43면.
34) 『빈상설』, 54면.
35) 『구마검』, 14면.
36) 『귀의성(상)』, 5면.

조년의 아가리를 지찌여서 기둥 밋헤 잔뜩 비끼러 미여노아라[37]

에구 분히라 삼신도 눈쌀이 머럿지 이왕 나를 졈지ᄒᆞ거든 허구만 혼 량반에 밋구멍을 다 버리고 하필 상놈의 집에다 티여나게 힛든 가[38]

요컨대 이들 욕설의 주체는 하나 같이 하층계급으로 이러한 욕설들을 통해 그들의 천박하고 비속한 부정성을 돋보이게 할뿐이다.

5. 판소리계소설의 구어체와 영웅소설 문어체의 양립 양상

속어, 비어, 사투리를 포괄한 진정한 의미의 구어가 기록문학화 되는 것은 판소리 텍스트에서 비롯된다. 판소리계 소설을 제외한 일반적인 국문소설은 그것이 비록 국문으로 씌어졌다 하더라도 진정한 의미의 구어체를 확립하지 못한다. 신소설은 앞에서 확인한 바 물론 판소리계 소설의 구어체적 전통을 적극 수용한다. 따라서 신소설은 이후의 현대소설과는 비교가 안 될 정도로 쉴 새 없이 의성어, 의태어 등의 다양하고 풍요로운 구어체적 표현을 보여준다.

몸에 번열증이 ᄂᆞ셔 이리둥굿 저리둥굿 하다가[39]
칠판잔을 바다먹고 … 시쌀기지더니 옹송망송 ᄒᆞ며[40]
훼죽훼죽 나가닛가[41]

---

37) 『치악산(상)』, 124면.
38) 『빈상설』, 45면.
39) 『귀의성(상)』, 113면.
40) 『귀의성(하)』, 42면.
41) 『고목화』, 55면.

보면 보는 티로 드르면 듯는티로 누구를 보든지 납신납신 말이면
다 홀 줄 알아42)
   한나졀 씬지 가량이를 바리고 잡바져 자다가 인져야 아실낭 아실
낭 나오녀냐43)
   그 ᄒ고 살긔가 다락다락ᄒ던 위인이 …44)

   이러한 구어체적 표현들은 판소리 문체에 힘입은 바가 크다. 「은세계」
의 전반부는 이미 밝혀진 바 판소리와 밀접한 관련이 있고, 이해조의
판소리의 소설화 작업들로 미뤄보건대 신소설 작가들의 판소리에 대한
이해가 적극적이었음을 짐작하게 한다. 당장 이해조의 「구마검」(1908년)
에서 미신에 현혹된 최씨 부인의 금기 대목은 놀부의 심술 대목 식의
판소리 표현 양식 그대로 그려진다.45) 그리고 신소설에서 보이는 율문체
는 문어체 소설의 정태적 서술 체계를 소리로써 생생하게 드러냄으로써
현실적 삶의 인식으로 재구성할 수 있게끔 하며, 유연하고 활발한 근대적
인 문체로 전환시킬 수 있는 가능성을 보여준다.

   박참봉은 졈순이가 츈쳔집의 뒤를 발부러 와셔 이방문, 여러보고,
   저방문, 여러보고 요리개웃, 조리개웃, 하던 고 모냥이 싱각이 ᄂ
   다.46)

---

42) 『고목화』, 50면.
43) 『빈상설』, 36면.
44) 『구마검』, 71면.
45) 세간 놋는디 손보기
   음식보면 고시레ᄒ기
   시그릇 사면 쑥으로 쓰기
   쥐구멍을 막아도 토왕보기
   닭을 잡아도 터쥬에 빌기
   감아귀만 울어도 살푸리 ᄒ기
   쪽졉이만 나와도 고스 지ᄂ기(『구마검』, 7면.)

덧붙여 앞서 지적한 대화의 지문으로부터의 분리는 인물들의 대화를 통해 생동감 있는 구어를 구현시킨다. 「빈상설」에서 기생첩 평양집이 남편에게 부리는 너스레와 강짜는 인정의 기미에 절실하도록, 또는 삶의 모습에 부합되게 실감나게 그려낸다.

> (평) 마누라님이 불시에 그러케 보고 십읍든잇가 보고십어 ᄀᆞᆺ스면 죵용이나 딩겨 오거나 가기 구셕으로 무엇ᄒᆞ러 어실렁 드러가 군것질을 ᄒᆞ러 들엇소 …
> (셔) 이런 남에 속죵도 모르고 남으로기부텀 ᄒᆞ네 …
> (평) 속죵이 무슨 속죵이란 말이오 삼사월에 파종 속죵 이야기 좀 들읍시다 그려
>
> (⋯)
>
> (평) 에구 분ᄒᆡ라 삼신도 눈쌀이 머럿지 이왕 나를 졈지ᄒᆞ거든 허구 만흔 량반에 밋구멍을 다 버리고 하필 상놈의 집에다 튀여나게 ᄒᆞᆻ던가 상년으로 튀여낫거든 상놈과 내외가 되야 살게 팔ᄌᆞ가 못되고 량반 아씨의 시앗시 되야 죵놈 죵년에게까지 이 망신을 당ᄒᆞ엿나 죽어도 맛당ᄒᆞ지
> 평양집이 손을 졉어 턱을 괴히고 뒤 창문을 물그럼이 바라보며 눈물을 쑥쑥 쩌러트린다.[47]

이외에도 「구마검」에서 엉터리 지관의 능청스런 행태를 묘사하는 이해조의 솜씨는 근대 작가의 기량에 비해 크게 떨어질 바가 없다. 이해조 소설들이 대체로 사건소설임에도 불구하고 이야기식 서술 구조가 아닌 장면중심적 구조를 보여주고 구성을 밀도있게 하여 긴장된 시간 단위 속에서 서사가 짜여지게[48] 된 데에는 구어의 문체가 기여한 바 크다.

---

46) 『귀의성(상)』, 70면.
47) 『빈상설』, 42, 45면.
48) 임형택, 「20세기 초 소설의 신구양식의 관련양상」, 『한국고전소설과 서사문학』, 집

그런데 이미 지적한 바 이러한 구어체적 전개는 작품 안에서 제한적으로 나타난다.

가령 신소설에서는 작가가 폄하하는 인물들을 묘사하거나 그들의 행위가 전개되는 상황을 그릴 경우에 한해서만 생동감 있는 구어체가 나타난다. 신소설의 부정적 계층은 대개 두 부류로 나눠진다. 하나는 시대착오적이고 부패한 수구적인 양반, 그리고 다른 하나는 하층계급이다. 그런데 이들 중에서도 하층 노비들 사이에 이뤄지는 입씨름 판, 포악한 노주(奴主)간에 이뤄지는 음흉한 대거리들, 그리고 이와 연루된 인물의 행위, 성격을 그리고자 하는 데서 구어체적 표현이 정점을 이룬다. 앞에서 이미 우리는 「귀의성」의 노비 점순을 경박스럽게 그리기 위해 '요리개웃 조리개웃'과 같은 경쾌한 의태어로 빗대고 있음을 확인했다.

그러나 이와는 반대로 신소설에서 작가가 긍정적으로 생각하는 인물 계층이 등장하여 그들을 그려야 할 경우는 생동감 있는 구어가 엷어지기 시작하고, 이전의 문어체 소설에서 보아온 상투적 문체가 나타난다. 신소설이 긍정적으로 그리는 계층은 물론 노비, 상민의 하층계급은 아니다. 신소설 작가들이 우호적으로 생각하는 대상은 이해조의 경우 양반 계층 내지 개화된 양반 계층이며 이인직의 경우 개화인텔리들이다. 그러나 노비 등의 계급일지라도 올바른 개화 양반에게 충성의 태도를 드러낼 때는 다시 의고적 문어체로 미화된다. 「치악산」(1908년)에서 개화양반 집안의 이부인과 그녀의 충비(忠婢)인 검홍의 단정한 대화 장면은 문어체 소설의 분위기를 강하게 드러낸다.

> 검홍이가 부인의 말을 다 못듯고 눈물이 비오듯 쩌러지며
> (검) … 만일 앗씨가 도라가시면 앗씨게셔는 근심업시 저승으로

문당, 1998, 325면.

가시려니와 친정댁 마님께서는 무남독녀를 금옥갓치 길너닉셧던 그 짜님이 자결ᄒ야 도라가셧다는 말을 드르시면 그 마님 마음이 엇더ᄒ시깃슴닛가 … 디감게셔는 남졍의 마음이시니 일시에는 비창ᄒ시드리도 디범ᄒ신 마음이라 오ᄅ되면 이지실 터오오나 마님게셔는 세월이 갈ᄉ록 그 짜님 싱각만 ᄒ실거시니 앗씨게셔 그런 어머니를 이지시고 엇지 도라가심닛가

    (부) 이이 검홍아 우지말고 이러ᄂ거라 네가 저러ᄒ면 닉가 마음을 더욱 진졍홀 슈가 업다 … 이이 검홍아 이러나거라 네나 닉나 타고는 고싱이니 억지로 면ᄒ려면 되깃ᄂ냐 오날부터는 이셔름보다 더혼 셔름이 잇더리도 참고 잇셔보마.49)

이해조 소설 역시 하층민의 구어적 발랄함이 전개되다가도 주인공 격의 점잖은 양반 부인이 등장하면 평면적이고 장황한 문어적 크리쉐가 돌연 출현한다.

    졀믄 부인이 옥ᄀᆞᆺ혼 흰 손길로 턱을 괴히고 … 산쳔초목이 스러질 득키 긴 흔슘을 쉬고 쥰쥬ᄀᆞᆺ혼 눈물이 잇다금 쑥쑥 ᄶᅥ러지니 이부인은 신셰를 싱각ᄒ고 원통홀 쑨더러 업친데 덥친다고 쳔리 졀도 밧게 가신 부모와 동긔의 소식이 돈졀ᄒ야 다시 못 뵈올듯혼 근심과 ᄉ랑ᄒ시든 시부모의 향화를 ᄌ긔 손으로 밧들지 못ᄒ야 며느리 도리를 다 ᄒ지 못ᄒ니 쳔지간에 혼 죄인이 되거니 십은 한탄이 혼데 모혀 셔름이 ᄲᅧ에 사못치고 창ᄌᆞ가 녹는듯ᄒ야 그리 ᄒᄂ 것이라50)

심지어는 같은 노비끼리 대화를 나누는 중이더라도 양반에게 충성하는 노비와 상전에 반발하는 노비에 따라 대화 문체가 달라진다. 충비(忠婢)인 복단 어미와 양반 상전에게 불만을 가진 그녀의 남편 장서방의

---

49) 『치악산(상)』, 50면.
50) 『빈상설』, 8면.

대화를 비교해보도록 하자.

> (복단 어미) 여보 술이 다 무엇이오 … 상전부모라니 상전이 굴머
> 안지셧는디 마음에 황숑ᄒ지도 안쏘 아씨 가슴을 시원ᄒ게 희들일
> 슈는 업지만 언으 시졀이던지 됴혼 일이 싱기도록 우리가 졍셩것
> 공궤를 안이 ᄒ면 굿득이나 스름이 산굿치 싸이신테에 엇다가 마ᄋᆷ
> 을 붓치신단 말이오
>
> (…)
>
> (장서방) 졔미붓홀 오날 너 ᄒ나 죽이고 나 죽엇시면 고만이로구
> 나 이런 씌 칼이라도 잇스면 니 비를 찌고 챵쟈를 니여 보엿스면
> 술먹엇나 안이 먹엇나 시원히 좀 알게[51]

이해조의 「구마검」의 풍요로움 역시 무당의 굿 장면을 비롯한 하층계
급의 일상에서 발견된다. 그러나 미신으로 파산한 함진해의 죄를 묻기
위해 작품 후반부의 문중 대종회와 관련된 일련의 사태들은 전반부의
구어와 달리 의고적 문어와 결합된 개화기 국한문혼용체로 장황하게
이뤄지며 작품의 생동감을 떨어뜨려 버린다. 그리하여 신소설에서는 하
층 계급의 야비함과 부도덕성을 질타하는 작가의 교화 투의 설명이 작품
곳곳에서 이어진다. 신소설은 근본적으로 판소리계 소설과 같이 도덕적
양반문화를 거역하는 기층계급의 질펀한 육담의 세계로 나갈 수는 없었
던 셈이다.

오히려 「은세계」와 같이 이념성이 강조되는 신소설에서는 주인공의
언행들이 창작군담 또는 귀족적 영웅소설에 등장하는 주인공의 것과 같
이 묘사되니, 주인공 옥남과 옥순이 그러한 예다.

---

51) 『빈상설』, 5면.

률곡(栗谷)이 어렷슬 재부터 리치를 통흔 군자라는 말이 잇섯고 미월당(梅月堂)은 어렷슬쩍 부터 문쟝이라는 말이 잇섯스니 옥남이를 그러흔 명현에는 비홀 슈 없스나 옥남이를 보는 사름의 말은 얼골 손에 요럿케 영민흔 아ㅎㅣ는 고금에 다시 업지 ᄒ면서 칭찬을 흔다.

(…)

그 녀학싱은 옥슌이라 옥갓흔 얼골이 아참볏 더운 긔운에 션잉도 빗갓치 익어셔 도화식이 지고 쌈이 송송 나셔 해당화에 이슬멧친 듯 ᄒ얏는디 어엿쑤기는 일식이나 자셰보면 얼골에 나히 들어셔 삼십이 갓가온 모양이라[52]

말미 부분에 나타나는 옥남의 일장 연설은 『유충렬전』, 『조웅전』의 주인공의 위엄이 있는 언사를 크게 닮고 있다.

만일 십년전에 개혁이 되얏슬 지경이면 오호만의(嗚呼晚矣)라 나라일 ᄒ기가 딕단히 어려운 쩌이라 비록 남의 힘을 비지 아니ᄒ고 ᄂ니 힘으로 긔혁을 ᄒ얏더러도 빅공쳔창(百孔千瘡)의 쩌미지 못홀 일이 여러 가지라 … 황뎨폐하께셔 등극ᄒ시면서 일반 졍치를 개혁ᄒ시니 만고의 영졀ᄒ신 셩군이시라 우리도 ᄒ로봇비 우리나라에 도라가셔 우리 비혼터로 나라에 유익흔 사업을 ᄒ야봅시다.[53]

신소설이 작품 안에서 동일한 국문으로 씌어졌지만 구어체와 문어체의 두 부분으로 분리, 양립되어 나타나는 것은 무엇을 의미하는가? 신소설 작가들로부터 엿보이는 반봉건적 성격은 양반문화를 거부하는 판소리계 소설의 생동감 있는 구어체적 표현을 계승케끔 한다. 그러나 봉건세력에 대한 대안 세력으로 신소설 작가들이 적극적으로 또는 긍정적으로

---

52) 『은세계』, 85면, 122면.
53) 『은세계』, 128~129면.

그려야 하는 개화세력을 그릴 경우 종래의 영웅소설의 보수적 문체 체계를 선택한다. 이는 당대 신소설 작가의 반봉건·개화의식이 실제 물적 토대를 기반으로 하지 않은 관념적인 성격의 것이었음을 다시금 반증하는 것은 아닐까?

『유충렬전』 등의 영웅소설이 봉건조선의 정치적 파쟁에서 패배하여 실세한 계층의 복권의 꿈이 작품에 투영된 것이라는 주장[54]을 참조할 때 「은세계」 후반에서 강하게 감지되는 영웅소설의 플롯과 문체는 「은세계」에 나타난 개화파의 반봉건이라는 시대적 투쟁 역시 결국은 봉건적 권력으로부터 소외된 계층의 특권계급으로의 회귀 지향을 수반한, 다시 말해 수구세력으로부터의 권력 탈취를 위한 파쟁의 성격을 드러내는 것으로 볼 수도 있다.

6. 신소설 이후의 언어

신소설에서 발견할 수 있는 판소리계 소설의 구어체적 전통의 계승은 신소설 이후 우리 근대소설에서 일단 소멸된다. 오히려 유형, 삽화, 인간형의 측면에서 영웅소설의 통속적 낭만주의가 이광수의 『무정』에서 변형되어 나타나기도 하고 경향소설 등에서 퇴행적으로 내재화되어 나타나기도 한다. 판소리계 소설적 전통의 소멸은 우리 소설사 내부의 문제가 외국문화의 이식이라는 외래적 요인과 결부되어 나타난다.

우선 내부의 문제를 보건대 앞서 지적한 대로 신소설은 판소리계 소설의 구어체적 전통을 계승하여 기존의 양반문화에 반발하며 근대적 소설이 가질 수 있는 시정 세태의 묘사와 이야기의 흥미로움을 달성하기도

---

54) 서대석, 「유충렬전 연구」, 『창작과비평』, 1977년 봄호, 110면.

한다. 그러나 신소설에서 보이는 그러한 흥미로움이 기층계급의 야비한 일상을 부각시키는 데만 활용된다. 따라서 구어적 표현과 문체가 갖는 반봉건의 변혁적 성격은 상실된다. 그러한 상실은 식민지로의 전락과 더불어 후기 신소설의 통속성 강화로의 길을 열어 놓는다. 1910년대의 새로운 작가 계층은 신소설의 이러한 통속성에 반발한다. 그리고 이러한 통속성의 기초로 보이는 기층계급의 구어적 전통을 무시하게 된다. 따라서 조선 후기로부터 점차적으로 성장해온 기층민중의 계급언어가 민족언어로 발전될 가능성을 상실하게 된다.

한편 이러한 판소리계 소설적 전통의 소멸은 무엇보다 외국 소설의 이식에 결정적 영향을 받는다. 신소설에 계승된 발랄한 구어체적 전통은 1910년대 신소설이 쇠퇴하고 일본으로부터 수입된 신파적 번안소설이 등장하면서 사라진다. 그리고 『학지광』, 『청춘』 등으로 대표되는 일본 유학생 계층의 단편소설들이 등장하면서 전면적으로 사라진다. 이들 새로운 작가 계층은 새로운 것을 수용하는 과정에서 자기의 언어적 뿌리를 간직하지 못하고 자기를 간단없이 부정하면서 새로운 것에 맹종한다. 따라서 그러한 과정 안에서 우리의 구어체적 전통을 기반으로 한 판소리계소설의 언어를 발전적으로 살리고자 할 여지가 없게 된다.

또한 신소설 이후 서구문화의 영향권 안에 놓인 우리 소설은 자의식의 강조[55] 또는 사회의식으로의 확대 과정을 거치면서 고대소설 또는 신소설의 이야기가 지니는 오락성이 변질·퇴색하게 되었다. 즉 자아 또는 사회의식의 강조가 진지한 본격문학을 보증하는 것이며 이와 비교되어 이야기의 오락성은 부정적인 것으로만 치부되었다. 따라서 신소설과 이

---

55) 이광수가 「문학이란 何오」(1916년)에서 소설을 "作者의 想像內의 世界를 充實하게 寫眞하여 독자로 하여금 直接으로 其世界를 대하게 하는 것"으로 주장한 것이 한 예다.

광수의 소설에서 어느 정도 명맥을 유지하던 이 오락성이, 순수문학 혹은 서구적인 소설에서 바람직한 전형을 모색하려는 문학 활동에 침윤되어 서서히 소멸하여, 급기야는 1920년대 대중문학론이 주요한 쟁점으로 논의될 정도로 민중으로부터 분리된다.[56]

다시 말해 1910년대 소설에서 이야기가 갖는 오락성, 흥미가 전격적으로 사라지게 되는 것은 판소리계 소설에 나타난 구어체적 전통의 쇠퇴와도 밀접한 관련을 갖는다. 앞서 논의에서 지적한 바, 신소설에서 하층계급의 인물 형상은 생생한 구어로 기술 된 대화를 통해 이뤄진다. 그런데 이광수 장편의 일부분을 제외하곤 1910년대 소설은 이러한 대화를 통한 인물의 형상보다는 설명적 묘사가 강조된다. 그리하여 근대소설의 조건으로서 인물 심리 및 내면 묘사를 강조하면서 소설이 갖춰야 할 육체성이 상실되고 이야기의 흥미가 현격하게 떨어진다. 생생한 대화를 통한 인물의 형상화를 비롯한 우리 전통적 이야기 식의 문체는 후일 홍명희의『임꺽정』에서야 다시 꽃피우게 된다.[57]

그리고 신소설 이후 우리 소설사는 신소설에서 보여준 속담 등 구어 수사학의 적절한 계승을 꾀하지 못한다. 사실 1910년대 이후 우리 소설은 외국 영향을 받은 문자 및 문자 생활이 확대되고 문어 일변도로 변해가면서 속담 등을 통해 발견할 수 있던 다양한 생활 언어 역시 급속히 소멸되

---

56) 신상철, 「'놀부'의 현대적 수용과 그 변형」, 이상택 · 성현경 편,『한국고전소설연구』, 새문사, 1983, 219면.

57) 홍명희의『임꺽정』은 부분적으로 예술적 독립성이 강한 어떻게 본다면 마치 판소리와 같은 양식적 특성을 보여준다(임형택 · 강영주 편,『벽초 홍명희와 임꺽정의 연구자료』, 사계절, 1996, 343면.) 이러한 부분적 독립성은 에피소드적 상황들을 통해 전개되는데 그것이 인물들의 생생한 대화로 채워지기도 한다. 그리고『임꺽정』의 서술자 는 끊임없이 스스로를 하나의 인격체로 환기하면서, 자신이 이야기하고 있음을 드러내는 서술자인데 이는 고소설의 이야기꾼 서술자와 유사하다.(김재영, 「『임꺽정』의 현실성 연구」, 연세대 대학원, 1997, 95면.)

는 과정을 겪는다. 그리하여 신소설 이후 우리 소설에서 오랜동안 여유와 슬기가 깃든 속담 등 민중언어의 수사학을 통해 드러냈던 해학성과 풍자성, 그리고 율격에 실려 막힘 없이 이어지는 구어의 재미를 소설 안에서 제대로 체험하지 못하게 된다. 이 역시 후일 김유정, 채만식 등의 작가를 기다려야만 했다. 우리 초기 근대소설이 뻣뻣한 추상성, 위압적인 엄숙주의의 이념성으로부터 벗어나 구체적 사물과 감각의 생활 세계로 돌아오는 것은 바로 조선 후기 평민소설에서 보여주었던 구어체적 전통의 긍정적 계승을 뒤늦게나마 실현해가는 과정이라고 볼 수도 있다.

참고문헌

김교봉·설성경, 『근대전환기소설연구』, 국학자료원, 1991.

김대행, 「우리 시대의 판소리문화」, 역락, 2001.

김동인, 「조선근대소설고」, 조선일보, 1929.7.28~8.16.

김병국, 「고대소설 서사체와 서술시점」, 『현상과인식』, 1981년 봄호.

김병국, 「국문소설의 문체와 구성」, 황패강 편, 『한국문학연구입문』, 지식산업사, 1982.

김영민, 『한국근대소설사』, 솔, 1997.

김윤식·김현, 『한국문학사』, 민음사, 1973.

김재영, 「『임꺽정』의 현실성 연구」, 연세대 대학원, 1997.

김태준, 『조선소설사』, 학예사, 1939.

배봉기, 「채만식 소설에 나타난 판소리의 서술양식에 대한 고찰」, 연세대 대학원, 1985.

서대석, 『유충렬전 연구』, 『창작과비평』, 1977년 봄호

송민호, 『개화기소설의 사적 연구』, 일지사, 1975.

신상철, 「'놀부'의 현대적 수용과 그 변형」, 이상택·성현경 편, 『한국고전소설연구』, 새문사, 1983

양문규, 『한국근대소설사연구』, 국학자료원, 1994.

이기문, 『개화기의 국문연구』, 일조각, 1975.

이재선, 『한국개화기소설연구』, 일조각, 1972.

임형택, 「20세기 초 소설의 신구양식의 관련양상」, 『한국고전소설과 서사문학』, 집문당, 1998,

임화, 「신문학사」, 『조선일보』, 1939.9~1940.3. 『인문평론』, 1940.11~1941.4.

조동일, 『신소설의 문학사적 성격』, 한국문화연구소, 1973.

최원식, 「은세계연구」, 『창작과비평』, 1978년 여름호.

최원식, 『한국근대소설사론』, 창작사, 1986.

한기형, 「한문단편의 서사전통과 신소설」, 『민족문학사연구』 4호, 1993.

Abstract

The Aspect of Accession from the Former Novel in "Shinsoseol(新小說)"

- Focussing on the Language -

Yang, Munkyu

The purpose of this thesis is to examine the aspect of accession from the former novels, which were written Korean in the late period of Chosun(朝鮮), in Shinsoseol.

In fact the former researchers hardly made a special study of the accession from a linguistic point of view, in spite that a language is principal in literature art.

Actually we need pay attention to that the period when Shinsoseol appeared on the stage has a significance in terms of languages or letters, because the period is a transition stage between the feudal age and modern times.

Nevertheless the former researchers ignored the linguistic point, because they maybe took it for the topic just in the study of language.

Therefore this thesis is to focus on that how the language, Korean which is used in the novels of late Chosun, is succeed to Shinsoseol.

The purpose of examining the aspects of accession from the former culture

70

in Shinsoseol is not to be interested in the accession of the tradition or the interruption of it, but is to get a capital key that comprehends the characters of newly or after this appeared culture.

The conclusions are as follows:

Firstly, the fact Shinsoseol finally is written in Korean means that Shinsoseol successes from the tradition of novel which is written in Korean in late Chosun, and it indicates the expression of a kind of bourgeois culture against the culture of ruling class in feudal times.

Secondly, the vividness of dialog language has already been recognized in Pansori novel(판소리계소설), therefore this is succeed to Shinsoseol.

Thirdly, The spoken language style in Shinsoseol, which is influenced by that of Pansori novel, is sometimes used to excite the popular interest of the readers.

Fourthly, the languages written in Shinsoseol is expressed in two styles, spoken or literary. On the one hand the anti-feudalism founded in Shinsoseol makes it success vivid spoken style from Pansori novel. On the other hand in case of describing Gaehwapha(開化派), Shinsoseol successes conservative literary style from Korean Romance. These mean that the anti-feudalism consciousness of Shinsoseol's author perhaps is not concrete, because it is not founded on the material grounds.

Key Words : Shinsoseol, Pansori novael, Korean Romance, the accession of the tradition, An oral style, A literary style

창조된 '여류'와 그들의 '이원적 착란'*

박정애**

---

1. 창조된 '여류'
2. 1930년대 문단의 '여류' 논쟁
3. '여류'의 이원적(二元的) 착란(錯亂)
4. 결론

---

1. 창조된 '여류'

최근 번역된 『창조된 고전 ― 일본문학의 정전 형성과 근대 그리고 젠더』는 오늘날 "일반적으로 '일본문학'(혹은 '일본')을 대표하는 고전으로 간주되는 작품이나 작자는 도대체 어떤 역사적 상황 속에서 어떤 사람들에 의해 가치 있는 작품 및 작자로 선별되고 정전화되어 온 것일까"[1)]

---

* 이 글은 필자의 박사학위논문 2장 3절, 「'여류'의 기원과 이원적 착란」을 바탕으로 논의를 확장・발전시킨 것임을 밝힌다. 박정애, 「'여류'의 기원과 정체성: 50-60년대 여성문학을 중심으로」, 인하대학교 대학원, 2003.

** 인하대 강사

1) 하루오 시라네・스즈키 토미 편, 왕숙영 역, 『창조된 고전 ― 일본문학의 정전 형성과 근대 그리고 젠더』, 소명출판, 2002, p. 9.

하는 정전 형성(canon formation)의 역사적 과정을 탐구한 논문집이다. 정전 형성이 국민국가의 정체성(national identity) 형성과 밀접한 관계를 맺고 있다는 것이 이 논문집의 일관된 주제인데, 이 책의 제1부 제2장 「장르·젠더·문학사 서술: '여류 일기문학'의 구축을 중심으로」는 특히 오늘날 일본문학사에서 중요한 고전이 되어 있는 '여류 일기문학'의 '고전화(canonization)' 과정을 살피고 있어 한국의 여성문학 연구자들이 참고할 만하다. 논문 필자인 스즈키 토미에 따르면, "여류 일기문학의 가치가 높이 평가되기 시작한 것은 거의 20세기 이후의 일이며 일본 고전의 반열에 오르게 된 것도 다이쇼 말엽인 1920년대 중반 '일기문학'이라는 개념이 등장한 이후이다."[2] 스즈키 토미는 여성들의 일기문학에 대한 20세기 이후의 새삼스러운 주목과 재평가, 정전 승인 과정 역시 국어·국문학·국문학사가 여성적인 언어라는 문화적 함의가 강했던 가나를 기반으로 구축되는 과정과 동궤(同軌)에 있다는 것을 논증한다.

한 나라의 문학이 국민 및 국가의 성쇠·운명과 깊은 유대관계를 가진다는 문학 유기체론은, 국민국가의 정체성을 확립하고자 했던 일본제국에서뿐만 아니라 우리나라에서도 거의 유사한 위력을 발휘했다. 그것은 "식민지시대에 있어서의 망국민인 한국인으로서의 한국학을 하는 것"[3]일 수밖에 없었던 당대의 정황과 관련된다. 도남(陶南) 조윤제의 다음과 같은 언급은 우리나라에서 문학 유기체론이 어떤 식의 등가적 형태를 취했는지 보여준다.

나는 국문학을 어디까지나 민족생활의 반영으로 보고 그 역사적 전개에 있어서는 민족정신―나는 이것을 學에 있어서 국학정신이

---

2) 위의 책, p. 94.
3) 김윤식, 「新民族主義 문학연구 방법」, 『韓國近代文學思想史』, 한길사, 1993, p. 531.

라고도 한다 – 의 발달·消長을 主幹으로 하여 각 시대의 文學事
象 상호의 관계를 주의하면서 과거에서 현재로, 그리고 현대문학에
종결시켜 국문학사를 완전한 생명체로서 파악하려 하였다.4)

인용문에서 보이듯 국문학사를 완전한 생명체로 파악하려 한 도남에
게 국문학사는 한문학사와의 투쟁과 갈등으로 점철되어 있다. "韓民族은
大漢民族의 인근지지에 살아 끊임없이 그들의 압박을 받아왔으나 항시
독립사상을 가지고 그들과 투쟁하여 민족을 유지하여 나왔"고, "우리의
문학도 정치적인 그와 운명을 같이하여 국문학사는 가위 漢文化라는 대
문화에 무한한 제압을 받아 가면서 그래도 오늘의 문학을 유지하였다는
것은" "민족정신"과 "국문학의 끈기"로써만 가능했다는 것이 도남의 국
학 연구가 내린 결론이다.5)

국문학사가 한문학사로부터 벗어나기 위한 독립투쟁이라는 것이 당대
국학 연구의 기본 맥락이라는 점이야말로 이른바 '여류'의 창조와 '여류
문학'의 부상(浮上)을 설명해주는 단초로 보여진다. 주지하다시피 중세
에 한글은 여자들이나 쓰는 글이라는 뜻에서 '암글'로 일컬어졌다. 재미
있는 부분은 이 '암글'이, "배워서 알기는 하나 실제로는 활용할 수 없는
지식을 낮잡아 이르는 말"로도 사용되었다는 사실이다. 물론 '수글'은,
"배워서 잘 써먹는 글"이자 "한문을 한글에 상대하여 이르던 말"6)이다.
그런데 20세기 초 외세에 강제 점령되어 우리말글의 위기를 체감한 국학
연구자들에 의해 발흥한 언어민족주의가, "배워서 알기는 하나 실제로는
활용할 수 없는 지식"으로서의 한글을 문학 언어로 사용했던 중세의 뭇
여성들을 "國文學(正音)의 保姆"7)로 격상시키기 시작했다. 동시에 황진

---

4) 조윤제, 『陶南雜識』, p. 384. 김윤식, 위의 책, p. 533에서 재인용.
5) 김윤식, 위의 책, p. 534 참조.
6) 국립국어연구원 편, 『표준국어대사전』, 두산동아, 2000 참조.

이의 시조, 『한중록』을 비롯한 궁중 기록문학, 몇 편의 내방가사들에 대한 정전화 작업이 진행되었다.

'한국 여류 한시선', '조선조 여류문학연구' 등의 서명(書名)과 논문 제목들만 보면 여류는 한국문학사상 언제나 존재했던 비역사적 개념인 것처럼 보인다. 그러나 이 때의 여류는 현대의 논자들이 '여류'의 현재적 정의를 고전문학의 여성 필자에게 응용(應用)한 것이다. 이러한 사정은 일본에서도 마찬가지여서, 하루오 시라네에 따르면, "헤이안시대 여류문학의 전통은 근대가 되어 '여류문학'이라는 범주가 등장하면서, 이것을 둘러싼 비평적 논의가 일어나는 가운데 기원을 거슬러 올라가는 형식으로 구축되었다고 할 수 있다."[8] 앞서 말한 바와 같이 메이지 20년대 이후에 근대적 문학사 서술 체계로서 일본문학사가 구축되면서 귀족여성들이 히라가나로 쓴 일기문학이 높이 평가되기 시작했는데, 이것이 "여성 독자층의 급격한 증가에 따라 '여류문학'이란 범주가 저널리즘 속에서 특정한 개념으로 정립된 것과 같은 맥락"[9] 속에서 '여류 일기문학'이라는 일반적 명칭을 얻게 되었다는 것이다.

다음의 인용문은 근대 이전 여성의 글쓰기가 가지는 성격에 대하여 명료하게 정리하고 있다.

> 여성이 자기의 이름을 밝히면서 글을 쓴다는 것은 근대 이전 시대에는 생각하기 어려운 일이었다. 여성해방사상은 근대의식의 중요

---

7) 金一根, 「諺簡의 諸學的 考察」, 『隨筆文學研究』, 정음사, 1980, p. 71.
8) 하루오 시라네, 왕숙영 역, 「총론 – 창조된 고전: 정전 형성의 패러다임과 비평적 전망」, 하루오 시라네·스즈키 토미 편, 『창조된 고전 – 일본문학의 정전 형성과 근대 그리고 젠더』, 소명출판, 2002, p.39.
9) 스즈키 토미, 왕숙영 역, 「장르·젠더·문학사 서술」, 하루오 시라네·스즈키 토미 편, 위의 책, p.95.

한 한 부분인 바, 근대에 들어서면서 여성들은 자기의 이름을 밝히며 글을 썼고, 또한 여성해방과 관련하여 자신들의 주장을 담은 글을 써서 발표하기 시작했다. 물론 여성의 자기표현으로서의 글쓰기는 근대 이전에도 있었다. 조선시대 여성들의 내간·규방가사 등을 떠올릴 수 있는데, 이 작품들은 모두 사적인 공간에서 이루어진 것이며 개성을 가진 개인으로 필자가 특정화되어 있지도 않다. 허난설헌이나 황진이 혹은 혜경궁 홍씨 같은 몇몇 여성들의 한시나 시조, 그리고 산문이 남아 있기는 하지만 그런 것들은 매우 예외적으로 우연히 공적인 표현의 기회를 얻은 경우이다.[10]

요컨대 '여류'는, 가부장제 봉건사회에서 영원한 사인(私人)이었던 여성이 근대 교육제도의 수혜를 받아 공인(公人)으로 진출하게 되는 도상에서 창조된 역사적 개념이다. '소설(novel)'이 근대 자본주의 시민 사회라는 물적 토대와 근대정신의 산물이며 각성한 시민 계급의 성장과 궤를 같이 하는 것처럼 '여류' 또한 근대라는 역사적 문맥 안에서 생장(生長)한 개념으로 보아야 하는 것이다.

2. 1930년대 문단의 '여류' 논쟁

1930년대에 접어들면서부터 쓰이기 시작한 '여류'라는 말은, 30년대 중반을 넘어서면서 일종의 문단 유행어가 되었다. 이는 여성이 공적 매체에서 자기 이름으로 글을 발표하는 빈도가 급격히 증가하고 여성 작가의 숫자가 두 자리를 넘기면서 파생한 문화 현상들 중 하나였다. 이재선은 30년대에 여성작가들이 대거 등장하게 된 문화사적인 요인으로, "개화기

---

10) 이상경, 「여성의 근대적 자기표현의 역사와 의의」, 『한국근대여성문학사론』, 소명출판, 2002, p.35.

이래 활발히 전개된 여성 교육에 의해서 여성에게도 문학적인 수련을 할 수 있는 기회가 마련되었을 뿐 아니라 남녀의 문화적 불균형이 어느 정도 해소된 점, 그리고 여성 독자를 위한 잡지와 신문지면이 마련되어 여성이 참여할 수 있었다는"11) 점을 든다.

기실 여성의 공적 글쓰기가 시작된 신문학 초기에도 '여류'라는 어휘를 발견하기는 쉽지 않다. 대한매일신보를 비롯한 1910년대의 각종 신문·잡지에서 '여류'라는 표현은 사용되지 않고 있으며, 1917년에 등장한 우리 나라 최초의 여성 정론지의 이름은 '여자계'였다. 그러던 것이 1930년대에 들어서서는 "홍구의 「1933년 여류작가군상」(『삼천리』, 1933. 1.), 양주동의 「여류문인 편감촌평」(『신가정』, 1935. 1.), 이무영의 「여류작가개평」(『신가정』, 1935. 1.), 이청의 「여류작품총관」(『신가정』, 1935. 12.), 박화성의 「여류작가가 되기까지의 고심담」(『신가정』, 1935. 12.), 김문집의 「여류작가의 성적 귀환론 ─ 박화성씨를 논평하면서」(『사해공론』, 1937. 3.) 등등의 비평과 함께 각종 여류문학선집이 출간된다. 예를 들어 1937년 4월 조선일보 출판부에서 간행된 『현대 조선 여류문학선집 전경』에는 강경애, 김말봉, 김오남, 김자혜, 노천명, 이선희, 모윤숙, 박화성, 백국희, 백신애, 장덕조, 장영숙, 장정심, 주수원, 최정희 등의 시, 소설, 수필이 실려 있다. 같은 해, 조광사는 『여류단편걸작집』을 출간했다. '여류'의 유행은 여성작가들이 한국문학사상 최초로 하나의 군집으로 비추어지게 된 저간의 사정과 일치한다. 백철은 『조선 신문학 사조사』에서 "이 女流文學의 項目을 三八·九年代에 와서 特設하는 것은 從前에도 個人的으로 優秀한 女性作家는 있었으나 소위 하나의 作家群으로 이 水準까지 올라선 것은 이 時期에 와서이기 때문이다."12)라고

---

11) 이재선, 「여성 작가와 여성적 글쓰기」, 『한국소설사』, 민음사, 2000, p.475.
12) 백철, 『신문학 사조사』, 민중서관, 1953, pp.344-345.

쓰고 있다.

당대의 남성 중심 평단은 이 여성 작가군을 일종의 문단 분파로서 '여류'로 명명하고 '작가'의 타자로 범주화한다. 여기서 여류는, 대개 남성이며 수사가 필요 없는 그 '작가'들이 잘 쓰지 못하거나 쓰지 않는 작품, 다시 말해 "여자다운 작품"이나 "여자로만 쓸 수 있는 작품"을 쓰는 것이 자신의 본령(本領)이라는 암묵적 전제하에서 동질적으로 범주화된다. 이런 식의 남근적 범주화에 반발한 대표적 인물로 소설가 박화성과 평론가 임순득이 있다. 아래의 인용문에서 우리는 박화성의 분노에 찬 목소리를 들을 수 있다.

> 제발 여류문인은 여자다운 작품을 써라. 여자로만 쓸 수 있는 작품을 써라. 이따위 소리를 말아주셨으면 합니다. 글을 쓰는데 그다지 엄격하게 성별을 해서 말할 게 무엇입니까? 아니 그럼 왜 꼭 남자라야만 쓸 수 있는 것을 쓰지 않고… 이해있을 듯 싶은 소위 문인들이 이런 말을 자주할 때는 정신이 아찔합니다…. 그리고 또 여류문인의 작품이라고 미리 입붙여 삐죽이다 한 겹 접어놓고 읽으려 드는 데는 더 질색이어요. 대관절 여류, 여류하며 계집 여자만 들고 나서서 그악스럽게 야단칠 게 뭐란 말입니까?[13]

신문학 최초의 여성 문학평론가 임순득 또한, "여류작가의 의의는 여자만이 담당할 수 있는 예술 분야에 속한, 일체의 여자만이 갖는 감정으로 여자만이 할 수 있는 형상화를 할 수 있다는 데에서 찾는 것이다. 여류작가는 그러한 명칭일 따름이다"라는 세간의 여류작가론을 "사내의 감각"[14]이라고 분명하게 꼬집는다. 임순득의 비평은 "여성평론가라고

---

13) 「여류작가좌담회」, 『삼천리』, 1936.2., p.611.
14) 임순득, 「여류작가의 지위─특히 작가 이전에 대하여」, 『조선일보』, 1937. 6. 30─7. 4.이상경, 「임순득(任淳得), 혹은 여성문학사의 재구성」, 『한국근대여성문학사론』,

하는 뚜렷한 자의식을 가지고", 또 "당시에 문단 일각에서 남성평론가들이 전개하고 있던 '여류문학' 논의에 대한 비판이라고 하는 대타의식을 가지고"[15] 여성주의적 입장에서 여류작가의 현실과 전망을 논한 당대의 유일한 작업이다.

> 다 아는 바와 같이 여자와 남자 사이에는 생리적 차이 이외에는 아무런 심구(深溝)도 서로의 사이에 놓여 있지 않다.
> 그러므로 나는 여기에서 여류작가라는 특이한 어느 얄궂은 의사(意思)로 모조된 존재를 취급하고 싶지는 않다. 다만 역사적 사회적으로 생활과 의식과의 모든 부면에서 제약당한, 여자로서의 작가에 관하여 무엇인가 말하지 않으면 안될 것 같다. (…) 할머니의 늙은 귀여움과 동리 사람들의 무책임한 어여뻐함에 전 아이는 건강하게 성육(成育)할 수가 없다. 황차(況且: 하물며) 핸디캡이 수여되고 여류이기 때문에 화병(花瓶: 꽃병)과 같이 꾸며진 부인작가는 건전한 문학과 싸우는 정신이 되기에는 너무나 열악한 조건을 그 배양처로 삼았다.
> 금일의 부인작가는 작가로서 출발을 하여 우연히 다만 성적(性的: 원문은 性格으로 되어 있으나 오식인 듯하다)으로 여자였다는 것이 아니고, 그 발생에서부터 여류작가로서 예정된 메뉴에 속한 인적 표현(人的 表現)인 것이 본상(本相)이었다. 아아 이것이 불행의 시초였다.
> 여자라는 우연을 등에 짊어진 인간은 그러므로 작가일 수 없을 것인가?[16]

그런데 임순득은 '부인작가'와 '여류작가'를 구별하여 '부인작가'는

　　소명출판, 2002, p.233에서 재인용.
15) 이상경, 위의 책, p.20.
16) 임순득, 위의 글. 이상경, 위의 책에서 재인용.

성적 편견이 개입되지 않은 말로 상정하고 여류작가는 다분히 부정적인 함의로 굳어진 금일(今日)의 부인작가를 일컫는 어휘로 사용했다. 임순득은 왜 "작가로서 출발을 하여 우연히 다만 성적(性的)으로 여자"인 작가를 '여성' 작가라고 하지 않고 '부인' 작가라고 명명하였을까.

영어 어휘와 한국어 어휘를 일대일(一對一)로 대응시키는 것은 근원적으로 무리한 일이지만, 언어학자 로빈 레이콥에 따르면 '부인(lady)'이란 말은 여성(woman)의 성적 함의를 탈각시킨 완곡어이다. "부인이 여성에 대한 완곡어인 이유는 여성에 내재된 성적인 의미를 포함하고 있지 않기 때문이다."[17] "원래 완곡어법의 목적은 우리가 불편하게 생각하는 것의 밝은 면을 부각시키는 데 있다."[18] 한국어의 '부인' 또한 '여성'의 완곡어적인 측면을 가지고 있다. 가부장제 사회에서 한 남자의 아내라는 안정된 지위를 확보한 여성을 일컫는 말인 '부인'은, 여성 섹슈얼리티에 대한 언중(言衆)의 불편함을 상당 부분 해소해 준다. 애초에 아우구스트 베벨의 고전적인 저작 『die Frau und der Sozialismus』가 일본어로 번역되는 과정에서 '여성론'이 아니라 『婦人論』(東京: 春秋社, 1928)이란 제목을 가지게 된 사정의 저변에는 여성혐오적인(misogynous) 근대주의의 감각이 있었다. 임순득이 '여성작가' 대신 '부인작가'라는 어휘를 사용한 것은, 『부인론』의 경우처럼 '여성'의 자리에 '부인'을 대치한 일본어 번역 문체의 직접적인 영향에 기인했을 개연성이 크다. 그러니까 임순득 평론의 맥락에서 '부인작가'는 'lady writer'보다는 'woman writer'에 근접해 있다고 할 것이다.

---

17) 로빈 레이콥 외, 강주헌 역, 「이중 언어 사용자인 여성 – 언어와 여성의 위치」, 『여자는 왜 여자답게 말해야 하는가』, 고려원, 1991, p.50.
18) 위의 책, p.46.

3. '여류'의 이원적(二元的) 착란(錯亂)

식민화 과정의 부산물인 개인적 · 집단적 사회심리의 이원적 구조로서 이른바 '이원적 착란' 상태를 치밀하게 분석한 이론가는 프란츠 파농 (Frantz Fanon)이다. 파농에 따르면, 식민사회는 필연적으로 지배자와 피지배자의 이원대립관계를 성립시키고, 이러한 이원적 대립관계의 식민사회에서 개인과 집단은 필연적으로 정신적 소외와 주변화 과정을 겪게 되며, 이런 과정은 다시 지배자들이 피지배자를 계속적으로 억압할 수 있도록 도와준다.[19]

필자는, 작가의 성(性)이 생물학적으로 여성이라는 뜻 이상의 복잡한 의미들이 얽혀 있는 '여류'의 젠더사회학적 함의를 고찰하기 위해 파농의 '이원적 착란' 이론을 활용하고자 한다. 이는 여자/남자, 아내/남편의 경우와 달리 짝을 이루는 남성 상대어가 없는 말인 '여류'야말로 이미 성별정치의 이원대립관계 안에서 모종의 '이원적 착란' 상태를 내포하고 있다는 판단 때문이다.

당연하게도 여류는 소수(少數)이다. "50년대 중반에 이르기까지 각종 데뷔의 과정을 거쳐 문단에 등장하는 여성은 고작 전체 문인의 5퍼센트를 넘지 못하는 실정이었다."[20] 50년대 후반 들어 여성 문인의 숫자가 눈에 띄게 불어나기 시작했다지만, 60년대 한국문학의 현실에 대한 한 보고서인 조연현의 「韓國作家와 讀者의 實態」는 이 시대 여성 문학인구가 남성의 그것에 비해 여전히 분명한 열세였다는 사실을 확인시켜 준다. "독자 카아드에 나타난 性別을 보면 男子 八五% 女子 一三%, 나머지는 團體로 되어 있다. 이것은 우리 나라의 일반적인 文學讀者는 남성이 여성

---

19) 태혜숙, 『탈식민주의 페미니즘』, 여이연, 2001, p.35 참조.
20) 정규웅, 『글동네에서 생긴 일─60년대 문단 이야기』, 문학세계사, 1999, p.123.

보다 六배나 많다는 표시가 된다. 그러나 문예강연회 또는 創作實技 講座 등에 참가하는 청중(이것도 문학독자로 볼 수 있을 것이며 특히 創作實技에 참가하는 사람은 단순한 독자가 아니라 일종의 전문적 독자라고 말할 수도 있다)의 예를 보면 남자 五분의 三強에 여자 五분의 二弱의 현상을 나타낸다."21) 월간 『현대문학』의 독자 카드와 각종 문예강연회 청중 자료를 토대로 조연현은 한국의 문학 현실에 대하여 "그것이 독자든 작가든 다른 나라와 마찬가지로 男性中心인 것, 이것은 작가나 독자의 수에 있어 女性이 훨씬 적다는 것을 의미한다"고 결론짓는다.

여류의 경우 수적인 열세는 권력적 소수성(minority)과 곧바로 연결된다. 또한 그렇기 때문에 여류는 주변적(peripheral)이다. 권력에 있어서도 주변적이지만, 자신의 예술에 있어서도 주변적이라는 것(혹은 그러하다고 인식되는 것)이야말로 여류의 주변성이 가지는 특성이다. 주변적이기 때문에 구태여 '여류'라는 관사를 얻어 쓰게 되지만, 그 관사를 씀으로써 자신도 모르는 사이에 자신의 예술에서 주변화되는 존재가 여류인 것이다.

여류의 이러한 특징은, 김윤식의 구분법을 사용하자면, 제1기생22) 여류 문사의 시대에 가장 두드러지게 나타난다. 신문학 제1기생 여류문사로 통하는 김명순, 나혜석, 김원주의 경우, 거의 언제나 작품보다는 사생활로 관심의 초점이 된 것은 물론이고, 실재하는 작품 목록에도 불구하고 오랫동안 "작품 없는 작가"로 치부되어 왔다. 제2기생의 경우는 '남성적인 여류'와 '여성다운 여류'의 두 가지로 대별된다. 김병익은 『한국문단

---

21) 조연현, 「韓國作家와 讀者의 實態」, 『女流文學 2호』, 1969.
22) 김명순, 나혜석, 김원주를 제 1기생 여류문사로 보고 1930년대에 대거 등장한 여성 작가들을 제 2기생으로 보는 분류법은, 김윤식의 논문, 「인형의식의 파멸」(『한국문학사논고』, 법문사, 1974)에 맨 처음 등장한다.

사』에서 박화성을 비롯한 '제2기 여류 문인'들을 두고 " '여류'란 프레미엄 없이 男性 작가들과 1대1로 겨룰 수 있게 되었"[23]다고 말한다. 이 말의 행간 또한 '여류'란 결국 남성 작가와 1 대 1의 대결이 불가능한, 1에서 모자라거나 1을 넘는 존재라는 의미를 담고 있다. 여류이기 때문에 억울한 폄하(貶下)와 경멸의 대상이 되기도 하면서, 또 여류이기 때문에 쉽사리 주목을 끌고 특별대우를 받는 것이 가능했던 저간의 문단사적 정황이 김병익의 진술 속에는 나타나 있다. '1대1로 겨룰 수 있게 되었'다고 하지만, 그 제2기 여류 문인들 역시 남성 평자들에 의해 언급될 때에는 거의 언제나 '여류답게 섬세한', '여류로서는 드물게 보는', '남성에게 지지 않는' 등의 상투적 수사로 평가된다. 그 중에서도 최정희가 '완벽한 여류의 전통'[24] 혹은 '여성다움을 보여주고 있는 여류'[25]로 지칭되는 데 반해, 박화성은 '女性性 消失 혹은 女性性 忌避'[26], '남성적 여성 (masculine female)의 적극성'[27]을 지닌 작가로 지칭된다. 칭찬이든 비난이든 간에 이 두 가지 평가는 모두 남성이라는 동일자(the same)의 거울에 비추인 타자(the other)의 정체성이다. 파농 식으로 말하자면, 여성은 이차원적인 존재인 것이다. 한 차원은 자신의 종족과 관련되어 있고 다른 한 차원은 남성과 관련되어 있다.[28] 남성이라는 일차원의 거울에 최정희가 '완벽한'(조병무의 수사를 그대로 인정할 때) 타자의 모습으로 비추일

---

23) 김병익, 『한국문단사』, 문학과지성사, 2001, p.198.
24) 조병무, 「학대받는 자와 운명 – 최정희론」, 『범우소설문고 15』, 범우출판사, 1982, p.11.
25) 김윤식, 『한국현대문학명작사전』, 일지사, 1979, p.246.
26) 김문집, 『비평문학』, 청색지사, 1938, p.359.
27) 이재선, 「여성 작가와 여성적 글쓰기」, 『한국소설사』, 민음사, 2000, p.480.
28) 파농은 이렇게 말했다. "흑인은 이차원적인 존재이다. 한 차원은 자신의 종족과 관련되어 있고 다른 한 차원은 백인과 관련되어 있다." 『검은 피부, 하얀 가면』, 인간 사랑, 1998, p.23.

때, 박화성과 강경애는 '여류로서는 드문' 혹은 '남성 못지않은' 소설세계를 개척한 특이한 여류로 비추인 것이다. 파농이 "검둥이를 숭상하는 사람이나 검둥이를 혐오하는 사람이나 기실 우리에겐 매한가지로 역겹"[29]고 말한 바 있거니와, 숭상과 혐오 사이에서 어떠한 수사를 가져다 붙이든 남성을 보편적으로 우월한 기준으로 전제한다는 사실에서만큼은 차이가 없다. '여류문학'이란 남근적(phallic) 문단권력의 전리품에 지나지 않는다[30]고 말할 수 있는 근거는 여기에 있다.

김윤식은 『한국현대문학명작사전』에서 최정희의 「인맥」을 명작의 반열에 올린 이유 중 하나로 "제1기생의 비극, 즉 작품 없는 풍문만에 의한 문인 생활의 원인이 사회적 환경과 남성 문인들의 불순한 오도에 있었다면 제2기생들에겐 이와 같은 신사문인들이 있어 탈선하려는 여성들을 보살펴 주고 이끌어 주고 굳게 바로 세워주었던 것으로 볼 수도"[31] 있다는 점을 이 작품이 밝혀주고 있기 때문이라고 말한다. 여류에 대한 김동인의 혐오(misogyny)나 이광수의 이른바 '누이콤플렉스' 등을 설명하기 위해 최정희의 작품을 인용한 경우라면 또 모르겠지만, 최정희의 작품을 해설하는 자리에서 제2기생 여류문인들에 대한 신사문인들의 올바른 지도를 주요한 실마리로 언급하는 것은 지나치게 남성중심적이라는 비판을 면할 수 없을 듯하다. 그의 주장을 따르자면 여류문인이란 남성 문인이 어떻게 지도하느냐에 따라 탈선하기도 하고 바로 세워지기도 하는 미성숙한 존재에 지나지 않는다. 또한 박화성을 논하면서는 "작품보다 여류라는 희소가치 때문에 이름을 드러내었을 따름"인 제1기생에 비하

---

29) 위의 책, p.13.
30) "흑인정신이란 백인의 전리품에 지나지 않는다"고 파농의 말을 바꾸었다. 위의 책, p.19.
31) 김윤식, 앞의 책, p.247. "이와 같은 신사문인들"이란 파인(巴人)과 춘원(春園)을 가리키는 말이다.

여 "한국 여류 작가들의 역량이 만만치 않음을 가장 확실히 보여 준 작가"라고 하면서 "그녀를 두고 <여류 작가가 아니라 작가다>라고 표현"[32]할 수 있다고 본다. 다시 말하자면 여류작가란 본시 작가에 못 미치는 무엇으로서 다만 그 희소가치로 허명(虛名)을 얻을 뿐인 존재인데, 그 중에는 간혹 작가의 칭호를 감당할 만한 여류도 있다는 의미이다. 김윤식의 이와 같은 논의는 한국문학사에서 여류가 평가될 때의 가장 일반적인 방식을 적나라하게 보여준다고 할 수 있다. 홍사중이 박경리를 평하면서 "사회적 관심이 그처럼 한정된 것이고 생활 자체가 현실성을 상실해가며 있을 때에는 다시금 '여류 작가'로 되돌아갈 수밖에 없다"[33]고 말하는 것이나, 구인환이 "이젠 여류 작가라고 해서 안이하게 서정의 감미에 젖어 있을 수만은 없고, 휴머니티가 절규되는 현대의 광장에 나아가, 역사의식을 가지고, 좀더 좁은 여류의 윤리에서 벗어나 작품을 써야할 때다"[34]라고 말하는 것 또한 같은 맥락에서 이해할 수 있다.

대부분의 여성작가가 이 '여류'라는 호칭에 관하여 별다른 문제의식을 보여주지 않은 반면, "<여류 작가가 아니라 작가다>"라고 표현되던 작가답게 박화성은 매우 직설적인 언어로 한국 여성작가의 사회적 지위에 관한 비판적 논설을 발표한다. 박화성은 '여류'를 "길드제도와 같은 반민주적이며 반봉건적인 문단사회의 신분적 제약"이라는 식으로 강력하게 비판한다. 박화성에 따르면 "한국의 여성 작가들은 여류이자 동시에 주부이어야만 했다. 부엌일과 창작을 한꺼번에 걱정하지 않으면 안되었던 그들은 사회로부터는 남성 위주의 독선적 횡포에 시달려야 했으며, 가정

---

32) 위의 책, p.318.
33) 홍사중, 「한정된 현실의 비극」, 『현대한국문학전집』, 신구문화사, 1968. 김미현, 「이브, 잔치는 끝났다 ― 젠더 혹은 음모」, 문학동네, 1999년 봄호에서 재인용.
34) 구인환, 「한국 현대 여류작가의 기법」, 『아세아여성연구』 제 9집, 1970. 김미현, 위의 글에서 재인용.

에서는 원시적인 식모로서의 苦役을 치루지 않으면 안되었던 것이다." 박화성은 "여류라는 표찰을 붙여주는 그 호의(?) 자체가 여성을 남성보다 한등 낮게 취급하는 격이 되고 있는 것"[35]도 정확하게 지적한다. 박화성이 소개하는 다음과 같은 웃지 못할 일화는, 메리 엘만이 제시한 '남근 비평(Phallic Criticism)'의 실례(實例)와 매우 흡사하다.

여자의 이름과 흡사한 朴容淑이라는 작가가 쓴 군인을 소재로 한 전쟁 소설이 발표되었는데, 그 전쟁의 치열한 장면묘사나 군인들의 動態를 어찌나 리얼하게 표현했던지 이 작품을 읽은 어떤 비평가가 月評에서 왈 여류작가가 이처럼 리얼하게 그런 장면을 그려냈다는 것은 그 리얼의 한계를 넘어서 여성이 지니는 섬세한 감각 때문이었고 또 그 섬세한 감각으로 하여 여성이 아니면 도저히 표현해 내기 어려운 것이라고 하였다. 거기까지는 좋았다. 다음에 그 비평가는 또 무어라고 말했는가 하면, 「그러나 여성의 지나친 섬세 감각은 섬세하기 때문에 오히려 리얼리티를 혼탁하게 하고 있으며 여기서 여류작가들이 지니는 限界性이 있는 것이다.」라고 하였다.
그런데 뜻밖에도 그 朴容淑이라는 작가는 여성이 아니라 남성이었고 여기에 朴容淑씨의 맹렬한 항의가 있었음은 물론이었으나 그보다도 중요한 것은 이름이 여성과 같았다는 조건으로, 「여성 작가이기 때문에 오히려 리얼리티를 혼탁하게 했다」 운운한 바로 그 先入見, 그것이 문제인 것이다.
즉, 朴容淑이라는 작가를 여성 작가인 줄로 지레 착각함으로써 誤評을 했다는 것보다는 여성 작가로서는 도저히 손댈 수 없는 치열한 전쟁이나 군인들의 동태를 素材로 삼았기 때문에 섬세한 리얼리티가 오히려 혼탁

---

35) 박화성, 「韓國作家의 社會的 地位의 變遷」, 『여류문학』 제 2권, 1969, p.205.

해 버렸다는 것이며 따라서 여성이 지니는 섬세한 묘사력에도 한계가 있다는 말이 되는 것이다.[36]

　　메리 엘만은, 『여성을 생각한다』의 두 번째 장 「남근비평」에서 "남성들이 여성의 글을 논할 때는 열의를 잘못된 방향으로 돌려 어김없이 도달하는 한 지점이 있다. 여성성이라는 지점이다. 여자의 책은 마치 책 자체가 여자의 몸인 듯이 취급되어 비평은 잘되는 경우에 가슴과 엉덩이 둘레를 두뇌로 측정하는 작업에 들어간다"[37]라고 재치 있게 고발한다. 엘만은 덴마크 페미니스트 비평가 필 달레룹(Pil Dahlerup)이 쓴 「비평가의 무의식적 태도」라는 글을 인용하여 남근 비평의 전형적인 예를 제시한다. 이 글을 보면, 세실 뵈트커라는 중성적 이름의 한 덴마크 시인에 대한 어느 남성 평론가의 첫 번째 평론은 일 년 후에 세실이 여성임을 알고 쓴 두 번째 평론과 현격한 차이를 보인다. 첫 번째 시평은 "능동적인 동사로 가득 찼고 형용사는 별로 없었고, 있다 해도 <즐거운>, <열광적인>, <풍요로운> 등의 대단히 긍정적인 형용사들이었다." 두 번째 평론에서는 "세실의 시는 <상쾌한> 정도이고, 형용사는 세 배로 많이 등장했고 그 사용된 형용사의 성격이 크게 달라졌을 뿐 아니라 형용사 앞에 <좀>, <어느 정도의>, <아마도>와 같은 수식어가 붙었다. 이러한 수식어는 첫 번째 평론에는 전혀 없었다. 더구나 <작은>, <적은>과 같은 형용사가 갑자기 중심 어휘가 되었다. 엘만은 이러한 변모를 보고 <그 비평가의 태도가 무의식적으로 남성 작가에게 부여하는 권위적인 시각을 여성 작가에게 똑같이 부여할 수 없다는 사실을 드러낸 것이다>라고 평했다. 분명 이 비평가는 뵈트커의 예술적 성취보다는 작가가 여성

---

36) 박화성, 위의 글, p.206.
37) Mary Elman, Thinking about Women, New York: Harcourt, 1968, p.29.

이라는 점에 더욱 예민한 반응을 보인 것이다."38)

　"여성 작가의 실력이 아무리 대단하다 하여도 결국 남성 작가와 나란히 할 수 없는 차별이 설정되어 있기 때문"에 '여류'라는 관사 자체에 문제가 많고 "단순히 性的으로만 여자일 뿐이지 작가로서는 아무런 차별적 대우가 없어야만 한국 여성작가의 사회적 지위가 남성 작가와 동등한 기반 위에 서질 수 있다는 것을 거듭거듭 단언하고"39) 싶었던 작가 박화성이 '여류'문학인회의 초대 회장으로서 기관지 '여류'문학을 발행했다는 사실은 아무래도 모순이라고 하지 않을 수 없다. 이 모순은 어디에서 발생하는 것일까.

　필자는 그것이야말로 '명예남성'화한 박화성의 이원적 착란에 기인한 결과라고 본다. 레이콥이 말한 바, 인격적인 신사문인들에게 대접받으면서 "스스로를 존중받고 고귀한 존재인 양 생각하게 되지만, 결국엔 무가치하고 스스로의 운명도 통제할 수 없는 존재가"40) 되고 마는 부인 작가(lady writer)의 뼈아픈 역설을 의식적 혹은 무의식적으로 외면하곤 했던 대다수의 '여류다운 여류'들 역시 이원적 착란 속에 있었다. 이 '여류다운 여류'의 이원적 착란은, 가정 생활에만 묶여 사는 보통 여자들을 타자화하는 것으로 가능했다. 지배적 혹은 지도적 위치의 남성작가와 몽매한 보통 여자들이라는 이원적 구도 사이에서 여류의 착란은 발생한다. 착란의 요체는, 살림 따위에는 초연한 채 진짜 문학을 하는 남자 작가에는 미칠 수 없다 하더라도 살림밖에 모르는 보통 여자들에 비하면 주부 노릇과 예술을 병행하는 여류가 훨씬 훌륭하다는 식의, 남성작가들에 대한 열등감과 보통 여자들에 대한 우월감이 뒤섞인 심리이다. 박화성은 이

---

38) 한국영미문학페미니즘학회, 『페미니즘, 어제와 오늘』, 민음사, 2000, p.82.
39) 박화성, 위의 글, p.215.
40) 레이콥, 같은 곳.

'여류다운 여류'들마저 타자화함으로써 특유의 착란적 자부심을 구축한다. 말하자면 '나는 너희들처럼 안방작가가 아니고 사회문제를 정면으로 다루는 작가이다'라는 식이다. '여류'라는 칭호에 강한 거부반응을 보이면서 동시에 기꺼이 '여류'의 수장 노릇을 한 박화성의 모순은 '보통 여류작가가 아닌 여류'로서 박화성의 이원적 착란에 연유하는 것이다. 파농의 말을 다시 전유하자. "남성작가에겐 하나의 사실이 있다. 스스로를 여류보다 우수하다고 생각하는 사실 말이다. 여성작가에게도 하나의 사실이 있다. 어떤 대가를 치러서라도 그들 사상사의 풍요로움과 그들 지성사의 뒤떨어지지 않는 가치를 남성작가들에게 증명하려고 애쓴다는 사실 말이다."[41]

4. 결론

식민지 망국민으로서 민족 정체성을 수립하고 민족의 독립에 이바지해야 한다는 강박관념 하에 시발된 우리나라의 국학 연구는, 이른바 '여류'의 창조와 '여류문학'의 부상(浮上)을 추동했다. 고전문학 분야에서는 고전 여성문학에 대한 일련의 정전화 과정이 진행되었고, 현대문학 분야에서는 여성이 실명으로 공적인 지면에 글을 발표하는 빈도가 급증했다. 근대적 여성 교육의 영향이 본격적으로 나타나기 시작한 1930년대 이후에는 문명(文名)을 날리는 여성 작가의 숫자가 두 자리를 넘기게 되었다. 이러한 시대 상황이 파생시킨 문화 현상들 중 하나가 30년대 중반 이후

---

41) 파농, 앞의 책, p.15. 파농의 책에는 이렇게 나와 있다. "백인에겐 하나의 사실이 있다. 스스로를 흑인보다 우수하다고 생각하는 사실 말이다. 흑인에게도 하나의 사실이 있다. 어떤 대가를 치러서라도 그들 사상사의 풍요로움과 그들 지성사의 뒤떨어지지 않는 가치를 백인들에게 증명하려고 애쓴다는 사실 말이다."

'여류' 담론의 유행이었다.

 '작가'의 타자로서 '여류'는, 대개 남성이며 수사가 필요 없는 그 '작가'들이 잘 쓰지 못하거나 쓰지 않는 작품, 다시 말해 "여자다운 작품"이나 "여자로만 쓸 수 있는 작품"을 쓰는 것이 자신의 본령(本領)이라는 암묵적 전제하에서 동질적으로 범주화되었다. 최초의 여성문학평론가 임순득은 여성주의적 자의식을 가지고 그러한 남근 중심적 범주화에 반발하며 당대 여성문학의 현실과 전망을 논했다. 박화성 또한 다분히 성차별 의식에 근거한 당대 남성평자들의 여류작가론에 도전한 작가이다. 그러한 박화성이 60년대에 '여류'문학인회의 초대 회장으로서 기관지 '여류'문학을 발행했다는 사실은 모순적이다. 이 글에서는 그 모순이 '명예남성'화한 박화성의 이원적 착란에 기인한 결과라고 보았다. 소위 '여류다운 여류'의 이원적 착란이 가정 생활에만 묶여 사는 보통 여자들을 타자화하는 것으로 가능했다면, 박화성은 이 '여류다운 여류'들을 타자화함으로써 특유의 착란적 자부심을 구축한 것이다.

 30년대에 유행하여 그 30년대 여성문인들을 문학적 멘토(mentor)로 하여 성장한 50-60년대 여성문인들에게로 이어진 '여류'의 아비투스(habitus)는, 그들 여성작가들의 타자화된 삶과 '여류명사'로서의 주변적 권력의 착종(錯綜)으로 말미암아 종종 '이원적 착란(二元的 錯亂)'의 심리를 노정했다.

참고문헌

김문집, 『비평문학』, 청색지사, 1938.

김미현, 「이브, 잔치는 끝났다 ― 젠더 혹은 음모」, 문학동네, 1999년
　　　봄호.

김병익, 『한국문단사』, 문학과지성사, 2001.

김윤식, 『韓國近代文學思想史』, 한길사, 1993.

김윤식, 『한국현대문학명작사전』, 일지사, 19796.

金一根, 『隨筆文學硏究』, 정음사, 1980.

로빈 레이콥 외, 『여자는 왜 여자답게 말해야 하는가』, 강주헌 역, 고려
　　　원, 1991.

박정애, 「'여류'의 기원과 정체성: 50-60년대 여성문학을 중심으로」,
　　　인하대학교 대학원, 2003.

박화성, 「韓國作家의 社會的 地位의 變遷」, 『여류문학』 제 2권, 1969.

백철, 『신문학 사조사』, 민중서관, 1953.

이상경, 『한국근대여성문학사론』, 소명출판, 2002.

이재선, 『한국소설사』, 민음사, 2000.

정규웅, 『글동네에서 생긴 일－60년대 문단 이야기』, 문학세계사,
　　　1999.

조병무, 『범우소설문고 15』, 범우출판사, 1982.

조연현, 「한국 작가와 독자의 실태」, 『女流文學 2호』, 1969.

태혜숙, 『탈식민주의 페미니즘』, 여이연, 2001.

프란츠 파농, 『검은 피부, 하얀 가면』, 이석호 역, 인간사랑, 1998.

하루오 시라네·스즈키 토미 편, 『창조된 고전-일본문학의 정전 형성
　　　과 근대 그리고 젠더』, 왕숙영 역, 소명출판, 2002.

한국영미문학페미니즘학회,『페미니즘, 어제와 오늘』, 민음사, 2000.

Mary Elman, Thinking about Women, New York: Harcourt, 1968.

Abstract

'Lady of Letters' and Their 'Dual Derangement'

Park, Jung-ae

The study of Korean literature under an obsession which ought to devote itself to the establishment of national identity and to the independence of nation, stimulated the creation of so-called 'lady of letters' and the rise of 'ladies' literature. Modern education for women had exercised its power to make tens of women writers appear since 1930's. The fashion of discourse on 'lady of letters' after the middle of 1930's was one of cultural phenomena derived from such contemporary surroundings.

'Ladies of letters' as the other of 'writers' are homogeneously categorized under a tacit premise that those women writers will show themselves at their best through writing, that is to say, "feminine works" or "works only woman can write" which 'writers', generally male, cannot write well or don't want to. The first modern woman literary critic, Lim Soon-Deok discussed about the present and prospect of contemporary women literature, resisting such a phallocentric categorization with feminist-awareness. And Park Hwa-Seong was a writer who challenged to the discourse of 'lady of letters' made by sexist male critics. It is ironical that she, however, was the first president of the association of Korean Ladies of letters' in 1965 and issued "Literature of ladies" as organ. This paper concludes that the irony is the result from dual derangement of an honorary man, Hwa-Seong.

Key Words : national identity, 'lady of letters', 'ladies' literature, phallocentric categorization, dual derangement

1930년대 대중소설의 발흥과정에 대한 문학사회학적 고찰

이정옥*

1. 문제제기

우리 문학사에서 1930년대는 중대한 전환기(轉換期)에 해당한다. 1930년대 전반까지 문단을 장악하였던 카프문학과 민족문학의 이념성이 약화됨에 따라 문학적 관심이 확대되면서 다양한 장르와 다양한 제재가 실험되었던 시기이다. 또한 신문연재소설이 활성화되면서 소설의 장편화 현상이 두드러지게 나타나기 시작하였다. 뿐만 아니라 대중문학의 발흥과 맞물려 작가 중심의 인식지평에서 독자 중심의 인식지평으로 바뀌었던 시기이다.

---

* 숙명여대 강사

그러나 지금까지 1930년대에 대한 문학사적 평가는 크게 '침체기'와 '전형기(轉形期)'로 압축되고 있다. 이러한 평가는 1930년대 카프문학이 퇴조하고 모더니즘 중심의 새로운 문학형식이 대두되었던 문학적 지형에 중점을 둔 것이다. 여기에는 리얼리즘문학과 모더니즘문학만을 우리 문학의 정전으로 보고, 그 외의 다른 문학에 대해서는 통속화 경향으로 치부해버리거나 아예 문학사에서 배제시켜버린 협소한 태도가 반영되어 있다. 이러한 시각이 지금까지 통용될 수 있었던 이유는 전쟁과 분단, 군사정권과 산업화로 점철된 현대사의 영향으로 사상성이 강한 리얼리즘문학이 강력한 자장력을 발휘해왔던 문학사와 깊은 관련이 있다.

그렇지만 1990년대 이후 문학을 바라보는 시각이 달라지고 있는 추세로 미루어 볼 때 이제 문학사에 대한 새로운 조망이 시급한 시점이다. 정치·사회·문화적인 지각변동이 문학계에도 영향을 미쳐 정전의 특권을 인정하지 않고 주변부 문학이나 하위문학 등 다양한 가치를 중시하는가 하면, 컴퓨터 통신과 인터넷의 발달로 인하여 새로운 글쓰기가 가능해진 문학적 지형도를 자연스럽게 받아들이게 되었다. 이처럼 문학에 대한 인식지평이 달라짐에 따라 문학사를 보는 시각 또한 조정이 필요불가결해진 것이다.

본고는 지금까지 고수해왔던 리얼리즘문학과 모더니즘문학만을 중시하는 문학사 기술에 대한 반성적 시각에서 출발한다. 하나의 문학을 중심부에 놓고 나머지에 대해서는 의도적으로 배제하거나 침묵하는 식의 협소한 시각에 의거한 문학사 기술은 리얼리즘문학과 모더니즘문학의 양대 산맥의 틈바구니에 끼여 제대로 조명을 받지 못하고 있는 수많은 작품들에 대하여 온전한 문학적 의미를 부여할 수 없으며, 나아가 우리 문학이 풍성하고 다양하게 성장하는 것을 억압하는 요인으로 작용한다. 또한 표면에 나타난 문학적 결과만을 소급적으로 평가하거나 당위론적 이념에 매달려 숨겨진 사회·역사적인 문맥들을 제거할 경우 문학 전체에 대한 조망이 불가능하게 된다.

문학사 역시 다양한 문학양식 사이에 끊임없이 이어지는 권력투쟁의 장이라 볼 때, 지금까지 굳건한 아성으로 군림해왔던 주류적 시각에 경도되지 않기 위해서는 문학사회학적인 접근이 필요하다. 문학사회학적 접근은 문학이 한 사회에 속해 있는 상이한 집단들에게 결속력을 제공하는 근원적인 가치와 상징들을 포함하고 있다고 보기 때문에 정전을 고수하는 방식에서 벗어나 모든 문학 나름의 독특한 문학적 의미를 되찾게 해준다. 또한 문학사회학적 접근은 문학을 한 시대와 사회를 반영하는 형식으로 보고 작가와 독자가 처한 사회적 배경이라는 측면에서 문학을 연구하기 때문에 작가와 독자, 작품을 분할된 영역으로 나누지 않고 당대 사회·문화적인 조건과의 관련성 속에서 통합적으로 보는 통찰력을 갖게 해준다. 따라서 문학 작품 자체에 강조에서 벗어나 작품이 생산되는 측면으로 시야를 이동하여 문학의 사회적 의미들로 전환시킨다.[1]

문학사회학적인 시각에서 보면 소설(novel)은 자본주의와 관련이 깊다. 자본주의가 발달함에 따라 경제적인 여유와 시간적 여가를 얻게된 부르주아들이 새로운 독서인구로 부상하면서 자신들의 취향에 맞는 읽을 거리를 찾게 되었고, 이들의 독서 기호를 충족시키기 위해 출판업자들과 작가들이 손을 잡고 새로운 이야기를 창조한 것이 바로 근대적 소설이다.[2] 신문, 잡지, 출판사, 서점 등의 출판시장이 확대되면서 점차 소설은 대중화의 길로 접어들게 되었고, 소설과 독자 사이의 거리가 좁아지게 됨에 따라 작가는 교양과 취미가 다른 독자들이 골고루 접할 수 있도록 끊임없이 새롭게 변신을 거듭하여 왔다.[3] 때문에 소설이라는 개념에는

---

1) 앨런 스윈지우드, 『문학의 사회학』(정혜선 역), 한길사, 1984. 9-22면.
2) 이완 와트, 『소설의 발생』(전철민 역), 열린책들, 1988. 49-78면.

생산과 분배의 원리에 의해 작동되는 자본주의적 상업성과, 제도적 위엄이나 특정 인물의 권위를 찬미해야 하는 속박으로부터 벗어나는 사상성과 자율성이 내재해 있다.

이렇듯 소설의 발달과정에는 사상성과 자율성의 다른 한편에 엄연히 상업성이 내재해있음에도 불구하고, 우리는 상업성은 완전히 배제하고 오직 사상성이나 자율성만을 고집해왔다. 특히 사상성에 대한 과잉추종은 예술로써 사회 전체의 문제를 해결할 수 있다는 식으로 절대적인 위상을 부여하거나, 예술과 삶을 일치시켜 놓고 마치 예술이 현실의 원리를 움직이는 실천력을 지닌 것처럼 과부하를 걸기도 했다. 또한 자율성에 대한 과도한 집착은 문학을 고상한 미학이나 도덕적 시각의 틀 속에 고착화하거나, 고상함과 저속함이란 경계를 엄격하게 그어놓고 고상함에 속하는 일면만을 논하여 왔다. 이런 의미에서 "부르주아문학을 일괄 괄호치고 프로문학만을 편애하거나 또는 프로문학을 중심에 두고 부르주아문학을 선택적으로 주변부에 배치하는 편향을 넘어서서 우리 근대문학 전체상 속에서 프로문학의 주류성을 이제 진정으로 해소하자"[4]는 최원식의 주장은 시사하는 바가 크다. 필자는 여기서 한발 더 나아가 우리 근대문학의 전체상을 제대로 보기 위해서 대중문학을 괄호에 넣고 프로문학과 모더니즘문학을 중심에 두는 편향성을 넘어서자고 제안하고자 한다.

대중문학은 분명 작가 중심의 사상성이나 자율성보다는 독자 중심의 상업성에 경도된 문학이라 할 수 있다. 문학의 상업성은 독서시장에서 상품가치를 높이기 위해 독자들의 기호와 정서구조를 반영하는 문학적

---

3) 김화영, 『소설이란 무엇인가』, 문학사상사, 1986. 17-23면.
4) 최원식, 「한국문학의 근대성을 다시 생각한다」, 『민족문학과 근대성』(민족문학사연구소 편), 문학과 지성사, 1995. 59면.

전략이다. 작가가 독자들의 정서구조와 취향을 반영하기 위해서는 독자들이 몸담고 있는 당대 사회적 질서에 대한 예리한 통찰력을 가져야 하고, 문화적 기류에 민감하게 촉수를 곤두세워야 할 것이다. 아울러 작가는 이를 그대로 작품에 옮겨 담지 않고 자신의 문학관이란 그물망을 가지고 반성적 사유의 거름과정을 거쳐야 비로소 문학의 자율성이 확보될 수 있을 것이다.

'홍수와 같이 범람하였다'[5]고 우려할 정도로 활성화되었던 1930년대 대중문학은 작가 중심의 문학 생산 체제에서 점차 독자 중심의 문학 생산 체제로 변모하는 과정에서 발흥한 문학이라 할 수 있다. 문학사회학적으로 보면 대중문학은 동시대 대중 독자들의 삶의 방식과 취향을 반영한 문학이고, 아울러 대중독자의 소설적 욕구와 소설의 상품화 경향이 결합하여 나타난 결과물이다. 그러므로 1930년대 대중소설의 발흥과정에 대한 문학사회학적 고찰은 곧 1930년대 문학과 사회적 변화의 원인은 물론 독자들의 문학적 기호와 정서구조가 변화하게 된 원인을 진단하는 도구가 될 것이다.

2. 문단 내외적 변화

지금까지 1930년대 대중문학이 활성화되었던 원인에 대해 카프 해체 이후 문단에 불어닥친 침체기를 틈타 사상성과 방향감각을 상실한 문인들이 쉽게 대중 편승주의로 나간 결과로 보는 것이 대체적인 흐름이다. 즉 1931년과 1934년 두 차례에 걸친 카프의 검거와 신간회의 해체로

---

5) 이태우, 「현대문학과 문학유산문제 ─ 침체된 문단에 긴급동의」, 『조선일보』, 1934. 1. 18-30.

말미암아 당대 문인들은 집단적 무기력증에 빠졌을 만큼 치명적이었고, 1935년에 카프가 해체됨에 따라 프로문학 진영과 민족문학 진영이 팽팽하게 맞섰던 견제가 풀어지기 시작하면서 문학사의 방향성이 완전히 상실되었다고 보았다. 아울러 당대 평자들이 '창작의 부진과 詩神의 탄식, 비평의 SOS와 같은 문단의 침체',[6] '누구에게나 생활에 대한 확신이 없고 明日에 대하여 우연을 기다리는 외엔 절망밖에 갖지 않은 시대',[7] '막연한 공허, 不定한 고민, 정체 모를 불안을 특징으로 하는 불안의 문학'[8]이라고 평가하였던 것을 그대로 받아들여서 사상적 통제로 인한 문단의 사상적 공백기에 작가들이 살길을 찾아 현실과 타협한 문학적 결과가 바로 대중문학으로 나타났다고 보아왔다. 이와 같은 단정이 지금까지 효력을 발휘하는 이유는 그 동안 리얼리즘문학 중심의 문학사를 통용되었기에, 1930년대 문단에 대해서도 프로문학 진영의 목소리에만 귀를 기울여왔던 탓이 크다.

그러나 '대중화론', '창작방법론', '장편개조론' 혹은 '통속소설론'이나 '신문소설론' 등의 논쟁이 전개되는 과정을 곰곰이 짚어보면 이미 1920년대 후반부터 대중소설에 대한 논의가 민감한 문학적 이슈로 대두되었고, 1930년대 들어서는 신문소설과 대중소설, 장편소설에 대한 관심이 현저하게 집중되었던 문단적 정황을 확인할 수 있다. 1930년대에 신문소설, 장편소설 대중소설에 대한 논의가 활성화되었던 원인으로는 1920년대에 문학작품이 발표되었던 매체가 잡지 중심이어서 단편소설이 주를 이루었던 반면, 1930년대에 신문이 활성화됨에 따라 연재장편소설이 주를 이루었던 문학 내외적인 변화가 가장 크게 작용하였다.[9]

---

6) 이태우, 앞의 글.
7) 임화, 「사상은 신념화, 방황하는 문학정신 ─ 정축 문단의 회고(4)」, 『동아일보』, 1937. 12. 12.
8) 백철, 『신문학사조사』, 신구문화사, 1980. 420면.

장편소설과 신문소설, 대중소설은 태생적으로 긴밀한 관련성을 갖고 있다. 신문은 소설과 대중 독자가 비교적 쉽게 접할 수 있는 대중매체이다. 신문과 소설이 결합된 신문연재소설은 고정독자를 확보하기 위해 독자들에게 재미있는 읽을 거리를 제공하므로 신문연재소설에는 독자의 기호와 취향이 반영되어 있다. 독자의 기호와 취향에 민감하게 반응하는 신문연재소설은 대중소설의 성격을 지닐 수밖에 없다. 때문에 다양한 장르와 소재를 다룬 장편 신문연재소설이 생산되었던 것은 지면의 확대에 따른 작가 역량의 성장에만 원인이 있는 것이 아니라 독자의 수준 또한 높아진 것으로 보아야 할 것이다.[10] 그리고 발행 부수에 민감한 신문의 속성상 흥미진진한 소설을 오랫동안 연재하여 고정독자를 붙잡기 위한 경쟁을 치러야 하기 때문에, 신문연재소설은 문학적 상업화와 맞물리게 되어 있다.[11] 특히 1930년대 신문은 정치·경제면에서는 자유로운 보도가 불가능했기에 사회면과 학예면에 비중을 높일 수밖에 없었다. 1930년대의 3대 민간지인 동아일보, 조선일보, 조선중앙일보는 독자 확보를 위해 증면 경쟁과 장편소설 연재 경쟁을 벌였으며, 증면화에 따라 장편소설을 실을 지면도 늘어나 동아일보와 조선일보는 세 편의 장편을 한꺼번에 연재하는 때가 많았을 정도였다.[12] 이와 같이 소설을 싣는 지면이 많아지면 신문사들은 재미있고 좀더 좋은 작품을 구하기 위해 더욱더 치열한 경쟁을 벌이게 되고, 경쟁이 치열해지면 치열해질수록 신문사

---

9) 김동인은 "잡지에 1 회 정도의 분량으로 작품을 발표하고 싶지만 언제 폐간될지 몰라 역작을 발표하기 힘들고, 출판업자들은 판매정책상 10 여 회를 끌기를 바라기 때문에 어렵고, 신문은 장편 강담만 환영하니 작품을 발표할 데가 없다"고 불만을 토로한 바 있다. (김동인, 「필진난」, 『삼천리』3호, 1929. 11. 23면)

10) 김남천, 「신문 장편소설 시감」, 『삼천리』, 1934. 8.

11) 김중현, 「프랑스의 신문소설」, 『신문소설이란 무엇인가?』(대중문학연구회 편), 국학자료원, 1996. 61-85면.

12) 이주형, 『한국근대소설연구』, 창작과 비평사, 1995. 28면.

들은 독자의 선호도에 맞는 작품을 찾기 위해 작가들에게 대중 독자의 기호에 맞는 재미있는 소설을 쓸 것을 요구할 것을 자명해진다.

　실례로 1937년 3월 31일부터 10월 3일까지 조선일보는 김말봉의 『찔레꽃』을 연재하여 신문 부수를 두 배 이상 늘렸고, 매일신보 역시 1938년 '천원'이라는 당시로서는 상당히 거액의 상금을 내걸었던 현상모집에서 박계주의 『순애보』를 발굴한 결과 경영난으로 문을 닫게 될 위기에서 기사회생하였다.13) 신문사간의 작가 유치경쟁은 1930년대 중반 브나로드운동이 일면서 농촌계몽소설을 연재하는 과정에서 더욱 치열하게 드러났다. 즉 동아일보가 1932년 4월 12일부터 1933년 7월 10일까지 사상 최고의 원고료를 지불하여 이광수의 『흙』을 연재하면서 농촌계몽운동의 기선을 제압하자, 조선일보 측에서 이에 맞서기 위해 카프계열의 이기영을 선정하여 엄청난 원고료를 미리 지불함으로써 작품 배경이 되는 농촌 현장을 직접 답사하고 소설의 현장에서 가까운 성불사(충남 천안군 안서리 태조산 소재)에 들어가서 창작을 완료할 수 있도록 배려하였다. 이 결과로 조선일보는 『고향』이 연재되는 동안 높은 판매 부수를 올렸고 단행본을 출판한 한성도서 역시 1937년에 3판, 1938년에 4판을 찍을 정도로 최대의 판매 부수를 기록하였다.14) 『고향』이 엄청난 반향을 불러 일으키자 동아일보는 1935년 창립 15주년 기념사업의 일환으로 농촌계몽소설 현상모집 공고를 연일 대대적으로 내면서 조선일보에 빼앗긴 인기를 만회하기 위해 안감힘을 썼다.15) 이 현상모집에서 당선된 작품이 바로 심훈의 『상록수』이다.16) 이와 같이 신문사들이 치열한 경쟁을 벌

---

　13) 조영암, 『한국 대표 작가전』, 수문관, 1953. 142면.
　14) 김병광, 『흙과 고향의 대비연구』, 일심사, 1990, 130-131면.
　15) 『동아일보』, 1935. 4. 13.
　16) 동아일보와 조선일보 사이에 벌였던 연재소설 확보 경쟁에 대해 민족지로서의 본
　　　문을 망각하고 기업으로서의 외형적 확대 경쟁에만 열을 올렸다는 비판적 시각으

인 결과 1930년대에 발표된 신문연재소설이 100 여 편에 이른다. 1930년대에 발표된 장편소설이 120여 편이고 보면 1930년대는 가히 신문연재소설의 시대요 대중소설의 시대라 할 수 있다.

"신문소설을 쓸 때마다 소설을 읽는 표정이 달라지는 독자들의 얼굴이 무서운 그림자처럼 눈앞에 나타나기 때문에 시험을 치는 것 같은 초조를 느끼게 된다"[17]는 한 작가의 고백에서 엿볼 수 있듯이 신문소설은 독자의 취향과 기호를 맞추기 위해 부단히 노력하게 되어 있다. 그러므로 1930년대에 신문이 연재소설에 대한 의존도가 매우 높았다는 사실 역시 독자의 취향을 민감하게 반영하였다는 것으로 해석할 수 있다. 더구나 독자 대중에게 외면 당하는 작품은 신문 연재가 지속되기 어려워지게 되었던 당시의 예[18]를 통해 보면 '신문연재소설은 작가의 소설이 아닌 신문기업의 소설'[19]이요, 작가 중심의 소설이 아니라 독자 중심의 소설임이 분명하다.

그러므로 1930년대는 '상당한 작가적 수준을 가진 사람도 신문소설을 쓰게 되면 따분하다는 불명예스러운 비평을 당하는 시대에 신문소설의 독자층은 소시민이라는 새로운 제네레이슌'[20]으로 받아들여야 하는 시대가 도래하게 되었다. 1930년대의 작가들은 더 이상 작가 중심의 창작이 아니라 대중의 기호에 맞추기 위하여 자신이 창조한 이야기를 조절해야

로 볼 수도 있지만,(최민지·김민주, 「동아일보 대 조선일보의 상쟁」,『일제하 민족언론사론』, 일월서각, 1978) 당시 상황으로 보면 신문의 생존경쟁이라는 측면으로 읽혀질 수 있다.

17) 「다음에 연재할 소설 "태풍시대"」,『서울신문』, 1957. 7. 13.
18) 김환태는 「문예좌담회」(『조선문단』,1935. 8)에서 박태원이 『조선중앙일보』(1935. 2.7-5.18)에『청춘송』을 연재하다가 중단된 예를 들면서 독자들의 투서에 따라 연재를 중지하는 것은 횡포라고 비난하였다.
19) 이원조, 「신문분화론」,『조광』제28호, 1938. 2. 169-170면.
20) 박목아, 「신문소설론」,『조선일보』, 1937. 10. 20.

하는 인식지평의 전환기에 봉착한 것이다. 1930년대 작가들은 원하든 원하지 않든 독자를 염두에 두고 소설을 쓴다는 것, 즉 문학의 자율성이나 사상성 못지 않게 상업성도 중요하다는 것을 인정해야했다. 그러고 보면 김말봉이 '대중소설을 쓰겠다'고 공표한 것은 대중 독자를 의식하고 소설을 쓴다는 것을 솔직하게 인정한 작가로서의 진솔한 자기 고백이었다고 볼 수 있다.

이태준은 '독자가 다른 신문으로 바꾸지 않기 위해서 여러 사람에게 애독될 수 있는 종류의 소설을 써야 하는'[21] 필요성을 강조하고, 이처럼 독자의 기호에 추수하는 소설을 '씨키는 소설'라 명하였다. 또한 단편소설과 전작소설과 같이 순수한 문학을 기대할 수 있는 '쓰는 소설'과 달리 독자의 인기를 염두에 두는 '씨키는 소설'은 "통속성이 없이는 구성할 수 없다"[22]고 주장하였다. 윤백남 역시 '대중소설을 통속으로 여기고 순문예를 무조건적으로 고상한 것으로 간주하여 우열을 따지는 태도는 우매하다'고 비판하였다. 그는 대중소설과 순문예소설을 가르는 기준은 '독자의 영역에서나 묘사의 방식과 관점, 또는 사건의 취급 수법에 있어서 상위가 다를 뿐이라'고 주장하였다.[23]

이태준과 윤백남의 경우는 독자의 취향을 의식해야만 하는 당대 정황에 대해 솔직히 인정하자는 분명한 인식을 보여주고 있다. 그러나 대부분의 평자나 작가는 소설의 대중화 현상을 자연스러운 소설발달과정으로 받아들이지 않고 비판적이거나 우려하는 시선을 보이는가 하면, 이론적 비판과 실제 창작 사이에 모순을 보였다.

1918년 이광수의 『무정』을 두고 '대중을 의식한 통속소설'이라 비난

21) 이태준, 「조선의 소설들」, 『무서록』, 박문서관, 1944. 110-111면.
22) 이태준, 「통속성 기타」, 『문장』, 1940. 7.
23) 윤백남, 「대중소설에 대한 사견」, 『삼천리』, 1936. 2.

하면서 예술지향주의를 천명하였던[24] 김동인이 그 대표적인 예에 해당한다. 그는 1930년대에 들어서 '저급한 민중을 대중적인 독자층으로 끌어올리기 위해서는 문학의 수준을 대중의 수준으로 후퇴해야 한다'며 독자를 중시하는 태도로 돌아섰다. 염상섭도 다수 독자들이 즐겨 읽는 통속소설을 쓸 필요성이 있다고 역설하였다.[25] 그는 통속소설을 쓰는 것을 독자들의 의식의 수준에 맞추기 위한 방편을 보고, 소설의 대중화 현상을 순문학의 발전에 기여할 것이라고 낙관했다.

김기진은 프로문학이 대중에게 가까이 하기 위해서는 이광수와 최독견의 소설처럼 통속소설의 형식을 취해야 한다고 주장하였다.[26] 그는 '도식주의에 빠진 프로문학이 대중들의 향락적 요구에 응하면서도 그들을 모든 마취제로부터 구출하고 그들로 하여금 세계사의 현 단계의 주인공의 임무를 다하도록 끌어올리고 결정하는 대중소설로 거듭나야 한다'고 역설하였다.[27] 그가 말한 대중소설이란 프로문학의 대중화를 말하는 것이었지만, 그 역시 프로문학 이론가답지 않게 추리소설, 역사소설, 대중소설 등을 발표하는 모순을 보였다.

한편 김남천은 당대 신문에 대해 '기업화되면서 상업주의로 기울어지는 추세에다가 유행 가수를 배출하듯이 소설가를 양산한다'[28]고 비판하였다. 장편소설의 타락 원인이 바로 '상업주의로 인해서 왜곡되고 오해된 시사성과 비속한 추상적 대중에의 무원칙한 추수에 있다'고 꼬집으면서 '로만 개조론'을 주장하였지만, 장편소설을 개조하기 위한 구체적인 방법을 제시하지는 못했다. 그 역시 『사랑의 수족관 』같은 대중소설을 썼

---

24) 김동인, 「소설에 대한 조선사람의 사상을」, 『학지광』, 1918. 8.
25) 염상섭, 「통속, 대중, 탐정」, 『매일신보』, 1934. 8. 17-21.
26) 김기진, 「통속소설 소고」, 『조선일보』, 1928. 11. 9-20.
27) 김기진, 「대중소설론」, 『동아일보』, 1929. 4. 14-20.
28) 김남천, 「작금의 신문소설 -통속소설론을 위한 감상」, 『비판』제52호, 1938. 12.

다. 백철 또한 장편소설의 위기는 '전통을 갖지 못하고, 사회적 배경이 장편소설적 토대를 이루지 못한데 있다'고 주장하면서[29] 이를 극복하기 위해 '순문학과 대중소설을 결합한 순수소설을 건설해야 한다'는 '종합 문학론'을 제시하였다. 그러나 역시 추상적 이론에 불과할 뿐 장편소설을 새롭게 창작하기 위한 실효성 있는 방법론을 제시하지 못했다.

한편 임화는 신문소설이 '초기에는 순수소설이었지만 점차 기업화의 길을 걸으며 민중 계몽자로서의 역할을 포기함에 따라 상업주의에 물든 통속소설로 전환해 가게 되었다'고 진단하였다. 1930년대 장편소설의 위기는 '성격과 환경의 분열을 안일하게 해결하려는 태도에서 비롯된 것'으로 보고 문단의 수준을 높이기 위해 '성격과 환경과 그 사이에서 얽혀지는 생활과 생활의 부단한 연속이 만들어 내는 성격의 운명이란 것을 소설 구조의 지축으로 삼으며 그 구조를 통하여 작가가 제 사상을 표현하는 본격소설로 나아가야 한다'[30]고 주장하였지만, 본격소설론을 허무주의적 절망[31]이라고 비판하였던 김남천의 지적처럼 새로운 방향 모색에 대한 잠정적 결론으로 그치고 말았다. 그러나 통속소설에 대해 '자기류로나마 현재의 분열을 조화시킬 거의 유일한 문학적 방법'이라는 그의 주장으로 보면 1920년대까지 계몽적 성격을 띄던 저널리즘이 1930 년대 후기에 들어서 상업화의 길로 접어들었던 당대 문단적 상황을 정확 하게 진단하고 있음을 확인할 수 있다.

이와 같이 당대 평자나 작가들이 창작과 이론 사이에서 간극을 보인다 거나, 홍수처럼 밀려드는 대중문학의 물결에 대해 경계와 우려의 목소리 를 냈던 사실은 문학적 혼란기에 나름대로 대처하려는 몸짓으로 읽을

---

29) 백철, 「종합문학의 건설과 장편소설의 현재와 장래」, 『조광』제34호, 1938. 8.
30) 임화, 「본격소설론」, 『문학의 논리』, 학예사, 1940. 365-386면.
31) 김남천, 「세태와 풍속 – 장편소설 개조론에 기함」, 『동아일보』, 1938. 10. 14.

수 있다. 이러한 몸짓은 1930년대 신문연재소설의 붐을 타고 거대함 파도처럼 밀려왔던 대중문학의 흐름 속에서 소설이란 대량 생산 체제에 힘입어 끊임없이 새로워지는 상업적인 성격을 지닌 문학 장르라는 것을 확인하고, 이를 바탕으로 장편소설에 대한 이론을 정립하기 위한 소설론의 모색이라는 점에서 문학사적 의의가 있다.

3. 출판시장의 지형 변화

1930년대부터 신문이 소설을 연재하면서 장편소설과 대중소설을 정착시킨 공이 크지만, 신문연재소설의 힘만으로 대중소설의 발흥을 가져오기에는 역부족이었다. 대중소설 발흥의 보다 근원적인 동력은 1930년대에 기업적 출판사의 등장이라는 출판시장의 새로운 지형 변화에 있다.

1930년대 후반 무단통치체제로 접어들면서 실행되었던 강력한 사상통제는 출판시장의 지형변화를 가져오는 결정적인 요인으로 작용하였다. 1925년 치안유지법의 하나로 언론과 출판의 자유를 억압했던 일제는 1936년 '언론검열표준'을 발표하면서 통제의 강도를 더욱 높였다. 그 결과 1930년대 후반을 기점으로 정치, 사상, 경제 등의 서적은 대폭 감소하고 출판검열이 비교적 용이한 문학과 예술 도서가 급증하게 되었다. 앞장에서 살펴본 것처럼 각 신문사들이 출판검열로부터 자유로운 장편소설을 연재하였던 점도 이와 같은 맥락과 상통한다. 1930년대 후반 중일전쟁의 여파로 용지부족현상이 겹치면서 출판계가 상당히 위축되었던 상황에서도 문학과 예술의 전집류의 붐을 이루는 기이한 현상이 벌어졌다.

전집 출판은 중장기 기획을 세워야하는 출판 여건상 출판산업이 기업화되어야 하고, 독자가 어느 정도 경제적 수준과 여유를 갖추어야 가능하기 때문에 시대상황 및 저작, 출판사의 특성, 독자의 성향 등 출판요소를 집약적으로 반영하는 출판매체에 해당한다.[32] 따라서 전집 문예물의 열풍은 출판사와 서적상의 수가 증가하고, 근대 기업적인 면모를 갖춘 출판업자들이 등장했던 당대 사회적 변화와 맞물려 있다.

개화기 조선 전체에 65개였던 서점이 1927년과 1929년에는 각각 10여 개와 27개로 축소되었다가 1941년에는 종합서점 120개를 포함하여 총 549개로 늘었다.[33] 이처럼 서점이나 출판사의 수가 대폭적으로 증가한 것은 일본의 일본출판배급주식회사가 국내에 진출하는 등 서점업 침투가 강화되었던 원인이 크다. 1930년대 초반까지는 서점과 출판사를 겸하였기에 생산자와 소비자가 직접 만나는 '생산자 - 소비자' 유통구조를 보였지만, '전집출판의 도입기'인 1930년대 중반부터 서점 겸 출판사라는 소기업 영세자본의 형태에서 벗어나 대기업화가 시작되면서[34] '생산자 - 도매상 - 소비자'라는 유통구조의 변화를 가져왔다.[35]

에스까르피에 따르면 출판사의 기능은 '선택 - 제작 - 유통'의 세 가지로 압축된다. 즉 출판사는 대중 독자에게 책을 잘 팔아 이익을 남기는 것을 목적으로 삼기 때문에 '다음 번에도 잘 팔릴 수 있는' 작품을 쓸 수 있는 작가를 발견하고 선택하여야 한다. 한번 독자로부터 인정을 받기만 하면 출판사와 작가는 새로운 모험을 하지 않고도 안전하게 다음 제작에 들어갈 수 있는 보증을 얻게 되는 것이다. 이렇게 되기 위해 출판사는 독자들의 독서습관을 유발하여 특정 문학형식이 유행하게 만들거나, 특정 작가의 작품이나 인물에 대해 열광적인 일시적 붐이 일어나도록 유도

---

32) 이영미, 「한국과 일본의 전집 출판 특성에 관한 비교연구」, 『언론연구논집』17집, 중앙대, 1993. 9. 210-211면.
33) 안춘근, 『한국출판문화사대요』, 청림출판, 1987. 111면.
34) 이영미, 앞의 논문, 211면.
35) 백운관·길부만, 『한국출판문화 변천사』, 타래, 1992. 119-120면.

한다. 이러한 면에서 문고판이나 전집과 같이 일정한 형식과 방향을 가진 출판물은 가장 안전한 체제에 해당한다. 문고판이나 전집의 제작과 유통을 통하여 출판사는 작가로 하여금 판매가 확실시되는 유형의 작품을 쓰도록 유도할 뿐 아니라 독자를 명확하고 확실하게 만족시킬 수가 있기 때문이다.36)

1930년대에 전집 간행이 열풍을 분 것도 이러한 출판의 세 가지 기능으로 분석할 수 있다. 1930년대 출판업계에 진출한 출판주들은 대개 일본 유학을 다녀온 유학파들이다. 인문사의 최재서, 학예사의 최남주와 임화, 삼문사의 고경상, 이 외에 김연만 등이 대표적인 예이다. 또한 조선일보사 출판부는 이미 신문을 통하여 구축된 독자세력을 기반으로 출판사업을 시작하였으며 전집 간행에 이은상과 노자영을 전격적으로 투입하였다.37) 이들은 출판 자본가이면서 대개 문필가로 활동하였기에 서점을 취미사업이나 생계수단으로 삼았던 초창기 영세 출판업자들38)과 상당한 차이를 보였을 뿐 아니라, 앞서 말한 출판사의 세 가지 기능에 대한 뚜렷한 의식을 지녔다고 볼 수 있다. 즉 독자들의 성향에 맞는 작가와 작품을 선택하여 전집으로 제작·유통하는 능력을 갖춘 새로운 출판업자들이다. 더욱이 이들은 1920년대부터 문고판과 전집류의 문예물이 대대적인 유행을 타고 대량판매의 시대로 돌입한 일본의 출판시장의 변화39)를 목도하였고 이러한 변화의 추세를 조선에서 직접 실행에 옮겼던 신진들이다. 출판업계의 이러한 지형 변화는 "지금 나오는 출판 관계의 인물이나 그 자본에나 모두 일시대를 획일만한 진을 칠 '사람과 돈'이 모두 쏟아져 나온 것"40)이라고 진단하였던 이태준의 말에서도 확인할 수 있다.

---

36) 로베로 에스까르피, 『출판·문학의 사회학』(민병덕 역), 일진사, 1999. 78-88면.
37) 안춘근, 앞의 책, 430면.
38) 「출판업으로 대성한 제가들의 포부」, 『조광』, 1938. 12.
39) 무라까미 노부아끼, 『일본 출판물 유통』(윤형두 역), 범우사, 1988. 26-49면.

이들 신진 출판업자들은 이전의 춘향전이나 신소설 중심의 출판형태에서 과감하게 벗어나 당대 인기 작가들 중심의 대중소설을 중심으로 전집류 출판물을 기획하였다. 그 결과 1930년대 후반부터 발간된 문예물은 일제시기를 통틀어서 가장 높은 출판기록을 세울 정도로 성공을 거두었다. 문예물은 시집과 소설이 주를 이루었고, 소설 대부분은 신문에 연재된 장편소설을 단행본으로 간행하거나 또는 당대 이미 독자들에게 널리 이름이 알려진 작가들의 작품이다. 신진 출판업자들은 이미 신문을 통해 독자들의 호응도가 검증된 작가들의 작품을 선택함으로써 독자들로부터 외면을 당하지 않을 보증수표를 얻는 방법을 선택하였던 것이다.

예를 들면 삼문사는 <조선문인전집>을 내면서 '약진하는 조선문단에 있어서 최고권위자들의 최고걸작을 선'[41]했다고 대대적인 광고를 하는 등 공격적 전략을 폈고, 작가로 이광수, 이태준, 김말봉 등을 선발하였다. 박문서관 역시 <현대걸작장편소설집>을 간행하면서 '대표적 걸작의 집대성, 출판 30년 역사를 가진 박문서관이 비로소 보이는 가장 효과 있는 정신의 양식이요 또 위안제,'[42] '조선문학의 신생면을 전개시키는 파격의 호화출판'[43]이라는 요란한 광고 아래 염상섭, 이기영, 김동인 등 유명작가의 작품을 발간하였다. 그런가 하면 신문에서 독자들에게 열렬한 사랑을 받았던 박계주의 『순애보』, 김말봉의 『찔레꽃』, 이태준의 『딸 삼형제』등을 신문 연재가 끝나자마자 바로 단행본으로 출간하는 기민한 대응전략을 보였다. 『찔레꽃』은 1939년 10월 인문사에서 단행본으로 발행되었고 1940년 용지기근으로 품절되는 우여곡절에도 불구하고 1년만에 다시 6판[44]까지 발행되었을 정도로 독자에게 인기를 누렸다.[45] 그리

---

40) 「문예 '대진흥시대' 전망」, 『삼천리』, 1939. 4. 124-125면.
41) 「"조선문인전집" 간행광고」, 『삼천리』, 1938. 11. 92면.
42) 『매일신보』, 1938. 10. 19.
43) 『삼천리』, 1941. 1. 249면.

고 해방이후까지 꾸준히 인기가 있었던『순애보』역시 1939년 발매 7개월만에 7판까지 찍는 기록을 세웠다.[46] 장편 추리소설로 인기가 높았던 김래성의『마인』역시 조선일보 연재를 마치자마자 단행본으로 간행되어 1년여만에 6판을 찍을 정도였다.[47]

출판사의 전집류 간행 열풍으로 말미암아 '출판업자들의 고심은 원고난도 판매난도 선전난도 아니요 오직 용지난이 가장 큰 고민이다'[48]라고 할 정도로 용지부족과 지가 상승이란 악조건 속에서도 장편소설의 붐을 이루었다. 1940년 4월까지의 집계에 따르면 이광수의『사랑』이 4천부, 함태훈의『순정해협』이 5천부, 이태준의『제 2의 운명』이 4천부, 심훈의『상록수』이 5천부, 이광수의『이차돈의 사』가 4천부, 박종화의『금삼의 피』가 4천부 등 실로 엄청난 양에 해당한다. 판매 부수만 보더라도 '전집합전(全集合戰)'이라는 말이 실감날 정도이다.

이와 같이 장편소설을 전집으로 묶어 간행하는 출판시장의 지형 변화는 문학작품 역시 경쟁을 통하여 독자에게 판매되는 소비재로 인식하는 사고의 전환에 따른 결과이다. 즉 출판업자들은 신문에 연재되고 있는 이름 있는 중견 작가의 작품을 경쟁적으로 미리미리 예약 또는 예매를 하고, 작가에게 독자들의 기호와 취향에 맞는 작품을 써달라고 요구하여 미리 계약을 맺는 일이 허다하게 되었다. 출판업자들이 작가들의 펜으로 이룬 노동에 대한 경제적 보상을 보장하게 되자, 작가들의 인식까지도 달라지게 만들었다. 급기야 작가들 스스로 대중독자를 의식하고 작품을

44) 한 판은 통상적으로 1천부에 해당하지만, 출판사에 따라서는 5백부, 또는 2천부나 3천부를 한 판으로 잡는 경우도 있었다.
45)『국민문학』, 1942. 1, 89면.
46)『매일신보』, 1939. 10. 20. 광고면.
47)『조광』, 1941. 4. 400면.
48)「출판사담」,『박문』, 1939. 3. 22면.

써야한다고 생각하기에 이르렀다. 앞에서 보았던 김말봉이 '대중소설을 쓰겠다'고 선언한 것이나, 이태준이 '씨키는 소설'을 써야할 필요성을 강조한 것은 모두 이처럼 문학작품의 생산에 경제적 개념을 상황과 부여한 변화에 해당한다. 이에 따라 인기 있는 작가들은 인세만 가지고도 생활을 할 수 있을 정도가 되었다. 대표적인 예로 가장 인기를 누렸던 이광수는『무정』과『개척자』등 여러 저서의 판권을 출판사에 매도한 인세로 약 10만원에 해당하는 수입을 올려[49] 당시 다른 작가들의 부러움을 사기도 하였다.

이처럼 출판계가 신문연재소설이나 인기 작가에게 의존하는 경향을 두고 출판업자들은 "문학출판에 남다른 열의와 포부를 가지고 나타난 신성들의 열정이 어찌하여 화려한 신작과 중견, 노장들을 충분히 동원하지 못하고 질적 충실에까지 이르지 못하게 만드는지" 한탄하고 그 원인이 바로 "출판계의 신정세를 감당할 시간적 여유도 없고 좋은 작품을 만들지 못하는 조선문단의 빈약함에 있다"[50]고 자성의 목소리를 높이기도 했다. 이러한 자성의 목소리를 통하여 우리는 1930년대 기업 출판사의 등장으로 인하여 '문학이 시장 법칙의 지배하에 놓여있다'는 인식이 보다 분명해졌음을 확인할 수 있다.

이상에서 본 바와 같이 1930년대 출판시장의 지형변화는 분명 기업경영 마인드를 가진 신진 출판업자들이 문학출판에 진입하면서 작가 중심의 문단에서 문학을 소비하는 대중 독자를 의식하는 독자 중심의 시대로 전환하게 만들었다. 또한 문학사적으로 문학의 상품화 현상이 두드러지면서 대중소설이 활성화되었던 계기로 작용하였다.

---

49) 「삼천리 기밀실」,『삼천리』, 1940. 3. 27면.
50) 최영주, 「출판계」,『소화15년 조선문예연감』, 인문사, 1940. 38-39면.

4. 대중 독자층의 형성과 취향의 다양화

책이 팔린다는 사실은 곧 책을 읽을 수 있는 문자해독능력을 가진 독자수가 확보되었다는 반증이다.[51] 1930년대에 전집류의 엄청난 판매 증가는 곧 독서인구의 증가를 보여주는 단적인 측면이라 할 수 있다. 1930년대 독서인구의 규모를 정확하게 파악할 수는 없지만 개화기부터 이루어진 정규적인 교육기관이나 비정규적인 야학운동의 상황 등을 참조하여 독자의 규모에 대한 대강의 추측이 가능하리라 본다.

19세기 말엽 개화의식이 싹트기 시작하면서 근대적인 학교교육이 실시된 이래 교육기관이 확대되었고 그로 인하여 교육인구가 점차 증가하였다. 아울러 독립신문을 비롯한 언론매체가 한글보급운동을 지속적으로 벌여왔으며, 1906년부터 애국계몽운동의 일환으로 실시되었던 야학운동의 영향으로 문맹률이 점차 줄어갔다.

1932년까지 총 2,503개교의 공립보통학교에서 배출된 학생수가 총 1,234,713명이고, 82개교의 사립보통학교에서 배출된 학생수가 149,824명이다. 또 446개교의 각종 사립학교에서 배출된 학생수가 총 266,450명이며, 8,630개의 서당에서 배출된 학생수가 1,045,702명에 달하였다.[52] 이후에도 학교교육이 지속되었고 1936년 보통학교 취학률이 26.0%에 달하는 것[53]으로 보면 문자해독능력을 가진 독서인구는 이보다 훨씬 높을 것이라는 추측이 가능해진다. 즉 공식적인 학교교육 외에도 독립신문을 비롯한 언론매체가 한글보급운동을 꾸준히 전개하여 왔으며, 1906년부터 야학운동을 벌여 1928년까지 총 1,748개 정도의 야학이 설립이 되었다.[54] 1927년 『조선농민』의 보고에 의하면 함경남도 함흥군에서 '야

51) 로베르 에스까르피, 『책의 혁명』(임문영 역), 보성사, 1985. 154-160면.
52) 안귀덕 외, 『한국 근현대 교육사』, 한국정신문화연구원, 1995. 106면 <표 2>.
53) 앞의 책, 107면 <표 3>.

학을 세운 곳이 全農村의 5할 이상이 되며 98개소의 생도는 남 3,094인, 여 754인이나 여기에 30 여 개소에 생도를 합하면 넉넉히 함흥 농촌에 있는 공립 소학도생 4,500인과 필적할 것'[55]이라고 하였으니, 1920년대에 야학의 규모가 전국적으로 엄청나게 분포되었을 것으로 사료된다.

이 외에도 1931년부터 1934년까지 브나르드운동의 일환으로 전개되었던 계몽운동의 강습지가 총 1320여 개, 수강생 인원이 모두 98,600명 정도에 이르렀다.[56] 더 나아가 기독교 계통의 교육기관이나 각종단체에서 발간하는 출판물과 한글번역의 찬송가와 성경이 전국적으로 보급되면서 역시 문자해독능력을 가진 인구를 늘여 가는데 상당히 기여하였다.[57] 1896년부터 1940년까지 성경 보급권수가 총 20,621,475권이니 성경보급이 문맹률 감소에 큰 영향을 미쳤음을 확인할 수 있다.[58] 이 모든 상황을 종합해보면 1937년에 경성 사람의 국어 해독자가 30% 정도이고, 전국적으로 31.5% 정도에 불과하다는[59] 자료는 공식적인 통계자료에 의존한 수치에 불과할 뿐 실제 문자해독능력인구는 이보다 훨씬 많은 수에 달함을 알 수 있다.

그러나 1930년대 대중소설의 발흥 원인이 문자해독능력을 지닌 대중 독자층이 형성되었다는 사실에만 국한되지 않는다. 오히려 보다 직접적인 원인은 대중소설이 당대 독자들의 다양한 독서 취향과 정서구조를 잘 반영하였던 점에 있다고 보아진다. 1930년대 대중 독자들의 기호와 취향을 밝혀내기 위해서는 당대 독자층의 구성을 알아야 하지만 현재로

54) 이명실, 「일제하 야학의 민족교육에 관한 연구」, 숙명여대 교육학과 석사학위논문, 1987. 17면.
55) 『조선농민』, 1927. 12. 18면.
56) 손인수, 『한국교육사Ⅱ』, 문음사, 1987. 668면.
57) 유형기, 「기독교 50년이 조선에 끼친 공적」, 『신동아』, 1934. 6.
58) 백운관·길부만, 앞의 책, 125면.
59) 「기밀실」, 『삼천리』, 1938. 5. 19면.

서는 이에 대한 정확한 자료를 구할 수가 어렵다. 따라서 당시 대중소설의 작품 경향을 근거로 하여 역으로 독자들의 취향과 문학적 기호를 추측하는 방법을 취할 수밖에 없다.

1930년대는 문학사적으로 보면 관심의 다원화 현상이 뚜렷한 시기이다. 1920년대 초반까지 계몽문학이 강세였고 1930년대 초반까지 사회주의 문학이 상당한 위력을 떨쳤지만, 1930년대 후반에 들어 계몽주의나 사회주의와 같은 경직한 목적의식의 영향력에서 벗어나 관심의 원근법을 비로소 확산되기 시작하였다.60) 이와 같이 문학의 다원화가 가능했던 이유는 사회문화적으로 중층적이고 복잡하였던 1930년대를 살았던 작가와 독자들의 정서구조 역시 중층적이고 다면적이었다는 데 근거하리라 짐작할 수 있다.

1930년대는 정치·경제적인 억압과 식민문화정책의 조작이 극심한 시기였다. 일제식민통치가 일층 강화된 강압정치로 전환되면서 군국주의적 색채가 그 어느 때보다 노골적으로 드러나기 시작했고 경제적 수탈의 강도를 더욱 높여갔다. 이에 따라 1930년대 조선의 사회적 상황은 농촌의 피폐화 현상이 극에 달하여 농촌문제가 절박한 현안문제로 떠올랐다. 뿐만 아니라 경성은 자본주의 도시로 전환되면서 근대도시로서의 변모를 갖추어갔지만, 한편으로 식민자본주의의 영향으로 경제적 궁핍화가 심화되어 도시 빈민자가 증가하고 빈부격차가 나타나기 시작하였다. "거리에는 날마다 건축하는 빛과 아스팔트 깐 길이 나날이 늘어가고 이 길 위에 자동차, 자전차, 오토바이 등이 현대도시의 소음을 지르며 지나가는" 등 번화해졌지만 "고루거각(高樓巨閣), 미기(美妓), 자동차, 홍등녹주, 화류병 등의 세기말적 소음이 난무하는 화려한 도시 속에 화류병자, 고희중독자, 타락자 정신병자들이 산출하고 걸인도 늘어갔다." 1930

---

60) 이재선, 『한국현대소설사』, 홍성사, 1982. 313면.

년대 경성은 "부호와 걸인, 환락과 비참, 구와 신의 모든 불균형의 도시"[61]로 급변하기 시작하였다.

다른 한편으로 1930년대에는 '모던'이라는 말이 널리 유행하였고, 서구적 삶의 패턴을 지향하려는 의식이 일상생활에 깊숙이 침투하기 시작하였다. 근대 초기 신문물에 대한 당대인들의 관심이 점차 새롭게 등장한 문화현상으로 옮겨감에 따라, '모던'이란 말은 더 이상 1920년대 초반까지 통용되었던 개화나 애국과 같은 계몽적 문화개념이 아니라 대중들의 일상적 삶을 지배하는 대중문화의 개념으로 변화되었다. 그리하여 활동사진은 영화로, 귀신소리가 나는 라디오는 대중매체로, 선교사들에 의한 놀이는 스포츠로 정착되었고, 민요와 유행가가 구분되었던 노래는 '유행가도 민요도 아닌 그 중간식 비빔밥식 신민요'라는 신구식이 타협한 새로운 유행가로 탈바꿈하기 시작하였다.[62] 뿐만 아니라 전람회, 박람회, 운동회, 영화관, 유람단 등의 구경거리가 도입되면서 유행과 대중문화가 형성되기 시작하였다.[63] 또한 축음기 소유자가 30만 이상이었을 정도로[64]대중문화가 일상의 삶에 침투하여 도시의 거리뿐 아니라 가정에서도 서구식 문화생활을 즐기는 수준에 달하였다.[65]

---

61) 유광열, 「대경성의 점경」, 『사해공론』, 1935. 10.

62) 김진송, 『현대성의 형성 : 서울에 딴스홀을 허하라』, 현실문화연구, 1999. 152-181면.

63) 김진송, 앞의 책, 152-181면.

64) 이상만, 「현대음악-대중음악」, 『한국현대문화사사대계-문학 예술편』, 고대민족문화사연구소, 1975. 449-450면.

65) 최재서는 「전환기의 문화이론」(『인문평론』, 인문사, 1936. 1. 18면)에서 당대 문화적 특성을 "대정 말기 이래 문화생활이라는 이름으로 통칭되어온 생활형태는 대체 어떠한 것이었던가? 얼른 우리의 머리에 떠오르는 것은 문화주택이다. -중략- 부미에는 와기설비가 있고 응접실엔 라디오와 녹음기가 있고 복장은 적어도 전 가족에 양복이 원칙이고 커피나 홍차를 상용하고 부부동반 하여 일주일 프로그램에 들고 자녀교육에 대하여 대체로 방임주의고 구래의 습관이나 전통에 대하여 단호한 반

118

그런가하면 1930년대에 들어 성에 대한 관심이 표면화되어 성교육과 성지식, 동성애 관한 앙케이트와 의견들이 빈번하게 대중잡지의 주제로 등장하였다. 더구나 1920년 중반부터 일본에서 수입된 '성욕학' 관련 서적이 밀려들어오면서 성에 대한 관심이 더욱 촉발되었다. 개화기 이후 빠르게 확산되었던 자유연애담론이 정신적 자유를 의미하는 이념적 언어에 머물렀던 반면, 1930년대에 들어서 호색적인 일본 풍속과 자유방임적이고 데카당적 사고의 유입 등으로 성해방, 생생활의 자유화가 급속하게 만연되었다.[66] '坊間에 유포하는 잡종 性書와 엘리쓰의 性學全書 그리고 『변태성욕』이란 잡지'를 통해 자연스럽게 성지식을 접하였다는 양주동의 솔직한 고백[67]을 보면 당대 성과 육체에 대한 관심이 높아졌음을 알 수 있다.

그러므로 1930년대는 일제의 강점이 점점 뿌리깊게 자리잡아갈수록 그 상황에 반발하는 민족주의적 의식이 깊어갔지만 다른 한편으로 일상의 현실에서는 개화기 초기의 계몽주의적인 힘이 상실하기 시작했다. 아울러 서구의 문물과 모더니즘이 거대한 파도처럼 밀려들었을 뿐 아니라 그 틈바구니를 비집고 대중문화와 부박한 성문화 등이 일상생활에 깊숙이 파고들었던 균열과 간극의 시기라 할 수 있다.[68]

이러한 균열과 간극의 소용돌이 속에서 분열적으로 살아가는 1930년대 대중 독자들의 정서구조를 잘 반영한 것은 단연 신문과 신문연재소설이었다. 당대의 신문은 근대적 일상과 그 일상에서 바라보는 삶의 태도를 재조직하는 특유의 산물로서, 정보를 매개로 하여 현대화된 일상 속에

역자이고 그 생활 전체를 규율하는 무슨 정신이나 신념이 있느냐 하면 그렇지는 않다. 다만 안가한 향락주의─이것이 유일한 특징이다"라고 진단하였다.

66) 김진송, 앞의 책, 292면.
67) 「성에 관한 문제의 토론」, 『동광』, 1931. 12.
68) 김진송, 앞의 책, 20-50면.

틈입하는 현대적 소외의 불안을 증폭시키며 불안을 적절히 일상에 매어 두는 이중적인 효과를 노렸다.[69] "근대인은 아무리 새로운 지식이라 할지라도 그 속에 무엇이든 신경을 강렬히 충동받는 참혹한 불안을 얻지 못하면 그 신문을 좋아하지 않기 때문에 당치 않는 커다란 활자를 배열하고 사실을 과대시킬 기사를 준비한다"고 진단하였던 한 평자에 의하면 "동아일보는 신문의 이러한 특성을 반영하지 못했기 때문에 특수층 외에는 환영받지 못하고, 조선일보는 <모던, 구로미, 유모어소설, 교환대, 어찌하릿가>등 저질기사로 비난을 받지만 현대적인 유행을 쫓고, 매일신보는 총독부 기관지라 살벌하고 음울한 기사가 많았음에도 불구하고 근대인의 병적 불안을 가중시키고 있기 때문에 독자를 확보하였다."[70]

이러한 진단은 각 신문의 연재소설의 경향에 동일하게 적용된다. 즉 창간 이후 줄기차게 민족주의 고양에 중점을 두었던 동아일보의 경우 『흙』과 『상록수』 그리고 『무영탑』과 『대도전』, 『흑두건』, 『백화』등 주로 농촌계몽소설과 역사소설에 치중하였다. 반면 정의수호, 문화건설, 산업발전, 불편부당의 4대 강령을 사시(社是)로 내걸고 특히 문화건설과 산업발전에 중점을 두었던[71] 조선일보는 『운현궁의 봄』, 『찔레꽃』, 『고향』, 『마인』, 『염마』와 같이 다양한 장르의 소설을 연재하였다. 한편 총독부의 시정을 선전하는데 목적을 두었던 매일신보의 경우 대표적인 연재소설이 『순애보』와 『수평선 너머로』정도여서 기획력이 떨어졌음을 확인할 수 있다.

신문이 경쟁적으로 연재소설을 싣는 목적은 그날 그날의 뉴스 내용이 대동소이하기 때문에 독자들의 관심과 흥미를 끌기 위한 유인책으로 활

---

69) 김진송, 앞의 책, 130면.
70) 정혁아, 「신문활자의 광태」, 『사해공론』, 1936. 7.
71) 윤병석 외편, 『한국근대사론Ⅲ』, 지식산업사, 1977. 269-410면.

용하는데 있다. 1950년대 신문소설로 인기정상을 누렸던 정비석에 따르면 "이렇게 신문사가 연재소설을 통하여 독자수를 늘리려는 의도로 집필을 의뢰하기에, 작가가 신문연재소설을 쓸 때에는 신문사의 이러한 요구조건을 받아들여 많은 독자가 읽어서 재미있는 소설을 써야"한다.72) 그러므로 작가가 독자를 의식하고 작품을 쓴다는 것은 작가가 자기 자신까지도 대중의 한 사람으로서 의식하고 쓴다는 것을 의미한다.73) 이런 맥락에 의거하여 우리는 1930년대 신문연재소설이 당대 독자들의 흥미와 관심을 끌 수 있는 면모를 충분히 지녔을 것임을 판단할 수 있다.

1930년대 독자들에게 인기가 높았던 대중소설을 장르 별로 분류하면 대체로 연애소설, 추리소설, 농촌계몽소설, 역사소설로 압축할 수 있다. 연애소설은 어느 시대에나 인기를 끌었지만 특히 1930년대 작가들은 '연애에 갈등까지 생겨 놓으면 엽기심까지 움직여서 더욱 흥미를 가하게 됨으로 신문소설에서 연애 갈등을 귀중한 주제'로74) 즐겨 다루었다. 뿐만 아니라 당시 성교육에 대한 경험과 의견을 묻는 한 설문조사에서 '주로 소설과 영화를 통하여 성지식을 접하였다'75)는 답변을 공공연하게 할 정도였다는 점으로 미루어 보면 연애소설이 당대 독자들의 성에 대한 관음적 흥미를 자극하였음을 짐작할 수 있다. 또한 추리소설은 '무선전신, 라디오, 발성영화 등이 난무하는 현대인들의 분주하고 피곤하고 절박한 생활에 과학적 공상을 수용하되 추리와 판단을 매개로 흥미를 주기 때문에,' '오락성이라는 엄청난 흡입력으로 독자들의 인기를 한 몸에 받'76)을 정도로 인기를 누렸다. 한편 역사소설역시 '역사적 시대에 대한

---

72 정비석, 「신문소설론」, 『소설작법』, 문성당, 1957. 220-221면.
73) 윤규섭, 「순문학과 독자의식, 독자론」②, 『조선일보』, 1940. 4. 20.
74) 통속생, 「신문소설강좌」, 『조선일보』, 1933. 9. 9.
75) 「성에 관한 문제의 토론」, 『동광』, 1931. 12.
76) 이종명, 「탐정문예소고」, 『중외일보』, 1928. 6. 5.

깊은 통찰과 넓고 밝은 시야는 현실 및 미래에 대한 전망을 더욱 명확히 할 수 있기'[77])에 당대 독자들이 즐겨 읽었다. 역사소설을 완강하게 거부하였던 김기진이 태도를 바꾸어 『심야의 태양』을 발표하면서 '현재 조선 문단의 주인 노릇을 하고 있는 것은 역사소설'이라는 말을 남겼을 정도로 역사소설의 수용도가 높았음을 확인할 수 있다. 농촌계몽소설은 1920년대 중반부터 농민소설이 붐을 이루었고 1930년대 초반부터 일었던 브나르드운동의 여파로 인기를 얻었다.

그런데 흥미로운 점은 어느 하나의 장르가 압도적으로 우세하거나 또는 이념성이 강한 작품이 문학 전체를 제압하는 등과 같은 이전의 현상이 사라지고 전연 이질적인 다양한 장르의 문학이 고르게 인기를 누렸다는 사실이다. 이러한 현상은 위에서 보았듯이 1930년대 사회 문화적인 조건(context)이 중층적이며 다원화됨에 따라 1930년대 독자들의 독서 취향 역시 과거에 비해 훨씬 다양하게 나타난 데 따른 결과로 파악할 수 있다. 나아가 1930년대 대중소설은 당대 독자들의 다양한 요구와 욕망을 충족시켜주는 데에서 그치지 않고, 분열과 간극의 소용돌이 속에서 살아가는 현실적인 소외감과 불안을 백일몽적 현실로 바꾸어서 위로해주고, 절망적인 현실의 문제에 대하여 희망적인 전망을 제시하여 독자들에게 새로운 흥미와 재미를 갖도록 읽을 거리를 제공하였던 것이다.

구체적인 작품을 통하여 보면 『찔레꽃』, 『순애보』등의 연애소설은 타락한 가치가 지배하는 타락한 현실에서 벗어나 도덕적 숭고함이나 지고한 사랑의 우월적 가치를 인정함으로써 당대 독자들이 가질 수 있는 물질적 소외감과 불안감을 위로해주고 나아가 현실에서 초월한 듯한 정신적 충족감을 주었다. 아울러 문화저택에 대한 상세한 묘사를 통하여 서구적 스타일의 풍요로운 세계를 간접 체험을 충분히 즐기면서도 물질적으로

---

77) 한식, 「문학상의 역사적 제재」, 『조선일보』, 1937. 9. 4.

가난하나 정신적으로 숭고한 인물들의 통하여 물질보다 사랑이 위대하다는 것을 확인함으로써 현실적 소외감을 위로 받고 나아가 현실적 불안의식을 해소시켜주었다.[78] 또한『흙』,『상록수』등 농촌계몽소설은 피폐화된 농촌현실을 극복하기 위해 농촌운동을 벌여야 할 필요성을 설득하고, 나아가 농촌운동을 통하여 우리의 농촌문제가 해결될 것이라는 독자들의 기대감을 충족시켜 주었다. 그리고『대도전』이나『운현궁의 봄』등의 역사소설은 1930년대의 상황과 유사한 과거의 역사적 현실을 들추어내어, 당시의 위정자들이나 지배층의 횡포와 사회적 모순을 고발하고, 나아가 민족적 영웅에 강한 관심을 부여함으로써 민족적 결속감을 높여주었다. 한편 김래성의『마인』은 1930년대 가장 인기가 높았던 추리소설로서 탐정과 범인 사이에 정보게임을 즐기는 새로운 플롯을 선보였다. 추리소설은 일본에서 대단한 인기를 얻었던 장르로 김기진이나 채만식, 정인보 등 당대 작가들 역시 추리소설을 직접 쓰거나 번역을 하였을 만큼 인기를 누렸다.

그러나 대중소설의 존재 양상을 살펴보면 이러한 장르의 범위를 엄격하게 지키지 않고 오히려 다양한 소재와 다양한 형식을 실험하였다. 예를 들면 이태준의 장편소설 대부분은 모던적 스타일을 추구하는 인물들을 계몽하여 농촌운동을 하도록 유도함으로써 연애소설과 농촌계몽소설을 병합하는 양식을 보여주었다. 그리고 김동인의『수평선 너머로』는 추리소설에 속하지만, 탐정과 범인 사이의 쫓고 쫓기는 추리소설의 고유 플롯에 충실하면서도 민족자결주의를 가미하여 민족적 우월감을 부여하여 소설을 읽는 재미를 넓혀주었다. 그리고『무영탑』과 같은 역사소설은 당나라 문물이 물밀듯 밀려오던 삼국시대에 당나라 선진문물을 경박하

---

78) 이정옥,「'찔레꽃', 전망 없는 현실에 대한 초월적 대응방식」,『여성문학연구』2호, 1999. 229-251면.

게 추종하는 인물을 통하여 서구의 모던 스타일을 추종하는 1930년대 모던보이들의 부박한 일상을 반성하게 만들고, 정조관념이 강한 여성인물을 통하여 물질이나 가문보다 진정한 사랑을 추구하는 정신적 충족감을 주었다.[79] 그런가 하면 연애소설이라 하더라도『화분』등과 같이 성과 애욕에 대한 탐구에 몰두한 작품이 있는가 하면, 신여성의 성적 타락의 과정을 세심하게 관찰한『이심』, 연애의 신성성을 강조하여 결혼을 거부하고 오직 애정의 금욕적 윤리성을 추구하였던『사랑』등과 같이 다양한 존재양상을 보였다.

이처럼 1930년대 대중소설이 발흥하였던 근본 원인은 문자해독능력을 가진 독자층이 확보되었고, 사회가 복잡하고 다원화됨에 따라 한층 다양해진 독자 대중들의 문학적 취향과 기호를 반영하기 위한 대중소설의 다각적인 노력에 있다. 이 노력의 과정에서 다양한 양식이 실험되었고, 제재나 양식 면에서도 확산되었음을 확인할 수 있다. 그리고 보면 1930년대 대중소설이 우리의 장편소설이 성장하는데 밑거름으로 작용하였다고 볼 수 있다.

5. 결론

이상에서 본 바와 같이 1930년대 대중소설은 우리 문학사에서 본격적으로 대중소설이라는 타이틀을 내걸고 활성화되기 시작하였고, 나아가 대중문학의 기틀을 이루고 있다는 점에서 중요성을 지닌다. 또한 1930년대 대중소설은 작가 중심의 문학에서 독자 중심의 문학으로 변모하는 과정에서 발흥한 전환기의 문학이다. 뿐만 아니라 1930년대 대중소설은

---

79) 이정옥,『1930년대 한국대중소설의 이해』, 국학자료원, 2000. 105-296면.

문학사적으로 보면 여러 장르에 대한 왕성한 호기심을 바탕으로 끊임없이 다양한 제재와 양식을 실험하여 장편소설이 성장하는데 밑거름이 되었다.

이와 같은 문학사적 의의에도 불구하고 지금까지 1930년대 대중문학에 대하여 '통속소설의 득세',[80] '대중소설의 대두'[81] 정도로 간략하게 언급하는 정도에 그치고 있다. 필자는 이러한 태도가 지금까지 유효한 이유에 대해 리얼리즘문학과 모더니즘문학에 대한 편애가 강하여 이 외의 문학을 괄호 안에 묶어 배제해버리는 연구경향이 우세하였던 데 있다고 보았다. 본고는 이러한 편향성을 극복하고 나아가 '홍수와 같이 범람할 정도'로 붐을 이루었던 1930년대 대중소설의 발흥과정에 대하여 중립적으로 접근하자는 문제의식에서 출발하였다.

문학사회학적 접근은 작품 자체에 대한 평가나 관심에서 벗어나 작품과 작가, 독자가 놓여진 사회·문화적인 조건과의 관련성을 통합적으로 관찰하는 방식이다. 즉 일정한 시기에 존재하였던 모든 문학 나름의 독특한 문학적 의미를 사회적 의미로 전환하여 작품이 생산되는 배경과 과정을 고찰하기 때문에, 주류문학과 비주류 문학을 경계 짓는 편향적인 자세를 극복할 수 있는 대안이 될 수 있다.

본고에서 문학사회학적인 접근을 통하여 밝혀진 내용을 요약하면 다음과 같다.

1930년대에 대중소설이 활성화되었던 가장 큰 원인은 신문연재소설이 붐을 이루었던 문단 내외적인 이유에 있다. 1920년대까지는 문학작품을 주로 잡지에 발표하였기에 단편소설이 주를 이루었다. 반면 1930년대에 들어 강압정치로 인하여 사상적 통제가 강화되면서 신문사들은 정치

---

80) 백철, 앞의 책, 527면.
81) 이재선, 앞의 책, 314면.

면과 경제면을 줄이는 대신 사회면과 학예면의 비중을 높였고, 늘어난 학예면의 지면을 연재소설로 채워나갔다. 신문연재소설은 고정 독자를 오랫동안 붙잡아 두기 위한 유인책이었기에 장편소설을 주로 실었다. 또 독자의 반응에 민감하게 촉수를 세워야하는 신문의 특성상 독자들의 취향과 기호를 반영하는 대중소설이 주를 이루었다. 재미있고 독자들의 호응이 좋은 작품을 구하기 위한 경쟁이 치열해지면서, 신문사들은 독자의 취향에 맞는 작품을 쓰는 작가를 발굴하기 위해 부단한 노력을 기울였다. 그 결과 독자를 의식하고 작품을 생산해야 한다는 의식의 전환을 가져왔고, 그 결과 작가들이 공공연하게 '대중소설을 쓰겠노라'고 공표하기에 이르렀다.

1930년대 대중소설 발흥의 보다 근원적인 동력은 기업적 출판사의 등장에 있다. 신진 출판주들은 1920년대부터 문고판과 전집류의 대량판매의 시대로 돌입한 일본의 출판시장의 변화를 목도하였던 일본 유학파들이 대부분이다. 이들은 독자들의 성향에 맞는 작가와 작품을 선택하여 전집으로 제작·유통하는 능력을 기반으로, 춘향전이나 신소설 중심의 출판형태에서 과감하게 벗어나 당대 인기 있는 작가 중심의 전집류 출판물을 기획하였다.

장편소설을 전집으로 묶어 간행하였던 출판시장의 지형 변화는 문학작품 역시 시장 법칙의 지배하에 놓여있음을 분명하게 인식하도록 만드는데 기여하였다. 출판업자들이 인기 작가들의 작품을 예약하는 일이 일반화되면서 작가들의 노동에 대한 경제적 보상이 보장되었고 그 결과 전업작가들이 등장하게 되었다. 이처럼 1930년대 출판시장의 변화는 작가 중심의 문단에서 문학작품 소비자인 독자 중심의 시대로 전환되는 결정적인 요인으로 작용하였다. 1930년대 신문연재소설의 인기와 전집류의 엄청난 판매증가는 곧 문자해독능력을 가진 독서인구의 증가에 따른 자연스러운 현상이라 할 수 있다. 19세기 말엽 근대적인 학교교육이 실시된 이래 교육기관이 점차 확대됨에 따라 교육인구가 점차 증가하였다. 아울러 독립신문을 비롯한 언론매체가 한글보급운동을 지속적으로 벌였고, 1906년부터 애국계몽운동의 일환으로 실시되었던 야학운동의 영향으로 문맹률이 점차 줄었다. 이 외에도 성경의 보급, 농촌계몽운동 등의 영향으로 문자해독능력을 가진 독서인구가 증가하였다.

그러나 대중소설 발흥의 직접적인 요인은 1930년대 독자들의 다양한 독서 취향과 정서구조를 잘 반영하였던 대중소설의 문학적 특성에 있다. 1930년대는 일제강점이 그 어느 때보다 강화되었던 시기였다. 한편 그런 상황에 반발하는 민족주의적 의식이 깊어갔지만, 다른 한편 일상의 현실에서는 계몽주의적인 힘이 점차 약화되고 서구의 문물과 모더니즘이 밀려들어 어느새 대중문화가 일상생활에 깊숙이 도달하였다. 이러한 균열과 간극의 소용돌이 속에서 대중 독자들은 분열적으로 살았고, 이들의 다양하고 복잡한 정서구조를 신문과 신문연재소설이 즉각적으로 반영하였다. 나아가 1930년대 신문연재소설과 대중소설은 당대 독자들의 다양한 요구와 욕망을 충족시켜주는 데에서 그치지 않고, 분열과 간극의 소용돌이 속에서 살아가는 현실적인 소외감과 불안을 백일몽적 현실로 바꾸어서 위로해주고, 절망적인 현실의 문제에 대하여 희망적인 전망을 제시하여 독자들에게 새로운 흥미와 재미를 갖도록 읽을 거리를 제공하였다.

1930년대 독자들에게 인기가 높았던 대중소설을 장르 별로 분류하면 연애소설, 추리소설, 농촌계몽소설, 역사소설이 주를 이룬다. 그러나 어느 하나의 장르에 편중되거나 이념적인 작품이 우세한 현상이 완전히 사라지고 다양한 장르의 다양한 작품이 두루 인기를 끌었다. 또한 여러 장르를 혼합하거나, 다양한 양식과 제재를 실험하는 소설의 다양화가 이룩되었다.

본고는 1930년대 대중소설의 발흥과정을 고찰하는데 목적을 두었다. 그리하여 1930년대 대중소설의 문학사회학적 접근에 국한하였다. 1930년대 대중소설의 문학사적 위상이나 존재양상을 제대로 드러내기 위해서는 1930년대에 국한하지 않고 개화기부터 오늘날에 이르는 대중문학 전체에 대한 총체적이고 통시적 고찰이 이루어져야 할 것이다. 이러한 접근은 앞으로의 과제로 남기고자 한다.

참고문헌

김진송, 『현대성의 형성 : 서울에 딴스홀을 허하라』, 현실문화연구, 1999.

김화영, 『소설이란 무엇인가』, 문학사상사, 1986.

대중문학연구회 편, 『신문소설이란 무엇인가』, 국학자료원, 1996.

로베로 에스까르피, 『책의 혁명』(임문영 역), 보성사, 1985.

로베로 에스까르피, 『출판·문학의 사회학』(민병덕 역), 일진사, 1999.

무라까미 노부아끼, 『일본 출판물 유통』(윤형두 역), 범우사, 1988.

민족문학사연구소 편, 『민족문학과 근대성』 문학과 지성사, 1995.

백운관·길부만, 『한국출판문화 변천사』, 타래, 1992.

백철, 『신문학사조사』, 신구문화사, 1980.

손인수, 『한국교육사Ⅱ』, 문음사, 1987.

안귀덕 외, 『한국 근·현대 교육사』, 한국정신문화원, 1995.

안춘근, 『한국 출판문화사 대요』, 청림출판, 1987.

앨런 스윈지우드, 『문학의 사회학』(정혜선 역), 한길사, 1984.

윤병석 외편, 『한국 근대사론Ⅲ』, 지식산업사, 1977.

이명실, 「일제하 야학의 민족교육에 관한 연구」, 숙명여대 교육학과 석사학위논문, 1987.

이완 와트, 『소설의 발생』(전철민 역), 열린책들, 1988.

이정옥, 『1930년대 한국대중소설의 이해』, 국학자료원, 2000.

이정옥, 「"찔레꽃", 전망 없는 현실에 대한 초월적 대응방식」, 『여성문학연구』 2호, 1999.

이주형, 『한국근대소설연구』, 창작과 비평사, 1995.

이태준, 『무서록』, 박문서관, 1944.

임화, 『문학의 논리』, 학예사, 1940.

정비석, 『소설작법』, 문성당, 1957.

조영암, 『한국 대표 작가전』, 수문관, 1953.

최민지·김민주, 『일제하 민족언론사론』, 일월서각, 1978.

Abstract

The Sociological approach to the profusion of popular novel in 1930s

Lee, Jung Oak

This paper tries to look into the profusion of the popular novel in 1930s with a sociological view, which makes it possible to get a particular meaning of literature and an overall interpretation of it in connection with the social and cultural conditions without separating the author, the reader from the work.

In our literary history, the years of 1930s were the transitional period when the literary experiments of various genres and subject matters were made according as the ideological color of the literature became weaker and the period when the popular literature was risen with a newspaper serial story boom. The reason why the popular novels in 1930s prospered has something to do with the condition that newspaper serial stories became a main stream in the literary circles unlike the years of 1920s when the magazine was an important medium for the literary men. Newspaper serial stories were very susceptible to the reaction of the readers because they should give various stuffs to read in order to acquire the steady readers. Therefore, the publication of more than 100 newspaper serial stories implies the upgrade of the level of the reader as well as the growth of the writer.

The primal motivation of the rise of the popular novel in 1930s lay in the change of publication market after the emergence of the industrialized publication company. The new directors of the publication were usually financiers and the literary men who had studied in Japan. They popularized a complete works series by choosing the authors and the works that satisfied the tastes of the readers. As a result, the literary world changed into the age of the reader and the commercialization of the literature became prevalent.

The boom of a complete works series in 1930s shows the increase of the number of the readers. From the late nineteenth century, the modern education were put into practice and the rate of the literacy became lower and the number of the readers were increased due to the campaign of spreading korean language and the Bible by the press and the movement of the educational enlightenment. Meanwhile, the years of 1930s were the period when the cultural oppression and control by Japanese colonialism were strengthen. Also, this period was the time of disruption due to the invasion of the popular culture into a daily life. The popular novels reflected the emotional structure of the mass who were living in a disorderly life. Though the popular novels include romance, enlightenment, detective, and historical novel, there were diverse experiments in style and subject matters. The popular novels in 1930s seems to have been the ground for the growth of the long novel. For the synthetic examination of the rise of the popular novel in 1930s, the overall approach from the texts of the efflorescence to the current texts is needed, not being confined to those of 1930s.

Key Words : The Popular Novels, A Newspaper Serial Story, Sociological Approach, The Profusion of the Popular Novel, The 1930's, The Mass, Publication Market, The Number of the Readers, The Publication of a Complete Works Series.

모더니즘 문학 연구의 방향에 대하여

김유중*

1. 들어가며 : '모더니즘'이라는 시비거리

문예상의 모더니즘을 논하기란 지난한 작업에 속한다. 논의의 초점이나 요구 조건에 따라 얼마든지 다양한 시각에서의 내용 전개가 가능하기 때문이다. 이러한 난점은 사실상 모더니즘이라는 용어에 내포되어 있는 개념 상의 혼란 내지는 이율배반적 속성을 그대로 반영한 것이어서, 쉽사리 극복될 수 있는 것이 아니라는 데 그 근본 원인이 있다. 어쩌면 이

---

* 한국항공대학교 교수

말처럼 문학이나 예술 주변에서 자주 언급되고 있으면서, 또 이 말처럼 여전히 많은 다양한 오해의 소지를 그대로 안은 채 통용되는 용어도 흔치는 않다. 이미 모더니즘과 관련된 다수의 문학 이론서와 연구서들이 나와 있음에도, 아직까지도 그 본질이나 용어의 쓰임을 놓고 만족할만한 합의에 이르지 못한 것은 사태의 심각성을 잘 말해주고 있는 듯하다.

혹자는 모더니즘이란 결국 문학 예술이 근대 자본주의 사회 성립 이후 벌어지는 끊임없는 변화에의 욕구에 스스로를 내맡기는 것이어서[1], 고정되고 완결된 개념의 도출 자체가 불가능하다는 식으로 이러한 상황적 어려움을 모면하려 들기도 한다. 이러한 설명은 대체로 무난한 것이기는 하나, 실제 적용 면에서는 더 많은 논란과 문제점들을 불러들이게 마련이므로, 썩 바람직한 정리 방식으로 볼 수는 없다. 그럼에도 현실적으로 그것을 엄격하게 개념 규정한다는 것 역시 어려운 일인 만큼, 미흡하나마 암묵적으로 동의되고 있는 형편이다.

만일 이러한 원론적인 차원에서의 엄격한 이해를 일정 부분 양보하기로 한다면, 다음 단계에서 우리가 신경써야 할 대목은 과거의 문학사적 정리와 앞으로의 보다 나은 문학적 지평 확보를 위해 모더니즘은 과연 무엇이었으며, 또한 무엇이어야만 하는가라는 물음이 자연스럽게 대두되지 않을 수 없다. 지금까지 이 땅의 문학도들에 의해 이루어진 모더니즘 논의의 대부분은 바로 이러한 틀 속에서 포착될 수 있는 것으로, 그것의 저변에는 이전의 문학적 태도와는 확연히 구분되는 모더니즘 특유의 관점과 이해에 대한 관심이 작용하고 있는 것으로 판단된다. 이를테면

---

1) 일례로, 예술로서의 모더니즘을 '근대성의 영구 혁명의 경험에 대한 미적 반응' 양식으로 바라보았던 알렉스 캘리니코스의 경우를 지적할 수 있을 것이다.
알렉스 캘리니코스, 『포스트모더니즘 비판』, 임상훈·이동연 역, 성림, 1994, p. 54 참조.

모더니즘이 우리에게 가져다준 것은 문학이라는 대상을 바라보는 새로운 틀, 새로운 기준이었으며, 그것을 우리 문학에 대입할 경우, 기존 시각의 전면적인 수정이 불가피하다는 점이 주목될 필요가 있었던 것이다.

지금까지 우리 주변에서 거론되어온 모더니즘을 둘러싼 수다한 논의들은 실질적으로 이 문제에서 비롯된 파생 담론의 성격을 띤 것이라고 할 수 있다. 다시 말해서 과거의 문학적 전통과는 뚜렷이 구분되는, 새로운 문학 모델을 염두에 둔다고 했을 때, 이전까지 문학이라는 범주와는 거리가 먼 것으로 간주되었던 갖가지 잡다한 요소들이 문학의 영역 내부에로 침투해 들어오는 것을 막을 도리가 없다. 모더니즘 문학에 대한 논의가 문학이라는 폐쇄된 울타리를 넘어, 결과적으로 제 영역으로 확산되는 현상[2]은 이런 이유와 관계가 있다.

따라서 보통은 각자의 관심 방향에 따라 이 가운데 한, 둘만을 선택적으로 가려내어 집중 논의하는 방식으로 접근해 들어가기 마련이다. 분명 모더니즘은 그 특성상 광범위하고 불안정하며, 시대적으로 다양한 편차를 지닌 개념임에 틀림없다. 그러나 그러한 잡다함이나 다양함이 결국 그 사회의 문화 배경이나 시대사적 관심사를 직, 간접적으로 반영한 것임을 승인한다면, 모더니즘의 이러한 이른바 유행 심리를 무조건적으로 탓하기만도 어려운 일이다. 모더니즘 문학과 관련된 이제까지의 논의 역시 적지 않은 굴곡과 변화가 있어 왔던 것이 사실이다. 초기의 소박한 사조론이나 수용론적인 이해로부터 모더니티의 본질과 연관된 최근의 다각적인 논의에 이르기까지, 모더니즘은 참으로 다채로운 시각과 그에 수반되는 시비거리들을 끊이지 않고 우리 앞에 펼쳐 놓았다.

그런 점에서 모더니즘은 언제나 현재형이었으며, 그에 대한 논의가

---

2) 최근의 논의만 하더라도, 모더니즘 문학 작품에 나타난 '성(性)'이라든가 '화폐', '풍속' 등의 주제에 천착한 글들이 자주 등장하는 것을 볼 수 있다.

지속되는 한, 앞으로도 항상 현재형이지 않으면 안된다. 우리는 모더니즘에 관한 논의를 통해 비로소 우리 자신의 현재 위치를 재확인하며, 나아가 그것을 보다 나은 방향으로 갱신하기 위해 힘을 기울일 것이기 때문이다. 이런 인식에 기초하여, 이 글은 주로 90년대 중후반 이후, 학계와 평단을 중심으로 전개된 모더니즘 논의의 기반 위에, 이들 논의가 가지고 있는 특징적인 면과 장단점들을 훑어보는 한편, 앞으로의 모더니즘 문학 연구가 나아가야 할 방향성에 대해 연구자 나름의 관점과 의견을 제시해 보는 방식으로 기술된 것이다.

2. 최근의 모더니즘 논의 경향에 대한 개략적인 고찰

1) 논의의 기본 전제

본격적인 논의에 들어가기 앞서, 먼저 분명히 해두어야 할 것 가운데 하나가 모더니즘의 기본 성격을 어떤 각도에서 바라볼 것이냐 하는 점이다. 이 경우 모더니즘을 서구 문예로부터 수입된 사조적인 흐름의 일종으로 이해하느냐, 아니면 모더니티의 인식과 연계된 미적 발현 과정으로 이해하느냐에 따라 논의의 향방은 근본적으로 뒤바뀔 수밖에 없다. 논의 초기에는 전자의 관점이 주류를 이루었으나, 이후 모더니즘에 대한 인식이 심화, 확대되면서 자연스럽게 관심의 초점이 후자 쪽으로 이월된 감이 있다. 최근의 논의들은 거의 대부분이 후자 쪽의 경향에 속하는 것으로서, 순수하게 전자의 입장이 강조되는 경우는 문학사적인 정리 작업 등 몇몇 정해진 범위 내에서의 논의에 국한된 느낌이 없지 않다.3)

---

3) 물론 이러한 관점의 이동이 전자의 관점을 일방적으로 폐기한다는 것을 의미하지는 않는다. 이 점에 대해서는 다음 장에서 자세하게 언급될 것이다.

이러한 관심의 변화는 단순히 논점의 이동만을 뜻하는 것은 물론 아니다. 그것은 7, 80년대 이후, 서구의 모더니즘 및 포스트모더니즘 문예이론이 우리 문학계에 본격 수입, 소개되기 시작한 이래, 모더니즘의 본질을 둘러싼 다양한 이해와 그것에 대한 자율적, 비판적 인식의 폭이 관련 학계를 중심으로 대폭 확대되었던 저간의 사정과 밀접한 관련이 있다. 다시 말해서 이 즈음 우리 문학계의 모더니즘 논의는 이들 문예이론의 수입과 더불어 비로소 본 궤도에 오른 셈이다. 이제 모더니즘은 단지 문학사의 어느 시기에 등장했다 사라진 문예 사조상의 특정 조류를 지칭하는 명칭이 아닌, 현재의 문학 활동에까지 지속적으로 영향력을 행사하는 살아 있는 개념으로 탈바꿈하게 되었다.

모더니즘에 관한 논의가 (포스트모더니즘까지를 포함한) 이 계통의 문예 이론의 수입과 더불어 본격화하게 된 데에는 결정적으로 그 핵심 요소라 할 수 있는 모더니티의 이론적 중요성에 대한 발견이 한몫을 하고 있다. 모더니티의 다면성과 다가치성, 가변성 등에 대한 체계적인 인식이야말로 문예상의 모더니즘 논의를 더욱 풍요롭게 활성화시킨 직접 계기가 된 것이다. 특이하게도, 학계에서 이러한 모더니티의 주요 특성들은 주로 포스트모더니즘 문예 이론이 반성적으로 사유되는 과정에서 재발견된 것[4]이라는 점에서, 우리 사회에 한때의 바람을 몰고 왔던 학문적 유행 심리에 얼마간 빚지고 있다고 할 수 있다.

오늘날 모더니즘 문학에 대한 논의는 이러한 모더니티에 대한 깊이 있는 이해를 전제로 하지 않고서는 거의 불가능한 지경으로 받아들여지고 있는 형편이다. 당연한 결과로, 모더니티의 본질과, 문학 일반에서의 모더니티 성립 과정에 대한 연구[5] 역시 과거 어느 때보다도 활성화된

---

4) 이 문제는 그간 여러 차례 학계에서 지적되어온 내용이다. 대표적인 예로 김욱동, 『모더니즘과 포스트모더니즘』, 현암사, 1992을 들 수 있다.

느낌이다. 이 글 역시 모더니즘 논의에 앞서, 먼저 모더니티에 대한 심도 있는 이해가 중요하다는 판단 아래, 그것을 특정 시기 잠시 반짝했다 사라진 문예 사조라는 시각에 한정하여 바라보기보다는, 모더니티라는 자본주의 이후의 보편화된 담론 위에 성립된 문예학적 일반 개념으로 이해하고자 한다.

2) 90년대 중반 이후의 모더니즘 논의들

포스트모더니즘의 광풍이 우리 사회를 한바탕 휩쓸고 지나갈 무렵, 학계 일각에서는 이러한 담론들이 궁극적으로 서구 중심의 지적 유행에 불과하다는 비판이 제기된 바 있다. 다시 말해서, 서구 나름의 상황 배경과 인식론적 토대 위에 배양된 이들 이론이 과연 우리의 현실에 얼마만큼 무리 없이 착근 가능할지를 놓고 회의적인 의견들이 흘러나왔던 것이다. 이와 같은 비판적, 반성적 인식의 토대 위에 본격적으로 논의되기 시작한 것이 바로 모더니티의 문제였다.

모더니티의 문제가 해결되지 않는 한, 포스트모더니티의 문제를 논한다는 것은 어차피 사상누각에 불과하다는 인식이 확대되면서, 포스트모더니즘을 제대로 알기 위해서라도 모더니즘과 그것의 기반이 되는 모더니티에 대한 깊이 있는 이해가 필수적이라는 데 자연스럽게 의견이 모아졌다. 이와 관련된 논의들은 대략적으로 두가지 중심 기조를 유지하며 전개되어왔는데, 서구 모더니티의 본질에 해당되는 것이 과연 무엇이냐

---

5) 여기서의 모더니즘 논의와는 일정 정도 거리가 있는 듯 하지만, 순수하게 모더니티의 관점에서 이와 관련된 사항을 언급한 최근의 대표적인 사례들로는 김동식, 「한국에서 근대적 문학 개념의 형성과정 연구」, 서울대 박사논문, 1999. 8 과 권보드래, 「한국 근대의 '소설' 범주 형성에 관한 연구」, 서울대 박사논문, 2000. 2 의 글을 지적할 수 있다.

는 의문이 그 하나이며, 서구적인 의미에서의 모더니티에 상응하는 우리 내부의 대안적인 개념은 없겠느냐는 모색이 다른 하나이다. 말하자면 근대의 보편성 문제를 염두에 둘 때, 서구적인 개념에서의 모더니티를 보다 철저하게 해부함으로써 그 목적을 달성하자는 측이 있는가 하면, 그러한 이해를 서구 추수적인 태도로 맹렬히 비판하면서 우리 나름대로의 새로운 모더니티 개념을 내부로부터 도출해보자는 측이 있었던 것이다.[6] 문화적인 측면에 시선을 고정시켜 놓고 살필 경우, 이들 각각의 견해는 결국 이식문화론과 내재적 발전론의 연장선상에서 이해될 수 있을 것이다.

문제는 이런 견해들이 각자의 논리적 구체성을 충분히 확보하고 있지 못하다는 점에서, 자신의 정당성을 주장하는 경우에는 일면 그럴듯해 보이지만, 상대편의 공세에 맞대응해나가는 데에는 일정 부분 취약점을 드러낼 수밖에 없다는 사실에 있다. 미시적인 부분의 설명에 주력하다보면 거시적인 안목에 있어 허점을 노출하기 일쑤이며, 원론적인 차원에서 논의를 이끌어나가다 보면 어김없이 구체적인 현실 조건과는 잘 들어맞지 않는 구석들이 발생할 것이기 때문이다. 이들 논의 사이에 논란과 시비가 주기적으로 반복되는 것처럼 비치는 것은 바로 이런 이유에 기인한다.

---

6) 이 시기 이루어진 모더니즘 론의 구체적인 사례들을 일일이 열거한다는 것은 관련 분야 전공자들의 수준을 고려할 때 과도한 친절로 생각된다. 다만 이 문제와 관련하여, 연구자의 독서 범위 내에서 모더니즘 논의의 진상을 비교적 짜임새있게 정리해놓은 글로 최혜실과 최원식, 강상희의 것을 꼽을 수 있다는 점 정도만을 명기하고자 한다.
최혜실, 「1930년대 한국 모더니즘 소설 연구」, 서울대 박사논문, 1992. 2, 최원식, 「한국 문학의 근대성을 다시 생각한다」, 『창작과비평』, 1994. 겨울호, 강상희, 「1930년대 한국 모더니즘 소설의 내면성 연구」, 서울대 박사논문, 1998. 2 참조.

이와 같은 문제점들을 감싸안으면서, 그럼에도 불구하고 우리 학계와 평단이 어려우나마 내부적으로 한국 모더니즘에 대한 한 차원 진전된 논의를 기획한 시기가 바로 90년대 중반이 아닐까 한다.[7] 때문에 이 시기의 논의는 선행 논의들에서 충분히 극복되지 못한 논리의 빈틈을 곁눈질로 의식해가면서, 다른 한편으로는 새롭게 제기된 문제 의식들을 효율적으로 넘어서야 한다는 본연의 의무감 속에서 출발하게 된다.

이 시기 우리 문학에서의 모더니즘 논의는 다음과 같은 두 갈래의 전혀 다른 방향으로부터 시작된 것으로 보인다.

첫째, 이 시기를 기점으로 기존의 형이상학적 인식틀을 넘어선, 소위

---

7) 여기서 연구자가 90년대 중반 이후의 우리 학계와 문단에서 이루어진 모더니즘 논의에 주목한 직접적인 이유는 다음과 같다. 첫째, 모더니즘에 대한 논의가 본격적으로 학계와 평단에서 주요 쟁점으로 부각된 시기는 90년대 초반 이후의 일이다. 물론 그 이전에도 간헐적으로 논의가 없었던 것은 아니지만, 흔히 이념의 시대로 분류되는 80년대 문학 연구의 중심추는 아무래도 현저하게 프로 문학을 중심으로 한 리얼리즘 쪽에 기운 것으로 판단되기 때문이다. 이러한 리얼리즘에의 열기가 어느 정도 일단락될 무렵이 80년대 말이며, 거의 비슷한 시기에 모더니즘 문학에 대한 관심이 그 뒤를 이어 고조되었다고 할 수 있기 때문이다. 둘째, 이렇게 상승하기 시작한 모더니즘 문학에의 관심은 그에 걸맞는 이론적인 뒷받침 없이는 적당한 진로를 찾기 힘든 것이었다. 80년대만 하더라도 서구의 모더니즘 관련 이론들이 일정한 체계나 질서 없이 잡다하게 소개되었을 뿐이나, 이를 우리의 관점이나 시각에서 정리 흡수하고, 이를 재차 문학 작품에 적용하여 이에 걸맞는 새로운 연구 결과를 도출해내기 시작한 것은 역시 90년대 들어서의 일이라 할 수 있다. 다시 말해서 90년대 들어 비약적으로 심화, 확대되기 시작한 모더니즘 문학 논의는 서구의 세련된 문예 이론의 수입과 소개라는 외적 지원이 없이는 이루어지기 힘들었던 것이 사실이다.

이와 같이 순조롭게 진행되던 모더니즘 논의는 90년대 중반을 기점으로 또 한차례 고비를 맞게 된 것으로 보이는데, 그것은 주로 기존의 문예상의 제한된 테두리 내에서의 논의만으로는 모더니즘의 깊이 있는 이해에 도달하기 어렵다는 지적과 함께, 우리 문학의 내적 발전을 위해서 모더니즘이 과연 어떤 역할을 할 수 있을 것인가와 관련된 의문에 대한 답변 형식을 띠고 등장한 것으로 생각된다.

감성적 주체에 대한 관심이 문학 분야에도 본격적으로 밀려들기 시작한다는 점이다. 이런 경향이 두드러지게 된 데에는 주로 철학이나 미학 분야, 그 가운데서도 현대 프랑스 철학 이론에 대한 관심이 문학 연구자들 사이에서 급속도로 증폭되기 시작한 그간의 사정과 무관치 않다. 포스트모더니즘을 단순히 탈근대(혹은 탈현대)를 표방하는 실험적이고 전위적인 사조로 바라보는 관점에서 물러나, 서구 모더니티의 핵심이라 할 계몽적 이성의 뿌리 깊은 우월 의식을 넘어설 수 있는 고도로 전략적인 사유 방식의 일종으로 이해한다는 데 그 특징이 있다. 그러한 와중에서, 이제까지 별로 주목받지 못하던 육체를 매개로 한 감각적 인식 주체의 개념이 새로 부각되었거니와, 무의식과 타자, 욕망, 성 등에 대한 안팎의 관심은 이 때를 기화로 폭발적으로 증가하였다. 니체 및 프로이트와, 그들의 계보를 이은 일군의 현대 프랑스 철학자들[8]의 이론에 대한 소개와 인용이 잦아진 것은 이런 요인이 작용한 결과로 해석된다.

　나아가 감성적 주체에 대한 재발견은 문학 작품의 연구, 분석에 있어서도 일정한 전환점을 가져온 것으로 보이는데, 구체적으로는 모더니즘 문제 작가 군에 속하는 이상과 김수영 등에 대한 논의가 부쩍 증가하였던 사실을 지적할 수 있을 것이다. 물론 이들의 문학 세계에 대한 조명은 모더니즘 문학에 대한 지속적인 관심과 더불어 그 이전에도 꾸준히 이루어져 왔던 것이나, 정신 분석이나 구조주의적 방법론 등을 제외한다면 성과 면에서 그다지 뚜렷한 결과를 산출해내지 못한 것도 사실이다.[9]

---

8) 구체적으로 푸코, 라캉, 들뢰즈, 크리스테바, 데리다, 레비나스, 바타이유, 리오타르 등의 경우를 여기에 해당되는 대표 사례들로 거론할 수 있을 것이다.
9) 물론 김수영의 경우는 단순히 모더니즘 시인으로만 분류될 수 없는 특수성이 있다. 즉 그의 후기 시작 활동은 대개가 사회 참여나 풍자, 고발, 소시민적인 비애 등의 관점에서 논의되었던 것으로, 이런 주제들에 비추어본다면 오히려 리얼리즘적인 인식이 강화되었다고 볼 수 있기 때문이다. 이 글에서 김수영 문학과 관련하여 방

그러므로, 이러한 기왕의 연구 성과를 토대로 하여, 한 단계 진전된 논의를 이끌어내고자 하는 연구자들의 열망은 이제까지 별 주목을 받지 못하였던, 이상과 김수영의 문학 세계에 나타난 감각적 인식 세계에 관심을 가지게 만들었고, 나아가 이러한 이들의 문학적 경향은 자연스럽게 이 시기 붐을 이룬 현대 프랑스 철학 이론의 설명 내용과 합치되는 듯이 보였던 것이다.

육체와 그 연장선상에 놓인 감성적 주체 인식에 바탕을 둔 논의들은 이들 두 모더니즘 문제 작가에 대한 언급 이외에도 우리 문학의 저변에로 차츰 확산되기 시작한다.[10] 이와 더불어, 종래에는 문학 작품에 있어 단지 주변적이거나 표피적인 것으로 치부되던 국면들에 대한 조명도 활발하게 이루어지는 것을 볼 수 있는데[11], 이러한 인식의 변화에는 물론 감성적 주체의 재발견에 따른 연구 방법론 상의 패러다임 변화가 일정 부분 역할을 한 것으로 생각된다.

둘째, 이 시기는 또한 한국 문단 내부에서 민족 문학의 활로를 모색하기 위한 현실적 타개책으로서, 모더니즘의 수용 가능성이 진지하게 거론되기 시작한 시기이기도 하다. 7, 80년대 민족 문학론의 주류가 단연코

법론적인 측면을 거론할 경우에는 순수하게 모더니즘과 연관된 부분에 한정해서만 언급하기로 한다.

10) 여러 가지 예들을 들 수 있겠으나, 특히 이 방면에 지속적인 관심을 두고 꾸준히 연구를 진행해나간 이재복의 작업을 대표적인 사례로 거론할 수 있을 것이다. 이재복, 「몸과 생명의 언어 : 김지하론」, 『현대시학』, 1999. 8., ＿＿＿, 「몸과 욕망의 언어 : 김언희론」, 『현대시학』, 1999. 11., ＿＿＿, 「몸과 프렉탈의 언어 : 김혜순론」, 『현대시학』, 2000. 1., ＿＿＿, 「몸의 소리를 들어라: 생태주의 담론의 전망과 모색」, 『문학과창작』, 2000. 1., ＿＿＿, 「타자화된 창부의 몸과 근대성의 메타포」, 『타자비평』 1호, 2001. 9., ＿＿＿, 『몸』, 하늘연못, 2002. 9 등.

11) 예컨대 문학 작품에 나타난 당대의 문화 현상들에 대한 계보학적인 관심이나, 탈식민주의적 시각에서의 문학 논의 등을 들 수 있다.

리얼리즘 진영을 주축으로 하여 이루어졌던 점을 감안한다면, 이러한 발상의 전환은 리얼리즘이나 모더니즘 양 측 모두에게 충격이 아닐 수 없다. 이와 유사한 논의는 물론 이전에도 단편적으로 몇 건 있긴 하였다.[12] 그러나 문단적인 차원에서 세인들의 이목을 불러모은 것은 아무래도 진정석의 글[13]로부터 촉발되었다고 보는 것이 옳을 듯하다.

그의 글에서 진정석은, 민족 문학의 위기설이 대두되고 있는 당시의 상황을, 민족 문학론 자체가 실제 창작 현장과 유리된 채 리얼리즘적인 당위론만을 소모적으로 되풀이해온 데 따른 필연적인 결과로 못박는다. 여기서 그가 제출한 대안은 과거 민족 문학론자들이 일삼았던 근대 문학 = 민족 문학 = 리얼리즘이라는 도식적인 인식으로부터 벗어나, 리얼리즘 대 모더니즘이라는 이분법의 틀을 깨고 이 둘을 광의의 모더니즘이라는 새로운 개념틀 속에 포섭함으로써, 앞날의 보다 개방되고 진전된 민족 문학 건설을 위한 생산적 모색의 발판으로 삼자는 것이다. 이러한 그의 수정론적 견해는 문단 내부에서 적지 않은 반발과 논란을 불러 일으켰다.[14]

---

12) 백낙청, 「문학과 예술에서의 근대성 문제」, 『창작과비평』, 1993. 겨울호, 최원식, 「한국 문학의 근대성을 다시 생각한다」, 『창작과비평』, 1994. 겨울호, 황종연, 「근대성을 둘러싼 모험」, 『창작과비평』, 1996. 가을호 등.

13) 진정석, 「민족 문학과 모더니즘」, 민족문학작가회의-민족문학사연구소 공동 심포지움 발제문, 1996. 11.

14) 윤지관, 「문제는 모더니즘의 수용이 아니다」, 『사회평론 길』, 1997. 1, 김명환, 「민족 문학 갱신의 노력」, 『작가』 1997. 1/2, 김외곤, 「문제는 리얼리즘에 대한 집착이다」, 『한국문학』, 1997. 봄, 김이구, 「비평의 몽상을 넘어서」, 『작가』, 1997. 3/4, 진정석, 「모더니즘의 재인식」, 『창작과비평』, 1997. 여름, 윤지관, 「민족 문학에 떠도는 모더니즘의 유령」, 『창작과비평』, 1997. 가을, 김명환, 「달을 가리키는 손가락보다 달을」, 『작가』, 1997. 9/10, 방민호, 「리얼리즘의 비판적 재인식」, 『창작과비평』, 1997. 겨울, 김명인, 「리얼리즘·모더니즘·민족 문학·민족 문학론」 『창작과비평』, 1998. 가을 등의 논의를 꼽을 수 있을 것이다.

그러나 그러한 논란은 결국 뚜렷한 합의를 이끌어내지 못한 채 수면 아래로 가라앉음으로써, 현 단계에서는 잠정적인 소강 상태를 유지하고 있는 것처럼 보인다. 이렇게 논의 자체가 지지부진하게 된 근본 원인은, 민족 문학의 현 위기 상황을 돌파해보려는 현실적인 목적에서 시작되었던 이 논의가 그 진행 과정에서 원래의 의도와는 무관하게 추상적이고 관념적인 노선 갈등의 대결장으로 변질되어버렸기 때문이다.

3. 모더니즘 논의에 따른 유의 사항
　- 진전된 논의를 위해 고려하여야할 요소들

1) 비판적 검토

90년대 중반 이후, 우리 문단과 학계에서 다루어졌던 모더니즘 담론들은 각기 ① 서구의 최신 이론 원용을 통한 모더니즘 문학관의 재정립과 ② 민족 문학의 위기 탈출을 위한 대안적 모색 시도라는 상반된 양상을 띠고 전개되어 나갔다. 특히 이와 같은 논의들이 주목되는 이유 가운데 하나는 현 문단의 창작 태도에 대한 해설 및 평가와 밀접한 연관성을 지닐 수 있다는 점이다. 물론 당장의 가시적인 성과 면에서 본다면 전자 쪽의 논의가 좀더 뚜렷한 결실을 얻은 것처럼 보이긴 하지만, 그것이 과연 모더니즘이라는 테두리를 넘어서, 한국 문학 전체의 진로와 건강성 확보 문제를 놓고 볼 때 과연 바람직하기만 한가라는 지적에 대해서는 다소간 의문의 여지가 남는 것도 사실이다.[15]

---

15) 표피적인 감각과 내용 없는 이미지들의 범람, 난삽하고 자극적인 구성과 수다에 가까운 주절거림 등은 각각 90년대 이후 우리 문단이 떠안게 된 노골적 병폐 가운데 하나라는 비판이 평론가들에 의해 자주 제기되고 있다는 점만을 지적하고 넘어가

그러나 결국에는 이들 논의가 우리 문학 작품과 문학 연구를 위한 새로운 국면 개척이라는 대 목표에 수렴될 수 있는 것으로, 그 폐해에 대한 부분적인 지적과 얼마간의 의혹의 소지에도 불구하고, 전대 모더니즘 론의 심화라는 점에서 일정 정도 긍정적인 역할과 기능을 담당했던 점 등은 정당하게 평가될 필요가 있다. 그렇다면 남는 것은 기왕의 이와 같은 논의들에서 드러난 공과를 있는 그대로 가감 없이 인정하는 한편, 국문학 전공자의 입장에서, 앞으로의 모더니즘 문학 연구가 나아가야 할 길은 과연 어디인가를 진지하게 사유해보는 자세를 갖추는 것일 터이다.

　　사실 이러한 태도는 그 자체로 또 다른 오해와 논란을 불러일으킬 가능성을 내포한 것이므로, 논자의 입장에서는 조심스러울 수밖에 없다. 그럼에도 모더니즘이 우리 시대에 여전히 살아 숨쉬는 현재형의 원리라는 점을 인정한다면, 이러한 논의를 더 이상 미루기는 어려운 일이다.

　　여기서 연구자가 주목하는 것은 모더니즘 문학이 애초 도입되었을 당시부터 지금에 이르기까지 끊임없이 논란이 되어왔던 서구추수주의에 대한 일부 연구진들의 비판적 견해와, 그럼에도 불구하고 이미 현실 속에서는 보편화되어버린 모더니티 자체의 서구적인 기원을 인정하지 않을 수 없다는 사실 수리론 사이의 분열증적인 이중성과 관련된 것이다. 시야를 조금 넓힌다면, 이는 국문학계가 그토록 넘고 싶어하였으나 아직도 완전히 극복되지 않은 채로 남아 있는 저 악명 높은 이식문학론의 논리와도 일부 맞닿아 있는 것처럼 보인다. 문예상의 모더니즘이란 분명한 서구로부터의 수입이며, 그러한 수입을 통해 근대 문학사의 신 국면이 타개된 것 또한 사실이지만[16], 이와 같은 일련의 수입 과정에서 우리 문학의

　　고자 한다.
16) 이 점에서 한국 문학에 있어서의 모더니즘 논의는 모더니티의 일반 개념과 연결되

주체적인 인식과 감각은 과연 전혀 작동하지 않았다고 말할 수 있는가, 만일 그것이 작동하였다고 한다면 어떤 방식으로 어느 정도까지 작동하였다고 말할 수 있는가라는 의문이 이 지점에서 떠오르게 된다.

앞서 연구자는 90년대 중반 이후 우리 문학 내부에서 거론된 모더니즘 담론들이 극히 상반된 두가지 시각으로부터 출발된 것임을 유의 깊게 지적한 바 있는데, 한가지 특징적인 사실은 이들 두 논의 사이에 교류나 의견 교환의 흔적을 거의 찾아보기 어렵다는 점이다. 전자의 경우 이론적인 관심으로부터 출발하여 이후 작품에의 적용 분석도 활발하게 진행되었으나, 지나치게 서구 이론에만 의존한 나머지 우리의 문학 작품을 분석의 도구로 전락시켜버린 감이 있고, 후자의 경우에는 민족 문학의 활로 모색이라는 현실적인 목적에서 비롯되었지만 논의의 진행 과정에서 작품 현장과는 유리된 채 관념적인 논의들만 반복되는 결함이 눈에 띤다. 어쩌면 이러한 어긋남은 비슷한 시기 벌어졌던 양자 사이에 충분한 대화와 협력의 장이 마련되었더라면 능히 피해갈 수도 있는 것이 아니었을까라는 추측을 낳게 한다. 이미 논의된 바와 같이, 이들이 모두 동일하게 우리 문학 작품과 문학 연구를 위해 새로운 국면을 마련하기 위한 시도라는 인식을 공유하고 있다고 한다면, 상호간의 이 같은 대화의 단절 현상은 생각해볼 문제가 아닐 수 없겠기 때문이다.

한가지 간과하지 말아야 할 사실은, 서구 모더니즘에 대한 비판론 역시도 따지고 본다면 넓은 의미에서의 모더니즘 론으로 볼 수 있는 만큼, 비판의 논조를 띤다고 해서 무조건적으로 모더니즘을 배척하자는 논의

어 있으면서도 또한 차별화되는 이중성을 보인다. 다시 말해서 문예상의 모더니즘이란 어디까지나 서구적 연원의 것으로 고정되지만, 모더니티의 기원이나 형성을 따지는 논의는 반드시 그렇지만은 않다. 앞서 살폈다시피, 여기에는 이른바 내재적 발전론으로 통칭되는 여러 다양한 시각들도 제 목소리를 내고 있다고 볼 수 있기 때문이다.

와 혼동되어서는 안될 것이라는 점이다. 문제는 모더니즘을 바라보는 시각 상의 차이이며, 이 때 차이란 대상에 대한 무시나 배척과는 다른 의미를 내포하는 것이다. 다시 말한다면 모더니즘을 매개고리로 하여 우리 문학 내부에서 논란이 벌어진다는 자체는 이미 모더니즘이 우리 문학(이를 민족 문학으로 규정하든 아니든)에 어떤 방식으로든 깊숙이 작용하고 있음을 인지하고 있으며, 인정한다는 증거이다. 그것이 내부적으로 변증법적인 합의에 도달할 수도, 아니면 끝내 반발할 수도 있겠지만, 이는 물론 차후 진행 과정 상의 문제일 뿐이다.

서구적인 모더니즘의 논리를, 나아가 그것의 기반이 되는 모더니티를, 그리고 더 나아가 아예 근대 자체를, 제도적 장치의 관점에서 이해하든 아니면 제도화된 권력의 일종으로 이해하든 그것은 연구자의 관점 여하에 따라 얼마든지 다른 해석 결과가 나올 수 있을 것이다. 근대의 보편성과 가치 중립성에 대한 믿음이란 그 판단의 옳고 그름을 떠나 어차피 서구적 근대화의 결과일 것이며, 근대 이면에 감추어진 폭력성과 음험한 음모에 대한 경계심이야말로 근대화의 초기 단계에서 우리가 흔히 간과하고 넘어가기 쉬운 장면들에 대한 이의 제기적 성격을 강하게 띤 것이기 때문이다. 근대의 성격을 둘러싼 이러한 논의는 모더니즘의 경우에도 예외 없이 동일하게 적용될 수 있다. 요컨대, 근대의 양면성이란 결국 모더니즘의 양면성과 일치하는 까닭이다.

2) 방향성 모색을 위한 참조

이렇듯 양면성을 지닌 모더니즘을 어설프게 다룬다는 것은 차라리 다루지 않는 것보다 훨씬 위험할지 모른다. 이 지점에서 연구자는 한층 신중한 자세로 돌아갈 필요성을 느낀다. 짐작했을 테지만 연구자가 모더니즘이 늘 현재형이지 않으면 안된다라고 말했을 때, 이 말은 과거의 모더니즘 활동 내용을 전부 부정한다는 의미가 아니다. 그것은 모더니즘이 서구로부터 도입될 당시부터 오늘날에 이르기까지, 시대에 따라 각기 다른 형태로 부단히 우리의 사고와 행동에 충격을 가해 왔음을 지적하기 위함이다. 그것은 분명 서구적 근원의 이질적인 요소이자 개념이었다. 그 충격은 때론 매혹적인 모습으로, 때론 적대적이고 악마적인 모습으로 우리에게 다가왔다. 이 과정에서 그에 대한 적극적인 수용의 열기와 경멸적이거나 냉소적인 분위기는 언제나 공존했다. 이 공존 상태에서 벌어지는 미묘한 움직임들을 좀더 치밀하게 내부와 외부에서 동시에 파고들며 주목해보자는 것이 연구자가 제안하는 바의 요지이다.

이 과정에서 기존 연구자들이 과거 제시했던 몇가지 인식론적인 틀을 참조해볼 수도 있을 것이다.

나병철의 경우, <세력 관계>라는 말로 이러한 움직임들의 역학적 질서를 파악하고자 시도한다.[17] 이러한 용어 속에는 이미 근대 = 권력이라는 등식이 공식화되어 있는 것으로 이해된다. 이 논리를 따라가다 보면, 근대 지향의 상반된 두 힘(내발적 동기를 앞세운 세력과 외부의 힘에 의존한 세력)간의 경쟁에서 어느 한 편의 논리는 사실상 패배자(이 경우는 내발적 동기를 앞세운 세력으로 판정됨)의 모습으로 역사 속에 등장할

---

17) 나병철, 「한국적 근대성 논의의 성과와 전망」, 『모더니즘과 포스트모더니즘을 넘어서』, 소명출판, 2001, p. 412.
  한가지 덧붙여두어야 할 사항은 여기서 나병철이 다룬 주제는 좁은 의미에서의 모더니즘에만 한정된 것은 아니라는 점이다. 그는 근대성과 근대 문화(학) 전체를 이러한 틀 속에서 파악하고자 시도했다. 그러나 그의 이런 논리는 모더니즘으로 시야의 폭을 축소한다고 해도 근본적으로 달라질 것은 없다. 이 점은 또한, 이하 전개되는 가라타니 고진이나 고모리 요이치 등의 논의에 있어서도 동일하게 적용될 수 있다.

수밖에 없다는 결론에 도달하게 된다. 그러면서도 그는 또한 한편으로 근대 초기의 이들 두 대립적인 힘들의 이접(離接) 현상과 한국에서의 모더니티 기원의 복수성에 대해 긍정적으로 평가함으로써, 그들간의 세력 관계가 단지 한번의 승패로 결판나는 관계가 아니라, 역사를 통해 누차에 걸쳐 끊임없이 긴장과 중첩, 그리고 갈등, 병존, 접합의 과정을 되풀이하며 궁극적으로는 '분리된 접합'[18]의 상태로 나아가는 그런 관계임을 주장한다.

이런 그의 주장에는 무언가 한가지 중요한 요소가 결여되어 있다는 인상을 지워버릴 수가 없는데, 그것은 이런 이질적인 힘들이 당초부터 상이한 기원에서 발원하였다고 한다면, 그들 사이에 이접을 통한 교접은 과연 어떤 경로로 가능하게 되었는가 하는 점이다. 즉 완전히 이질적인 상태에서, 상대방을 단지 '이해하지 못할 타자'로만 바라보았다고 한다면, 그런 상태에서의 교접이란 결코 가능하지 못했을 것이라는 회의적 인식이 자연스럽게 고개를 드는 것이다.

이 지점에서 아마도 많은 이들은 비트겐슈타인이 강조한 <대화>의 개념과, 이를 서구 형이상학의 역사 속에서 심도 있게 파헤쳐 들어감으로써, 일본 근대 문학의 기원을 탐색하는 데 하나의 준거틀로 원용코자 했던 가라타니 고진의 작업[19]을 떠올리게 될 것이다. 비트겐슈타인이 강조했던 것은 결국 타자와의 <대화>에서 불리한 쪽은 가르치려고 드는 쪽이며, 이러한 불리함을 끝끝내 감수하고서라도 상대방에게 자신에 속하는 무언가를 전달하고자 하는 열정과 의지가 없다면, 진실된 의미에

---

18) Ibid., p. 432.
19) 이 논의를 진행하는 과정에서, 연구자는 고진의 여러 저작물들 가운데 특히 『일본 근대 문학의 기원』(1980)과 『탐구 1/2』(1986, 1989)의 내용을 주로 참고했음을 밝힌다. 우리말 번역본은 가라타니 고진, 『일본 근대 문학의 기원』, 박유하 역, 민음사, 1997, 가라타니 고진, 『탐구 1·2』, 송태욱, 권기돈 역, 새물결, 1998 참조.

서의 <대화>란 성립할 수 없다는 것이다. 양자 사이의 <대화>가 가능해지려면, 이들 사이를 연결해줄 수 있는 시스템의 구축, 즉 대화의 규칙으로서의 제도화된 질서의 완성이 필수적인데, 여기서 강조하는 제도의 성격은 앞서 언급했던 권력 작용의 틀만으로는 온전히 설명되기 어렵다는 것이 연구자가 강조하고자 하는 바이다.

서구 모더니티의 특징적인 성격을 주변인(타자)의 입장에서 재발견하고, 그것을 자신의 처지에 맞게 제도화함으로써 근대 문학의 질서를 하나하나 완성시켜나가는 작업. 이 작업이야말로 초창기 문명 개화파의 대열에 합류하고자 했던 일본의 근대 문학자들이 온 힘을 기울여 이루어내고자 한 작업일 것이다. 이 과정이 순탄치만은 않았으리라는 것은 능히 짐작할 수 있다. 무엇보다도 서구적인 의미에서의 제도화된 근대 문학이 지닌 여러 국면들을 '권력' 작용의 연장선상에서 바라보려 한 세력들이 있었을 것이기 때문이다. 그럼에도 불구하고 이들과의 <대화>가 가능했던 것은, 이와 같은 제도화된 질서가 단지 서구화된 권력 작용의 결과만을 의미한 것이 아니라, 전통 문학과의 대화에 있어, 양자 사이를 연결해주는 매개 규칙으로서의 역할을 아울러 담당하였다는 점이다.

바로 이 점이야말로 고진 논의의 핵심이며, 그가 바라본 일본 근대 문학 담당자들의 지울 수 없는 공적이 아닐 수 없다. 그들은 상황의 불리함을 인식하는 가운데서도, 자신의 목적을 무리없이 관철해내기 위해서 전통이라는 내부의 타자와의 조심스런 대화를 시도하는 가운데, 마침내 그들만의 독자적인 규칙을 완성하였던 것이다.

만일 이러한 고진 식의 이해가 타당한 것이라면, 여기서 그가 말한 근대 문학이라는 제도란 전통과의 치열한 경쟁 끝에 승리한 새로운 <권력>인 동시에, 전통과의 대화 과정에서 파생된 독자적인 <장치>라는 이중성을 지니게 된다. 그리고 여기서의 <장치>란 서구적인 의미에서

152

의 근대 문학이 일본 고유의 문학 전통이라는 이질적인 타자와 조우하는 과정에서 형성된 일종의 등가적 교환 규칙의 성격을 지닌다. 대화의 상대방을 자신과 동등한 지위에 있는 타자로 인정하면서, 그 타자의 눈높이에 맞춰 허리를 숙이고, 다음 단계에서 어떻게든 자신의 의사를 전달하기 위해 이질적인 타자와의 대화의 규칙을 만들어내려고 애써 부단히 시도한 결과가 바로 오늘날의 일본 근대 문학이라는 제도인 때문이다.

3) 별도의 고려 사항

물론 이러한 제도화와, 그것의 사회적 보편화가 반드시 위와 같은 방식으로만 이루어지는 것은 아니다. 경우에 따라서는 훨씬 세련되지 못하고 천박한 양상으로 변질되어 진행되기도 하였는데, 종합적으로 사태를 이해, 판단하기 위해서는 이 점에 대해서도 응당 주의를 기울여야만 할 것이다. 특히 한국 근대 문학에 관한 한, 이러한 종합적인 이해와 판단은 더욱 중요시될 필요가 있다.

그것은 한국의 근대화 자체가 과거 식민 지배의 편의를 위해 일제에 의해 무차별적으로 강제되었던 근대사의 아픈 기억과 관련이 있기 때문이다. 비트겐슈타인이 말하는 대화란 정상적인 경우에는 항상 가르치려는 사람이 배우는 사람에 비해 불리한 여건에 놓여 있어야 하는 것이 원칙이지만, 우리의 경우에는 이러한 원칙이 반드시 일률적으로 적용된다고 할 수만은 없는 입장이었기 때문이다. 여기에는 두가지 유형의 비정상적인 대화 방식이 개입할 여지가 상존한다.[20]

첫째, 가르치는 쪽이 배우는 쪽에 대해 자신의 관점을 무차별적으로

---

20) 이 점에 있어서는 각기 사정은 틀리지만, 같은 동양 국가인 중국이나 일본의 경우도 마찬가지라고 할 수 있다. 다만 우리의 경우 식민 지배라는 특수한 사정으로 인해, 이러한 비정상적인 관계가 갖는 의미가 더욱 증폭될 수밖에 없다.

강요하는 경우를 가정해볼 수 있다. 지배와 피지배의 관계에서 흔히 발생할 수 있는 상황으로, 이 경우 가르치는 입장은 지배자의 규칙을 강제적으로라도 상대방에게 강요함으로써 피지배자를 억압하고 순치하려 들기 마련이다. 배우는 입장에서 보면 몹시 당혹스럽고 난감한 경우이겠으나, 내키지는 않지만 생존을 위해서라도 규칙을 익히지 않고서는 배겨낼 재간이 없으므로, 반발심 속에서도 어떻든 배움에 임하게 된다. 그러나 이 경우는 지배 – 피지배의 관계에 조금이라도 틈이 보일 경우에는 언제든지 상황 자체가 돌변할 수 있다는 점에서 결코 정상적인 대화라 볼 수는 없을 것이다.

둘째, 가르치려는 쪽은 별 관심이 없을 수도 있지만, 반대로 배우고자 하는 쪽에서 필요 이상으로 적극적으로 나오는 경우도 생각해볼 수 있다. 맹목적인 추종이라고 해도 좋을 이러한 상황은 배우는 쪽이 상대방의 외면적 화려함에 현혹되어 성급하게 서둘러 모방하려 드는 경우에 발생한다. 가르치는 쪽의 세계에 한시 바삐 편입되기를 바라는 배우는 쪽의 성급함이 상황 발생의 직접적인 원인이 될 터인데, 이 역시 정상적인 대화 관계와는 거리가 멀다. 이러한 성급함은 모방의 대상이 표피적인 것에 주로 머물게 되는 예가 많으므로, 오히려 그만큼 규칙에 대한 심도 있는 이해를 더욱 더디게 만들 가능성이 있다.[21]

서구적인 의미에서의 근대와의 대화가 일부에 있어서는 이처럼 파행을 면키 어렵다고 했을 때, 이 경우 가장 문제가 되는 것은 대화 당사자들 간의 관계일 것이다. 비트겐슈타인과, 그의 이론을 이어받아 자신의 논리적 거점으로 삼았던 고진 류의 사고 방식은 이 지점에서 부분적으로나마

---

21) 이와 같은 비정상적인 대화 방식에 대한 추가적인 설명은 김유중, 「'대화'적 관점에서 본 이상 문학의 모더니티」, 『우리말글』 24호, 2002. 4., pp. 208 – 212 관련 부분 참조.

약간은 수정되지 않으면 안될 처지에 내몰리게 된다. 한국 모더니즘 논의에 있어서, 이러한 비정상적인 대화 방식을 의식한 학계의 불신감은 상당 기간 동안 모더니즘 문학의 객관적 이해에 알게 모르게 부정적인 영향을 미쳐왔던 것이 사실이다.[22] 특히 후자의 관점은 모더니즘 문학의 도입과 관련된 이른바 모던 보이들의 경박성, 천박함에 대한 직접적인 질타의 근거로 제시되기도 하였다.[23]

4. 나오며 : 앞으로의 모더니즘 논의를 위한 간략한 제언

이상에서 본 바와 같이, 근대화 과정에서의 고려하여야 할 여러 요소들은 한국 모더니즘 문학의 정확한 이해를 위해서도 무리 없이 적용될 수 있는 것들로 생각된다. 반복한다면, 한국 모더니즘의 정당한 평가와 이해를 위해서는 앞서 제시되었던 나병철이나 고진 식의 관점이외에도, 이러한 한국 모더니즘의 특수성에 대한 인식까지가 고려 대상에 넣어져야 하리라고 본다.

모더니즘이란 어차피 연원 상 타자의 문법이며, 이러한 사실의 인식은 모더니즘이 보편화된 삶의 양식으로 굳어진 현재에도 여전히 유효하다.

---

22) 대표적인 경우로는 그 스스로도 비슷한 천박함을 못 벗어나 있으면서, 김기림과 정지용의 모더니즘 문학 활동을 부정적으로 평가하며 가치 절하한 송욱의 사례를 들 수 있을 것이다.
　　송욱, 『시학 평전』, 일조각, 1963 참조.
23) 이를 고모리 요이치 식으로 이해한다면, 경박스럽기 짝이 없는 한국의 '모던 보이'들은 자신을 어설프게 가르치는 자(우월한 존재)로, 그리고 식민지 조선이라는 공동체를 저급한 타자(열등한 존재)로 재배치함으로써, <식민지적 무의식>과 <식민주의적 의식>을 그들 스스로 내면화한 속된 존재들로 간주할 수 있을 것이다.
　　고모리 요이치, 『포스트콜로니얼』, 송태욱 역, 삼인, 2002 참조.

이 지점에서 보다 강조되어야 할 사실은, 모더니즘 논의에 있어 더욱 중요한 것은 단순한 기원이나 형성의 문제를 중심으로 한 고고학적 발굴 작업에 그치는 것이 아니라는 점이다. 부단한 대화의 과정에서 모더니즘 자체가 어떻게 우리 실정에 맞게 변용되었으며, 우리 문학의 바람직한 방향 설정을 위해 어떤 역할을 담당하여 왔는가, 그리고 앞으로 어떤 역할을 담당할 수 있을 것으로 기대되는가 하는 것에 대한 집중적이고 다각적인 논의가 문단과 학계를 중심으로 이루어져야 할 것이다.

90년대 중반 이후, 우리 내부에서 이루어진 모더니즘 담론들의 구체적인 양상들을 훑어보는 자리에서 느껴졌던 아쉬움은 이 과정에서 해소될 수 있으며, 또 마땅히 해소되어야만 하리라고 생각된다. 근대라는 조건이 변하지 않는 이상, 모더니즘은 언제까지나 현재형으로 지속되어야 할 필요가 있을 것이므로, 이런 당위론적인 인식은 필수적이다. 그것은 무엇보다도, 이제까지 살펴 바와 같이 모더니즘이란 제도이며, 이 때 제도가 가지는 의미란 <권력>인 동시에 <장치>로서의 이중성을 함께 담고 있는 것이기 때문이다.

그러므로 연구자는, 이제부터 우리가 할 일은 이러한 모더니즘의 특성을 바탕으로 하여, 모더니즘 그 자체를 현실에 있어 보다 바람직한 한국 문학의 앞날을 위해 모색해나가는 디딤돌로 삼아야 한다는 점을 강조하고자 한다. 문학 작품 속에서, 이론 속에서, 모더니즘은 이와 같은 그 자신의 이중성을 발전적으로 지양 극복할 수 있어야 한다. 그리하여 이러한 작업이 문학자들에 의해 현장에서 보다 구체화되고 철저화되었을 때, 비로소 모더니즘은 한국 문학의 테두리 내에서 정당하게 인정받고 대접받을 수 있는 존재로 떠오르게 될 것이다. (完)

참고문헌

기본 자료

『창작과비평』, 『현대시학』, 『한국문학』, 『작가』 기타 다수.

연구 논저(국내)

강상희, 「1930년대 한국 모더니즘 소설의 내면성 연구」, 서울대 박사
　　　　논문, 1998.

권보드래, 「한국 근대의 '소설' 범주 형성에 관한 연구」, 서울대 박사
　　　　논문, 2000.

김동식, 「한국에서 근대적 문학 개념의 형성 과정 연구」, 서울대 박사
　　　　논문, 1999.

김상환, 『해체론 시대의 철학』, 문학과지성사, 1998.

김욱동, 『모더니즘과 포스트모더니즘』, 현암사, 1992.

김유중, 「'대화'적 관점에서 본 이상 문학의 모더니티」, 『우리말글』
　　　　24호, 2002.

나병철, 『모더니즘과 포스트모더니즘을 넘어서』, 소명출판, 2001.

송욱, 『시학평전』, 일조각, 1963.

이재복, 『몸』, 하늘연못, 2002.

최혜실, 「1930년대 한국 모더니즘 소설 연구」, 서울대 박사논문, 1992.

번역서

가라타니 고진, 『일본 근대 문학의 기원』, 박유하 역, 민음사, 1997.

가라타니 고진, 『탐구 1/2』, 송태욱/권기돈 역, 새물결, 1998.

강상중, 『오리엔탈리즘을 넘어서』, 이경덕외 역, 이산, 1997.

고모리 요이치, 『포스트콜로니얼』, 송태욱 역, 삼인, 2002.

알렉스 캘리니코스, 『포스트모더니즘 비판』, 임상훈 · 이동연 역, 성
        림, 1994.

하루오 시라네 · 스즈키 토미 편, 『창조된 고전』, 왕숙영 역, 소명출판,
        2002.

Abstract

A Perspective on the Research
of Modernism Literature

Kim, You-Joong

This study aims to reflect the modernism literature theory which has been vehemently discussed in Korean literature since the middle of 1990's, and then explore the possible ways of its contribution to Korean literature. In this study I criticize both the rushing attitude to receive modernism as the latest literature theory from foreign advanced countries and the negative attitude to reject it as the anti-national literature theory. I claim that there should be a harmonious and constructive "dialogue" between these two extreme attitudes so that it can be utilized as an constructive fundamental. For this purpose, various perspectives about modernism must be considered since its introduction to Korea. We have decide whether we should perceive it from a political or mechanical point of views. We also have to decide what kind of interfering factors between two extremes exist. Only sufficient discussions over the various matters can make modernism theory a constructive nutrition for the advancement of Korean literature.

Key Words : modernism, modernity, dialogue, system, power, equipment

통일시대를 향한 북한문학의 이해
- 민족통합을 위한 문학적 탐색을 중심으로 -

홍용희*

1. 머리말

1980년대 후반, 공산주의 종주국인 소련의 와해와 더불어 국제정세는 이념을 내세운 반목과 갈등의 냉전체제를 종식하고 상호 의존적인 경쟁과 협력의 경제공동체로 급속하게 재편되었다. 그리하여 오늘날은 이른바 전지구적 시장화의 시대가 뚜렷하게 가시화 되고 있다. 그러나 아직 한반도에서는 2차 세계대전 이후 미국과 소련을 중심 축으로 한 이념적 대결 구도가 여전히 잔존하고 있다. 전쟁과 함께 민족 분단을 정착시킨 이른바 '1950년 질서' 가 오늘날까지 기본틀을 유지하고 있는 것이다.

* 경희 사이버대 교수

그리하여 한반도에서는 지금까지도 전쟁과 그로 인한 생명권의 위협으로부터 자유롭지 못한 형편이다.

그러나, 물론 한반도의 정세가 종전의 냉전 구도로부터 전혀 변화가 없는 것은 결코 아니다. 외양적으로는 아직 분단체제의 기본 틀에서 벗어나지 못하고 있으나 그 이면에서는 남·북한 모두 국제 정세의 변화에 대응하는 내적 변화와 새로운 관계성의 모색이 분주하게 일어나고 있다. 다시 말해, 오늘날 남·북한은 분단시대를 넘어 통일시대를 열어 가는 도정에 있다고 할 수 있다. 이를테면, 근자에 또 다시 출몰하고 있는 한반도의 전쟁 위기의 저변 사정 역시 냉전 시대의 경우와는 근본적으로 다른 성격을 지닌다. 이것은 탈냉전시대의 도래에 따라 기존의 분단체제가 새로운 질서로 재편되는 상황에서의 과도기적 현상이라고 할 것이다. 전쟁 위기 속에서도 한 켠에서는 금강산 관광 도로 건설, 경의선 공사, 이산가족의 상봉, 남북한 교역의 확대 등등의 민족적 화해와 협력의 과정이 지속적으로 진행되고 있음은 이를 반증한다. 1998년, 남한의 여야 정권교체와 북한의 김정일 정권의 본격적인 등장과 함께 각각 햇볕 정책과 경제 부흥론을 핵심으로하는 강성대국론이 서로 만나면서 남북정상회담을 비롯한 획기적인 민족적 화해와 협력의 교류가 활성화되고 있는 것이다. 전세계에 걸쳐 유일한 '냉전의 섬'으로 남아있는 한반도에도 분명 분단체제의 극복으로 나아가는 지각변동이 전개되고 있다.

그러나 이러한 통일 시대를 열어 가는 방식이 '위로부터 일방적으로 주어지는' 정치적 차원에서만 수행될 때 현실 삶 속에서 민족 구성원간의 혼란과 갈등은 또 다른 차원의 심각한 문제를 야기 시킬 것이다. 반세기가 넘는 분단의 역사는 남·북한의 지배체제는 물론 일상적인 삶의 도처에 이르기까지 이질성의 간극을 심화시켰기 때문이다.

따라서 우리는 북한의 실상에 대한 심도 깊은 이해를 바탕으로 민족적 동질성을 찾고 회복해나가는 동시에 미래 지향적인 민족적 연대의식을 창출해나가는 노력을 경주해야 할 것이다. 우리의 북한문학 연구는 궁극적으로 이와 같은 통일 시대를 향한 민족 통합의 일환으로서 중요한 의미를 지닌다. 다시 말해, 우리에게 북한 문학은 학문 그 자체의 객관적인 연구 대상의 차원을 넘어서서, 그 동안 분단 체제 속에서 조장되어온 북한에 대한 왜곡된 편견, 망령, 무지를 벗고, 실상 그 자체에 대한 올바른 이해를 통해, 민족 통합의 출구를 찾아가는 도정의 중요한 대상으로서의 특수성을 지닌다.

이 글은 이러한 문제의식을 바탕으로 지금까지 다각적으로 탐구 되어온 북한문학 중에서 특히 민족통합을 위한 문학적 탐색에 초점을 두고 기존의 연구 동향과 과제를 검토하면서 아울러 통일철학의 정립에 관한 모색을 제기하고자 한다.

2. 통일시대를 향한 북한 문학 연구의 동향과 과제

(1) 통일시대를 향한 북한문학연구의 동향

남한에서의 북한 문학에 대한 본격적인 연구는 월북 문인과 북한의 일부 문학 작품에 대한 해금 조치가 단행된 1987년 10.19조치 이후부터이다. 그 이전의 북한 문학에 대한 논의는 현행법에 의해 금기시 되었던 탓에 주로 월남한 문인들의 수기 형식이나 국가 기관이 주도하는 단편적인 보고서 차원에서 이루어졌다. 따라서 이 당시의 북한 문학 논의는 엄정한 학적 체계는 물론이거니와 자료적 가치도 제대로 지니지 못한 채 반공 논리에 입각한 편향된 시각에서 벗어나지 못한 양상을 보이고 있다.[1] 그러나 1980년대 후반 해금조치 이후부터 북한 문학연구는 비교적 활발하게 꾸준히 전개되면서 상당한 수준의 축적된 성과를 이루어내고 있다. 북한문학 연구의 동향은 대체로 개괄적인 총론의 수준에서 점차 문예이론의 미학적 특성, 시기별, 주제별, 시인 및 작가론, 문학사 등으로 구체화되고 각론화되는 양상을 보여준다. 또한 북한 문학의 연구 방법론에 있어서도 상대주의적인 내재적 원리와 역사주의적인 시각에서부터 민족문학론과 사회주의 리얼리즘의 방법론 등에 걸쳐 다채롭게 시도되고 있다. 여기에서는 지금까지 다양하게 전개된 북한 문학 연구의 성과물에 대해 시기적인 흐름에 대한 개관과 함께 민족통합을 위한 문학적 모색과 연관된 주요 논의를 중심으로 살펴보기로 한다.

1980년대 말 월북 작가 해금과 북한 바로 알기 운동이 시작되면서 북한 문학에 대한 학계의 관심은 그 동안의 공백을 일시에 메우기라도 하듯 매우 활발하게 전개되었다. 이 시기에 ≪문예중앙≫의「북한문학 바로 읽기의 입문」[2], ≪문학사상≫의「북한문학, 어떻게 볼 것인가」[3] 등의 심포지움을 비롯하여 권영민 편저,『월북문인연구』,(문학사상사, 1989),『북한의 문학』,(을유문화사, 1989), 윤재근 · 박상천,[4] 성기조[5], 김

---

1) 여기에 해당하는 주요 문헌으로는 박남수,『적치 6년의 북한 문학』, 국민사상지도원, 1952.
   이철주,『북의 예술인』, 계몽사, 1966, 이기봉,『북의 문학과 예술인』, 사사연, 1986 등이 있다.
2) ≪문예중앙≫, 1989, 봄호에 있었던 이 좌담회는 최일남, 한홍구, 정도상, 김철 등이 참석했다. 이들 논객들 중의 일부는 북한의 수령론과『피바다』등에 대해 지나친 과대평가를 내리는 또 다른 측면의 편향성을 노출시킨다.
3) 『문학사상』, 1989.6에 있었던 이 심포지움에서는 김열규 · 권영민 · 김윤식 · 임헌영 발제 논문 및 이재선 · 김재홍 · 조남현 작품론이 게재되고 있다. 이들 논문들은 북한 원간 자료에 입각한 비평적인 논의라는 점에서 본격 연구로서의 가치를 지닌다.
4) 윤재근 · 박상천,『북한의 현대문학 1,2』, 고려원, 1990.
5) 성기조,『주체사상을 위한 혁명적 무기의 역할-시부문』, 신원문화사, 1989.
   _____,『북한 비평 문학 40년』, 신원문화사, 1990.

대행6) 등의 연구가 집중적으로 산출되었다. 이들 성과물들은 대체로 북한 문학의 문예이론과 전개 양상에 대한 포괄적인 정리와 소개의 차원에서 크게 벗어나지는 못하고 있다. 그러나 이러한 총론적인 개관은 그동안 거의 알려지지 않았던 북한사회에서의 작가와 문학의 위상 및 성격을 규명하고 민족문학의 단위 개념으로 포괄할 수 있는 방법적 가능성에 대한 문제제기를 유도하고 있다는 점에서 중요한 의미를 지닌다.

특히, 권영민 편, 『북한의 문학』에 수록된 김윤식의 논문은 북한 문예이론의 미학적 특성을 사회주의적 사실주의 문학과의 비교를 통해 객관적으로 점검하고 아울러 "민족적 형식"의 구현을 통한 "통일문학에의 전망"을 제기하고 있어 관심을 환기시킨다.7) 여기에서 "민족적 형식"이란 북한 문예이론에서 언급하는 "조선적 특성"8)을 가리키는 것인 바, 내용에 있어서는 사회주의적이고, 형식에 있어서는 민족적이어야 한다는 마르크스 - 레닌주의 예술 이론에 맞닿아 있다. 그가 이러한 "민족적 형식"을 통일문학의 양식으로 제기하는 자리에서 북한의 혁명가극「한 자위단의 운명」을 거명하고 있는 것은 북한의 인민성에 입각한 고유한 문예양식의 민족적인 보편성으로 확대될 수 있는 잠재적인 가능성을 주목한 것으로 보인다. 그의 이러한 입장은 통일문학이란 어느 일방의 문예양식에 의한 통합이 아니라 상호 변증법적인 관계성 속에서 형성되어지는 것이라는 균형 잡힌 시각을 보여주고 있는 점에서 의미를 지닌다. 역시 같은 책에 수록된 김재홍의 「북한 시의 한 고찰」에서는 1980년대 전면에 등장한 남한의 민중시, 노동시와 북한의 사회주의적 사실주의에 바탕을 둔 계급주의 시와의 정서적 유사성을 구체적인 작품의 검토를

---

6) 김대행, 『북한의 시가문학』, 문학과 비평사, 1990.

7) 김윤식, 「주체사상에 기초한 사회주의적 문예이론」, 권영민 편, 『북한문학의 이해』, 을유문화사, 1999.

8) 『김일성저작선집』 제 4권, p.152.

통해 검증하고 이를 바탕으로 민족 통합을 위한 문학적 동질성 찾기의 한 가능성을 제기하고 있다. 이와 같이 남·북한의 문학 작품을 한 자리에 놓고 그 이질성과 동질성의 실상을 직접 검토하면서 민족 공동체 의식의 회복과 통일문학의 가능성을 논의하는 것은 다음과 같은 점에서 중요한 의미를 지닌다. 첫째는 통일문학에 대한 논의를 당위론적인 관념의 차원에서 실질적이고 체험적인 영역으로 구체화하고 있다는 점이다. 민족 통일은 우리의 일상적인 삶과 직접 연관되는 냉엄한 현실이라는 점에서 그 논의 역시 구체적인 현실성을 지속적으로 견지해야 할 것이다. 둘째는 통일문학의 주체는 북한 문학 뿐 만이 아니라 남한 문학도 포괄된다는 점에서 서로 유사한 소재와 주제 의식을 추구하고 있는 작품을 한자리에서 검토하면서 동질성과 이질성을 서로 비교하는 것은 앞으로 통일문학이 지향해야할 실질적인 미학적 가치를 찾는데 매우 유효한 방법론이 될 것이다.

한편, 1994년에 발간된 김재용의 『북한 문학의 역사적 이해』[9]는 북한 문학 연구의 뚜렷한 학적체계와 방법론을 제시하고 이를 바탕으로 원간 자료에 입각하여 주체사상의 정립을 전후로 한 북한 문학의 전개 양상의 입체적인 변화, 해방 이전부터 지속된 민족문학사적 지속과 변화, 주제의식 및 미학적 특성 등을 전반에 걸쳐 논의하는 진전된 성과를 보여준다. 여기에서 그가 제시한 북한 문학 연구의 방법론은 첫째, 한국 근대 민족문학의 도정에서 검토해야 한다. 둘째, 북한의 문학을 고찰할 때 탈냉전의 시각을 가질 필요가 있다. 셋째, 리얼리즘의 본래적인 의미에 입각하여 검토할 필요가 있다. 넷째, 북한의 전반적인 문예정책 내에서의 개인의 자율성을 고려해야 한다. 다섯째, 소련문학으로부터의 영향이 반드시 검토되어야 한다. 여섯째, 역사주의적 시각을 가져야 한다. 일곱째, 원전

---

9) 김재용, 『북한문학의 역사적 이해』, 문학과지성사, 1994.

텍스트의 확인을 반드시 거쳐야 한다. 등을 제시하고 있다. 그의 이러한 지적은 북한 문학의 학문적인 접근 태도에 대한 균형 잡힌 시각을 종합적이고 체계적으로 정리하고 있다는 점에서 의미를 지닌다. 특히, 여기에서 넷째 항목은 북한문학이 당의 공식적인 문예정책에 종속되는 것이면서도 그 내부에는 비공식적인 입장간의 긴장관계가 있음을 환기시킨다. 이러한 비공식적인 입장들은 문학적 자율성과 개별적 삶의 원리와 연관된다는 점에서 앞으로 논의될 통일문학의 잠재적 계기로서 의미를 지닌다고 할 것이다. 북한문학 연구에 대한 이와 같은 진전된 문제의식과 연구 성과가 나올 수 있었던 데에는 전사회적으로 확산된 탈냉전 시대에 대응하는 반공이데올로기의 규정력의 약화와 함께 만족스러운 수준은 아닐지라도 점차 증대된 북한 자료의 개방과 연관될 것이다.

　북한문학에 대한 연구가 다각도로 전개되면서 거두어진 일정한 성과는 남·북한의 통합문학사의 기술에 대한 모색으로 연결된다. 통합문학사의 시도는 북한 문학 연구의 최종 목적은 분단 시대의 반쪽 문학사를 지양하고 남한과 북한의 문학을 통합한 남북한 문학사를 기술하는 데 있다는 인식을 바탕으로 한다. 권영민, 『한국현대문학사』[10], 최동호 편, 『남북한 현대문학사』[11]는 그 대표적인 성과물이다. 권영민의 문학사는 서설에서 "분단시대의 문학은 분단의 극복과 민족 전체의 삶에 대한 총체적인 인식을 문제삼는 경우 더욱 의미 있는 문학적 현상"이 된다고 전제하고 있으나 실제 서술 방식에서는 남한과 북한 문학의 시대 구분과 공통된 미학적 기준의 설정에 대한 모색의 과정이 없이 서로 독립적으로 병렬시켜 논의하는 데 그치고 있다. 남한과 북한 문학의 서로 다른 이질성만을 확인시키는 이러한 서술 방식은 "민족 전체의 삶에 대한 총체적

---

10) 권영민, 『한국현대문학사』, 민음사, 1993.
11) 최동호 편, 『남북한 현대문학사』, 나남출판, 1995.

인 인식"을 위한 방법에는 부합되지 못한다.

최동호 편의 문학사는 남북한의 현대문학사 서술의 방법론으로 '포괄의 논리', '사실의 논리', '근대성 극복의 논리', '민족문학의 논리'를 제안하고, 스스로 이를 바탕으로 "서로 별개의 문학처럼 이단시되었던 남북한의 현대 문학을 단순한 분석이나 나열의 형태가 아니라 하나의 시대 구분 속에 묶어 보려고 시도"하고 있다. 이러한 시도는 남한과 북한의 사회역사적 변화과정과 그에 따른 문학적 내용과 형식 미학의 특성을 입체적이고 종합적으로 조망하고 있다는 점에서 통일문학사의 현실적 가능성에 대한 모색을 충실히 보여 주고 있다. 그러나 서술 방법론에서도 제기하고 있는 '포괄의 논리', '사실의 논리'는 문학사 기술에서 가장 중요한 문학사적 의미망의 미학적 기준을 제대로 설정하지 못하고 있음을 스스로 시인하는 결과를 낳고 있다. 물론 이것은 아직 북한 문학에 대해 가치 평가를 통한 선택의 논리를 앞세울 만큼 사실적인 자료 확보가 이루어지지 못한 현실적 상황에서 비롯된다. 따라서 최동호 편의 『남북한 현대 문학사』는 미래의 통합문학사를 향해 가는 형성형으로서의 의미를 지닌다.

통일시대에 대응하는 남북한의 통합문학의 방법론에 대한 탐색은 김재용의 『분단구조와 북한문학』[12]과 김성수의 『통일의 문학, 비평의 논리』[13]에서 본격적으로 제기된다. 김재용은 이 책의 서론에서 분단구조에서의 '남북 중심주의'에 대한 비판 속에서 '통합으로서의 분단극복'의 사고틀을 제시하고 있다. 이것은 북한 문학 연구의 방법론으로서 민족문학론의 입장을 강조한 것이며 동시에 앞으로 지향해야할 바람직한 통일 방안에 대한 방법론을 제기하고 있는 것으로 보인다. 그러나 지금까지

---

12) 김재용, 『분단구조와 북한문학』, 소명출판, 2000.
13) 김성수, 『통일의 문학, 비평의 논리』, 책세상, 2001.

나타난 남·북한의 자기 중심적 통일주의를 같은 반열에서 등가화 시켜 논의하는 것은 시대적 변화상황과 통일체제에 관한 미래 지향적인 대안을 고려하지 않고 있다는 점에서 무리가 따른다. 그에 따르면, 한반도에서 해방 이후부터 1970년대까지는 북한의 자기 중심적 통합주의가 전면에 드러났다면, 1990년대는 남한의 자기 중심적 통합주의가 동일하게 재현되고 있다고 파악하고, 이러한 자기 중심적 통합주의는 상대측에 대한 적대의식과 내부적 통합을 강화시키는, 그래서 분단을 더욱 고착화시키는 역기능을 수행한다고 지적하고 있다. 남한의 흡수통일론이나 북한의 민주기지론을 극복하자는 이러한 논리는 분명 중요하고 타당한 설득력을 지닌다. 그러나 여기에서 1970년대까지의 북한의 국가사회주의식 한반도 통일과 1990년대 이후 남한의 자본주의 체제에 입각한 통일 논의 및 북한의 개방화의 유도가 질적 내용과 가치의 개념에서 등가의 위치에 놓일 수는 없을 것이다. 다시 말해서 오늘날 세계질서가 탈냉전과 "전지구적 시장화"로 요약되는 경제공동체로 재편된 상황에서 북한의 개혁과 개방을 유도하는 논리가 1970년대 이전 북한식 사회주의체제의 통일전략과 동일한 위상과 의미를 지닐 수는 없다는 것이다. 물론 섣부른 흡수 통일은 경계해야 하겠지만 과거의 남북 중심주의를 오늘의 문제를 해결하는 거울로 고스란히 옮겨 놓는 것은 시대적 변화의 역동성에 대한 고려가 결여되었다는 점에서 치명적인 한계를 지닌다.

또한, 김성수는 『통일의 문학, 비평의 논리』에서 김재용의 남북중심주의에 대한 비판 논리의 연장선에서 '통일문학사를 위한 남북한 문학'의 통합논리에 대해 '상호상승식 통합론'을 제기하고 있어 관심을 환기시킨다. 그가 '상호상승식 통합론'을 제기한 배경에는 남한 중심의 북한 문학사 통합이 분단 구조를 고착화시키는 남한중심주의의 흡수통일론을 그대로 반영한 것이라는 비판적 인식에서 비롯된다. 그렇다면, 그가 하나의 대안으로 제시하고 있는 상호상승식 통합이란 무엇일까? 여기에 대해 그는 "이를테면, 예전의 청소년 축구 대표팀처럼 수비가 강한 남한측은 수비 선수를, 공격이 강한 북한측은 공격선수를 위주로 선발한 후 둘을 화학적으로 결합시켜 플러스 알파의 최고 기량이 나올 수 있게 전술 전략을 짜는" 방식에 비견한다. 이를 문학사의 기술 방법론으로 옮겨 놓으면, "어느 시기에는 북한측 성과를 강조하고, 어느 국면에서는 남한측 성과를 부각시키면서" 화학적 통합 서술을 지향하는 것이다. 그러나 이러한 방법론은 기왕의 문학사에 대한 진지한 성찰 속에서 나온 하나의 비판적 대안이란 점에서 나름의 의미를 지니지만, 통합문학사의 기술이 축구 단일팀의 구성처럼 단순한 산술적 통합으로 가능할 수 없다는 점에서 설득력을 얻지는 못한다. 다시 말해, 이와 같은 서술 방법론은 문학 작품이란 축구 선수 기량의 경우처럼 쉽게 서열화 할 수 없는 속성을 지닌다는 점, 분단의 역사에 응전하면서 민족적 정체성을 추구한 다양한 문학적 양식을 포괄하기 어렵다는 점, 그리고 결과적으로 남한 문학에 비해 미학적 완성도가 현저히 떨어질 수밖에 없는 북한 문학에 대한 자리매김을 할 수 있는 여지가 없다는 점, 등을 들 수 있다.

이상의 북한문학의 동향에 대한 개략적인 검토를 통해 볼 때, 통일문학 및 통합 문학을 향한 북한 문학 연구가 지속되어 왔음을 알 수 있다. 그러나 앞에서 보듯 남북한 문학의 민족적 통합의 논리를 정립하는 일은 결코 단순하지 않다. 그 가장 대표적인 이유는 어디에 있을까? 여기에 대한 문제제기와 응답의 과정이 통일시대를 향한 문학적 탐색의 과제에 해당한다.

(2) 통일시대를 향한 북한 문학 연구의 과제

민족통합을 위한 문학적 탐색과 방법론의 정립이 결코 쉽지 않은 가장 큰 이유는 반세기가 넘도록 서로 대립되는 체제 속에서 심화되어 온 이질 성의 간극에서 비롯된다. 주지하듯, 해방 공간과 한국전쟁을 거치면서 남북한은 제각기 자본주의 체제의 예속화와 북한식 사회주의 체제로 재 편되었으며 문학의 성격과 지향성 역시 이에 대응하는 서로 다른 이질성 의 극단으로 치닫는다. 따라서 오늘날 민족통합을 위한 문학적 논리를 모색하기 위해서는 먼저, 이와 같이 양극화로 치달은 이질성 속에서 민족 적 동질성의 계기를 찾고 적극적으로 의미부여하는 유화적인 자세가 요 구된다. 또한 이와 동시에 앞으로 전개될 통일 시대에 입각하여 남북한 의 미래지향적인 민족적 연대의식과 공동체 의식을 창출시켜나가는 창 조적 모험이 요구된다. 남북한의 민족적 연대의식을 과거의 풍속이나 혈연, 지연의 차원에서만 강조하는 것은 민족적 에너지를 차원 높게 승화 시킬 수 있는 통일 시대에 부합된다고 볼 수 없기 때문이다.

지금까지 제기된 남북한의 민족적 통합을 위한 문학적 논리가 좀 더 실질적이고 생산적인 대안을 제시하지 못한 채 혼란을 겪었던 것은 지나 치게 현재적 상황에 사유의 거점을 두고 기왕의 문학적 성과물을 포괄하 고자 했기 때문이다. 이제, 우리의 통일시대를 향한 북한문학 연구는 앞 으로 다가올 통일 시대의 올바른 지향점을 설정하고 여기에 입각하여 남북한의 문학적 가치와 동질성의 계기를 적극적으로 발견하고 평가하 면서 동시에 세계사적 발전에 대응하는 건설적인 민족적 가치와 통합의 논리를 창출해나가는 것으로 요약된다. 물론 이와 같은 민족 통합을 위한 문학적 모색을 위해서는 북한 문학 자체의 내재적인 지속과 변화의 원리 에 대한 꾸준한 연구가 바탕을 이루어야 할 것이다.

그렇다면, 먼저 통일 시대의 올바른 지향점은 무엇일까? 이것은 문학 적 논의의 범주를 넘어서는 영역이지만, 적어도 현존 국가 사회주의가 자본주의의 대안으로서의 유효성을 상실한 시점에서 자유민주주의와 시장경제체제의 양상으로 나가야 할 것임은 분명한 사실이다. 공산주의 통일을 한 베트남이 오히려 자본주의 세계시장으로 편입하고 있는 상황도 이를 뒷받침 한다. 물론 통일 기반 조성에서부터 시작되는 단계별 통일과정에서는 1국가 2정부 2경제체제의 순서를 거쳐, 북한을 내부식민지화할 수 있는 민족분열적인 함정을 경계해야 하겠지만, 궁극적으로는 김대중 정부가 제시한 '복지지향적 자본주의체제'로의 귀착이 설득력을 지닌다.

따라서 우리는 이러한 통일국가의 지향점에 대한 대전제 속에서 오늘날의 변화된 한반도의 국내외적 정세를 적극 활용하여 민족 통합을 성숙시키고 사회통합을 진전시켜 나가야 할 것이다. 민족 통합을 성숙시키고 사회통합을 진전시키는 가장 유효한 방법론은 남북한의 문화공동체를 형성해 나가는 것이다. 앞으로 다가올 통일 국가가 민족 구성원의 구체적인 문화적 삶의 층위에서 통합을 이루어내지 못한다면, 3.8선의 철조망을 다시 우리의 일상 생활 속으로 산재시키는 더욱 심각한 민족 분열의 상황을 초래할 수도 있을 것이다.

통일시대를 향한 남북한 문화공동체 형성의 일환으로서 북한문학에 대한 접근 방법으로는 먼저, 민족적 연대의식과 동질성의 요소를 적극적으로 찾고 활성화시키는 방안을 제기할 수 있을 것이다. 근자에 남한 문예지에 빈번하게 소개되는 민족적 친화성을 깊이 느낄 수 있는 북한 문학에 대한 소개나 연구 활동은 이러한 문면에서 중요한 의미를 지닌다. 통일문학은 남북한 삶의 심층세계에 공통적으로 관류하는 민족적 정체성 찾기에서부터 시작될 것이기 때문이다.[14] 또한 앞에서도 언급한 바처

---

[14] 시 계간지 1998년 창간호『시안』(詩眼社, 1998)에서의 북한 시 소개와 홍용희,「북한의 서정시와 민족적 친화성」, 김재용,「북한사회와 서정시의 운명」등의 논문은 남북한의 공통적인 민족적 원형질을 찾고자 하는 시도에서 이루어졌다.

럼 북한 사회에서 현존하는 당의 공식적인 문예정책에 종속되면서도 그 이면에 내재하는 비공식적인 일탈적이고 개별적인 감성의 언어에 대한 탐색이 요구된다. 이점은 어느 특정한 개별 작가의 경우에도 그의 문학 세계 전반에서 실존적인 내성의 언어나 개별적인 주관성의 원리가 두드러진 작품을 적극 발굴하고 평가할 필요가 있다. 남한의 독자들까지 공감할 수 있는 문학적 보편성을 획득한 작품은 통일시대를 향한 민족문학의 중요한 자산이 될 수 있을 것이다. 아울러 이와 같이 지배 이데올로기의 추종이 아니라 살아 있는 구체적인 삶의 정서를 구현한 작품이 통일 이후에도 살아남을 수 있을 것이다. 적어도 앞으로 북한의 김일성 – 김정일을 정점으로 하는 유일관료 체제에 입각한 통일이 되지는 않을 것임을 상정한다면, 통일 이후 북한의 도식화된 공적인 제도 담론으로서의 문학은 쉽게 휘발되어 버릴 것임에 틀림없기 때문이다.

다음으로는 다양한 미학적 방법으로 남북한의 문학을 한 자리에서 동일한 방법론으로 검토하는 일이다. 이를테면, 문체론, 여성성, 근대성, 문학사적 인식론, 전통성 등의 방법론을 적용하여 남북한 문학을 논의하면 남북한의 이질성과 동질성의 참모습을 선명하게 확일할 수 있을 것이다.

세번째로는 북한 사회 자체내에서 문학적 변화의 잠재적 가능성을 감지하고 기대해 보는 것이다. 이러한 점은 1992년 김정일이 간행한『주체문예이론』과 여기에 입각한 구체적인 실현에 해당하는『조선문학사』에 나타난 새로운 변화의 양상에서 찾아 볼 수 있다. 이들 책의 서술 배경이 되기도 하는 1990년대 이래 북한이 강조한 '자주성의 시대'는 사회의 내부적 통합을 위한 허구적인 지배이데올로기로서의 문제점을 내재하고 있지만 그러나 역설적으로 민족 문화 유산에 대한 적극적인 발굴과 평가의 능동적인 계기로 작용하기도 한다. 이러한 상황은 자주시대와 민족주

의(조선민족 제일주의)를 강조하면할수록 우수한 유산과 전통을 적극적
으로 발굴하고 조명해야하기 때문인 것으로 보인다. 김정일의『주체문
학론』의 논지는 1990년대들어 14권에 걸쳐 간행된 ≪조선문학사≫에서
구체적으로 실현된다. 특히 1920년대 후반기에서 1940년대까지의 문학
사를 다룬 ≪조선문학사 9≫(1995)에서 뚜렷하게 나타나는 데, 1967년
주체문예이론이 정립된 이후 거세되었던 카프문학은 물론 진보적인 민
족주의 문학에 대한 다채롭고 섬세한 논의가 개진되고 있다. 한용운, 양
주동, 박로아, 김달진, 심훈, 정지용, 백석, 김태오, 리용악, 윤동주 등의
시인들의 작품세계기 대폭 수용하여 긍정적으로 논의 평가하고 있다.
이점은 북한 문학사에서 작품의 질적 고양을 불러일키는 중요한 계기로
서 작용할 수 있다고 판단된다. 북한의 문학 독자들이 예술적 완성도가
높은 작품을 직접 읽고 감상하게 됨으로써 지금까지의 '사상적 무기로
서' 창작된 생경하고 도식적인 작품에 대한 비판적 안목을 가질 수 있게
될 것으로 보이기 때문이다. 물론 아직 문예 창작의 현장에서 이러한
시적 가능성의 구체적인 성과가 나타나고 있지는 않다. 그 주된 이유는
반세기가 넘는 타성적인 세월의 관성을 극복하기에는 좀더 많은 시간이
필요하다는 점과 김정일 시대가 아직 현실적으로 다양한 문학적 유형을
포괄할 수 있는 안정기에 접어들지 못했다는 점에서 찾을 수 있을 것이
다. 그러나 북한의『주체문학론』에서 제기한 과거의 민족문화예술에 대
한 공정한 평가는 궁극적으로 현재와 미래의 문예 창작의 질적 고양을
가져오는 중요한 추동력으로 작용할 수 있을 것이다. 이와 더불어 앞으
로 더욱 활발하게 전개될 남·북의 경제적 교류와 북한의 개방정책에
따른 북한 사회의 점진적인 변화가 북한문학의 내적 변화의 계기로 작용
할 것이다.

　마지막으로, 건설적이고 미래지향적인 민족 공동체 의식의 창출에 관

한 모색이 요구된다. 한반도의 분단체제 극복은 단순히 한반도의 문제에 국한되는 것이 아니라 앞으로 전개될 동북아 중심사회의 주축으로 기여할 수 있는 초석으로서 의미를 지닌다. 따라서 민족 통합의 논리가 한반도에서의 분단 극복과 민족 통일의 범주에 국한될 것이 아니라 동북아의 평화 정착과 21세기의 세계사적 대안 문명의 창조에 기여하는 소명 의식 속에서 탐색되어야 할 것이다. 남북한의 통일을 소재로 한 문학작품들을 살펴보면15), 대부분이 혈연을 매개로 한 이산의 아픔과 상봉을 갈망하는 내용이 중심 화소를 이룬다. 물론 혈연의 문제가 이데올로기에 입각한 분단의 장벽을 허무는 가장 핵심적인 틈새 역할을 할 것이다. 그러나 우리는 이제 혈연의 차원을 넘어서서 생활 방식과 사고 유형에까지 서로 공유할 수 있는 진취적인 통일 문화를 강구해야 할 것이다.

4. 통일철학의 정립을 향하여

이상에서 북한 문학을 대상으로 민족통합을 위한 문학적 탐색에 관한 연구사적 검토와 과제를 개략적으로 정리해 보았다. 지금까지 전개되어 온 북한문학 연구는 대체로 민족문학의 하나의 단위개념으로서 상정하고 논의되어 왔음을 알 수 있다. 이것은 오늘날 북한문학의 연구가 궁극

---

15) 1990년 이후 발표된 남북한의 주요 통일문학으로는 북한의 경우 리종렬의 「산제비」(1990) 남대현의 「상봉」(1992) 김명익「림진강」(1990) 주유훈의 「어머니 오시다」(1996) 등의 작품을 꼽을 수 있고, 남한의 경우 최윤의 「아버지 감시」(1990), 이호철, 『보고드리옵니다』(1993) 이문열의 「아우와의 만남」(1995), 이순원, 『혜산가는길』(1995), 이원규, 『강물은 바람을 안고 운다』(1995) 등의 작품을 꼽을 수 있다. 김재홍·홍용희 편, 『그날이 오늘이라면-통일시대의남북한 문학』, 청동거울, 1999 참조.

적으로는 통일문학 내지 통합문학의 기술을 위한 과정으로서 의미를 지니는 것임을 전제하는 것이기도 하다.

통일시대를 향한 문학적 모색에서 가장 중요한 것은 통일 국가의 지향성이다. 우리가 지향하는 바람직한 통일 국가의 상이 정립될 때, 여기에 입각하여 양극화된 남북한의 문화적 이질성을 극복하고 민족적 동질성과 연대의식을 창의적이고 미래지향적으로 확장해나가는 길을 탐색해나가야 할 것이다. 우리가 맞이할 통일국가의 형태는 자본주의 시장경제체제일 것은 분명하다. 그러나 이때의 자본주의 시장경제체제가 지금과 같은 남한의 천민자본주의의 양상을 띠어서는 결코 바람직하지 않을 것이다. 이점은 근자에 남한에서 발표되는 탈북자 문학을 통해볼 때에도 극명하게 확인된다. 경제적 실리를 얻기 위해서는 같은 민족으로서의 동포애나 인류까지도 저버리는 모습이나 민첩한 상술 논리로 통일과 함께 북한 전역을 무분별하게 개발하고자 하는[16] 모든 위계질서를 상품가치체계로 전락시킨 천민자본주의의 의식에서 벗어나는 것이 요구된다. 따라서 우리는 자본주의 체제를 바탕으로 하면서도 인간의 주체성과 덕성을 잃지 않는 새로운 공동체로서의 통일을 이루어내야 할 것이다. 이 지점에서 우리는 조심스럽게 새로운 공동체의 형성 방법으로 남한의 자본주의와 북한의 아직 훼손되지 않은 사회주의의 인간적 덕성이 서로 상호 영향을 주면서 함께 변화하는 양상을 그려 볼 수 있다. 그리고 이를 바탕으로 하면서 여기에서 더 나아가 앞으로 도래할 동북아 시대의 문화 중심지로서의 역할을 수행할 창조적이고 모험적인 통일철학을 정립시켜

---

[16] 탈북자들의 남한 사회에서 느끼는 갈등과 고통의 양상을 중심 화소로 다룬 탈북자 문학으로는 박덕규,『노루사냥』, 정을병,『남과 북』, 김지수『무거운 생』등이 있다. 이들 작품은 남북한의 삶의 이질성의 현황을 가장 체험적으로 보여준다는 점에서 의미를 지닌다.

나가는 것이 요구된다. 이러한 통일 철학의 정립과 함께 통일 시대를 향한 북한문학의 연구도 더욱 생산적인 성과를 이룰 수 있을 것이다.

참고문헌

「북한문학, 어떻게 볼 것인가」, ≪문학사상≫, 1989. 6.

「북한문학 바로 읽기의 입문」, ≪문예중앙≫, 1989, 봄호.

권영민, 『한국현대문학사』, 민음사, 1993.

권영민 편, 『북한문학의 이해』, 을유문화사, 1999.

김대행, 『북한의 시가문학』, 문학과 비평사, 1990.

김성수, 『통일의문학,비평의 논리』, 책세상, 2001.

김재용, 『북한문학의 역사적 이해』, 문학과지성사, 1994.

김재용, 『분단구조와 북한문학』, 소명출판, 2000.

김재홍·홍용희 편, 『그날이 오늘이라면 – 통일시대의 남북한 문학』,
　　　　청동거울, 1999.

박남수, 『적치 6년의 북한문학』, 국민사상지도원, 1952.

성기조, 『북한비평문학 40년』, 신원문화사, 1990.

성기조, 『주체사상을 위한 혁명적 무기의 역할 – 시부문』, 신원문화
　　　　사, 1989.

윤재근·박상천, 『북한의 현대문학 1,2』, 고려원, 1990.

이기봉, 『북의 문하과 예술인』, 사사연, 1986.

이철주, 『북의 예술인』, 계몽사, 1966.

최동호 편, 『남북한현대문학사』, 나남출판, 1995.

홍용희, 「북한의 서정시와 민족적 친화성」, ≪詩眼≫, 1998, 가을호.

Abstract

Understanding of North Korean Literature
toward unification period

Hong, Yong-hee

Today Korea still can not get out from limit of division system, but under that system South and North Korea are both searching changes and new relationships which apply to change of global situation. In other words, South and North Korea are on the way to the unification period overcomes the division period. However, when this way for the unification period is just given by political level, it will cause a serious problem that adds confuse and conflict to this nation. The history of Korean division over half century has made a deep gap of identification between South and North not only govern systems but also ordinary life.

Therefore, we should try to recover national identity and create national friendship by understanding actual conditions in North Korea. Our study for North Korean literature has a meaning as a way of national unification for the unification period.

Study for North Korean literature in South Korea has begun proper way from 1987, when the prohibition for North Korean authors and works was broken. Before 1987, due to the prohibition studies were just simple reports performing by official or essays of escaped writers from North. Therefore, studies in these days couldn't have academic system or values as records. However, after prohibition was broken, studies for North Korean literature has made a quite success in progress. Studies have been specialized into theories, esthetics, period, subjects, poet and writers, history of literature, etc. And framework of study has been getting various from historical view to social realism and theory of national literature.

This paper has reviewed tendency of past studies focusing literature for national unification, and try to found unification philosophy. Our study for North Korean literature must aim to recover value and identity of South and North Korean literature each, and find theory for national value which matches global improvement. This study should be based on steady research of what is changed and not changed in North Korean literature itself.

Key Words : division system, unification period, national unification, national identity, unification philosophy

일반논문

자기 해체를 통한 자기 극복

- 한무숙의 글쓰기 -

이덕화*

1. 195,60년대 여성문학

1950,60년대 여성문학은 상처입은 자들의 자기길찾기 문학으로서, 낭만적 환상을 통하여 현실적 돌파구를 찾는다. 1950년대 초는 전쟁이라는 혼란 상황 속에서의 비인간화, 전쟁으로 인한 상흔, 전쟁 후의 가족의 상실로 인한 고독감, 좌절감 등의 실존적인 문제들을 그려나갔다면, 1950년 후반부터 1960년대까지는 전쟁의 일시적인 혼란, 찰라적인 일상의 연장 선상에서 왜곡된 성적 욕망과 그로 인한 여성의 억압을 주된 소재로

---

* 평택대 교수

작품화했다.

앞을 내다 볼 수 없는 전쟁 직후의 상황은 가족은커녕 자기 개인의 운명조차 가늠할 수 없는 위기 상황으로 인식되었다. 뿐만 아니라 전쟁 후의 냉전 이데올르기는 사회를 더욱 더 보수화, 우경화시켰다. 여성해방 의식도 사회가 허용하는 범위 안에서만 가능했다. 1920년대에 이어 제2 신정조론이나 자유연애론은 전쟁 후의 찰라적인 혼란의 연장선상에서 자유부인형으로 확대, 여성 성해방의 왜곡된 형태로 나타났다.[1] 또 앞을 내다 볼 수 없는 상황은 운명론적인 세계관을 낳게 했다.

1950,60년대 여성작가의 대부분, 임옥인, 손소희, 강신재, 한무숙, 한말 숙, 박경리조차 낭만적 사랑을 주요 소재로 작품화하고 있다. 어느 시대 를 막론하고 여성작가들이 낭만적 사랑에 집착하는 것은 여성들의 정체 성과 관련이 있다. 여성들은 가정에서나 사회에서 한 인격적 개체로서보 다는 소모품화되어 소외를 경험하는 동안 자신의 정체성에 심한 혼란을 느낀다. 그럴 때 가장 인격적 개체인 자기의 존엄성을 인정받을 수 있는 길은 낭만적 사랑을 통해서이다. 그러나 1950,60년대의 낭만적 사랑에의 집착은 오히려 위기의식에서 오는 자기 확인 혹은 불안 해소의 의미가 강하다.[2]

한무숙 작품에서 낭만적 사랑은 현재적 사랑이 아니라, 과거의 기억

---

[1] 자유로운 성 관계와 자유부인형의 무책임한 삶이 해방된 여성상으로 오인, 전통적 인 현모양처 삶을 부정했다.
   이효재, 「분단시대의 여성운동」, 『분단시대의 사회학』, 한길사, 1985, 315~316 쪽.
[2] 1950,60년대 여성작가의 작품에서 나타나는 낭만적 사랑을 근대 이후 산업화와 관 련해 연구 분석하는 경우가 많다. 우리나라의 산업화에 의한 인간의 근대적 개인으 로서의 경험은 1970년대 이후부터 나타난다. 노동자로서의 인간 전태일을 부르짖 은 것이 1970년대이다. 1960년대 박정희 정권이 들어 선 이후 1960년대 후반부터 산업화를 경험하기 시작했다.

속에 자신의 자존을 지키는 힘, 혹은 자신을 버티는 힘으로서의 지나간 사랑이다. 「명옥이」, 「죽음과 운명의 축제」, 「유수암」, 「그늘」, 「돌」 등에서의 인물들은 가부장적 의식과 근대의 개인주의 의식이 혼효된 인물들이다. 가부장적 전통의식인 체통을 지키면서, 여성 자신의 삶을 극복하는 수단으로서, 권력을 가졌거나, 명예를 가진 남자를 이용, 대리만족함으로써, 자신 속의 허위의식을 스스로 키워나가는 인물들이다. 즉 여성 스스로 삶을 개척하기보다는, 권력을 가진, 명예로운 남성을 사귄다는, 혹은 과거의 애인이었다는 명분으로 스스로를 삶으로부터 소외시키는 인물들이다. 결국 결국 자기기만으로 삶의 진지성, 자신의 본성과는 점점 더 거리가 발생, 자신의 소외감, 고독감만 커지는 것이다.

한무숙 작품에서는 또 자본주의와 가부장 의식이 혼효된 사회에서, 인간의 진지성을 상실한 채 살아가는 근대적 개인으로서의 인물들이, 겪는 소외를 주요 소재로 다루고 있다.

「파편」, 「그대로의 잠을」, 「축제와 운명의 장소」, 「굴욕」 등의 작품에서는 과거 자신이 속했던 세계와의 결별을 통해서 자기 소외를 극복하려고 하나, 운명의 굴레에 의해서 다시 자신으로부터 소외당하는 인간들을 다루고 있다. 과거 세계와의 결별은 현재 당면하고 있는 삶을 받아들이기 위해 필수적인 것이지만, 자신이 속하고 있는 현실 세계와의 거리를 지키고자 하는 마음이 갈등으로 드러난다. 작가는 삶의 진지성, 본래적 가치에 대한 회구는 당면한 가치지만, 과거 자신의 삶을 지탱시키는 힘으로서의 자기기만적 삶 역시, 인간이기에 받아들여야 할 삶으로 인식한다.

여성들의 성적 욕망을 다룬 「명옥이」, 「감정이 있는 심연」, 「빛의 계단」, 「유수암」, 「이사종의 아내」, 「송곳」 등의 작품에서는 성적 욕망을 좌절시키는 억압적 현실 사이에서 성적 소외를 문제삼고 있다. 종교적 이데올르기나 전통적 제도에 의해 성적인 욕망이 죄악시됨으로써 굴절된 삶을 살아가는 여성들이 현실을 직시함으로써, 성적 욕망에 대한 자기 성찰에 도달하게 된다. 즉 성적 욕망은 죄악이 아니라 바로 인간의 원초적 본능임을 인식하게 된다.

이러한 자기 성찰은 여성들에게 성적 정체성을 주는 것은 확실하지만, 내면적 자기 응시를 통해 일어나기 때문에 성적 대상과의 갈등이나 관계에서 또 다른 갈등이 발생하게 된다. 자기 내면의 문제가 아니라 타인과의 관계의 문제가 가로 놓여 있는 것이다.

한무숙의 인물들은 자기응시를 통해 자기인식에 이르지만, 결국 제도와 인습과의 범위 안에서 삶을 관조하는 인물들이다. 여성인물들은 또 대부분 전통적 가치관이나 가부장적 이데올르기에 의해서 내면화된 인물들이다. 미모와 인내, 겸양, 수동성 등으로 남성에 의해 부여된 여성적 이미지를 최고의 가치로 생각하는 인물들이다. 그들은 외부의 환경에 적극적이기보다는 소극적이고 관조적이고 운명적이고 체념적이다. 또 그들은 남성들의 그림자, 즉 명성이나, 권력에 의지, 혹은 사랑에 대한 낭만적 환상을 통해서 자기 기만적인 삶을 사는 인물들이다. 그들은 자신 속의 무의식, 타자를 인식하고 진실성에 도달할 때에만, 자신을 극복한다.

여성들의 성적 정체감의 확인은 바로 삶에 대한 태도의 변화를 예고하는 것이다. 자기가 자기임을 확인하는 과정을 통하여, 삶에 대한 새로운 비젼을 얻게 되고 그로써 생기있는 새로운 삶을 살기위한 것이다. 한무숙의 여성인물들은 성적인 자기 정체감을 확인, 심리적인 안정을 획득했을 때에만, 자신을 극복, 타인까지 사랑하게 되는 열린 세계로 확장된다.

2. '일상적 자아'와 '진정한 자아'의 갈등

대부분의 여성들이 마찬가지지만, 한무숙의 삶의 위기, 인간으로서의 정체성의 혼란을 느낀 것은 결혼 후였다. 결혼 후 시댁생활은 '새로운 운명의 가혹한 덫' '배에 먹구렁이가 감겨진 듯한 검푸른 멍'으로 표현할 수 있을 정도의 힘든 과정의 반복이었다. 특히 육체적 고통뿐만 아니라, '자신의 의지가 참가하는 인간다운 삶'을 살고 싶다는 열망은 꺼지지 않는 불씨처럼 그의 내면을 불사르고 있었다.

> 내가 하는 일, 당하는 일, 내 주위에서 발생하는 모든 일이 여전히 남의 일같이만 느껴지면서 의식의 밑바닥 깊숙히 겹쳐진 채 깔려있는 갈피 속에서 무엇인가가 '이것이 아닌데 이런 것이 아닌데'하며 절규하는 소리가 들렸다.3)

위의 인용문은 결혼 생활을 통하여 정체성의 혼란을 느끼는 부분이다. 자신의 이성과 감각과 전혀 다른 세계와의 만남은 자신의 욕망과 삶의 괴리를 가져다 주고, 이로 인해 새로운 욕망을 꿈꾸게 된다. 정체성의 혼란을 계속하면, 자멸하거나, 미쳐버린다. '인간다운 삶을 살고 싶다'는 욕망은 결국 끊임없는 글쓰기의 행진으로 이어진다. 그 글쓰기 행진은 의식의 억압을 통해 드러나지 못했던, 무의식의 밑바닥에서 우러나온다.

글을 쓰게 된 것도 이 내면의 절규에 의해 이끌려서일 것이다. 글을 쓴다는 것은 나에게 있어 자기 존재를 확인하고자 하는 몸부림에 지나지 않는 것이다. 내 의지와 사고와 창의성이 참가하는 작업을 하고 싶었다.

---

3) 「불씨」, 전집8권, 을유문화사, 33-34쪽.

뼈마저 녹을 것 같은 육체적 과로, 단조롭게 반복되는 무의미한 일상, 그렇게 목숨을 닳아 없애지 않고 나의 전부를 쏟아 불같이 타고 싶었던 것이다.[4]

한무숙에게 글쓰기는 바로 인간다운 삶에 대한 욕망이며, 현실을 견뎌내는 힘이다. 낮에는 자신의 의지와 상관없는 일상적인 반복적인 소사를 통하여 소진한 자신을, 새롭게 소생시키는 에너지, '죽였던 감정을 불러일으키는' 제의(祭儀)와 같은 행위인 것이다.

한무숙은 충실한 가정주부이자 예술가인 자기 자신을 이중적인 존재로 느끼는 소외감과 동시에 증폭되는 강렬한 자기 나르시시즘, 자기가 만들어 낸 것에 대한 불안감, 일상적 삶을 벗어날 수 없는 예술가로서 자기 기만을 느끼는 복합적인 심리를 엿볼 수 있다.[5] 이런 것을 글쓰기를 통해서 탐색하고 있다.

한무숙에게 글쓰기는 인간에 대한 탐색이며, 자신 존재에 대한 탐색이다. 한무숙은 벗겨도 벗겨지지 않는 인간에 대한, 혹은 존재에 대한 탐색을 글쓰기를 통해서 계속한다. 이것은 라깡이 말한 '오브제 쁘띠 아'(욕망의 동인, objet — petit — a)의 의미를 함축하고 있다. 실체가 드러나지 않음에도 불구하고 글쓰기 주체가 끊임없이 존재의 껍질을 벗길 수밖에 없는 것은 글쓰기가 '욕망의 동인' 혹은 '욕망의 미끼'의 기능을 함축하고 있기 때문이다. '오브제 쁘띠 아'는 항상 글쓰기 주체를 피한다. 이것은 욕구와 요구(demand)의 괴리에서 생겨나는 욕망(desire)을 자극시키는 대상물이다. 라깡에 의하면 이 '오브제 쁘띠 아'가 구체적 대상이 아니라 어떤 충만한 상태 내지 소망하는 대상의 부재 혹은 결핍을 상기시키는

---

4) 「'삶의 고뇌' 삭이려 문학 택했다」, 전집9, 435쪽.
5) 정재원, 「말과 침묵사이」, 『타자비평2』, 예림기획, 2002, 101쪽.

파편물이기 때문에, 글쓰기 주체는 끊임없이 이 결여를 메우기 위해 환유적으로 다른 대상물을 여기에 대치시키게 된다.6)

> 진실로 글을 쓴다는 것은 하나의 삶만으로는 이루기 어려운 하나의 비원(悲願)이 아니겠는가, 그것은 '업이랄 수밖에 없는 것일게다. 어쨌건 나는 플로베르가' "보바리는 나다"라고 하는 것처럼 단호히 말할 수는 없어도 낮은 목소리로나마 말하고 싶을 때가 있다.
> "딱하고 우스꽝스럽고 덜되고 못난 망상과 착각에 사는 여인, '축제(祝祭)와 운명(運命)의 장소' 속의 전옥희 여사는 나다"라고.7)

작가는 여기에서 글쓰기를 하나의 업이고, 비원(슬픈 욕망)라고 까지 말한다. 「축제와 운명의 장소」의 전옥희 여사는 작가의 결핍을 메우기 위한 환유적 대상물이 아니겠는가. 이 작품은 한무숙의 실제 삶과 허구적 상상력을 결합, 재구성한 작품이다. 수필을 통해서 본 한무숙의 실제 삶은 여성으로서, 어머니로서, 작가로서, 부인으로서 한치의 틈도 보이지 않는 거의 완벽에 가까운 삶을 살았다고 할 수 있다. 그 완벽이 또 결핍을 만들어낸다고 할 수 있다.

이 작품에서 전옥희 여사는 위에서 말한대로 '딱하고 우스꽝스럽고 덜되고 못난 망상과 착각에 사는 여인'이다. 전옥희 여사의 이런 면은 그녀에게 생존의 의미를 가지는 것이다. 여학교 때의 꿈, '무엇이 되어야겠다는 생각'이나 '첫사랑의 꿈'이 사라졌다 하더라도, 목숨이 지탱하는 한 살아야 하고, 살기 위해서는 자신의 생존의미가 필요한 것이다. 인생은 주체의 주관적 판단에 의한 착오만이 있는 것이다. 삶의 의미는 주관적 진실일뿐이다. 전옥희 여사의 결핍은 단 한번의 선택으로 정해진 운명

---

6) 신명아, 「라깡과 페미니즘」, 『현대시 사상』, 고려원, 1994, 여름호, 113쪽.
7) 「망상과 착각의 늪에서」, 전집8, 41쪽.

에 자신을 되돌릴 수 없다는 것이다. 그러나 죽음을 앞에 둔 '결별의 눈'으로 바라 본 인생은 역시 아름다웠고. 자신은 다시 태어나도 그렇게 살 수 밖에 없다는 새로운 삶에의 욕망이 다시 지연된다. 사랑을 통해 도달한 성(性)은 인간의 귀속을 알리는 축제였기에, 바보 같은 인생을 살아왔다 하더라도, 다시 반복할 수밖에 없다는 깨우침으로 끝난다.

작가인 한무숙과 대부분의 작품의 인물들은 환유적 관계에 있다. 실제 한무숙은 또 다른 자기기만 속에서 주어진 역할에 한없이 충실한 자아와 진정한 자아 속에서 분열된 자아 충돌을 통하여 자기 소외를 경험하고 있다. 일상적 자아와 진정한 자아 사이의 갈등뿐만 아니라, 「명옥이」, 「램프」, 「얼굴」 작품에서 드러나는 여성이기 때문에 어쩔 수 없이 겪어야 하는 아름다움과 추함의 갈등, 과거의 환상에서 벗어나지 못한 지식인 이라는, 또 출신 신분에 대한 우월의식은 끊임없이 진정한 자아의 욕망을 억압하고, 욕망의 미끼 속에서 허우적대는 모습을 보여주기도 한다. 「월운」, 「집넘」, 「떠나는 날」, 「그대로의 잠을」 등의 작품에서 보여주는 과도기적 작가로서 어쩔 수 없이 겪어야 했던 현대적 자아와 전통적 자아의 갈등이, 나르시시즘에 빠진 이상적 자아를 극복하고, 일상적 자아를 회복하기도 하지만, 운명의 수레바퀴에 의해서 다시 좌절하는 모습을 보여주기도 한다.

1986년 「만남」이 발표되기 이전까지의 한무숙의 작품은 일상적 삶 속에서 갖기 다른 모습으로 드러나는 무수한 나의 해체를 통해 진정한 자아로 도달하기 위한 자기해체의 글쓰기였다. 「만남」 이전의 글쓰기는 자신 속에 고정된 자기 해체를 통한 진정한 자아로의 탐색이었다면, 다양한 소재를 통한 자기 해체는 「만남」이라는 작품을 통해, 그 이전 작품에서 극복하지 못했던, 운명의 수레바퀴와 진정한 자아를 향해 미끄러진 욕망들이 하나로 통합된 진정한 자아의 모습으로 나타난다.

3. 자기기만으로 인한 '진정한 자아'의 소외

한무숙의 창작시기는 우리 역사상 가장 심한 혼란기인, 해방 직후와 전쟁 직후였다. 이 시기는 삶의 뿌리가 뒤흔들리는 체험 속에서 자신의 정체성의 혼란을 겪는 시기였다. 이 시기의 작품들은 과거의 자신을 망각하거나 부정하고 자신의 삶을 새로 정립하는 인간군상과, 또 과거를 잊지 못하고 과거 속에 묻혀 사는 인간군상, 당면한 일상적 현실과 과거 자신과의 괴리에 의해서 갈등하는 인간군상들을 많이 다루고 있다. 그러나 한무숙의 작품에서는 두 번째, 세 번째의 인간군상들이 주류를 이루고 있다.

한무숙 작품에서 과거는, 당면한 일상적 현실과의 갈등을 주도하는 요인이면서, 새로운 삶에 안착하기 위해 극복해야 할 대상이다. 한무숙은 일상적 삶의 충실만이 영원을 향한 시간으로 보고 있다. 한무숙 작품에서 과거는 몰락한 양반계층 혹은 지식인들의 이상적 자기 모순에 빠진 자기기만의 의미를 지니며, 과거는 자기기만을 통하여 삶의 방어기제를 제공했다는 점에서 극복되어야 할 대상이면서 한편으로는 자기기만이라는 허위의식을 통하여 삶의 생존의 의미를 제공했다는 점에서는 향수를 지니는 이중가치를 보인다.

몰락한 양반계층 혹은 지식인의 자기 모순은 일상적 현실에 충실하려는 자세에서보다, 삶에 지나친 의미를 부여하려는 이상적 태도에서 연유, 결국 자기기만 속에 빠진다. 이는 경험된 세계, 감각적이고, 가시적인 것을 부정하고 비가시적인 이념이나 이즘 등의 형식논리를 통한 유교적 명분을 중시하는 전통으로 비롯된다. 인물들의 자기모순은 자기가 체험된 세계, 감각적이고, 가시적인 세계와의 괴리에서 비롯된다. 인물들의 자기 모순을 통하여 인물들은 자신 속의 진정한 자아로부터 소외되고,

타자화된다. 진정한 자아는 자기기만에 의해서 억압된다.

한무숙의 작품에서 다루고 있는 소외의 문제는, 초기 작품에서도 주요 소재로 다루어지고 있다. 소외는 인간의 무의식 속에 존재하는 타자성이다. 「운명과 축제의 장소」의 전옥희 여사가 못난 망상과 착각으로 친구들이나 같은 병실의 환자들로부터 소외되는 것은 자신에게는 생존의 의미가 되지만, 한편으로 자신 속의 타자뿐만 아니라 타인까지도 받아들이지 않기 때문이다. 그것은 망상과 착각으로 인해 실제 삶과의 괴리를 만들어 내고, 그것은 현실을 있는 그대로 받아들이지 않게 된다. 그것은 결국 소외를 낳는다. 그러나 그것은 가부장적 세계 속에서 여성이 자신의 삶을 유지하기 위한 방어기제이다.

한무숙의 초기 작품의 인물들은 위의 전옥희 여사가 미연을 통해, 자신을 반사하듯이 '나'라는 정체성에 이르기 위하여 또 다른 '나'를 상정한다. 이것은 '나'를 수면이 고르지 않은 거울로 비춰보았을 때처럼 코가 비뚤어지기도 하고, 눈이 비뚤어진 또 다른 '나'의 모습이다. 「명옥이」, 「얼굴」, 「정의사」, 「생인손」, 「램프」, 「귀향」, 「허물어진 환상」 등 대부분의 작품이 또 다른 '나'의 거울을 통해 은닉되었던 내면성과 억압된 삶의 가치, 자신 속에 또 다른 타자를 투영시킴으로서 그것이 하나의 자기기만이었음을 폭로한다.[8] 그들은 결국 사회적 제약이나, 관습에 의해서 억압되었던 욕망, 타자를 새로이 인식함으로써 진정한 자아를 발견하게 된다.

자기 기만을 극복하고, 자기 기만 속에 억눌렀던 진정한 자아를 발견하고, 겸허한 기쁨과 안도감을 가장 잘 드러낸 작품이 「명옥이」와 「천사」라는 작품이다.

「천사」의 작중화자는 '배우면 무엇이 될 수 있다'는 착각과 보잘 것

---

8) 최기숙, 「중첩된 삶을 응시하는 거울」, 『한무숙의 문학세계』, 새미, 2001, 199쪽.

없는 두메 출신이라는 열등감으로 빠져들어간, 민족운동이니, 애국운동을 통하여 삶의 의미를 찾으려고 출발했으나, 민족운동가들의 자기기만적인 행동을 통하여, 인생은 아무 것도 아니라는 허무의식으로 귀착된다.

그런 자신의 허무의식은 해방 후 무능과 무기력으로 이어지고, 이런 무능과 무기력은 마을 사람들에게 오히려 과거 민족운동가였다는 행위를 영웅화하고, 무언의 존경을 더욱 부추기는 현실로 바뀐다. 이 무능과 무기력은 지식인의 자기기만적인 삶을 청산하지 못한 과거에 대한 집착에서 나온다. 이 집착은 당면한 현실과의 거리를 인정하지 않으려는 또 다른 자기 기만적인 행위이다.

더럽고 추악한 현실을 자신의 현실로 받아들이지 않으려는 자기기만적인 행위는 결국 소녀와의 사랑이라는 환상에 빠짐으로 다시 자기기만을 하게된다. 소녀와의 사랑은 결국 현실을 도피하려는 자기기만에서 온 것이기 때문이다. 자신이 아끼고 즐겨했던 잡지와 시(詩)원고가 소녀의 손에 의해서 한갓 과수원의 열매 봉지로 변할 때서야 자신의 과거 환영에서 벗어난다.

> 기묘한 일이지만 그 열매를 싼 종이 틈에 내 묵은 시고를 보았을 때의 심정은 꼭 경악과 절망과 굴욕뿐만이 아니었다. 최초의 감정의 폭풍이 가라앉은 뒤에 형용할 수 없는 안도감이 왔던 것이다. ─ 마땅히 있어야 될 곳에 있게 되었다는 그런 안도감이 ─ 그것은 체념이 아니고 겸허한 기쁨 같은 것이었다. 이윽고 지난 수십 일 동안 그처럼 거세게 나를 휘잡았던 초조와 흉폭이 잠잠히 가라앉아 가고 있는 것을 느꼈던 것이다.[9]

위의 인용문에서 '묵은 시고'는 과거의 자기기만을 드러내는 상징물이

---

9) 「천사」, 『감정이 있는 심연(외)』, 전집6, 157쪽.

다. 자신의 본성이나 감성에 동떨어진 자기기만 행위에 의해서 자신을 타자화시켰던 자신을, 과거와의 결별과 소녀에의 환상에서 벗어남으로써 억압된 자신 속의 진정한 자아를 발견할 수있다, 이것은 자신을 되돌려 받은 데서 오는 안도감이며, 자신이 자기기만 행위를 통해 자신의 감성과 일치되지 않음으로써 흉폭해지고 초조해지는 감정을, 진정한 자아를 새롭게 만남으로써 벗어날 수 있다.

「명옥이」에서 명옥이 사회적 명사와 금단의 사랑에 빠져있다는 이야기, 국회의원의 부인으로 양옥에서 금수저에 밥을 먹으며 산다는 이야기, 동경약전을 나와 신약을 발명해서 특허를 신청해야겠다는 이야기들은 자신의 진정성과는 거리가 먼, 자신의 욕망을 허위의식 속에서 키워나간 자기기만적인 행위이다. 이런 자기기만적인 행위를 통하여 자신을 더욱 소외시키고, 타인으로부터 소외당한다. 결국 자기도착에 빠지고, 진정한 남녀간의 사랑이 동물적인 욕망을 처리하는 성적대상으로 전락하게 된다. 자기 소외를 극복하는 길은 자신의 현실을 인정하고 진정한 자아를 찾는 길이다. 명옥이 초라한 모습으로 아이를 업고 감으로써 진정한 여성의 자아를 찾고 자기와의 화해를 보여준다.

'명옥이' 이나 '전옥희 여사' 「천사」의 '나'의 나르시즘적 자기기만은 현실적 좌절에서 오는 왜곡된 자기욕망의 표현이다. 이들은 모두 현실과 동떨어진 자기욕망을 당면한 현실속의 일상과 맞바꿈으로써 자기기만 속에 빠진다. 이들은 좌절된 욕망을 인정하고 새로운 현실이나, 자신 속에 억압되어 있는 '진정한 자아', 타자를 새롭게 인식함으로써 극복된다.

4. 자기 해체를 통한 '진정한 자아'의 통합

한무숙의 작품 속에 나오는 '나'는 무수한 나를 타인을 통해서 발견한다. 이 수많은 '나'는 바로 나 속에 있는 '타자'이며, 자신이 타자라고 부르는 '타인'을 만남으로서 자신을 새롭게 발견하는 계기로서 작용한다. 또 거울은 나를 인식하는 계기로서 또 다른 타자이며, 자신의 반성을 촉구하는 또 다른 '나'이다.

> 사실 삶이란 허망한 하나의 과제이고, '나'라는 것은 무지개처럼 그것을 다양화하고 산일시키는 따름인 존재일지도 모르겠다.[10]

한무숙 작품에서 <바라보는 나>와 <보여지는 나>는 서로 갈등하면서 '진정한 자아'로 통합하는 출구이다. <바라보는 나>는 그가 보고 있는 것에서 대상이 포착되기 때문에 '나'가 보는 것은 바로 그 자신이다. 왜냐하면 '나'의 의식의 지평 속에서 그를 바라보고 있기 때문이다. 모든 대상을 바라보는 '봄'에는 근본적으로 나르시시즘이 포함되어 있다.

> 묘한 느낌이었다. 거기 서 있는 '나'는 때로 눈길조차 주기 역겨워하는 그 딱한 여인들과 2같은 표정을 짓고 있었고, 내가 경멸하는 그 착각에 어리석게 빠진 얼굴을 하고 있었다. 그것은 거의 시각적 확신이었다.[11]

위의 인용문에서 '시각적 확신'이라고 할 정도로, 타인의 모습 속에서 자신의 모습을 본다. 그래서 한무숙의 소설에서는 자기를 바라보기 위해

---

10) 「돌」, 『감정이 있는 심연(외)』, 전집6, 105쪽.
11) 「망상과 착각의 늪에서」, 『내 마음에 뜬 달』, 전집8, 39쪽.

필연적으로 '타인'이라는 거울을 가져야 한다. 그 거울에 비춰지는 무수한 나를 통하여 진정한 자아의 모습을 찾아간다. 「명옥이」, 「수국」, 「떠나는 날」, 「파편」, 「그대로의 잠을」, 「램프」, 「정의사」, 「대열 속에서」에 등장하는 화자 역시 [바라보는 나]이면서 [보여지는 나]이다. 헛된 이상에 사로 잡혀 있는 '명옥이'의 모습은 자기 환상 속에서 가정의 행복을 꿈꾸었던 「수국」의 '명희'의 모습이며 자기 나르시시즘에 빠진 「떠나는 날」의 '숙경'의 모습이다. 한무숙은 타인이라는 거울을 통해 자신 속의 환상을 끊임없이 해체하고 또 다시 '새로운 자아'를 구축한다.

'새로운 자아'는 「수국」에서처럼 자기 환상에서 벗어나 자기 현실을 받아들이는 모습으로도, 또 다른 이상적 자아는 「명옥이」나 「떠나는 날」, 「그대로의 잠을」에서처럼 모성적 자아로 발전하기도 한다. 「수국」에서의 명희의 '인형의 삶'을 수동적으로 받아들이는 것이나, 「명옥이」, 「떠나는 날」에서 모성적 자아와의 통합은 가부장적 사회에서 여성에게 부여한 이상이며, 여성의 극히 작은 일부분일뿐, 진정한 자아의 모습은 아닌 것이다. 또 다른 해체가 필요하다. 진정한 자아의 길은 「램프」에서 '마법의 램프의 장난'에서 벗어나듯 자기 착각 속의 현실이 아닌 참현실을 현실로서 받아들이는 것과 자기 나르시시즘에서 벗어나는 길이다.

「정의사」의 '정의사'는 진정한 자아의 모습을 가지고 살아가는 인간다운 모습을 보여주는 인물이다. 일상적 자아와 진정한 자아와의 통합은 자신 속에 평안을 주고 행복을 준다. 의학박사이면서 의과대 학장인 이필재 박사가 타인이 만들어 준 환상, 자기기만 속에 살아왔다고 한다면, 비록 현실 속에서 비춰지는 자신의 모습이 초라하고 비참하더라도 자신이 옳다고 생각하는 참자아의 모습을 지니고 살아가는 '정의사'의 모습은 이필재 박사의 존재를 그늘 지우는 빛의 존재이다. 이필재 박사의 의식의 한 끝인 무의식 속에는 박사나 대학학장이라는 허명으로 사는 삶보다는 진정 의사로서, 환자 한사람 한사람의 생명을 진정으로 아끼고 사랑함으로써, 참 생명과 만나는 행복을 누리고 싶은 것이다.

특수 계급이라는 자신의 신분의 굴레 속에서 일상적 자아와 통합하지 못해 자기 혐오 속에 빠져 있던 인물이 일상적 자아와 통합하면서, 자신을 극복하고 또 하나의 나인 '타인'과 화해의 모습을 통해 '진정한 자아'의 모습을 찾아가는 작품으로는 「대열 속에서」[12]가 있다.

이 작품은 4.19 학생의거, 5.16 군사혁명을 거쳐 부정부패의 집단이 쓰러진 이후의 작품이다. 한무숙의 작품 속의 등장하는 인물들은 역사적 현실과 일상적 현실과의 끊임없는 긴장 관계를 유지하고 있다. 작품의 주인공 명서는 데모의 대열 속에서, 자신의 집 운전수의 아들 창수를 발견, 경악으로 데모대와 간격이 벌어진 이후, 데모대와의 심리적 간극은 더욱 더 벌어진다. 데모대에서 어깨를 맞대고 있을 때는 사라졌던 자의식, 부정부패의 당사자의 한 사람인 고관의 외아들이라고 하는 소외의식은 자신의 발목을 잡고 자신 속의 내면으로 침잠하게 한다. 그것은 끓어오르는 생명의 대열 속에 끼어있는 자신의 자기기만을 창수라는 인물로 인해, 들킨 부끄러운 자의 자의식이다.

전쟁으로 인한 피난 시절, 운전수의 가족을 두고 운전수만을 데리고 자신의 가족만 피난, 온전한 가족의 생존이 보장되었던 데 비해, 가장을 떠나보내야 했던 운전수 가족은 동족 상쟁의 폐해를 고스란히 당할 수밖에 없었고, 오직 유일하게 남은 운전수 가족인 창수를 볼때마다 명서의 압박감과 두려움은 더욱 더 심해진다.

부패와 멸망에 항거하는 데모대의 대열 속에서, '집권자의 핏줄기'라는 자의식은 고독과 소외감과 좌악감으로 몰아가고, 자신을 둘러싸고

---

12) 「대열 속에서」, 『사상계』, 1961.10. 여기에서의 텍스트는 한무숙 문학전집 5권으로 한다.

있는 거울을 깨부수고 싶다는 강박감은 피를 끓어오르게 하는 새로운 생명이 창출되는 역사 속으로 뛰어들게 한다. 새로운 역사를 창출하는 생명의 대열 속에 자신이 적극적으로 뛰어들므로서, 자신을, 창수를, 그리고 현실을 뛰어넘을 수 있었다. 이상적 자아와 일상적 자아 통합만이 진정한 자아로의 통합이다.

「만남」은 한무숙이 글쓰기를 통하여 탐색해왔던 운명과 존재에 대한 총체적인 답변이라고 할 수 있다. 그 이전까지의 작품에서 대립적이고 극단적 인물들을 통해 제기해왔던, 운명과 존재, 이상적 자아와 일상적 자아, 죽음과 영원, 신분의 귀천, 기독교와 전통신앙, 근대와 전통, 사랑과 배반 등의 대립을 화해와 공존의 시학으로 진지하게 탐색해 나가고 있다. 이는 시공간이 작가가 살고 있는 시공간과의 거리에 의해서 가능했다고 할 수 있다. '일상적 자아'가 견디어 내어야 하는 작가가 살아나가는 시공간에서는 '통합된 자아'로 살아가기는 세계는 너무 복합적이다.

이 작품의 전체를 이끌어가고 있는 인물은 정약용과 그의 조카 정하상으로서, 두 사람의 '서학'을 접근하는 태도를 통하여 종교를 통한 삶의 다양성을 이해하려는 작가의 의도를 볼 수 있다. 종교의 학으로서 '서학'을 받아들이는 정약용과, 신념과 믿음의 차원에서 '서학'을 받아들이는 정하상을 통해서 그들 각자의 신념이나 가치 체계를 완성하기 위해 치열하게 살아가는 '진정한 자아' 모습을 진지하게 탐구해나가고 있다. 그 이전의 작품에서 분열되어 대립적 인물을 통하여 나타났던 '이상적 자아'와 '일상적 자아' 의 통합된 자아가 자신들의 신념을 실천하기 위해 치열하게 살아가는 모습을 통하여 보여준다.

이 작품에서는 시공간적 배경이 한무숙의 살고있는 시공간과는 거리를 가진 이조시대의 삶을 조망하고 있기 때문에 인물들의 일상적 자아는 대부분 이상적 자아에 묻혀 하나의 통합된 자아로 나타난다. 이것은 시공간의 차이로 인한 것이기도 하지만, 작품들의 인물들이 역사적인 인물이기 때문이다. 이 작품의 정약용과 정하상을 둘러싼 혜장스님, 표서방, 표녀, 권진사와 신씨부인, 그들의 세딸인 매아, 난아, 국아와 승낙종, 단골무당 만년이 등의 인물들이 '서학'이 전통 종교에로의 습화과정 속에서 겪는 인생의 부침을 통하여, '서학'과 전통무교와의 만남이 헤어진 형제들의 만남처럼 당연한 과정으로 그려진다. '서학'이 그들의 전통적 삶 속에서 무의식에 깔린 '타자'로서 남아있는 것처럼, 전통 무교 역시 '서학'을 받아들인 인물들의 무의식에 깔린 또 다른 '타자'로서 삶을 추동하는 힘으로 남아 있음을 형제간의 만남을 통하여 극적으로 그려내고 있다.

이 작품에서는 형제들의 만남을 통하여, 근대와 전통, 기독교와 전통무교, 신분의 귀천을 뛰어넘은 극복을 화해와 화합으로 이끈다. 이는 한무숙의 그 이전 작품에서 끊임없이 분열되어 통합되지 못했던 '이상적 자아'와 '일상적 자아'의 통합을 보여주는 것이다. 이것은 시공간이 다른 역사적 배경이기 때문에도 가능했지만, 작가 한무숙이 글쓰기의 화두인 진지한 존재탐색을 통하여 자신 속의 무의식의 영역에 남아있던 '타자'까지 극복하고 '타인'을 나로 받아들이는 화해와 화합의 미학을 끌어내었기 때문에 가능하다.

5. 글쓰기를 통한 극복

한무숙은 글쓰기를 통하여 자신의 존재탐색을 지속해왔다. 존재탐색은 두 개의 바퀴를 가진 수레바퀴다. 하나의 바퀴는 여성이라는 바퀴고 하나는 역사라는 바퀴다. 즉 여성이라는 운명과 역사의 틈바퀴 사이에서 인간은 어떤 존재인가라는 탐색을 지속해왔다.

여성이라는 존재탐색을 할 때에는 가부장적 사회에서 여성의 숙명에 굴복하지 않고, 끊임없이 배반의 역사, '무언가가 되고 싶다' 혹은 '의미 있는 인생을 살고 싶다'는 이상적 자아에 시달리면서, 낭만적 사랑을 꿈꾸는 자기기만에 빠진다. 그러나 그 자기기만은 그것이 비록 자기기만일지라도 그 사람의 생명을 충만하는 에너지일 때에는 죄로 단죄할 수 없다는 것이다. 그렇지만 결국에는 여성들은 남성들이 만들어 준 허위의 식인 현모양처론이나 모성적 삶에 굴복하는 수동적 삶으로 회귀한다ㅡ「명옥이」, 「수국」, 「떠나는 날」, 「그늘」, 「이사종의 아내」, 「월운」, 「운명과 축제의 장소」. 그렇지 않으면 운명에 굴복한다ㅡ「생인손」, 「돌」, 「운명과 축제의 장소」, 「유슈암」, 그러나 후반기 작품, 「석류나무집 이야기」에서는 운명의 극복의 기미를 보여주기도 한다.

한무숙의 이런 경향은 평생을 순간적인 죽음의 반복으로 살아 온 '결별의 눈'[13]을 통하여 현존의 삶을 수긍하려는 적극적인 자세에서 기인된 것이다. '결별의 눈을 통하여 본 삶이라고 하는 것은 지금 이 순간만이 진실한 것이다. 언제 어느 때, 미래를 확인 할 수 없는 삶 속에서 오늘, 이 순간을 최선의 마음으로 살아가는 것이다. 그러기 위해서는 갈등보다는 인생을 수긍하고 적극적으로 삶을 끌어들이는 방법이 최선의 방법인 것이다. 이것은 끊임없는 글쓰기의 행진을 통해, 자신의 현위치, 주부로서의 최선을 다함으로써 평안과 함께 자기 위안을 가질 수 있다는 확신을 얻을 수 있기 때문이다. 또 이런 위안은 자신에게 또 다른 이상, 작가로서의 긍지를 가질 수 있는 삶이 있기에 가능했다.

한무숙의 글쓰기의 목적은 또 하나의 바퀴, 역사의 회오리 속에서 인간은 무엇인가라는 문제를 진지하게 탐구하는데 있다. 일본 제국주의 하,

---

13) 「운명과 축제의 장소」, 위의 책, 76쪽.

전쟁, 4.19 의거 등의 역사적인 사건이 있을 때마다, 일상은 허물어지고 인간은 훼손된 파편화된 인간 군상을 통하여 삶의 의미를 탐구하고 있다. 일상은 허물어지고, 파편화된 삶 속에서도, 인간들은 자신의 '진정한 자아'의 모습보다는 과거의 자기기만에 빠진 '이상적 자아' 속에서 빠져나오지 못해 갈등하는 인물들을 조명하고 있다―「파편」, 「허물어진 환상」. 또 역사적 과정 속에서 갈등하는 인간들은 그 역사적 순간들을 포용하고, 변화된 세계를 적극적으로 끌어들이려는 모습을 보여주기도 한다 「대열 속에서」. 이것은 작가가 역사의 회오리 속에서 인간 존재의 의미를 진지하게 탐구한 결과라고 할 수 있다.

이 서로 떨어져 따로 굴러가던 두 바퀴가 하나의 통합된 수레바퀴 모습으로 나타난 것은 「만남」에 와서이다. 이 작품은 종교적인 화합을 통하여 운명을 초월하고, 두 극단을 화해로 만나는 대단원의 장을 보여준다.

「만남」은 한무숙이 글쓰기를 통하여 탐색해왔던 운명과 존재에 대한 총체적인 답변이라고 할 수 있다. 그 이전까지의 작품에서 대립적이고 극단적 인물들을 통해 제기해왔던, 운명과 존재, 이상적 자아와 일상적 자아, 죽음과 영원, 신분의 귀천, 기독교와 전통신앙, 근대와 전통, 사랑과 배반 등의 대립을 화해와 공존의 시학으로 진지하게 탐색해 나가고 있다. 이는 시공간이 작가가 살고 있는 시공간과의 거리에 의해서 가능했다고 할 수 있다. '일상적 자아'가 견디어 내어야 하는 작가가 살아나가는 시공간에서는 '통합된 자아'로 살아가기는 세계는 너무 복합적이고 분열된 세계이기 때문에 '진정한 자아'는 갈등하는 모습으로 나타날 수밖에 없다.

그러나 한무숙의 이런 화해와 화합의 시학은 그 동안의 계속적인 글쓰기를 통해 얻은 소중한 경험을 통해서 가능한 것이었다. 새로운 경험을 할 때마다, 글을 통하여 삶의 의미를 천착함으로써 진정한 인간의 존재의 의미를 파악, 이런 소중한 결론에 도달할 수 있었다고 생각된다.

참고문헌

변신원, 「가족사 소설에 그려진 인간 군상들의 운명」, 『타자비평2』, 예림기획, 2002.

신명아, 「라깡과 페미니즘」, 『현대시 사상』, 고려원, 1994, 여름호.

이효재, 「분단시대의 여성운동」, 『분단시대의 사회학』, 한길사, 1985.

최기숙, 「중첩된 삶을 응시하는 거울」, 『한무숙의 문학세계』, 새미, 2001.

조광제, 「몸철학의 기초」, 『타자비평3』, 예림기획, 2002.

정재원, 「말과 침묵사이」, 『타자비평2』, 예림기획, 2002.

한무숙 문학전집 1-10권, 을유문화사, 1996.

한무숙 재단편, 『한무숙 문학연구』, 을유문화사, 1996.

Abstract

Finding Identity through Deconstruction Identity
- Han Mu Sook's Writing -

Lee, Duk-hwa

Han Mu Sook has continued to find her identity through writing. Finding her identity is a wagon which has two wheels. One wheel is the gender of female and the other is history. She has been trying to identify what human is between the fate of woman and history.

As women when they try to find their identity, they deceive themselves by dealing with their ideal egos that make them to be someone different or to live some meaningful lives and by dreaming of romantic love. And they do not follow their defined fates of female in the patriarchal society. Even though we call it 'deceiving themselves', we can not ask if they are guilty if it gives them the energy that fulfills their lives. However, at last women go back to those passive lives that have to fit in 'a wise mother and a good wife' life.

The purpose of Han's writing is to quest what human being is in the whirlwind of history, another wheel. They have been trying to study meaning of human life through the destroyed routine life and broken human heart in the history of Japanese occupation, Korean War, 4. 19 Movement and so on. In her writings, Han shows people who can not get out of their past and so can not get out of their ideal egos even in the broken, destroyed society. — [A Broken Piece] [Demolished fantasy] And those who deal with the process of history to find their real, ideal self, also shows accepting the history itself and trying to be active in changing world. -[In the Ranks]

These two wheels which had been going apart became the shape of one wagon wheel in [Meeting]. [Meeting] is the total answer to the question of fate and identity that Han has tried to find through writing. Her past writings showed confrontation between fate and existence, ideal and routine self, death and eternity, the noble and the mean, Christianity and traditional belief, love and betrayal, and so on. But here, Han finds her way to reconciliate and coexist.

Key Words : Feminine Writing, The Search of Existence, The Subject.

1930년대 서정소설론 재고
- 이효석의 『화분』을 중심으로 -

조정래*

1. 서정소설의 가능성

　문학 작품을 형식과 내용, 혹은 표현과 정신으로 구분해 본다면, 형식과 내용이 결합되어 하나의 작품을 구성하는 과정에는 일정한 미적 독자성이 개입되게 된다. 형식과 내용이 보편적인 논리로 조화를 이룰 수도 있고 반대로 모순을 일으킬 수도 있지만, 조화를 이루든 모순을 이루든 그 자체가 하나의 미적 총체로서 나름대로의 질서를 지닌다.

　형식을 크게 나누어서 운문과 산문으로 나누어 본다면, 운문의 형식에

---

* 서경대 교수

서정적 내용이나 정신을 결합시키거나 산문의 형식에 서사적 내용이나 정신을 결합시킬 때, 형식과 내용이 조화를 이룬다고 말할 수 있다. 반대로 운문의 형식에 서사적 내용을 담거나 산문의 형식에 서정적 내용을 담으면 형식과 내용이 상호충돌을 일으키는 것이다. 형식(표현)과 내용(정신)이 조화롭게 결합되는 것이 일반적인 현상인데, 그렇지 않고 서로 충돌하는 형태로 나타날 때에는 거기에 어떤 특별한 사정이 있을 것이고, 문학을 연구하는 입장에서는 그것이 미학적인 것이든 문학사적인 것이든, 그 특별한 사정에 관심을 갖지 않을 수 없다.

1930년대 후반기에 주로 나타난 몇 몇 서정소설은 바로 그러한 모순적 결합의 전형적인 예가 되고, 따라서 당연히 서정소설의 발생과 효능이 특별한 관심의 대상으로 부각됨 직하다. 그리고 그 특별한 사정이란 것은 1930년대 후반기라는 특별한 상황으로 인해 문학사적 창으로 들여다 볼 때 제대로 규명될 가능성이 높다.

서정소설이란 용어 자체는 얼핏 보아 모순어법에 해당한다. 문학 장르를 극양식, 서정양식, 서사양식 등으로 나눌 때, 서정양식이 노래라면 서사양식은 이야기에 해당한다. 서정양식은 노래 부를 때의 특징을 안고 있고 거기에는 흔히 '세계의 자아화'라 부르는, 세계를 바라보는 특별한 정신이 들어 있다. 또 서사양식은 이야기로서의 일정한 형식적 특성(서술자가 필요하다든가 인물, 사건, 배경의 요소가 있어야 한다든가)과 아울러 '세계와 자아의 대립'이라 칭하는 정신적 특성을 지닌다. 이처럼 두 양식은 크게 대조적이다.

그런데 서사양식의 대표적 장르가 소설이므로 서정소설이란 말을 바꾸어보면 서정서사라는 뜻이 되니 모순적 용어인 것이다. 즉 뚜렷이 대조적인 두 양식을 하나로 결합시킨 것이니 그 자체가 모순일 수밖에 없다.

그럼에도 서정소설이란 용어가 쓰이는 것은 서사의 형식에 서정을 내용으로 담는 시도가 있기 때문일 것이다. 서사양식으로 분류되는 서사시는 시가(서정)의 형식에 서사를 담는 것이다. 서정의 그릇에 담기는 하지만 그 본질은 서사이기 때문이다. 그런가 하면 산문시는 산문의 형식을 차용하지만 본질적으로는 서정을 담아내므로 서정양식으로 분류한다. 그렇다면 서사의 양식에 서정을 담아내는 서정소설은 서정양식으로 분류하는 게 이치에 맞을 듯하지만 실제로는 서정소설을 서정양식으로 분류하지 않고 서사양식으로 분류한다.

그렇게 보면 서정소설은 그 자체가 특이한 혼성양식이라 할 수 있다.[1] 서정소설이라 부르기는 하지만 서사양식에 속하는 한 텍스트의 근본적인 본질은 서정이 아니라 서사라 보아야 한다. 그래서 서정소설은 본질은 서사이면서도 서정양식의 특질을 동시에 추구하는 양식이라 볼 수 있다. 본질은 서사이면서 서정양식의 세계관을 가미시킴으로써 독특한 미의식을 추구하는 것이다. 원래 소설이란 잡식적 성격[2]을 지니는 불안정한 장르[3]인데 서정소설은 그 중에서도 더 특이한 혼성 전략을 통해 독자적인 미학을 노리는 양식인 셈이다.

필자의 개인적인 생각으로는, 본질적으로 서사의 틀에서 벗어나지 못하고, 서정양식을 결합시킨 이유가 전략적인 것이라면, 서정소설이란 용어보다는 서정적 소설이라고 부르는 게 더 적합할 듯하다.[4] 서정적 소설

---

1) 프리드만은, "서정적인 것과 서사적인 것의 근본적인 차이는 세계의 위치에 있다."고 하면서, 전통적인 서사양식으로서의 소설에서는 외부적 세계가 그 자체로 소설의 세계가 되지만 서정적 형태에서는 "시인이 의도하는 시인적 비전"이 작품의 중심 세계가 된다고 하였다. 즉 서정적 소설은 "내적 세계와 외적 세계의 융합"이라 할 수 있다.

Ralph Freedman, The Lyrical Novel, Princeton University Press, 1971. pp.9-19

2) 우한용, 전영태, 한점돌 편저, 『현대소설의 이해』, 새문사, 1999, 13쪽.

3) Robert Scholes, Robert Keooog, The Nature of Narrative, Oxford University Press, 1966, 임병권 옮김, 『서사의 본질』, 예림기획, 2001, 28쪽.

은 '자아와 세계의 대결'의 틀 속에 '자아의 세계화'를 추구한다고 정리할 수 있겠는데, 그러다 보니 대체적으로 인물과 환경이 갈등하는 현실 속에서 인물과 환경의 조화를 추구하려는 모습을 보인다. 그러나 인물과 환경의 조화, 혹은 전일적 통합은 현실에서 이루어질 수 없는 것이어서 서정적 소설은 탈사회적(내성소설이나 심리소설 등)이거나 가상적 세계 혹은 환타지 세계를 설정한다.

즉 서정소설은 기본적으로 실제 현실을 밑바탕에 두면서, 어떤 사정으로 인한 필요성에 따라 환타지나 가상현실을 만들어 내어, 실제 현실에 대한 담론을 위장하거나 우회하는 수법으로 이야기한다. 따라서 본질적으로는 자아와 세계의 대결(갈등)을 제시하지만, 겉으로는 자아와 세계의 통합을 추구하는 또 하나의 세계를 그려낸다. 서정소설은 대체로 이런 방식을 통하여 열악한 현실을 우회적으로 이야기한다. 그래서 그러한 가상 세계의 설정이 가능할 때에 서정소설의 출현도 가능해진다. 이 논문에서는 이효석의『화분』을 분석함으로써 그러한 서정소설의 성격을 확인하면서, 이효석의 서정소설이 당대의 현실과 어떠한 관련성을 갖는지 문학사적 측면에서 재검토하려 한다.

---

4) 그러나 학계에서 이미 서정소설이란 용어를 써왔으므로 여기에서는 잠정적으로 서정소설이란 용어를 사용하고자 한다. 서정소설에 대한 연구로서 주목할 만한 연구는 다음과 같다.
　　신동욱,『삶의 투시로서의 문학』, 문학과지성사, 1988.
　　송하섭,『한국현대소설의 서정성 연구』, 단국대출판부, 1989.
　　이익성,『한국현대서정소설론』, 태학사, 1995.
　　최익현,「이효석의 미적 자의식에 관한 연구―식민 체제에서의 글쓰기 비판」, 중앙대 박사논문, 1998.
　　김해옥,『한국현대서정소설론』, 새미, 1999.

2. 이효석의 작품 세계와 『화분』

우리 문학사에서 서정적 소설의 전형적인 예가 되는 것이 이효석의 작품들이다. 앞에서 서정소설이란 혼성양식이고 모순적 양식이라 하였고, 그러한 양식이 시도되는 데에는 특별한 사정이 개입되어 있을 것이라 했다. 그 특별한 사정이란 대체적으로 사회적, 정치적, 역사적 배경을 지니게 마련이다.[5] 우리 문학사에서 서정적 소설의 전형적인 예를 이효석이 보여준다면[6], 특수한 사정을 자아낸 우리 문학사의 고비 한 자락을 이효석을 통하여 고찰할 수 있을 것이다.

서정소설에 대한 그 동안의 연구들 중 가장 성과를 보인 것으로 판단되는 논문들은 모두 서정소설이 발생하게 된 배경과 그에 따른 미적 문제를 고찰하는 데에 치중하여 왔다. 거기에는 헤겔과 루카치의 미학적 고찰, 헤르나디 등의 장르론, 프리드만의 분류학이 바탕을 이루고 있다.

이효석 문학의 미적 특성을 서정소설론과 결부지어 고찰한 연구들은 일제 말기의 모더니즘적 소설들에 대한 새로운 가치의 발견에 촉발된 바 있다. 이효석에 대한 부정적 시각들, 정명환의 '위장된 순응주의'[7]를

---

5) 김해옥, 앞의 책, 29쪽에서는 "현실에서는 불가능한 주체와 객체의 합일에 대한 열망을 서정적 전망을 통하여 제시하고 있다."고 하고 이를 루카치의 용어를 빌려 서정적 아이러니라 하였다.

   박헌호, 『한국인의 애독 작품-향토적 서정소설의 미학』, 책세상, 2001, 66쪽에서는 1930년대 후반기에 이러한 소설 경향이 많이 나타난 이유를 "사회 전체에서 합리적 지향을 가질 수 없었던 식민지 파행성"을 들면서, 근대의 본질 왜곡으로 사회적 근대성과 미적 근대성이 유기적인 연관을 갖지 못함으로써 "식민지적 억압에 의해 총체적 상상력을 표현할 수 없었던 작가들은 그러한 비합리성 속에서 인간적 진실을 그려나간 소설을 택했다"고 설명하고 있다.

6) 객관적 현실과 작가의 주관적 심미의식이 극단적으로 대치되는 역사적 단계에서 이효석의 서정소설이 발생했다고 볼 수 있다. 김해옥, 앞의 책, 15-16쪽 참조.

7) 정명환, 「위장된 순응주의」, 『창작과 비평』, 1968 겨울-1969 봄.

비롯하여 김동리의 '소설배반론'8), 여러 논자들의 현실도피론 등이 이효석 문학의 퇴폐성과 도피성을 지적하여 왔다. 이러한 지적들은 1930년대, 이른바 일제 강점기 후기라는 시대적 상황과 어울려 상당한 이념적 우위를 지닌 것으로 보이기도 했다. 이에 대한 옹호론이 제기되면서 이효석 문학은 극단적인 가치평가의 이중주 속에서 문학사의 한 자락을 차지해 왔지만, 비판론이 더 설득력을 지녀온 것이 사실이다.

신동욱은 이효석 문학에 새로운 가치를 부여했는데, '삶을 투시하는' 서사체계에 대한 신동욱의 발견은 감상적 수준에서 벗어나지 못했던 이효석 소설의 긍정적 평가를 넘어서서 이효석 소설에 서정적 미의식의 발현이라는 미적 특성을 부여함으로써 우리 문학사에 새로운 단계를 심은 성과를 얻었다.

신동욱의 논의를 이어 받아서 김해옥은 서정소설의 발생과 특성을 밝힘으로써 서정소설론의 틀을 세웠다. 김해옥의 논의에서 가장 주목할 만한 점은 '미적 가상'9)이라는 설정이다. 김해옥과 마찬가지로 나병철은 이효석의 글쓰기를 전략적인 것으로 보아서, 정면으로 비판할 수 없는 환경에서 시대에 대응하는 하나의 방식으로 읽었다.10) 즉 내면화하는 서정적 힘으로 현실에 부딪침으로써 현실을 고발한다는 것이다.

모더니즘 글쓰기에 대한 비판 기획으로 이효석을 분석한 최익현의 박사학위 논문은 신동욱, 김해옥의 주장을 수용하면서도 김해옥의 논의에서 한 발 더 나가 이효석 문학이 댄디즘에 이르게 된 저간의 사정을 비판

---

8) 김동리, 「산문과 반산문」, 『이효석전집』 제8권, 창미사, 1983.

9) 김해옥, 앞의 책, 29-31쪽에서는 서정소설은 자아와 세계가 분열된 객관 현실과는 대조적으로 "자아와 세계의 화합"을 미적 가상으로 그려 낸다 하면서, '미적 가상' 이란 "자아와 세계가 합일하는 서정적 순간, 찰나의 현현(에피파니)을 통해 지각되는 '순간의 총체성'을 말한다"고 한다.

10) 나병철, 「이효석의 서정소설 연구」, 『전환기의 근대문학』, 두레시대, 1995. 참조

적으로 입증하려 하였다.

그리하여 긍정/부정의 대립적 시각은 미적 특성이란 차원으로 격상된 채 또 다시 대두하게 되었다. 그러나 그간의 논의에서 서정적 소설의 미의식이 어떠한 배경에서 발생되었고, 어떤 국면을 드러내는지, 어떤 특성을 드러내는지를 밝혀내는 데에는 상당한 성과를 보였지만, 정작 서정적 소설이 미의식을 발현하는 과정에 대해서는 그다지 분석해내지 못하였다. 서정적 소설이 서사양식에 서정양식의 방법을 접목시킴으로써 어떤 방식으로 미적 특질을 자아내는지, 그 방식이 효과를 창출하는 경우들은 어떠한지 등에 대한 분석이 있어야, 궁극적으로 문학사적 가치 평가가 가능해질 것이다.

이 논문에서는, 서사양식인 소설문학에서 서정성이 어떻게 발현되는가를 찾아보고 서정적 소설이 어떤 미적 기능을 하는지를 통하여 문학사적 위상을 다시 고찰해보기 위하여 이효석의 장편소설 『화분』을 분석하되, 그 양식적 특성을 중심으로 연구하고자 한다.

『화분』은 1939년 『조광』지에 연재되었다가 같은 해에 전작 장편소설로 출간된 바 있다. 남녀의 애욕을 다루었다고 해서, 발표 당시에도 상당한 논쟁을 촉발한 작품이다. 상업적 소설이 아닌 본격소설로서 『화분』만큼 남녀의 성풍속도를 작품의 중심에 둔 작품은 일찍이 찾기 어려웠다. 남녀간의 애정문제가 중심을 이루지만, 거기에다 등장인물들 간의 복잡한 성관계와 아울러 동성애까지 다루어 변태적이고 일탈적인 성격을 지녔다.[11]

그러나 이효석의 작품 중에는 보기 드문 장편소설이어서 이효석의 작

---

11) 이상옥은 이효석이 다룬 성적 욕구의 부정적 측면으로서, 관음증, 동성연애, 퇴폐
  행위 등을 들었다.
  이상옥, 『이효석 – 문학과 생애』, 민음사, 1992, 126쪽.

가적 면모를 한 눈에 볼 수 있는 작품이므로 문학사적 측면에서 볼 때 중요 작품의 목록에 올릴 만하다. 이효석은 1935년에 창작한 『성화』이후 성적 욕망을 제재로 삼는 일련의 작품을 몇 년 동안 발표했다. 이러한 작품 경향은 이효석이 문학을 통해 발견하고 구현하고자 했던 세계관에서 발원한 것이다.[12) 일련의 작품들을 통하여 이효석이 구현하려했던 바가 가장 집약적으로 드러난 작품이 바로 『화분』이다.

특히 이 논문에서 중심적으로 다루려고 하는 <소설의 서정성>과 <가상세계의 미적 구상>이란 측면에서도 『화분』은 중요성을 지닌다.

3. '푸른 집'과 원초적 가상세계

『화분』의 중심 공간은 '푸른 집'이다. '푸른 집'이라 불리는 이 공간이 평양 시절 이효석이 살았던 실제 집을 모델로 삼은 것이라는 사실은 익히 알려져 있다.

　　(a) 오월을 잡아들면 온통 녹음 속에 싸여 집안은 푸른 동산으로 변한다. 삼십평에 남는 뜰안에 나무와 화초가 무르녹을 뿐만 아니라 사면 벽을 둘러싼 담장으로 해서 붉은 벽돌 굴뚝만을 남겨 놓고 집 전체가 새파란 치장으로 나타난다. 모습부터가 보통 문화주택과

---

12) 이상옥, 앞의 책, 133쪽. 에서는 이효석의 문학에서 성욕이 지니는 의미를 다음과 같이 정리했다.

　1. 성욕은 자연적인 인간 본능으로서 동물의 성행위와 자연의 매혹적 아름다움에 의해 가장 잘 유발되거나 촉진될 수 있다.

　2. 성의 세계에 탐닉함으로써 이데올로기적 관심의 본질적 허구성을 드러낸다.

　3. 관음증이나 동성연애같은 일탈적 행태는 병적 징후로만 받아들여지지 않고 이를 통하여 성인의식이나 통과제례의 중요 관문으로 본다.

는 달라 남쪽을 향해 엇비슷하게 선 방향이며 현관 앞으로 비스듬히 뻗친 차양이며 그 차양을 고이고 있는 푸른 기둥이며 - 모든 자태가 거리에서는 볼 수 없는 마치 피서지 산비탈에 외따로 서 있는 사치한 산장의 모양이다.13)

(b) 피서는 못 갔다 할지라도, 칠십 평에 남짓한 주택 속에서, 그다지 무덥게 지내지 않습니다. 뜰에는 앞뒤에 초목이 무성하고, 집에는 대문까지 합하여 창과 문이 사십여 폭이 달렸습니다. 벽의 집이 아니고, 창과 문의 집입니다. 초목 속에 그윽하게 가리워져 있는 창 속은 제법 부러울 것 없는 피장입니다. 원래 푸른 집인데가, 겨우살이가 함박 덮쳐 붉은 지붕과 벽돌 굴뚝만을 남겨 놓고는 온통 새파란 겨우살이의 집입니다.14)

(c) 그래서인지 우리들이 <푸른 집>에서 살 때 나는 여러 색깔의 서양 식물 중에서도 양이의 냄새에 취해 어린 시절을 보냈다 .... 붉은 빛 벽돌집 담장이넝쿨이 현관의 벽면을 가리웠기 때문에 노을이 낄 때에는 뒤집혀진 담장이 잎사귀들이 역광선을 받아 무슨 찬란한 비늘처럼 빛나 보였다.15)

세 인용문 중 (a)는 작품의 첫 대목이고, (b)는 이효석이 직접 쓴 서간문이며, (c)는 이효석의 딸 이유미씨가 쓴 회고록이다. 위 인용문들을 통하여, 효석과 가족들은 자신들이 살던 집을 실제로 '푸른 집'이라 불렀으며, 작품에 묘사된 바는 실제 살던 그 '푸른 집'을 그대로 옮겨 놓은 것임을 쉽게 짐작할 수 있다.

『화분』에서 그려지는 세계는 더러운 욕망과 치졸한 감정이 들끓는

---

13) 이효석,『화분』, 이효석 전집 4권, 창미사, 1983, 71쪽.(이 논문에서는 이 전집을 텍스트로 삼는다. 이후 전집으로 줄여서 표기한다.)
14)「생활의 기록 - 바다로 간 동무에게」, 전집 6권, 344쪽.
15) 이유미,「나의 아버님 이효석」,『세대』, 1970. 12. 286쪽.

연옥과 같은 것이다. 작품을 이끌어가는 주요 인물은 여섯 사람인데, 이 중 음악도인 영훈을 제외한 모든 인물들이 욕정의 노예가 된다. 현마는 비서격인 단주와 동성애를 즐기는가 하면 처제인 미란을 강간한다. 단주는 상사의 부인인 세란, 그녀의 동생인 미란, 하녀인 옥녀와 욕정을 나눈다. 한 가정 안에 존재하는 다섯 인물이 서로 성적 관계로 얽히는 이런 구조는 요즘의 대중소설에서도 찾기 어려울 정도로 변태적이다. 1930년대 당시 이러한 삶을 사는 사람이 식민지 상황의 조선에 있었을지는 매우 의문스럽다. 변태적이고 일탈적인 성적 풍속도는 어느 정도 경제적 풍요로움이 보장될 때 나타날 수 있다. 더구나 창작 시기가 1939년이라면, 이러한 인물과 사건이 개연성을 가질 가능성은 거의 없다.

이효석은 왜 자신이 실제로 가족들과 살아가던, 아름다운 푸른 집의 공간 배경에 이와 같이 어지러운 욕정의 세계를 담아내었을까? 이 푸른 집에서 살던 시기에 이효석은 일생 중 가장 안정되고 풍요로운 생활을 누렸고, 창작 활동도 가장 활발히 하였다. 그럼에도 불구하고 '푸른 집'에 안주하는 동안 이효석은 현실과는 동떨어진 또 다른 세계를 그리고 있었던 것이다. 즉 작품 속의 공간은 작가가 만들어낸 성적 환타지의 가상세계이다.

그래서, 작품 속의 '푸른 집'이 실제의 집을 그대로 따온 것이라 하더라도, 의미적으로는 실제의 '푸른 집'과는 전혀 다른 공간이 된다. 소설 속의 공간 배경이 작품의 의미 형성에 중요한 구실을 하고, 특히 서정소설에서는 그 중요성의 비중이 더 크다고 보면[16], 『화분』의 아름다운 자

---

16) 서정소설에서는 인과관계로 얽히는 역동적인 사건보다는 순간적인 총체성을 추구한다. 따라서 시간의 흐름을 정지시키고 이른바 '시간의 공간화'라고 하는 모더니즘 기법이 자주 쓰인다. 따라서 서정소설에서 공간은 세계의 총체성을 상징하거나 암시하는 데에 중요한 역할을 하게 된다. 서정소설에서 공간이 지니는 의미에 대하여는 김해옥, 앞의 책, 31-32쪽 참조.

연 공간으로 그려지는 '푸른 집'은 원시적이고 본능적인 공간으로서 작품 전체의 의미를 집약하는 구실한다. 이는 『돈』이나 『들』, 『분녀』 등에서 그려진 자연과 그 구실 면에서 동일하다. 실제의 '푸른 집'이 문화적이고 사회적이며 안정적 공간이라면, 작품 속의 '푸른 집'은 욕정적이고 자연적이며 퇴폐적인 공간이다.

작품 속 공간인 '푸른 집'은 현실적 세계가 아니라 가상적 세계[17]이다. 일반적인 서사적 가상세계가 아니라, 서정적인 성격이 강한 가상세계이다. 이는 우선 세계에 대한 감각화에서 찾아볼 수 있다. 사건의 주요 공간인 '푸른 집'은 감각적으로 묘사된다.

> 개나리가 지더니 찔레꽃 봉오리가 연지같이 진하게 맺혔고 라일락이 만발했다. 몇포기 안되건만 덤불을 이루어서 송이송이 붕그런 자색 꽃방치가 풍준한 향기를 휘날리고 있다. 라일락 향기는 유난스럽게 진하고 세어서 한 포기 덤불의 향기가 집 구석구석에 배어 뒤꼍에서나 방안에서까지도 가장 가까운 곳에서 흘러오듯 코끝에 찰락거린다. 따뜻한 햇볕같이 땅 구석구석에도 젖어드는 봄 향기 — 그것이 라일락 향기이다.[18]

---

17) 문학이나 영화 등에서 만들어지는 가상세계는 크게 세 가지 성격으로 나눌 수 있다. 첫째는 욕망적(서사적) 가상세계인데, 현실에서 이룰 수 없는 욕망을 실현할 수 있는 공간으로 설정된다. 둘째는 감정적(서정적) 가상 세계인데, 우리 시가에서 흔히 그리는 청산이나 강호, 혹은 꿈의 세계는 감각화된 가상세계이다. 셋째는 이념적 가상세계로서, 현실을 초탈하는 이념과 철학을 구현하거나 종교적 차원에서 설정되는 가상세계이다. 서정소설에서 추구하는 미적 유토피아란 이상을 목표로 한다는 점에서는 이념적 가상세계이지만, 그 이상 추구가 감성적인 데로 치우친다. 그러나 『화분』의 경우에는 욕망적 장치가 가상세계의 근원을 이루고 겉을 감성으로 싸고 있는 형국이다.

18) 전집 4권, 73쪽.

이효석 특유의 뛰어난 문체적 심미성을 느끼게 하는 위 인용문은 시각과 후각, 촉각을 동원하여 세계를 감각적으로 받아들이게 한다. 특히 후각적 상상력으로 여성적 이미지를 강화하면서 봄의 이미지를 이용하여 욕정적 분위기를 돋운다. 이러한 후각적 이미지는 작품 전편에 퍼져있다.

라일락의 봄 향기는 이 공간 속에 존재하는 모든 인물을 동물적 정욕으로 일체화시킨다. 세계는 아름답고 아름다운 세계 속에서 현실적 도덕이나 윤리 등은 무의미하다. 서술자는 찔레꽃, 뱀 등의 소재를 이용하여 '푸른 집'을 실낙원의 세계, 자유롭고, 원초적인 신화적 공간으로 변화시킴으로써 인물과 세계의 화합을 유도한다.[19] 그리하여 '푸른 집'은 자연 친화적인 공간으로 떠오르면서 서정성을 강화한다.

둘째로 『화분』의, 혹은 이효석 소설의 특징 중 하나가 주체와 대상 사이의 거리를 일정하게 유지하지 않는다는 점인데, 대체로 대상에 주체를 용해시키는 서술법을 사용함으로써 서정적 세계를 형성한다.[20]

치마 아래를 뻗친 찔레순같이 밋밋한 동생의 다리를 탐스러운 것
으로 바라보면서 꽃덤불 쪽으로 가까이 갈 때 미란은 홀끗 세란을

---

[19] 『화분』을 신화적 패턴으로 읽은 김해옥의 분석은 타당해 보인다.
김해옥, 앞의 책, 154-155쪽. "화자는 사계절의 순환이라는 우주의 리듬을 따라 인간의 생명이 개화-성장되어가는 과정을 자연의 풍속 속에서 우주의 섭리에 화합하는 인물들의 행동으로 그려가고 있다. 성장의 계절인 여름의 피서지에서 현마가 원초적 자연에 자극받아 미란에 대한 사랑을 행동으로 옮기게 되고, '푸른 집'에서는 옥녀와 단주가 푸른 집의 녹음 속에서 원초적 인간으로서 생명의 욕구를 행동으로 보여 준다. 이러한 인물들은 세계에 대립하기 위해 행동하는 것이 아니라 세계에 화합해 가는 행동을 보여 주고 있다.
화자가 대우주로서의 세계와 등장인물들을 조응시키기 때문에 만물의 생명이 퇴락하는 가을은 비극의 공간으로 설정되어 있다. 봄과 여름이 이상과 꿈의 공간이라면 가을은 비극과 현실의 공간으로 나타나고 있다."
[20] 김상태, 「이효석의 문체」, 이상옥 편, 『이효석』, 서강대학교출판부, 1996, 92-94쪽.

바라보고 괴덕스럽게 꽃방치를 잡아 흔드는—그 희멀건 얼굴이 꽃
다발같이 향기롭다.[21]

위 인용문에서 주체(미란)는 대상(세란의 아름다움)을 바라보고 있는
데, 갑자기 "그 희멀건 얼굴이 꽃다발같이 향기롭다"면서 자신의 감각
속으로 용해해 들어간다. 문법을 파괴하면서까지도 대상과의 일체화를
시도하고 개인어를 동원하여 미적 감수성을 강조하는 이러한 문체는 서
정적 세계를 형성하는 데에 목적을 둔 것이다.

셋째로 사건보다는 장면 중심적인 서술 특성을 들 수 있다. 물론 사건
이 없이는 소설이 성립될 수 없으니 사건이 존재하긴 하지만, 『화분』에
서는 인물들이 자신의 의지로 사건을 일으키는 것은 보기 드물다. 그
대신에 상황적 논리가 사건의 계기로 나타난다. "별안간 솟아오르는 애
정의 표현으로 단주에게 몸을 쏠리며 그의 입술을 찾은 것이다."[22] 식으
로 애정과 애욕은 몰래 훔쳐보거나 어쩔 수 없는 상황이나, 감각적 작용
에 의해 별안간 일어나버리는 것으로 그려진다. 작품은 그 상황적 논리를
<장면화>시켜서 전달한다. 이때 인물의 의식이 내면에 투영되고, 서술
도 인물의 내면에 비쳐진 것을 반영하는 방식으로 이루어진다.[23]

이렇게 『화분』은 가상세계를 통하여 서정적, 심미적 이상을 추구하고
있다. 그런데 이러한 서정적 이야기 만들기의 전략이, 지금까지의 성정소
설론자들이 밝힌 대로, 과연 이상과의 간극이 극단화된 자본주의 현실에
대한 반어적이고 역설적인 담론이 될 수 있을 것인지는 재고해볼 필요가
있을 것이다.

---

21) 전집 4권, 73쪽.
22) 전집 4권, 153쪽.
23) 따라서 주인공의 시점에 의존하는 듯이 보인다.
   김상태, 앞의 책, 93-94쪽 참조.

4. 서정적 서사와 '위장된 모더니즘'

이효석의 글쓰기 방식이 과연 좌절과 상실이 극도화된 현실에서 미적 이상을 추구하려는 정신적 산물인지를 재검하려는 시도는 기존의 현실 도피론을 되풀이하려는 것이 아니다. 즉 "과학과 산문의 비약적 변모를 위하여 투신한 것인가 그렇지 않으면 그것의 압력에 견디지 못하여 시의 품속으로 단순히 퇴각한 데 지나지 않는 것인가"를 묻는 김동리[24]의 독설을 되풀이하거나, "이효석 시대의 심미주의가 단순히 현실도피주의적 사고방식이나 행태에서 나온 것 이외에 아무 것도 아닐 것이라는"[25] 식의 회의론으로 되돌아가자는 것은 아니다.

최근에 와서 최익현과 정현기의 논문은 이효석의 소설을 그러한 단순 논리에서 벗어나 시각을 문학사적 관점으로 깊이 있게 들이댄다. 그럼에도 전자가 비판적이라면 후자는 긍정적이다. 정현기는 특유의 집짓기 비유를 들면서, 이효석의 문학이 극도로 열악한 닫힌 시대의 대응 방식이고, 나아가 "일본 폭력의 거대한 먹구름을 등에 진 인물들"의 조절력 잃은 삶을 통하여 '민족의 집 짓기'에 실패하여 불가피하게 '개인의 집 짓기'가 불가능해진 역사적 연유를 암시한다[26] 고 읽었다. 이러한 독법은 주목할 만하다. 그러나 그러한 문학사적 의미를 인정한다 하더라도, 서정적 서사 만들기의 주관화, 이에 따른 혼성적 양식이 과연 궁극적으로 그러한 무거운 짐을 감당할 수 있는, 혹은 효과적인 방식인지에 대하여는 다시 생각해볼 필요가 있는 것이다.

'푸른 집'의 서정적 가상세계로 다시 돌아오자. 『화분』의 '푸른' 이미

---

24) 김동리, 앞의 글, 65쪽.
25) 이상옥, 앞의 글, 215쪽.
26) 정현기, 「이효석과 1930년대적 쾌락-원초적 본능의 땅과 자연, 사랑의 연금술」, 『한국 현대문학의 제도적 권력과 사회』, 문이당, 2002.

지는 이중적이며 자기모순적이다. 이효석이 즐겨 쓰는 녹색이미지[27]가 자연친화적임은 사실이다. 여기에서 푸른색은 담장이덩쿨, 차양을 드리우는 푸른 기둥, 산장의 분위기를 돋우는 나무들로 가득하다. 이 푸른색들은 '푸른 집'이 도심에서 멀리 떨어진 전원적 공간임을 강조한다. 봄의 젊은 기운과 여름의 뜨거운 열정을 그대로 안고 있기도 하다. 그리하여 푸른 이미지는 전원적이고 자연적이며 원초적인 공간을 연출하는 듯하다.

그러나 자세히 읽어 보면, 이 푸른색은 내부와 외부를 차단하는 구실을 한다. 담장이덩굴과 푸른 차양은 이 집을 '외딴' 것으로 보이게 하며, 인물들의 은밀하고 일탈적인 성행위를 보장하는 밀폐공간을 형성한다. 또, 고향의 전원적 푸름이 아니라 이국적이고 도시적인 푸름이다. "서양 식물 중에서도 양이의 냄새에 취해 있었다"는 효석의 딸 이유미 씨의 회고도 시사적이다. 귀족적이고 서구적인 사치의 산장과 같은 것이 '푸른 집'이다.

'푸른 집'은 겉으로는 전원적이지만 내부로 눈을 돌리면 도시적이다. 그리하여 포르노 사진이 상징하는 바와 같이, 내부에서 벌어지는 사건들, 즉 욕구추수적인 인물들의 행위가 드러내는 퇴폐적인 변태성, 건강하지 못한 도시적 사랑 놀음으로 '푸른 집'은 채워진다. 그 육욕적 사건들에 대하여 '푸른 집'은 한편으로는 대조적 의미를 지니면서 다른 한편으로는 그 행태와 일체가 되는 투사 구실을 한다.[28] '푸른 집' 외부의 자연

---

27) 위의 책, 245쪽.
28) 이익성, 앞의 책, 50쪽에서는 1930년대 서정적 단편소설에서 볼 수 있는 도시와 전원의 분화 현상을 언급하면서, "자아와 세계의 동일성에 근거한 자아의 세계화는 인식 주체가 대조와 동화 혹은 투사의 방법을 통해 대상으로서의 세계에 대해 접근할 수 있다" 하고, 도시적 환경 속에서는 대조에 의해, 전원적 환경에서는 동화하거나 투사하는 방향으로 나타난다고 한다.

이미지와 '푸른 집' 내부의 욕정적 행위들을 대비시킨다는 점에서는 '푸른 집'은 대조적 의미를 지니고, 한편으로는 '뱀'이 상징하듯이 실낙원적 이미지를 풍겨냄으로써 육욕의 분출에 투사적 기능을 하기도 한다는 것이다.

그 도시적 변태성이 일본 제국주의의 파생물이거나 일본적인 것에 대한 패러디[29]로 보면 '푸른 집'의 대조법은 비록 반어적이지만 일제의 문화에 대한 효과적인 현실비판력을 가진다. 이러한 해석은, 작품 말미에 "세란도 그만하면 잠이 깼겠지"라 하는 죽서 부부의 대화를 통하여, 작품 속에 그려진 애욕의 풍속도가 일시적이고 순간적인 포말 같은 것으로 표면화하는 서술을 통하여 더 분명해진다.

그러나 대단원을 죽서 부부의 행복론과 대비시키는 것은 왠지 작가의 진실된 목소리로 느껴지지 않는다. 황혼의 아름다운 노을을 감상하다가 해가 지고나면 이제 밤이 되었어라고 체념하는 듯하다.

> 담장이와 초목 속에 숨어서 왼통 푸른 속에서 무엇이 있는지를
> 까딱 모르구 왔단 말야.[30]

그런데 『화분』의 '푸른 집'은 대조와 동화, 투사를 동시에 일으킨다는 점에서 자기 모순적이다.

29) 정현기의 다음과 같은 발견은 이 작품에 대한 또 하나의 문화론적 관법을 읽게 한다.
"성적 쾌락과 무의미, 게다가 혼음의 기이한 부분들이 작품 속에 어떤 분위기를 만들고 있음은 주목할 만한 대목이다. 일본인들은 1930년대에 지식인들 스스로가 일본적 문화 감각을 다음과 같이 공공연히 내세웠다. 에로티시즘(eroticism), 그로테스크(grotesque), 난센스(nonsense), 이것은 일본이라는 나라의 정체를 명확하게 알게 하는 아주 기막힌 천명이라고 나는 지금도 생각한다. 1930년대에 일본 지식인들이 퍼뜨린 일본 문화의 세 가지 축이 품고 있는 함축 의미가 이 작품의 한 가운데에 있다. 교묘한 패러디이다."
정현기, 앞의 책, 243쪽.

작품의 말미에 나오는 위 서술은 일장춘몽을 꾸고 난 뒤의 체념담 같아 보인다. 담장이와 초목이 만들어준 세계, 그것은 차단시키고 은폐시키는 공간으로서, 대비적인 반어법적 공간이기만한 게 아니라, 그 자체가 육욕의 현장이 되었다.

그런데 가만히 문체를 드려다 보면, 작가가 추구하는 서정 정신, 즉 순간적 총체성을 통하여 힘을 발휘하는 대목이나, 미적 감수성이 가장 잘 파닥거리는 대목은 표면적 주제를 표출하는 후반부 대목이 아니라, 성적 애욕이 교감되는 '푸른 집' 내부의 사건 대목이다.

위에 인용한 바 있는 대목들과 다음 대목을 비교해보자.

> 사람에게는 태어난 고장이 영원한 고향이 아닌 것이요, 고향을 한번 떠남으로써 새로운 고향을 찾고자 하는 원이 마음 속에 생기는 것인가보다. 외국을 그리워함은 고향을 찾아서 떠난 긴 평생 속에서의 한 고패요, 향수인 것이다.[31)]

바로 위의 인용문은 서술자의 의식을 싣고 있다. 서술자의 목소리가 우세한 것이다. 그렇게 보면, 오히려 자연적인 것으로 치장한 '푸른 집'이야말로 위장이 아닐까 생각할 수 있다. 내밀하게는 제국적인 것이든 자본주의 것이든, 애욕의 세계를 추구하는 데에서만 삶의 의미를 찾을 수 있는 내적 세계를 '푸른 집'으로 위장하고, 마치 우회적 반어법인양 위장한 것은 아닐까? 그러나 이는 순응주의를 감추기 위한 위장이 아니라, 미를 추구하는 본체를 위장하려는 것이다. 효석이 추구하려는 바가 심미주의 그 자체라면[32)], '위장된 심미주의'가 될 터이고, 댄디즘에 그친다

---

30) 전집 4권, 275쪽.
31) 전집 4권, 261쪽.
32) 이상옥, 이효석의 심미주의, 이상옥 편, 『이효석』, 서강대학교출판부, 1996.

면33) '위장된 댄디즘'이라 말할 수 있겠다.

그러나 필자가 보기에는 현대성에 대한 콤프렉스와 아울러 현대 문명의 허위성에 대한 비판의식이 내밀하게 깔려있으므로, 더 크게 보아, 위장된 '모더니즘'으로 보고 싶다. 작품의 말미에 가서, 죽서 부부를 내세워 '푸른 집'의 세계를 교훈적으로 비판한 것은 위장에 불과한 것이고, 효석이 실제로 내세우고자 한 것은 영훈이란 인물을 통하여 역설하는 구라파주의이며 그가 읽은 구라파주의의 미적 감수성이 바로 '푸른 집'에서 일어난 성적 심미주의이기 때문이다. 그리고 그 안에는 고향상실의 이면에 깔린 이국취향주의가 숨어있다. 결국 효석이 그려낸 '푸른 집'의 자연은 이미 타자화된 자연, 즉 제국주의에 의해 소외된 공간인데, '푸른 집'을 현실과 차단시키는 가상세계의 설정은 실제로는 자연의 타자화에 편승하면서, 겉으로는 자연과 친화하는 방식으로 미적 자율성을 찾는 것처럼 꾸미고 있다.

5. 인물과 세계의 분열

'푸른 집'에서 인물과 세계의 관계는 통합적이면서 동시에 분열적이다. 김동리는 『화분』등의 중편소설이 "민망할 정도로 읽기에 피곤을 느끼게 하는 것은 오로지 플롯의 빈곤과 성격(인물)의 결여에 기인되는 것이다."34)라 하였다. 인물은 환경에 부딪치면서 사건을 만들어가고, 그 인물과 환경(세계)의 관계를 어떤 관점으로 보느냐에 따라 사건의 조합인 플롯이 구조화된다. 『화분』에 등장하는 인물들의 성격이 결여되어 있다

---

33) 최익현, 앞의 글.
34) 김동리, 앞의 글, 71쪽.

고 보기는 어렵다. 각 자가 뚜렷한 자기 삶의 방향을 가지고 있지 않아서 의지적인 삶을 살지 못하지만, 그 자체도 성격인 것이다. 현마와 단주, 세란, 미란의 사회적 위치나 성향, 현황 등은 당시 한국의 현실에서 보편성을 갖는 인물들은 아니지만, 인물의 성격 자체가 단순하게 결여되어 있다고 보기는 곤란하다. 등장인물들 중 현마와 세란, 옥녀 등은 욕망의 차원에서 지향과 특성이 분명하고 단주와 미란은 욕망의 차원에서 감정적 차원에 이르는 진폭을 지닌 인물들이다. 다만 부수적 인물인 영훈을 제외하고는 이념적 차원에서 사고의 깊이를 지닌 인물은 등장하지 않는다. 그래서 세계에 대하여 의미 있는 대립을 하지 못하는 인물들이다. 문제는 이들이 살아가는 바탕이 가상세계인만큼 환경이 추상적으로 작용한다는 데에 있다. 가상세계라고 해서 다 추상적인 것은 아닌데,『화분』의 경우에는 관념적 미의식에서 발원된 세계이어서 실제로 인물들의 현실과 유추하거나 대비할 근거를 갖지 못하였다.

　게다가 인물들은 자신들의 열망과 감수성을 제어할 이념적 바탕이 없어서, 서사적 전망을 창조해내기 어렵다. 추상적 가상세계와 내면화된 인물들의 결합이 플롯을 단순하게 보이게 하는 것이다.『화분』의 플롯이 빈곤해 보이는 또 하나의 이유는 인과관계를 해체시키면서 장면화를 많이 이용하기 때문이다. 그러나 곰곰이 들여다보면 사건의 흐름에는 일정한 논리가 있다.

　사건의 흐름을 위하여 장면의 병치 수법을 많이 쓰는데, 이는 영화의 몽따쥬 기법과 비슷하다. 현마와 미란이 일본에서 사건을 벌이는 동안, 세란과 단주는 '푸른 집'에서 사건을 벌인다. 또 현마, 세란, 미란이 주을 온천에 가 있는 동안, 단주는 옥녀의 정욕을 불사른다. 얼핏 보면 각각 다른 두 개의 공간에서 동시에 벌어지는 사건들은 인물의 의지에 의하여 발생하지 않고 운명적 흐름을 자아내는 것으로 보인다.

이 작품은 '푸른 집'이라는 가상세계로 독자를 안내하였다가 대단원에 가서 현실세계로 되돌아가게 한다. 가상세계에서 현실세계로 넘어가는 과정에는 미란과 영훈, 두 인물이 이야기의 중심에 놓인다. 가상세계 속에서는 모든 인물이 비극으로 치닫는다. 다만 미란만이 비극에서 구원되는데, 그 이유는 영훈을 향한 진정한 사랑이 있었기 때문이다.

현실세계의 관점은 마지막 대목에서 죽서 부부의 대화로 드러나는데, 행복이란 그럭저럭 살아가는 데에 있다는 메시지를 던지는 이 관점은 사실상 효석이 원하는 세계가 아니라 가상세계에서 문득 현실을 돌아볼 때 느끼는 체념적 화해35)와 같은 것이다. 그러면서 "세란도 그만하면 잠이 깼겠지. 인생이 그렇게 수월한 것이 아니라는 것두 알았을 테구 장난이나 연극을 하는 것같이 늘상 흥분만 있구 좋은 일만 있는 것이 아니라는 것두 터득했을 테구"36) 라는 대사를 통하여 가상세계를 하나의 춘몽으로 치부한다.

그런데 『구운몽』과 같은 꿈을 장치로 삼는 이야기는 꿈 자체는 이상적 세계로 그리고 꿈에서 현실로 나올 때 비극을 감지하는 것이 보통인데, 『화분』에서는 꿈이 비극으로 마감하고, 그 꿈에서 빠져나올 때 어떤 전망이 가능한 것으로 그리고 있다. 가상세계 속에서 현마와 단주, 미란은 어지러운 정욕의 노예로 방황하다가 인간적 패망을 맛보는 반면에 미란만이 상처를 입은 대로 자기를 찾아 나서고, 그 자기 찾기의 가능성을 현실적 맥락에서 남겨두고 있다.

그렇다면 현마와 세란, 단주, 미란 등이 욕망의 늪에서 허덕이는 긴 과정(그것은 봄의 로망스에서 여름의 희극, 가을의 비극 등으로 계절적 변화에 맞추어 성격을 변이시키면서 전개되는데37)) 인물들의 의지와 무

---

35) 신동욱, 『1930년대 한국소설연구』, 한샘출판사, 1996, 66쪽.
36) 전집 4권, 282쪽.

관한 운명적인 것이 아니라, 인물들의 내면적 욕구에 의해 이루어진 것이다. 정작 이 작품이 보여주고자 했던 서정적 서사의 요체는, 감정과 욕망에 진실하게 살아가는 세계를 꿈꾸어보고, 그 세계를 직접적으로 자아화해 봄으로써 순간적 총체성을 타진해보는 데에 있었다. 따라서 그 단계에서 인물들은 온전히 내면(욕망과 감정)에 충실하여야 자아와 세계를 통합시킬 수 있었다.

그러나 작가가 깨달은 것은 그것이 현실일 수 없다는 평범한 진리이다. 현실로 되돌아오는 순간, 꿈으로 가꾸던 가상세계를 버릴 수밖에 없었고, 따라서 인물과 세계는 일시적으로 통합되었다가 여실히 분열을 맛보는 것이다.[38] 플롯은 미적 이상을 추구해가는 과정으로 초점을 잡아가고 있다가 점증하는 욕망의 상승이 한계에 다다른 순간 일시적으로 인물들의 성격은 과잉현상을 보이며 현실을 초월하려 하다가 결국에는 파탄에 이르게 된다. 동성애를 느끼는 현마와 상황에 따라 욕망을 쫓는 단주, 그리고 첩으로서 돈 많은 남자에 의존하여 현실적 쾌락을 쫓는 세란 등의 환경은 서구적 자본주의 사회의 한 편린을 보인다. 즉 그 세계는 식민지 현실에서는 무의미하거나 불가능한 세계인 것이다. 가상세계에서만이 미적 힘을 가질 수 있고, 마찬가지로 내면적 열망 속에서 순간적으로 체현할 수 있는 것이어서, 이러한 미적 이상의 추구는 서정적 방식으로 접근할 수밖에 없었던 것이다.

---

37) 그런 점에서 이 작품이 시간의 흐름에 의한 서사성에서 자유롭지 못하다. 김해옥은 "봄과 여름이 이상과 꿈의 공간이라면 가을은 비극과 현실의 공간으로 나타나고 있다."고 보았다.
김해옥, 앞의 책, 154-155쪽.
38) 그런 점에서 효석이 찾았던 자연과 성욕의 세계가 비순응의 논리에서 출발했지만, 결국은 정신적 망명에 불과했다는 주장도 타당성을 가진다.
최익현, 앞의 글, 133쪽.

앞에서 언급한 대로 등장인물들과 이 인물들이 만들어가는 사건은 자연과 원초적 성이라는 이상세계와 일치하지 않는 것이다. 그럼에도 불구하고 내부에 어리는 미의식을 서정성이라는 이름으로 인정할 수 있는 이유는 최소한의 예술적 정신과 품위, 미학적 열망, 그리고 세련된 언어미가 있기 때문이다. 그런 이점을 활용하여 이효석의 단편소설에서는 가상세계 자체의 서정성만으로도 충분히 독자와의 교감을 형성할 수 있다.

그러나 『화분』은 장편소설로서 독자들을 둘러싼 현실을 무시할 수 없었지만, 현실세계와 작가가 추구하는 미적 이상의 내면적 세계 사이는 거리가 너무 멀어서 소통되기 어려웠다. 서로 닫혀져 있을 때, 밖을 무시하고 안으로만 칩거하거나 자아를 버리고 밖에 타협하거나 하기 쉽다. 이효석이 선택한 방법은 밖과 타협하면서 안을 가꾸려고 한 것이다. 그것이 주관적 서정으로 소설을 쓰는 글쓰기 방법이었다.[39]

6. 서정적 소설의 전망

지금까지 『화분』의 공간화가 가지는 이중성과 인물과 세계 사이의 이중성에 대하여 알아보았다. 화합과 분열의 이중적 구조는 가상세계와 현실세계의 충돌로 드러났다. 그런데 이러한 서정적 서사 만들기의 전략을 문학사적 척도로 평가할 때, 그 두 세계 사이에서 작가의 관점, 혹은 전망이 어디에 초점을 두고 있느냐가 중요하게 된다.

인물과 플롯에 대한 간략한 분석에서 등장인물 중 미란만이 파탄에

---

[39] 신동욱은 "이효석 소설의 주관화 경향은 밖의 세계에 적극적인 관계를 갖는 열린 시대가 아닌 데에 그 주요한 요인이 있었다."고 한다. 신동욱, 앞의 책, 79쪽

떨어지지 않음으로써 가상세계에서 현실세계로 이어지는 과정에서 유일하게 적극적 기능을 맡게 됨을 언급한 바 있다. 따라서 실제로 현실을 바라보는 작가의 시각은 이 지점에서 제 모습을 드러낼 것이다. 그것은 '푸른 집'에서 빠져나와 현실 공간으로 돌아오는 통로이기도 하다.

그 통로는 미란과 영훈의 사랑 이야기로 열려진다. 그렇다면 미란과 영훈의 사랑이 지니는 참뜻이 어떤 모습인가에 따라 서정적 미의식의 기능에 대한 평가가 달라질 것이다.

미란과 영훈의 사랑은 한 마디로 요약하여 예술로 결합되는 것인데, 그것은 바로 '아름다움' 이라고 하는 새로운 삶의 가치를 의미한다. 그리고 그 아름다움은 자아와 세계를 통합하는, 즉 세계를 자아화하는 유일한 방법이자 도구이다. 『화분』의 서술자가 다음과 같이 서술할 때, "같은 진리를 생각하고 같은 사상을 호흡하고 같은 아름다운 것에 감동하는 오늘의 우리는 한 구석에 숨어 사는 것이 아니요 전세계 속에 살고 있는 것이다."[40] 라는 말 속에서, 서정적 서술 전략이 전세계적 삶을 지향하는 것임을 확인할 수 있다.

그런데 그 전 세계적 삶을 실천하는 방법은 무엇인가? 서술자는 그것을 구라파주의라 선언한다.

> 탄생의 기쁨 죽음의 슬픔을 풀어내는 주제는 동양의 것이며 동시에 구라파의 것이요, 구라파의 것이며 동시에 동양의 것이어야 할 것을 생각하고 있었다.[41]

여기에서 이효석의 미적 이상이 추상적 모더니즘에 기반을 둔 것이며,

---

40) 전집 4권, 178쪽.
41) 전집 4권, 178쪽.

서구적 아름다움에 대한 추상적 이국취향주의의 산물임을 확인할 수 있다. 이 발상에서 보면 효석의 자연은 정신적인 기반을 가진 것이 아니다. 영훈의 대사를 통하여 표출하는 작품의 관점은 결코 현실에 대한 비판이나 전망을 염두에 둔 것이 아니다. 그에게 있어서 자연은 재료(원료)일 뿐이고, 따라서 그 자체가 아름다운 것은 아니다. 자연은 푸른 빛이 아니고 흙빛일 따름이다. 푸른 빛은 문화의 시초가 되는 대담한 장난의 발로이다. 그리고 원료인 자연에서가 아니라 장난인 푸른 빛에서 아름다움이 생겨난다고 한다.[42] 따라서 소설에서 아름답게 채색된 자연은 채색됨으로써 자연으로써 구실을 할 수 있다. 원래의 자연이 지닌 우주적 질서의 본연적 이치는 사라지고, 심미주의의 장난만이 자연의 아름다움을 보장하는 것으로 서술되어 있다.

'푸른 집'의 가상세계에서 벗어나 현실로 돌아오는 통로를 구라파주의에서 찾음을 볼 때, 효석에게 있어서 자연은 하나의 위장술이고, 그가 추구한 아름다움이란 가상세계에서만이 가능한 꿈과 같은 것이었음을 알 수 있다.

1930년대의 서정소설이 극단적으로 악화된 현실을 반어적으로 읽게 함은 인정할 수 있지만, 내용적으로는 반어법을 위하여 제시한 가상세계가 허약한 꿈의 세계에 그침으로써, 극단적으로 악화된 현실, 즉 대동아공영의 기치아래 전세계를 추구하는 일제의 경영에 무의식적으로 부합할 정도로 나약하다는 결론에 이르게 된다. 이러한 결론은, 순간적 총체

---

42) 「흰 것과 초록과 어느 것이 더 아름답습니까? 흙과 펭키와 어느 것이 더 아름답습니까? 흰 것이나 흙은 문화 이전의 원료이지 아름다운 것이라구 발명해 낸 것은 아니거던요. 아이들의 소꿉질과 같이 알롱알롱한 옷도 생각해 보구 유리창 휘장에 푸른 빛도 써 보구 하는 대담한 장난이 문화의 시초였고, 그런 연구 속에서 아름다운 것도 생겨나오는 법이지 재료만으로 아름다운 것이 있을 수 있나요?」 전집 4권, 179쪽.

성을 통하여 세계와 주체가 화합하는 서정적 전망을 노린다는 서정소설의 이론적 바탕과 관련지어 보면, 적어도 이효석의 『화분』을 통하여 점검해본 1930년대 우리 소설사의 서정소설은 서정적 전망을 경험하는 실체를 제시하지 못하였다는 결론에 이른다.

그러나 서정소설과 서정적 전망, 혹은 미적 유토피아의 추구 등은 단편소설에서는 탄력이 훨씬 강하게 작용한다. 따라서 『화분』 한 작품만으로 이와 같은 결론을 내리는 것은 매우 위험하다. 이효석의 단편소설이 서정소설로서의 실체가 무엇인지에 대한 세심한 연구가 더 필요할 것이다.

참고문헌

이효석전집, 창미사, 1983.

김교선 「조화미의 정점 – 이효석의 작품세계., 『현대문학』, 1975. 3.

김남천 「이효석 저 『화분』의 성모랄」, 『동아일보』, 1939. 11. 30.

김동리, 「산문과 반산문」, 『이효석전집』 제8권, 창미사, 1983.

김병익, 「이효석과 『화분』」, 『한국장편문학대계 8』, 성음사, 1970.

김해옥, 한국현대서정소설론, 새미, 1999.

김현, 「이효석과 『화분』」, 『사상계』, 1966. 3.

나병철, 「이효석의 서정소설 연구」, 『전환기의 근대문학』, 두레시대,
          1995.

랄프 프리드만, 『서정소설론』, 현대문학, 1989.

박헌호, 『한국인의 애독 작품 – 향토적 서정소설의 미학』, 책세상,
          2001.

송하섭, 한국현대소설의 서정성 연구, 단국대출판부, 1989.

신동욱, 삶의 투시로서의 문학, 문학과지성사, 1988.

엔소니 기븐스, 『현대사회의 성, 사랑, 에로티시즘』, 새물결, 1999.

우한용, 「'메밀꽃 필 무렵'의 기호론적 해석」, 『한국근대장편소설연
          구』, 모음사, 1992.

우한용, 전영태, 한점돌 편저, 「현대소설의 이해」, 새문사, 1999.

유순영, 「이효석 소설의 인물유형 연구」, 한양대 박사논문, 1992.

유진오, 「이효석과 나」, 『조광』, 1942, 7.

유진오, 「작가 이효석론」, 『국민문학』, 1942, 7.

이상섭, 「애욕문학으로서의 특질」, 『문학사상』, 1974, 2.

이상신, 「이효석 문체의 기호론적 연구」, 이화여대 박사논문, 1991.

이상옥 편, 『이효석』, 서강대학교출판부, 1996.

이상옥, 『이효석 – 문학과 생애』, 민음사, 1992.

이익성, 『한국현대서정소설론』, 태학사, 1995.

장영란 외, 『성과 사랑 그리고 욕망에 관한 철학적 성찰』, 서광사, 1999

정경임, 「이효석의 Dandyism」, 이화여대 박사논문, 1992.

정명환, 「위장된 순응주의」, 『창작과 비평』, 1968 겨울, 1969 봄.

정한모, 「효석 문학에 나타난 외국문학의 영향」, 『국어국문학』 20호, 1959.

정현기, 「이효석과 1930년대적 쾌락 – 원초적 본능의 땅과 자연, 사랑의 연금술」, 『한국 현대문학의 제도적 권력과 사회』, 문이당, 2002.

주종연, 「문학에 있어 성의 문제」, 『국어국문학』 48호, 1970.

Robert Scholes, Robert Keooog, The Nature of Narrative, Oxford University Press, 1966, 임병권 옮김, 『서사의 본질』, 예림기획, 2001.

Abstract

Reconsideration of the Theory
of 1930's Lyrical Novel
- focused on Lee, Hyo-seok's 『Hwaboon』 -

Cho, Jung-Rae

This treatise is written for the purpose of reviewing literature-historical valuation of 1930's lyrical novel. For that reason, I analysed <Hwaboon (Flowerpot)>, a Lee Hyo-seok's full-length novel.

<Hwaboon(Flowerpot)> set a virtual world 'blue house'. In there, express the original passion of man through five characters. In other words, the novel pursuit aesthetic ideal of instantaneous harmonize with individual and world in virtual world.

But the moment go out from the virtual world to the real world, the aesthetic ideal lose influence. Because the novel can't find philosophy or system to cope with reality but pursuit idealistic and metaphysical beauty.

Accordingly we can estimate a lyrical novel of Lee Hyo-seok can't get out of from abstract aestheticism.

Key Words : Lyrical Novel, Aesthetic Virtual World, Modernism, Aestheticism, Lee, Hyo-seok, 『Hwaboon』.

'말걸기'와 어머니 - 딸의 플롯*
- 박완서의 「엄마의 말뚝」 연작을 중심으로 -

김복순**

1. 식민지
- 제3세계 여성의 근대성과 대항적 서사

지난 10여년 간은 소위 근대 및 근대성에 관해 집중적으로 논의가 펼쳐진 시기였다. 그중 가장 핵심적인 것은 자유, 평등을 외치며 만인에게 찬란한 무지개를 선사해 줄 것처럼 믿었던 근대가, 특히 여성에게는 허구에 불과하였다는 눈물겨운 사실의 확인이었다. 근대가 주창한 만인의 자유와 평등이란 개념은 남녀 모두에게 적용된 것이 아니었다. 근대적

---

* 이 연구는 2001년도 명지대학교 교내연구비 지원에 의하여 이루어졌다.
** 명지대 교수

개인이라 할 때의 개인의 의미도 남성이라는 범주에 국한되었다. 근대는 '여성이 가지 않은 길'이었기에, 이제 근대가 설파했던 제반 인식론의 객관성 개념을 재구성하고 새로운 방법론적 틀을 모색하여야 한다.[1]

근대 민족주의 담론에서도 여성은 억압되고 통제된 타자에 불과하였다. 민족주의 담론이 남성주의 담론의 정수라는 점은 이미 널리 알려진 상태이다.[2] 조지 모스가 보여주고 있는 것처럼 민족주의는 남성다움의 관념을 채택하여 민족적 정형을 만들었으며,[3] 이러한 남성성의 이상화 속에서 여성은 종종 천박함과 경솔함으로 비난되거나 전통적인 질서의 수호자로 이상화되는 방식으로 억압되었다.[4]

우리와 같이 일제 식민지라는 또 다른 요인이 작용할 경우 젠더 이데올로기는 좀더 복잡한 양상을 띤다. 민족주의는 민족이라는 단일한 가치의 정체성을 유지하려는 충동에서 다른 정체성 범주들, 예를 들면 계급, 성과 같은 범주들에 대한 사유를 억압하며 통제한다. 식민 제국과의 관계에서 전체가 될 수 있는 것은 오직 민족이기 때문에 계급 , 성과 같은 여타의 집단적 정체성은 억압된다. 민족주의 담론에서 피식민지 남성들은 이미 일제의 식민통치와 더불어 그 자체로 거세되고 유아화한 이미지로 나타나고 있었다. 이러한 이미지를 떨쳐버리고 민족의 남성성을 회복하기 위해 여성을 또 다시 타자화 하는 과정이 수반되었다. 식민지 민족주의 담론은 민족적 남성성의 회복이라는 명분 아래 여성들을 다양한 방식으로 통제하는 양상을 띠게 되고,[5] 이는 정전 형성 과정에서도 작동된다.[6]

1) 졸고, 「여성역사소설로서의 『토지』와 여성여웅성」, 『대중서사연구』, 제8호, 2002. 12. 참조.
2) 우에노 치즈코, 이선이 옮김, 『내셔널리즘과 젠더』, 박종철출판사, 1999. 일레인 김 · 최정무 편저, 박은미 옮김, 『위험한 여성』, 삼인, 2001.
3) George L. Mosse, Nationalism and Sexuality, New York: Haward Fertig, 1985. 참조.
4) 윗 책, 10-17쪽.
5) 최정무 박은미 역, 「한국의 민족주의와 성 차별구조」, 일레인 김· 최정무 편저, 윗

위에서 살펴본 바와 같이 여성은 '그냥 여성'이 아니었다. 해방 후의 여성에게는 민족, 계급, 성 범주에 전쟁-분단에 의한 새로운 내포가 추가되었다. 여성은 이러한 여러 범주의 다중구조 하에서 이중 삼중으로 고통받고 억압된 존재였다. 그런데 페미니즘 일반론은 이러한 여러 범주를 복합함수관계로 고려하지 못한다. 조안 스콧이 페미니즘 일반론인 '평등의 페미니즘'이나 '차이의 정치'를 일컬어, 근대의 인간관 및 근대의 인식체계가 여성에게 부과한 거짓 문제제기(pseudo problem)였다[7]고 설파한 이유도 여기에 있다. 페미니즘 일반론은 근대성 자체가 젠더화의 전략 속에 매몰되어 있다는 점을 간과하고 있었던 것이며, 섹슈얼리티 범주를 특권화 하는 '주체 이해'에 머물러 있어 보편주의와 탈역사화의 경향마저 노정하였다. 탈식민주의 페미니즘의 유효성이 강조될 수밖에 없는 소이가 바로 여기에 있다.

본 연구는 박완서의 자전적 소설 중 하나[8]인 「엄마의 말뚝」 1,2,3 연

책, 30쪽.

6) 하루오 시라네 · 스즈끼 토미 엮음, 왕숙영 옮김, 『창조된 고전』, 소명출판, 2002. 이 책은 일본의 경우를 예로 들어 정전 형성(canon formation)의 역사적 과정을 탐구하였다. 그 결과 정전 형성 과정은 내셔널리즘의 발생과 깊은 연관이 있음을 밝히고 있다. 현재 고전이라 불리는 텍스트들은 근대 국민국가체제를 확립하는 과정에 즉 근대 이후에 정착된 것으로서, 국민·국가의 정체성 창조와의 깊은 연관 속에서 고전으로 편성 또는 재편성되었다고 결론지었다. 즉 고전은 저절로 고전이 된 것이 아니라 사회제도 특히 교육제도의 요구에 따라 텍스트에 가치가 부여된 것이다. 또 정전 형성과정에는 젠더 이데올로기도 작동하여, 여성의 문학은 거의 배제되었다. 이는 서양의 경우도 마찬가지여서, 소위 '죽은 백인 남성'의 저술밖에 없다.

7) Joan W. Scott, Only Paradoxes to Offer: French Feminism and the Right of Man, Harvard Uni. Press, 1996. 참조.

8) 다른 자전소설로는 『나목』(1970), 「세상에서 제일 무거운 틀니」(1972),「부처님근처」(1973), 「카메라와 워커」(1975),『그 많던 싱아는 누가 다 먹었을까』(1992), 『그 산이 정말 거기 있었을까』(1995) 등이 있다. 이 자전적 소설들 사이에도 상황묘사, 인물 등의 형상화에 차이가 있다. 특히 오빠의 죽음과 관련된 부분이 그러하다.

작9)을 통하여 모성 이데올로기가 여성의 정체성 형성과정에 개입하는 양상을 살피면서, 여성주체들 간의 말걸기 행위를 통하여 식민지 여성의 근대성과 근대적 모성의 의미, 그리고 식민주의의 자기식민화 과정이 어떠한 양상으로 드러나는지 살펴보고자 하였다. 말걸기 행위가 식민주의의 자기식민화 과정의 거부·극복 과정, 어머니-딸의 플롯의 산출과정과 어떤 함수관계를 가지는지 구체적으로 분석하면서 탈식민성의 문제를 검토해 보고자 하였다.

「말뚝」연작은 '억척모성'10)이라는 관점에서 분석된 바 있다. 어머니를 '여성'이 아닌 '중성'으로 간주하는 관점에서 벗어나 젠더(gender)의 범주 속으로 끌어들임으로서 모성성 연구를 페미니즘 시각에서 한 단계 끌어 올렸다는 평가를 받았다. 그러나 기존 연구에서 간과한 것이 있다. 이 분석 역시 페미니즘 일반론의 젠더 이데올로기에 갇혀 있다는 점과, 「말뚝」연작에 나타나는 여성주체들이 식민지-전쟁-분단 시기를 살아내어야 했던 식민지-제3세계 하위주체라는 점이다.

제1세계 여성주체와 제3세계 여성주체는 물질적, 역사적 이질성을 지닌다. 여성이라는 점에서는 같지만, 제1세계와 제3세계라는 점에서는 다르다. 이 차이점은 한 나라 안에서도 계급적, 계층별로 또 분리된다. 본 연구에서는 어머니의 경험, 그 중에서도 한국적 특수성이 있다고 판단되는 식민지-전쟁-분단이라는 세 시기에 걸쳐, 그것도 번화한 도시가 아니라 개성 근처의 박적골이라는 한 시골에서 구여성에 속하는, 엄마라고만 불리던 여성을 통하여, 어머니의 경험 양상을 탈식민적 사회주체성의

---

9) 「엄마의 말뚝」 연작은 세계사판 『박완서소설전집7』을 텍스트로 하였다. 이후 작품 명은 「말뚝1」「말뚝2」로 약칭하며, 인용의 경우 위 전집의 쪽수만 표시하기로 한다.
10) 권명아, 「박완서 문학 연구-억척모성의 이중성과 딸의 세계의 의미를 중심으로-」, 『작가세계』, 1994. 겨울호.

복원이라는 측면에서 분석하고 그것을 딸과의 관련양상 속에서 고찰하고자 하였다. 이 작업에서는 근대성 논의와 관련하여 많은 함의를 내포하고 있는 「말뚝1」이 특히 집중적으로 분석될 것이다.

'어머니-딸'의 플롯은 최근 페미니즘 비평에서 대항적 서사(counternarrative)로 논의된다.[11] 대항적 서사란 남성적 문법에 의존하여 전개되는 남성적 서사에 대한 대립물로 제시된 서사를 일컫는다. 남성적 문법을 해체·극복하려는 의도를 지닌다는 점에서 이 플롯은 '대항적' 의미'를 지닌다. 「말뚝」 연작은 이러한 대항적 서사의 특징을 분명히 보여 주고 있으며, 성별화된 담화(genderd discourse)의 특성을 마음껏 발산한다. 이 성별화된 담화의 특성 중 하나가 '말걸기'(Speaking-to)행위이다. 「말뚝」 연작에서 여성 하위주체들은 식민지-해방-전쟁-분단을 거치는 역사적 상황에서 서로 '말걸기' 행위를 한다. '말걸기'란 타자와 타자 간의 의사소통행위이다. 여성은 주체가 아니라 남성의 타자로 살아 왔으며, 성뿐만 아니라 인종·문화적으로 주변부에 속하는 하위주체를 형성한다. 더구나 예속과 억압의 식민지 현실과 연결되어 식민/피식민, 남성과 여성의 이항대립을 산출한다. 더 나아가 남성=식민지제국, 여성=식민지인=종속국이라는 성적 은유까지 증식된다. 따라서 여성들의 의사소통행위는 남성들의 의사소통행위와 다른 의미를 띨 수밖에 없다. 말걸기 행위는 하위주체임을, 타자임을 극복하려는 시도와 관련되며, 타자인 여성 하위주체들의 진정한 근대화 욕망과 관련된다. 이는 식민지-분단을 겪은 제3세계 여성의 근대성이 남성의 근대성과 차별화된 내포를 지닌다는 것을 의미한다.

---

11) M. Hirsch, The Mother/daughter Plot:Narrative Psychoanalysis, Feminism, Indiana Univ. Press, 1989. 참조.

2. 엄마의 '근대화 기획'과 식민주의의 자기식민화 과정

「말뚝」 연작에서 '나'라는 여자아이의 성장과정은 신여성을 만들겠다는 엄마의 근대화 기획과 깊이 연결되어 있다. 개성의 개풍군 박적골이라는 시골에서 어머니는 자식들에게 신식교육을 시키기 위해 서울로 거처를 옮긴다. 먼저 오빠를 서울로 유학시킨 후 어느 정도 안정 되자 엄마는 이제 딸까지 데려 가고자 한다. 이 소설은 이처럼 근대화 · 도시화에의 염원을 보여 주는 글쓰기 형식이다. 근대화 · 도시화에의 염원을 갖고 있다는 것은 이미 근대화의 장, 역사의 장에서 소외되고 배제되어 있다는 사실을 의미한다.

엄마의 신여성 기획은 남편의 죽음으로부터 시작된다. '이미 처녀 적에 문명의 소문에 접할 기회가 있었던' 엄마는 대처의 양의사에게만 보일 수 있었던들 간단하게 치료하여 살릴 수 있었는데 전통적인 치료법인 탕제와 굿에 의존하려다 남편을 잃었다고 판단한다. 구여성이지만 남편의 죽음 이후 구식, 전통적 생활방식에 전면적으로 이의를 제기한다. 엄마의 의식 속에는 이미 한의학/양의학, 구/신, 한문지식권/근대지식권의 이항대립적 가치체계가 설정되어 있었고, 전자를 버리고 후자를 택해 대처로 출분함에 주저함이 없다. 그리하여 단 하나의 재간인 바느질 솜씨만 믿고 박적골을 떠난다. 맏며느리로서 시부모 공양하고 봉제사라는 신성한 의무를 포기하는 대신 재산상의 모든 권리도 포기하는 것이었다.

엄마의 출분은 '며느리' 역할을 포기하고 '어머니' 역할을 선택하는 것으로서, 근대 이후 새롭게 정립되는 근대적 모성의 의미를 천착하게 한다. 전근대적 가족 구조 속에서는 어머니 역할보다 며느리 역할이 더 중시되었다. 조선시대 이후 여성의 역할은 효를 중심으로 구성되어 있었고, 어머니 역할은 출산과 태교, 그리고 양육자로서 10세 정도까지의 생활 · 도덕 교육을 맡은 것뿐이었다.[12] 「말뚝1」에서 며느리 역할의 포기, 어머니 역할의 선택은 근대화 이후 가족의 분리 및 근대적 모성의 함의를 구체적으로 드러낸다. 며느리 역할의 포기, 어머니 역할의 선택은 우리나라에서 대개 1930년대 이후 도시 중상층의 소수의 여성들에게서 드러난다[13]고 볼 때, 어머니 역할보다 여성의 노동력을 포함한 며느리 역할이 훨씬 중요한 「말뚝1」에서의 농촌 여성인 경우는 상당히 이례적인 것으로 볼 수 있다. 이례적일 만큼 출분으로 드러나는 엄마의 근대화 의지는 확고하였다고 할 수 있다.

이 연작에서는 근대적 모성의 정립이 전근대적 가족구조에서 벗어남으로써 가능해진다. 가족구조와 가정은 여성의 억압이 일상적으로 진행되는 장이기에 여성이 급진적으로 변모하게 되는 것은 기존 삶의 영역에서 벗어남으로써 가능하다. '벗어남'에는 '의식적 벗어남'과 '물리적 벗어남'의 두 가지가 있는데, 「말뚝1」의 엄마에게는 이 두 가지가 다 해당된다.

할머니와 엄마는 식민지 여성으로서 구여성에 속한다. 좀더 정확하게 말한다면 과거엔 양반이었으나 지금은 평민화 되어 있는, 그래서 양반이었음을 더욱 강조하며 우월성을 확보하고자 하는 식민지 농촌 여성이다. 양반의 체면을 중시하며 사람들을 '이웃(양반처럼 체면을 아는 사람이라 상종해도 괜찮다는 뜻)/ 상것/바닥 상것'으로 차별화하여 자신의 품위와 우월성을 유지하고자 한다. 새로운 식민지 계급질서에서 이미 상것이나 다름없는 처지로 굴러 떨어졌음에도 구한국의 신분제도(양반출신)를 거론하며 상것임을 부정한다. 실제의 신분과 의식상 갈망하는 신분이 착종되어 분열을 일으킨다.

---

12) 윤택림, 『한국의 모성』, 미래인력연구원, 2001, 46쪽.
13) 윤택림, 윗 책, 41-53쪽.

할머니와 엄마는 둘 다 정식교육을 받은 바 없으므로 지식인이라 할 수 없는 이를테면 민족, 계급, 성 범주에서 식민지 모순과 억압을 가장 첨예하게 받는 하위주체들이었다. 물론 둘 다에게 그런 인식은 거의 없다. 가부장제 이데올로기의 세례를 받아, 아들은 엄마의 '말뚝'이고, '신앙'(41쪽)이었으며, '종교'(87쪽)였다. 그래서 아들이 잠든 머리맡도 지나다니지 않았고, '느이 오래비 성공하면 우리 집안이 다 일어나는' 것이라 믿었다.

「말뚝1」의 엄마는 서울로 출분함으로써 조선시대 이래의 자궁가족(uterline family)에서 모중심가족(matrifocality)으로 이행한다. 자궁가족[14]이란 자궁으로 인해 구축되는 가족형태를 일컫는다. 즉 뚜렷한 이데올로기도 형식적 구조도 없는, 오직 한 여성의 자궁을 계기로 형성된 핏줄로 이루어진 사적 가족을 일컫는다. 남편 가문에서 가장 하위에 처해 있던 여성은 자신의 핏줄을 더해 감으로써 자신의 세력권을 구축해 가고, 이때 가족 유대는 주로 감성과 충성심에 기초한다. 이 가족유대는 공식적 가족 못지 않게 그 구성원들에게 구속성을 갖는다. 여성을 철저히 배제시킨 것으로 보이는 조선시대 이래의 유교적 가부장제가 여성을 상당히 흡수할 수 있었던 근거는 바로 자궁가족과 공식적 가족의 목표가 다행스럽게도 잘 맞아 떨어졌기 때문이다.

---

14) Wolf, Women and the Family in Tural Taiwan, Stanford Uni. Press, 1972. 참조.
울프는 중국을 대상으로 자궁가족 개념을 완성하였다. 중국은 우리와 약간 달리 종손, 종가집의 개념이 약한 친족구조를 갖고 있어 큰집 작은집의 위계질서가 비교적 대등한 편이라 한다. 필자는 중국과 우리가 다소 차이는 있으나 우리 가족형태도 자궁가족 개념이 충분히 소통될 수 있다고 생각한다. 임돈희와 조혜정도 필자와 동일한 견해이다.
임돈희, 「여성과 가족관계」,『여성학의 이론과 실제』,동국대출판부, 1986.
조혜정, 「한국의 가부장제에 관한 해석적 분석」,『한국의 여성과 남성』,문학과지성사,1988. 참조.

모중심가족에서는 남편 가문이 별 의미가 없다. 또 자궁가족에서와 달리 아버지는 없거나 있더라도 상징적인 의미만 갖고 있으며, 여성이 실질적인 가장이 된다. 모중심가족에서 중요한 것은 여성중심이 아니라 '모자관계'이다. 즉 남편 가문을 이을 아들, 가문을 일으킬 아들을 살려 출세시키는 강한 어머니가 중요한 초점이다. 모중심가족은 아들 중심이기 때문에 장자의 교육이 중시되었고, 따라서 딸의 희생이 강요되기 마련이었다. 아들에 집착함으로써 여성자신들에 의한 가부장제의 유지[15]와 가부장제의 재생산이라는 함의를 벗어나기 어려운 측면도 물론 지닌다. 박적골의 자궁가족에서는 며느리 역할이 무엇보다도 중요하였으나, 서울로의 출분이 이루어진 후의 「말뚝1」의 가족은 모중심가족을 형성한다. 그런데 「말뚝1」에서는 모중심가족임에도 딸의 희생을 강요하지 않고 오히려 딸에 대한 근대화 기획이 이루어지고 있다는 점에서, 「말뚝1」의 근대적 모성의 독자성이 있다.

같은 구여성에, 같은 자궁가족을 형성하고 있었던 여성이지만 할머니와 엄마는 위에서처럼 많이 다르다. 할머니에게는 타자화를 벗어나려는 몸부림이 없다. 그러나 엄마는 할머니와 다르다. 여성이라 할지라도 근대 초기의 경우 신여성과 구여성은 타자화의 양상이 다르게 나타난다. 대개 신여성들은 근대화에서는 소외되어 있지 않으나 민족 범주에서는 소외되어 있고, 구여성은 민족 범주 뿐 아니라 근대화에서도 소외되어 있다. 어릴 적 문명의 소문에 접할 기회가 있었던 엄마는 구여성이지만 근대화에서 소외되어 있지 않은 보기 드문 사례를 보여 준다. 구여성에 머물러서는 안된다는 자각이 있다는 점에서 엄마는 분명 할머니와 다른 여성이다. 이를테면 '과도기적 여성'이라 할 수 있는데, 과도기적 여성이란 공교육의 혜택을 받지는 못하였으나 여러 경로를 통하여 교육의 효과는 지닌

---

15) 조혜정, 윗 책, 110쪽.

인물이라 할 수 있다. 즉 풍문 등을 통해 의식상으로 신여성화된 인물이며, 준계몽자의 역할을 수행한다. 준계몽자의 입장에서 자신의 딸을 시골에 그대로 머물게 할 수 없었다. 그래서 자식 교육을 위해 며느리 역할도 포기하고 서울로 향한다.

엄마의 서울행은 모두 두 차례에 걸쳐 이루어진다. 첫 번째는 오빠를 먼저 서울로 데려가는 것이고, 두 번째는 딸을 데리고 서울에 가 아예 '말뚝'을 박는 것이다. 신식교육은 근대적 모성의 내포를 지닌다. 「말뚝 1」에 드러나는 어머니상은 전통적인 자기희생적 어머니상과 다르다. 자식교육을 위해 며느리 노릇도 포기하며, 거의 무성적인(asexual) 어머니상에 가깝지만 '목소리 없는 조력자'는 아니다. 오히려 목소리를 크게 내어 주장하고 실행하는 어머니이다.

엄마의 주장은 신여성이 되어야 한다는 것이다. 엄마가 생각하는 신여성이란 '공부를 많이 해서 이 세상의 이치에 대해 모르는 게 없고 마음먹은 것은 뭐든지 할 수 있는 자유로운 여자'(36쪽)이고, '공부 많이 해서 신여성되면 네 신세가 피는 것'(47쪽)이다. 서울만 산다고 되는 게 아니라 공부를 많이 해야 하며, 외양적으로는 '머리도 히사시까미로 빗어야 하고, 옷도 종아리가 나오는 까만 통치마를 입고 뾰죽구두 신고 한도바꾸를 들고 다닌'다.

엄마의 신여성관에는 모든 지식의 원천은 인간이고, 남녀 모두에게 동등한 능력이 있으며, 지식의 소유를 통해 진리의 발견과 자유로운 삶, 주체적 삶이 가능하다는 생각이 들어 있다. 여성도 지식을 소유할 때 자기충족적 개인이 될 수 있으며, 자신의 삶을 온존하게 영위할 수 있다는 뜻으로, '공부 많이 해서 신여성되면 네 신세가 피는 것'이라 말하는 것으로 보아 여성도 환경을 변화시킬 수 있으며, 여성의 운명이 타고난 운명은 아니라는 뜻도 내포되어 있다. 다시말하자면 자기긍정을 통해

244

주체가 되는 것이 진정한 신여성 정신이라는 것이 엄마가 말하는 '여성의 근대성'이다.

그런데 엄마의 신여성상을 자세히 들여다 보면 엄마의 신여성 만들기의 근대화 기획은 '모방'의 형태를 띤다. '공부 많이 한 자유로운 여자'나, 히사시까미와 까만 통치마, 뾰죽구두와 한도바꾸로 통칭되는 신여성의 내포나 외양은 일본의 근대적 신여성의 전형적 모습이다. 엄마의 신여성은 이렇게 서구의 근대를 모방한 일본(suborientalism)을 다시 모방하는 sub-suborientalism의 형태를 띠고 있다. sub-suborientalism이란, 서구를 타자로 상정하면서도 자신은 동아시아를 지배했던 일본에 의해 이중적으로 타자화된 양상을 의미한다. 식민지는 서구의 타자, 문명의 타자로 존재하면서 식민 지배 문화를 자발적으로 내재화하여 타자화한다. 서구문화에 대한 이러한 식민성은 '누런 피부, 하얀 가면'16)을 창출하는데, sub-suborientalism인 우리는 '누런 피부, (또 다른)누런 가면'을 형성한다. 서로 누렇기 때문에 더더욱 이중적이고 혼란스럽다. 대상화의 주체와 대상이 유사하기에 더욱 복잡한 형태가 도출된다고 할 수 있다.

'거의 같지만 똑같지는 않은' 닮은 꼴의 내재화는 '모방'(mimicry)17)을 통해 이룩된다. 모방의 전략 중 가장 핵심적인 것이 교육이다. 공교육(학교교육)이야말로 모방을 통한 식민화 전략의 가장 정점에 해당된다. 엄마의 신여성 만들기의 핵심은 근대 교육이다. 근대 교육이 새로운 시대의 일종의 자본(부르디외식으로 표현하자면 학력자본)으로서 신분제를 대

---

16) 프란츠 파농의 '검은 피부 하얀 가면'을 패러디한 것이다.
   프란츠 파농, 이석호 옮김, 『검은 피부 하얀 가면』, 인간사랑, 1998. 참조.
17) 파농은 모방을 콤플렉스의 표현으로 보았으나, 바바는 모방이 분열과 긴장을 보여주어 전복의 가능성이 있다고 적극적으로 해석한다.
   프란츠 파농, 윗 책.
   호미 바바, 『문화의 위치』, 소명출판, 2002. 참조.

체할 것으로 믿었던 것이며, 교육을 통해 거의 상것화 되어 있는 식민지 신분질서를 탈피하려고 하였던 것이다.

교육에 대한 이러한 믿음은 sub-suborientalism의 전형적인 발현형태로서 거의 무의식의 형태로 자리잡고 있었다. suborientalism인 일본을 모델로[18] 받아들일 수밖에 없고, 서구문물을 받아들여 문명개화 하는 것이 최고의 국가적 전략이라는 의식은 식민주의 의식이다. 식민화의 과정에서는 모방을 통한 자기식민화가 일어난다. 식민지배자의 논리를 내면화하여, 강제적인 것이 아니라 마치 자발적인 의지처럼 실천하는 것이 자기식민화이다. 이 과정에서 식민지적 무의식이 구조화되는데, 일본의 경우 '문명개화'라는 슬로건을 내걸고 서구 열강을 모방하는 것에 내재하는 자기식민화를 은폐하고 망각함으로써 식민지적 무의식이 구조화되었다. 근대화와 문명개화에 있어 교육은 그 어느 것보다 근본적이고 본질적인 기획이었다. [19]

그러면 「말뚝 1」의 시대적 배경인 일제말기의 교육제도는 어떠했던가. 「말뚝 1」의 '나'가 교육받던 일제 말기의 여성교육이란 한마디로 순량한 황국신민의 양성과 가부장제에 입각한 양처현모 교육에 그 목적이 있었다. 자유인으로서, 남성과 대등하게 교육시키고자 한 것이 아니라 식민주의 담론의 젠더 이데올로기에 입각해 '새로운 근대적 가부장제를

---

18) 1860년대 일본의 파워엘리트들에게 가장 시급한 과제는, '만국공법'의 논리나 서구 열강이 만들어낸 '국제' 관계의 규범을 내면화하고 국가 체제를 그 규범의 틀에 적합한 것으로 새롭게 만드는 일이었다. 이 과정에서 자기식민화가 일어나는데, 마치 자발적인 의지처럼 '문명개화'라는 슬로건을 내걸고 서구 열강을 모방하는 것에 내재하는 자기식민화를 은폐하고 망각함으로써 식민지적 무의식이 구조화되었다. 메이지 유신 이후의 일본은 '문명개화'를 국시로 내걸고 학교교육을 철저히 함으로써 스스로 문명화, 즉 자기식민화하였다. 고모리 요이치, 송태욱 옮김,『포스트콜로니얼』, 삼인, 2002.「'문명개화'와 식민지적 무의식」절 참조.
19) 윗 책, 참조.

성립하는 교육'이었다.[20] 「말뚝1」에서 신여성의 필수과목으로 배워야할 과목에 한글이 빠져 있고, 신여성의 복장에 윗도리가 빠져 있는 점은 구한국적 요소가 '결핍'으로서 즉 부재의 의미로 기호화되어 있[21]음을 입증해 준다. 즉 엄마의 신여성 기획이란 구한국적 요소는 배제된 것이라는 점에서 진정한 근대화 기획은 될 수 없었던 것이다. 따라서 엄마의 교육 욕구는 자식들을 근대화의 주체로 만들기 위한 요구였으나 기실이는 식민지 현실에 끈질기게 남아있던 제국주의적 인식틀을 수용한 결과이며, 식민성이 관철되는 현장이었던 것이다.

엄마의 근대화 기획이 '문밖'에서 시작되었다는 점이 이러한 주변부성과 식민성을 입증해 준다. 엄마가 자리잡은 현저동은 문안과 아주 가까이 인접해 있지만 문안과는 삶의 형태가 판이하게 다른 문밖 동네이다. 현저동이야말로 문안 동네인 일본과 제일 가깝지만 그들과는 분명 차이가 있는 식민지 조선의 상징적 축소판이다. 엄마의 근대화 추구의 제일보는 이 사대문밖 현저동에 집한 칸을 마련하여 '말뚝'을 박는 일로 시작된다. 이는 식민지 하위주체의 근대성 추구가 문밖에서 시작될 수밖에 없음을 단적으로 드러낸다. '문밖' '문밖의식'은 이 연작에서 주변인의 타자성, 여성 하위주체성을 상징적으로 드러내 주는 실로 압권에 해당하는 부분이다. 엄마는 문밖에 살기 때문에 아직은 (진정한:필자)서울사람이 되지 못했다는 조바심과 열등감을 갖고 있으며, 문안으로 진출하여 번듯한

---

20) 조은 · 윤택림, 「일제하 신여성과 가부장제」, 『광복 50주년 기념논문집 8-여성』,한국학술진흥재단, 1995. 172쪽.
이러한 양상은 해방 후에도 조금 다른 형태로 여전히 지속된다.
김은실, 「한국근대화 프로젝트의 문화논리와 성별정치학」,『동아시아의 근대성과 성의 정치학』, 푸른사상, 2002. 참조.
21) 최경희, 「어머니의 법과 이름으로」,『박완서문학 길찾기』, 이경호·권명아 엮음, 세계사, 2000. 183쪽.

삶을 이루겠다는 열망을 노골적으로 표출한다. 모방의 고리가 서구-일본-조선-서울 문안-서울 문밖으로 연결되어 있는데, 따라서 문안동네를 바라보는 엄마의 눈은 절절할 수밖에 없었으며, 소학교 입학과 관련해서는 학구제도 무시하고 친척집에 기류계를 내서 기어코 문안으로 진출하고 만다. 문안으로 진출하여 문안사람들을 모방하여 그들과 같은 학교에 다니며 근대 교육을 받고, 그들과 같은 삶을 사는 것이 엄마의 근대화 기획의 골자였다.

위에서 살펴본 바와 같이 「말뚝1」의 엄마는 '며느리 역할 포기, 어머니 역할 선택'을 하는 근대적 모성주체로서, 자궁가족에서 모중심가족으로 이행한다. 「말뚝1」은 가족형태의 이행과정을 보여 준다는 점에서도 그 의미가 크다. 엄마는 모중심가족의 실질적 가장으로서 남성대리인의 역할을 충실히 수행한다. 엄마의 이러한 생활력이 한편으로는 부계 혈통 중심의 남성 우월주의를 재생산하는데 투자된 것도 사실이다. 「말뚝1」에서 엄마가 딸에게 근대적 모성으로서 시행하고자 하였던 근대교육이란 위에서 언급한 바와 같이 황국신민화 교육, 식민주의 담론의 젠더 이데올로기 교육이었으며, 이 과정 전체는 식민주의의 자기식민화 과정이었다. 엄마가 생각하는 근대화란 자기주체화인 것처럼 보이지만 식민지적 무의식과 결부된 모방이며, 식민성이 관철되는 현장이란 점에서 착종성을 보인다. 또 이 자기식민화 과정에 남성은 개입하지 않고 여성 혼자, 그것도 구식 전통에 의지하다 남편을 잃은 농촌 여성 혼자 감당하였다는 점, 그러나 그 과정에서 엄마는 자궁가족에서 탈피하여 모중심가족으로의 이행을 꾀할 수 있었다는 점이 식민지, 계급, 성 범주에서 엄마가 드러낸 근대성의 복합함수관계이다. 그런데 모중심가족이지만 딸의 희생을 강요하지 않고 오히려 딸의 근대화를 기획하였다는 점에서, 더구나 도시 중산층 여성이 아닌 농촌 여성에 의해 그 기획이 이루어졌다는 점에서 「말뚝1」의 근대적 모성의 의의가 있다.

3. 어머니 / 딸의 대립과 일방적 말걸기

엄마의 근대화 기획에 딸인 '나'는 거부감을 표시한다. 아직 어린 딸인 나는 애시당초부터 서울행이 달갑지 않았다. 엄마가 오빠와 서울로 가 있는 동안 나는 너무 행복했었다. 할머니의 치마폭은 마치 모태와도 같이 나를 포근히 감싸주었다. 서울행은 나에게 자궁을 떠나 세상 밖으로 나가기를 거부하는 태아로 비유된다. 엄마의 서울행은 나에게 '나쁜 일' 로 비추어지고, 거부의 대상, 공포의 대상으로 인식된다. 나에게 할머니의 박적골과 엄마의 서울은 호/오, '낙원'/지옥의 상징으로 계속 대립적으로 제시된다. 대처란 '추락하고 있는 것 같은 아찔한 공포감과 속도감'을 맛보이는 세계이다. 박적골의 토담과 초가지붕은 '부드럽고 따스한 빛' 으로, 기와지붕과 네모난 이층집 유리창에서 박살나는 햇빛은 무수한 화살처럼 적의를 곤두세우고 있다고 느낀다. 대처 사람에 대한 인상도 아주 나쁘게 형성되어 있으며, 그들의 양복쟁이 모습, 양쪽 눈에 하나씩 걸치고 있는 화경도 아주 싫고 무섭다.

오빠의 서울행도 '어른과 대처가 공모를 해서 오빠에게 올가미를 씌우려 하고 있다'고 생각한다. 그 올가미 때문에 예전에는 개구쟁이였던 오빠가 서울 온지 2년만에 '우울하고 과묵한 소년'으로 변해 있는 것이다. 또 엄마가 제시한 신여성 상인 선생님을 보고도 아주 실망을 금치 못한다. 신여성의 구색을 갖춘 1학년 담임선생님을 보고 '거짓이라는 것을 단언할 수 있다'(51쪽)고 할 정도로 나는 엄마의 기획에 거부감을 갖고 있다. '엄마에 의한 근대화' 거부는 '대처의 낙인'으로 엄마가 깎아

준 단발머리를 '치욕'으로 받아들이는 부분(18쪽)에서 그 극에 달한다.

이런 거부감 때문에 문안 사람이 되라고 학구제를 속여가면서까지 보낸 소학교를 나는 여러 가지 갈등 속에서 다닐 수밖에 없었다. 문안이 있는 학교를, 신작로를 통해서가 아니라 인적이 거의 없는 문둥이가 나온다는 산길을 통해 걸어 가야 했으며, 엄마가 억지로 조성한 우월감은 등성이 하나만 넘어가면 열등감이 되었다. 또 친구들에게는 따돌림을 계속 받았다. 초기에는 엄마의 신여성 기획에, 엄마의 일방적 말걸기 행위에 소극적으로 임하지만 나는 그것에 완전히 동참하지 못하고 심리적 거리를 느끼며 거부하고 분열된 상태로 남는다. 입학을 계기로 생긴 두 개의 주소는 바로 이러한 엄마의 현실과 이상과의 괴리가 만든 공간적 분열을 드러내는 기호라 할 수 있다. 대처/ 농촌, 신여성/구여성, 근대/ 전근대를 대비시키며 후자에 비해 전자를 공포의 대상으로 여기며 거부한다. 엄마가 후자에 비해 전자를 신뢰했던 것과 비교하면 딸의 초기 반응은 엄마와 정반대의 가치체계를 드러낸다. 우리 소설에서 흔히 볼 수 있는 양상이 전근대적 어머니/ 근대적 딸의 형태, 또는 그 대립이라는 점에서 「말뚝1」의 구조는 이와 반대의 형태를 취하고 있어 또한 특이하다.

'어머니의 법', '어머니의 이름'[22]으로 행해지는 엄마의 기획을 거절할 수 없는 하위주체인 나는 엄마의 기획대로 성장한다. 물론 주인공이 엄마의 기획, 엄마의 기획이 함유하고 있는 근대라는 것의 의미와 대상들에게

---

22) 최경희는 라캉의 '아버지의 법', '아버지의 이름'의 대칭개념으로 이 용어를 사용하였다. 라캉은 인간의 개별자 형성과 사회를 세우는 체계로서의 '아버지의 법'을 만들었으나, 최경희는 가부장제의 특성을 이 개념에서 강조한다. 즉 최경희에게서는 부성중심체제와 대치된 모성중심체제를 지칭하는 개념이다. 윗 글, 참조.
어머니의 법과 이름으로 이루어지고 있다는 점에서 「말뚝1」은 '딸의 서사'가 아니라 '어머니의 서사'라 할 수 있다.

시종일관 거부함만 표시했던 것은 아니다. 오빠가 서울로 가면서 남기고 간 근대적 문물에 속하는 크레용, 지남철, 유리조각은 나에게 경이로움의 극치를 주었다.

> ······그 중에서 내가 정말 갖고 싶었던 건 지남철뿐이었다. 지남철로 오빠가 화로를 휘저어 쇠붙이를 모조리 끌어올리는 것도 재미있었지만, 내가 온종일 찾지 못한 할머니가 바느질하다 놓친 바늘이 오빠의 지남철 끝에서 방금 낚아 올린 붕어처럼 비늘을 반짝이며 파르르 떨고 있는 걸 볼 땐 시샘과 경탄으로 숨이 막힐 지경이었다. 고 신기한 게 마침내 내 것이 된 것이었다. 그러나 오빠는 나에게 더 신기한 걸 가르쳐 주고 떠났다. 그건 유리조각의 쓸모였다. 오빠는 그 동그란 유리조각으로 햇볕을 일으키는 법을 가르쳐 준 것이다. 유리조각을 통과한 빛이 종이 위에서 창백하고도 뜨거운 느낌으로 송곳 끝처럼 오므라드는 걸 지켜볼 때 내 심장도 그만한 크기로 옥죄었고 마침내 그곳에서 파란 연기가 모락모락 피어오르자 나는 온몸이 오싹오싹하면서도 가슴은 화끈했고······[23]

오빠가 갖고 있는 물건 중 내가 탐내는 것은 지남철과 유리조각이다. 지남철과 유리조각은 근대의 산물이다. 지남철이란 근대화로 상징되는 쇠를 끌어당길 수 있는 물건이며 유리조각은 새로운 빛의 세계를 엿보게 하는 마술과도 같은 존재이다. 쇠가 물질문명을 기호화한다면 유리조각을 통해 비쳐지고 투사되는 빛은 새로운 정신혁명적 힘을 기호화한다.

또 인용문에서 드러난 바, 할머니가 찾지 못한 바늘을 지남철로 간단하게 해결하는 장면에서는 구 전통으로 해결치 못하던 것을 근대 문명으로 간단하게 처리하는, 근대에 대한 자기식민화된 동경이 무의식적으로 내재화되어 있음을 볼 수 있다. 이 두 근대 문물은 나를 '시샘과 경탄으로

---

23) 『박완서 소설전집 7』, 윗 책, 17쪽.

숨이 막히게' 하고, '온 몸이 오싹오싹하면서도 화끈하게' 만든다. 이런 사물들을 신기해 하고 신여성 기획의 중요물품으로 삼고 있다는 점에서 식민지 하위주체에게 부과된 근대성, 남성성의 괴력을 거의 폭력적으로 느낄 수 있다.

주인공의 이러한 경이의 몸짓은 엄마가 나를 서울로 데려 가기 위해 왔을 때 보였던 거부의 몸짓과 배치된다. 이러한 이중성[24]은 한편으론 오빠에 대한 선망에서 비롯된다고 할 수 있는데, 근대화된 오빠와의 동일시를 꿈꾸기 때문이다. 오빠는 내가 경외하는 대상이자 의지하고 신뢰하는 인물이며, ' 더 신기한 걸' 전수해 주는 사람이다. 오빠야말로 근대적 지식의 원천인 셈이다. 나는 오빠와의 동일시를 통해 근대로의 편입을 꿈꾼다. 이는 여성의 근대성이 남성과의 동일시를 통해 이루어진다는 의미를 띤다. 엄마와의 동일시는 거부하면서 오빠와의 동일시는 희망하고 있다. 우리 서사에서 아버지보다 오빠가 동일시의 대상, 또는 여성의 근대화를 돕는 조력자로 주로 등장한다는 점을 상기시키는 부분이기도 하다.[25] 아버지가 아닌 오빠가 조력자로 등장하는 것은 식민지화로 인한 부성의 부재나 부성의 유아화와 연관된다. 뿐만 아니라 위 일화는 여성의 존재를 남성의 결핍으로 재구성하지 않는다는 점에서 중요성이 있다.[26]

---

24) 엄마도 물론 이중성을 강하게 드러낸다. 농촌에서 대처사람을, 문밖에서 문안사람을 동경하면서도 이웃/상것/바닥 상것을 통해 은근히 자신이 양반출신임을 강조하는 부분도 그러하고, 딸에게는 신여성이 되어야 한다고 진보적인 견해를 펼치는 듯 싶지만, 아들을 종교처럼 신앙처럼 숭배하는 의식구조는 상당히 전근대적이어서 이중성이 목격된다. 또 서답을 '더러운 빨래'라고 말하는 것도 가부장적 시선이 강하게 드러나는 부분으로 엄마가 말하는 '자유로운 여자'와는 거리가 있다.

25) 하지만 「말뚝」연작에서는 오빠를 포함한 남성이 거의 전경화, 초점화되지 않는다. 할아버지는 침묵하는 존재로 묘사되어 있으며(140쪽), 아버지는 고통과 하강의 이미지로, 즉 데굴데굴 굴러 떨어져 괴로워 하는 존재로 그려져 있다.(140쪽)

26) 최경희, 윗 글, 179쪽.

즉 바늘을 찾아내고 끌어 올리는 지남철을 무작정 동경의 대상으로만 그리지 않고, "고 신기한 게 마침내 내 것이 된 것이다"라고 함으로써 오빠와 나는 욕구대상이 무엇이든 간에 그 대상을 확보할 수 있는 평등한 존재로 그리고 있다.

근대화 기획에서, 오빠는 갈망하면서 엄마는 거부하는 이러한 이중성은 「말뚝1」이 제시하는 여성의 근대성의 한 측면이다. 식민지의 어린 딸들은 엄마에 의한 근대화는 거부하지만, 오빠에 의한 근대화는 갈망한다.[27] 이는 엄마와 오빠에 의한 '근대화'의 내포가 달리 인식되었기 때문이다. 엄마에 의한 근대화는 정신적인, 정서적인 풍요로움을 빼앗는 것으로 인식되었고, 오빠에 의한 근대화는 물질문명의 풍요로움과 호기심의 대상으로 인식되었다. 이러한 차이는, 가부장적 질서에서 엄마와 오빠에 대한, 즉 모성과 '대리 부성'에 관한 가치지평이 다르게 형성되어 있음과 관련된다. 전통적으로 엄마는 딸과의 유대를 교감케 해주는 인물로, 무엇이든 주는 존재로 규정되어 왔으며, 오빠는 아버지를 대신하는 양육자로 규정되어 왔기 때문이다. 가부장적 질서에서 엄마는 주는 것이 우선인 존재이지 빼앗는 것이 우선인 존재는 아니었다. 그런데 「말뚝1」의 엄마는 딸에게 할머니와 달리 빼앗는 존재로 인식되었고, 딸은 이를 거부하였던 것이다.

「말뚝 1」에서는 엄마가 근대화 기획의 주도권을 쥐고 있고 내가 그 근대화 기획의 대상으로 설정되어 있다는 점에서, 또 내가 엄마의 기획에 거부감을 강하게 표시하고 있다는 점에서 분명 일방적이다. 일방적이지

---

27) 최경희는 엄마와 오빠를 모두 '나'를 근대화로 이끈 양성이라 보고, 양성적 세계의 정체성이 '내'가 갖게 된 근대적인 여성 정체성이라 보고 있으나(윗 글, 185쪽), 엄마에 의한 근대화를 딸이 강하게 거부하고 있다는 점에서 필자는 이에 동의하지 않는다.

만 주인공이 그것을 거절할 수 없다는 점에서 '어머니의 법', '어머니의 이름'으로 행해지는 말걸기의 위력을 느낄 수 있다. 딸은 무언가를 빼앗긴다는 생각에서 엄마를 거부하지만, 엄마는 준계몽자의 위치에서 딸에게 끊임없이 말걸기를 한다. 엄마의 말걸기는 엄마를 위한 것('자기가 미처 도달하지 못한 이상향'을 찾는 행위로 작품에서는 말한다:49쪽)이기도 하지만, 딸인 나를 더 위한 것이었기에 권위주의적인, 폭력적인 것은 아니다. 오히려 비록 일방적이라 하더라도 말걸기 행위가 이루어졌다는 점이 더 중요하다. 말걸기 행위가 이루어지지 않았다면, 진정한 것이건 아니건 간에 딸의 근대화 자체가 성립될 수 없었기 때문이다.

말걸기란 앞서 언급한 바와 같이 타자와 타자 간의 의사소통행위이다. 스피박은 하위주체는 스스로 말할 수 없으므로 지식인 여성이 하위주체 여성에게 말걸기를 하여 말하게 하고, 그것을 담론과 문화영역에 제대로 끌어들여야 한다고 주장한다. 또 하위주체들은 자신들이 스스로 말할 수 없으므로 지식인들이 '징후적 독법'(symptomatic reading)으로 하위주체의 모순을 파악해내고 그들로 하여금 말하고 인식할 수 있도록 유도해야 한다고 언급한다.[28] 말걸기란 이야기하기(storytelling: 이야기하기로 통칭되는 소통행위 일체를 말한다:필자)가 갖는 치유와 보호의 힘으로 여성들 사이의 유대와 역사를 가능하도록 만드는 실천이다. 말걸기에서는 타자들이 서로 대상화하지도, 대상화 되지도 않으며, 부재에 의해 묘사되지 않는다. 또 동시대성을 부정당하고 과거로 돌려 보내지지도 않는다.[29]

---

28) G. Spivak, "Can the Subaltern Speak?", Colonial Discourse and Post-colonial Theory: A Reader, Columbia Univ. Press, 1994.

_____, "French Feminism in an International Frame", In Other Worlds, Routledge, 1988. 참조

29) 에드워드 사이드는 피식민 문화의 특징을 이와 같이 언급한 바 있다.

254

「말뚝 1」에 나타나는 말걸기 양상은 '지식인과 하위주체' 간의 말걸기가 아니라 '하위주체 간의 말걸기'란 특징이 있다. 이 말걸기는 '어머니의 법'으로 이루어져 딸인 나는 그것을 실천해내지 않을 수 없지만 의식적으로는 그것을 거부한다. 딸이 의식적으로 거부한다는 점에서 「말뚝1」의 말걸기는 일방적 소통구조이다.

4. 쌍방적 말걸기와 '어머니-딸'의 플롯

「말뚝 2」와 「말뚝 3」에 이르면 분단문제가 개입되면서 양상이 사뭇 복잡해진다. 「말뚝 2」는 병원에 입원한 엄마가 옛날 그 현저동 집에서 한국전쟁 중 인민군의 총을 맞고 죽은 아들을 기억 속에서 끄집어내며 고통스럽게 광란하는 장면을 목격하면서, 딸이 자신의 기억 속에서 한동안 상실되었던 엄마를 '다시 찾아야 하는 대상'으로 그리고 있다.

「말뚝 2」에서 그려지는 딸의 '어머니 다시 찾기'는 「말뚝 1」에서 강요되었던 '어머니의 법'에 대해 내가 지니고 있던 비판적 거리를 재고하는 형태로 전개된다. 그 결과 「말뚝 2」는 '일방적 말걸기'에서 '쌍방적 말걸기'로 전환한다. 이 과정에서 일차적으로 출가외인과 모성성이라는 이데올로기가 서술자의 과거회상을 통해 점검되고, 이차적으로 오빠와 관련된 결정적인 사건들이 기억의 지평으로 다시 드러난다. 다시 말하자면 출가외인으로서의 나, 즉 결혼한 여자로서의 나의 정체성을 벗기고 딸로서의 옛 자신을 회복한다. 하지만 내가 목격하는, 엄마의 광란에서 드러나는 내용은 나의 기억에는 없는 장면들이다. 엄마는 과거를 새로이 살아내고 있는 것인데, 그 내용은 내가 알지 못하는 것들이다. 이는 엄마의

에드워드 사이드, 『오리엔탈리즘』, 박홍규 역, 교보문고, 1991. 참조.

기억이 역사의 표면에서 '배제'되었음을 말한다. 분단이라는 역사적 상황이야말로 배제의 장본인이라 할 수 있는데, 분단 상황은 엄마로 하여금 아들의 죽음조차 '사실대로' 기억할 수 없게 하였던 것이다. 분단은 엄마에게 '간혀지고, 숨겨진 서사'였다. 분단 모순이 여성에게 사실까지 은폐시키고 억압시켰음을 알 수 있다. 너무도 큰 충격이기에 이성으로는 도저히 기억할 수 없었고 오직 몸으로만 기억할 수 있었던 것이다. 이 지점에서 고통이 기억을 제도화[30]하는 양상을 읽을 수 있다.

「말뚝」 연작에 드러나는 어머니-딸의 서사는 일반 어머니-딸의 서사와 다르다는 점을 간과해서는 곤란하다. 이 연작에 나타난 엄마와 딸은 식민지 하위주체, 제3세계 하위주체이다. 식민지 하위주체 및 제3세계 하위주체는 식민지 지배자 및 제1세계 하위주체와 같을 수 없다. 식민지와 분단을 경험한 우리에게 이 부분은 여러 가지를 시사해 준다. '같을 수 없음'을 단적으로 드러내 주는 사건이 위에서 말한, 엄마의 무의식 속에 각인된 오빠의 기억이다. 헛 것을 본 듯 엄마의 몸이 기억해 내는 식민지 하위주체 및 제3세계 하위 주체에게 부과된 식민지 지배자 및 제1세계의 폭력은 너무도 놀랄 정도로 끔찍하다. 엄마의 기억은 육신에 낙인을 찍은 것처럼 지워질 수 없는 고통이다. 몸이 기억하고 있는 고통은 낙인처럼 결코 지워질 수 없는 것이다. 「말뚝 2」에서 서술자인 딸이 육체의 언어라고 할 수 있는 엄마의 광란 행위를 보며 '그야말로 어머니를 짓밟고

---

30) 엘리자베스 그로츠, 임옥회 역, 『뫼비우스의 띠로서의 몸』, 여이연,2002. 265쪽.
니체에 따르면 문명은 고통의 기억을 통해, 몸에다 법의 낙인을 찍음으로써, 문명의 기본적인 요청을 주입시킨다. 고통이야말로 기억을 제도화하는데 가장 핵심적인 어휘이다. 또한 몸에 새겨진 기억의 형성은 사회적 조직을 창조하는데 핵심적 조건이다.
사회과학과 인문학에서 몸의 표현은 젠더 이미지를 붙잡고 있는 사회적 관례들을 채택하고 있다고 본다. 브라이언 터너, 임인숙 옮김, 『몸과 사회』, 몸과 마음, 2002.

모든 것을 빼앗아간, 어머니가 도저히 이해할 수 없는 분단이라는 괴물을 홀로 거역할 수 있는 유일한 수단이었다'고 해석함으로써 역사적 분단상황에 마주해 있던 하위주체 여성이 얼마나 고통스럽게 타자화되어 있었는지를 웅변적으로 드러낸다. 슬퍼도 슬프다고 표현할 수 없는 상황이 식민지- 분단을 살아내야 했던 여성들의 현실이었다.

주인공은 자신이 미처 몰랐던 엄마의 대사를 들으며 비로소 엄마의 상처를 확인하고 엄마의 뺨에 자신의 뺨을 비비며 통고한다. 엄마의 광란 직후 일어나는 딸의 통곡은 「말뚝」 전편에 걸쳐 가장 직접적으로 엄마와 나의 몸이 하나되는 순간이다. 「말뚝 2」의 마지막 부분에 나오는 유언일화는, 딸의 손잡음으로 시작된 어머니 다시 찾기의 상징수사를 엄마와의 손잡음으로 완성하는 것이다. 뺨을 비비는 행위는 음성으로가 아니라 몸으로 일구어내는 쌍방적 말걸기 행위라 할 수 있다.

일방적 말걸기로부터 시작해 쌍방적 말걸기로 진행되는 「말뚝」 연작은 엄마와 딸의 연대성을 확보해주면서 '어머니-딸'의 서사를 만들어낸다. 쌍방적 말걸기는 어머니-딸의 서사를 가능케 해주는 중요요인이다. 「말뚝 2」에서는 쌍방적 말걸기를 통해 '어머니/딸'의 대립은 약화되고 '어머니-딸'의 유대관계로 나아간다. 대립을 유대로 이끌고 공생을 도모하며, 기존 사회에 저항하게 한다는 점에서 쌍방적 말걸기는 '바깥으로부터 중첩결정된다'는 식민지 주체[31]를 극복하게 해주는 기능을 담당한다. 말걸기를 통해 타자화가 지연되고, 타자임을 인식함으로써 타자 상태로부터 비로소 벗어나는 것이다.

이는 「말뚝1」이 40년이 지난 시점에서 딸의 '기억'으로 구조화되는 현상과 맞물려 있다. 딸인 나는 엄마의 기획대로 신여성 교육을 받아 중학생으로 성장한다. 엄마는 근대적 모성주체로서 근대화 기획을 세우

---

31) 파농, 윗 책, 참조.

고 적극적으로 실천해 내려 하지만 어린 딸인 나는 오히려 엄마의 그 근대성을 거부한다. 그럼에도 엄마는 끊임없이 딸에게 말걸기를 시도한 결과 딸은 엄마가 기획한 신여성보다 훨씬 더 나은 여성으로 성장했다고 자부한다. 작품 말미에서 이제는 40년이 흘러 다시 엄마의 말뚝을 보러 간 '나의 의식은 아직도 말뚝을 가지고 있었'다. 하지만 엄마의 신여성상을 '마치 복원한 성벽처럼 옛 것도 아닌 것이, 새 것도 못되는 우스꽝스럽고도 무의미한 억지라고 느'끼면서 '다시는 그것을 복구하지 않을 것'이라 말한다. 엄마의 근대화기획을 거부했지만 어머니의 법으로 행해진 그 기획을 통해 엄마가 말한 신여성보다 더 멋진 여성이 되어 있다고 자부심을 표시함으로써 모방을 통해 식민주의가 관철되었던 엄마의 자기식민화 과정을 십분 훌륭하게 극복해냈음을 드러낸다. 이로써 하위주체 간의 말걸기의 효과가 입증되었다.

　엄마의 과거 삶은 서술자인 '나'를 통해 철저히 관찰되고 해석되고, 나의 관점에서 새롭게 기억되었다. 관찰하고 해석한다는 것은 엄마와 딸의 세대가 서로 다른 가치지향점을 가졌음을 의미한다. 엄마의 이야기를 기억하는 행위는 '다시 말하는 행위'가 된다. 기억은 또 다른 나의 표현이다. '다시 말하는 행위'는 역사적 상황이 달라진 시대에서, 타자에 대한 또 다른 타자의 해석을 소개함으로써, 타자와 타자가 갈등과 협력을 통해 서로 연대할 수 있음을 보여준다. 다시 말하기 위해서는 말걸기를 하여 소통해야 하고, 소통은 쌍방적 구조를 만든다. 쌍방적 말걸기를 통해 여성들 간의 유대와 공생이 이루어졌으며, '어머니-딸'의 플롯이 산출되었다. 기억이라는 행위를 통해 '다시-제시'하고 '다시-표현'함으로써 탈식민성을 확보하는 대항적 서사가 되었다. 딸의 엄마에 대한 개별적 말하기 자체가 담론의 균질화, 보편화를 탈피하는 한 방책인 것이다. 따라서 이때의 재현은 정치적 재현의 의미를 띠게 된다.

대항적 서사는 모방과도 연관된다. 모방은 양가성을 함유하고 있는데, 이는 모방 자체에서 비롯되는 것으로 모방이 지닌 전략과도 관계가 있다. 식민지적 무의식은 식민지배자의 이데올로기를 무의식적으로 내재화하여 모방하게 하지만, 모방자에게 '거의 같지만 똑같을 수는 없다'는 인식을 하게 만든다. 모방의 주체와 대상과의 관계에서, 아무리 모방자가 동일시를 꿈꾼다 할지라도 모방 대상과 똑같을 수는 없다는 '차이'를 분명 인식하게 한다. 특히 차연의 과정은 '거의 같아지려 하지만 같아지지 않는' 차별화를 지속적으로 유포시킨다. 모방은 모방 대상에 대해 끊임없는 분열과 긴장을 보여 줌으로써 차이를 인식하게 한다. 이 차이 즉, 너와 내가 다르다는 인식은 전복의 가능성이 생성되는 지점이다. 바바가 '하얀 가면을 쓴 흑인'이 전복적 주체가 될 수 있다고 한 것은 이러한 차원에서 이해할 수 있다. 모방의 과정에서 형성되는 이중성과 분열, 긴장은 따라서 대항의 서사를 발생시키는 첫 지점이 된다. '누런 피부, (또 다른) 누런 가면'의 엄마가 신여성 교육이라는 자기식민화 과정 속에서도 딸의 거부에 부딪쳐 끊임없이 긴장해야 한다든지, 같은 식민지 하위주체이면서도 자신은 양반에 근거를 두었다 하여 이웃을 상종못할 것들로 치부하는 부분은, 바바식으로 보자면, 거의 같지만 똑같지는 않은 '차이'를 만듦으로써 대항적 서사를 여는 단초에 해당된다.

「말뚝 3」은 엄마의 묘자리를 어디에 쓸 것인가 하는 물음으로부터 시작하여 분단과 통일의 문제가 누구의 관점에서 어떻게 추구되어야 하는가를 질문한다. 엄마는 자신이 죽으면 오빠가 묻힌 '섬과 육지 사이에 끼인 바다' 즉 강화도 바다에 뿌려 달라고 유언함으로써 가족 사이의 나와 조카와의 갈등을 조성한다. 엄마의 묘지를 어디에 쓸 것인가의 문제는 엄마의 몸을 기준으로 보자면 어디에 눕는가의 문제가 된다. 결국 나는 조카의 요청대로 묘지를 씀으로써 엄마의 유언을 받들지 못한다.

엄마의 유언대로가 아니라 조카들의 뜻대로 묘자리가 정해졌다는 것은 분단과 통일이 살아남은 자들의 시각과 관점에 의해 진행될 수밖에 없음을 단적으로 드러내 주는 부분이다.

이 작품에서 더욱 중요한 것은 딸이 엄마의 이름의 비석을 세워드림으로써 '어머니의 성함이 한 개의 말뚝이 되어' 꽂히게 하였다는 점이다. 단지 엄마라고만 불리던 보편자를 최기숙이라는 한 개인 개별자로 다시 탄생시키는 장면이다. 그리고 이 과정 전체를 감당하고 이루어낸 사람은 바로 딸이다. 엄마의 정신과 숨결, 엄마의 정체성이 딸에 의해 확보된 것이다. 「말뚝 1」에서 딸에 의해 거부되었던 엄마의 말걸기 행위는 「말뚝3」에 와서 '딸에 의해 발전적으로 극복, 다시 확보되는 엄마의 정체성'으로 드러났다. 또한 이 과정은 이 땅의 근대적 모성이 함유한 자기식민화 과정이 극복되는 과정이기도 하다. 남성 서사에서 흔히 보듯 엄마는 부정성 속에서 딸의 의해 극복되어야만 하는 대상은 아닌 것이다. 이 점이 「말뚝」 연작에서 드러난 하위주체 간의 말걸기 행위의 효과이자 식민지-제3세계 하위주체 여성의 진정한 근대성이다.

5. 맺는말

이 연구를 통해 작품 내 등장인물 간의 말걸기 행위가 근대화 기획, 탈식민화 기획과 어떤 연관을 지니는가 살펴 볼 수 있었다. 「말뚝」 연작에서 여성 하위주체들은 식민지-해방-전쟁-분단을 거치는 역사적 상황에서 서로 '말걸기' 행위를 한다. 말걸기란 타자와 타자 간의 의사소통 행위이다. 말걸기는 이야기하기(storytelling)가 갖는 치유와 보호의 힘으로 여성들 사이의 유대와 역사를 가능하도록 만드는 실천이다. 말걸기에서는 타자들이 서로 대상화하지도, 대상화 되지도 않으며, 부재에 의해 묘사되지 않는다. 또 동시대성을 부정당하고 과거로 돌려 보내지지도 않는다.

「말뚝」 연작에서는 말걸기 행위가 '일방적 말걸기'(「말뚝1」)에서 '쌍방적 말걸기'(「말뚝2」「말뚝3」)로 이행되어 감으로써 '어머니-딸'의 플롯을 산출해내었다. 쌍방적 말걸기는 어머니와 딸의 연대성을 확보하는 '어머니-딸'의 플롯을 창출하는 중요요인임이 밝혀졌다. 어머니-딸의 플롯은 남성적 서사에 대한 대항적 서사로서의 성격을 충분히 담지하고 있음도 드러났다.

이 과정은 식민지-전쟁-분단의 과정에서 민족·계급·성 범주에서 다중적으로 타자화되어 있던 하위주체 여성이 타자화를 해체 극복하는 과정이기도 하다. 더구나 「말뚝」 연작은, 스피박이 말한 지식인과 하위주체 간의 말걸기가 아니라, 하위주체 간의 말걸기를 보여 주며, 하위주체의 복원이 또다른 하위주체와의 연대성 속에서 가능함을 웅변적으로 제시한다.

분단상황은 역사적 사실과 여성의 경험까지도 소외시키고 배제하였다. (역사적 '사실'임에도)분단에 의해 지워진 엄마의 (아들에 대한)'기억'이 딸과의 쌍방적 말걸기를 통해 다시 재구성되고, 단지 엄마라고만 부리던 보편자는 딸에 의해 최기숙이라는 한 개별자로 다시 탄생한다. 식민지-분단이라는 역사적 상황을 통해 엄마의 '숨겨지고 갇혀진 서사'는 '딸에 의해 확보되는 엄마의 정체성'으로 드러났다. 남성 서사에서 흔히 보듯 엄마는 부정성 속에서 딸에 의해 극복되어야만 하는 대상은 아니었다.

신여성 만들기라는 엄마의 근대화 기획은 일제 식민지의 모방을 통한 자기식민화 과정이다. 하지만 일차적으로 딸에 의해 거부되고, 또 딸과의 쌍방적 말걸기를 통해 다시 수용, 극복되면서 엄마의 정체성 확보로 이어지는 과정은 식민성이 관철되는 자기식민화 또는 내부식민화로부터 벗어나는 과정이다. 이 '어머니-딸'의 플롯은 식민주의의 자기식민화 과정과 그 극복과정에서 남성을 개입시키지 않고 있다는 점, 모중심가족이지만 딸의 희생에 기초하지 않는 변형된 형태를 제시하고 있다는 점에서, 남성 서사가 평면적으로 설파하는 남성의 근대성과 차이가 있다. 탈식민주의적 관점은 이러한 점에서 그 유효성이 확인되며, 「말뚝」 연작은 그 가능성을 제시하고 있다는 점에서 새롭게 조명되었다.

참고문헌

권명아, 「박완서 – 자기상실의 '근대사'와 여성들의 자기찾기」, 『역사
　　비평』, 1998 겨울호.

서강여성문학연구회, 『한국문학과 모성성』, 태학사, 1998.

최경희, 「어머니의 법과 이름으로」, 『박완서문학 길찾기』, 이경호·권
　　명아 엮음, 세계사, 2000.

태혜숙, 『탈식민주의 페미니즘』, 여이연, 2001.

유제분 엮음, 김지영·정혜욱·유제분 옮김, 『탈식민 페미니즘과 탈식
　　민페미니스트들』, 현대미학사, 2001.

에드워드 사이드, 『오리엔탈리즘』, 박홍규 역, 교보문고, 1991.

프란츠 파농, 이석호 옮김, 『검은 피부 하얀 가면』, 인간사랑, 1998.

우에노 치즈코, 이선이 옮김, 『내셔널리즘과 젠더』, 박종철출판사,
　　1999.

일레인 김·최정무 편저, 박은미 옮김, 『위험한 여성』, 삼인,2001

고모리 요이치, 송태욱 옮김, 『포스트콜로니얼』, 삼인,2002.

호미 바바, 나병철 역, 『문화의 위치』, 소명출판, 2002.

Hirsch, M., The Mother/daughter Plot:Narrative Psychoanalysis, Feminism,
　　Indiana Univ. Press, 1989.

Spivak, G., Colonial Discourse and Post-colonial Theory: A Reader,
　　Columbia Univ. Press, 1994.

_____, In Other Worlds, Routledge, 1988.

Abstract

'Speaking-to' and Mother-Daughter Plot

Kim, Bok-Soon

In this article I tried to show what relations 'speaking-to' had with modern and post-colonial projects. Speaking-to here means communications between female subalterns. Korean female subalterns, in the midst of Japanese colonial rule, division of Korean Peninsula and Korean War, want to speak to each other in Pak Wanso's novel <Mother's Stake>. Speaking-to, a kind of story-telling which is useful for recovery and protection from agony, makes it possible for the women to have intimate relations and strong ties with one another. This activity enables them not to be alienated from other people.

Speaking-to in the beginning of the novel, is one-way. However, it gradually becomes bilateral one, which is caused by mother-daughter plot. In other words, 'bilateral speaking-to' is an important factor for mother-daughter plot. Mother-daughter plot is a kind of counter-narrative against male-narrative.

In the novel, female subalterns who were alienated in many ways, overcome other-ness or alienation and accomplish self-identity. Speaking-to in this novel is different from Spivak's. The former is dialogues between subalterns but the latter is dialogues between intellectual and subaltern. Dialogues between subalterns, result in strong ties.

The lost memories about son , which were caused by the division of Korean Peninsula, are recovered, with the help of bilateral speaking. Moreover, the mother who has been called only mother, regains her name, Choi Kisook. It means that she is born again as an independent subject. This novel is different from male-narratives in which mothers are only the objects to be overcome by daughters. The mother's modernization project in the novel, to make her daughter "the new, modernized woman" are rejected by the daughter. The rejection leads to bilateral speaking, namely dialogue and it make it possible for the mother to recover her name, in other words, her identity. This process means the liberation from self-colonization. In this respect, mother-daughter plot in the novel, enables us to overcome male modernity and to accomplish post-coloniality.

Key Words : speaking-to, Mother-Daughter Plot, post-coloniality, self-colonization, modernized woman, subaltern, counter-narrative

하이퍼텍스트소설 「디지털 구보 2001」의 서사분석

김명석*

1. 「디지털 구보 2001」 프로젝트와 하이퍼텍스트 소설의 탄생

「디지털 구보 2001」은 북토피아가 인터넷MBC(www.imbc.com)와 손잡고 제작한 한국 최초의 본격 하이퍼텍스트소설이다.[1] 이 작품은 북토피

---

* 명지대 교수

[1] 하이퍼텍스트소설 또는 하이퍼픽션(hyper fiction)은 스토리스페이스라는 하이퍼텍스트 저작도구를 사용하여 창작된 최초의 소설인 마이클 조이스(Michael Joyce)의 『오후(Afternoon, a story)』가 1987년 발표된 이래, 제이 더글러스의 『나는 아무말도 하지 않았다(I have said nothing)』, 쉘리 잭슨의 『패치워크 소녀(Patchwork Girl)』, 마크 아메리카의 『그라마트론(Grammatron)』 등으로 이어지면 발전하고 있는 새로운 형태의 소설이다. 한국인으로서는 류현주의 『용의 궁전(Palace of a Dragon King)』이 실험적으

아 홈페이지(www.booktopia) 컨텐츠 중 하이퍼텍스트를 클릭하면 읽을 수 있다. 하이퍼텍스트소설로서 가장 먼저 눈에 띄는 종이책 소설과의 차이점은 독자들이 자기가 보고 싶은 부분을 등장인물별, 시간대별로 자유롭게 이야기를 선택할 수 있고, 본문과 링크된 다른 텍스트로 넘어갈 수 있다는 점이다. 이상, 구보, 구보의 어머니 등 세 화자의 24시간을 시간대별로 연결한 세 개의 기본 스토리로 구성된 이 작품은 화자마다 독립된 줄거리로 읽을 수 있고, 연결 방법에 따라 수없이 많은 줄거리가 엮어질 수 있다. 따라서 전체 줄거리를 단번에 요약하기가 힘들고, 또 이러한 요약 자체가 신생한 소설 장르 고유의 새로운 독법을 배반하는 것이지만, 작품 이해를 돕기 위해 세 화자의 스토리를 간략히 정리하면 다음과 같다.

먼저 30대 남성 주인공 이상은 시인 출신으로 시나리오뱅크라는 벤처 기업을 설립해 성공한 사업가이다. 이상의 스토리는 부의 상징인 고급 승용차 렉서스에 남몰래 흠집을 내는 사람을 찾기 위해 폐쇄회로를 점검하는 것에서 시작된다. 이상이 자신의 회사를 지키기 위해 H전자상거래 회사를 해킹이라는 방법으로 파산시키는 부분에서 보여주는 냉정한 경영자적 면모와 현실의 위기를 타개하기 위해 사이버 공간을 이용한다는 대응방식이 흥미를 더한다. 이에 비해 첫사랑인 구보를 상대하는 방식은 상당히 소극적이다. 두 사람의 만남은 각자의 스토리에서 조금씩 다른 모습으로 재현된다.

다음으로 30대 이혼녀인 소설가 구보는 이상과 친구도 애인도 아닌 어색한 관계를 이어간다. 구보의 스토리는 사이버 시대라는 시대적 성격

로 창작되어, 미지의 세계를 탐험하는 남녀 주인공의 사랑과 이별을 통한 하이퍼문학 탐험을 시도한 것으로 알려졌으나 아쉽게도 영어로 제작되었고, 대중에게 작품이 제대로 공개되지 못했다.

의 반영답게 채팅 장면으로 시작하지만 여느 전통 소설 못지 않게 주인공의 복잡한 가정사와 여성의 내면심리를 섬세히 묘사한다. 아버지의 폭력으로 인한 유년기의 상흔으로 약간의 결벽증마저 가진 구보는 어머니의 불행을 닮아가지 않기 위해서 부단히 노력하지만, 이미 또 하나의 어머니의 상이 된 자신을 발견한다. 한때 사랑한 이상 대신 다른 남자와 결혼해서, 말 못하는 딸과 살고 있는 구보는 결국은 이혼녀였던 어머니와 똑같은 운명을 걸어가는 자신을 바라보면서 제발 자신의 딸만이라도 그들의 운명을 반복하지 않길 소망한다.

마지막으로 구보의 어머니는 폭력적인 남편에게 젊은 날을 빼앗기고, 딸의 행복을 통해 그 불행을 보상받고 싶어 하는 인물이다. 집안을 배경으로 한 어머니의 스토리는 같은 시간대의 구보 스토리와 겹쳐지는 사건들을 어머니의 시각에서 새롭게 재현한다. 술 취한 남편에게 구타당하고 돈을 빼앗기면서 자신의 삶을 잃어버린 어머니는 어린 구보가 남편에 의해 냉장고에 갇힌 사건 때문에 신경증적 증세를 보인다. 냉장고란 소재는 작품 속의 현재와 과거를 연결하는 매개체로서 모녀의 고통과 불안을 상징하는 장치이다. 과거의 상처와 현재의 상황, 그리고 꿈처럼 펼쳐지는 생각들을 넘나들며 이야기는 전개된다. 그리고 구보의 벙어리 딸은 이야기의 분위기를 변화시키는 역할을 담당한다. 이렇게 화자들은 저마다 독특한 삶과 성격으로 각각의 줄거리를 이끌어나가면서 엮어진다.

이상에서 확인할 수 있듯이 1930년대 박태원의 「소설가 구보씨의 일일」에서 출발하여, 1970년대 최인훈의 『소설가 구보씨의 일일』, 1990년대 주인석의 『검은 상처의 블루스-소설가 구보씨의 하루』로 이어지면서, 시대에 대한 지식인의 반성적 자의식, 소설쓰기의 근원 탐구 등으로 한국 지식인 소설의 계보를 이어온 구보씨 소설을 상호소통성과 여성성의 관점에서 다시 쓰기를 시도한 작품이 바로 「디지털 구보 2001」이다.[2]

이 작품들은 마치 하이퍼텍스트가 텍스트마다 서로 연결되어 있듯이 구보씨를 주인공으로 한 하나의 커다란 지식인 소설을 완성한다.

따라서 「디지털 구보 2001」의 원전인 박태원의 「소설가 구보씨의 일일」과의 비교는 지식인 소설 계보의 전개 양상을 이해하는데 도움을 줄 뿐만 아니라, 둘 사이의 차이를 밝히는 과정에서 자연스럽게 하이퍼텍스트소설의 특성을 드러내 줄 것이다. 1934년 8월 1일부터 9월 19일까지 『조선중앙일보』에 연재되었던 「소설가 구보씨의 일일」은 1930년대 일제강점기에 문학을 하는 지식인의 무기력한 자의식을 형상화한 작품이다. '발단 - 전개 - 위기 - 절정 - 결말'이라는 소설의 일반적인 서사전개 방식 대신에 '전차 안 - 다방 - 거리 - 경성역 대합실 - 다방 - 거리 - 술집 - 귀가'로 이어지는 주인공의 산책과정을 통해 식민지 근대의 풍경과 내면심리 서술에 치중하여, 당시로서는 새로운 형식의 소설이라는 평가를 받았다. 하이퍼텍스트 소설 「디지털 구보 2001」 역시 이러한 형식적 실험을 계승하여 새로운 미디어로 새로운 메시지를 창조해 낸다.

「디지털 구보 2001」의 하이퍼텍스트적 성격은 두 작품간의 의미 있는 차이를 가져오는 근본적인 원인이다. 작품을 읽어보면 비선형성, 쌍방향성, 다매체성이라는 하이퍼텍스트의 3대 특성을 쉽게 발견할 수 있다. 「소설가 구보씨의 일일」이 구보라는 단일한 시점에 의존한다면, 「디지털 구보 2001」에서는 구보를 포함한 세 화자의 복수시점이 사용된다. 독자는 화자와 시공간을 자유롭게 선택하여 이야기를 따라갈 수 있으며, 링크를 통해 전혀 다른 세계로 가버릴 수도 있다. 예를 들어 오전 8시 구보의 스토리를 보다가 같은 시간대의 이상이 궁금해지면 단번에 클릭만 하면 된다. 또한 이야기 속에 등장하는 TV 드라마나 음악, 특정 회사, 상표, 기타 다양한 문화 코드에 끌리면 클릭만으로 곧바로 이동할 수

2) 최혜실, 『디지털시대의 문화 읽기』, 소명출판, 2001, 123-126쪽.

있다. "디지털 구보는 하나의 거대한 그물망과 같다. 독자는 캐릭터나 이야기를 파괴할 수도 창조할 수도 있다. 독자는 작가가 되며 또 작가는 다시 독자로 돌아와야 한다. 누구도 이야기를 멈추게 할 수도, 결론을 내릴 수도 없다. 이러한 쌍방향성은 하이퍼텍스트의 주요 특징이며, 디지털 구보는 이를 집중적으로 구조화했다."[3]는 창작의도대로 하이퍼텍스트는 독자와 작가의 경계를 소멸시킨다. 작가가 정해놓은 순서대로만 읽는 대신에 독자가 원하는 곳을 선택하여 읽는다는 점에서 선형적 글쓰기로부터 비선형적 글쓰기로의 전환이 이루어지고, 문자텍스트뿐만 아니라 음향, 영상 등을 동원한 멀티미디어텍스트로서의 특징을 찾을 수 있다.

하이퍼텍스트의 일반적 성격에 대한 이론적 논의가 어느 정도 축적된 시점에서, 이 논문은 구체적인 작품론으로서 「디지털 구보 2001」의 서사적 내용을 집중 분석하여 작품을 이해하고 즐기는 다섯 가지 길을 하나하나 짚어보고, 형식적 차원에서는 하이퍼텍스트로서 이 소설이 해결해야 할 몇몇 과제를 제시하고자 한다.

2. 작품으로 가는 다섯 가지 길

(1) 산책자 구보와 21세기의 고현학

하이퍼텍스트 소설 「디지털 구보2001」로 가는 첫 번째 길은 주인공 구보와 독자가 동행하며 작품이 묘사하는 현대의 풍경을 성찰하는 길이다. 이 작품의 원텍스트라고 할 박태원의 「소설가 구보씨의 일일」에서

---

3) 「디지털 구보 2001」 인포메이션, www.booktopia.com

묘사한 1930년대 근대의 외적 풍경과 구보라는 산책자의 내면 풍경을 기억하는 독자에게 구보라는 이름의 또 한 명의 산책자의 눈을 통해 제시되는 2001년의 고현학은 흥미를 자아내기 마련이다. 동일한 이름과 작가라는 직업상의 공통점이 있지만, 26세의 미혼남성과 말 못하는 딸아이를 둔 이혼녀라는 차이가 있다. 두 작품은 각각 1930년대 식민지 경성의 중심가인 종로 일대와 2000년대 서울의 신중심인 강남 테헤란로 일대를 시공간적 배경으로 한다. 이러한 설정은 지식인 산책자를 통해 당대 현실의 변화 양상을 흥미롭게 비교할 수 있다는 장점을 지니는데, 백화점과 전차로 상징되는 1930년대 식민지 경성의 근대적 풍물을 다룬 원작과 「디지털 구보2001」에 나타난 스타벅스, 샤넬, 렉서스와 같은 상표들로 대변되는 서구자본주의의 전지구적인 지배 사이에는 묘한 공통점이 있다.

> 그냥 지하철 삼성역에서 내렸다. 지하철은 코엑스몰과 곧바로 연결되고 있었다. 줄줄이 늘어선 기둥을 가운데 두고 길 양쪽으로 카페나 식당, 가게들이 늘어서 있는 산책로. 마르셰. 베니건스, KFC, 맥도날드, 스타벅스…… 세계 어느 곳을 가도 같은 상표에 같은 상품을 파는 가게들이 지하 도시 양쪽에 즐비하게 서있는 것이다.

> ……중략……
> 플라스틱 뚜껑 위로 난 작은 구멍으로 커피를 조금씩 마시며 구보는 몰 안을 배회했다. 아무리 생각해도 너무 일찍 집에서 나와 버렸다. '하이퍼텍스트 소설 창작회의'까지는 두 시간이나 남았고 크게 하고 싶은 일도 없었다. 이럴 때 구보는 주로 부유하는 미생물처럼 인파 속을 거니는 것이 습관이었다.
> 가운데 굵은 기둥이 서 있고 양쪽에 가게들이 적당하게 있었다. 그리고 기둥 사이사이로 의자와 식물들이 놓여 있었다. 지루해질

만하면 갑자기 나타나는 넓은 광장이나 분수....... 몰을 걷는 것은 문체가 깔끔하고 잔잔한 사건이 적절하게 엮어져 있는 소설을 읽는 것과 같았다. (구보11:00)

주인공의 산책 자체가 그대로 글쓰기가 되고, 독자의 입장에선 소설 읽기가 된다. 산책은 목적지가 없는 보행, 즉 그 자체가 목적인 걷기이며, 그 보행 과정과 이를 둘러싼 환경을 즐기는 것이다. 인용문에 있는 바와 같이 산책은 '배회'이며, 미생물처럼 '부유'하는 것이다. 자연 속을 산책 하며 풀과 흙을 벗 삼는 대신 현대인은 간판과 쇼윈도우 안의 상품들 사이를 걸어간다. 이러한 걷기는 공간 이동이라는 정해진 목적을 가진 행위가 아니라 시간을 보내기 위한 무목적적 행위라는 점에서 '무목적의 목적'을 가진 예술적 행위와 유사성을 갖는다.

혼히 모더니즘 소설의 공통적 모티프로서 '승차'와 '산책'의 테마를 지적하는데, 특히 도시 산책은 인간의 순수 기억 재생의 조건이 된다. 산책은 행위의 세계에서의 분리를 의미하며, 주체로 하여금 생활에서의 직접적 반응을 차단시켜 방심, 몽상의 세계로 이끌어 간다. '산책'과 마 찬가지로 '카페' 혹은 다방 체험도 '행위에의 무관심'을 조장하는 환경 조건이 된다. 1930년대 박태원이나 이상은 이를 잘 파악하고 이해한 문인 들이었다.4)

이 소설의 기획자인 최혜실 교수5)는 모더니즘에서의 산책자의 기능

---

4) 최혜실, 『한국모더니즘 소설연구』, 민지사, 1992, 202-203쪽.
5) 제작진의 인포메이션에 의하면 KAIST 최혜실 교수와 오내영, 노희준, 이혜진 등 세 명의 작가가 각각 구보, 이상, 어머니의 이야기를 창작했다. 따라서 이 논문 곳곳에 서 대표작가인 최혜실의 모더니즘 문학이론과 하이퍼텍스트문학이론을 본 작품과 견주어 가면서 설명하게 될 것이다.
인포메이션 http://www.booktopia.com/booktopia/contents/hypertext/infor.asp?category=03

에 대한 자신의 이해를 토대로 이를 새 작품에 적용시킨다. 박태원의 작품에서 근대적 교통기관인 전차를 타고 경성의 거리를 헤매던 구보는 이제 전차 대신 지하철을 이용하고 있다. 그런데 여기서 주목할 것은 주인공이 보다 현대적인 교통수단으로 바꾸어 탔다는 데 있는 것이 아니다. 박태원의 구보가 전차에서 내려 들어간 백화점이라는 공간을 통해 서구 자본의 침투와 근대적 생활양식을 자연스럽게 보여주었듯이, 디지털 구보의 산책 코스는 지하철에서 곧장 연결된 코엑스몰로 향한다.

코엑스, 즉 한국종합전시관(Convention and Exhibition Center)은 교통과 통신, 첨단 비즈니스 인프라를 두루 갖춘 글로벌 비즈니스의 메카이자 아시아 최고의 전시문화관광의 명소로서 국제 무역과 문화교류의 장을 마련할 목적으로 1979년 3월 개관한 한국최대의 종합전시장이다.[6) 코엑스라는 공간은 세계적 규모의 전시켄벤션센터일 뿐만 아니라 커뮤니케이션의 중심에 위치한 초대형 복합문화공간이라는 점에서 21세기 서울의 성격을 상징적으로 대변해주는 공간이다. 특히 그 지하에 위치하면서 국내최대의 선진국형 도심위락시설임을 표방하는 코엑스몰(CoexMall)은 이름 그대로 그 입구부터 마르쉐, 베니건스와 같은 다국적 기업의 상표로 소비자들을 유혹한다. 그곳에서 사람들은 특별한 목적지가 없이 유유히 산책하며 자신들이 선택한 이미지를 소비한다. 잘 꾸며진 인공낙원에서 간판과 인파 사이를 배회하는 주인공의 눈을 통해 생활인으로서의 독자에게는 무감각해진 현대사회의 일면에 대한 예리한 통찰이 가능해진다. 그곳의 풍경은 이름만큼이나 세계화된 현대 소비문화의 집결지로서 박태원이 묘사한 30년대 경성이 제2의 동경(東京)이고자 했던 것처럼, 2001년 디지털 구보의 서울은 또 하나의 아메리카이며, 맥도날드가 점령해버린 식민지의 모습이다.

6) 엠파스백과사전, http://100.empas.com/entry.html/?i=763305&Ad=baechi

서둘러 서점을 빠져나오느라 거의 뛰다시피 한 구보는 맥도날드 앞에서 문득 시장기를 느꼈다. 그녀는 남은 시간을 다시 한번 점검한 후 맥도날드로 가 벽쪽에 붙어 있는 2인용 테이블에 엉덩이를 내려놓았다. 하지만 지나치게 좁고 딱딱한 의자 때문에 구보는 몇 번이나 자세를 고쳐 앉아야 했다. 옆자리에 앉은 꼬마는 연신 손가락으로 맥도날드의 심벌인 M자를 허공에다 그어대며 제 엄마더러 보라고 난리를 쳤다. 거리마다 도시마다 똑같은 크기와 색깔로 걸려 있는 맥도날드의 심벌. 어디 심벌뿐이랴. 계산대, 그 위에 걸린 메뉴판, 밖에서 들여다보이는 주방, 테이블과 불편한 의자, 눈에 띄는 휴지통, 운전자용 창구, 종업원들의 모자와 유니폼, 심지어 종업원들의 말투까지 찍어다 논 듯 똑같다. (구보 12:00)

　벤야민에 의해 처음으로 '산책'의 문제를 제기하게 한 보들레르는 현대 익명의 도시에서 시인의 죽음과 같은 자기 상실의 감정, 영혼의 사물화와 상품화를 역설적으로 폭로한다. 산책자는 소외자로서 사회와 격리됨으로써 오히려 상품화된 사회를 부정하는 존재로서 의의를 획득하게 된다.[7] 작가는 1930년대 모더니즘에서의 '카페체험'을 변주한 패스트푸드점의 체험을 통해 이 문제를 동시대에 적용한다.

　맥도날드라는 심벌로 대변되는 자본주의 전지구화는 현대인의 삶의 양식을 패스트푸드점의 메뉴처럼 획일화시킨다. 인용문에서 확인할 수 있듯이 거리와 실내 장식, 제복뿐만 아니라 말투와 감정까지 똑같이 찍어낸다. 이러한 세계에서는 소비자가 상품을 선택하는 것이 아니라 기호가 소비자를 선택한다. 사람들이 배가 고파서 맥도날드를 찾는 것이 아니라 맥도날드를 보니 시장기를 느낀다는 식이다. 구보의 이성은 그 사실을 인지하고 있지만 습관은 이미 구보의 선택권을 앗아가 버렸다는 점에서

---

7) 최혜실, 『한국현대소설의 이론』, 국학자료원, 1994, 60-61쪽.

결국 현대인은 주문된 삶을 선택하고 받아들여만 하는 존재가 된 것이다. 그러나 이러한 현상을 부정적으로 인식하거나 본능적으로 거부하는 것도 구보와 같은 소수 부류의 몫일 뿐이다. 이상의 공간인식은 구보와는 사뭇 다르다. 다음 인용문은 구보와 이상이 찾은 식당의 풍경을 묘사한 장면이다.

> 레스토랑의 내부는 평소보다 한산했다. 체크무늬 원피스에 머리에는 마이크를 장착한 안내원이 구보와 이상을 흡연석으로 안내했다. '방금 들어온 손님 흡연석 ○번 테이블로 모십니다.' 안내원은 테이블 담당에게 마이크로 알리고 구보와 이상에게 정확한 어조로 정해진 말을 한 다음 사라졌다. 그녀의 옆자리에 앉으면서 이상은 주위를 둘러보았다. 백화점 진열대처럼 여러 개의 코너가 있고, 세계 각지의 음식이 그 작은 코너들 속에 압축되어 있다. 세계 각지의 신기한 이야기들을 한데 모아놓은 <E - 야기 뱅크>는 어떨까. 올 때마다 T-본 스테이크만 먹었지만 이상은 이곳에서 다양한 사업구상을 했다.
>
> (이상19:00)

이상이 기분좋은 웃음을 지으며 구보의 의자를 살짝 뒤로 빼주었다. 마침 달마시안 속편이 방영되고 있었다. 까만 점박이 강아지들의 이야기를 보면서 식사를 하는 재미는 나름대로 나쁘지 않았다. 우선 샐러드 파는 코너로 가서 중간 크기의 접시를 집고 주문 카드에 도장을 받았다. 접시 주위를 양상치로 두르고 넓어진 접시 위에 원하는 과일과 채소, 햄 등을 놓았다. 닭고기 가슴살 위에 드래싱을 얹고 무싹 위에 일본식 소스를 끼얹었다. 그 위에 방울토마토 같은 과일을 얹어 높이 싸인 샐러드 들이 쏟아지지 않도록 조처를 취하고 테이블로 돌아왔다. 접시로 받는 가격 때문에 생긴 습관인데 샐러드 하나라도 더 얹겠다는 치졸한 심사가 모든 사람의 관행이 되어 오히려 식사 예절로 굳어진 느낌이다.

샐러드를 먹고 난 후 다양한 메인디쉬들 중 하나를 고르기 위해 여러 코너를 둘러보았다. 중국, 일본, 한국, 동남아, 서양각국의 요리들을 둘러보고 난 후 베트남식 국수와 철판 데리야키를 골랐다.

이상은 세계 각국의 음식을 자기방식대로 쇼핑하듯이 즐길 수 있는 이곳을 무척이나 좋아했다. 구보 또한 놀면서, 쇼핑하면서 먹는 이곳이 재래시장의 먹자골목과 비슷하다고 느끼면서도 그리 싫지는 않았다. 가끔은 이 세계가 여기 놓여있는 음식처럼 평등하고 사이좋게 저마다의 존재를 증명할 수 있었으면 좋겠다는 생각을 했다.(구보 19:00)

위의 두 인용문은 같은 시간과 공간에서의 경험을 이상과 구보가 어떻게 다르게 인식하고 있는가하는 태도 차이를 드러내 준다. 이상의 스토리에 묘사된 레스토랑의 내부나 체크 무늬 원피스에 마이크를 한 안내원의 어조 역시 다른 체인점과 마찬가지로 규격화되어 있음을 그곳을 방문해 본 등장인물이나 독자라면 모두 알고 있다. 30년대 구보가 신기의 눈으로 보았던 백화점과 식당을 결합한 신개념의 공간은 세계 각지 식문화의 전시장이다. 이를 바라보는 이상의 눈길은 맥도날드를 바라보는 구보의 비판적이면서도 자조적인 시선과는 구별된다. 그곳에서 이상은 다양한 사업구상과 함께 세계 각지의 신기한 이야기들을 한데 모아놓은 <E-야기 뱅크>를 상상하기까지 한다. 물론 여기서 공간의 차이가 그에 대한 인식의 차이를 낳았다고 볼 수도 있다. 즉 단일한 방식으로 전세계에 표준화시키는 맥도날드적 방식과 현대인의 퓨전 감각을 다양한 세계를 한 자리에 섞어놓는 마르쉐적 사업 방식의 차이에서 기인한 것임을 지적할 수 있다. 이 점에서 맥도날드보다는 마르쉐와 같은 곳이 코엑스라는 포스트모던적 공간의 특성을 더 잘 드러내준다고 볼 수 있다.

두 번째 인용문은 이에 대한 부연이다. 식당 TV모니터에서는 맥도날드적 지구화의 또 다른 변형인 디즈니 애니메이션이 상영되고 있다. '나름대로' 나쁘지 않았다는 다소 경계심 섞인 표현으로 디즈니의 해악에 거리감을 두면서도, 까만 점박이 강아지(101마리 달마시안)을 감상하면서 식사하는 것이 감각적으로는 더 이상 문제가 되지 않을 정도로 순응된 자신의 모습을 구보는 평범한 문장 속에 예리하게 감추어 놓았다. 또한 샐러드를 담는 방법에 대한 자세한 세부묘사에서는 접시로 가격을 매기는 자본주의적 방식에 대응하는 생활인들의 신풍속도를 통해 이 새로운 식사예절의 기원을 흥미롭게 해석한다. 구보는 쇼핑하면서 먹는 이곳이 재래시장의 먹자골목과 비슷하다고 느끼면서도 그리 싫지는 않았다는 표현으로 자신과 다른 이상의 취향을 인정해주고, 이 세계가 식당에 놓여 있는 음식처럼 평등하고 사이좋게 저마다의 존재를 증명할 수 있었으면 좋겠다는 생각에 도달한다. 생산보다는 소비가 현대인의 일상을 지배한다는 점을 고려할 때, 쇼핑과 놀이를 하나로 묶어 내면서 자연스럽게 현대인에게 친숙해진 일상의 공간들을 한두 장면의 식당 묘사만으로 보여줄 수 있다는 점은 작가의 탁월한 능력이다.

구보의 산책은 이 시대 최고의 인공낙원중 하나인 롯데월드의 풍경에도 미친다. 하이퍼텍스트소설 제작회의가 무산되자 갑자기 미아가 된 듯 막막해진 구보는 30년대의 구보가 시간을 같이 보내줄 낼 친구를 찾아가듯 불현듯 잠실에 사는 여고동창 윤을 생각해 낸다. 잠시 후 구보는 윤과 윤의 아들 준과 함께 롯데월드 나들이에 나선다. "신밧드의 모험이랑 범퍼카랑 회전목마, 그리구 청룡열차……" 등의 놀이기구의 종류를 열심히 설명하는 아이의 모습이 너무 진지해서 구보와 윤은 마주보고 웃던 구보는 딸아이 생각에 갑자기 목이 메인다. 평일인데도 불구하고 소풍 온 학생들로 꽉 차 있는 롯데월드라는 공간, 사람들의 물결과 현란한 놀이기구의 묘사는 테마파크 속에서 드러나는 현대의 고현학을 발견하게 한다.

테마파크는 현대인의 레저에 대한 욕구와 더불어 점차 그 영역과 규모를 확산하고 있는데, 여기서 테마파크보다 좀더 넓은 개념인 '테마환경'(Themed Environment)[8]이라는 관점에서 이 작품의 배경인 코엑스나 롯데월드라는 공간의 성격에 접근해 볼 수 있다. 이들 장소는 대규모 쇼핑센터와 엔터테인먼트 복합시설물의 결합으로 이루어진 UEC(Urban Environment Center)의 한 형태이다. 테마환경의 공통적 특성이 서사이다. 산업화 이전, 세계 도처의 광장과 공원 및 건축물들은 거의 대부분 인간의 사건, 즉 서사를 내포하고 있었다. 테마파크 출현 이전부터 자신이 경험한 환경에 감정이입을 하고 다시 이를 통해서 감동을 받는 것은 인류가 지속해온 환경과 인간 사이의 일반적인 반응형태이다. 인간의 '이야기하고픈 욕망'을 환경이란 전달매체를 이용하여 실현하는 곳이 테마환경이다. 인간의 역사가 시작된 이후로 자신이 살고 있는 환경에 의미를 부여하는 것은 자연스러운 행위였다. 따라서 테마환경의 도래와 확산은 인간의 본성을 찾아가는 도정이라 볼 수 있으며, 테마파크는 이러한 인간의 본성을 회복하고자 하는 현대인의 열망이 표출되는 테마환경의 전형이다.[9]

(2) 어머니와 구보, 하이퍼텍스트속의 여성

「디지털 구보2001」로 가는 두 번째 길은 어머니와 구보, 구보의 딸 솔비(수미)로 이어지는 여성들의 인생을 진지하게 성찰하는 데서 시작된

---

8) 일반적 의미의 테마파크, 쇼핑몰, 건축물, 도시, 상점, 공원 등 테마를 갖는 모든 환경의 총칭.
9) 이상원, 「테마파크와 서사」, 『제5회 한국영상문화학회 학술대회 자료집』, 2001.5, 30쪽.

다. 작가는 자신의 구보씨를 여성으로 등장시킴으로써 남성 중심적 지식인상에 여성 지식인의 새로운 측면 강조하면서 하이퍼텍스트성을 여성성과 결부시키기도 하는 매체의 특성과 작품의 내용을 최대한 일치시키려 했다. 이렇게 중심 인물을 여성 지식인으로 내세운 것에 대하여 "여성을 옭아매는 육신적 제한 조건들이 사이버 공간이라는 바탕 및 배경의 확장과 더불어 새로운 서사적 패턴을 이룰 가능성이 발생"[10]했다는 평가도 나온 바 있다.

　그런데 여성을 옭아매는 제한 조건을 살피기 위해서는 우선 구보 모녀의 가족사에서 출발해야 할 것이다. 작품이 보여주는 구보의 태도는 자신과 어머니가 너무나 닮았다는 사실과 어머니의 운명에서 자신의 모습을 보고 있는 데서 온 것이다. 남편의 폭력에 시달리며 불행한 세월을 보내야 했던 어머니의 삶을 또다시 딸인 자신이 계승해야 하는 상황에 반발하며 구보는 어떻게 해서든지 자신을 둘러싼 운명의 굴레로부터 벗어나고자 애쓴다. 이를 테면 "대학 때 아무도 몰래 요리학원에 다녔던 것도 어머니를 닮을 것 같은 두려움 때문이었다. 뭔가 다른 게 하나라도 있어야 어머니의 삶에서 멀찍이 비켜갈 수 있을 것만 같았다.(구보07:00)"와 같은 구절은 어머니의 인생행로를 되밟지 않으려는 구보의 절실함을 확인시켜준다. 똑같은 두려움과 슬픔을 어머니에게서도 다음과 같이 확인할 수 있다.

　　…… 어머니는 문득 서글퍼졌다. 하나밖에 없는 딸자식이 하필
　　에미 팔자를 그대로 닮아가는 것 같은 탓이었다. 일찌감치 남편을
　　모르고 살아야 한다는 것과 평생 멍에를 지듯 딸 하나를 데리고

10) 김종회, 「새로운 문학의 길, 하이퍼텍스트 소설의 도전」, 『사이버 문학의 이해』, 집문당, 2001, 313쪽.

살아야 한다는 것이 바로 그랬다. 이유야 어찌 되었든 간에 누가 보더라도 그것은 몹쓸 대물림에 틀림없었다. 그 바람에 어머니는 스무 살 즈음부터 시작된 암울한 삶을 재생하여 사는 기분이었다. 정말 섬뜩한 일이었다. 어머니는 다시 한 번 남편을 탓했다. 여태 죽은 남편의 그늘에서 허우적대고 있는 모녀의 날들이 아득할 뿐이었다.(어머니06:00)

어머니는 그래서 소설을 쓰는 구보가 믿음직스러웠다. 남편이나 자식 같은 것들에 얽매이지 않고 자기의 삶을 위해 십분 살아갈 것을 의심하지 않았다. 결혼을 하지 않겠다고 해도 순순히 받아들일 작정이었다. 어머니는 딸이 자기의 생을 닮을까봐 두려운 것이었다. 구보는 이미 어머니의 또 다른 상(像)이었다.(어머니 16:00)

박태원의 구보씨와 디지털 구보의 차이점의 하나는 아버지의 등장 여부 혹은 남편의 등장 여부에 있다. 아버지가 전혀 등장하지 않는 전자에 비해 후자에서는 아버지가 등장한다. 전자에서 아버지가 등장하지 않는다는 것이 전혀 무의미한 것은 아니다. 아버지의 부재가 가정에 미친 영향력이 오히려 그렇지 않은 경우보다 클 수도 있는 것이다. 그런데 후자 역시 아버지는 서사 전개상 현재의 시점에 등장하는 인물이 아닌 회상에 의해서만 제시된다. 아버지라는 인물이 소설 속에서 스스로 행동하는 것이 아니고, 어머니나 딸의 시점에 의해 비치는 아버지의 모습만이 나오는 것이다. 그는 타지로 떠돌다가 집에 돌아오면 아내의 돈만 뜯어내고 손찌검까지 서슴지 않던 인물이다. 그러기에 구보 나이 열다섯에 그가 시체로 돌아왔을 때에도 구보는 아비의 죽음에 눈물 한 방울 없이 무심했다. 이미 이 무렵 어머니는 자신의 딸 구보가 사람에 대한 마음을 아주 버렸음을 깨닫는다.

이들 모녀의 정신적 상처를 극명하게 드러내 주는 것이 어머니의 꿈과

거기 등장하는 소도구인 냉장고이다. 냉장고야말로 어머니에게 '또 하나의 남편'(어머니05:00)이었다. 그 굳게 닫힌 육중한 공간에 갇혔던 기억은 구보의 잠재의식 속에 깊은 상처로 남았고, 인간에 대한 환멸을 낳는다. 한편 그때부터 구보가 냉장고에 갇히는 꿈을 꾸던 날이면 냉장고의 빈틈을 채워야만 했던 어머니는 마침내 "구보가 들어갈 틈은 냉장고가 아니라, 이 세상 곳곳에 생긴 균열이구나."(어머니06:00)라는 인식에 도달한다.

또 하나의 특징은 아버지가 가족들에게 준 상처가 구보의 전남편에 의해 대를 이어 반복된다는 점이다. 미혼의 총각이었던 박태원의 구보와 달리 이혼녀라는 경력을 가진 디지털 구보에게 있어 남편이라는 존재는 아버지라는 존재 못지 않게 그녀의 인생에 어두운 그림자를 남긴다. 이러한 대물림 때문에 무엇보다도 구보는 불행한 가정에서 상처 입으면서도 생존해야만 했던 유년을 자신의 딸 솔비가 반복하게 될까봐 두려워한다. 이와 같은 인물 설정은 자연스럽게 여성 문제를 작품의 또 하나의 주제로 읽게 만든다.

(3) 디지털, 사이버 시대의 소통 방식

「디지털 구보 2001」의 주인공은 여러 가지 측면에서 박태원의 원작과 공통점을 가지는데 소시민의 일상적 행복을 추구하는 어머니의 간절한 바람을 한 귀로 흘려버리는 주인공의 모습은 특히 이 점을 부각시킨다. 박태원의 원작에서, 아들의 외출을 이해할 수 없는 어머니에게 자신의 갈등과 방황을 설명할 길 없는 주인공 구보의 반응은 냉정하기만 하다. 이 작품에 나오는 딸 구보의 반응 역시 마찬가지이다.

- 일찍 들어오너라.

어머니는 한치의 노여움도 없이 또 그렇게 말했다. 구보는 역시 대답하지 않았다. 아파트 문을 닫고 집을 나선 구보는 몇 걸음 못 가서 그만 멈칫 제자리에 서버리고 말았다. '일찍 들어오너라' 했던 어머니의 마지막 말이 그녀의 발걸음을 무겁게 했던 것이다. 구보는 가볍게 탄식했다. 왜 나는 그냥 건성으로라도 '예' 하고 대답하지 못했을까. 그러나 어쩌겠는가. 돌이킬 수 없는 일. 구보는 결코 원점으로 되돌릴 수 없는 잔인한 삶을 탓하며, 또 어머니에게 그렇듯 버릇없고 매몰찬 자기를 탓하며 앞으로 앞으로 걸음을 떼어놓을 수밖에 없었다. 그렇다. 삶이란 어차피 앞으로 갈 수밖에 없는 것. 돌아보거나 뒤처지면 바보가 되는 세상이다. 어머니에게 자신의 삶을, 그 삶을 채우는 숱한 감정의 찌끼들을 일일이 설명할 수도, 설명하고 싶지도 않았다.(구보09:00)

소통에 관한 이야기는 단절의 이야기에서 시작된다. 이 작품의 주인공은 자신의 둘러싼 누구와도 깊이 소통하지 못하는 고독한 존재이다. 이 이야기는 어머니와의 단절, 딸과의 소통 곤란, 남자 친구인 이상과의 소통불능, 이와 같은 풀어갈 길 없는 단절의 서사이다. 설명할 수도 없고, 설명하고 싶지도 않은 자신의 존재 상황과 감정을 솔직하게 받아들인다면 더 이상의 방법은 없다. 그녀에게는 소설쓰기마저도 소통의 방법이 되지 못하는 듯 하다. 디지털 구보의 시대에는 박태원의 구보씨의 경우처럼 고독의 반대편에서 오직 한 순간의 결심만으로 '소설을 쓰리라, 어머니의 소원이라면 결혼하리라'라며 일상의 세계와 화해하는 것은 불가능해 보인다. 과연 소통의 길은 전혀 없는가. 여기서 사이버시대의 소통방식으로서의 디지털의 가능성에 기대를 걸어본다.

어머니는 모니터를 보았다. <편지 쓰기>. 아이가 자판을 두드릴 때마다 화면에 글씨가 찍혔다.

할머니, 이 마이크에 대고 내가 쓰는 걸 읽어주세요.

손녀가 헤드폰 같은 것을 내밀었다.

엄마한테 메일을 보낼 거야.

어머니는 손녀에게 메일이 뭐냐고 물었다. 그러자 손녀는 대뜸 편지요, 하고 대답했다.

컴퓨터로 엄마한테 편지를 쓰는 거예요. 나 대신 할머니가 이걸 읽어주면, 엄마가 들을 수 있는 거야.

어머니는 주섬주섬 아이가 시키는대로 헤드폰(헤드셋)을 쓰고 더 듬더듬 손녀가 치는 글자들을 따라 읽었다.

"엄마, 일찍 들어와요. 수미가 엄마, 많이 기다려요."

어머니는 중간중간 못하겠다, 는 말을 연거푸했다. 하지만 손녀는 작은 손으로 어머니의 손을 감싸쥐고 흔들었다.

할머니, 이것만 읽어주면 되잖아요.

아이는 제가 쳐둔 글자를 손으로 가리켰다. 이런 망할 것! 그래서 어머니는 더 못하겠다고 했다. '사랑해요.' 어머니는 구보에게 이런 말을 들은 게 언제인가 싶었다. 어머니 자신은 또 언제 구보에게 이런 말을 한 적이 있던가.(어머니 16:00)

말을 하지 못하는 딸아이의 장애는 작품 속에서 현대인의 소통불능성을 상징하는 장치이다. 이러한 사실은 딸아이가 목소리를 잃은 상황을 보면 암시받을 수 있다. 구보 어머니의 기억에 의하면 손녀는 여섯 살이 되던 해, 심한 감기를 앓고 나서 목소리를 잃었다. 그 무렵은 구보와 사위의 언짢은 언쟁이 특히 잦았던 때였다. 어머니에 의하면 그날도 딸 내외는 목소리까지 높이며 서로에게 상처를 주지 못해 안달이 나 있었던 모양이었다. 하나밖에 없는 딸이 고열에 시달리다 혼절한 줄도 몰랐던 두 사람이 부랴부랴 병원에 데리고 갔지만, 손녀는 이미 목소리를 잃은 다음이었다(어머니19:00). 어떻게 보면 구보 부부의 다툼이 간접적인 원인이 되어 구보의 딸 수미는 목소리라는 소통의 기본적 도구를 잃게 된 것이다.

그러나 일상적 대화는 수화로 대신하지만 어머니에게 미처하지 못한 사랑한다는 고백을 위해 수미가 택하는 또 하나의 소통 방법은 글쓰기(편지쓰기)이다. 장애 이후 한 번도 듣지 못한 딸의 목소리를 대신해, 구보 자신도 어머니에게서 한번도 직접 들어보지 못한 '사랑해요'라는 말이 전해지는 순간이다. 딸의 마음과 어머니의 목소리를 통해 동시에 전해 듣는 사랑의 고백을 통해 구보는 단절된 자기 가족의 소통가능성을 발견한다. 이 장면이 상징하듯 대면적 접촉이 한계를 보이는 순간, 인간과 인간의 틈새를 디지털이 이어준다.

작품은 인간 대 인간의 직접적 소통이 아닌 기계에 의한 소통의 다양한 방식을 제시하고 있다. 컴퓨터는 물론 여기서 가장 주요한 수단이 된다. 아니 컴퓨터가 아니라 컴퓨터통신 또는 인터넷이라고 표현하는 편이 정확할 것이다. 컴퓨터는 이제 계산도구라기 보다는 통신장치이다. 앞에 나온 수미의 음성메일도 바로 그 기능을 이용한다. 작품에서 구보 스토리의 시작이 사이버 시대의 독특한 소통방식인 채팅으로 시작한다는 점도 시사적이다. 인터넷 채팅으로 시작한 구보의 서사는 결국 자신의 논문 제목처럼 인간 상호의 소통의 문제로 요약된다. 낯선 이와의 채팅에서는 몇 번의 대화로 서로를 탐색해 내지만 남자친구인 이상이나 가족인 어머니와의 소통은 의외로 쉽게 이루어지지 않는다. 뿐만 아니라 컴퓨터게임도 인간과의 소통, 심지어 이성과의 섹스까지 대체할 수 있는 또 하나의 소통방식이다. 구보의 친구 윤의 조언대로 한번 취하면 마치 '섹스 같은 거라 한 번 빠지면 쉽게 헤어나질 못하(구보16:00-17:00)'게 되는 게임은 때로는 소외된 현대인의 유일한 탈출구가 되기도 한다. 타인과 또는 세상과 고립된 자기만의 영역에 갇혀 사는 사람들은 게임을 통해서 만날 수 있는 또 하나의 세상에 자신을 존재시킨다.

한편 작품에는 디지털 시대의 또 하나의 주요한 통신수단인 휴대전화를 이용한 소통방식에 대한 작가의 단상이 다음과 같이 차례로 소개된다.

담배 한 대를 피워 물고 체머리를 했다. 옛말에도 풍수지탄이라 했다. 이제 와서 후회해야 소용없는 일이었다. 눈물을 들인 다음 구보에게 다시 전화를 했다. 이번에도 받지 않았다. '통화 안 될지도 모르니까 미리 시간이랑 약속장소 남길게. 일곱 시쯤이 좋을 것 같고 너네 집 앞으로 갈게. 메시지 듣는 대로 전화해.' 사서함에 메시지를 남기고 나서, 이상은 두 대째의 담배에 불을 붙였다. 한번 입밖으로 나간 말소리가 몇 시간이고 며칠이고 기계 속에 저장되어 있다가, 본인은 알지 못하는 때에 상대방이 듣고, 또 제멋대로 저장하거나 삭제한다는 건 어쩐지 기분 나쁜 일이었다. 음성 남기기를 싫어한다는 것을 알면서도 구보는 전화를 잘 받지 않았다. 매번 핑계를 댔지만 남자의 전화 따위를 기다릴 여자가 아니라는 것을 이상은 알고 있었다. 그런데도 여자의 눈빛은 항상 초조해 보였다. 도대체 여자는 뭘 기다리는 것일까. 이상은 '눈 너머 깊은 곳에서 여자가 어떤 종류의 물고기를 기르고 있는지' 궁금했다.(이상 10:00)

윤에게 전화를 걸기 위해 가방에서 휴대폰을 꺼내든 순간 구보의 눈과 입이 동그랗게 벌어졌다. 휴대폰이 꺼져있었기 때문이다. 그녀는 플립을 열고 시작 버튼을 세게 눌렀다.
"디지털 구보".
무덤에서 솟은 듯 다시 밝아진 액정화면의 로고를 들여다보며 구보는 또 한번 실소했다. "디지털 구보"는 구보의 희망사항이자 여전히 육체라는 단단한 껍질 속에 갇혀 있는, 아날로그적 자신에 대한 역설적 문구였던 것.(구보15:00)

정보화사회의 일상에서 휴대전화는 인터넷보다 오히려 순발력 있고 친숙한, 만능의 소통도구로 급격히 성장하고 있다. 일반적으로 **휴대전화** 사용자는 한시라도 전화를 꺼놓지 못하고 대기 중의 상태를 유지하고 싶어 한다. 이는 타인과의 단절을 불안해하여 한순간도 쉬지 않고 자신을 열어 두고 싶어 하는 현대인의 심리상태와 밀접한 관계가 있다. 특히 앞의 인용문은 결코 쉽게 통화하지 못하는 이상과 구보와의 관계를 상징적으로 보여준다. 또한 위 대목은 음성메시지라는 기능을 통해 자신의 목소리를 분리하여 저장할 수 있다는 사실과, 자신의 목소리와 약속이 자기 의사와 상관없이 타인에 의해 관리되고, 타인에 의해 일반적으로 삭제될 수도 있다는 어떻게 보면 당연해진 사실을 새삼스레 낯설게 만들고 때로는 강한 반발을 일으킨다. 이 장면이 보여주는 기계에 대한 일종의 거부감은 시나리오뱅크의 주인인 이상의 모습과는 어울리지 않는 것도 사실이지만 디지털에 대한 간단치 않은 성찰을 보여준다는 점에서 의미가 있다.

문제는 디지털이다. 아날로그에서 디지털로의 전환이 소통의 문제를 해결하는 방식임을 작가는 암시하고 있다. 그것은 맥루언식으로 말하자면 육체의 한계를 넘어서는 방식이기도 하다. 기계시대에 인간은 자신의 육체를 공간적으로 확장하였다. 텔레비전, 전화, 컴퓨터 등의 각종 매체가 이미 우리의 감각이나 신경을 확장시켜 온 것처럼 바야흐로 새롭게 개발된 인식의 방법, 즉 디지털은 '인간의 의식세계를 기계가 대신하여 인간을 확장시키는 최후의 성찬같은 것(구보25:00)'[11]이 된다.

---

11) '메시지는 육체의 연장'이라는 맥루언의 명제는 작품 속 구보 스토리 첫 장면부터 시뱅이라는 채팅 상대(시나리오뱅크의 약자라는 점에서 이 상대가 이상임을 암시해 주지만 이상의 스토리에서는 이 시간대의 장면이 생략되어 있음)에 의해 언급되며, 구보가 준비하는 논문을 통해 이와 관련된 해석이 다음과 같이 반복적으로 서술된다는 점에서 작가의 이 세 번째 주제야말로 작가가 특별히 강조한 부분임을 알 수 있다. "육체와 기계의 합일의 경지, 이 사이보그적인 경지에서 인간은 자신의 신

마지막 순간 구보의 가슴 저편에서 들려오는 '솔비야', "해답은 니 마음속에 있어(구보25:00)"라는 깨달음은, 가깝게는 솔비가 가진 신체적 장애를 극복하는 방법이면서 나아가 인간의 신체적 제약으로부터의 해방의 의미를 갖게 되는 디지털에 대한 낙관적 기대를 반영한다. 이러한 사고가 소설화되었을 때, 작품 속 주인공 구보의 논문인 「사이버 시대의 소통이 소설의 담론구조에 미치는 영향」의 주제와 교묘한 일치를 이룬다.

(4) 사이버서사, 정보화시대의 서사시

박태원에서 최인훈, 주인석으로 이어지는 작가들이 묘사한 구보씨가 각 시대마다 새로운 인물, 새로운 지식인상을 제시했으나, 이들 지식인이 반성과 비판에만 치우쳐 발전이나 생산의 부분이 없었다고 지적하면서, 작가는 또 한 명의 주인공 이상에게는 생산자로서의 지식인의 역할을 탐구하는 디제라티12)의 면을 부여하여 한다.13) 이 작품의 남자 주인공 이상은 문학의 구조적 혁명가이며 작품 자체에 디지털코드를 삽입한 '근대의 프로그래머'이다. 그리고 이상의 작업을 통해 독자들은 '사업으로서의 서사'의 가능성을 발견하게 된다.

체성의 제약에서 해방될 수 있다. 인간은 시공을 초월하여 의사소통할 수 있고 그 의사소통의 방식은 문자 시대와는 달리 총체적이다. 그것은 시각적이고 청각적일 뿐 아니라 송수신자의 적극적 네비게이팅 때문에 촉각적이다. 인간의 전감각에 호소하는 이 의사소통의 방식으로 인간이 가지는 온갖 신체적 장애는 극복될 수 있을지 모른다(구보25:00)."

12) 디제라티란 디지털(digital)과 지식계급을 의미하는 리테라티(literati)의 합성어로 마이크로소프트 회장 빌 게이츠, 아메리카 온라인의 설립자 스티브 케이스, 자바소프트 사장 루 터커 등 기업경영뿐 아니라 과학기술이나 정치 등 사회 전 분야에 걸쳐, 특히 미래 사이버 세계에서 새로운 파워엘리트로 활동할 것으로 전망되는 미래 사회의 주역을 말한다.

13) 최혜실, 『디지털 시대의 문화 읽기』, 125쪽.

처음에는 모두가 되지 않을 사업이라 했었다. 하지만 사람 사는 곳에 이야기가 없을 수는 없다. 인터넷 공간이라고 해서 예외는 아니다. 이상은 인터넷 공간이 필요로 하는 모든 인문학적 상상력의 주인이 되기를 꿈꾼다. <시나리오뱅크>를 중심으로 이야기소들은 인터넷의 바다를 자유롭게 순환하며 끊임없이 새로운 이야기들을 생산해낼 것이었다. 더 이상 작가는 이야기의 주인이 아니다. 이제 이야기의 유일한 주인은 <시나리오뱅크>가 될 것이었다. 지하철에 탄 뒤 처음으로 이상의 입가에 미소가 맺혔다.(이상 13:00)

이상은 귀를 닫았다. H 전자상거래 사장도 똑같은 얘기를 했었다. 사이트를 연 지 일년쯤 되었을까. 초기의 만성적인 적자를 면하고 주식까지 상장되어 회사가 하루가 다르게 몸피를 늘려갈 때였다. 고객도 다양해져서, 처음에는 돈 있는 사람 홈페이지나 기업 홈페이지 콘텐츠 채워주기가 고작이었던 것이, 인터넷 카드나 인터넷 광고 카피는 물론이고, 외국회사의 한글판 홈페이지, 각종 디지털 드라마 대본, 재벌 자서전, 소프트웨어 회사의 게임시나리오 제작에 이르기까지 굵직굵직한 주문이 쇄도하기 시작했다. 인터넷 공간 안에서 그토록 많은 사람들이 잘 쓰여진 문장을 갈구하고, 또 탄탄하게 짜여진 서사를 필요로 할 줄은 꿈에도 몰랐다. 그도 그럴 것이 취미 삼아 술값이라도 벌자고 시작한 사이트가 주식까지 소유한 회사로 발전하게 될 줄 누가 알았겠는가.(이상 14:00)

위의 두 인용문은 시나리오뱅크라는 벤처 기업의 CEO로 변신한 이상의 회고를 통해 이야기가 사업으로 성장하는 과정을 잘 보여준다. 틈새를 노린 조그만 아이디어가 어엿한 기업으로 발전하고, 이야기는 더 이상 작가 고유의 창작물이 아니라 기업이 소유하는 생산품이 되는 것이다. 이제 창작의 주체가 집단화, 기업화되는 시대가 올 지도 모른다는 예측은 바로 이 작품의 제작과정을 통해 현실화된다.

제작진의 인포메이션에 의하면 KAiST 최혜실 교수와 오내영, 노희준, 이혜진 등 세 명의 작가가 각각 구보, 이상, 어머니의 이야기를 창작했고, 북토피아와 인터넷MBC가 설계와 제작을 맡아 진행했다. 또한 김영대 감독에 의해 별도의 디지털단편영화가 사이트 오픈과 동시에 공개되었다. 이러한 과정이 정보통신부, 한국과학기술원, 영상문화학회 등의 후원 하에 이루어지면서 이해와 영역이 다른 다양한 장르, 기업, 사람이 웹에서 결합되어 하나의 작품을 만든 것이다. 제작기간 10개월, 제작비 총 1억 2천만원, 스탭진 50여 명에 달하는 대형 집단창작물은 이야기 구조를 어떻게 짤 것인가, 그 이야기를 어떻게 영상으로 옮길 것인가, 이야기 구조를 어떻게 설계하고 웹으로 실현할 것인가 하는 제작과정에서 자유와 공유라는 웹 정신을 구현했다는 데 의미가 있다.[14]

하이퍼텍스트소설의 창작 과정은 기존의 소설 창작방식과는 근본적으로 다르다. 더 이상 소설 창작은 작가 개인의 고독한 작업의 산물이 아니다. 이는 복수의 작가와 프로그래머의 공동작업이 진행되는 게임 제작과정과 유사한데, 그 과정을 작품은 다음과 같이 묘사한다.

이상은, 수형도를 일일이 검토하며 전체 스토리가 프로그래밍이 가능하게 설정되었는지, 각 단계마다 컷의 연결이 자연스러울 것인지를 타진해보았다. 이번 경우는 무척 까다로웠다. 고객이 요구한 것은 게임 진행자, 즉 게이머의 선택에 따라 결과가 달라지는 시나리오. 다섯 단계가 설정되어 있었는데, 하나의 이야기 구조로 수십 개의 각기 다른 서사를 감당할 수 있어야 했다.

작가들도 골머리를 썩였겠지만 이상은 그야말로 죽을 맛이었다. 시나리오 작가들은 인문학도들이라 컴퓨터에 난다 긴다 해봤자 프로그래밍에 대해서는 문외한이었다. …… 이상이 맡은 역할은 모든

14) 인포메이션 http://www.booktopia.com/booktopia/contents/hypertext/infor.asp?category=03

상상을 언어로 하는 작가들이 코딩에 적합하게 이야기를 꾸밀 수 있도록 조언해 주고, 시나리오 초본이 완성되면 이번에는 모든 상상을 컴퓨터로 하는 코더들이 쉽게 이해할 수 있도록 재구성하는 일이었다. 이야기를 창조하지도, 코딩도 하지 않았지만, 이상은 둘 사이에는 없어서는 안 될 다리 역할을 하고 있었다.

말하자면 활자언어를 컴퓨터 언어로 바꾸는 일종의 번역 작업이었다. 다행히 일은 거의 다 끝나가고 있었다.(이상09:00)

기존 창작에서도 소설의 구조에 대한 인식이 있었지만, 하이퍼텍스트소설에서는 이야기를 웹의 형태로 설계하기 위한 기술적 작업이 없이는 소설의 독자에게 전달 자체가 불가능하다. 여기에는 이중의 구조적 문제가 있다. 첫째는 이야기 구조 자체를 의미하는데 선형적 서사의 단일하고 일관성 있는 이야기 구조가 아니라 하이퍼텍스트의 비선형적 성격에 따른 복수의 서사를 독자가 선택할 수 있는 구조로 만드는 것이다. 둘째는 완성된 서사적 내용을 하이퍼텍스트의 형식으로 전달하기 위한 기술적 구조이다. 이야기꾼의 머리에서 상상하여 입에서 흘러나오는 이야기를 종이 위에 한 줄로 적어 내려간 것이 아니라, 이야기의 요소들을 연결하여 링크시키고 컴퓨터나 영상 등 각각의 전문적 기술을 가진 이들이 조직하여 이야기를 보여준다. 여기에 제작진이 주장하는 소설 작업 과정 자체와 그 결과물을 공유하겠다는 선언의 의미가 있다. 이렇게 하이퍼텍스트 예술의 창작과정은 더 이상 작가 한 사람의 작업이 아니며, 그 결과물인 예술품 또한 한 개인의 소유가 아닌 것이다.

(5) 디지털 구보, 다시 소설이란 무엇인가

옛날 옛날 어떤 사람이 낮잠을 자고 있는데 낯선 사람이 잠을 깨웠다. 그는 용궁에서 온 사자였다. 그를 따라 용궁에 가 용왕의

병을 고쳐주고 귀한 구슬을 얻어왔는데 문득 잠에서 깨어났다. 한바
탕 꿈을 꾸었다고 생각했는데 그의 옆에 구슬이 놓여 있었다는 이야
기. 몸은 자기집 마루에 있었지만 영혼은 용궁에 가 있었고 그가
용궁에서 겪은 일들이 마치 구슬처럼 자신을 이루는 보석 같은 기억
으로 생생하게 남아 있다는 이야기.

　어린 시절 들었던 영육탈리(靈肉脫離)의 설화는 육체의 연약함과
한계를 벗어나고자 몸부림쳤던 인간의 상상력이 만들어낸 결과들
일 것이다. 그런데 그 욕망이 어쩌면 가상공간에서 실현되고 있는
것이 아닐까?(구보10:00)

　소설가소설의 계보에 자리한 이 작품 역시 소설이란 무엇인가, 소설가
란 누구인가에 대한　질문을 제기하고 있다. 이는 한편으로는 소설가인
구보를 통해서, 한 편으로는 새로운 소설가로서의 이상의 발언을 통해서
제시된다. 인용문에 있는 바와 같이 구보에게 있어서도 소설은 가상공간
을 통한 욕망 실현과 관계되는 것이다. 이는 영육탈리의 용궁 설화에서
볼 수 있듯 인류의 신화적 행위이다. 이야기와 상상을 통해 인간은 육체
의 한계를 초월한다. 구보가 이 문제에 특히 민감한 것은 자신의 딸인
솔비의 장애에서 온 절실함 때문이다. 그러나 구보가 아니더라도 사이버
공간의 출현은 인간의 육체적 한계를 극복할 수 있는 가능성의 장소로서
주목받아 왔다. 가상정체성에 있어서 육체화와 탈육체화의 문제는 맥루
언의 '탈육체화한 인간'의 이미지 속에서도 반복된다.[15] 그것은 앞서 살
펴보았듯이 신체장애아인 솔비와 관련하여서 뿐만 아니라 '미디어는 메
시지이다'라는 맥루언의 또 다른 명제와 같이 하이퍼텍스트라는 새로운
미디어를 형식으로 새로운 내용의 메시지를 전달하려는 이 작품의 목적

---

15) 크리스토퍼 호락스, 김영주·이원태 역, 『마셜 맥루언과 가상성』, 이제이북스, 2002,
　　88쪽.

292

과도 부합하는 것이다.

　모든 소설이 그렇듯이 이 소설 또한 가상을 통한 욕망의 실현을 목적으로 한다면 이상과 구보가 갈라지는 지점은 어디인가. 그것은 소설가란 누구인가에 대한 해답을 서로 다르게 구하고 있다는 점에 있다. 이상의 관점은 이미 앞 장에서 살펴본 바와 같으니 여기서는 이 근본적인 물음에 대한 해답은 구보를 중심으로 풀어가야 할 것이다.

　박태원의 소설에서 그러한 것처럼 이 작품에서 역시 어머니와의 관계 속에서 이 문제의 실마리를 찾고 있다. 소설에 대한 열정으로 가득 차있던 구보의 글에서 사람에 대한 이해와 애정에 매번 감동받곤 했었던 어머니에게 소설가 구보는 믿음직스러운 존재였다. "우리 딸? 작가예요. 그렇고 그런 작가가 아니라, 순문학을 하거든. 그래요, 상업성이나 통속성 따위하고는 아주 거리가 멀어요. 카이스트에 출강도 했다우. 아주 똑 떨어지는 애거든."(어머니 14:00)이라는 자랑에서 확인되듯 한때 작가로서의 자부심을 느꼈던 것은 어쩌면 구보보다는 '작가분 어머님'인 어머니의 몫이었다. 그러나 지금에 와서는 '하이퍼텍스트', '몸의 미학', '소설가 구보 씨의 일일' 등등의 제목을 단 종이와 책들이 너저분한 구보의 책상 곁에서 "지금 구보, 너는 무엇을 하는 것이냐."라고 혼잣말을 내놓는 어머니에게 구보의 세계는 도대체가 이해할 수 없는 곳이 된다.

　어머니는 소설가 구보의 최고의 애독자였다. 그런 어머니를 독자의 상징으로 해석해보면 이 대목은 흥미로운 지점이 된다. 어머니로서의 독자는 작가들의 이야기의 근원이며, 작가가 나온 곳이며, 작가를 기르는 곳이며 때로는 작가가 배반해 버린 고향이다. 열정의 시대, 그래서 독자들은 작가들에게서 감동을 받고, 작가는 어두운 시대를 버팅기는 믿음을 주던 시대가 있었다. 대중이나 상업주의에 영합하지 않고 오직 순수에 대한 자존심으로 버티는 작가들을 자랑스러워하던 시대가 있었다. 그러나 이제 어머니인 독자와 자식인 작가가 서로를 이해할 수 없는 시대가 왔다. 소설의 시대가 저물어가면서 소설가 구보의 화려한 시절도 끝나갔다. 화자는 어머니를 계속적으로 의식하는 가운데 이제 더 이상 소설가는 신비의 존재가 아니며, 마치 신기(神氣)를 상실한 무당이거나 제 한 몸도 제대로 간수하지 못하는 가짜 승려와 같은 존재, 예술가로서도 생활인으로서도 무기력한 존재에 불과하다는 자괴감에 빠진다.

> 구보는 딸아이 방에 붙박힌 채 서서 어머니가 흘리는 소리에 귀를 맞추었다. 풀어진 팥죽처럼 거무튀튀하게 축 처진 어머니의 얼굴을 떠올리다 문득, 이례적으로, 별안간 그러면 대체 소설이 무얼까, 소설가란 무얼까, 하는 물음에 직면하게 되었다.
> 소설가는 신기(神氣)가 찢어진 달걀 속껍데기처럼 간당간당해진 아주 오래된 무당이거나 제머리 못 깎는 땡중같은 거니까, 하고 구보는 스스로에게 대답해 보았다. 내 것, 남의 것도 모자라 디지털이니 사이버니 손에 잡히지도 않는 것들은 혀 낼름대는 배암처럼 잘도 넘보면서 이제는 늙어 가을날 시내처럼 점점 졸아 붙어가는, 손바닥만한 어머니 마음 보는 것엔 왜 이리도 인색한 건지, 정말 알 수 없는 노릇이었다.

소설, 혹은 글쓰기에 대한 근본적인 질문을 던지는 소설가 소설의 계보에 놓인 두 작품은 어떻게 다른가. 박태원의 구보는 하루의 산책을 마치고 돌아온 집에서 "좋은 소설을 쓰리라"는 오직 그 생각에 조그만 행복을 느끼며 이제는 어머니가 혼인 얘기를 꺼내더라도 어머니의 욕망을 쉽게 물리치지 않으리라고 다짐하면서 끝을 맺는다. 그러나 디지털 구보의 24시는 굳게 닫힌 어머니 방문을 쳐다보면서도 결국은 혼자만의 방으로 되돌아가는 모습이다. 디지털 구보 역시 어머니의 욕망이나 남자의 요구로부터 비롯된 갈등과 단절을 이해하면서도 박태원의 구보와 달리 결코 순순히 양보하거나 억지로 화해하지 않는다. 자신에 대한 어머니의 기대와의 해결되지 않는 갈등 속에서 구보는 다시 묻는다. 대체 소설이란 무엇인가. 소설가란 어떤 존재인가.

> 사무실을 나와 복도의 화장실에 들어가 구보는 오래도록 거울을 노려보았다. 애시당초 재미없으면 무조건 안 되는 컴퓨터 게임 시나리오나 썼어야 했다. 사이버 공간에서의 서사구조는 이미 '재미'로 기정사실화된 듯했다. 통신문학도 항상 네티즌들의 조회수에 따라 가치가 정해졌다. 아무리 저질이라도 네티즌들의 폭발적인 인기를 얻으면 곧 오프라인으로 와 책으로 출간되었다. 이 통념은 게임이 더욱 굳혀주었다. 중요한 것은 사이버 공간의 서사가 단순히 재미있는 것만 있는 것이 아니라는 사실을 누구도 일러주지 않는 것이었다. 나름대로 의미 있는 예술성을 부여하는 것이 작가의 임무이건만…… 구보는 그 임무를 깨쳐주고 싶었다. 그래서 하이퍼텍스트 소설에 그렇게 매달렸던 것이다. (구보 14:00)

앞의 인용문은 하이퍼텍스트 소설 제작회의에 참석했던 주인공 구보가 투자사의 소극적 태도로 제작 위기에 처하게 되는 장면이다. 이 새로운 장르의 창작과정에서는 예술적 부분에 대한 작가의 창조적 능력 못지않게, 작가에게 결여된 기술적인 부분을 충족시켜줄 뒷받침과 이에 소요되는 자본을 필요로 한다. 따라서 여기에는 자본을 끌어들일 만한 흡인력이 있어야 한다. 하이퍼텍스트 소설의 제작은 하나의 사업이다. 앞서 알아보았듯이 「디지털 구보 2001」 한편을 생산하는 데 투입된 인원과 비용은 이전의 장편소설 한 편을 쓸 때와는 비교할 수 없다. 자본주의 시대의 서사시라고 하는 소설보다도 훨씬 더 현실적으로 자본과 뗄 수 없는 관계에 놓인 것이 하이퍼텍스트 소설 제작이다.

여기서 이상의 스토리와 달리 구보 스토리가 보여주려는 것은 사이버

서사에 대한 반성적 검토이다. 사이버 공간의 서사에서 가장 핵심적인 요소는 '재미'와 '인기'이다. '재미'란 사전에 있는 그대로 '어떤 일에 흥미를 느끼고 그 일을 함으로써 즐거움을 맛보는 마음의 상태'로서, 이것은 주관적이기에 그 흥미의 크기나 즐거움의 정도를 잴 수가 없는 성질의 것이다. 따라서 한 편의 서사가 얼마나 재미있는가를 객관적으로 판정할 수 있는 기준으로 의존하는 것이 그 일에 참여하는 정도를 계량화해주는 조회수이다. 아날로그 시대와 달리 정확하게 숫자로써 설명할 수 있는 것만을 인정하는 디지털 시대에서 서사는 그 내적 완성도가 아닌 외적인 접근 정도와 그 숫자의 권위에 의거하여 이야기의 가치를 따지게 되는 것이다. 그런데 조회수는 철저히 대중에 의해 좌우된다. 이전처럼 작품의 가치는 소수의 전문가 집단, 평론가에 의해 정해지는 것이 아니라 불특정다수의 네티즌 독자에 의해 판가름 난다. 결국 '재미'란 대중의 '인기'와 비례한다는 논리가 성립된다. 이러한 현상은 온라인상에서만 일어나는 것이 아니라 오프라인 상에서의 출간 여부 결정에까지 영향을 미친다. 물론 좋은 글은 많은 이가 찾는다. 그러나 반대로 많은 이가 찾는 글이 최고의 글이 아니라는 사실을 인정하면서도 출판사의 입장에서는 상업적인 이유로 이미 검증된 작품을 선택하게 마련이다.

이러한 상황 속에서 '재미'가 아닌 '의미'를 추구하는 예술성의 추구는 독자들에게 외면 받게 된다. 어떻게 보면 이 작품이 '재미'를 따지는 오늘날의 소설 독자들을 상대로 소설의 '의미'를 되묻고 있다는 사실 자체가 마찬가지의 헛수고일 수도 있다. 그러나 한편 재미라는 것도 여러 종류가 있을 수 있고, 재미와 의미는 그 자체가 모순이 되는 개념은 아니다. 가령 의미를 추구하는 재미라는 것도 있을 수 있다. 독자들을, 의미는 전혀 배제한 재미만 추구하는 어리석은 대중처럼 몰아붙이는 태도도 잘못이고, 설혹 그렇다 해도 재미만 추구하는 독자의 출현이라는 시대적 현상을 푸념하기보다는 그러한 시대적 현상의 의미를 묻는 것 또한 학문하는 자의 몫이다.

'돈 버는 재미'라는 것처럼 그 행위의 결과에 대한 기대가 재미를 배가 시키는 것도 사실이지만, 예술이 그러한 것처럼 재미 역시 그 자체가 무목적의 목적성을 갖는 것처럼도 보인다. 소설을 읽는 재미란 읽은 이후에 얻은 교훈이나 현실인식 못지 않게 읽기 행위의 수행과정 자체를 즐기는 것이다. 유사한 사례를 우리는 게임의 경우에서 발견할 수 있다. 게임의 결과로 얻은 점수나 승부 즉 신기록 수립이나 승리의 환희가 기쁨을 배가시키기도 하지만 기본적으로 게임이란 그 자체를 즐기는 것이다. 같은 게임을 반복하게 만드는 것은 동일한 구조임에도 게이머에게 경험되는 게임의 양상이 그 때마다 달라지기 때문이다.

소설의 경우도 사람마다 다르게 읽히기도 하고 명작의 경우 거듭 읽을 때마다 새롭게 읽히기도 하지만 특히 종이책으로 책읽기와 달리 인터넷에서 책읽기의 경우는 독자들의 이 같은 욕구를 보다 더 충족시켜줄 수 있다. 소설의 구조를 짜면서 작가가 의도한 바와 달리 독자에게 경험되는 효과가 달라지는 것은 그 독법 자체가 선형적으로 규정된 것이 아니라 열려 있기 때문이다. 독자들은 각자가 다른 자신만의 체험을 하고 싶어 하고, 자신만의 체험도 그 때마다 다른 것이기를 바란다.

게임도 고립된 골방에서 혼자서 즐기는 게임이 있는가 하면, 친구들과 PC방에 함께 모여 밤새면서 즐기는 경우가 더 재미있다고 한다. 인터넷은 골방에서도 미지의 게이머와의 한판 전쟁을 가능하게 한다. 게임을 재미있게 만드는 것은 그 게임의 서사 내용 자체에서 유래한 것 못지 않게 그 게임의 서사를 통하여 다른 사람과 어떻게 만나고, 경쟁하고, 그를 굴복시키고, 또는 설욕하느냐에 달려있다. 게이머는 게임 속의 캐릭터와 싸우면서 동시에 다른 게이머와 싸운다.

그런데 소설에서는 과연 어떤가. 소설의 줄거리를 풀어나가면서 독자는 작중 인물과의 교감하면서도 다른 독자들과는 상대적으로 분리되어 있다. 하지만 한 작품이 인기를 끌면 조금 달라진다. "너도 그 작품을 읽고 있니", "이번 연재된 것 읽어봤어?" 하면서 주고받는 공감대 속에서 흥미가 증폭된다. 하지만 이점에서 아직 게임과 경쟁할 정도는 아니다. 더구나 독자 자신이 풀어나가고 싶은 방향과 달리 작품을 쓴 작가의 영향력이 절대적이다.

인터넷 시대의 소설 독자에게 있어 가장 이상적인 작품은 게임에 보다 가까워지는 소설이다. 각각의 독자마다 다르게 읽는 소설, 읽을 때마다 새로운 줄거리로 읽을 수 있는 소설, 독자가 서사를 완성하는 데 참여하는 소설, 화려한 게임의 인터페이스 못지 않게 다양한 멀티미디어 기능을 보유한 소설의 출현을 꿈꾸는 것이 컴퓨터의 발달과 인터넷의 등장으로 가능해졌다. 그렇다면 이제 사람과 어울려 서로 다른 줄거리를 생산해내는 소설을 구상할 수는 없을까. 기본 등장인물과 배경을 공유하면서 서로 다른 캐릭터를 선택하여 자신의 구상대로 작품 속의 세계를 조정해 나가고 싶은 욕망. 또 다른 세계를 만들고 또 다른 인생을 살고 싶어 하는 인간의 욕망을 소설은 과연 어떻게 충족시켜줄 수 있을까. 그리고 그 결과로 만들어진 서사물을 과연 소설이라는 이름으로 부를 수 있을까. 이에 대한 해답을 바로 하이퍼텍스트 소설에서 찾을 수 있다.

「디지털 구보 2001」의 작가들은 그 자신 하이퍼텍스트 소설을 쓰면서 작품 속에 자신들과 같은 하이퍼텍스트 작가를 등장시키고 그 인물의 목소리를 빌어 이 새로운 장르가 재미와 상업성이 아닌 의미와 예술성을 추구하도록 하는 것이 작가의 임무임을 강조한다. 이러한 주장의 산물이 바로 이 작품 「디지털 구보 2001」이다. 하이퍼텍스트가 매체적 실험이 아닌 하나의 예술로 성장하기 위해서는 예술성을 부여하는 작가와 예술

성을 경험하는 독자간의 합의가 필요하다.16)

4. 맺음말

- 하이퍼텍스트로서의 「디지털 구보 2001」의 과제

「디지털 구보2001」의 개발자인 최혜실은 하이퍼텍스트의 특성으로

---

16) 이와는 조금 다른 각도에서 예술성과 관련하여 이 작품의 완성도에 흠집을 내는 몇 가지 옥의 티를 지적하고자 한다. 이는 하이퍼텍스트 창작이 그 속성상 공동작업으로 이루어지는 일이 많기 때문에 일어날 수 있는 문제점들을 극명하게 드러내 주는 실수이다. 작품에서 등장하는 딸의 호칭은 구보의 스토리에서는 '솔비'(구보 11:00)였다가, 어머니의 스토리에서는 '수미'(어머니16:00)로 변한다. 딸의 장애 원인 역시 다르게 설명된다. 구보의 스토리에서는 허니문 베이비인 솔비가 태어난 뒤 1년 정도 후 아이가 농아라는 진단을 받은 것으로 나온다(구보14:00). 반면 어머니의 스토리에서 손녀는 여섯 살이 되던 해, 심한 감기를 앓고 나서 목소리를 잃는다.(어머니19:00). 이는 세 개의 스토리를 나눠 맡았던 작가 간에 일어난 혼란으로, 3명의 작가에 의해 별도 작업으로 이루어진 이 작품의 제작과정이 가진 위험이 현실화된 부분이다. 한편 딸의 나이도 아홉 살(구보08:00)인지 열두 살(구보01:00)인지 부정확하다. 이런 모순은 하나의 스토리 내에서도 발견된다. 하이퍼텍스트 소설 창작회의 시간을 기다리던 구보가 '검은 양복'이란 인물을 만난 곳이 서점인지 은행인지 독자들에게 혼란을 일으킨다거나(구보 11:00 참조), 몇 시간 후 회의장에서 직원이 내온 쌍화차가 녹차로 둔갑하는 것(구보 14:00 참조)과 같은 앞뒤가 맞지 않는 장면이 있다. 그밖에도 현실을 모자이크해 놓은 듯 정교한 표현에도 불구하고 정작 맥도날드에서 피자를 주문한다든지(구보12:00), 롯데월드에는 없는 청룡열차를 탄다든지 (구보16:00-17:00) 하는 장면은 이러한 공간에 친숙한 독자들에게 현실감을 떨어뜨린다. 사소한 실수지만 종이책에서라면 독자가 가져야 할 상상력의 작은 틈을 하이퍼링크 등을 이용해 가상현실의 리얼리티로 철저히 대체하는 하이퍼텍스트에는 어울리지 않는다. 또한 '구보 14:00'에 나오는 '고르디우스의 매듭'에 대한 각주에서처럼 본문과 주석을 링크시키지 않고 주석으로 처리되어 있어 하이퍼텍스트라는 글의 성격에 부합하지 않는다. 따라서 공동작업으로 완성되는 하이퍼텍스트소설의 경우일수록 책임 있는 작가의 역할이 요망된다.

"종이책 같은 텍스트와 달리 원하는 곳을 비선형적으로 클릭해 열어갈 수 있다. 사용자는 하나의 플롯에 의해 책을 읽는 것이 아니라 원하는 순서대로, 원하는 만큼을 자기 식대로 읽어나갈 수 있다. 이렇게 되면 책읽기는 작가의 의도를 정확히 파악하는 것이 아니라 독자의 창조 행위로 바뀌게 된다."[17]고 요약했다. 그러나 이상적인 하이퍼텍스트에 대한 기대치를 반영한 이러한 규정이 실제 작품에서 그대로 적용되기에는 몇 가지 문제가 있다.

「디지털 구보2001」의 경우 이상, 구보, 어머니 세 인물에게 벌어진 사건을 독립적으로 보면 여전히 시간적 순서에 따라 선형적으로 이어간 이야기에 가깝다. '하나의 플롯'이 아니라는 말의 의미는 플롯의 숫자에 있는 것이 아니라 작가가 일방적으로 정한 플롯을 거부한다는 것이다. 그러나 실제 이 작품의 플롯은 세 화자를 병렬시켜 놓았을 뿐이지, 이야기의 분기점을 설정해 놓고 독자에게 자기가 원하는 플롯을 선택하게 하는 하이퍼텍스트의 본래 구상과는 동떨어졌다는 약점이 있다. 시점마다 다른 줄거리로 읽을 수 있는 것은 비단 하이퍼텍스트가 아니더라도 가능한 것이다. 창조적 독자를 주장하지만, 특정 인물이 특정 시간에 어느 장소에서 무슨 일을 하고 있나 엿볼 수 있을 뿐이지 한 인물의 운명을 독자 편에서 선택할 수 없다는 여전히 수동적인 독자이고, 단지 사용자에 머무를 뿐이다. 결국 '원하는 순서로', '원하는 만큼', '자기 식대로'라는 하이퍼텍스트 독법이 현실적으로 실현되기란 어렵다.

또 하나 진정 독자의 창조자적 역할은 하이퍼텍스트라는 형식이 가능하게 하는 가장 중요한 기능중 하나인 인터랙티브 기능의 활성화 여부에 달려 있다. 제작자들의 말대로 디지털 구보의 핵심은 '이어쓰기'에 있다. '이어쓰기'란 선택한 시간대의 화자의 이야기를 받아 독자가 새롭게 이

---

17) 최혜실, 『디지털 시대의 문화 읽기』, 121쪽.

어쓰는 코너이다. 이 작품의 인터페이스를 보면 작품 하단에 '이어쓰기' 기능을 마련하고 독자가 위의 내용에 연속해서 작품을 써 나갈 수 있도록 하였다. 그러나 작품 자체의 난해함과 새로운 문학에 대한 생소함 때문인지 독자들이 자발적으로 이에 참여한 경우가 거의 없었다. 작품 자체에서 독자들을 끌어 들일만한 요소를 좀더 강화해야할 점도 있겠지만, 현재의 인터넷 사용자의 문학적 성향과 수준이 갖는 한계를 보여주는 일면이다.[18]

　끝으로 하이퍼텍스트의 또 하나의 특성인 멀티미디어 기능이 충분한 효과를 거두지 못하고 있다. 소설의 일부를 발췌, 각색하여 디지털 영화화한 「구보의 일일」은 소설과 영화가 유기적으로 결합된 새로운 개념의 하이퍼텍스트 소설을 소개하려는 의도에서 만들어진 것이다. 그래서인지 이 단편 영화는 대사가 없고 상황묘사가 구체적이지 않아 독립적으로는 의미파악이 힘들고 소설과 함께 보았을 때에야 사건의 진행을 이해할 수 있다. 소설과 영화를 독립적으로 제작하기보다는 각 장면의 내용 전개에 부합하는 동영상을 제공하거나 최소한 좀더 다양한 이미지와 사운드를 제공한다면 감각적인 신세대 독자들의 관심을 자극할 수 있었을 것이다. 그러나 시작화면이 주는 기대와 달리 작품을 담고 있는 수많은 웹페이지들의 구성은 비교적 단순하다. 이와 같이 「디지털 구보2001」은 본문 자체는 대부분 텍스트 문서의 형태로 머무르고, 소설 본문이 아닌 링크된 사이트들에만 지나치게 의존하고 있다. 이 작품에 투입된 인력과 비용, 시간이 일반 소설 한 편을 쓰는 것과 비교할 때 수십 배가

---

18) 「디지털 구보 2001」의 독자 참여 마당인 '이어쓰기' 기능을 대학 강의에 참여한 학생들을 통해 집중적으로 테스트한 결과 당장에 해결할 문제는 보다 기술적인 측면에 있음이 드러났다. 이에 대하여는 아래 글을 참조할 것.
김명석, 「하이퍼텍스트 소설의 시대는 과연 도래하는가」, 『타자비평』3호, 예림기획, 2002,8.210-211쪽.

필요함에도 불구하고 그 정도로는 영화나 게임을 통하여 눈이 높아질 대로 높아진 독자들에게 만족할 만한 멀티미디어 서비스를 제공하기에는 역부족이다.

본문에서 살펴본 바와 같이 이 논문은 「디지털 구보 2001」에 대한 구체적인 작품론으로서 그 서사적 내용을 집중 분석하여 작품을 이해하고 즐기는 다섯 가지 길을 하나하나 짚어보았다. 먼저 구보라는 등장인물이 가진 산책자적 특성을 통해 21세기의 고현학으로서의 작품의 의미를 살펴보았다. 이어서 어머니와 구보, 솔비로 이어지는 가족사를 통해서 하이퍼텍스트속의 여성성의 문제를 고찰했다. 또한 단절의 서사로서의 작품의 스토리가 사이버 시대의 소통 방식인 디지털을 통해 어떻게 극복되는가, 정보화시대의 서사시로서의 사이버서사의 성격을 살피고 끝으로 소설가 소설의 계보에서 이 작품이 던지는 근본적인 질문인 '다시 소설이란 무엇인가'라는 물음을 통해 하이퍼텍스트소설의 의미를 추구하였다.

아울러 하이퍼텍스트로서 이 소설의 문제점 몇몇을 지적하였는데, 이와 관련하여 형식적 측면에 대한 본격적인 논의로 「디지털 구보 2001」의 매체적 특성을 다루는 별도의 논문 준비를 앞으로의 과제로 삼는다.

참고 문헌

김종회·최혜실 편저,『사이버문학의 이해』, 집문당, 2001.

류현주,『하이퍼텍스트문학』, 김영사, 2000.

배식한,『인터넷, 하이퍼텍스트 그리고 책의 종말』, 책세상, 2000.

지적재산권법연구회,『디지털시대 지식재산이 벤처다』, 전자신문사, 2000.

최유찬,『컴퓨터 게임의 이해』, 문화과학사, 2002.

최혜실,『한국모더니즘 소설 연구』, 민지사, 1992.

최혜실,『 한국현대소설의 이론』, 국학자료원, 1994.

최혜실,『디지털 시대의 문화 읽기』, 소명출판, 2001.

자넷 머레이, 한용환·변지연 역,『인터랙티브 스토리텔링』, 안그라픽스, 2001.

조지 랜도우, 여국현 외 역,『하이퍼텍스트2.0』, 문화과학사, 2001.

크리스토퍼 호락스, 김영주·이원태 역,『마셜 맥루언과 가상성』, 이제이북스, 2002.

Abstract

A Study of Digital Gubo 2001, a Hypertext Novel

Kim, Myung-seok

This paper purposes to carry out a concrete analysis of Digital Gubo 2001, the first hypertext novel in Korea, and discuss the features and tasks of the new-coming genre.

The first sight of Digital Gubo 2001 allows us to discern its differences from ordinary paper novels. The readers can follow the story along whatever they choose — characters or times — and many parts of the book are linked to other texts.

There are three characters appearing in the novel: a heroine named 'Gubo', a hero named 'Yi Sang', and Gubo's mother. The novel is proceeded through a day of each of them. In terms of contents, this paper focuses on analysing a human type in this digital age, which is revealed through the heroine Gubo, and intercommunication problems among people, with the significance of modern landscape seen through the eyes of a hero as a sojourner.

In formative aspects, three characteristics of hypertext novel as a media are examined: nonlinarity, multi-mediatic feature, and interactivity In Digital Gubo 2001, however, each story of the characters, when it is seen separately, is still revealed as a linear one, following time sequence.

Denying 'one plot' also forms a very remarkable element in this text. What is important, however, is not the number of plots but the denial of predestined plot by the author. In this aspect, Digital Gubo 2001 still falls short of the idea of a hypertext novel, which is to let the readers choose what course they want from a certain point of plot. Finally, the interactivity as one of the most important functions of a hypertext form, is not completed here, failing to readjust the readers as creators.

Key Words : Hypertext novel, Digital, Cyber storytelling, nonlinarity, Gubo

다성적 공간으로서의 몸
- 김혜순론 -

나희덕*

1. 머리말

김혜순의 시는 몇 마디의 말로 그 주제나 이미지를 요약해내기가 어려울 뿐 아니라, 해석 자체를 허락하지 않는 것처럼 보일 때도 있다. 그런 점에서 김혜순의 시는 불친절하다. 아니, 불친절한 유희만이 시인의 사명이라고 믿고 있는 듯하다. 김혜순에게 있어 시는 실존적 고통을 고백하는 형식이 아니라 고통을 연기(演技)하는 유희의 형식일 때 비로소 의미를 가진다. 그가 체험의 진정성이나 현실의 사실적 재현보다 언어를 통한 '새로운 현실'의 구축에 힘을 기울이는 것도 그 때문이다.

여기서 '새로운 현실'이란 논리적인 언어로 규정될 수 있는 게 아니다.

---

* 조선대 교수

어떤 방식으로도 고정될 수 없는 '프랙탈 도형'처럼, 그것은 결코 같은 도형을 그리는 법 없이 미세한 결을 따라 늘 움직이는 대상을 말한다.[1] 그처럼 대상의 경계와 윤곽을 끊임없이 지우고 해체하면서 나아가기 때문에 그의 시는 때로 작위적이라거나 소통 불가능하다는 비판을 받기도 한다. 스스로 유동(流動)하면서 민감하게 시를 읽어내는 소수의 독자들만이 프랙탈 도형 같은 그의 시에 몸을 실을 수 있을 뿐이다. 그러나 그의 시에 내장된 유동적인 힘이 난해성이 아니라 '다성성(多聲性)'으로 발휘될 때, 우리는 단순한 서정시들에서는 찾아보기 어려운 창조적 파괴력 또는 생산력을 발견하게 된다. 과거와 현재와 미래가 서로 넘나드는 다층적 시간은 인과적이고 선형적인 시간이 완강하게 가두고 있던 현실의 벽을 뛰어넘어 유연하게 새로운 길을 찾아 흘러가게 된다.

김혜순 시에서 그러한 '다성성'이 발현되는 공간은 전적으로 '몸'이다. '몸으로 글쓰기'는 김혜순 시의 핵심적인 전략일 뿐 아니라, 90년대 이후 한국 현대시 또는 여성시에서 가장 활발하게 전개된 담론 중 하나이기도 하다. 그러나 그것이 시의 근본적인 변화를 추동했다기보다는 소재면에서의 단순한 유행과 상호모방을 낳았을 뿐이라는 비판도 적지 않다. 이재복은 그런 추세 속에서 김혜순의 시가 지닌 독보적인 의미를 "그녀는 <몸에 관해서> 노래하지 않고 직접 <몸으로> 노래한 시인"이라고 표현한 바 있다.[2] 즉 '몸'을 소재나 제재로 끌어오는 차원에 그치지 않고 그에 대한 분명한 자의식을 갖고 존재론적 차원에서 바라보았다는 것이다.

이 글에서는 김혜순의 시에 나타난 다성적 특징을 '다성성'이라는 개념의 비평적 발원지이기도 한 바흐찐의 미학이론과의 접점들을 통해

---

1) 김혜순,「프랙탈, 만다라」,『여성이 글을 쓴다는 것은』, 문학동네, 2002. 225면 참조.
2) 이재복,「몸과 프랙탈의 언어」,『현대시학』, 2000. 1. 224면.

살펴보려고 한다. 물론 바흐찐이 말한 '다성성'과 김혜순이 여성시인으로서 추구해 온 '다성성'은 다를 수밖에 없다. 또한 바흐찐의 문학이론은 도스또예프스끼나 라블레 등의 작품을 바탕으로 이루어진 소설미학에 가깝기 때문에 그것을 시에 적용하는 데는 여러 가지 난점과 위험성이 따른다. 그것도 언어권과 시대가 다른 한국 현대시에서 바흐찐이 말한 '다성성'이나 '대화적 상상력'과의 연관성을 찾아보려는 시도 자체가 무리한 것처럼 보일 수도 있다.

그러나 미학의 단순한 적용태로서 시를 활용하는 것이 아니라, '다성성'이라는 말을 중심으로 양자 사이의 동일성과 차이를 변별해보는 것은 김혜순의 시뿐 아니라 한국 여성시의 새로운 지향점을 밝히는 데도 유용한 비교가 될 수 있다. 바흐찐의 미학이 이미 소설이라는 한정된 장르를 넘어서서 새로운 문화 현상을 해명하거나 그 가능성을 모색함에 있어 중요한 전거가 되어주고 있는 현실을 생각할 때, 유독 시만이 그 예외가 된다고는 할 수 없을 것이다. 살아있는 문학이론이란 모든 언어적인 경계는 물론이고 시대나 장르의 차이를 넘어서 그 대화적 가능성을 발휘할 수 있을 때 비로소 현재적 의미를 가질 수 있기 때문이다.

2. 바흐찐 미학과 김혜순의 시

김혜순 시를 바흐찐의 미학과 연관시키기에 앞서 짚고 넘어가야 할 사항들이 있다. 첫째는, 바흐찐이 시적 담론과 소설적 담론을 엄격하게 구별하고 있기 때문에 그 장르적 경계를 어떻게 해소할 수 있는가의 문제가 생긴다. 둘째는, 한국의 여성시인으로서 뚜렷한 자의식을 지녀온 김혜순의 시가 다소 남성 중심적 비평가라는 평가를 받아온 바흐찐의 미학과 어떻게 소통할 수 있는가의 문제이다.

먼저, 첫 번째 문제를 풀기 위해 바흐찐이 시에 관해 다음과 같이 말한 것을 상기해 볼 필요가 있다.

> 시인은 언어란 단일한 것이며 개별발언 또한 단일한 독백과도 같이 폐쇄적인 것이라는 관념을 받아들이는 한도 내에서만 시인이다. 이같은 관념은 시인의 작업의 장(場)인 시장르에 내재한다. 이것이 시인이 실재하는 언어적 다양성 속에서 방향을 설정하는 과정을 결정하는 요인이다. 시인은 자신의 언어에 대해 홀로 완벽한 주도권을 가져야 하며, 그 언어가 지닌 모든 측면에 대해 똑같은 책임감을 지니고 그것을 오직 자신의 의도에만 종속시켜야 한다. 모든 말은 시인의 의도를 직접적으로 매개 없이 표현해야 한다.[3]

이러한 발언에서도 드러나듯이 바흐찐에게 있어 시는 소설과는 대립되는 장르로 인식되고 있다. 소설이 다의적(多意的) 언어로부터 타인의 의도를 제거하지 않으면서 모든 언어적 다양성을 조직화해내는 장르라면, 시는 오로지 시인에 의해 주도되며 어떠한 매개도 없이 직접적으로 발언된 단일한 독백에 가깝다는 것이다. 그리고 그것을 달성하기 위해 "시인은 자신이 사용하는 말로부터 타인들의 의도를 제거해버리며, 구체적인 여러 겹의 의도와의 연계나 특수한 고유문맥과의 관련을 상실한 상태의 말과 형식만을 따다가 그 상태 그대로 사용한다"[4]고까지 말한다.

그러나 이러한 진술을 다양한 해체적인 징후들까지 통과해낸 현대시 전체를 포괄하는 말로 보기는 어렵다. 물론 소설에 비해 시가 자기동일성의 원리에 충실한 편이기는 하지만, 그런 자기동일성을 부단히 깨뜨림으

---

3) 미하일 바흐찐,「소설 속의 담론」,『장편소설과 민중언어』, 전승희·서경희·박유미 옮김, 창작과비평사, 1988. 107면.
4) 미하일 바흐찐, 같은 글, 107면.

로써 새로운 시의 형식과 영역을 탐색하는 시들 또한 적지 않기 때문이다. 일례로 바흐찐이 소설담론에서 가능하다고 말하는 언어적 다양성이 김혜순의 시에서는 충분히 적출되고 있거나 그 수위를 넘어서는 것을 볼 수 있다. 그런 점에서 김혜순의 시는 90년대 한국시 또는 여성시에서 가장 전위적인 역할을 담당하고 있다고 해도 과언이 아니다.

　그럼, 앞에서 말한 시적 담론과 소설적 담론의 완강한 경계를 어떻게 이해할 것인가. 여기서 바흐찐이 말하는 시적 담론을 반드시 구체적인 시장르 또는 시작품과 동일시할 필요는 없다고 여겨진다. 바흐찐은 여러 곳에서 두 담론을 변별해서 말하고 있지만, 그것은 어디까지나 소설적 담론이 가진 특장을 부각시키기 위해 일종의 비교대상으로서 시적 담론을 거론한 것으로 보아야 할 것이다. 데이비드 캐롤이 말했듯이,[5] 바흐찐은 유럽 언어를 단일화하고 중심화하는 '시적 이념'에 대한 도전을 했던 것이지 '시 작품 활동' 자체를 폄하하려는 의도를 가진 것은 아니었다. 실제로 바흐찐은 '시적 담론'과 '협의의 시적 형상'을 구별해서 사용하기도 하고, "담론의 대화적 지향성이란 모든 담론의 특성이며 모든 살아있는 담론의 본래적인 방향인 것이지 예술적 산문에만 해당되는 현상은 아닌 것"[6]이라고 말하기도 한다. 그렇다면 김혜순의 시는 바흐찐이 말한 시적 담론과 소설적 담론의 대립성보다는 그 완강한 경계 역시 유동적일 수 있음을 보여주는 사례가 될 수도 있다.

　두 번째 문제로 여성주의와 바흐찐 미학의 관계를 들 수 있는데, 이 문제에 관해서는 다이앤 프라이스 헌들의 「여성주의와 대화론」이라는 글이 적절한 해명을 보여주고 있다.[7] 헌들은 이 글에서 바흐찐이 정의한

---

5) 다이앤 프라이스 헌들, 「여성주의와 대화론」, 『바흐친과 문학이론』, 여홍상 엮음, 문학과지성사, 1997. 184면에서 재인용.
6) 미하일 바흐찐, 같은 글, 87면.
7) 다이앤 프라이스 헌들, 같은 글. 182-206면 참조.

'소설적 담론'과 '여성 언어'가 지닌 상동성에 주목하고, 양자의 유사점들을 다각도로 시험해 보려고 한다. 그는 바흐찐의 소설담론과 여성주의 이론 사이의 공통점으로 계급제도에 대한 다성악적인 저항과 권위에 대한 웃음을 보여준다는 점을 들고 있다. 바흐찐은 이런 특성을 공식적이고 권위적인 것에 대한 거부라는 의미에서 '축제적 웃음'이라고 불렀다.

이러한 축제를 통해 들려오는 전복, 부재, 침묵, 광기의 목소리들처럼, 여성 언어 역시 남성 언어의 명료한 논리와 일관성에 대항해 탈중심화된 복수의 목소리를 들려준다. 일찍부터 여성주의 이론가들은 여성의 언어가 지닌 '복수성(複數性)'에 대해 주목해 왔다. 그에 따르면 여성의 언어는 '어떤 사람'도 되지 않으려는 지향에 의해 생겨나며, 자연히 '나'로서가 아니라 '타자'의 입장에서 이야기하는 것이 된다. 또한 여성의 언어는 '의미되어지는 것'이 아니라 단일한 의미를 부정하면서 끊임없이 진행되는 과정과 변화에 의해 생성되기 때문에 부재와 이동, 다성악적 특징들을 가지게 된다. 이런 다성적 대화의 가능성이 바흐찐 미학과 여성주의 이론에는 매우 닮은꼴로 들어 있다.

그러나 이처럼 소설이 여성적('여성적'이란 생물학적인 개념은 아니다) 장르임에도 불구하고 바흐찐이 주목한 여성 소설가는 거의 없다는 사실은 그의 미학이 지닌 남성주의적 보수성을 드러내는 것이라고도 볼 수 있다. 그와 동시에 바흐찐 미학과 여성주의 사이에는 상동성 못지 않은 근본적인 간극이 놓여 있다는 암시일 수도 있다. 바흐찐은 『대화적 상상력』에서 유럽 소설의 발전과정을 검토하면서 단지 세 사람의 여성작가(앤 래드클리프, 라파예트 부인, 스쿠데리 부인)만을 포함시켰을 뿐이다.8) 이렇게 바흐찐의 대화주의가 여성 작가를 거의 배제한 범위에서만 가능하다면, 바흐찐이 말한 '다성성'은 그가 주장하는 것보다 훨씬

---

8) 다이앤 프라이스 헌들, 같은 글. 183면.

더 '독백적'인 것이 될 수도 있다.

이런 난관 속에서 헌들이 제시하는 결론은 두 가지 담론의 경계선 위에서 양자를 모두 활용하자는, 그야말로 대화론적 수용이다. 그럴 때만이 바흐찐의 미학이론은 기계적 적용을 넘어서 여성의 언어를 풍요롭게 생산하고 이해하는 데 도움을 줄 수 있다. 김혜순의 시에 나타난 다성적 특징을 바흐찐 미학과 연결시켜 고찰하려는 이 글이 어느 정도의 타당성을 가질 수 있는 것도 그러한 대화적 경계 위에서만 가능한 일일 것이다.

3. '몸으로 시쓰기'의 의미

김혜순 시에서 '몸'이 차지하는 중요성은 바흐찐이 도스또예프스끼의 예술세계에서 '관념'이 차지하는 위치와 기능에 대해 논하고 있는 내용과 여러 모로 비교해 볼 수 있다. 바흐찐은 독백적 예술세계에서의 '관념'의 기능과는 달리 도스또예프스끼 소설에서는 대화화된 관념의 이미지에 대한 특정한 원형이 발견된다고 말한다. 그것은 더 이상 '관념'이 작가에 의해 주장되어지는 것이 아니라 객관적 거리를 통해 묘사되며, 작품을 조형해 나가는 구성원리로서 작용하고 있음을 의미한다. 즉 도스또예프스끼는 사고체계로써 사고하지 않고 여러 가지 시점, 의식, 목소리로써 사고하였으며, 모든 사고들 속에서 전체적 인간이 표현되고 그의 목소리가 울려 퍼지도록 사고 하나 하나를 지각하고 형식화하려고 노력하였다는 것이다. 그리고 이런 대화적 방법으로 인해 그의 작품은 자아를 의식하고 판단하는 단일한 세계나 '관계' 대신에 '상호관계'를 통해 유아론을 극복할 수 있었다는 것이 바흐찐의 평가이다.[9]

---

9) 미하일 바흐찐,『도스또예프스끼 시학』, 김근식 옮김, 정음사, 1988. 제2장 참조.

바흐찐이 도스또예프스키에게서 '관념'의 새로움을 발견했다면, 김혜순의 시에서 중요한 소재이자 구성원리로 등장하는 것은 '몸'이다. 도스또예프스끼에게 있어 '관념'의 기능과 김혜순에게 있어 '몸'의 기능은 얼핏 대립적인 기표에도 불구하고 다성악적 세계를 형성하려고 한다는 점에서 상통하는 측면을 가지고 있다고도 볼 수 있다. 그러나 '관념'과 '몸'이라는 대립적인 용어가 시사하듯이, 몸으로 글쓰기는 이성 중심의 남성적 글쓰기에 대한 여성주의의 대안적 전략이라는 점에서 그 근본적인 차이가 더 두드러지게 느껴질 수밖에 없다.

김혜순에게 있어서 '몸'은 "관념의 선행 없이, 스스로 욕망한다."[10] 욕망의 주체이자 욕망의 부름을 받고 그에 반응하는 대상인 '몸'은 대상을 대상화하기도 전에 자기도 모르게 끌리는 힘으로 서로의 경계를 허물며 하나가 되려고 한다. 그러나 그러한 합일이나 만남은 찰나적인 것일 뿐 욕망은 부단히 미끄러지며 부재의 상태로 되돌아간다. 그런데 바로 그 '부재'가 바로 몸의 끝없는 자가증식을 가능하게 하는 조건이기도 하다. 몸에서 태어난 무수한 몸들로 파동이 생겨날 때, 그 파동 속에서 비로소 '나'와 '너'는 순간적이나마 하나가 된다. 그러한 "몸의 역동적인 에로스"[11]를 통해서만이 시인은 시적인 대상들과 접촉할 수 있다.

그러므로 '몸으로 시쓰기'란 "내 몸의 각각의 기관들이 쓴 시가 아니라 내 몸과 네 몸이 만났을 때 솟아나오는 사랑이 쓰는 시"라고 시인은 말한다. "사랑은 하나의 움직임이고, 그 움직임이 시를 산출한다"[12]는 것이다. 따라서 사랑이라는 움직임은 시적 자아인 '나'에 의해 의도되거나 조절된 것이라기보다는 부단히 '나'를 버림으로써 몸에 저절로 그려지는

---

10) 김혜순,「사랑─내가 사랑을 멈출 수 없는 이유」, 앞의 책, 136면.
11) 김혜순, 같은 글. 148면.
12) 김혜순,「몸말─몸으로 시를 쓴다는 것은」, 앞의 책. 149면.

'홀로그램(hologram)'에 가깝다. 다음 시는 그런 역동적 순간을 잘 포착해서 보여주고 있다.

> 이 몸의 스크린만 찢고 나면
> 내 몸에서 홀로그램이 터져나온다
> 그리고 나는 너에게 갈 수 있다
> 내가 직접 가지 않아도
> 나는 여기 있고, 또 거기 있을 수 있다
> (중략)
> (바닷속에서 물방울이 하나 터져나오려고
> 바다 전체가 일렁이며 몸부림치듯
> 몸통 속에서 눈물 한 방울 터져나오려고
> 수천의 거북이떼 뱃속에 알을 품고
> 바다를 급히 달려나와 모래 언덕을 까맣게 오르고
> 차창 밖으로 빗방울 하나 툭 떨어졌다)
>
> ―「타락천사」부분

인용된 부분은 상당히 긴 시인「타락천사」(『불쌍한 사랑 기계』)의 첫 연과 마지막 연에 해당한다. 이 두 연 사이에 산문체로 길게 진술된 부분은 마치 "몸의 스크린"이 찢기고 나서 터져나오는 "홀로그램"을 보고 있는 것처럼 장황하고 혼란스럽다. 그리고 차 안에서 두서없이 이어지는 남자와 여자의 대화를 통해 A,B,C,D,Z 등 아무런 연관성을 찾을 수 없는 인물들의 이야기가 영화의 장면들처럼 나열되기도 한다. 물론 이 장면들을 연출하는 것은 '나'이지만, '나'는 동시에 그 수많은 역할을 해내는 연기자이기도 하다. 그러므로 정과리의 지적처럼, 김혜순에게 중요한 것은 "실존적 감정을 연극화하는 필연성"이며, "이 연극 무대의 실질적인 주체는 '나'가 아닌 다른 무엇일 수밖에 없다"[13)]는 사실이다. 시인의 '몸'

은 바로 그 수많은 말들이 들끓는 무대이며, 시인은 "바닷속에서 물방울이 하나 터져나오려고 / 바다 전체가 일렁이며 몸부림치듯" 몸통 속에서 터져나오려는 그 말들을 받아적는 존재일 뿐이다.

「구멍 散調」(『우리들의 陰畵』)에서도 시인의 몸은 구멍이 숭숭 뚫려 있어서 그 몸 속으로 바닷물이 드나드는 이미지가 나타난다. "내 몸의 구멍 참 많다 / 망양정 정자 위에 높다랗게 올라서면 / 동해 바다가 / 내 구멍을 채우러 / 들어온다"는 구절처럼, 그 무수한 빈 구멍들이야말로, 그 결핍이야말로 시인의 몸을 끊임없이 요동치게 하는 비결이다. 이재복은 잠시도 그 흐름을 멈추지 않는 "그 구멍을 통해 자아와 세계, 의식과 무의식, 시간과 공간, 현존과 부재가 서로 부딪치고 교차하면서 흘러가는 것"14)이라고 하면서, 이렇게 다양한 층위들이 서로 만나면서 그 위치가 전도되거나 변형되는 현상을 '존재의 카니발화'라고 명명한다. 김혜순 시에 나타나는 카니발리즘은 소재면에서뿐 아니라 다성성을 드러내는 중요한 구성원리이기도 하다.

『도스또예프스끼 시학』에서 바흐찐은 카니발을 문학상의 언어로 변조시키는 것을 '문학의 카니발화'라고 부르고, 그에 대해 이렇게 설명하였다. "카니발이란 무대의 조명도 없고, 연기자나 관객의 구분도 없는 구경거리를 말한다. 카니발에서는 모두가 적극적인 참가자이며, 모두가 카니발 행위에 관여한다. 카니발은 관조하는 것도 아니요 엄격히 말해서 공연하는 것도 아니다. 카니발은 그 속에서 사는 것이며, 카니발 법칙이 발효하는 한 그 법칙에 따라 사는 것으로서 다시 말해 카니발적인 삶을 사는 것이다. 카니발적인 삶이란 통상적인 궤도에서 벗어난 삶이며, 어느 한도에서는 '뒤집혀진 삶', '거꾸로 된 세상'이다."15)

---

13) 정과리, 「망가진 이중 나선」, 『불쌍한 사랑기계』해설, 문학과지성사, 1997. 134면.
14) 이재복, 같은 글, 226-227면.

이재복이 김혜순의 시를 '존재의 카니발화'라고 부른 것은 단순히 그로테스크한 특성이나 식인·배설 모티프가 자주 등장하기 때문만은 아닐 것이다. 김혜순이 카니발적 상상력을 구사하는 것은 세계의 부정성을 드러내기 위해서이기도 하지만, 보다 근본적으로는 카니발에 내재한 '다성성'을 시적으로 구현하려고 하기 때문이다. 시란 '쓰는' 것이 아니라 '사는' 것임을 강조할 때, 시라는 양식 자체가 일종의 카니발적 공간이다. 그런 점에서 김혜순의 시는 '몸'을 통해 시인과 독자의 완강한 경계를 허물고 그 전복된 이미지를 즐기는 적극적인 참가자가 되기를 요구하는 다성적 텍스트라고 할 수 있다.

4. 몸을 통한 존재의 카니발화

바흐찐이 제시한 카니발의 주요한 카테고리는 다음 네 가지 정도로 요약할 수 있다. 첫째, 일상적 질서와 체계를 규정짓는 구속과 금기들이 제거되고 위계질서가 파괴됨으로써 사람들 사이의 거리가 제거되고 자유로운 접촉이 가능해진다는 것이다. 둘째, 사회·계급적 위력으로부터 자유로워지기 때문에 은폐된 인간 본성이 구체적이고 감각적인 형태로 노출되게 되는데, 이는 일상생활의 논리에 비추어 괴기스럽거나 그로테스크한 면을 지닌다는 것이다. 셋째, 신분의 귀천을 무시한 다양한 계급의 카니발적 결혼처럼 대립되는 것들이 서로 결합한다는 것이다. 넷째, 카니발적 성물 모독, 비속함과 세속성, 외설스러움, 성서나 명언에 대한 패러디 등 일종의 비속화가 나타난다는 것이다.

그 결과 카니발의 이미지들은 상호모순적인 본성을 지니게 되고, 이원

---

15) 미하일 바흐찐, 『도스또예프스끼 시학』, 180 – 181면.

적인 교체와 변화를 보여주게 된다. 따라서 탄생과 죽음, 축복과 저주, 칭찬과 욕설, 젊음과 늙음, 상승과 하강, 정면과 후면, 어리석음과 현명함 등의 양극이 함께 나타나는 현상은 자연스러운 것이며, 그 양면성 자체가 바로 카니발적 상징들의 중요한 특성이라고 할 수 있다.16)

　김혜순의 시에서도 시적 대상들은 그 본래적 위치가 전도되거나 혼합 되는 경우가 많다. 또한 인간의 육체와 관련된 식인(食人) 모티브나 배설 모티브가 자주 등장한다. 이러한 라블레적 상상력과의 친연성은 특히 '몸'에 대한 관심을 그로테스크한 이미지로 그려낸다는 점에서 두드러진 다. 앞에서 도스또예프스키에게 있어서 '관념'과 김혜순의 '몸'이 '다성 성'이라는 공통된 지향에도 불구하고 근본적인 간극을 갖는다고 말했는 데, 그에 비하면 라블레의 '다성성'은 한결 가깝게 느껴진다.

　바흐찐은 라블레의 예술적 방법의 특징 중 하나로 '시리즈 구성'을 들고, 그것을 일곱 가지 유형으로 나누었다. ①해부학적 생리학적 측면에 서 본 인간 육체 시리즈, ②의복 시리즈, ③음주와 취태(醉態) 시리즈, ④음식 시리즈, ⑤성(性) 시리즈, ⑥죽음 시리즈, ⑦ 배설 시리즈가 그것 이다. 이 일곱 가지 시리즈는 결국 세계의 전체상을 '몸'을 지닌 존재로서 의 인간을 중심으로 보여주고 있다는 점에서, 또 그러한 '몸'과의 물질적 접촉영역 속에서 구성해내려 한다는 점에서 공통적이다.17)

　김혜순의 시에서도 이런 시리즈들이 복합적으로 나타나고 있는 것을 볼 수 있다. 다음은 식인 모티프나 배설 모티프 등을 단적으로 보여주는 예들이다.

---

16) 미하일 바흐찐, 같은 책, 181-183면 참조.
17) 미하일 바흐찐,「소설 속의 시간과 크로노토프의 형식」,『장편소설과 민중언어』, 364 -366면 참조.

우리는
서로를 먹어치우지요
두 손으로 좍좍 찢어가며
둘이 모두 흔적 없이
사라질 때까지
열나게 삼켜버리지요

-「빵의 대화」부분

나 여기 있어요 이제 쏟아질 차례예요!
내장 속을 여행하는 사람들
내장 속에 있는 주제에
난 거기서 토했다
음식이 음식을 토한다?
여기 잠시 소화가 덜 된 음식물처럼 머물다
항문 괄약근 밖으로 실려가
역사 밖 더 어둔 곳으로
저절로 밀려나갈 사람들
그 안에서 내가 토한다

-「구멍 散調」부분

똥이 입으로 들어오고
밥이 항문으로 소리없이 나간다
똥을 누면 천장에 가 붙고
바람은 물 밑에서 물 밑으로 분다
비가 온다 비는 땅 속에서 하늘로
퍼붓는다 신나게 치솟아오른다

-「洪水」부분

이 시들은 단순히 '몸'의 전도된 질서를 보여주는 것에 그치지 않는다.

얼핏 유쾌한 어조와 발랄한 상상력을 보여주고 있는 것 같지만, 그 근저에는 세계에 대한 도저한 부정적 인식이 자리잡고 있다.「구멍 散調」에서처럼, 인간의 삶이란 먹고 먹힘으로써 유지되는 것이며, 이미 삼켜져서 누군가의 내장 속에 "잠시 소화 덜 된 음식물처럼 머물다" 결국 "역사 밖 더 어둔 곳"으로 토해질 운명이라는 것이다. 이렇게 먹고 먹히는 악순환과 추락의 이미지, 출구 없는 미로의 이미지가 김혜순의 시에 유난히 자주 등장하는 것은 세계에 대한 비극성을 그만큼 강하게 인식하고 있기 때문일 것이다.

그런데 김혜순의 시에서 악몽처럼 되풀이되는 이미지의 나열과 그로테스크한 묘사에도 불구하고, 그리고 그 기저에 깔린 비극성에도 불구하고, 그의 어조는 매우 경쾌하고 유희적이기까지 하다. 끊임없는 생존의 줄넘기나 상처투성이 삶을 "죽음 아저씨와의 재미있는 놀이"라고 부르면서 그는 유쾌한 농담조로 죽음 아저씨를 향해 말을 건넨다.[18]

이처럼 비극적 현실을 일종의 놀이로 전환시킬 때 생겨나는 것이 바로 '웃음'이다. 물론 김혜순의 초기시에서의 '웃음'은 바흐찐이 라블레나 고골리에게서 발견한 "환희에 찬 민중의 웃음"[19]에 비하면 다소 지식인적인 블랙유머에 가깝다. 카니발적 세계에 나타나는 대립과 갈등을 통해 역동적인 힘을 보여준다는 점에서는 김혜순의 시가 유사하다고 말할 수 있지만, 바흐찐이 말하는 민중적 그로테스크에서의 광장의 이미지나 민

---

18) 김혜순,「죽음 아저씨와의 재미있는 놀이」,『우리들의 陰畵』, 문학과지성사, 1990. 48-49면.

19) 바흐찐의 민중적 그로테스크는 언제나 구체적이고 역사적이다. 그러므로 바흐찐이 강조하는 '갈등'이나 '격하'는 절대적 허무나 파멸로 떨어지는 것이 아니라 생식력을 가지고 새롭게 탄생할 준비가 되어 있는, 그래서 끊임없이 역사를 생산하는 민중의 힘과 미래를 지향하는 역사의 이미지를 포함하고 있다. (이득재,「바흐찐과 타자」, 고려대학교 노문과 박사논문, 1996. 165-166면 참조)

중의 웃음이 파괴적이고 혁명적인 해방의 이미지를 갖고 있다는 점에서는 김혜순 시의 '웃음'은 그 성격이 다르다고 볼 수 있다. 그러나 서로 반대되거나 양립불가능한 것들이 생생하게 연결되는 접촉의 공간을 마련한다는 점에서는 양자의 '웃음'은 크게 다르지 않다. 그 다성적 공간 속에서는 "유쾌한 죽음" "유쾌한 파괴"도 이해 가능한 것이 된다.[20]

김혜순의 이러한 유희적 태도가 특유의 활달함을 잃지 않는 것은 무엇보다도 그의 상상력이 기계적인 논리보다는 자유로운 연상에 기대고 있기 때문이다. 그리고 현실과 환상이 아무런 매개도 없이 접합될 수 있는 것도 그가 유사성의 원리에 기초한 은유보다는 인접성의 원리에 의한 환유적 언어를 주로 구사하기 때문이다. 끊임없는 교체와 변주를 이루는 환유적 언어 속에서 하나의 고정된 의미나 단일한 목소리를 찾는다는 것은 불가능한 일이다. 그 단일한 목소리 대신에 김혜순은 다수의 목소리들로 하여금 스스로 말하게 하고, 그 목소리들이 대화적 관계를 가질 수 있도록 자신의 '몸'을 개방한다.

이러한 대화주의적 태도는 최근의 시로 올수록 좀더 뚜렷한 방법론을 획득하게 되며, 특히 여성적 자의식을 집중도있게 보여준 시론집 『여성이 글을 쓴다는 것은』에서도 그 다성적 공간에 대한 전거들을 풍부하게 찾을 수 있다. 다만 앞에서도 언급한 바 있지만, 시라는 서정적 장르에서

---

20) 츠베탕 토도로프, 『바흐찐:문학사회학과 대화이론』, 최현무 옮김, 까치, 1987. 222면. 토도로프는 고골리의 작품에 나타난 사육제적인 형상들에 주목하면서, 사육제적인 집단적 성질은 민중적 웃음 덕분에 '진지한(올바른)' 삶에서 제외되어 있지만, 그렇다고 해서 어떠한 '진지한 것'도 웃음과 대립관계에 놓일 수 없다고 말한다. 그러므로 그로테스크한 것은 고골리에게서 규범과의 단순한 단절이 아니라 추상적이며 고정된 모든 규범들과 표상의 세계에 대한 거부를 의미한다. 그것은 안정되고 관습적인 '당연한' 세계가 아니라, 뜻밖의 진실이나 예측할 수 없는 '기적과 우연'에 기대는 것을 말하는 것이다.

'다성성'이란 과연 어느 정도까지 실현 가능할 것인가는 참으로 단언하기 어려운 문제이다. 이에 대해 바흐찐은 시와 소설에 대한 다소 이분법적인 입장을 고수함에도 불구하고, 시적인 장르에서도 이중음성성에 의한 내적 대화가 어느 정도는 가능하다고 인정한다. 그러나 그것은 어디까지나 수사적 차원에서일 뿐이며, "문체의 측면에서 불 때 근본적인 사회·언어학적 교향화의 뒷받침 없이 절대적이고 신비한 통일적 언어체계의 범위 안에 남아 있는 이러한 이중음성성은 대화나 논쟁의 형식에 수반되는 부차적 현상에 불과하다"[21)는 정도로 보고 보는 듯하다.

그러나 김혜순의 시는 수사적 대화나 논쟁의 형식의 부차적 장치로서 대화주의를 차용하는 것이 아니라, 단일한 주체를 부정하고 통일된 언어체계를 깨뜨리면서 시 자체를 역동적 대화의 장으로 만들고자 한다. 그것은 바흐찐이 시를 동일성의 원리로만 간주한 것에 대한 보다 근본적인 전복을 의미한다. 바흐찐이 도스또예프스끼 소설의 다성악적 특징을 주인공이 발화하는 '관념'의 내용뿐 아니라 장르와 플롯 구성에까지 확장시켜 보았던 것처럼, 김혜순의 시에서 다성악적 특징은 전통적인 시장르의 경계를 넘어서는 새로운 플롯의 원리로까지 나아가고 있다고 말할 수 있다. 그리고 '관념'의 선행 없이 스스로 움직이는 '몸'으로 다성성의 공간을 확장시키려고 하였다. 그의 시에서 '나'는 더 이상 발화의 단일한 주체가 아니라 끝없이 자가증식하는 움직임 자체를 가리킨다. 따라서 최소한의 구조화를 가능케 하기 위해 "찰나에 붙잡았다가 놓쳐버리는, 그러나 끊임없이 붙잡아 보려고 하는, 끝없는 텍스트로서의 몸"[22)만이 있을 뿐이다.

이런 미로와도 같은 김혜순의 시를 읽는다는 것은 길을 헤매는 즐거움

---

21) 미하일 바흐찐,「소설 속의 담론」,『장편소설과 민중언어』. 141면.
22) 김혜순,「여성의 몸」, 앞의 책. 211면.

속에 빠지는 것이며, 그렇게 우회하는 동안에 어둠 속에서 그가 펼치는 유희에 동참하는 일과도 같다. 유희를 펼치는 자의 발걸음은 처음에는 혼란스럽게 보이지만, 그 속에는 무한한 파동의 질서가 본질적으로 내포되어 있기 때문에 시를 읽어가는 동안 풍부한 리듬과 형식을 갖춘 새로운 구조가 어느새 형성되어 있음을 볼 수 있다. 이렇게 서사의 시간에 틈새를 만들어 시적 주체를 다의적이고 무한한 가능성에 참여하는 타자로 전환하는 것, 바로 그것이 김혜순의 시가 단일한 기조에서 벗어나 대화적 관계를 이루어낼 수 있는 방법론이라고 말할 수 있다.

참고문헌

김혜순, 『아버지가 세운 허수아비』, 문학과지성사, 1985.

김혜순, 『우리들의 陰畵』, 문학과지성사, 1990.

김혜순, 『나의 우파니샤드, 서울』, 문학과지성사, 1994.

김혜순, 『불쌍한 사랑 기계』, 문학과지성사, 1997.

김혜순, 『달력공장 공장장님 보세요』, 문학과지성사, 2000.

김혜순, 『여성이 글을 쓴다는 것은』, 문학동네, 2002.

미하일 바흐쩐, 『장편소설과 민중언어』, 전승희·박유미 譯, 창작과비
      평사, 1988.

미하일 바흐쩐, 『도스또예프스끼 시학』, 김근식 譯, 정음사, 1988.

미하일 바흐쩐, 『문예학의 형식적 방법』, 이득재 譯, 문예출판사, 1992.

미하일 바흐쩐, 『프랑수아 라블레의 작품과 중세 및 르네상스의 민중
      문화』, 이덕형·최건영 譯, 아카넷, 2001.

츠베탕 토도로프, 『바흐쩐 : 문학사회학과 대화이론』, 최현무 譯, 까치,
      1987.

여홍상 엮음, 『바흐찐과 문학이론』, 문학과지성사, 1997.

이득재, 「바흐쩐과 타자」, 고려대학교 노어노문학과 박사논문, 1996.

이재복, 「몸과 프랙탈의 언어」, 『현대시학』, 2000. 1.

정과리, 「망가진 이중 나선」, 『불쌍한 사랑 기계』 해설.

성민엽, 「몸의 시학, 역동적인 에로스」, 『나의 우파니샤드, 서울』 해설.

남진우, 「무서운 유희 – 김혜순의 시세계」, 『우리들의 陰畵』 해설.

김혜순·정과리 대담, 「참 많은 '나'들과 '너'들의 축연」, 『현대시』,
      2000. 6.

김정란 · 김혜순 대담, 「여자의 몸, 여자의 말, 여자의 시」, 『현대시학』, 1997. 8.

Abstract

'Body' as the space of Polyphony
- A study on Kim Hye-Soon's poems -

Ra, Hee Duk

This study aims to observe the polyphonic characteristic of Kim Hye-Soon's
poems and the 'Body' as the space of 'Polyphony'. I have intended to make
clear the meaning of 'the writings by means of the body' through the point
of contact between the aesthetic theory of M.Bakhtin(1895 ~ 1975) — the
critical origin of the concept 'Polyphony' — and Kim Hye-Soon's poems.

For this reason, I have arranged the meaning of the 'Body' in Kim
Hye-Soon's poems, above all and looked into the courses how the vigorous
energy had made the multi-layered text through 'The Carnivalization of the
Existence'. It is to be sure that we cannot apply the theory of Bakhtin which
had made rigid distinctions between poetic discourse and fictitious discourse
to Korean contemporary poetry as it stands. At the same time it is a matter
of course that the 'Polyphony' of Bakhtin who had regarded as some
androcentric critic is different from the 'Polyphony' which of feminine
poetry. The purpose of this study is to search for the new dialogic possibility
of the Kim Hye-Soon's poems by distinguishing the sameness and difference

of the sort.

key Words : body, polyphony, dialogic imagination, carnivalization, feminine
poetry

나도향 소설에 나타난 요부형 여인의 의미

박상민*

Ⅰ. 기존 논의의 재검토

나도향은 5년 남짓한 짧은 창작 기간을 통해 두 편의 장편소설과 25편
의 단편 소설을 남겼다. 그는 작품 활동 초기부터 이광수를 비롯한 여러
문인들로부터 '천재 소년 문사'라는 과찬을 받았으나, 막상 오늘날까지
평가를 받는 그의 작품은 「벙어리 삼룡이」, 「뽕」, 「물레방아」, 「지형근」
등 주로 후기에 쓴 몇 편뿐이다. 평생을 창작하고도 단 한 편의 문학사적
관심작을 남기지 못한 문사들이 허다한 점을 고려할 때 과작(寡作)이라고
는 할 수 없으나, 천재라는 칭호를 받으며 초기에 썼던 많은 작품들이

---

* 방송대 강사

전혀 그 문학적 성과를 인정받지 못하는 것을 보면서 당대의 평가와 후대 평가 사이의 간격에 새삼 놀라게 된다.[1]

이 글은 나도향 소설의 가장 큰 특징을 요부형 여인의 성공적 형상화로 보고, 그 특징과 의미에 대해 살피고자 한다. 특히 그의 작품 생애를 초기와 후기로 나누고 소설 속의 여인상이 요조숙녀에서 요부로 바뀌었다거나, 낭만주의에서 사실주의로 변모했다는 식의 논의들이 갖는 부적절함에 대해 논증하고, 작중인물들이 성적 욕구에 대한 부정적 자의식을 버리는 것에 초점을 맞추어 그러한 윤리의식과 행위가 갖는 의미와 문학적 성과에 대해 논하고자 한다.

1. 요조숙녀에서 요부형 여인으로

김교선은 도향의 소설이 성공할 수 있었던 주된 이유가 요부형 여인의 성공적 형상화에 있다고 전제하고, '요부형 여인'의 의미에 대해 긍정적인 가치를 부여했다.[2] 그는 도향의 작품에 등장하는 창부형의 인물들이 낭만적이면서도 현실적인 실재로서의 생명감이 강하게 풍겨지고, 현실에 영합하여 타락한 부정적 인물임에도 불구하고 왠지 모를 강한 매력을 지닌다고 했다.

도향 소설에서 요부형 여인에 대한 지적은 이미 많은 평자들이 언급했다. 하지만 지금까지의 지적은 후기작에만 국한되었다. 김교선 역시 도향의 초기작에 나타난 여성들의 마음씨는 부드럽고 착하고 아름다웠는데,

---

1) 특히 당시의 문인들이 한결같이 나도향의 문체를 칭찬했는데, 초기작들에서 보여지는 그의 문체는 오늘날의 관점에서는 수식어를 남발하여 긴장감을 잃은 채 진부하기 짝이 없다. 하지만 그의 문체에 대한 연구는 이 글의 목적을 넘어서는 것이므로 다음 기회에 언급하겠다.
2) 김교선, 「자기증명의 소설」, 『현대문학』, 1972.5. 298-304쪽.

후기작을 보면 마치 딴 작가의 손에 의하여 그려진 초상화 같다고 했다.3)

이렇듯 초기작과 후기작의 여인상을 대립적으로 파악하는 것은 많은 연구자들에게서 일치한다. 대부분의 연구자들은 작가 도향의 이성에 대한 호기심과 찬양이, 추악한 현실에 눈을 뜨면서 혐오와 환멸로 바뀌었다고 했다. 나아가 도향의 이러한 변화를 낭만주의에서 사실주의로 변화한 것으로 평가하기도 했다.

몇 작품들을 중심으로 초기작과 후기작에 대한 지금까지의 연구자들에게서 일치되는 견해를 살펴보면 다음과 같이 도식화 할 수 있다.

창작 시기	초기			후기		
작품	젊은이의 시절	별을 안거든 울지나 말걸	옛날 꿈은 창백하더이다	물레방아	뽕	지형근
여주인공	누이	연인	어머니	부정한아내		창녀
이미지	천사			요부		
화자의 태도	애정의 대상			경멸의 대상		
작가의 세계관	낭만주의적 세계관			사실주의적 세계관		

위의 도식은 지금까지의 연구자들이 예외 없이 보여 준 일반적인 견해로 보아 무방하다. 하지만 도향의 작품들을 꼼꼼하게 검토해보면, 비록 초기작이라고 하더라도 작중의 여성들은 거의 예외 없이 색욕이 강한 요부형의 인물임을 알 수 있다.

첫 작품이라 할 수 있는 「출학」에서 주인공 영숙은 서울로 올라가기 위해 약혼자 이병철을 버린다. 그리고 서울에 와서는 다시 해외 유학을 가야한다는 명분으로 정윤모에게 정조를 바친다. 「젊은이의 시절」에서 누이 경애는 동생 철하에게 근친애를 느낀다. 「춘성」에서 영숙은 아버

---

3) 위의 책, 299쪽.

지의 부고를 받고 울다가 춘성을 보고는 '눈물 나는 얼굴에 견디지 못하는 웃음을 웃더니 눈물을 고치고서 냉정한 얼굴'[4]을 짓는 종잡을 수 없는 여인이다. 「여이발사」, 「전차 차장의 일기 몇 절」 등 후기로 넘어오면서 작중 여인들은 더욱 노골적으로 남성을 유혹하고 성적으로 타락하는 모습을 보인다. 이렇듯 도향의 작품에 등장하는 여인들은 대부분 에로틱한 정조와 적극적인 성격을 갖고 있다. 따라서 초기작에서는 천사의 이미지를 가졌다가, 후기작에서 요부의 이미지로 돌변한다는 지금까지의 이해는 수정되어야 한다.

이러한 오해가 발생한 것은 작중 인물을 대하는 화자의 태도 변화 때문이다. 도향의 초기작부터 후기작까지[5]에 나오는 여성 인물들은 대개가 성적 욕구가 강하고 사회가 용인하지 않는 방식의 성적 스캔들에 직간접적으로 연루되어 있다. 초기작에서 화자는 이들 여성들의 성적 스캔들에 대해 매우 동정적인 시선을 취하나, 「물레방아」, 「뽕」 등의 작품에서는 일정한 거리를 두고 객관적 입장에 선다. 이러한 화자의 태도 변화 때문에 독자들은 초기작의 여성 인물들에게 요조숙녀의 이미지를 갖게 되고, 후기작의 여성들에게서는 요부의 이미지를 갖게 된 것이다.

2. 낭만주의에서 사실주의로

낭만주의와 사실주의를 구분하는 일은 간단한 듯 하면서도 또한 결코

---

4) 「춘성」, 본문 127쪽.
5) 5년 남짓한 짧은 작품 생활을 '초기작'이니 '후기작'이니 하고 나누는 이분법적 사고의 위험성에 동의하기 때문에 가능하면 이런 구분을 하지 않으려 하나, 나도향 연구에서 일반적으로 통용되는 개념이며, 또 「벙어리 삼룡이」, 「뽕」, 「물레방아」로 이어지는 일련의 작품들이 그의 작품 생활 후반기에 몰려 있는데 이들 '성공한' 작품과 그렇지 못한 작품들 간의 창작 방법 및 세계관의 차이를 구분하는데에도 요긴하므로 부득이하게 '초기/후기'의 구분을 하도록 한다.

쉽지 않은 일이다. 낭만주의가 과연 사실주의의 대척점에 놓이는가의 문제부터 시작해서, 낭만주의와 사실주의를 문예사조로 볼 것인지 아니면 사조적 측면을 넘어서는 또 다른 원리로까지 확대시킬 것인지 등에 대해서 정교하게 정의해 나가려면 끝이 없는 공론이 이어질 것이기 때문이다. 이렇듯 용어상의 빈틈에도 불구하고 기존의 연구자들은 초기의 도향 소설이 낭만주의적 경향을 띠었으나, 후기작들에서 이를 극복하고 사실주의적 경향을 띠게 되었다고 서슴없이 말하곤 한다. 이러한 규정이 별 무리 없이 통용되는 것은 낭만주의와 사실주의에 대해 우리 문학계가 무엇인가 공통적인 개념을 공유하고 있기 때문일 것이다.

도향의 소설 세계가 낭만주의에서 사실주의로 옮겨갔다는 주장은, 두 용어가 정교한 서술상의 함의에서 차이가 있다기보다는 통념상의 차이에 근거하는 것이라 볼 수 있으므로, 우리는 통념상 낭만주의와 사실주의를 어떻게 변별하는가를 살펴볼 필요가 있겠다.

낭만주의와 사실주의라는 용어는 실제 언어생활에서 매우 광범위하게 사용되고 있어 그 의미를 구체적으로 기술하는 것이 쉽지가 않다. 국어사전에 있는 설명으로는 부족하고, 문예학 사전의 장황한 설명과는 조금 다른 의미로 쓰이고 있다. 하지만 낭만주의와 사실주의라는 개념을 정교하게 정의하는 것은 이 글의 목적이 아니다. 이 글에서는 나도향 소설의 특징을 설명하기 위해 두 용어가 어떤 의미로 사용되고 있는가를 밝히고자 할 따름이다. 나도향 작품들의 특징을 염두에 두면서 일반적으로 통용되는 낭만주의와 사실주의라는 용어의 차이는 애정문제가 전면화 되었는가, 애정문제에 퇴폐적인 측면이 있는가, 작중인물들이 당대적 보편성을 갖고 있는가, 당대 현실의 모순을 구체적으로 부각시켰는가, 사건들이 개연성 있게 구성되었는가 등을 중심으로 살펴볼 수 있을 것이다. ─ 일제 시대 우리 문학에서 낭만주의적이라고 할 때는 남녀의 애정 문제가 전면적으로 부각되어야 하고, 또 이른바 '병적 낭만주의'라고 불리는 데에서 알 수 있듯이 다소간의 퇴폐성을 지니는 것이 일반적이다.

위의 내용을 기초로 도향의 작품들을 살펴보면 몇 가지 의문을 던질 수 있다. 먼저 지적할 부분은 「벙어리 삼룡이」, 「물레방아」, 「뽕」 등 도향의 대표작이자 이른바 '후기작'들에서도 여전히 남녀의 애정 문제는 가장 중요한 테마라는 점이다. 나아가 이들 작품들에서 보여지는 애정 관계는 다분히 퇴폐적인 경향을 띤다. 뒤에 다시 상술하겠지만 「물레방아」의 여주인공인 방원의 처는 젊어서는 정력을, 그 뒤에는 다시 재력을 좇아 계속 서방을 바꾸는가 하면, 「뽕」의 안협집 역시 결혼 전부터 여러 남자들과 분방한 성관계를 갖는다. 후기작들에서 보여지는 이런 점들은 도향 소설의 이른바 낭만주의적 특징이다.

두 번째로 지적할 부분은 도향의 후기작들에 나타난 작중인물과 사건들이 당대 현실의 모순을 고발하는데에 적절했는가에 대해서이다. 삼룡이가 하인이고, 방원의 처와 안협집이 가난한 시골 아낙이라는 점에서 이들 주인공들이 당대의 사회적 약자이다. 하지만 「벙어리 삼룡이」의 경우에 삼룡이 주인 오생원에게 갖는 경외심은 작품의 말미까지 전혀 줄어들지 않으므로 삼룡이의 변화를 계급적 각성[6]이라 볼 수 없고, 방원의 처가 신치규의 유혹에 응하는 것을 가난에서 벗어나려는 욕망으로

---

6) 북한의 문예학 사전에서는 「벙어리 삼룡이」를 계급적 각성을 고취시키는 작품이라 평하고 있으며, 이는 남한의 문학 연구자들에게서도 어느 정도 통용되고 있는 듯하다. 하지만 이 작품의 핵심 갈등은 주인집 아씨에 대한 삼룡이의 일방적 사랑이며, 오생원의 아들에게 대들었다고 하지만 이는 어디까지나 아씨를 보호하려는 마음일 뿐이다. 오생원의 집에 불이 나자 삼룡이 맨 먼저 구하는 인물은 자신의 상전인 오생원이다.─덧붙여 오생원의 집에 불을 낸 것이 삼룡이라는 식의 글들이 가끔 있는데, 이는 오독의 결과이다.

해석할 수는 있으나, 방원과 만나기 전에 이미 다른 사내와 동거하다가 칼에 찔리는 위협을 감내하면서까지 가난한 방원과 도망쳤던 점이나 작품의 결미에서 방원의 칼에 죽는 인물이 신치규가 아닌 그의 아내라는 점 등은 이 작품이 가난의 문제를 전면에 부각하여 사회적 모순을 고발하려는 작품에서 다소 거리가 있다는 것을 알수 있게 한다. 「뽕」에서 안협집 역시 사내들과 성관계를 가진 후에는 반드시 물질적 대가를 받으려하는 점에서는 자본주의 사회에서의 성의 상품화 논리를 보여주는 것 같지만, 싫은 사내는 천금을 준대도 거들떠도 안 보는 안협집의 행위는 오늘날의 프리섹스주의에 가깝다.

이렇듯 도향의 후기작들에서 소위 사실주의적 특징이라 할 만한 부분들은 별로 없다. 물론 그의 후기작들에 사실주의적 특징이 전혀 없다는 뜻은 아니다. 하지만 후기작들에서 거론되는 사실주의적 특징들은 당시에 창작된 대부분의 작품에서도 공통적인 요소라 할 수 있으며, 나아가 도향의 이른바 초기작들에서도 반복해서 나타난다. 「출학」의 여주인공이 상경하기 위해 애인과 헤어지는 것이나, 일본 유학을 위해 자신의 정조를 버리는 것은 물질적 궁핍으로 인해 정신세계가 황폐해지는 사실주의 소설[7]의 일반적 구조와 일치한다. 「은화·백동화」, 「당착」, 「속 모르는 만년필 장사」 등의 작품들 역시 가난한 민중들의 궁핍한 일상을 다루었다는 면에서는 사실주의적 작품들이다.

이상에서 간략하게 살펴보았듯이 도향의 소설을 초기작과 후기작으로 나누어 낭만주의와 사실주의라는 대비 속에서 파악하려는 시도는 옳지 않다. 나도향은 전 시기를 거쳐 소재적 차원에서 다소 사실주의적이기는

---

7) 보다 정확히 말하자면 김동인의 「감자」에서 보여지는 '자연주의'적 경향이라 해야 하겠지만, 편의상 '사실주의'의 범주에 묶어 두기로 한다.

하나 본질적으로 낭만주의적이라 할 수 있는 도향 특유의 작품 세계를 보여주었던 것이다. 굳이 후기작 몇 편을 두고 사실주의로 선회했다는 주장은 적절하지 않으며 단지 「벙어리 삼룡이」, 「물레방아」, 「뽕」 등의 후기작 몇 편이 작품의 완성도가 높은 도향의 대표작일 뿐이다.

II. 성적 욕망에 대한 인물들의 부정적 자의식

지금까지 나도향 소설의 초기작과 후기작을 낭만주의와 사실주의, 요조숙녀와 요부형 여인의 도식으로 나누는 것의 문제에 대해 살펴 보았다. 5년의 짧은 창작 기간에 도향의 작품들은 소재나 작가의 세계관 등의 차원에서 별로 바뀐 것이 없다고 할 수 있다. 하지만 그렇다고 해서 5년 동안 발표된 작품들의 수준이 모두 비슷한 것은 아니다. 많은 논자들이 지적하듯이 여전히 도향의 대표작은 후기에 생산된 「벙어리 삼룡이」, 「물레방아」, 「뽕」 등으로 모아진다. 그렇다면 어떤 차이로 도향의 대표작들이 구별되는가? 후기작들에서 작중 화자가 여성들의 성적 스캔들에 대해 동정적인 시선에서 일정한 거리를 두는 객관적 입장으로 선회한 것에 대해서는 이미 전술한 바와 같다.

여기에 덧붙여 작중인물에 대한 화자의 객관적 거리 두기는 조금 다른 차원에서도 작품의 완성도를 높이는데 기여했다. 초기작들의 화자[8]는 작가인 나도향의 면모들을 그대로 보여주고 있다. 도향 소설의 연구자들이 초기작들을 사적(私的)이라고 평가하는 것도 이와 무관하지 않다.

---

8) 채트먼이 정의한 '내포작가'라는 표현이 좀더 정교하겠으나, 나도향의 소설에서 화자와 내포작가를 구분하는 것이 이 글의 전개에는 별 의미가 없으므로 '화자'로 통일하도록 하겠다.

초기작들에서 화자는 1인칭 남자 주인공이거나, 또 3인칭 시점이라 할지라도 작품 속의 남자 주인공의 시점을 상당 부분 포함하고 있다. 그리고 이 때 남자 주인공은 작품 속 여인들을 동정적인 시선으로 서술할 뿐 아니라 성적 욕망의 대상으로 파악하기도 한다. 도향의 초기작이면서 '도향 문학의 전 비밀이 숨어있는 원형'9)이라는 평가를 받기도 한 「젊은이의 시절」에서 남주인공 철하는 누이 경애에게 근친애적 경향을 보인다.

> ... 그가 몸을 슬쩍 돌릴 때에 그의 희고 고운 옷자락이 바람에 슬쩍 날리어 그의 부드러운 육체의 윤곽이 선명하게 철하의 눈에 보였다 ... (45쪽)10)

> ... 여성의 손을 잡는 감정적(感情的)에 그는 아무리 자기의 누님이라 할지라도 알지 못하게 가슴을 지나가는 발랄한 맛을 보았다. 그는 얼른 손을 놓았다 ...(32쪽)

> ... 그 여자는 자기 누이보다 더 예쁘지는 못하나 어디인지 자기의 누이가 갖지 못한 미점(美點) 있는 여자라 하겠다 ...(35쪽)

인용문에서 알 수 있는 것은 철하가 누이 경애를 성적으로 대상화한다는 것이다. 거리에서 만난 젊은 여자를 보면서도 철하는 자기 누이의 미점(美點)과 비교를 한다.

이 작품의 초반부에서 철하는 저녁마다 꿈을 꾼다. 꿈 속에서는 천사가 나와서 아름다운 음악을 들려준다. 그 음악소리는 그의 모든 것을 여름날

---

9) 전문수, 「나도향 소설의 정체」, 현대문학, 1980. 5. 346쪽.
10) 주종연, 김상태, 유남옥 엮음. 『나도향 전집』, 집문당, 1988.
  이 글에서의 작품 인용 쪽수는 모두 위 책을 말함.

지평선 위로 떠오르게 하는 흰구름 같은 것이고, 봄날의 아지랑이 같은 것이며, 한없는 곳으로 영원히 흐르는 무어라 말하기 어려운 즐거움이다. — 이때 꿈 속에서 만난 천사는 누이의 이미지와 쉽게 연결된다. 천사를 누이의 변형으로 본다면, 천사의 음악소리는 누이에게 관능적 애무를 받고 싶어하는 철하의 욕망을 상징한다. 철하에게 있어 욕망의 실체는 육체적인 성욕이고, 예술, 비애, 환상 등 서로 다른 듯이 보이는 감정들로 위장되어 있다. 나아가 철하의 육체적 정욕은 누이에 대한 근친애적 욕망으로 치닫는다. 그러나 철하의 금욕적인 자의식은 자신의 근친애적 욕망을 부정하려고 한다. — 철하는 육체적인 정욕을 예술적인 미의식의 추구로 은폐하려고 하는데, 이 때문에 갖가지 위장과 상징들이 나타난다. 이러한 위장과 상징들은 작가의 미숙한 기교로 인해 더욱 더 모호한 형태를 띠기 때문에, 독자의 입장에서 이 작품은 낯설고 장황하다.

작품의 후반부에서 누이 경애가 약혼자 경빈으로부터 파혼을 당하자, 철하는 꿈 속에서 누이를 상징하는 것으로 보이는 여인과 성적 환타지를 경험한다. 그러나 황홀한 시간은 오래 지속되지 못했다. 환상적인 쾌락의 시간이 지나자 '달은 서쪽 지평선 저쪽으로 넘어가며 얼굴이 노한 듯 불쾌하여 철하를 홀겨'본다. 멀리 지평선 위로 음악의 여신이 나타난다. '아무 말없이 철하의 손을 잡고 물끄러미 쳐다'보기만 하는 음악의 여신은 슬픈 듯 눈물을 흘린다.

> ... 그 여신은 철하를 끼어안고 어머니가 어린 자식을 어루만지는 듯하였다. 철하는 여신을 단단히 쥐었다. 그러나 그 여신은 돌아가려 하였다. 철하는 놓지 않았다. (중략)
> 철하가 눈을 떴을 때에는 그 여신을 잡았던 손에 자기 누이의 고운 손이 잡혀 있었다. 자기 누이는 자기 손을 잡고 그 위에 눈물을 뿌리고 있었다 ...(49쪽)

꿈 속에서 성적 환타지를 공유한 여인이 누이의 변형이라면 음악의 여신은 근친애에 대한 사회적 금기라든가, 철하와 경애의 초자아를 상징하는 것으로 볼 수 있다.

이렇듯 이 작품은 1920년대의 우리 문단에서 보기 드문, 근친애적 욕망에 휩싸여 번뇌하는 한 젊은 남매의 미묘한 성심리를 보여주고 있다. 도향의 다른 초기작들에서도 근친애적 요소는 조금씩 보이나, 이것이 그의 전체 작품 경향을 대변하는 것은 아니다. 하지만 이 작품에서 보이는 남매의 애정 심리는 '남녀의 퇴폐적11) 애정관계'라는 표현으로 수렴될 수 있으며, 이는 도향의 작품 세계 전반을 관철하는 가장 주요한 주제이다.

한 가지 흥미로운 것은 '퇴폐적 애정' 문제에 대한 작중 인물들의 인식 차이이다. 초기작들에서 인물들은 자신의 성적 욕망을 부정하거나 치환시키는 등의 방법으로 합리화하려 한다. ─ 「젊은이의 시절」에서 누이에 대한 성적 욕망을 꿈 속 여인과의 정사로 치환시켰다고 한다면, 「추억」에서는 성적으로 타락한 여인을 등장시켜 유부녀와 간통한 남주인공의 부도덕성을 완화시키려 한다.

「추억」은 유부녀와의 간통이라는 통속적인 이야기를 담고 있다. 이 작품에서 먼저 지적할 것은 여주인공이 보여주는 요부적인 특징이다. 「추억」에 나오는 여인에 대한 형상화의 수준은 「물레방아」나 「뽕」에 비해 떨어지는 것이 사실이지만, 「추억」의 여주인공은 후기작에서 살펴

---

11) '퇴폐적'이라는 용어보다는 '반(反)사회적인', 또는 '금기적' 등의 용어가 더 어울리겠으나, 국문학사에서 1920대 낭만주의 주요 경향 중 하나를 '퇴폐성'으로 파악하려는 경향이 있으므로, 도향의 소설 세계를 당대의 낭만주의와 연결지으려는 의도로 '퇴폐적'이라는 용어를 사용하기로 한다.

볼 수 있는 요부적인 특징들을 이미 상당 부분 갖추었다.

전통적인 일부종사의 이데올로기에서 자유로운 방원의 처나 안협집과 마찬가지로 「추억」의 여주인공 역시 아무 거리낌없이 외간 남자와 '유쾌하게' 간통을 한다. 그녀는 남편이 옆에 있음에도 불구하고 처음 보는 남자인 '나'의 팔목을 붙잡고서 신세 한탄을 늘어놓는다. 그리고 아무 스스럼 없이 '나'에게 동행을 요구한다.

> ... 그 여자는 나의 팔목을 잡고 자기의 모든 일과 자기의 생활의 모든 일과 가정의 모든 일과 장사의 모든 일을 시작하여 웬만해서는 끝이 날 듯하지 않았다 ...(87쪽)

> ... 만일 수고가 되지 않으시거든 어떻게 저하고 같이 가 주실 수는 없는지요? ...(87쪽)

베르사이유로 가는 방향을 잘못 알고 있었다며 무섭게 남편을 질타했던 여인의 목적은 사실 다른 데에 있었다. 남편에게 지갑을 찾아 떠나게 하고 '나'와 둘이서 목적지에 도착한 그녀는, 사실은 남편이 말한 방향이 맞았고 '나'가 말한 방향이 틀렸음을 알게 된다. 그러나 그녀는 '나'의 실책에 대해서 전혀 책임을 묻지 않는다. 아니, 오히려 더 좋아한다. 당황하면서 마차를 세내어 다시 베르사이유로 가려고 하는 '나'에게 그녀는,

> ... 아니 그렇게 할 것이 없지요. 우스운 일예요. 나는 배가 고프지 않으니까 나는 아무리 다른 길로 돌아가더라도 관계치 않아요. 조금도 걱정은 없어요 (중략) 나에게는 이렇게 두세 시간일지라도 기를 펼 수 있는 것이 얼마나 행복인지 알 수가 없어요 ...(90쪽)

라고 말한다. 항상 남편을 쥐고 흔들며 사는 그녀에게 '두세 시간일지라도 기를 펼 수 있는' 시간이란 바로 간음의 시간이다.

> ... 우리들은 시냇가에 있는 어떠한 카페에 들어가서 특별히 조그마한 방을 빌기로 정하였다. 그 여자는 조금 술이 취하여 엷게 불그레하여졌다. 나는 참으로 마음이 상쾌하여져서 노래도 부르고 떠들기도 하고 모든 광태를 연(演)하였다. … 그 여자도 지지 않게 날뛰고 모든 유쾌를 지었다. … 모든 쾌락 가운데서 가장 좋은 행위까지도 … (중략) 이것이 그 나의 최초의 간통한 기록이요! …(90쪽)

그녀에게 '베르사이유로 가는 길'은 중요하지 않았다. 그것은 남편으로부터 떨어지려는 핑계에 불과했다. 그녀의 진정한 욕망은 다른 남자와의 성관계였다.

이상과 같이 「추억」의 여주인공은 여타의 초기작들과 다르게 성적으로 개방된 의식을 보여준다. 「뽕」이나 「물레방아」의 여주인공과 거의 비슷한 의식 수준이다. 하지만 추억이 이들 작품과 다른 점은 화자의 역할이다. 「뽕」, 「물레방아」에서 화자의 존재는 여주인공의 자유분방한 성적 스캔들을 알려주는 보조적 역할만을 한다. 앞에서 화자가 작중 인물과 객관적인 거리를 두고 있다는 지적과 유사하다. 그런데 「추억」은 1인칭 주인공 시점을 취하고 있다. 화자인 '나'는 여주인공과 스캔들을 일으키는 당사자이다. 「추억」의 여주인공을 요부로 묘사하는 것은 화자의 부도덕한 행위를 합리화시키는 역할을 한다. 즉 목적지에 잘못 온 것을 깨닫고 화자는 마차를 세내어 다시 상태를 원상회복 시키려 했지만, 성적으로 타락한 여주인공의 강권함 때문에 어쩔 수 없이 간통을 하게 되었다는 식이다. 따라서 「추억」은 도향의 다른 초기작들과 같은 궤에 놓이게 된다. 비록 적극적이고 능동적인 요부형 여인을 형상화하기는 했지만,

그것 자체가 작품의 핵심 요소가 되지 못하고 여전히 성욕에 대한 금욕적 자의식을 갖는 인물의 부도덕한 행위에 대한 합리화 기제로 사용되었기 때문이다.

III. 부정적 자의식의 극복과 에로티즘 미학

초기작의 인물들이 자신의 퇴폐적 성욕에 대해 일종의 도덕적 자의식을 보였던 것에 비해「물레방아」,「뽕」등의 작품에서 주인공들은 자신의 반사회적 애정행각에 대해 너무도 당당하다.

「물레방아」에서 신치규는 아내에게 주먹질을 가하면서도 이를 '주먹이 가지고 하는 일종의 농담'이라 생각할 뿐 별반 죄의식을 보이지 않는다. 요부형 여인상이 완성된 것으로 평가받는 방원의 처는 한 술 더 떠 자신의 감정에 대한 솔직함을 그 극단에까지 몰고 간다. 사실 그녀가 처음부터 방원의 아내는 아니었다. 그녀는 전남편을 버리고 도망쳐서 방원과 함께 살고 있었다.

> ... 임자의 말을 들으렬 것 같으면 벌써 들었지요, 이때까지 있겠소? 임자도 나의 마음을 알지요. 임자와 나와 이 년 전에 이곳으로 도망해 올 적에도 전 남편이 나를 죽이겠다고 허리를 찔러 그 흠이 있는 것을 날마다 밤에 당신이 어루만졌지요? 내가 그까지 칼쯤을 무서워서 나 하고 싶은 것을 못한단 말이요? ...(246,247쪽. 강조는 필자 임의)

전남편에게서 도망친 이유가 무엇인지는 정확하게 나와 있지 않다. 그러나 그녀는 더 나은 삶을 위해 '죽이겠다고 허리를 찔'리면서까지도 전남편에게서 도망쳤고, 자기가 원해서 방원과 함께 살았던 그녀가 이제는 늙고 돈 많은 신치규를 선택한 것이다. 신치규에게로 가는 이유는 물론 '돈' 때문일 것이다. 그녀는 방원과의 희망없는 가난한 삶에 진력이 난 것이다. 추측하건데 전남편을 버리고 방원을 선택한 것은 '성적 욕망' 때문이 아니었나 싶다. '새침한 얼굴이 파르족족하고 길다란 눈썹과 검푸른 두 눈 가장자리에 예쁜 입, 뾰로통한 뺨이며 콧날이 오똑한 데다가 후리후리한 키에 떡 벌어진 엉덩이가 아무리 보더라도 무섭게 이지적인 동시에 또는 창부형으로 생긴'[12] 그녀가 가난한 이방원을 선택하게 된 이유는 달리 설명할 방법이 없기 때문이다. '창부형'이라는 것은 그녀가 누구보다도 더 '색정적'이라는 것을 의미하며, '이지적'이라는 것은 맺고 끊는 것을 확실하게 하는 그녀의 '타산적' 성격을 뜻하는 것으로 볼 수 있다. 전남편을 버린 이유가 색정적인 욕망의 추구였다면, 다시 방원을 버리고 신치규를 택한 것은 이해 타산적 계산의 결과이다.

앞 뒤 계산이 빠른 그녀의 성격은 칼로 위협하는 방원을 상대하는 데에서도 잘 드러난다. 전남편이 죽이겠다고 허리를 찔렀어도 자신은 뜻을 굽히지 않았으니, 비겁하게 자꾸 추근거리지 말고 포기하라고 말하는 그녀는, 방원이 잠깐 방심한 틈을 타서 그의 칼을 떨어뜨린다.

> ..."이게 무슨 비겁한 짓이요. 사내 자식이, 자! 찌르려거든 찔러 봐아, 자, 자."
> 계집은 두 가슴을 벌리고 대들었다. 방원은 너무 계집의 태도가 대담하므로 들었던 칼이 도리어 뒤로 움찔할 만큼 기가 막혔다.(중략) 계집은 그래도 두려웠던지 방원의 손에 든 칼을 뿌리쳐 땅에 떨어뜨리었다 ...(247쪽)

---

12) 본문 234쪽.

이처럼 영악한 모습을 보여주는 그녀는 그러나 여전히 비극의 희생물일 뿐이다. 그녀는 단지 자신의 욕망에 솔직했을 따름이다. 성적인 욕망 때문에 죽음을 무릅쓰고 방원과 도망쳤던 그녀는 이번에는 빈궁한 삶에서 탈출하기 위해서 또다시 목숨을 건다. 사실 1920년대의 조선 현실에서 한 여인이 자신의 욕망을 달성한다는 일은 결코 쉽지 않다. 그것은 때로 목숨을 걸어야 하는 절대적인 정열을 필요로 한다. 그녀는 자신의 내부에서 용솟음치는 불같은 열정으로, 자신의 목숨을 걸고서 스스로의 욕망 성취를 위해 노력했다. 그녀의 이러한 열정은 독자들에게 감추어진 욕망을 자극하기에 충분했을 것이다. 물신화된 욕망을 추구하는 이 요부형 여인을 독자들은 경멸한다. 그러나 그 욕망은 타락한 세상을 살아가는 사람이라면 그 누구도 피할 수 없다. 독자들은 그녀의 솔직하면서 목숨까지 거는 비극적 정열에 경탄하면서 끝까지 극적인 긴장감을 잃지 않게 된다.

죄의식 없이 자신의 감정에 극단적으로 솔직하려 한 요부형 여인상은 「뽕」의 안협집을 통해 절정에 이른다. '비록 몸은 그리 귀하게 태어나지 못하였으나 인물이 남달리 고운 점이 있어 동리 젊은 것들이 암연히 부러워도 하고 질투도 하게 되고 또는 석경 속에 비친 자기네들의 어여쁘지 못한 얼굴을 쥐어뜯고 싶기도'[13] 할 정도로 외모가 출중한 안협집은 '돈'을 위해서 '정조'를 버리는 것에 대해 죄의식이 전혀 없다.

> ... 그러나 촌구석에서 아무렇게나 자란 데다가 먼저 안 것이 돈이
> 었다.
> '돈만 있으면 서방도 있고, 먹을 것 입을 것이 다 있지' 하는 굳은

---

13) 본문 266쪽.

신조는 자기 목숨을 내어놓고는 무엇이든지 제공하여 부끄러운 것
이 없었다.
　십 오륙 세 적, 참외 한 개에 원두막 속에서 총각 녀석들에게 정조
를 빌린 것이나, 벼 몇 섬, 돈 몇 원, 저고릿감 한 벌에 그것을 빌리는
것이 분량과 방법이 조금 높아졌을 뿐이요 그 관념은 동일하였다
...(267쪽)

　일찍부터 '돈'의 가치를 알게 된 안협집은 '자기 목숨을 내어놓고는
무엇이든지 제공하여 부끄러운 것이' 없는 인물이다. 「물레방아」에서
방원의 처가 자신의 욕망을 이루기 위해 목숨까지 거는 대담함을 보여준
것과는 조금 다르다. 방원의 처에 비해 안협집은 냉정하고 현실적일 뿐
아니라 좀더 주체적이다. 뽕지기와의 일을 눈치챈 남편에게 죽도록 얻어
맞으면서 그녀는 남편과 헤어지면 그만이라고 생각한다.

　　... "이년! 더러운 년, 뽕밭에는 몇 번이나 갔나?"(중략)
　　"죽여라! 죽여!"
　　"그럼 살려줄 줄 아니? 이년!"(중략)
　　맞는 안협집은 당장에 죽을 것 같았다. 그는 생각하기를 이왕 이리
　된 바에 모두 말해 버리고 저하고 갈라서면 그만이지 언제는 귀밑머
　리 풀고 사주단자 보내고 사당에 예배드린 내외냐.(중략)
　　"이것 놔라! 내 말하마!"(중략)
　　"뽕밭에는 한 번밖에 안갔다. 어쩔 테냐?" ...(282쪽, 강조는 필자
　임의)

　「물레방아」에서 방원의 처가 자신의 욕망을 이루기 위해서는 언제나
'남편'이 필요했다. 전남편, 방원, 신치규 등으로 그 상대를 바꾸기는 했
지만 그녀의 욕망은 항상 남편이라는 존재를 통해서 실현되는 것들이었

다. 하지만 안협집은 그렇지 않았다. 방원의 처는 가난에서 벗어나기 위해서 젊은 자신의 남편을 거부하고 늙은 신치규를 선택했지만, 안협집은 언제라도 스스로 돈을 벌 수 있는 인물이었다. '마치 장사하는 사람이 거래 단골을 트듯이 이 사람 저 사람'[14]과 관계를 가지는 안협집에게 남편이라는 존재는 허울좋은 구실에 불과했다. 남편이 이성을 잃고 폭력을 행사하자, 갈라 서겠다고 마음먹는다. 물론 자신의 과거 행위들에 대해서는 추호의 반성도 없다. 안협집의 자유분방함과 그 당당함은 1920년대는 물론이거니와 오늘날의 독자들까지도 끊임없이 경탄하게끔 만든다.

IV. 1920년대 민중 정서의 낭만적 수용

지금까지 나도향의 소설의 특징을 간략하게 살펴보았다. 한 가지 짚고 넘어갈 것은 도향의 소설을 낭만주의에서 사실주의로의 발전으로 보려는 시도가 온당하지 못하다고 해서, 도향의 작품을 1920년대 사실주의 문학의 성과에서 제외시켜서는 안된다는 점이다. 후기작의 요부형 여인들이 갖는 이해타산적 성격은 식민지 민중의 궁핍한 생활 체험의 결과로 이해할 수 있으며, 이는 사실주의적 특징으로서 도향의 후기작들을 이해하는데에 유용한 접근법을 제공해 줄 것이다. 하지만 이에 대해서는 이미 다른 연구자들이 규명한 부분이고 또 이 글은 도향 소설의 낭만주의적 특징에 초점을 맞추고 있으므로 인물들의 타산적 성격이 갖는 사실주의적 함의에 대해서는 상술하지 않았을 뿐이다.

덧붙여, 무엇보다 도향의 후기작들이 문학적으로 성공할 수 있었던

---

14) 본문 267쪽.

주요한 요인으로는 그의 작품이 보여준 민중적인 정서를 들 수 있다. 「행랑 자식」 같은 작품에서 드러나는 가난하고 학대받는 인간들의 고통과 설움에 대한 생생한 묘사는 출구 없는 암울한 시대를 살아가던 당대 민중들의 비극적 정서에 대한 알레고리로 쓰여진 것이 분명하다. ─ 하지만 비슷한 시기에 쓰여진 「여이발사」와 같은 작품은 조금 다르다. 일반적으로 「행랑 자식」과 「여이발사」를 잇따라 발표했던 1923년을 기점으로 도향의 작품이 사실주의적 경향을 띤다고 하지만, 「여이발사」는 주인 「행랑자식」과는 여러 면에서 다르다. 우선 경제적 지위와 학력 등이 불분명하고 계급적 각성과도 거리가 먼 주인공, 이발사의 젊은 아내가 면도를 해준다는 비현실적인 상황 설정, 처음 보내는 낯선 여인의 면도를 받으면서 느끼는 에로틱한 분위기만이 전경화된 구성 등이 전혀 사실주의적이지 않기 때문이다. 그런데도 연구자들이 이 두 작품을 동류로 취급하려는 것은, 앞에서 이미 지적했듯이, 이 시기부터 작품의 문장이 간결하고 세련되어졌기 때문인 것으로 추정된다.

「여이발사」나 「행랑 자식」 이후 그의 문장이 눈에 띄게 눈에 띄게 간결해진 것도 도향 작품의 문학적 성공의 중요한 요소이다. 하지만 문장에 대한 고찰은 본 연구의 목적에서 벗어나므로 생략하기로 한다. 한 가지 지적해 둘 것은, 그가 작품 활동을 시작했던 1920년대 초반에는 아직 근대적인 문체가 확립되기 전이었다는 것이다. 이광수의 『무정』 이후 급속하게 퍼진 언문일치의 문장은 아직 당대 사회에서 실험적인 단계였다. 따라서 이광수, 김동인, 현진건, 나도향 등의 초기 소설은 '문장'이라는 측면에서 일종의 모험이었다. 초기의 도향 소설이 보여준 지나친 만연체의 문장이 독자의 이해를 방해한 건 사실이지만, 이는 아직 모범적인 문장 법칙이 정착되기 이전에 감행된 일종의 실험이었다는 사실을 상기할 필요가 있다. 이러한 사실은 도향의 초기 소설을 단순하게 문학 청년의 습작으로 분류할 수 없게 하는 이유이기도 하다.

도향이 당대의 민중 정서를 작품 속에 투영시킨 것은 개인적인 빈곤의 체험 외에도, 당대의 유행 사조였던 신경향 문학의 영향 때문으로 풀이된다. 도향의 소설이 신경향파 문학의 영향을 받았다는 주장은 이미 60년대에 김우종, 김영수 등에 의해서 제기된 바 있다.15) 이는, 후기 소설을 지배하는 빈곤의 문제와 계급의 문제, 그리고 당대에 신경향파 문학이 지배적 사조를 형성해 가고 있었음을 염두에 둔다면 그다지 무리한 주장은 아니다. 하지만 그의 작품이 갖고 있는 낭만주의적 특징 때문에 '도향은 신경향 문학에 관심이 없었다'는 주장들도 있다.16) — 하지만 이러한 주장 역시 도향과 신경향파 문학과의 완전한 단절을 의미하지는 않는다. 즉 도향 작품의 경향이 본질적으로 어느 진영에 속하느냐에 대한 연구자의 선택일 뿐이다. 당시에 도향이 문단의 좌·우파를 막론하고 여러 문인들과 폭넓게 교제했음을 밝힌 남기홍의 연구17) 역시 신경향파 문학의 영향을 짐작할 수 있게 한다.

하지만 무엇보다도 도향의 소설이 오늘날까지 평가를 받는 이유는 역시 인물들의 애정 문제를 전면에 내세운 도향의 에로티즘적 경향 때문이다.

「물레방아」에서 이방원은 주인 신치규의 농간에 아내를 뺏기고 감옥

---

15) 김우종, 「나도향론」상·하, 『현대문학』, 1962.10-11.
   김영수, 「나빈의 꿈과 현실의 주변」, 『문학춘추』, 1965.6.
16) 조달옥은 프로문학과 연관성을 상정하는 연구들이 도향 문학에 대한 이해의 폭을 넓혔다는 의의가 있을 뿐이라고 했다.(조달옥, 「나도향 소설 연구」, 효성여대 박사, 1993.2)
17) 남기홍, 「나도향 문학의 전기적 고찰」, 인하대 석사, 1994, 23-29쪽.

살이까지 한다. 감옥에서 풀려난 후 다시 마을로 돌아오면서 방원은 '그까짓 것들은 살려 두어야 쓸데없는 인생들'이라고 생각하면서 아내와 신치규를 살해할 결심을 한다.[18] 그러나 막상 아내의 목소리를 듣는 순간 그의 마음은 흔들린다.

> ... 방원의 마음은 이상하게 동요가 되었다. 예쁜 계집의 목소리가 오래간만에 귀에 들릴 때 마치 자기가 감옥에서 꿈을 꿀 적 모양으로 요염하고 황홀하게 그의 마음을 꾀는 것 같았다. 그는 꿈 속에서 다시 만난 것 같고 오래간만에 그를 만나보매 모든 결심은 얼음같이 녹는 듯하였다 ...(「물레방아」, 본문 245-246쪽)

말다툼 끝에 아내를 죽게 한 방원은, 신치규에 대한 복수도 잊고서, 그 자리에서 아내를 따라 자결한다. 결국 신치규에 대한 복수심은 아내의 애정을 다시 회복하기 위한 수단에 불과했던 것이다.

「뽕」에서 안협집은 참외 한 개와 정조를 맞바꿀 만치 성적으로 타락했으면서도, 마음에 들지 않는 사내에게는 '만냥금을 준대도 거들떠 보지도' 않는 매몰찬 면모를 갖고 있다. 이 역시 안협집이 단순하게 금전만능적이지 않고, 좀 더 복합적이고 미묘한 애정중심적 가치관을 지녔음을 보여준다.

도향의 후기작들은 가난하고 억압받던 민중을 주인공으로 했고 기본 서사 역시 궁핍한 일상에 대한 이야기들이 주를 이룬다. 하지만 도향은 여기에서 그치지 않고, 자신의 낭만주의적 정서를 십분 발휘하여 작품을 한껏 에로틱하게 만들었다. 이는 도향의 소설을 당대의 신경향파 소

---

18) 「물레방아」, 본문 245쪽.

설과 구별되게 한다. 이에 대한 가치 평가는 좀더 폭넓은 검토를 필요로
하겠지만, 도향 소설의 이러한 특징은 몇 편 안 되는 그의 작품들이 왜
그토록 오랜 세월 동안 빛을 바래지 않는가에 대해 의미있는 시사점을
던져 준다.

참고문헌

주종연 외,『나도향 전집 상,하』, 집문당, 1988.

김영민,『한국 문학비평 논쟁사』, 한길사, 1992.

김윤식,『한국 근대 문예 비평사 연구』, 일지사, 1976.

김재용 외,『한국 근대 민족 문학사』, 한길사, 1993.

김종주,『라깡 정신분석과 문학평론』, 하나의학사, 1996.

백철, 『신문학사조사』, 백철전집 4권, 청구문화사, 1973.

이선영 편,『문학 비평의 방법과 실제』, 삼지원, 1990.

이재선,『한국현대소설사』, 홍성사, 1979.

S.프로이트, 장병림(張秉琳) 역,『정신문석입문』, 박영사, 1985.

월터 코프먼, 김평옥 역,『프로이트와 그의 시학』, 학일출판사, 1994.

남기홍,「나도향문학의 전기적 고찰」, 인하대학 1994.

유남옥,「나도향 연구」, 숙명여자 1986.

이명복,「나도향의 문체론적 연구」, 서울대학 1974.2.

이영식,「나도향소설연구」, 성균관대 1987.

이인숙,「나도향 소설에 나타난 인물 연구」, 고려대학 1983.11.

전문수,「나도향 소설연구」, 계명대학 1979.

조달옥,「나도향 소설 연구」, 효성여자 1993.

한점돌,「나도향 소설구조와 그 배경연구」, 서울대학 1981.

권영민,「한국 근대 소설론 연구」, 서울대, 박사.

강인숙,「낭만과 사실에 대한 재비판」, 문학사상 9호, 1973. 298면.

김기진,「도향을 생각한다」,『현대평론』7호, 1927.8.

_____,「Promeneade Sentimental」,『개벽』37호, 1923.7.

김교선,「자기 증명의 소설」, 현대문학, 1972. 5.

金麗水(박팔양), 「도향군의 죽음」, 『현대평론』 7호, 1927.8.

김우종, 「나도향론」 상·하, 현대문학, 1962.10-11.

_____, 「도향의 문학사적 위치」, 문학사상, 1973.6.

김재홍, 「근대문학의 샛별」, 『나도향』, 벽호 출판사, 1993.

김철, 「닫힌 사회의 비극적 정열」, 『한글새소식』, 1987.4.

유남옥, 「나도향 소설의 특성」, 『나도향 전집』 상권, 집문당, 1988.

Abstract

The Meaning of 'A Wicked Woman' in Na Do hyang's Novel

Park, Sang Min

Na, Do Hyang had shown strong erotic trend throughout his whole literatures, which include two long novels and 25 novelettes.

Just like the characteristics of "Pek-Jo(Swan)" members' romanticism, Na, Do Hyang's works deal with love affairs from his early works. He kept his erotic and lyrical atmosphere but never felt into conventional love story. Afterward, he started to take social classes and poverty as his novels' new materials which were occurring as current issues at that time. However, he put more emphasis on love.

Although they have strong desire on sex, his characters do not show their sexual desires actively due to their endless sense of guilt especially when they have desire on incest. It shows self-denial censorship which we can not see from his late works and it is the same time that Na, Do Hyang started to deal with specific social problems in his novels.

Key Words : Eroticism, Romanticism, Self-censorship, Self-denial-awareness

30년대 소설과 도시의 거리

- 「소설가 구보씨의 일일」, 「비오는 길」, 「마권」을 중심으로 -

성지연*

> 1. 들어가며
> 2. 본론
>   1) 거리에서 마주친 것: 우연과 익명성
>   2) 대중과의 의사소통
>   3) 생활과 지식의 거리
> 3. 결론

1. 들어가며

박태원의 「소설가 구보씨의 일일」(1934. 8. 1-9. 19, <조선중앙일보>), 최명익의 「비오는 길」(1936. 5-6, <조광>), 유항림의 「마권」(1937. 4. <단층> 1호)은 30년대 중반이라는 시대를 배경으로 지식인이 관찰하는 자신과 당대의 사회상이 잘 드러나고 있는 작품들이다. 한국 근대소설문학에서 지식인 주인공이 등장하여 자신과 사회에 대한 성찰이나 행동을 보여주는 작품들은 무척 다양하게 창작되어 왔다. 30년대 중반에 이르러

---

* 연세대 박사과정

서도 유진오의 「김강사와 T교수」(1935), 채만식의 「치숙」(1938) 등 이런 지식인 주인공 소설은 다양하게 창작되고 있다. 이 시기에 이르면 주로 이념에 대해 회의하는 주인공의 자기 확립 문제와 생활에 대한 성찰이 주요 주제로 부각된다. 이는 생활의 근거를 발견하기 어려웠던 당대 지식인 실업의 문제와 경향문학의 쇠퇴라는 당시의 문단적 상황에 그 원인을 두고 있는 것으로 해석되고 있다.[1] 「소설가 구보씨의 일일」, 「비오는 길」, 「마권」은 이런 문단적 상황에서 창작된 지식인 소설의 한 갈래를 보여준다. 이 소설들이 갖고 있는 유사성은 우선 이 시기 다른 지식인 소설들이 보여주는 것과 마찬가지로 30년대 한국 소설이 갖는 문학사적 맥락과 함께 동시대를 살아가면서 겪는 지식인들의 문제라는 주제상의 유사성에서 비롯된다. 하지만 여기서 특별히 이 세 작품을 하나로 묶어 논의하고자 하는 이유는 다음과 같은 주제상, 양식상의 유사성 때문이다. 첫째, 이 세 작품들에서는 거리를 방황하는 지식인 주인공과 그 거리에서 만나는 산업사회의 한 주체인 익명의 대중과의 만남이 두드러지고 있다. 둘째, 그 세계관에 있어서의 동일성으로 필연보다는 우연에 강조가 주어지며, 서사구조에 있어 총체성에 의존하기보다는 병렬적으로 분산된 구조를 보인다. 셋째, 생활과 지식의 가치 문제를 공통된 주제로 갖고 있다. 이 작품들에서는 지식인이라는 고정된 정체성을 가진 주인공이 생활의

---

1) 이 시기 소설의 이같은 경향은 전향소설적 분위기와 많은 공통점을 보이는 것이기도 하다. 김윤식은 전향의 작품내 현현양상으로 (1) 완전전향의 부정과 경멸, (2)소시민성의 합리화와 자조 및 유년으로의 퇴행, (3) 자기비판. 고발의 세계(김윤식/정호웅, 『한국소설사』, 예하, 1993, 153-161쪽) 등을 제시하여, 이 시기 소설들이 보여주는 전향소설적 분위기를 분석하고 있다. 이런 전향 소설이 KAPF에 몸담았던 작가들이나 동반자작가들에 의해 창작되어 일정한 부류로 분류될 수 있음에 반해 박태원, 최명익, 유항림은 이들과 다소 다른 세계관적 기반을 배경으로 하고 있는 것으로 판단된다.

부정성이나 지식인의 부정성을 고발하고 있다기보다는 그 사이에서 새로운 가치를 찾아내고 자기정체성을 확보하려는 모색이 두드러진다. 이러한 특징은 앞의 두 가지 특징에 연관된 것으로 생활과 지식의 대립은 한국 근대 지식인 소설이 보여주는 일관된 주제라 할 수 있으나, 그것이 어느 쪽이든 그 부정성에 대한 비판이었던 것에 비해 양쪽의 가치가 그 가치의 입장에서 제시되어 주인공의 자기정체성 형성에 다양한 영향을 미치고 있다는 데 이 작품들의 특징이 놓여 있다. 정체성의 다양한 면을 그대로 드러내기 위해 이 소설들에서 총체성은 의도적으로 부정되고 있으며, 소설양식상의 변화는 이런 주제상의 특징에 맞물려 있는 것이다.

이러한 특징을 가지는 작품들은 30년대에 활발히 발표되었다. 30년대 중후반에 이러한 특성들을 어느 정도 공유하는 소설들이 많이 창작되었다는 점에서 이 세 소설만을 비교 분석하는 것은 분석 대상의 자의적 선택이라는 한계를 분명히 가진다. 하지만 이 세 작품은 이러한 소설군들 중 그것을 성공적으로 보여주고 있는 경우이며, 유사한 경향을 보이는 작품들의 일정한 새로움을 충분히 대표하리라 판단된다.

2. 본론

1) 거리에서 마주친 것: 우연과 익명성

「소설가 구보씨의 일일」은 구보가 하루 동안 경성 거리를 방황한 기록이다. 내키는 대로의 그의 여정은 아무 목적도 계획도 없다. 다만 그가 '고현학'을 위해 끼고 다니는 노트가 그 여정이 소설가로서 이루어지고 있다는 것을 암시한다. 목적없는 하루의 여정과 주인공의 과거, 현재, 미래가 복잡하게 교직하는 독특한 서술구조는 이 작품에서 일정한 효과를 가진다. 이를 통해 무엇보다도 작가가 강조하는 것은 소설을 쓰는 과정에서의 작위성의 부정이다. 의도나 목적성이 제외된 개인적 체험을 직접적으로 서술하는 듯한 기법은 이런 점에서 소설 내적으로는 일단 성공적이다. 이러한 독특한 구성이 갖는 일차적인 효과이자 이러한 독특한 구성의 배면을 이루는 의식은 우연성의 강조이다.

> 처음에 그가 아무렇게나 내어 놓았던 바른발이 공교롭게도 왼편으로 쏠렸기 때문에 지나지 않는다.(「소설가 구보씨의 일일」, 31쪽)[2]

> 그 십 분이란 시간이 얼마만한 영향을 자기에게 줄 것인가, 생각한다.(앞 글, 43쪽)

첫 인용문이 이 여정의 무계획성과 무목적성을 제시하고 있다면, 두 번째의 인용문은 10분의 차이로 벗과 어긋나게 된 우연이 이 여정을 얼마나 다른 방향으로 끌고 갈 것인지, 즉 우연의 역할에 대한 강조이다. 이 작품이 발표된 1934년은 이기영의 「고향」, 「돌쇠」, 강경애의 「인간문제」 등이 발표된 해이기도 하다. 「소설가 구보씨의 일일」은 이러한 일정한 역사의식과 세계관에 입각한 작품들에 명백히 대립적이다. 이런 측면에서 이 작품이 보여주는 세계관은 당대문단에서 한 대립적인 축을 이룬다. 개인의 일상이 가지는 무목적성과 무계획성을 강조하고, 필연이 아니라 우연을 강조하며 한 개인의 내면심리의 추이를 그대로 따라가는 듯이 서술하는 이런 전략은 의도성을 노출시키지 않는다는 것을 그 진실성의 근거로 삼는다. 즉, 전자의 작품들이 그 사회의 성격을 올바로 드러내는

---

2) 「소설가 구보씨의 일일」의 인용은 박태원, 『소설가 구보씨의 일일』, 깊은샘, 1989에 따른다.

인물과 상황을 그리고 있는지에 그 진실성을 두고 있다면, 「소설가 구보 씨의 일일」은 개인의 내면심리의 추이를 얼마나 날 것으로 드러내고 있는지에 그 진실성을 기대고 있는 것이다.

개인의 내면은 과거와 현재, 미래의 시점이 공존하는 공간이다. 나아가 과거와 현재와 미래의 시점에서 타인들과 맺는 관계들의 집합이다. 구보가 길 위에서 만나는 타자가 불러일으키는 것은 과거의 다른 인물들과의 관계이기도 하고, 미래의 자신이 맺게될 다른 사람과의 관계이기도 하며, 그 타자의 눈에 비춰지는 자신과 자신의 눈에 비춰지는 타자가 갖게 되는 현재의 자신의 상이기도 하다. 이런 점에서 타자란 자신을 돌아다보게 하는 매개로서의 역할을 한다. 구보는 아무 계획 없이 거리를 돌아다니며 이들을 관찰하고 부단히 자신을 점검해간다. 「소설가 구보씨의 일일」의 독특성은 계획 없는 여정으로 짜여진 이러한 구보의 배회에서 비롯된다. 이 '산책' 모티프에 대해서는 그동안 다양하게 연구되어 왔다. 최혜실은 이 도시 산책이 인간의 순수 기억 재생에 가장 좋은 조건이 되며, 산책, 카페, 다방 체험이 방심 상태, 행위에의 무관심을 조장하여 순수기억에 몰입할 수 있도록 하여준다는 점을 주목한다.[3] 이 모티프들이 일종의 서술장치로서 기능하여 개인의 주관적 진실을 소설화하는데 기여하고 있다는 것이다. 구보가 산책을 통해 자기 내부를 좀더 잘 들여다볼 수 있다는 이러한 해석은 보다 다면적으로 논의될 필요가 있다. 비록 거리 산책을 통한 외부가 어디까지나 구보의 내면에 투영된 것으로 드러난다는 점에서 내면으로의 집중을 간과할 수 없지만, 지속적으로 타인들과 대면하게 하는 구보의 산책은 외부로 열리는 행위이기도 하기 때문이다. 신범순은 서준섭의 산책자 분석[4]에 대해 그가 산책자의 시선이 아니라

---

3) 최혜실, 『한국 모더니즘 소설 연구』, 민지사, 1992, 202-204쪽.
4) 서준섭, "모더니즘과 1930년대의 서울", 『한국학보』, 겨울호, 1986.

산책에 주목함으로써 모더니즘의 징후들에만 주목하고 있다는 비판을 한 바 있다.[5] 조영복 역시 "산책자 모티프는 주체와 대상, 시선과 풍경이 통합되어 나타나는 것"이며 "문제는 자본주의화되어가는 경성의 풍경과 그를 관찰하는 주체내면의 시선의 움직임"이라는 점에서 산책자의 시선과 그 시선이 미치는 대상의 분리를 비판한다.[6] 결국 30년대 문학에 나타나는 거리 산책자는 30년대 문학의 새로움을 주체와 그 주체가 살아가는 배경으로서의 사회, 그리고 이의 문학화라는 문제에 걸쳐 포괄적으로 보여주는 논쟁적 지점이라 할 수 있다. 「소설가 구보씨의 일일」의 구보, 「비오는 길」의 병일, 「마권」의 만성은, 산책이 이들이 외부와 교섭하는 중요 수단 중 하나라는 점에서 이러한 산책자의 특성을 공유한다. 하지만 '산책'이 구보에게 갖는 의미가 병일과 만성에게도 동일한 것은 아니다. 병일과 만성은 등장인물들과 어느 정도 지속적인 관계를 가진다는 점에서 단순한 산책자로 보기는 어렵다. 하지만 대중 속에 몸을 맡긴 존재이자 그 대중들에 휩싸여서도 여전히 의식을 잃지 않은 존재로 보는 벤야민적 의미의 산책자[7]의 지위는, 이 세 소설들에서 나타나는 외부의 변화, 내면의 성격 나아가 소설 양식의 성격을 탐색하는데 많은 시사를 주고 있다. '산책' 모티프를 통해 「소설가 구보씨의 일일」을 판독하려는 기존 연구들 역시 각기 그 강조하는 바는 다르지만 이러한 점에 주목했던 것으로 생각된다. 본 논문에서 주목하고자 하는 것은 관찰의 주체가 보여주는 내면이나 그 내면에 포착된 외부, 그리고 연구대상인 세 소설들이 보여주는 기법적 측면이 상호간에 긴밀히 통합된 역동적인 과정이라는 점이다.

---

5) 신범순, 『한국현대시사의 매듭과 혼』, 민지사, 1992, 151-152쪽.
6) 조영복, 『한국 모더니즘 문학의 근대성과 일상성』, 다운샘, 1997, 18-39쪽.
7) 발터 벤야민(이태동 역), 『문예비평과 이론』, 문예출판사, 1987.

이렇게 거리로 나온 젊은 부부는 구보에게 좀 다른 의미로써의
부러움을 느끼게 하였는지도 모른다. 그들은 분명히 가정을 가졌고,
그리고 그들은 그곳에서 당연히 그들의 행복을 찾을 게다.(앞 글,
32쪽)

　　다방의 오후 두시, 일을 가지지 못한 사람들이 그곳 등의자에 앉
아, 차를 마시고, 담배를 태우고, 이야기를 하고, 또 레코드를 들었
다. 그들은 거의 다 젊은이들이었고, 그리고 그 젊은이들은 그 젊음
에도 불구하고, 이미 자기네들은 인생에 피로한 것같이 느꼈다.(앞
글, 40쪽)

　　여기서 일단 구보의 여정에서 구보가 우연히 대면하게 되는 얼굴 없는
사람들, 대중들의 집단에 초점을 맞추어 본다면 '산책'의 테마는 조금
더 적극성을 띠게 된다. 「소설가 구보씨의 일일」의 대부분 줄거리는 구
보의 관찰이다. 구보는 지나가는 내외를 보며 자신이 행복한 지 저 사람
들이 행복한 지를 따지고, 다방 등을 일없이 돌아다니며 쉼없이 타인들을
관찰한다. 작가 박태원이 내세우는 '모데르노로지(고현학)'는 말 그대로
현대를 대상으로 한 고고학으로 무엇보다 '관찰'과 '기록'을 방법론으로
내세운다. 앞의 인용에 나오는 관찰이 구보로 하여금 그들과의 차이를
통해 자신을 되돌아보게 한다면, 뒤의 인용에서의 관찰을 통해 구보는
자신이 놓인 상황과 그들의 상황의 유사성을 통해 자신의 상황을 되돌아
보고 있다. 이러한 대중과의 대면은 비록 서로 이름도 배경도 모르는
상태에서 이루어지는 것이기는 하나 관찰자나 관찰 대상이 동일하게 그
구성원인 대중이 갖는 일정한 집단성을 통해 서로에게 일정한 의미를
지니게 된다.
　　이러한 대중과의 대면은 「비오는 길」과 「마권」에서도 제시되고 있다.

최명익의 「비오는 길」은 주인공 병일이 출퇴근길에 접하는 사람들과 사물들을 중심으로 이야기가 전개되어 간다. 「소설가 구보씨의 일일」이 일정한 계획 없는 여정을 보이고 있다면, 여기서 출퇴근길은 일상적으로 반복되는 규칙적인 여정이다. 하지만 여기서도 길을 오가며 우연히 관찰하게 된 사람들이 주요 등장인물들이다. 사과장수 노파, 사진관 주인 이칠성, 어린 기생 등 그가 지나치거나 만나는 모든 사람들은 그에게 자신을 돌아다 보게 할 뿐, 병일과 어떤 직접적인 행위를 주고받지 않는다는 점에서 이들 모두는 병일에게 자신과 마찬가지의 행인이다.

> 설혹 매일같이 길을 어기는 사람이 있어도 언제나 그들은 노방의 타인이었다.
> 외짝 거리 점포의 유리창 안에 앉아 있는 노인의 얼굴이나 그 곁에 쌓여 있는 능금알이나 병일이에게는 다른 것이 없었다.…사진의 인물들은 모두 먹칠이나 한 듯이 시꺼멓고 구멍이 들여다 보였다.(「비오는 길」, 114쪽)[8]

「비오는 길」에서 두드러지는 것은 이 '노방의 타인' 의식이다. 그가 만나는 사람이 타인인 만큼 그와 만나게 된 사람 측에서는 병일 역시 타인이다. 병일은 퇴근길에 우연히 만나 몇 번의 술자리를 가졌던 사진사 이칠성의 죽음을 우연히 신문을 보다 알게 되었고, 그에 대해서 별다른 반응을 보이지 않는다. 사진사 역시 그에게는 타인일 따름이고 '산 사람은 아무튼 죽을 때까지 사는' 것일 따름이다. 그런 점에서 병일에게 타인은 이해할 수 없는 어떤 것이다. 출퇴근길에 사진관에서 우연히 보게 된 사진의 인물들이 무의미의 구멍일 따름이라는 것을 비정하달 수는

---

8) 「비오는 길」의 인용은 『한국해금문학전집: 최명익 유항림 허준』, 삼성출판사, 1988 을 따른다.

없는 일이다. 서로에게 익명인들이기 때문이다. 인물들의 또렷한 얼굴을 볼 수 있다 하더라도 역시 그들은 병일에게 무의미하다. 여기서도 문제는 이 소설이 이러한 알지 못하는 인물들과의 관계로 진행된다는 점이다. 병일의 고독감은 타자와 대면할 때 나타나는 그 관계의 무의미와 상호몰이해에서 비롯되는 것이며, 병일은 이런 과정을 통해 타인에게 다가가려고 시도한다기보다는 타자와의 거리감을 확인하며 무관심을 내면화해감으로서 그 자신 익명의 대중의 하나가 된다.

> 게임은 그렇지 않아도 이미 졌던 것이니까 미련이 있을 리 없고 시계를 두세 번 꺼내 보다가 바빠서 미안타고 중도에 나오고 보니 자기를 한가해서 견디지 못해 하는 사람으로 보지 않을 것이다. 그 만하면 거기서는 성공이다.(「마권」, 181쪽)9)

만성이 무료한 일상을 영위하는 방식은 작가에 의해 풍자적으로 묘사되어 골계미마저 띠고 있다. 만성이 무의미하고 무목적적인 일상에서 마주치는 것은 이런 얼굴 없는 사람들이다. 어떠한 사회적 위치도 갖고 있지 않은 그는 이러한 얼굴 없는 사람들과 하루 하루를 보낼 수밖에 없다. 역시 얼굴없는 사람들의 하나인 만성의 하루는 이런 타인들에게 비춰지는 자신의 상을 관리하기 위해 쓰여진다.

이런 대중들은 도시와 함께 등장한다. 수도 경성을 배경으로 한 「소설가 구보씨의 일일」이나 평양을 배경으로 한 「비오는 길」과 「마권」의 주요등장인물들인 익명의 대중들은 서사를 이끌어 가는 행위의 주인공이 아니라 주인공에게 반성하게 하고 고독을 느끼게 하는 대상일 수밖에 없다. 그들은 시간과 장소에 따라 수시로 다른 사람들로 대체되며 일관된

---

9) 「마권」의 인용은 윗책을 따른다.

주체이지도 않다. 이런 점에서 이 소설들이 가지고 있는 여로형 구조는 이 대중들을 소설의 한 구성 요소로 하고자 하는 한 불가피하다. 「소설가 구보씨의 일일」, 「비오는 길」, 「마권」의 경우 심리의 추이를 그대로 따라가는 서술의 독특성은 많은 부분 이런 여로형 구조와 그 길에서 만나는 대중들에서 비롯된다.10) 도시의 거리에서 만나는 대중은 집합행동의 주체가 아니다. 그들은 하나의 신념으로 통일되어있지 않으며, 그저 관찰자에게 우연히 보여진 한 단면일 뿐이다. 이러한 대중과의 만남은 소설 내에서 에피소드화하여 단락들을 만들어 내고 있으며, 소설의 전체 구조는 이러한 단락과 단락의 병렬로 이루어진다는 점에서 이 대중들의 성격과 서술구조의 성격은 일치한다.

2) 대중과의 의사소통

앞부분에서 검토되었듯이 「소설가 구보씨의 일일」, 「비오는 길」, 「마권」은 근대 도시화의 과정을 겪은 30년대 조선이란 공간에 대응하여 시도된 소설 양식으로 볼 수 있다. 농촌사회에서 근대 도시로의 전환은 개인의 익명화를 낳았고, 소설을 쓰는 주체와 소설의 대상 모두 이 익명화된 근대 도시의 한 대중이었다. 하지만 이 소설들이 도시를 배경으로

---

10) 트래트너에 따르면, 죠이스와 울프등의 작품들에서 나타나는 "재현의 형식", "스타일", "관점"의 복수성은 19C소설 양식을 구성했던 인물의 단일성을 깨기 위해 차용되었다. 이 소설들에서 독자는 그가 거치는 집단들이나 장소들이 주인공의 생각이나 행위들에 개입하기 때문에 주제에 일관되게 집중하기는 어렵고, 이 소설들에서 내면이란 대개 의식조차 되어지지 않은 모순적인 말들, 이미지들, 감정들의 수많은 흐름들이 흘러가는 곳이다. 그는 20C 모더니즘 소설의 새로움을 19C의 자유주의적 자본주의를 배경으로한 소설에서 가정된 자율적 주체로서의 개인이라는 개념을 대체하는데 있다고 보며, 모더니즘과 르봉적 의미의 대중의 관계를 분석하고 있다. (Michell Tratner, Modernism and Mass Politics, Stanford University Press, 1995, pp.13-25)

나타났다고 해서 그 도시성을 기꺼이 즐긴 것은 아니다. 「소설가 구보씨의 일일」, 「비오는 길」, 「마권」의 인물들은 도시성에 대한 관찰을 넘어 그 근대 도시의 불유쾌함들에 날카롭게 반응한다.

> 황금광시대..... 금광열은 오히려 총독부 청사, 동측 최고층, 광무과 열람실에서 볼 수 있었다.....(「소설가 구보씨의 일일」, 47쪽)

> 가난한 소설가와, 가난한 시인과.... 어느 틈엔가 구보는 그렇게도 구차한 내 나라를 생각하고 마음이 어두웠다.(앞 글, 71쪽)

> 그들의 이름에는 어인 까닭인지 모두 '고'가 붙어 있었다. 그것은 결코 고상한 취미가 아니었고, 그리고 때로 구보의 마음을 애닯게 한다.(앞 글, 73쪽)

구보가 보는 현재는 '황금광 시대'이다. 누구나 더 많은 화폐를 차지하려고 애를 쓰는 시대이며, 물질적인 데서만 행복을 찾으려고 한다. 여기에 뒤처져 있는 것은 가난한 소설가, 가난한 시인, 여급 뿐이다. 이것은 황금의 문제이기도 하고 국가의 문제이기도 하고 성의 문제이기도 하다. 총독부를 정점으로 하는 황금광 시대에 그 황금을 갖고 있지 못한 것이다. '구차한 내나라'에서 여급들은 하나같이 일본 여자의 명명방식인 '고'를 달고 있으며, 이러한 가난과 식민의 상황이 구보를 슬프게 한다.또한 당대를 '황금광 시대'로 보는 구보에게 도시의 불유쾌함은 무엇보다도 참을 수 없는 고독이다. 「소설가 구보씨의 일일」에서 이 '고독'은 푸념처럼 곳곳에 등장한다. 그의 여정의 중요 동기 중 하나는 '누군가를 찾아서'이다. 그것은 벗일 수도 있고 자기를 두고 전차에 오르는 사람들일 수도 있다. 하지만 그는 익명의 대중들과 아무런 인간적인 관계를 찾을 수

없었고, 끊임없이 사람을 찾아 헤매지만 고독은 오히려 배가된다. 이 고
독은 자발적인 것인 양 꾸며 왔지만 사실상 그에게 강제로 부여된 것이
다.[11]

> 장부를 다시 한번 훑어보고 있는 주인의 커다란 손가락에서 금고
> 의 자물쇠 소리가 절거럭거리던 것을 생각할 때에는 시장하여 나른
> 히 피곤하여진 병일이의 신경에 헛구역의 충동을 일으키는 것이었
> 다.⋯시가를 바라보며 10만! 20만! 이라는 놀라운 인구의 숫자를
> 눈앞에 그리어 보았다.
> "그들은 모다 자기 일에 분 망한 사람들이다."(「비오는 길」, 113쪽)

「비오는 길」에서 병일을 괴롭히는 것도 자신이 처한 어려움과 가치를
찾기 어려운 사회 못지 않게 이 거리감이다. 근 2년을 근무했던 공장의
주인은 병일이 신원보증인을 구하지 못했다는 이유로 늘 자신이 직접
장부를 금고에 넣고 자물쇠를 채운다. 자신을 믿지 못하는 주인의 태도에
대한 '헛구역'은 '자기일에 분망한' '10만! 20만!'의 사람들에게로 퍼져
나간다. 그들은 결국 병일에게 길에 놓인 '능금알'이며, '노방의 타인'일
따름이다.

> 나를 특별히 한가한 인종으로 차별하기를 중지함은 공평한 일이
> 고 또 나의 당연한 요구다. 주의 (1) 큰 거리로 여럿이 짝 지어 다니
> 지 않을 것 (2) 걸음발 빨리할 것 (3) 할 것이 없으면 우선 그리
> 반갑지도 않고 만나야 할 일도 없는 동무들이라도 차례로 한번씩
> 찾아가도 무방 (4) 단, 한 시간 이상 장좌는 금물(「마권」, 184-185쪽)

---

11) "구보는 차라리 고독에게 몸을 떠맡기어 버리고, 그리고 스스로 자기는 고독을 사
랑하고 있는 것이라고 꾸며왔었는지도 모른다."(「소설가 구보씨의 일일」, 33쪽)

「마권」에서 위악적인 문체로 묘사되는 만성의 행적은 다른 사람들이 자신을 어떻게 볼 것인가를 만성이 지나치게 의식하고 있다는 점을 지속적으로 상기시킨다. 여기서 만성이 의식하는 '남'이란 불특정 다수인인 대중일 따름이다. 그의 하루의 여정에서 만나게 되는 무의미한 이 다수의 시선이 결국 그의 일상을 조직해 나간다는데 그의 아이러니가 있다. "먹고 싶지는 않지만 흥분하기 때문에 못 먹는 것같이 보일까 하는 생각에 스푼을 들"(같은 글, 198쪽) 정도로 이 남의 시선은 만성만이 아니라 다른 주인공들에게도 무시무시하다. '남'을 이렇게 무서워하는데 비해 돈과 관련되는 경제적인 것은 만성에게 시간 때우기에 활용되는 장난에 불과하다. '금융조합'과 '우편소'도 만성에게는 '남'의 시선만큼의 두려움을 가져다주지 못한다.[12] 그렇다고 그 '남'이 만성에게 무엇인가를 하도록 요구하거나 만성에게 폭력을 행사하는 것은 아니다. 만성과 남의 관계의 기본 전제가 되는 것은 서로에게 잠깐 보여지는 행위나 모습 외에 아무것도 알지 못하며, 더 이상의 깊은 관계로 발전할 가능성이 없다는 점이다. 따라서 이러한 만성의 행위는 인간적인 관계를 맺는 것을 애초에 포기하나 여전히 남의 시선을 의식할 수밖에 없는 아이러니이다. 만성이 그나마 인간적인 관계를 맺고 있는 친구들과의 관계 역시 이해나 감정교류가 없는 지적 대화의 유희를 즐기는 관계로 제시되고 있을 뿐이다.

요약하자면 구보, 병일, 만성이 느끼는 고독은 타인과의 의사소통의 단절에서 비롯된다. 이러한 고독과 단절감은 지루할 정도로 지속적이고 반복적으로 제시된다. 이러한 고독과 단절감의 지루한 제시는 결국 의사

---

12) "이튿날은 금융조합과 우편조합과 우편소에서 10원씩 꺼내다 은행에 저금한다. 또 그 이튿날은 은행에서 60원을 찾아내다 우편소와 금융조합에 저금한다. 늦잠을 자고나서 그 세 곳을 다녀오면 비용 드는 일도 없이 하루 해가 곧잘 지나갔다. 따라서 양복을 다 지어 놓고 기다릴 양복점에는 자연 발길을 하지 않았다."(같은 글, 195쪽)

소통의 단절을 분석하고 확인해 가는 과정으로 귀결된다. 이 주인공들에게 이러한 고독과 단절감을 주는 것은 이들이 거리를 돌아다니며 대면하게 되는 대중들이다. 이 대중들은 끊임없이 고독을 상기시키며, 자기 반성을 하게 하고, 주인공들을 감시한다. 이 소설들이 거리를 돌아다니며 관찰을 하는 일종의 여로형 구조를 띠게 되는 것은 이러한 대중들이 소설의 주요 등장인물이라는 점과 깊은 관계를 갖고 있다. 이 대중들은 그저 관찰의 대상인 것처럼 제시되는 듯도 하지만 실상 이 소설들에서 서사는 이들과의 만남에 의해 진행된다. 즉, 여로형 구조 때문에 대중이 불가피하게 작품에 삽입된 것이라기보다, 대중은 이 여로형 구조를 만들어 내는 중요등장인물인 것이다. 이 대중들은 자본주의 산업화의 과정에서 농촌공동체를 떠나 도시에 우연히 모여 살게된 낯선 사람들이며, 대량생산과 대량소비의 주체로 구성된다. 이들 간에 의사소통이란 무척이나 어려운 일이며, 그에 따른 고독은 근대 도시의 일반적인 현상일 수밖에 없다. 이런 점에서 근대 자본주의 도시의 생활은 고립과 사회적 해체로 특징지어지며, 도시는 예술사조로서의 모더니즘과 긴밀히 연결된다.[13] 1930년대 조선에서는 도시화, 탈농촌사회화, 자본주의 산업화 등이 두드러지기 시작했으며, 도시 특히 경성을 중심으로 다양한 근대성의 양상들이 급속히 팽창했다.[14] 이 시기 소설이 보여주는 독특한 미의식은 이 시기

---

13) 마이크 새비지/앨런와드(김왕배/박세훈 옮김), 『자본주의 도시와 근대성』, 한울, 1996, 125-156쪽. 이 책의 저자들 역시 모든 도시를 대상으로 일반성을 추출해 내는 것에는 비판적이지만 도시와 모더니즘 문학의 일반적인 상관성을 지적하고 있다. 이들은 "가장 훌륭한 모더니스트 작품들—예컨대 프루스트의 『지나간 것들에 대한 기억』, 엘리어트의 『황무지』, 조이스의 『율리시즈』—은 모두 리얼리즘과 인문주의적 표현으로부터 삶에 대한 보다 깊은 통찰을 추구하며 스타일, 테크닉, 공간적 형태를 지향하는 높은 미학적 자의식과 비표현주의적 형태를 발전시켰다"는 것에 합의하며, 이들 모더니즘을 도시적 경험 자체의 반영으로 본다.

14) 김진송, 『서울에 딴스홀을 허하라—현대성의 형성』, 현실문화 연구, 1999.

소설이 주요 배경으로 하고 있을 뿐만 아니라 작품자체를 근원적으로 규정하고 있는 근대도시의 일상과 분리시켜 생각할 수 없는 것이다. 그 근대도시의 일상에서 맞부딪히는 대중과의 의사소통은 무척이나 어려운 일이다.

> 응당 여자는 구보의 웃음에서 모욕을 느꼈을 게다. 구보는, 갑자기 홍소하였다. 어쩌면, 이제, 구보는 명랑하여질 수 있을지도 모른다.
> (「소설가 구보씨의 일일」, 67쪽)

근대도시의 인간관계에서 이해란 오해일 수밖에 없다. 복잡한 문맥들에 각자 놓여 있을 수밖에 없는 대중 속의 개인들에게 만남이란 절단된 문맥의 노출이다. 상대방이 놓인 문맥에 대한 지식, 그 사람을 안다는 것은 이러한 대중들에게는 불가능하다. 대중들은 상호간에 일면적인 이미지들만을 교환할 따름이다.

구보, 병일, 만성은 그 정도는 각기 다르지만 분명 거리에서 만나는 타인들에게서 어떤 해방의 단초 같은 것을 보지 않는다. 그들은 단지 관찰할 뿐이다. 이 도시의 대중은 그들만의 삶의 방식과 심리구조를 갖고 있기 때문에[15] 이 거리의 주인공인 대중들을 작품화하기 위해서는 새로운 소설 기법이 요구될 수밖에 없다. 그것을 모더니즘으로 설명하든 기

문학과 비평 연구회, 『1930년대 문학과 근대체험』, 이회, 1999.

15) 짐멜은 도시 환경에서 특징적으로 발견되는 네 가지의 문화형태를 ①지성, 이를 통해 도시 거주자들은 심장 대신에 머리로 반응한다. ②도시 거주자들은 계산적이다. 모든 형태의 이익과 손해를 도구적으로 저울질한다. ③사람들은 지쳐(싫증나) 있다. ④도시 거주자들은 다른 사람들에게 좀처럼 직접적으로 감정을 보이거나 자신을 표현하지 않으며, 침묵의 보호막 뒤로 숨어 버린다.(G. Simmel, Kurt Wolff(trans.), "The Metropolis and Mental Life", The Sociology of Georg Simmel, Colier-Macmillan, London, 1950, 마이크 새비지/알랜 와드, 앞 책, 143-144쪽에서 재인용.)

존 소설 문법에 대한 저항으로 설명하든지 간에 30년대 중반의 조선에서 작가들이 직면한 대도시의 문화, 대도시의 주인공으로서의 대중들은 작가들에게 어떤 식으로든 소설문법의 변경을 요구했던 것이다. 이 세 소설이 보여주는 세계관은 이런 상황에서 이 대중들을 하나의 이념으로 통일해낼 총체성은 이론적으로나 현실적으로나 불가능하다는 점에 있다. 이런 식의 탈중심화된 서사는 실상 식민지 조선의 급속한 근대 자본주의에의 편입과정에서 더욱 심할 수밖에 없었다. 한편에서는 이조 말엽에 성장한 기존 세대들의 문법이, 한편에서는 새로운 세대들이 받아들인 서양과 일본의 문법이 동시에 존재하였던 것이다. 대중들은 이 문법들이 교차하는 곳이며, 의식적 통일성이 아니라 이 문법들의 집합성을 보여주게 된다.

> 구보는 갑자기 자기에게 온 한 장의 전보를 그 봉함을 떼지 않은 채 손에 들고 감동하고 싶은 충동을 느꼈다. 전보가 못되면, 보통 우편물이라도 좋았다. 이제 한 장의 엽서에라도, 구보는 거의 감격을 가질 수 있을 게다.(앞 글, 68쪽)

이 세 소설들에서 이들을 관찰하고 있는 주인공들이 대중과 맺고 있는 관계는 다소 상이한 양상을 띤다. 구보의 경우 이러한 상황에 직면하여서도 인간적인 관계에 대한 열망은 포기되어지지 않는다. 구보에겐 인간적인 관계만이 '고독'에 대한 치유책이 될 수 있다. 이제 구보는 어떤 내용이든 어떤 형식이든 간에 인간적인 관계 자체의 편린을 보이는 것은 무엇이든 수용하려는 의지를 비춘다. 결국 구보는 하루 동안의 방황의 끝에 어머니가 기다리는 집으로 돌아가 소설을 열심히 써 볼 지도 모르겠다는 해결을 비추고 있다.

「비오는 길」의 병일의 태도는 이와 다르다. 작가는 병일의 이칠성에 대한 태도를 시종일관 '노방의 타인'으로 묶어 놓는다. 병일과 이 칠성의 만남 자체가 우연히 병일의 퇴근길에 있는 사진관 사진사의 초대로 이루어졌으며 병일이 이칠성을 만나고 싶다던 지 만나지 않으면 안될 사정이 있었던 것은 아니다. 병일은 계속 비판적인 시선으로 이칠성을 관찰하며 둘 사이에 놓인 거리만이 지속적으로 강조된다. 「비오는 길」의 주제는 이 둘의 관계가 갖는 거리감에서 찾을 수 있다. 병일은 일단 자신과 이칠성의 관계를 벌여 놓은 후 이칠성을 통해 생활세계가 가지는 가치를 탐구한다.

> 희망과 목표를 향하여 분투하고 노력하는 사람의 물결 가운데서 오직 병일이 자기만이 지향없이 주저하는 고독감을 느낄 뿐이었다. 다만 일생의 목표를 그리 소홀하게 결정할 것이 아니라고 간신히 자기에게 귓속말을 하여보는 것이었다.
> 이러한 귓속말에 비하여 사진사의 자신 있는 말은 얼마나 사진사 자신을 힘 있게 격려할 것인가?(「비오는 길」, 129쪽)

병일은 길에서 부딪히는 사람들을 통해 '어떻게 살 것인가'에 대한 자기 해답을 찾기 위해 노력한다. 이런 자기정체성의 모색에서 타인이 미치는 역할, 익명의 불특정 다수인인 거리의 사람들의 역할에 대해 「비오는 길」이 보여주는 무심함은 도시생활인들의 현실을 고려해 볼 때 사실적인 묘사이다. 만남이 지속된다고 해서 그들이 인간적 거리감을 지울 수 있는 것도 아니며, '노방의 타인은 노방의 타인'으로 남을 수밖에 없는 것이다.

「마권」이 보여주는 것은 덩어리로서의 대중의 힘이다. 위의 인용에서 볼 수 있듯이 위악적인 묘사로 보여주는 익명의 사람들은 대도시 대중들의 무심함을 보여주기도 하지만, 만성은 끊임없이 이들의 시선을 의식한다. 한 사람 한 사람과 인간적인 관계를 맺기는 어렵지만 이들은 대중이라는 덩어리로 만성을 평가하고, 만성의 일상에 개입해 들어간다. 「소설가 구보씨의 일일」, 「비오는 길」, 「마권」에 나타나는 대중들은 그 대면의 순간은 비록 개인 대 개인의 것이나 결국 여러 가지의 성격을 지닌 하나의 집단성을 대리하고 있다. 관찰하는 사람은 자신이 갖는 맥락에서 이 단면들을 재배치하고 자신의 관점에서 그들에게 의미를 부여한다. 따라서 결국은 관찰하는 사람이 그들을 어떤 의미망으로 포착하느냐가 가장 중요한 의미로 드러나게 되는데 30년대 중반의 이 세 작가들에게 공통적으로 드러나는 이 대중들의 의미의 하나는 '생활'로 개념화되고 있다.

3) 생활과 지식의 거리

생활과 지식의 대비 구도는 「소설가 구보씨의 일일」, 「비오는 길」, 「마권」에 공통적으로 등장한다. 생활과 지식의 대비가 문제가 되는 것은 이 세 소설 모두 가치추구의 문제를 주제로 갖고 있기 때문이라고 볼 수 있다. 이들은 그 대상화가 어려움에도 불구하고 끊임없이 대중들의 집단성을 추적하면서 자신을 점검한다. 가치추구의 문제는 어떻게 사는 것이 옳은가에서 시작하여 나는 어떻게 살아야할 것인가의 개인적 결단의 문제에 이른다. 이러한 문제는 지극히 개인적이고 보편적인 문제이나 어떤 시대이냐에 따라서 그 내용은 상이할 수밖에 없다. 30년대 중반이라는 시기에 어떻게 살아야할 것인가의 문제가 제기되는 것은 우선 문학사적인 문제이다. 근대소설양식을 모색하는 것은 근대성을 받아들이는 것을 의미했고, 이것은 이광수 식의 계몽성으로 처음 모습을 드러냈다. 하지만 그 계몽성이 식민주의로 나타나고 자본주의의 야만성이 표면화되자 그 근대성의 불유쾌함이 드러나기 시작했다. 경향문학은 이러한 근대성에 대한 비판으로 문학을 통한 체제 변혁을 꿈꾸었었다. 하지만 식민정부의 탄압과 내적 문제로 1935년 카프가 해산되기에 이른다. 카프의 해산에 결정적인 것이 식민정부의 강압이었다는 것은 부인할 수 없지만, 이 경향문학은 이념적으로도 내외부에서 비판되고 있었다. 박영희의 전향 선언문 「최근 문예이론의 신전개와 그 영향」(<동아일보>, 1934. 1)은 이미 1934년에 지나친 이데올로기의 강조로 예술성을 잃어버렸다는 점을 내세워 카프문학을 비판하고 있다. 이와 비슷한 시기에 대부분의 경향 작가들이 일종의 전향의식을 보이고 있으며, 이런 이념성의 쇠퇴가 무엇보다도 이 시기 문학의 배면을 차지하고 있다.

이념의 쇠퇴 아래 작가들에게 부여된 것이 바로 이 어떻게 살 것인가의 문제였다. 이 소설들의 여로를 통한 관찰의 구조, 한 지식인이 주변을 끊임없이 관찰하면서 자신의 길을 찾아 나가는 구조를 갖는 것은 그것이 시대적 과제로 부각되었기 때문이었다. 결국 박태원, 최명익, 유항림에게 이러한 가치추구의 문제는 생활과 지식의 대비와 그 사이에서의 길찾기를 통해 나타난다.

> 이 사나이는, 어인 까닭인지 구보를 반드시 '구포'라고 발음하였다.....구보는 자기가 이런 사나이와 접촉을 가지게 된 것에 지극한 불쾌를 느끼며, 경어를 사용하는 것으로 그와 사이에 간격을 두기로 하였다.(「소설가 구보씨의 일일」, 70쪽)

「소설가 구보씨의 일일」에서 구보가 거리를 배회하며 만나는 생활인들은 천하고 무지한 사람들이다. 구보는 이러한 사람들에게서 혐오감을 느낀다. 이들은 신체적으로 건강하며, 자신의 무지를 전혀 자각하지 못하고 아는 체를 하는 뻔뻔함을 가졌고, 황금을 찾아서라는 물신주의에 빠져 있는 인물들이다. 「비오는 길」에서 열심히 일해 돈을 모아 잘 살아보겠다는 이칠성의 소박한 희망은 지식의 세계에 속한 병일에게는 '땀내나는 것'일 뿐이다. 「마권」의 만성이 관찰하는 생활인 역시 건강하고 정력적이며, 자신과는 다른 종류의 사람이다. 「소설가 구보씨의 일일」, 「비오는 길」, 「마권」에 등장하는 생활인들은 거의 유사한 양상을 보인다. 이들은 지식의 세계와는 관련이 없이 잘먹고 건강하며, 재산의 증식과 건강을 염려한다. 자본주의의 모순이나 식민지 정치현실은 이들에게 문제가 되지 않는다. 그야말로 체제와 가장 평화롭게 안착할 수 있는 것이 생활인의 가치이기 때문이다.

> 때마침 옆을 지나는 장년의, 그 정력가형 육체와 탄력있는 걸음걸이에 구보는, 일종 위압조차 느끼며, 문득, 아홉 살 적에 집안 어른의 눈을 기어 춘향전을 읽었던 것을 뉘우친다.(앞 글, 43쪽)

하지만 이 세작품에서 이들을 관찰하는 지식인들은 이들에게 우위를 가질 수 있는 지식의 가치를 제시하지 못하고 지속적으로 열패감에 빠진다. 구보는 자신이 우위에 놓일 수 있는 유일한 근거인 지식을 회의하며, 이는 상대주의로 귀결된다.[16] 지식이 아무런 우위를 가지고 있지 못하다면, 생활인의 행복이나 자신의 행복의 가치는 모두 동등한 데 있고, 자신이나 그들이나 각자의 행복을 추구하면 되는 것이다. 이제 구보는 자신을 기다리는 어머니가 있는 집으로 돌아가 소설을 열심히 쓰며 생활을 영위해 나가겠다고 결심하고 집으로 발길을 돌린다. 이러한 상대주의는 결국

---

16) "남자는 여자의 육체를 즐기고, 여자는 남자의 황금을 소비하고, 그리고 두사람은 충분히 행복일 수 있을 게다. 행복이란 지극히 주관적인 것이다."(「소설가 구보씨의 일일」, 50쪽)

양자의 가치를 다 인정해 버리는 것으로 생활의 편에서는 생활의 논리가 인정되고 지식의 편에서는 지식의 논리가 인정되는 것이다.

> 어느날 밤엔가 늦도록 『백치』를 읽다가 잠이 들었을 때에 도스토
> 예프스키가 속궁군 기침을 깃던 끝에 혈담을 뱉는 꿈을 꾸었다......
> 근자에 병일이는 사무실에서 장부정리를 할 때에도 혹시, 후원에서
> 성난 소와 같이 거닐고 있던 니체가 푸른 이끼 돋힌 바위를 안고
> 이마를 부딪치는 것을 상상하고 작은 신음소리가 나오려는 것을
> 깨닫고는 몸서리를 치기도 하였다.(「비오는 길」, 124-125쪽)

「비오는 길」의 병일 역시 생활인의 세계를 극도로 혐오하지만 그에게 지식의 세계 역시 견고한 가치를 갖는 것이 아니기 때문에 그 가치의 우열을 가리기 힘들다. 생활의 세계와 대비해 그가 스스로 속해 있는 지식의 세계는 그 내부가 불완전하다. 도스토예프스키가 혈담을 뱉고, 니체가 이마를 부딪히는 것은 세계와의 대면에서 그들 역시 좌절하고 있음을 보여준다. 이에 비할 때 생활의 세계는 최소한 건강성만은 가지고 있는 셈이다. 병일은 이에 생활의 세계에 대해 자신은 '청개구리의 뱃가 죽만한 탄력'(이칠성에게 느낀 것)도 없고, '의액이 풀잎 같은 청기도 날카로움'(어린 기생에게서 느낀 것)도 없다는 반성을 한다.

> 병일이는 혹시 늦은 장마비를 맞게 되는 때가 있어도 어느 집
> 처마로 들어가서 비를 그으려고 하지 않았다. 노방의 타인은 언제까
> 지나 노방의 타인으로 남기를 바랐다. 그리고 지금부터는 독서에
> 더욱 강행군을 하리라고 계획하며 그 길을 걸었다.(앞 글, 134쪽)

하지만 「비오는 길」에서 건강함의 상징이 되어야할 사진사는 전염병

으로 죽는다. 병일은 그의 죽음을 대수롭지 않게 여기고 다시 자신의 세계로 빠져들겠다는 결심을 피력한다. 앞의 인용문들이 보여 주는 독서로 대표되는 지식의 가치의 흔들림을 고려해 볼 때, 이런 결말은 다소 이질적이다. 사진사의 우연한 죽음은 병일에게 아무런 영향을 끼치지 못하며, 독서로 대표되는 가치에 그 사이 어떤 긍정적인 것이 부가된 것도 아니다. 사진사와의 만남과 죽음, 그 간의 병일의 사고가 병일의 일상에 아무런 변화도 끼치지 못한다. 여기서 두드러지는 것은 작가의 세계관이다. 병일의 일상에 사회적인 사건, 역사적인 사건, 다른 사람들과의 사건은 별다른 영향을 미치지 못한다. 일본인 고용주와의 관계에 개입될 수 있는 정치적인 문제, 생활에 관련된 경제적인 문제 등은 후경화하고 병일이라는 개인의 내면의 추이만을 부각하고 있다. 이런 측면에서 병일은 역사적이고 사회적인 장안에 놓여 있는 리얼리즘적 주체와 판이하게 다르다. 「소설가 구보씨의 일일」에서의 생활과 지식의 대립이 상대주의로 해소되는 것으로 읽을 수 있음에 비해 「비오는 길」에서 생활과 지식은 애초에 그 거리가 지나치게 멀기 때문에 상호관계를 맺을 가능성마저 적다. 여기서 병일에 의해 진행되는 관찰은 결국 어떤 결론도 주지 않는다.

「마권」에서는 생활과 지식을 사이에 둔 만성과 종서의 입장은 대조적이다. 만성이 한가롭게 거리를 돌아다닐 수 있는 경제적 배경을 제공하는 만성의 아버지는 전형적인 생활인의 모습으로 만성과 묶여 있는 짝이다. 만성의 낭비 뒤에는 악착같은 금욕으로 돈을 모으는 그의 아버지가 있다. 돈에 매인 수전노의 모습으로 흉물스럽게 형상화된 이 생활인에게 기생하는 만성의 불량함은 그나마 자신의 생활조차 이러한 생활인에 기생하지 않고는 영위할 수 없는 데에서 나온다.

불 꺼지었다고 어떻게 된다면 문제는 간단하다. 냉정한 마음으로 해결할래도 해결할 수 없는 것을 불이 꺼지었다는 우연에 맡기어 될 대로 되어버린다고는 너무나 통속적이고 우연에 대한 인간의 패배이고 의지에 대한 본능의 승리다.(「마권」, 191쪽)

지식인에 대한 비판은 만성의 위악적인 생활을 묘사하는 데서만 드러나는 것이 아니다. 만성과 또 한 짝을 이루는 종서는 만성과 같은 지식인 부류이지만 인용에서 보듯이 여전히 인간의 의지를 신뢰하며 자신의 도덕성을 지켜 나가려 노력한다. 하지만 그는 도덕성과 관념을 내세운 채 역시 자신의 생활을 제대로 정립하지 못하는 인물로 그려진다. 인용은 혜경과의 지루하고 결말 없는 관계를 끌고 가는 종서의 관념을 잘 보여준다. 혜경과의 쓸모없는 신경전은 그 둘이 각자의 세계에 파묻혀 정작 솔찍한 말 한마디를 교환하지 않은데서 말미암은 것이다. 지식의 세계를 대표하는 종서 역시 쓸데없는 관념에 사로잡힌 위악적 인물인 것이다.

K 전문학교를 졸업하고 이사견습을 마치고 처음으로 이곳 금융조합에 부이사로 부임되어온 이 점잖은 신사가 만일 조금 전에 우리들이 지껄일 때 밖에서 듣고 있었다면 어떻게 생각했을 것인가(앞 글, 188쪽)

인용문은 이들 지식인들과 생활인의 거리를 드러낸다. 만성과 친구들이 토론하는 관념의 문제는 생활인에게는 우스꽝스럽다. 이들 사이에서는 진지한 토론일 수 있지만 관찰자의 위치를 생활인 쪽에 둔다면 이해할 수 없는 말의 단편이거나, 점잖지 못한 관념유희일 수밖에 없다.

발전 가운데 과거를 생각하는 것은 내게는 유쾌한 고담소설의 이야기에 지나지 못한다. 나는 단순히 버리는 것이다. 그렇다고 내 생활의욕이나 이지적 판단을 버리는 것은 아니다. 그것을 버린다면 자살이다. 나는 생활 없는 형해를 버릴 뿐이다. 이것으로 나를 좀더 발전시킬 수 있다면 횡재다, 다행이다. 또 그렇기를 바란다. 여기 통용치 못하는 루블 지폐가 있다면, 그리고 그것으로 마권을 살 수 있다면 그것도 도박이라고 위험하다고 할 수 있겠나. 나는 요행을 바라고 마권을 산 것이다. (앞 글, 204쪽)

무위한 생활을 하던 만성은 돌연 동경행을 결심한다. 하지만 이전의 무위의 생활을 청산하기 위해서나, 장대한 목표를 이루기 위해 행동으로 나아간 것은 아니다. 만성의 동경행은 이 작품의 제목이기도 한 '마권'으로 그려진다. '생활 없는 형해'를 버린다는 것은 생활과 좀 더 가까울 수 있는 변신을 감행하겠다는 결심으로는 보인다. 하지만 그것에 적극적인 가치를 두고 있지는 않다. 그것이 고담소설 식의 유쾌한 결말, 발전을 거듭하여 이루는 성공이 아니라 도박이라는 점을 강조함으로써 또다시 결론을 의도적으로 흐리고 있다.

구보, 병일, 만성이 관찰하는 대중들의 집단성은 결국 생활로 요약된다. 이들은 자기정체성을 모색하고 확인하는 과정에서 일단은 대중이라는 집단성에 거리두기를 시도한다. 이는 각 주인공이 그 집단성에서 어느 정도 벗어난 위치를 가져야만 그 집단성을 관찰하고 그 단면들을 조합해 낼 수 있기 때문이다. 이들의 대중들에 태도는 다소 다르다. 구보는 대중들의 행복과 자신의 행복을 대비해보면서 끊임없이 자신의 정체성을 확인하고 각자의 가치를 인정한다. 따라서 생활인과 대비되는 것으로서의 자신의 내면은 상대적으로 고정적이다. 병일은 대중들과 자신의 거리를 지속적으로 확인하고 있으나, 자신의 내면을 지탱하는 지식 또한 불안정한 상태에 놓여있음을 지속적으로 환기시킨다. 만성에게 있어 대중은 자신에게 쉴새없이 개입하는 생활의 형태로 나타나고 있으며, 아버지와의 관계의 경우처럼 미묘한 동거의 관계를 보여준다. 소설의 결말에서 만성이 뚜렷하지는 않으나 그 거리에 대한 개입의 의지를 비추는 것은 이러한 미묘한 동거의 관계라는 이야기의 구조에 따르면 어쩔 수 없는 귀결이다.

4. 결론

30년대 중반에 이르러 소설의 새로움이라 할 수 있는 경향은 흔히 도시소설, 지식인 소설, 모더니즘 소설 등의 등장으로 분석된다. 이 글은 이러한 새로움의 등장 배경으로 근대 자본주의 도시의 등장과 그 주체로서의 대중에 초점을 맞추어 「소설가 구보씨의 일일」, 「비오는 길」, 「마권」을 비교 분석했다. 작가 자신도 포함된 근대 도시의 주체인 대중에 초점을 맞춤으로 인해 이 소설들은 유사한 형식을 공유한다. 본 논문에서 주목하고자 하는 것은 소설 내에 행인으로 나타나고 있는 근대 도시의 주체인 대중의 성격이다. 소설 내에서 주인공과 대중 속의 한 개인들의 사소한 대면들은 그 대면 자체로 의미를 갖는 것은 아니다. 그들이 주인공에게 영향을 미치는 것은 전체문화를 형성하고 사회를 움직이는 집단성의 한 면을 대리하고 있기 때문이다. 이 집단성은 주인공들의 정체성 형성에 큰 영향력을 갖고 있다. 구보, 병일, 만성은 끊임없이 이 집단성을 비판하고 그것과 거리를 갖고자 하며, 그에 비추어 자신을 반성하고 어떻게 살아야할 것인가를 되묻는다.

「소설가 구보씨의 일일」, 「비오는 길」, 「마권」에서 대중들이 주인공의 자기정체성 구성에 미치는 영향이 컸던 것은 이 세 작품이 가치추구의 문제를 제기하고 있기 때문이기도 하다. 모더니티는 통합과 배제라는 과정을 통해 그 체제를 완성한다. 근대인의 고립된 자의식, 내면에의 칩거는 '차이, 배제, 주변화라는 모더니티의 동학'17)에 내재적인 것이다.18) 이런 모더니티에 맞선 개인의 "실존적 고립'은 타인들로부터 개인의 분리에서 연유되기도 했지만 충만하고 만족스러운 실존을 영위하는데 필요한 도덕적 자원들로부터의 분리의 측면'19) 또한 가지고 있다. 즉 근대인들은 만족할만한 도덕적 자원을 가지지 않은 채 내적으로 고립되면서 대중이라는 독특한 집단성으로 용해되었던 것이다. 구보가 행인들을 보면서 끊임없이 자신의 행복을 평가하고 삶의 방향을 모색하고자 했던 것, 병일이 생활인들을 관찰하면서 끊임없이 '어떻게 살아야할 것인가'를 고민했던 것, 위악적인 '생활의 형해'를 벗어나고자 했던 만성의 동경행은 타인을 통해 이 도덕적 자원을 모색하려던 가치추구의 몸짓을 단적으로 보여준다.

결국 이 작품들에서는 타인으로서 대중이 소설의 주인공이 됨으로써 구체적 인물들의 갈등과 행위를 통해 서사를 진행시키는 전통적 소설양식이 아니라 각 삽화들이 병렬적으로, 서로 다른 의미를 띤 채 나열되어 하나의 소설작품을 구성하는 소설이 되었던 것이다.20) 즉 대도시에서의

---

17) 안소니 기든스(권기돈 옮김), 『현대성과 자아정체성』, 새물결, 1997, 58-66쪽.
18) "헤겔은 새로운 시대의 원리로서 주체성을 발견한다. 이 원리로부터 그는 동시에 현대세계의 우월성과 위기를 설명한다. 현대세계는 스스로를 진보의 세계로 이해하고 동시에 소외된 정신의 세계로 이해한다. 그러므로 현대를 개념화하고자하는 첫 번째 시도는 현대에 대한 비판과 동시근원적으로 결합되어 있다."(하버마스(이진우 옮김), 『현대성의 철학적 담론』, 문예출판사, 1994, 36쪽)
19) 기든스, 앞 책, 48쪽.
20) 20C소설이 보여주는 기법적 새로움과 대도시 생활양식의 문제는 서양소설에서 이미 관찰되었던 바이다. 모레띠는 『소설가 구보씨의 일일』에도 언급되고 있는 "제임스 조이스의 새로운 시험"(「소설가 구보씨의 일일」, 56쪽)을 "블룸은 모든 것을 알아채지만 어떤 것에도 초점을 맞추지 않는다....대도시적인 방식이다. 즉 거대한 도

대중의 대면이라는 경험의 독특성과 그 대중 자체의 독특성, 나아가 통합과 배제를 그 근본기제로 하는 근대 자본주의의 독특성에 대한 반응으로 이 소설들은 평가될 수 있을 것이다. 이에 따라 이 소설들에서는 필연보다 우연이 중시되고 합리성이 의문시되며 주인공의 내적 통일성은 불안정한 상태에 놓여 있다. 30년대 소설들에서 발견되는 이런 기존 문법에서의 이탈은 임화에 의해 "그리려는 것과 말하려는 것의 분리"로 인한 "본격소설"의 파탄으로 비판되기도 했고[21], 최재서에 의해 "리얼리즘의 확대, 심화"[22]로 고평되기도 했다. 앞의 논의가 기존의 소설문법을 잣대로 해서 이러한 경향의 소설들을 비판하고 있다면, 뒤의 논의는 기존 소설문법의 잣대 자체를 변형하여 새로운 소설적 경향을 포용하려는 논의일 것이다. 하지만 평가에 앞서 이 새로움이 과연 어떤 것이었는지에 대한 구체적인 분석이 필요할 것이다. 본 논문에서 제시하고자 하는 것은 이 세 소설의 새로움이란 이전 소설의 문법에서 벗어난 것으로 판단되며, 그것은 사회 역사적 변화와 그것을 살아가는 주체들의 변화, 소설문법의 변화라는 세가지 축이 함께 엮어내었던 변화라는 점이다.

시에 집중된 거대한 세계에 압도되는 것을 피하기 위한 방법이다."로 평가한다.(프랑코 모레띠(조형준 옮김), 『근대의 서사시』, 새물결, 2001, 216쪽)
21) 임화, "세태소설론", 『문학의 논리』, 국학자료원, 1998.
22) 최재서, 『문학과 지성』, 세계사, 1938.

참고자료

박태원, 『소설가 구보씨의 일일』, 깊은샘, 1989.

『한국해금문학전집: 최명익 유항림 허준』, 삼성출판사, 1988.

참고문헌

김윤식/정호웅, 『한국소설사』, 예하, 1993.

김진송, 『서울에 딴스홀을 허하라 — 현대성의 형성』, 현실문화 연구, 1999.

마이크 새비지/앨런 와드(김왕배/박세훈 옮김), 『자본주의 도시와 근대성』, 한울, 1996.

문학과 비평 연구회, 『1930년대 문학과 근대체험』, 이회, 1999.

발터 벤야민(이태동 옮김), 『문예비평과 이론』, 문예출판사, 1987.

서준섭, "모더니즘과 1930년대의 서울", 『한국학보』 겨울호, 1986.

신범순, 『한국현대시사의 매듭과 혼』, 민지사, 1992.

안소니 기든스(권기돈 옮김), 『현대성과 자아정체성』, 새물결, 1997.

위르겐 하버마스(이진우 옮김), 『현대성의 철학적 담론』, 문예출판사, 1994.

임화, "세태소설론", 『문학의 논리』, 국학자료원, 1998.

조영복, 『한국 모더니즘 문학의 근대성과 일상성』, 다운샘, 1997.

프랑코 모레띠(조형준 옮김), 『근대의 서사시』, 새물결, 2001.

최재서, 『문학과 지성』, 세계사, 1938.

최혜실, 『한국 모더니즘 소설 연구』, 민지사, 1992.

Michell Tratner, Modernism and Mass Politics, Stanford University Press, 1995.

Abstract

Novels in mid 30's Korea and the street of city

Sung, Ji-Yeon

Tae-won Park's "Soseolka kupossiwi ilil", Myung-ik Choi's "Biohneun kill",
and Hang-rim Yu's "Makwyen" are the novels which successfully reveal the
characteristics of the writers who observe their society as intellectuals and
their contemporary society 1n 1930's Korea. In the history of Korean modern
novel, a novel which has intelligent character as hero and show his typical
self-reflection and reflection for his environment has been very frequently
written. In this term(mid 30's), the problem of self-establishment of the
character who suspects his own ideology and reflection for their living are
raised as main subject. It is caused by their circumstances. The belief on
the achievement of enlightenment was largely scattered. And after
experiencing the dark side of modernity, the literature movement based on
Marxism largely evoked. But in this term "Kyung hyang" literature
theory(based on Marxist literature theory) was collapsed by inward
self-examination and outward Japanese colonial rule. In this circumstances
the writers had to find their own way to investigate given environment. The
three writters mentinoned above are categorized here because of their same

desire to catch up their new age. In Korea's mid 30's, the tendency of modernization became irreversible. Especially, the appearance of modern city caused deep change in social and private life. So the relation between Tae-won Park's "Soseolka kupossiwi ilil" and Kyungsung and the relation between Myung-ik Choi's "Biohneun kill" and Hang-rim Yu's "Makwyen" each and Pyong yang have to be emphasized. They found there a "Crowd" as a new hero. It affects both the subject and structure of that novels. Crowd is not integrated with one idea, it is not an actor of collective action. Peoples in crowd can't know each other deeply. They only exchange their fractured images. But they represent collectivity of their own age and it becomes more important in the modernized city. The newness of these three novels comes from the peculiarity of crow's character. So, the aim of this article is examining the mutual relationship among the aspects of crowd, form of the novel, and subject in each novels.

Key Words : street of city, crowd, knowledge, everyday life, value seeking

관계론적 사유의 문학적 전개

-『문심조룡』의 장르론을 중심으로 -

조강석*

Ⅰ. 들어가며

동양의 문학적 고전에 속하는 유협의『문심조룡』은 여러 서구 이론가들의 장르론에 접근하는 것과는 다른 경로를 요구한다. 동양 문예이론의 고전이랄 수 있는『문심조룡』은 서구의 지적 전통과는 다른 패러다임에 기초한 문예이론이기 때문이다. 따라서, 우리는『문심조룡』의 장르론적 이해를 위해서 좀 먼 길을 에둘러 갈 수밖에 없다.『문심조룡』의 세계를, '언제나 측정'하는 '지성'의 주관을 신봉하는 사유의 패턴으로, 형상과

---

* 연세대 박사과정

감각세계에 대한 이원론적 분리와 존재론적 위계 부여에 기초한 사유의 패턴으로, 질료인과 목적인에 기초해 구성된 사물의 실체적 성분을 분석해내고자 하는 시선으로 독해해내는 것은 가능하나, 비생산적인 작업이 될 것이기 때문이다. 예컨대, 다음을 읽어 보자.

> 나는 일반적인 의미의 시 창작 기술, 시의 여러 종류, 그들 각각의 본질적 기능들을 논의하고, 시 창작에 성공하기 위해 필요한 플롯 구성의 방법을 설명하고, 시를 이루는 부분들의 수와 성질을 가려내고, 기타 이 연구에 관련된 여러 문제들을 취급하려고 한다.(강조는 인용자) [1]

인용된 부분은 아리스토텔레스의 ≪시학≫ 1장, 첫머리이다. 여기에는 장르 분류의 기본 원칙이 제시되어 있다. 그가 ≪시학≫에서 모방의 '수단', '대상', '양식' 세 가지를 통해 문학 작품의 갈래를 나누어 설명하고 있음은 익히 알려진 사실이다. 그런데, 여기서 우리가 주목해 볼 것은 아리스토텔레스가 문학 작품의 갈래를 나누고 개별 문학 장르를 설명하고자 할 때 취하는 방법이다. 인용에서 보듯, 그는 시를 - 물론, 이때 시는 문학 전체를 의미한다 - 이루는 "부분들의 수와 성질"을 가려내고 부분들의 "구성 방법"을 설명하여 대상의 "본질적 기능들"을 논하는 방식을 택하겠다고 말하고 있다. 이런 방식은 개별적인 실체의 본질을 구성하고 있는 요소와 성질들의 조합을 통해 대상을 설명하고자 하는 사유의 특징을 고스란히 보여주고 있다. 우리는 이와 같은 사유 패턴으로 『문심조룡』의 체재를 파악하고 그 장르론적 특징을 읽어낼 수도 있을 것이다. 그러나 그것은 앞서 언급한 것처럼 비생산적인 작업이 될 것이다. 『문심조룡』

---

1) 이상섭, 「제 1부 ≪시학≫: 본문 및 주석」, 『아리스토텔레스의 ≪시학≫연구』, 문학과 지성사, 2002, P15

은 이와는 다른 사유의 패턴, 동양의 전통적 사유 패턴에 기초한 저작이기 때문이다. 『문심조룡』이 담고 있는 풍부한 논의를 이해하고 그 장르론적 의미를 파악해 내기 위해서는 『문심조룡』의 체재와 세목들을 형성한 근간이 되는 사유에 대한 이해가 필요하다. 이 점은 이 글의 방법이자 한계가 되고 있는 바, 아래에서는 이 점을 염두에 두고, 필요한 경우 동양적 사유의 이해에 도움이 될만한 논의들을 끌어들이면서 『문심조룡』을 읽어 보고자 한다.

II. 본론

1. 『문심조룡』의 서지 사항과 창작 목적

《맹자 · 만장》 편에는, "그 사람이 지은 시를 낭송하고 그 사람이 쓴 책을 읽음에 있어서 그의 사람됨을 모른대서야 말이 되겠는가? 그러므로 그의 시대를 논하게 되는 것이다"[2]라는 구절이 있다. 이것은 동양적 비평 전통의 한 중요한 원칙으로 통용되어 왔다. 유협 역시 「정채(情采)」편에서 "문채(文采)의 아름다움은 성정의 진지함에 달려 있다"[3]라고 작가의 성정(性情)의 중요성에 대해 말하고 있으며 또한, 「시서(時序)」편에서 "가요(歌謠)의 문채(文采)와 거기에 담겨 있는 사상과 감정은 시대와 세상에 따라서 바뀌어 달라진다"(p516)라고 문학과 시대적 환경의 관계에 대해 말하고 있다. 우리는 이와 같은 원칙을 『문심조룡』과 그 저자 유협에게도 적용할 필요가 있다. 『문심조룡』이 저술되던 시기의 시대적

---

2) "頌其詩, 讀其書, 不知其人, 可乎? 是以論其世也", 《孟子 · 萬章》
3) 유협, 『문심조룡(文心雕龍)』, 최동호 역편, 민음사, 1994, p380. 이하, 책 제목 생략, 페이지 수만 밝힘.

상황과 문풍(文風)에 대한 이해는『문심조룡』전체의 논지를 이해하는
데 도움이 되기 때문이다.

유협(465~522)은 중국 역사상 유례없을 정도로 많은 왕조가 교체하던
남북조시대의 송(宋)나라에서 태어났다. 이 시대는 동한 말기부터 계속되
어 온 전란의 와중에 정치, 경제, 사회 모든 면의 혼란이 가중되던 난세였
다. 이런 상황 속에서 현실주의적인 성격인 유교가 쇠퇴하고 노장사상을
중심으로 하는 현학(玄學)과 동한말(東漢末)에 중국에 전파되어 발전해
왔던 불교가 득세하게 되었고[4], 이에 따라 유학은 동한말부터 경전의
본질을 잃게 되었다. 이처럼 유가의 이념이 퇴색하고 노장사상과 불교가
성행하면서 문사들은 현세로부터의 상처를 위로받고 자기 해탈을 이루
는데 몰두했다. 그 일환으로 그들은 영속성을 가진 자연에 친화감을 느끼
고 그 아름다움을 글로 표현하는데 주력했는데 이런 분위기는 수사미,
기교미를 중시하고 상대적으로 내용을 소홀히 하는 문풍을 낳았으며 이
는 남북조 시대 문학의 지배적 특징이 되었다.[5]

『문심조룡』의 저술 목적은 이런 배경 속에서 이해될 수 있다. 유협은
「체성(體性)」편과 「정세(定勢)」편을 비롯해서『문심조룡』의 여러 곳에
서, 당대 문단의 주조를 이루는 형식 위주의 경향을 비판하고 있다. 그는
「서지(序志)」편에서도 "성현의 시대와 현재의 사이에는 이미 많은 시간
이 지났고 정통적인 문장의 체제는 그 빛을 잃어갔다. 작가들은 이색적인
것을 좋아하여 피상적이고 기묘한 것을 높이 샀으며 심지어 깃털을 장식
하여 그림을 그리거나 허리띠나 손수건에까지 수놓은 것과 같은 장식을
하려 들었다"(p580)고 당대의 문풍을 비판하고 있다. 유협이『문심조룡』

---

4) 유대걸,『중국문학발달사』, p200. 여기서는 배득렬, 「≪문심조룡≫의 미학적 고찰」(
　　성균관대 석사논문, 1987)에서 재인용.
5) 오태석, 「중국문학비평 사유론」,『중국문학의 인식과 지평』, 역락, 2001, p86 참조.

을 집필한 가장 중요한 동기는 이처럼 형식주의로 빠져버린 문풍을 바로 잡기 위함이었다.[6] 그는 「서지」편에서 "나의 목적은 규범을 세우고자 함이다"라고 집필의 목적을 밝히고 있는데 이는 당시 문단의 풍토에 대한 실망과 이를 바로잡고자 하는 의지를 담고 있다고 할 수 있다. 그가 책의 제목을 '문심조룡(文心雕龍)'이라고 지은 것도 이와 밀접한 관련이 있다. '문심'(文心)이란 "마음을 글의 창작에 쓰는 것"(「서지」,p579)이며 '조룡(雕龍)'[7]이란, 나무에 용의 문양을 새긴다는 뜻으로, 문장을 아름답게 꾸미는 것을 뜻한다. 결국, '문심조룡(文心雕龍)'이란 서명은, 문장이란 아름답게 꾸미되 수식이 자연스러워야 하며 작가의 올바른 성정(性情)이 담겨있어야 함을 의미한다고 볼 수 있는데, 여기에는 당대의 문단을 바로잡고 성현의 '규범'을 세우고자 하는 유협의 포부가 잘 드러나고 있다고 할 수 있다.

2. 『문심조룡』의 체재와 원리

2.1 『문심조룡』의 체재

유협은 머리말을 책의 맨 뒤에 붙이는 고전적 관행에 따라 마지막 편인「서지」편에서 『문심조룡』의 체재와 내용에 대해 설명하고 있다.

> 『문심조룡』의 저술에서는 어떻게 도(道)에서 근본을 삼았는가와 (1장) 성현의 가르침을 본받고(2장) 경전에서 어떤 양식을 취하였는 가와(3장) 위서(緯書)에서 어떤 것을 참고하였으며(4장) 「이소(離 騷)」에서 변모한 점(5장)들을 보이려 하였다. 문학의 중추적 요소는

---

6) 강정만, 「《문심조룡》文氣論 硏究」, 성균관대 석사 논문, 1986, p4.
7) <조룡(雕龍)>이란 추석(騶奭)의 수식이 많은 문장을 가리키기 위해 처음 사용되었는데, 이는 그가 추연(騶衍) 의 풍을 본따서 용을 조각하듯 하는 정교한 수식을 사용한 데서 유래되었다고 한다.

여기에 거의 전부가 다루어졌다고 볼 수 있을 것이다.

　운문과(5장-13장) 산문(16장-25장)을 논함에 있어서 각기 양식에 따라서 분류를 한 후 근원을 고찰하여 전모를 밝히고 명칭을 풀이하여 의미를 분명히 하였다. 특정 주제에 따라 작품을 선별하여 실었고 일관성 있게 논지를 제시하려 하였다. 상편(上篇)에서는 개요가 명확히 드러나도록 하였다.

　정감과 수식을 분석하여 작가의 의도를 체계적으로 서술하고자 하였고(31장, 32장), 창조적 사고에 대한 주제를 상술하였으며(26장) 품격과 개성의 상관관계를 다루었다(27장). 정서에 대하여 언급하였으며(28장) 적당한 세(勢)를 선택하는 문제도 제시하였다(30장). 융통성 있는 변화의 원리에 대한 것과(29장), 음률의 문제와(33장), 장구(章句)의 선택에 대해서도 고찰하였다(34장). 「시서(時序)」에서는 시대의 추이에 따른 주제의 변모를 다루었고(4장), 「재략(才略)」에서는 문학적 재능에 대해서 평가하였으며(47장), 「지음(知音)」에서는 정확한 감식이 부족함을 탄식하였고(48장), 「정기(程器)」에서는 작가의 인품에 대해 치우침 없는 견해를 보였으며(49장), 「서지(序志)」에는 일련된 각 장의 주제를 요약하였다(50장). 하편(下篇)이하는 부제가 명확히 드러나도록 하였다. 원칙을 수립하는 것과 명칭에 관한 설명은 역경의 수를 본따서 49개의 장이 문학의 해명에 사용되었다. (p581~p582)

　좀 길지만 『문심조룡』의 장르론을 살펴보기 위한 정지작업으로 책 전체의 체재를 밝히기 위해 전부 인용하였다. 인용에서 보듯, 『문심조룡』은 오늘날 문학이론이 다루고 있는 거의 모든 주제를 다루고 있다고 할 수 있다. 『문심조룡』은 크게 상편 25편과 하편 25편으로 나뉜다. 그리고 상편은 다시 두 부분으로 나뉜다. 1편부터 5편까지는 <문지극조(文之極組)>로 통칭되는데 극조(極組)란 핵심을 뜻하는 바, 이 부분은 문의 핵심을 밝힌 총론이라고 할 수 있다. 여기에는, 문장의 일반원리를 밝힌

「원도」편, 문장은 성인의 경전을 따라야 한다는 원칙을 밝힌 「징성(徵聖)」, 「종경(宗經)」편, 그리고 경서와 위서의 문제를 다룬 「정위(正緯)」편, 『시경』의 시풍과는 다르지만 새로운 전범(典範)으로 간주될만한 『초사』를 통해 전통과 혁신의 문제를 다루고 있는「변소(辯騷)」편 등 5편이 포함된다. 총론에 해당하는 <문지극조> 부분은 우리의 관심사인 장르론적 이해에 비추어 볼 때, 규범과 새로운 장르의 생성이라는 중요한 문제를 제기하고 있는데, 이에 대해서는 뒤에 자세히 살펴보기로 한다.

6편 「명시(明詩)」편부터 25편 「서기(書記)」편까지는 <논문서필(論文敘筆)>로 통칭되는데 운이 있는 문장은 문(文), 운이 없는 문장은 필(筆)이라 하여 '문'을 다룬 10편과 '필'을 다룬 10편으로 이루어져 있다. 여기서 유협은 시(詩)나 부(賦)와 같이 일반적으로 문학의 범주에 포함시킬 수 있는 것과 함께, 비문, 상소문, 조서, 책서, 애도문 등 실용문의 범주에 드는 문체들까지 포함하여 다루고 있는데, 전체 20편으로 된 이 부분에서 실제 다루고 있는 문체의 종류가 대략 35종정도이고 이를 다시 세분하면 80종에 이르고 있으므로 실로 '문자로 기록된 모든 것'을 다루고 있다고 해도 과언이 아니다. 유협은 각각의 문체들에 대해 해당 문체들의 명칭과 특징, 기원과 변천, 대표작가와 작품, 창작방법 등을 논하고 있다. 그런데, 그는 이 많은 문체들의 분류의 기준에 대해 충분한 설명을 하고 있지 않다. 이 점도 장르론적 접근을 통해 밝혀 보아야할 것으로, 뒤에 다루고자 한다.

「신사(神思)」편부터 「정기(程器)」편까지의 19편은 <할정석채(割情析采)>로 통칭된다. 이때 정(情)은 사상과 감정을 뜻하고 채(采)는 문장의 꾸밈인 문채(文采)를 뜻한다. 여기서 짐작할 수 있듯이, 이 부분은 작품 창작에 있어 고려해야 할 문제들을 두루 논하는 창작 일반론이라고 할 수 있다. 여기에는 문학 상상력 문제를 다룬 「신사(神思)」편, 풍격의 문제를 다룬 「체성(體性)」편, 내용과 형식의 문제를 다룬 「정채(情采)」편, 음률의 문제를 다룬 「성률(聲律)」편, 표현 기법을 다룬 「비흥(比興)」편, 그리고 문학적 전통의 계승과 혁신의 문제를 다룬 「통변(通辯)」편 등 문학원론이 다루어야 할 거의 모든 사항이 망라되어 있다.

나머지, 「시서」, 「재략」, 「지음」, 「정기」의 4편에 대해 유협은 이를 총괄하는 특별한 명칭을 부여하지 않았는데 이 부분은 크게 보아 비평론의 영역에 속한다고 할 수 있다.

『문심조룡』은 이처럼 문학론이 다루어야할 거의 전 범위를 다루고 있다. 한 가지 흥미로운 것은 유협이 이처럼 광범위한 내용을 다룸에 있어 형식적인 측면에서도 세심한 배려를 하고 있다는 것이다. 『문심조룡』 전체가 四·六구의 미려한 병문(騈文)으로 되어 있을 뿐만 아니라 각 편의 마지막에는 각 편의 내용을 요약, 정리하는, 압운을 가진 찬(讚)이 붙어 있다. 이처럼, 『문심조룡』은 그 내용이 광범위하고, 형식에 대한 저자의 세심한 배려가 눈에 띄는 저작이다.

2.2 『문심조룡』의 세계관적 원리와 문장(文章)의 기원

유협의 『문심조룡』은 주역(周易)의 우주론을 바탕으로 저술되었다. 주역의 우주론은 책 전체 체재 구성뿐만 아니라 각 문체를 설명하는 방식 등 거의 모든 방면에 영향을 미치고 있다고 할 수 있다.

2.2.1 주역의 수(藪)와 『문심조룡』의 구성

유협은 「서지」편에서 『문심조룡』의 구성 문제과 관련하여 "원칙을 수립하는 것과 명칭에 관한 설명은 역경의 수를 본따서 49개의 장이 문학의 해명에 사용되었다"고 말하고 있는데, 이는 그가 『문심조룡』을 49편(「서지」편 제외)으로 구성한 것이 주역의 수를 본딴 것이었음을 밝히는 것이다. 『주역』「계사전」에는 다음과 같은 구절이 있다.

> 大衍(대연: 천지의 움직임)의 수는 50개이지만 49개만이 실제로
> 쓰인다. 이것을 둘로 나누는 것은 양의兩儀를 상징하는 것이고, 그
> 둘 중의 한 곳에서 하나의 수를 빼어 이것을 걸어 셋으로 하는 것은
> 삼재三才를 상징하는 것이며, 이것을 넷씩 세어서 나누는 것은 사시
> 四時를 상징하는 것이고 (중략) 그렇기 때문에 네 차례 수를 운영運
> 營하여 역易을 이루고, 열 여덟 차례의 변화를 거쳐서 괘를 이루게
> 된다.

위에 인용한 부분은 시초를 세어 괘를 얻는 과정을 설명한 것이다. 천지의 움직임을 상징하는 '大衍之數(대연지수)'가 50이며 50개의 시초에서 하나를 떼어 내고 49개를 가지고 괘를 구하는 이와 같은 과정은 유협이 『문심조룡』을 「서지」편을 제외한 49편으로 구성하는 것과 상통한다. 유협은 주역에서 '大衍之數(대연지수)' 50과 실제 사용되는 49라는 숫자가 상징하는 것, 즉 천지의 운행을 설명하는 상징적 수와 그것으로 이루어진 설명 체계를 문학의 다양한 현상을 설명하기 위한 책의 체재 구성에 그대로 반영하고 있다. 물론, 이는 49라는 상징적 숫자를 책의 제재에 반영함으로써 다양한 문학적 현상을 설명하는 상징적 틀을 마련하기 위한 안배라고 할 수 있다.

2.2.2 주역의 우주관과 문장생성의 원리

유협은 책의 체제 구성에 있어서 주역을 모범으로 하고 있을 뿐만 아니라 책의 구체적 내용에 있어서도 주역의 세계관을 반영하고 있는데, 『문심조룡』을 이해하기 위해서는 그가 「원도(原道)」편에서 밝히고 있는 우주관과 문장 생성의 원리에 대해 먼저 살펴보아야 한다.

문(文)의 속성은 지극히 포괄적이다. 그것은 천지와 함께 생겨났다. 어째서 그런가?(문장의 덕은 지극히 크니, 천지와 함께 생육하는 까닭은 무엇인가?) 하늘과 땅이 생겨나자 이어서 검은색과 누른색의 구별이 생겨났고 원형(圓形)과 방형(方形)의 구별이 생겨났기 때문이다. 해와 달은 백옥을 겹쳐 놓은 것과 같아서 하늘에 붙어 있는 형상을 나타내고, 산과 하천은 비단에 새겨 놓은 자수와도 같아서 땅에 펼쳐져 있는 형상을 나타낸다. 이러한 모든 것들은 대자연의 문(道之文)이다. 위를 쳐다보면 해와 달이 빛을 발하고, 아래를 내려다보면 산과 하천이 아름다운 무늬처럼 펼쳐져 있으니, 이는 위와 아래의 위치가 확정된 것으로, 이로써 하늘과 땅(兩儀)이 생겨난 것이다. 오로지 인간만이 같이 어울릴 수 있으며 영혼을 지니고 있기에 이들을 삼재(三才)라고 부른다. 인간은 오행(五行)의 정화요, 천지의 마음이다. 마음이 생겨나서 그와 함께 언어가 확립되고, 언어가 확립되면서 문장이 함께 분명해진다. 이것이 바로 자연의 이치인 것이다. (p31)[8]

이런 설명에 이어 유협은 문장의 기원에 대해 다음과 같이 직접적으로 언급하고 있다.

인류의 문장은 그 기원을 태극(太極)에 둔다. 그 신기한 원리를 깊이 통찰하는 일로는 『역경(易經)』안에 있는 괘(卦)의 형상이 바로 그 최초의 것임을 짐작할 수 있다.(p32)

위에 인용한 부분을 순차적으로 다시 정리해 보면 다음과 같다.

---

8) 인용은 민음사판 『문심조룡』(1994) 번역본을 기초로 했다. 그러나 이 번역의 경우 지나치게 자의적인 부분들이 있다는 지적도 있거니와 원문을 병기하지 않으면 그 원뜻이 훼손되는 경우도 종종 눈에 띈다. 따라서 필요한 경우, 원문을 병기하거나 좀더 나은 번역을 ( ) 속에 제시해 보았다.

- 도(道) 혹은 태극(太極)으로부터 하늘과 땅(兩儀)이 생겨났다
- 오로지 인간만이 이와 같이 어울릴 수 있으니 하늘, 땅, 인간을 삼재(三才)라고 부른다
- 문(文)은 천지와 함께 생겨났다. 하늘의 해와 달은 하늘의 文이며 땅의 산과 하천은 땅의 文이다. 하늘과 땅이 생겨나면서 이처럼 文을 갖듯이 인간도 文을 갖는다. 그것이 인류의 문장(文章)이다
- 이상에서 알 수 있듯, 인류의 문장은 하늘의 文, 땅의 文과 함께 그 기원을 태극(太極)에 둔다.

道 혹은 태극으로부터 양의가 생겨나고 이로부터 천지만물이 생겨나듯 문장이 생겨났다는 유협의 문장기원론은 『주역』「계사전(繫辭傳)」의 "易有太極, 是生兩儀, 兩儀生四象, 四象生八卦"와 같은 구절에 기초한 음양론을 바탕으로 한 것이다. 유협이 이처럼 태극으로부터 양의가 생겨나듯 문장이 생겨났다고 설명하는 것은 주목할 만하다. 음양론에 대한 다음 설명을 참고로 해 보자.

중국인의 사유가 다른 문화권과 특히 다른 점은 음·양의 세계관이다. 중국에서 음·양은 세계의 변화를 연속적으로 추동하는 2종의 대립적 요소이다. 어느 사유 체계에도 이분법이 존재하고, 그것은 대비적 상승 관계를 통해 인류의 사유력을 향상, 증진시켜 왔다. 선과 악, 즉자即者와 타자他者, 긍정과 부정, 변증법적 사유 체계가 모두 이분법적 사고에 기초하고 있다. 그런데 음·양으로 상징되는 중국적 이분법은 실체론적 차원이라기보다는 관계론적 차원의 '일즉다, 다즉일'의 유기적 유동이라고 볼 수 있다. 다시 말하면 사물 또는 사건을 단독으로 존재 또는 발발하는 관점에서 보지 않고, 타자와의 관계와 간섭을 통래 생성·변화·발전된다고 보는 융회 소통적 입장이다.[9]

인용된 글에서 오태석은 도(道)에서 양의(兩儀)가 나오고 음과 양, 양의로부터 만물이 생성되는 음양의 순환적 이치를 첫째, 관계론적 차원에서 둘째, 생성과 변화의 관점에서 정리하고 있는데, 음양 순환적 구조를 존재의 관계론적 차원과 연결지으며 생성·변화의 관점에서 파악하는 이 설명은『문심조룡』에서 유협이 문장의 기원을 설명하는 것에도 적용될 수 있다. 천지 만물이 음과 양의 관계에서 생성되었듯이 문장이 생성되었다면, 천지의 생성과 함께 생성된 문장 역시 이러한 질서에 따르고 있음을 유추해 낼 수 있기 때문이다. 이점은『문심조룡』을 장르론적으로 독해하는데 중요한 단초가 된다. 이 문제에 대해 좀더 설명해 보자.

프랑스의 중국학자 프랑소와 쥴리앙(Francois Jullien)은 이 문제에 대해 주목할 만한 사유를 전개하고 있다. 플라톤의『티마이오스』대화편[10]을 바탕으로, 서구의 우주론을, 형상과 감각 가능한 세계로의 이원적 분리에 기초한 '창조'의 세계관으로 설명하고 동양의 우주론을 음양이라는 일원적 이원성에 기초한 '진행'의 세계관으로 설명하고 있는 프랑소와는 이 두 세계관이 기반하고 있는 입각점의 차이를 다음과 같이 설명하고 있다.

> 어떠한 실재도 일방적이거나 개별적으로는 인식될 수 없다. 모든 실재는 그 자체를 형성해주는 다른 실재들과의 관계에 대한 분석을 통해서만 파악된다. 다시 말해, 어떠한 실재에 대한 분석의 결과란

---

9) 오태석, 「중국 문화 사유의 이해」『중국문학의 인식과 지평』, 역락, 2001, p46

10) 이 대화편은 플라톤의 우주론을 정리한 것이다. 플라톤은 여기서 우주의 제작자인 '데미우르고스'라는 존재가 이상적인 '형상'(이데아)을 본떠서 이 세계를 창조했다고 말하고 있다. 특히, 흥미로운 것은 이 '제작자' 조물주가 우주를 창조함에 있어, 만물이 구성되는 최소단위인 요소 삼각형들을 조합해냄으로써 천지와 인간 등을 창조해낸다는 것이다. 이를 달리 생각해 보면, 플라톤의 우주론적 사유 속에서 만물은 그것을 구성하고 있는 요소 삼각형들로 분석, 분해 가능한 실체로 파악된다는 것을 알 수 있다.

결코 개별화할 수 있는 실재가 아니라 하나의 관계인 것이다… …
태양과 비, 산과 계곡, 하늘과 땅 등의 다른 모든 실재에 있어서도
마찬가지이다. 아무 것도 고립되어 존재하지 않으며 모름지기 상호
연루됨으로써만이 존재하는 것이다… …중국 전통에서는 개별적
으로 식별할 수 있는 기본 요소들을 결정하는 것보다는 총체적인
근본 관계를 결정하는 것이 중요했다. 반면, 그리스인들에게 중요했
던 것은 오로지 제반 요소들에 대한 개별적 분석이며 이를 통해
그들은 원자론과 이에 따른 물리학을 정초했다… …관계란 외부적
인 것도 부차적인 것도 아니다. 관계는 바로 존재의 내재적인 근거
이며 상관성이란 바로 실재의 의미이다. 그 까닭에 실재는 연계와
진행이라는 말들로 분석될 따름이다(강조는 인용자).11)

프랑소와는, 그리스인들이 '제반 요소들에 대한 개별적 분석'을 통해
실재를 파악하려는 태도를 취함으로써 원자론과 물리학을 발전시켰다고
설명하고 있다. 프랑소와에 의한다면, 서구적 사유 방식의 본원지인 그리
스적 사유는 이처럼 실재를 구성하고 있는 구체적 성분들을 분석함으로
써 존재를 실체적으로 규명하고자 하는 태도를 통해 대상을 설명하는
방식을 취하고 있다고 할 수 있다.12) 인용된 부분에서 프랑소와는 이처럼
실재를 구성하는 제반 요소들에 대한 분석을 중시하는 고대 그리스적
사유와 달리 중국적 사유 체계 속에서는 '총체적인 근본 관계'를 파악하
는 일이 보다 중요한 것이었음을 설명하고 있다. 연계와 진행의 관점에서
존재를 파악하는 이런 사유 방식은 태극으로부터 음양이 생겨나고 음양
으로부터 사상, 팔괘 그리고 만물이 생겨나는 이치를 이해하는데 도움이
된다.

---

11) 프랑소와 줄리앙, 『진행과 창조(Procès et Crèation)』, 유병태 역, 미발행
12) 이런 사유방식이 적용된 문학적 실례를 우리는 이 글의 앞부분에서 이미 살펴본
바 있다.

이런 관점에서 다시,『문심조룡』「원도」편을 읽어 본다면, 유협이 문자의 기원을 설명함에 있어 단순히 사적 자료들을 나열한 것이 아니라 태극과 음양을 이야기한 것은 문장이 음과 양 혹은 땅과 하늘, 그리고 인간이라는, 삼재(三才)의 '총체적인 근본 관계' 속에서 나온 것임을 말하고자 한 것으로 이해할 수 있다. 그는 문장이 단순히 개별적 인간의 정신의 산물이 아니라 소급하여 하늘의 도를 밝히는 것에 이를 수 있는 까닭을 제시하고자 한 것이다. 유협이 「원도」편 첫머리에 "문의 덕은 지극히 크니, 천지와 함께 생육하는 까닭은 무엇인가?" 하고 묻는 것은 하늘과 땅과 인간 혹은 하늘의 文과, 땅의 文, 인간의 文을 연계와 진행의 관점에서 파악하고 이들이 맺는 '총체적인 근본관계'를 드러내고자 하는 의도를 담고 있다고 할 수 있다. 이런 맥락에서 유협이 모든 문장은 성인의 말씀을 담은 경전에 전적으로 의존해야 한다는 종경(宗經)사상을 따르는 것은 당연한 귀결로 보인다. 성인이란 천문을 읽는 사람이고 따라서 "자연의 이치는 성인이 쓴 문장을 통하여 분명하게 드러"나기(p34) 때문이다.

이처럼 「원도」편에는 주역의 세계관과 문장의 생성 원리가 잘 드러나고 있다. 세계를 관계 속에서 설명하고 만물이 '一則多 多則一'하는 생성의 과정 속에 있는 것으로 간주하는 사유는 『문심조룡』의 문체론 전체 속에 스며있다고 할 수 있다. 이 관계와 진행의 원리가 구체적으로 장르론에 어떻게 반영되었는지 살펴보자.

3.『문심조룡』의 장르론적 이해

3.1 종경(宗經)사상과 규범

유협은 「징성」편과 「종경」편에서 <논문서필>로 통칭되는 문체론 부분의 20편이 어떻게 구성되었는지 밝히고 있다. 먼저 그는 「징성」편에서 "문장을 논할 때는 반드시 성인의 표준들을 검증해야만 하며, 성인의 표준을 탐색하는 과정에서는 반드시 경서에 의거하도록 해야 한다"(p46)고 밝히고 있다. '징성(徵聖)'이란 '성인을 따라 성인으로부터 모범을 구한다'는 뜻이다. 유협은 머리말격인 「서지」편에서 "나의 목적은 문학의 근육과 혈관을 해부하여 적합한 규범을 세우고자 함에 있다"고 『문심조룡』 창작의 목적을 밝히고 있다. 이때, 그가 말하는 규범이란 무엇보다 이처럼 성인의 뜻을 따라야 한다는 것을 의미한다. 그런데, 그가 강조하는 규범의 양상은 단지 성인의 뜻을 따라야 한다는, 윤리적 덕성의 차원에만 해당하는 것은 아니다. 그는 「징성」편 다음에 오는 「종경」편에서 형식적 측면에서도 문체론 부분 20편의 구성이 '규범적으로' 이루어졌음을 밝히고 있다.

> 경서는 태산 위의 구름이 온세상에 골고루 비를 뿌려주며 황하의 물이 수천 리나 되는 넓은 들판에 물줄기를 보내주는 것과 같은 역할을 한다고 말할 수 있겠다.
> 논(論)·설(說)·사(辭)·서(書)의 문장 양식은 『역경』에서 비롯되었고, 조(詔)·책(策)·장(章)·주(奏)의 양식은 『상서』에서 발원하였으며, 부(賦)·송(頌)·가(歌)·찬(讚)의 양식은 『시경』을 그 근본으로 삼았고, 명(銘)·뇌(誄)·잠(箴)·축(祝)의 양식은 『예경』에서 비롯하였으며, 기(紀)·전(傳)·맹(盟)·격(檄)의 양식은 모두 『춘추』를 근원으로 삼는다. 이렇듯 경서는 문장에 있어서 최고의 규범을 세웠으며 가장 광활한 영역을 개척하였으니, 제자백가들이 아무리 높이 날고 빨리 뛴다고 할지라도 언제나 경서의 영역을 벗어날 수는 없는 것이다.(p57)

위의 설명에서 알 수 있듯이 유협이 <논문서필> 부분에서 다루고 있는 20가지 종류의 주요 문체는 모두 오경(五經)에 그 근원을 두고 있다. 즉, 유협은 오경의 각각에서 4가지씩 문체를 추려내어 총 20종의 문체를 바탕으로 문체론을 전개하고 있다. 그런데, 여기서 한 가지 주목해야할 사실은 유협이 문체론을 전개한 20편에서 실제로 예를 들고 있는 문체는 35종정도이며 이를 더 세분하면 80여개, 심지어 140여개로 나눌 수도 있다는 사실이다. 그렇게 볼 때, <논문서필> 부분에서 다루고 있는 실질적인 문체의 개수가 몇 개인가 하는 문제는 장르론적 이해에 전혀 도움이 되지 않는다고 할 수 있다. 여기서 중요한 것은 상징적 구성을 보여주는 숫자의 체계이다. 앞서 살펴본 것처럼 유협은「서지」편에서『문심조룡』 본편 전체를 주역의 체계에 맞추어 49편으로 구성했다고 밝히고 있다. 그는 전체 체계를 주역의 체계에 맞춘 것과 같은 맥락에서 문체론 부분도 오행(五行)의 체계에 맞추어 구성하고 있다. 유협은,「원도」편에서 "인간은 오행의 정화요, 천지의 마음이다. 마음이 생겨나면서 그와 함께 언어가 확립되고, 언어가 확립되면서 문장이 함께 분명해진다. 이것이 바로 자연의 이치인 것이다"(p31)라고 말하고 있다. 또,「서기(書記)」편에서는 "음양의 원리는 가득 찼다가도 텅 비기도 하는 것이며 오행의 운행은 사라졌다가 다시 생겨나는 것이어서 그 변화는 비록 일정하지 않으나 자세히 검토해 보면 거기에도 모종의 법칙이 있는 것이다"(p316)라고 말하고 있다. 앞의 인용에서 유협은 인간이 오행의 정화이며 인간의 文인 문장 역시 오행의 산물임을 밝히고 있다. 그리고 뒤의 인용에서 오행의 운행의 핵심은 변화이며 그 변화에는 모종의 법칙이 있다고 말하고 있다. 그렇다면 오행의 산물인 문장 역시 이 모종의 법칙을 따르고 있다고 추정해 볼 수 있다. 그 법칙이란 무엇일까? 다음 설명을 참조해 보자.

　　　음양의 상호관계적 운행은 '나무(木), 불(火), 쇠(金), 물(水), 흙(土)

의 다섯 가지 편향(五行)을 야기하여, 이들 사이를 운행하는 순환적 원형 사유를 형성한다. 자연 중심적 사유에서 자연에 존재하는 모든 사물들은 자연을 닮은 것으로 인식하여, 삶과 존재의 다양한 내용들이 오행 체계 속에 편입·설명된다. 여기에서 인체 역시 예외가 아니었고 오늘날까지 한의학 이론의 바탕이 된다. 이밖에 소리, 색, 맛, 인의 도덕 등 무수한 사상(事象)들이 음양오행론으로 설명되고 있다(강조는 인용자).13)

성인의 오경(五經) 역시 이런 맥락에서 파악된다. 유협이, 구체적으로 35종 혹은 80여종에 이르는 문체들을 굳이 오경에 각각 복속시켜 20종으로 대별한 것은 바로 오행에 의해 성립되는 거대한 유사체계에 의해 문장을 설명하고자 하는 의도로부터 비롯된다고 할 수 있다. 그리고 앞서 말한 모종의 법칙이란 바로 천지만물을 오행의 자장 속에 끌어 들이는 유사의 법칙임을 알 수 있다. 천지 만물의 세계를 거대한 유사체계로 인식하는 이런 사유 구조는, 앞서 인용한 프랑시스 줄리앙의 용어에 따른다면 바로 만물의 '총체적 근본관계'를 파악하고자 하는 사유구조라고 할 수 있다. 자연에 존재하는 모든 사물을 "닮은 것으로 인식"하여 "삶과 존재의 다양한 내용들이 오행 체계 속에 편입·설명"됨으로써 만물의 '총체적 근본관계'를 드러내는 이러한 체계를 조셉 니담은 '상징적 상관관계(symbolic correlations)'라는 말로 정식화한 바 있다. 니담은 중국 사상이 특징적으로 "물질의 본체를 떠나서 관계에 집착"14)한다는 것을 밝힌 후 다음과 같이 설명하고 있다.

중국 사상의 관건은 '질서'이며, 특히 '패턴'이다. 상징적 상관관

---

13) 오태석 「중·서 비교를 통한 중국문화적 사유체계론」, 앞의 책, p117.
14) 조셉 니담, 『중국의 과학과 문명 Ⅱ』, 이석호외 옮김, 을유문화사, 1987. p343.

계 즉 대응은, 모두가 거대한 패턴의 각 부분이 되었다. 사물은 각자 특유한 방식으로 행동하지만, 그것은 반드시 다른 사물에 선행하는 행동이나 자극에 의해서가 아니며 영원한 순환을 행하는 우주에서의 그것들의 위치가 그런 거동을 필연적인 것으로 만드는 본질적인 성질을 부여하는 것이었기 때문이다. 만약에 그것들이 그런 특유의 방식으로 거동하지 않았다면, 그것들은 전체 속에서 상관적인 위치(이것이 그것들을 존재시키고 있다)를 잃고, 다른 것으로 변했을 것이다. 이렇게 하여, 그것들은 전체적인 세계 유기체에 존재적으로 의존해 있는 일부분이었던 것이다.[15]

조셉 니담의 '상징적 상관관계' 개념은 중국 전통 사유의 관계론적 양상을 잘 설명하고 있는데 오행 체계 역시 이런 맥락에서 이해된다. 요컨대, 중국의 전통적 사유가 정초한 오행 체계란 유사 관계에 의해 사물들을 상징적 상관관계 즉, 상징적 관계망에 포섭시킴으로써 사물의 총체적 근본관계를 드러내 보이는 체계라고 설명될 수 있다.

이와 같은 것을 염두에 두고, 오행의 체계를 따르고 있는『문심조룡』의 문체론 분류 방식을 들여다보자. 유협의 오경에 따른 문장 양식 분류의 일차적 의의는 그 낱낱의 문체들이 하나의 장르류나 장르종을 이룬다는 사실에 있다기보다는 문체들이 전체로서 '상징적 상관관계'를 이루며 상호간의 '총체적 근본관계'를 드러내는 구조망을 이루고 있다는 사실에 있다고 할 수 있다. 오행과『문심조룡』문체론 체계와의 관계를 좀더 잘 이해하기 위해 장파(張法)의 논의를 끌어 들여 보자. 그는 오행에 대해 다음과 같이 말하고 있다.

오행이 다섯 가지 물질에 대해서 말하는 것 같지만 사실은 완전히

15) 조셉 니담, 같은 책 p389.

공능의 차원에서 설명하고 있는 것으로, 이미 구체적 사물 자체를 넘어선 논의이다. 공능을 강조한 논의이기 때문에, 이러한 학설은 이내 전 우주가 보편적으로 연계되어 있다는 정체공능설로 발전한다.16)

유중하의 해설을 원용하여 편의상 공능을 '관계적 개념'으로 이해한다면, 장파의 논의는 결국 오행이 하나의 거대한 우주적 관계망을 형성하고 있다는 것을 말하고 있다고 볼 수 있으며 이러한 설명은 앞서 살펴본 논자들의 설명과 맥을 같이한다고 볼 수 있다. 장파는 이런 맥락에서, 오행에 기초한 『문심조룡』의 문체론 체계가 "일종의 공간적 장엄함"을 보여준다고 설명하고 있다.17)

> 『문심조룡』에서 도의 문에서 기원한 인간의 문은 소(騷)·시·
> 악부·부·송(頌)·찬(讚) 등 35종의 문체로 전개되면서, 일종의
> 공간적 장엄함을 보여준다. 18)

요컨데, 『문심조룡』의 문체론 체계는 오행 체계가 그러하듯, 유사한 것들을 주위에 끌어 들이며 일종의 상징적 관계망을 형성함으로써 주변의 문체들과의 관계에 의해 개별 문체들의 특징들이 드러나 보이게 하는 체계를 이루고 있다고 할 수 있다. 그 구체적 양상을 살펴 보자.

---

16) 장파(張法), 「문화 정신」『동양과 서양, 그리고 미학』, 유중하외 옮김, 푸른 숲, 2000, p61.
17) 그는 이런 『문심조룡』의 문체 분류 체계가 외적구조(체재, 역사)는 분명하지만 내적 구조는 모호한 중국 미학 일반의 특색을 보여주고 있다고 설명하며 사공도의 『이십사시품』을 이런 내재된 모호성을 좀더 선명하게 밝혀내기 위한 노력의 일환으로 설명하고 있다.
18) 장파(張法), 「미학의 총체적 비교」,같은 책, p106.

3.2 <논문서필> 편들의 구체적 내용과 장르론의 실제

앞서 문체론의 영역에 속하는 20편이 종경사상에 의해 구성되었음을 밝힌 바 있다. 그런데 실제『문심조룡』의 <논문서필> 부분은 종경에 의한 구분, 즉, 오경에 따라 4편식 나눈 순서대로 진행되지 않는다. 예컨데, <논문서필>의 가장 앞부분에 오는 것은 「명시(明詩)」편이고 계속해서 「악부(樂府)」, 「전부(詮賦)」편 등이 이어진다. 이것은 여러 문체들을 크게 문(文)과 필(筆)로 대별(大別)한 결과에 따른 것이다. 유협이『문심조룡』전체에서 문체 분류의 기준에 대해 직접 설명하고 있는 것은 단 한 곳뿐이다. 창작론인 <할정석채> 부분의 서문격인 「총술」편에서 "오늘날 통용되고 있는 일반적인 설명에 의하면, 문학(말, 言)에는 문(文)과 필(筆)이 있다고 한다. 운율이 없는 것을 가리켜 필(筆)이라 하고 운율이 있는 것을 문(文)이라 하는데, 문과 필에는 모두 문채(文采)가 있다"라는 언급이 유일하다.[19] 유협이 종경의 원칙을 밝히고 있음에도 불구하고 실제 문체론을 진행함에 있어 각 문체들을 크게 문과 필로 나누고 이 순서대로 <논문서필> 부분을 엮은 것은 글로 씌어진 모든 것을 포괄하여『문심조룡』이 포괄하는 범위를 극대화하려는 데서 비롯된 것으로 보아야 할 것이다.[20] 유협은 <논문서필> 20편을 문에 해당하는 10편과 필에 해당하는 10편으로 나누어 배치하고 문에 속하는 문체들부터 순서대로 설명하고 있다. 앞서 밝힌 바 있는 종경의 원칙은 실은, 20편을 구성하는 근본 원리를 밝힌 것이고 실제 문체론 부분은 이와 같이 문과 필로 대별된 문체들을 하나씩 나열하여 설명하는 방식으로 진행된다. 유협이 운의 유무 여부를 기준으로 문과 필을 크게 나누어 놓은 것 이외

---

19) 김원중, 「문학과 장르, 풍격과 풍골」『중국문학이론의 세계』, 을유문화사, 2000, p285 참조.
20) 김원중, 앞의 글.

에 달리 <논문서필> 20편의 순서를 설명하고, 여기서 다루고 있는 문체들을 다시 분류할 유력한 기준을 읽어 내는 것은 쉽지도 않고 바람직해 보이지도 않는다. 유협 스스로 문과 필로 최소한의 구분을 해 놓은 이 각각의 문체들을 종류별로 엮고자 하는 의지를 버린다면, 각각의 문체를 순서대로 하나씩 하나씩 다루고 있을 뿐인 이 <논문서필> 부분의 문체론에 대해 어떤 장르론적 이해가 가능할 것인가? 「송찬(頌讚)」편을 예로 들어가며 이 점에 대해 생각해 보자.

유협은 20편 각각에서 매번 개별 문체들에 대해 4가지 방면에서 접근, 설명하고 있다. 즉, 그는 개별 문체들 각각에 대해 명칭과 특징, 기원과 변천, 대표 작가와 작품, 구체적 창작방법을 설명함으로써 해당 문체의 특징을 설명하고 있다. 「송찬」편의 예를 들어보자. 먼저 유협은 "송(頌)은 용(容)이니, 위대한 덕행을 찬양하기 위하여 그것을 찬양하는 춤과 노래의 모습을 빌려와 전달하는 것"이라고 명칭과 특징을 밝히고 있다. 그리고 난 후, "먼 옛날 제곡(帝嚳)의 시대에 함묵(咸墨)이 <구소(九韶)>라는 송을 지었으며, 『상송(商頌)』이래로 송의 양식은 언어와 형식을 완전히 갖추게 되었다"고 그 기원에 대해 설명한다. 계속해서 유협은, 노(魯)나라 주공 단(旦)의 공적을 순서에 따라 편성한 『노송(魯頌)』으로부터, 굴원의 『귤송(橘頌)』을 거쳐 위진 시대의 잡송(雜頌)에 이르기까지 대표적인 송(頌)의 작가와 작품에 대한 평과 함께 그 변천사를 서술하고 최종적으로 "송의 근본을 살펴본다면, 그것은 오로지 정아(正雅)함과 훌륭함을 추구해야 하며 그 언어는 맑고도 광채가 있어야 한다… …"와 같이 그 구체적 창작 방법과 태도를 제시하는 것으로 송에 대한 설명을 마친다. 이런 방식은 「송찬」편에 송과 함께 묶인 찬(讚)의 설명과 여타 편에도 동일하게 적용된다. 그런데 흥미로운 것은 유협이 송의 특징을 설명하는 부분에서 다음과 같이 말하고 있다는 사실이다.

교화(教化)의 영향력이 하나의 제후국가에 미칠 수 있도록 하는 시(詩)를 풍(風)이라 하고, 그 영향력이 온 천하의 풍속을 단정하게 할 수 있는 시를 아(雅)라고 한다. 그리고 신들에게 드리는 제사의 의식에서 행해지는 춤과 노래를 묘사하는데 사용되는 시를 송(頌)이라고 한다. (p131)

위 인용문은 유협이 <논문서필> 부분에서 단지 20개의 문체만을 다룬 것이 아니라 35종, 나아가 80여종의 문체를 다루고 있다는 설명을 납득하게 해준다. 인용문에 설명되고 있는 풍과 아는 20편의 표제에 속하는 문체는 아니지만 이처럼 송을 설명하는 부분에서 함께 다루어지고 있다. 유협은 송의 특징을 보다 선명하게 제시하기 위해 풍과 아를 끌어들여 비교 설명하고 있다. 여기서 흥미로운 것은 송을 풍, 아와 구별시켜주는 기준이다. 풍과 아로부터 송을 변별하는 기준은 운문과 산문 여부도 아니고 풍격이나 문장에서 언어의 사용 방식 등도 아니다. 여기서는 해당 문체의 영향이 미치는 대상이 그 변별적 자질이 되고 있다. 그런데, 이와 같은 기준은 풍, 아로부터 송을 가르는 기준은 되지만 송과 찬(讚)혹은 송과 명(銘)을 나누는 기준은 되지 못한다. 송과 찬은 거의 모든 특징들을 공유하고 있다. 심지어 유협은 "아마도 이것은 송의 한 줄기로 파악해야 할 것이다"라고까지 말하고 있다. 그러나 그가 송과 찬을 엄연히 구분하고 있다는 것은 대번 드러난다. 찬을 설명하는데도 앞서 송의 특징을 설명하는데 사용한, 그리고 각각의 개별 문체들을 설명하는데 동원하는 4가지 방식을 따로 적용하고 있으며 이 가운데 송과 찬을 구분하는 변별적 자질이 있기 때문이다. 여기서 그 자질은 바로 송과 찬의 기원이다. 유협 당대에 와서 비슷한 용도로 사용되고는 있지만, 애초 기원에 있어 송은 덕행을 찬양하는 것이었으며, 찬은 의식의 시작을 알리는데 사용된 문체였다. 이처럼 송과 찬은 운의 유무 여부, 풍격, 언어의 사용 방식 등에서는 일치하지만 그 기원에서 차이가 나므로 서로 다른 문체로 간주된다. 각각의 문체를 변별하는데 사용되는 준거들이 이처럼 위상을 달리하며 변화하는 양상이 시사하는 바는, 다시 송과 시(詩)를 비교해 봄으로써 명백해 진다. 송이 시로 지어진 것이라면 구태여 송을 찬과 묶어 따로 「송찬」편을 편성할 필요 없이 「명시」편에서 함께 설명해도 될 것이었다. 이와 관련하여 혹자는 "문체론적인 입장에서 본다면, <송찬>은 두 개의 문체로 독립시킬 필요가 없다. 송은 『시경』의 풍, 아, 송에서와 같이 하나의 시로 지어진 것이다. 그래서 가무에 귀속시키기보다는 시나 부에 포함시키는 것이 좋겠다. 찬도 하나의 독립된 문체로 보기보다는 시나 사론(史論) 등의 종류에 귀속시키면 된다. 이렇게 볼 때 이 「송찬」편은 문체의 중요한 형식이라고 하기 어렵다"[21] 고 말할 수도 있을 것이다. 그러나 이런 평가는 『문심조룡』<논문서필> 문체론 편의 핵심을 제대로 파악하지 못한 결과로 볼 수 있다. 그 핵심이란 병렬된 문체들의 관계망 속에서 유사점과 차이를 통해 해당 문체의 특징이 선명하게 부각되는 방법론 자체라고 볼 수 있기 때문이다. 유협은 「명시(明詩)」편에서 "생각을 바르게 함으로써 인간의 성정을 바르게 하려는 것이 바로 詩이다. 『시경』에 있는 시 3백편을 한 마디로 개괄해서 말하자면, <사악한 상태가 없는> 상태(思無邪)에 도달하게 된다"라고 '시'에 대해 설명하고 있다. 이렇게 볼 때, 비록 같은 형식으로 씌어졌다고 하더라도 송을 시에 포함시켜 설명하기는 어렵다. 예컨데, 이 둘은 풍격이 다른 것이다. 우리가, 앞서 살펴 본 풍, 아, 송, 찬과 함께 옆에 시를 놓아보면 이 차이가 선명해짐을 알 수 있다.

정리해 보자, 유협은 하나의 준거를 가지고 개별 문체들을 대별(大別)함으로써 해당 문체들의 함량과 성향을 측량하는 방식을 택하지 않았다.

---

21) 민음사판, 『문심조룡』「송찬」편의 뒤에 붙인 평설에서 인용, p137.

거꾸로 그는, 열거된 문체들의 차이가 기준이 되고 그것을 통해 해당 문체의 특징이 자연히 드러나는 방식을 택한 것이다. 예컨데, 그 기준은 명칭에 대한 설명, 기원, 각 문체의 변천사, 창작 방법, 풍격 등 어디에서 도 도출될 수 있는 것이며 각 문체들을 나누는 변별적 자질은 하나 혹은 그 이상이어도 좋은 것이다. 이는 마치, 바둑판위의 돌이 주위의 돌들과의 관계 속에서 생사의 형세를 드러내듯 각각의 문체들이 차이 혹은 유사로 연결된 관계망 속에서 자신의 특질을 드러내는 양상이라고 비유적으로 설명될 수 있다. 이렇게 각각의 문체들의 특징을 주위에 병렬된 문체들과의 관계망 속에서 선명히 드러내는 것이 유협의 문체론의 방법이고 주목을 요하는 장르론적 특징이다. 그리고 물론, 이것은 우리가 「원도」편에서 살펴본 바처럼, 실체보다 관계를 중시하는 세계관에 기반한 것이라고 말할 수 있다.

3.3 『초사』와 통변(通辯)의 문제.

앞서 설명한 대로 유협은 「징성」, 「종경」편에서, 경서를 모범으로 한다는 종경의 원칙을 밝힌 바 있다. 그렇다면, 경서에 의한 순서든, 혹은 문필 구분에 의한 순서든 곧장 개별 문체론을 시작하면 될 것이었다. 그러나 그는 종경의 원칙을 밝히는 「징서」, 「종경」편 뒤에 곧 바로 개별 문체론을 시작하지 않고 「정위(正緯)」편과 「변소(辯騷)」편을 두고 있다. 이 점은 장르론적 관점에서 『문심조룡』을 이해하고자 할 때 주목해야할 또 다른 측면이다.

3.3.1 「변소」편과 새로운 전범(典範)

유협은 「징성」과 「종경」편에서 종경의 원칙에 따라, 성인의 경전을 바탕으로 문장을 논할 것임을 밝히고 있다. 그리고 바로 뒤의 「정위」편에서 위서(緯書)들의 폐해에 대해 심각한 어조로 비판하고 있다. 그러나 「정위」편의 마지막 부분에서 "위서에 나오는 이야기와 사건들은 풍부하고도 특출하며, 그 언어는 매우 아름답게 되어 있다. 위서의 그러한 특징들은 경서의 해석에는 아무런 도움이 되지 못한다고 하더라도 글을 쓰는 데에는 도움이 될 수 있다"라고 말하고 있다. 그리고 이 편의 찬(讚)에서 "날조된 부분을 제거해 버리고 그 가운데서 아름다운 것들만을 채용하도록 하라"(p68~p69)라고 말함으로써 위서 가운데서도 취할 바가 있다는, 유연한 태도를 보여준다. 그의 이런 태도는 굴원의 <이소>를 포함한 『초사』를 논한 「변소」편에서 더욱 두드러진다.22) 유협은 「변소」편 첫 머리에서 "『시경』의 풍과 아의 노랫소리가 멈춘 이래로 어느 누구도 그것을 계승한 사람이 없었다. 그러다가 갑자기 훌륭한 작품이 찬란하게 탄생하였으니 그것이 바로 <이소>이다"라고 말하고 있다. 이 언급에서 주목되는 것은, 유협이 『시경』의 시편들과는 다른 새로운 형식의 출현에 대해 취하고 있는 태도이다. 그는 굴원의 <이소>가 주로 작품의 사상과 내용의 측면에서는 경전과 같으나 예술적 특성과 풍격에서는 경전과 다르다는 사실을 지적한다. 이때 유협이 <이소>에 대해서 주목하는 점은, 『시경』에는 없는 새로운 상상력과 과장의 표현법이다. 유협은 이런 수사적 기교의 미학적 효과를 긍정하고 문학에 있어 예술성도 중요한 것임을 인정하며 다음과 같이 말하고 있다.

만일, 마차의 바퀴살들이 바퀴의 중심축에 의지하듯이 아(雅)와 송(頌)의 규범을 지키고 말에 재갈과 고삐를 매듯이 『초사』를 다스

---

22) 이와 관련하여 「변소」편의 평설에는 '변소'의 '소(騷)'가 비록 <이소>에서 온 것이나 이때 '소'는 <이소>편 만을 지칭하는 것이 아니라 『초사』 전체를 말한다고 설명하고 있다. 이 설명에 비추어 봤을 때, 「변소」편에서 유협이 문제삼고 있는 것은 <이소>라는 작품 자체라기보다는 '초사'라는 새로운 형식의 문제임을 알 수 있다.

릴 수 있다면, 그리고 진기한 내용을 채택하면서도 그 정확성을 잃지 않고 향기로운 꽃을 감상하면서도 그 열매를 버리지 않을 수 있다면, 그 때는 마치 슬쩍 눈길을 주는 듯이 힘들이지 않고서도 언어의 힘을 발휘할 수 있을 것이며, 기침하는 듯이 자연스럽게 문장의 정밀함을 철저하게 탐색할 수 있을 것이다. (p80~p81)

이로서 유협은 『초사』를 경서의 모형과는 다른 새로운 한 전범(典範)으로 생각했음을 알 수 있다.[23] 앞서 「징성」, 「종경」편에서 경전에 의지해 모든 문장의 근원을 논하며 규범을 강조한 바 있는 유협이 『시경』의 시편들과는 다른 새로운 형태의 시편들인 『초사』에 대해 취한 이러한 태도는 그가 문체의 변화에 대해 규범적이면서도 동시에 개방적인 자세를 가지고 있었음을 잘 보여준다. 새로운 문체에 대한 유협의 이런 입장은 창작의 원리를 다루고 있는 <활정석채> 부분의 「통변」편과 「시서」편에 잘 설명되고 있다.

3.3.2. 통변(通辯)의 문제와 장르 개방적 태도

유협은 「통변(通辯)」편 서두에서 다음과 같이 말하고 있다.

문장(文章)의 체재(體裁)는 일정한 것이나, 문장의 변화는 무궁한 것이다. 그렇다면 무엇을 근거로 그 같은 사실을 알게 되는가? 시(詩), 부(賦), 서(書), 기(記)와 같은 문장의 형식들은 그 명칭과 창작 규범이 계승된 것이어서 이들에 대한 설명에는 일정한 규범이 있다. 그러나 문학 표현에 스며있는 기개나 능력에 대해 말하자면, 그것들은 다양한 상황들을 포함하고 거기에 스스로를 적응할 수 있도록 하기 위하여 오랜 세월 변화를 겪어 왔다. 따라서 그것들에 대한 설명에는 일정한 규범이 없다. 명칭과 창작 규범에는 일정한 규범이

---

23) 김원중, 「문학의 전통, 전통의 문학」, 앞의 책, p208.

있는 것이어서, 문장의 체재(體裁)에 관해 설명하기 위해서는 반드시 과거의 작품들을 참고로 해야 한다. 그러나 문장의 변화에는 일정한 규범이 있는 것은 아니어서, 그러한 변화에 대해 설명하기 위해서는 새롭게 형성된 것을 참고로 해야 한다. (p360)

　유협은 여기서 변화와 계승의 문제에 대해 논하고 있다. '통변(通辯)'이라는 말은 『주역』「계사전」의 "化해서 이를 마름함을 變이라 이르고, 미루어서 이를 행함을 通이라 이른다"[24], "궁하면 변화하게 되고, 변화하면 통하게 되며, 통하면 오래갈 수 있게 된다"[25]와 같은 구절에서 유래한 것이다. 이때, '변(變)'에는 변화·운동·전환의 뜻이 담겨 있으며, '통(通)'에는 연계·통일의 의미가 있다. 여기서 '통', '변'은 대립되기도 하나 또한 상호보완적인 것으로 이해되기도 한다.[26] 결국, 유협이 주역에서 '통변'의 의미를 취한 것은 문장을 논함에 있어 기존 규범의 정태성과 새로운 문장 형식이 갖는 동태성에 대해 두루 살펴보고자 함이라는 것을 알 수 있다.

　위의 인용문은 다음 두 가지를 의미하고 있다. 첫째, '통'의 측면에서 문학의 체재와 규범은 일정한 항구성을 갖는다. 둘째, '변'의 측면에서 문장에 사용된 언어의 특색, 즉 수사적 양상과 풍격은 언제나 변화하는 속성을 갖는다. 이에 대해 유협은「통변」편의 마지막 부분에서 "당대를 바라보는 눈을 지님으로 새로운 것을 창조하고/ 고대의 모범을 참조함으로 창작의 방법을 정립하네"(p364)라고 찬(讚)하고 있다. 요컨대, 여기서 유협은 과거의 유산을 계승한 후에 새롭게 창조할 수 있는가의 여부가

---

24) "化而栽之謂之變, 推而行之謂之通", 『周易』「繫辭上傳」, 해석은 남동원 저, 『주역해의 III』, 나남출판, 2001 참조.
25) "易窮則變, 變則通, 通則久", 『周易』「繫辭上傳」같은 책 참조.
26) 김원중, 앞의 글, 참조.

문학 작품의 생명력과 발전력을 결정짓는다는 견해를 제기하고 있는 것이다.27) 그러나 그는「통변」편에서 비록 전통의 계승과 창조의 문제에 대해 논하고 있기는 하나, 문학의 변화 발전을 주로 문학 내의 계승과 변혁이라는 관점에서만 설명하고 있으므로 문학의 혁신을 수사 기교의 차원에서만 설명하는데 그치고 있다. 따라서 그의 '통변'에 대한 논의는 문학 발전의 근원이 사회 현실에 있음을 밝힌 「시서(時序)」편과의 관계 속에서 이해될 때 올바로 파악될 수 있을 것이다.28)

유협은 「시서」편에서 "우리는 가요(歌謠)의 문채(文采)와 거기에 담겨 있는 사상과 감정은 시대와 세상에 따라서 바뀌어 달라진다는 것을 알 수 있다"라고 말하고 있다. 그의 이런 언급은 앞서 「통변」편에서 설명한 문학의 계승과 변화의 관점이 단지 문학내적 원리에만 적용되는 것이 아니라 사회사적, 역사적 맥락에서 좀더 확대 적용될 소지가 있음을 보여준다. 또한, 그는 「시서」의 마지막 부분에서 "문학의 주제와 형식은 시대의 변화에 따르는 것이나/ 어떤 때는 발전하고 또 어떤 때는 퇴보하는 것은/ 선택의 아름다움에 달려 있네"(p526)라고 찬하고 있다. 이와 같은 언급을 종합해 보건데, 유협의 '통변' 개념은 단지 수사학적 변화에 국한되는 것이 아니고 문학의 제반 양상 전반에 대해 적용 가능한 것으로 간주될 수 있다. 또한, 이를 장르론적 관심 속에서 다시 생각해 볼 때, 유협이 고전적 규범을 중시하면서도『초사』와 같은 새로운 장르에 대해 유연한 개방적 태도를 취하고 있었음을 알 수 있다.

---

27) 이병한 편저, 『중국 고전 시학의 이해』, 문학과 지성사, 1993, p40.
28) 이병한, 같은 책, p40.

III. 나오며

　지금껏 살펴본 대로,『문심조룡』은 사물의 관계적 양상과 변화, 진행을 특징으로 하는 주역의 우주론을 기반으로 저술되었다. 이는 예컨데, 아리스토텔레스의『시학』에 적용된 실체론적 사유 방식과는 거리가 있는 것이다. 그렇다면, 우리는 이 거리로부터 무엇을 취할 것인가? 기존의 우리 문학 연구의 방법은, 거의 대부분 서구 이론에 힘입은 바 바가 크다. 그리고 여러 가지 서구의 이론들은 나음대로 일정한 장점을 가지며 우리 문학을 설명하는 방법을 제시해온 것도 사실이다. 그러나 많은 서구 이론들이 기초하고 있는 실체론적 관점은 대상을 설명하는 데 있어 일정한 한계를 갖는다. 우리가 유협의 방법,『문심조룡』의 장르론으로부터 취해야 할 것이 있다면 그 문체 각각의 특징들, 그 세부가 아니라 세계의 관계론적 양상과 변화, 생성을 중심으로 하는 우주론에 기반한 특유의 방법론일 것이다. 그것은 이 방법론이 동양의 것이기 때문이 아니라 실재 사물의 특징을 드러내는데 있어 기존의 틀과는 다른 장점을 가지고 있기 때문이다. 동양의 전통적 사유방식을 우리 고유의 것으로 가치론적으로 환원하고 이에 대해 무조건적 추수를 보이는 태도는 경계해야 하지만, 그것이 세계를 설명하는 또 다른 패러다임으로서 우리에게 주는 자극을 수용하는 것을 외면하는 것 역시 바람직하지 않다. 예컨데,『문심조룡』의 방법론은 아마도 기존의 장르에 속하지 않거나 혹은 여러 장르의 특징을 함께 가지고 있는 작품을 분석하는데 유용하게 적용될 수 있을 것이며 또한, 문학사 서술에 있어서도 새로운 관점을 가능하게 해줄 것으로 기대된다.　그러나 이 부분은 추후 연구의 몫으로 남기고자 한다.

참고문헌

유협, 『문심조룡』, 최동호 역편, 민음사, 1994.

유협, 『문심조룡』, 최신호 옮김, 현암사, 1990.

김인환 옮김, 『주역(周易)』, 나남출판, 1997.

남동원 저, 『주역해의 Ⅲ』, 나남출판, 2001.

강정만, 「≪문심조룡≫ 文氣論硏究」, 성균관대학교 석사논문, 1986.

배득렬, 「≪문심조룡≫의 미학적 고찰」, 성균관대학교 석사논문, 1987.

전영숙, 「≪문심조룡≫의 문학사상적 고찰」, 연세대학교 석사논문, 1990.

서복관, 『한문 문체론 연구(원제:≪문심조룡≫의 문체론)』, 윤호진 역, 태학사, 2000.

이상섭, 『아리스토텔레스의 ≪시학≫ 연구』, 문학과 지성사, 2002.

브루노 스넬, 『정신의 발견-서구적 사유의 그리스적 기원』, 김재홍 옮김, 까치, 1994.

플라톤, 『티마이오스』, 박종현·김영균 역주, 서광사, 2000.

그레고리 블레이스토스 지음 『플라톤의 우주』, 서광사, 1998.

프랑소와 줄리앙, 『진행과 창조(Procès et Crèation)』, 유병태 역, 미발행

박재주 지음, 『주역의 생성논리와 과정철학』, 청계, 1999.

오태석, 『중국문학의 인식과 지평』, 역락, 2001.

김원중, 『중국문학이론의 세계』, 을유문화사, 2000.

이병한 편저, 『중국 고전 시학의 이해』, 문학과 지성사, 1993.

장파, 『동양과 서양, 그리고 미학』, 유중하외 옮김, 푸른 숲.

최유찬, 『문학과 사회』, 실천문학사, 1994.

최유찬, 『한국 문학의 관계론적 이해』, 실천문학사, 1998.

Abstract

A Study On the Method of Classifying Styles in Wen Hsin Tiao Lung(文心雕龍)

Cho, Kang Sok

Wen Hsin Tiao Lung(文心雕龍) is widely regarded as the first complete works of literary theory in the history of Chinese literature. It also belongs to one of the most important classical literary theories of East Asia. As it is widely accepted, East Asian traditional cultural background is very different from that of western culture. So, it is not suitable to explain and analyze the method of classifying styles in Wen Hsin Tiao Lung by the western view. When we focus on the way of style classification in Wen-Hsin Tiao-Lung, we have to consider that this book was written on the East Asian traditional cultural background. The way of style classification in Wen-Hsin Tiao-Lung can be well explained on the East Asian traditional cultural background. Especially, it can be best explained by the thought of Chou I (周易).

The way Liu Xie used to classify various styles of literature was devised by the profound knowledge about the thought of Chou I. It was based on the two important ideas of Chou I.

418

First, as Joseph Needam explained in his book, Science And Civilisation In China, in Eastern approach as in Chou I, what matters was not the individual entity of the object but the correlation of the object. Liu Xie used that way of approach to explain and classify the various styles of literature. Therefore, the important thing in explaining styles of literature was the correlation each style had . Symbolic correlations were very important in Eastern thoughts, especially in the Five-Element theory(五行說). Liu Xie applied the way used in the Five-Element theory to his book, so he explained and analyzed each style in the correlations with other styles.

Second, as Francois Jullien pointed out in Procès et Crèation, Eastern thoughts, as in Chou I, explained that the being was not thought to be 'once created and eternally fixed', but is was thought to be in incessant process of generation and change. Yu Xie emphasized that the styles of literature were not unchangeably fixed. He explained that the existing styles could change and new styles could appear. Therefore, he emphasized that we should consider the influences of the times when trying to explain and analyze the styles of literature.

If we try to get lessons from Liu Xie's way used in explaining the various styles of literature, we could get a better view to explain the various styles of korean modern literature.

Key Words : style, entity, correlation, Five-Element theory, process of generation

딜레마의 수사학

- 최인석의 『구렁이들의 집』론 -

소영현*

```
1. 낭만적 부정 정신
2. 소설의 출발점, 부정(否定) 정신의 굴절과 타협
3. 현실의 부정(不貞)을 부정(否定)하는 두 갈래 길
4. 교정되는 시선 : 아이러니의 아이러니
5. 열정과 관조 혹은 광기와 우울 사이, 진동하는 주체
6. 절망인가, 희망인가
```

진정성에 근거하지 않는 긍정의 세계가 발휘하는 기능은 필경 부정
의 은폐이며 악의 수락이다.

－ 유종호,『사회역사적 상상력』

1. 낭만적 부정 정신

최인석의 소설 세계를 관통하는 핵심 원리는 '부정(否定) 정신'이다.
물론, 현실의 부정성(不貞性)에 대한 철저한 부정(否定) 정신, 그것이 최
인석만의 전유물은 아니다. 합리화되고 분화된 근대 사회의 구성 요소의
일부이자 근대 사회 일반과 적대적인 관계를 유지하고 있는 근대 문학이
타락한 세계에 대한 철저한 부정으로부터 시작되었다는 점을 상기할 때,

---

* 연세대 강사

근대 문학이 현실 세계를 지배하는 논리와 적대적인 지점에 놓일 수밖에 없다는 사실은 최인석의 소설만이 지닌 특이성이라기보다는 오히려 근대 문학이 성립되기 위한 자기 지반일 뿐 아니라 근대 문학이 감내해야 할 운명의 시발점이자 그 끝 즉 근대 문학이 갖추어야 할 근본 원리에 다름 아니다.

그렇다고 해서 근대 문학이 낭만적인 현실 부정의 정신에 의해 포획된 세계에만 머물러서도 안된다. 부정 정신이 내포하고 있는 혁명적 저항성은 문학 내부에서 충분히 수용되어야 하겠지만, 그 비판의 수위는 경험적 현실의 수준으로 맞춰져서 충분히 조율되어야 한다. 그렇지 않을 경우, 근대 문학은 현실을 무자비하게 비판할 수 있는 초월적 위치로 떠오르거나 현실에 등돌린, 비현실적인 세계로 나아가게 될 것이기 때문이다. 따라서 근대 문학의 성취는 낭만적인 부정 정신의 현실적 지반이 확보되고 있는가의 여부에 달려 있다고 해도 과언이 아니다.

이러한 맥락에서 본다면, 최인석의 소설이 보여주는 '부정 정신'은 그만의 전유물이라고 할 만하다. 왜냐하면 그의 소설 세계는 철저하게 낭만적인 현실 부정의 정신에서 출발하고 있으며, 근대 문학이 성립하고 발전할 수 있는 가능성에 대한 모색을 철저하게 부정 정신이라는 지형 위에서 시도하고 있는, 특이한 한 사례이기 때문이다. 다시 말하자면 최인석의 소설 세계는 근대 이래의 우리의 삶에 대한 가장 정직한 인식이라고 할 수 있는, 현실에 대한 부정 정신에서 출발해서, 초기작(『구경꾼』,『잠과 늪』,『새떼』 등)에서 최근작(『내 영혼의 우물』,『혼돈을 향하여 한걸음』,『나를 사랑한 폐인』,『아름다운 나의 귀신』)에 이르기까지 여전히 바로 그 지점에 머무르고 있으며, 현실에 대한 부정 정신이 소설의 형상화 과정 속에서 어떻게 관철될 수 있는가에 대한 혹독한 고민의 흔적을 보여주고 있기 때문이다.[1][2]

현실 세계를 지배하는 논리와 그 논리가 은폐하고 있는 이면을 들추어야 한다는 점에서, 그리고 현실과의 긴장을 해소한다는 의미에서의 종결이나 조화를 상정할 수 없다는 점에서, 현실 세계의 부정성(不貞性)에 대한 부정적(否定的) 인식은 비극적일 수밖에 없다. 그럼에도 불구하고 이러한 비극적 현실 인식은 현재의 삶의 결핍분과 그에 대한 불만에서 시작된다는 점에서, 유토피아 충동과 한 짝을 이룬다. 이성적인 존재인 한 우리들 모두는 유토피아를 꿈꾼다. 유토피아라는 거창한 용어를 끌어들이지 않더라도, 일상적으로 우리는 '지금-여기'가 아닌 어떤 곳, 현실의 지배적 논리가 부정되는 공간을 꿈꾸고, 그 논리에 의해 좌절된 개인의 욕망이 실현되는 시간을 꿈꾼다. 우리가 예정된 종말인 죽음을 살아내는 존재이면서도 삶이라는 시공간을 앞당겨진 죽음으로 경험하지 않을 수 있는 까닭도, 우리에게 보다 나은 미래 아니 현실 너머의 공간을 꿈꿀 수 있는 능력이 있기 때문이다. 최인석의 소설 세계가 유토피아 지향적 경향을 보여주는 까닭도 여기에 있다.

유토피아 지향을 포함해서 그의 소설 세계가 보여주는 끈질기고도 집요한 '부정 정신'이 우리를 흥미롭게 하는 지점은 부정적 현실을 폭로하고자 하는 작가의 한결같은 부정 정신이 소설적 몸을 이루기 위해서 언제

---

1) 현실에 대한 부정적 의식이 작가의 '의도'의 영역인지 작품 자체의 '의미'의 영역인지는 구분되어야 하겠지만, 작품을 비판적으로 독해하는 방식에 있어, 작품의 의미를 작가의 의도와 무관한 것으로 파악하는 방식은 작품의 의미를 작가의 의도로 환원하는 방식만큼 부적절하다. 따라서 이 글에서 최인석의 소설 세계를 분석하기 위해 사용되는 핵심 용어 중의 하나인 '부정 정신'은 작가의 의도의 차원과 작품의 의미의 차원을 동시에 포괄하는 용어임을 밝혀둔다.
2) 손정수는 15년간 지속해온 최인석의 글쓰기 작업을 "현실 속의 억압을 삶의 여러 모습을 통해 환기시키고, 그것으로부터 벗어나고자 하는 의식의 지향"을 모색하는 과정으로 요약하고 있다. 손정수, 「체험의 육체성으로 이룬 의식의 사회사-최인석론」, 『작가세계』, (세계사, 2000 봄), 106-7면.

나 그 자리에 있으면서 동시에 끊임없이 모색한다는 점이다. 부정 정신에 입각해서 현실을 탐색하는 최인석의 모색의 경로를 추적해보는 작업은 그의 부정 정신이 어떻게 관철되는가 아니 어떻게 굴절되고 변형되며 상처를 입는가를 확인하는 작업이 될 것이다. 그리고 그러한 작업은 결국 최인석의 부정 정신이 지닌 진정성의 부피와 비중을 감지하는 작업이 될 것이다. 현실에 대한 '부정 정신'이라는 최인석의 소설 세계의 출발점을 염두에 둔다면, 우리는 어쩌면 그의 소설 세계를 추적하는 과정에서 낭만적인 현실 부정의 정신에서 출발한 근대 문학이 앞으로 나아가야 할 바와 근대 문학이 성립되고 발전되어 갈 수 있는 가능성의 지형도를 그려볼 수 있을지 모른다. 그러면 이제 그의 부정 정신이 구현되는 과정을 구체적으로 확인해 보도록 하겠다.

2. 소설의 출발점, 부정(否定) 정신의 굴절과 타협

작가 최인석이 소설 세계를 통해 보여주는 현실은 전적으로 에누리 없는 지옥의 형상이다. 이곳은 긍정적인 여지를 조금도 발견할 수 없으며 누구도 이 세계로부터 탈출할 수 없는, 견고하고 폭압적인 세계이다. 그의 소설은 이 세계의 폭압성에 대한 고발에서 시작되며, 소설 세계를 관통하는 핵심 원리는 '부정(否定) 정신'이다. 그렇다면 현실 논리에 대한 비판적 인식인 '부정(否定) 정신'은 소설 형상화 과정 속에서 어떻게 관철되고 있는가.

소설 형상화의 근본 원리를 따져 본다면, 어떤 식으로든 (작가 혹은 등장인물이) 현실을 부정하기 위해서는 불가피하게 그 현실을 언급할 수밖에 없다. 뿐만 아니라 동시에 그 현실을 일면적으로 긍정하기도 해야 한다. 이렇게 본다면 소설이라는 실체를 확보하기 위해서, 최인석의 부정 정신은 현실의 부정성(不貞性)과 어느 정도 타협해야 하는 곤란한 상황에 놓이게 된다. 그의 소설의 딜레마는 이러한 피할 수 없는 난국에서 시작된다고 할 수 있다.

루카치의 날카로운 지적처럼, 삶과 예술과의 관계는 언제나 '그럼에도 불구하고trotzdem'의 관계일 수밖에 없다. 현실에 대한 전면적인 부정이 현실에 대한 침묵의 카르텔을 형성한다면, 그 '침묵'을 깨고 현실에 대해서 (작가 혹은 등장인물이) 무언가 말을 시작하는 순간, 그 말이 비록 저항의 말일지라도, 현실의 논리는 이미 그 말속에서 작동하게 된다. 그러므로 작가와 등장인물들이 취하는 현실에 대한 '전면적인 부정'의 태도는 결국 소설 형상화의 원리상, 부분적인 부정 즉 헤겔적 의미에서의 '규정적 부정'(bestimmt negation)의 태도로 제한될 수밖에 없다.

정리하자면 이렇다. 최인석의 소설 세계는 현실에 대한 부정적(否定的) 인식에 기반해서 새로운 세계에 대한 동경의 일단(一端)을 보여주게 되지만, 현실에 대한 부정이 전면적 부정에 이르지 못하기 때문에, 부정된 그 현실은 끊어낼 수 없는 그림자처럼 부정하는 행위 속에 영원히 달라붙게 된다.[3] 작가는 소설을 통해서 현실의 부정성(不貞性)을 철저하게 고발

---

3) 그럼에도 불구하고 작가의 현실 인식이 소설로서 형상화될 수 있는 까닭은 영원히 지워지지 않는 현실의 그 흔적 때문이다. 최인석의 소설 세계는 현실에 대해서 조건부의 부정을 수행하고 있으며, 현실 너머의 세계에 대해서도 부정태로서 제시하고 있다. 그의 소설 세계가 역설적으로 현실 너머의 삶을 지시할 수 있는 까닭은, 소설 세계에서 현실과 현실을 구성하고 있는 논리가 부정된다고 하더라도, 현실을 극복할 수 있는 논리는 부정된 그 현실에서 나올 수밖에 없다는, 소설 형상화의 근본 원리 때문인 것이다. 현실 너머의 세계가 현실과 무관하게 자기를 규정할 수 있는 논리를 갖추고 있다면, 그 세계는 역설적으로 현실과 '단절'된 공간일 것이며, 이러한 논리 속에서 다른 세계로의 이행의 가능성은 봉쇄되고 말 것이다. 그렇기 때문에 현실 너머의 세계가 현실에 대한 대안으로서의 의미를 유지하기 위해서는

하고자 한다. 그러나 현실에 대한 전면적인 부정의 태도가 소설 형상화의 원리상 철저하게 관철될 수 없다.

그런 까닭에 최인석이 소설을 꾸리는 방식은 이율배반적이다. 그는 한 작품 내에서 한편으로는 삶의 무거움에 대해서 말하기 위해 삶과 예술의 관계를 미메시스의 원리로 풀어내고자 하면서, 동시에 삶의 무거움에 대한 돌파구로서 민담이나 신화적 환상 등의 다양한 탈(초)현실적 요소들을 끌어들이고자 한다. 미메시스의 힘에 대한 신념을 포기하지 않고자 하는 전자의 경향에서는 현실이 인식 가능한 객관적 형태로 존재하고 있으며 그 현실은 우리의 인식 과정 속에서 포섭되고 재현될 수 있다는 확고한 신념, 산만하게 흩어져 있는 현실을 원근법적 시각을 통해 재구성할 수 있다는 작가적 자신감이 드러난다. 그러나 환상적 요소들을 도입하고자 하는 후자의 경향에서는 현실의 재현가능성이 점차 불투명해지고, 세계가 극단적으로 분화되고 치밀한 체계로 위계화 되어 가는 변화에 대한 작가로서의 위기감이 드러난다. 이처럼 최인석의 소설에서는 근본적으로 화해 불가능한 서로 다른 현실 해석이 이율배반적으로 대치하고 있다.[4] 그렇다면 어떻게 하나의 소설 세계에서 그러한 기묘한 충돌이 가능한 것인가. 아니 이와 같은 이율배반적 세계관이 어떻게 하나의 소설 세계를 구축할 수 있는가. 그의 소설은 어디를 향해 가야 하는가. 아니 어디로 갈 수 있는가.

현실의 부정태로서 그려질 수밖에 없으며, 따라서 최인석의 소설 세계에는 현실 세계에서 통용되는 논리와 그것을 부정하고 넘어설 수 있는 논리가 동시에 뒤엉킨 채 나타날 수밖에 없는 것이다.

4) 최인석의 소설이 보여주는 상반된 양극단의 세계를 김예림은 "현실주의적 성향과 낭만적 성향"으로 표현한다. 김예림, 「유토피아를 위한 변주-절대적 절망과 낭만적 기대의 선율」, 『작가세계』, 세계사, 2000 봄, 119면.

3. 현실의 부정(不貞)을 부정(否定)하는 두 갈래 길

최인석의 소설에서 작가의 현실에 대한 부정 정신은 한편으로는 현실을 틈새 없는 폭압적 체계로 그리는 방향으로, 다른 한편으로는 끊임없는 자기인식과 자기지양의 과정을 거치는 인물을 그리는 방향으로 구체화된다. 최인석의 소설 세계에서 현실은 인간 스스로가 만들어낸 구조와 논리 속에 자신을 가두게 되는 지옥 같은 세상이다. 그 속에서 밑바닥 인생들은 재고의 여지가 조금도 없는 악의 화신으로 그려진다. 그들은 사기와 도둑질을 일삼고 자식을 내다버리는 반인륜적인 행동도 서슴지 않는다. 그러나 이 세상의 상층부 혹은 중심을 차지하고 있다고 여겨지는 이들의 인생들도 한 꺼풀 들춰보면 밑바닥 인생들과 그다지 다를 것이 없다. 그들 역시 정의 혹은 대의(大義)라는 이름으로 위선적인 삶을 살고 배신을 일삼고 살인을 서슴지 않는다. 그들 모두는 악의 수렁인 이 세계에서 살아남기 위해 이 세계의 법칙을 내면화하고 몸소 실천하면서 연명하고 있다.

최인석의 소설 세계가 우리에게 의미 있는 것으로 다가오는 까닭은 그 세계가 우리의 삶과 지옥 같은 세상에 대한 세밀화이기 때문이 아니며, 오히려 소설 세계 속에 지옥에서 살아가야 하는 인간 존재의 비극성에 대한 통찰이 담겨 있기 때문이다. 따라서 그의 소설 세계는 '인간 존재의 비극성을 통찰하는 자'의 등장으로 비로소 유의미해지기 시작한다. 이 지점에서 현실에 대한 작가의 부정 정신 또한 한 인물의 비극적 현실 인식으로 의미화 될 수 있다. 인물들의 자기 인식은 자기 부정의 과정과 맞물려 있다. 그래서 텍스트 내부에서 그들, 통찰한 자들은 이 세계의 법칙을 거부하는 방식으로 자기 부정의 방식을 택한다. 또한 다른 세계에 대한 그들의 동경은 이 세계의 법칙을 내면화한 자신을 폐기하거

나 폐인으로 만드는 방식을 통해 하나의 역상(易像)으로 혹은 기원(起源)의 형태로서 나타난다.[5]

사실 지금까지 최인석의 소설들은 대체로 현실의 폭압성을 그리는 데 주력해 왔다. 『아름다운 나의 귀신』(문학동네, 2000) 이전까지의 소설 세계는, 이 세계의 구성원 모두를 소외시키는 세계의 폭력성은 어디로부터 오는가, 우리는 이 세계로부터 '어떻게' 아니 '과연' 벗어날 수 있는가, 인물의 광기는 세계의 폭력성으로부터 오는가, 은폐된 무의식의 발현인가 등의 문제 설정으로 우리를 끝도 없는 악무한(惡無限) 속에 가두었다. 악무한적 문제 설정의 무거움과 함께, 이전의 소설 세계는 세밀한 묘사를 통해 세계의 폭력적인 억압성의 리얼리티를 확보해 왔으나 다른 한편, 그러한 폭력성이 어디로부터 오는가, '왜' 그와 같은 상황이 조성되는가, '왜' 인물들은 그 세계에서 벗어날 수 없는가, '왜' 세상은 절망적인 것인가에 대한 설명을 누락시켜 왔던 것도 사실이다.[6] 그 대신 그의 소설

---

5) 그런데 절망적 삶을 영위하는 자들의 절망의 극단을 보여줌으로써 새로운 세계의 도래에 대한 신념을 드러내는 방식에는 이 세계의 법칙에 대한 저항의 가능성이 들어설 여지가 없다. 사실 저항 행위가 지닌 의미는 성공이나 실패와 같은 저항의 결과물에 의해 평가되는 것이 아니며, 오히려 실패할 것을 이미 알고 있음에도 불구하고 실패를 향해 나아갈 수밖에 없는, 자신을 통찰하는 과정에서 드러난다. 이러한 맥락 속에서만 그러한 행위는 현실에 대한 순응도, 도피도, 무모한 반항도 아닌 대안이 될 수 있다.

6) 그것은 그의 소설의 도처에 편재하는, 현실의 단면을 잘라내서 극단적인 상황으로 특화시키는 극(劇:드라마)적인 요소의 영향력 때문이다. 루카치의 구분에 따른다면, 삶의 자질구레한 것들을 형식의 힘으로 일관된 틀 속에 가두는 서사문학과는 달리 극문학은 삶과는 동떨어져 있으며 삶에 낯선 것인 본질을 다루는데 적합하다. 본질이라는 개념은 일단 한번 설정되기만 해도 초월성을 향해 나아가게 되고, 보다 높은 차원의 새로운 존재로 결정(結晶)화 되며, 현실의 내용에서 독립된 일종의 당위적 존재를 표현하게 된다. 그런데 루카치가 여러 번 강조한 것처럼 당위는 삶을 말살한다. 붙잡혔다가 달아나 버리는, 철저하게 구체적이고 경험적인 삶은 극적(劇的) 양식 속에서는 생기를 잃고 추상화된 본질이 되고 만다. 그러므로 '분류와 차별의

세계는 지옥 같은 세상의 지옥성, 이 세계의 구성 원리의 폭력성을 고발하는 데 주력해 왔다.

『아름다운 나의 귀신』 이후, 특히 『구렁이들의 집』(창작과비평사, 2001)에서는 미흡하지만 '왜' 세상이 현재의 모습으로 존재할 수밖에 없는가에 대한 설명이 시도되고 있다. 그것은 작가의 시선이 등장인물이 속해 있는 세계라는 커다란 틀이 아니라 세계 속의 구체적인 인간들로 옮겨오기 시작했기 때문이다. 그렇기 때문에 『구렁이들의 집』에 실린 소설들에서는 현실 너머의 삶에 대한 인식이 보다 구체적으로 펼쳐져 있다. 그의 이전 소설들과 비슷한 경향을 보이고 있는 「봉천동, 그 찬란하던 날」의 경우에도, 엄밀하게 따져 본다면, 그의 이전 작품 세계에 관한 평가들, 그의 소설 세계가 대체로 "희망에 대해 언급할 때보다 희망의 파산에 대해 묘사할 때 더 열정적이고 확신에 넘친"[7]다는 지적이나 그의 소설에서 "저항의 에너지는 정체성을 스스로 더럽히거나 내버리는 작중 인물들의 행동, 바로 거기에서 가장 폭발적으로 발산되고 있"[8]다는 지적에는 딱 들어맞지 않는, 어찌 보면 그의 소설 세계에서는 낯설게 여겨지는 부분들이 있다.

주변부적 인물들이 보여주는 농축된 분노와 절망하고 분노하는 인물들에 대한 작가의 연민이 고스란히 들어 있다는 점에서, 인물의 분노가 제한된 시공간 속에서 점차 폭발 직전의 수위까지 차오른다는 점에서,

---

세계'라는 최인석의 현실 개념이 이야기의 형식을 통해 경험적 삶으로 되살아나지 못할 때, 그 공간은 이미 주어진 조건으로서의 세계라고 하는, 설명 불가능하며 변형 불가능한 하나의 배경으로 굳어지게 될 수 있다.

7) 염무웅, 「부정의 치열성과 예술적 형상화—최인석의 문학세계」, 『혼돈을 향하여 한 걸음』 해설, 창작과비평사, 1997, 286면.

8) 황종연, 「비루한 것의 카니발—90년대 소설의 한 단면」, 『문학동네』, 1999 겨울, 461면.

그리고 인물의 분노가 고조되어가면서 작품 전체를 압박하는 긴장감 또한 조성된다는 점에서, 「봉천동, 그 찬란하던 날」은 최인석의 이전 소설들과 많이 닮아 있다.[9] 그럼에도 불구하고 목욕탕 털이 전문가인 상구는, 수감되어 있는 동안 자신이 모은 돈을 가지고 다른 남자와 도망쳤던 영주를 죽이러 나선 길에서 푸른 송아지를 보게 된다. 감방에서 만난 사형수인 한주선이 살인을 하러 가는 길에 만났다던 그 송아지의 "애원하는 듯 슬프고 푸른"(284면) 눈을 보게 되자, 자신을 배신하고 자신의 아이마저 고아원에 버려 버린 영주에 대한 그의 분노와 절망은 한순간에 잦아들게 된다.

물론 푸른 송아지와 조우하는 경험이 타인과 공유될 수 없다는 점에서, 푸른 송아지의 눈이 이 세계의 불합리함, 그로 인해 겪게 되는 인간들의 고통, 분노, 절망을 모두 해소시킬 수도 없다는 점에서, 푸른 송아지는 지옥 같은 세상 너머의 삶을 꿈꾸게 할 수 있는 어떤 대안이 되기는 어려울 것이다. 그럼에도 불구하고 「봉천동, 그 찬란하던 날」에는 인간의 고통과 절망이 이 세계의 구성원이라는 사실 자체로부터 나온다는 진리를 통찰한 자에 의한 현실 극복에의 모색이 담겨 있다. 그것은 절망적인 세계에 또 다른 절망을 보태는 방식 즉 자기를 파괴함으로써 세계의 논리에 저항하는 방식과는 다른 것으로, 통찰하는 눈을 통해 획득된 일종의 균형 감각이다.

---

9) 최인석의 소설 대부분에서 이러한 특징을 발견할 수 있지만, 「봉천동, 그 찬란하던 날」이 보여주는 특징들은 부랑아, 문제아, 범죄자를 주인공으로 하고 있으며, "어딘가 한 정신이 나간 듯한 꼴"(『내 영혼의 우물』, 고려원, 1995, 156면)을 한, "사람이 아니라 개가 되고 싶"(위의 책, 53면)어 하는 인물들로 넘쳐 나는 『내 영혼의 우물』이나 『혼돈을 향하여 한걸음』(창작과비평사, 1997)의 소설 세계가 보여주는 특징들과 직접 맞닿아 있다.

4. 교정되는 시선 : 아이러니의 아이러니

시종일관 진지함을 잃지 않으면서, 현실에 대해 가차 없이 비판하면서, 부정적인 형태일지라도 새로운 세계를 모색해야한다는 당위, 이것들은 소설의 형상화 과정에서 작가 최인석이 직면하는 어려움이다. 『구렁이들의 집』에 실린 작품들에서 낭만적 현실 부정의 정신을 끝까지 관철시키면서 무한하게 계속되는 부정의 과정을 자기 제한하고, 악무한의 고리에서 벗어나고자 하는 시도는 두 방향에서 이루어진다. 끝없는 부정이 이루어내는 아이러니의 구조는 한편으로는 「모든 나무는 얘기를 한다」의 경우처럼 아이러니의 아이러니로 이어지는 의식의 반성 운동으로서 아슬아슬한 균형을 유지한다면, 다른 한편으로는 「구렁이들의 집」과 「잉어이야기」에서처럼 의식의 경계를 넘어서서, 의식과 무의식, 현실과 비(초)현실 사이를 가로지르며 진동하기도 한다.

「모든 나무는 얘기를 한다」에서 자기인식과 자기지양의 과정은 끊을 수 없는 연쇄고리 속에 갇혀 있다. 자신의 이상을 외부 세계에 새겨 넣으려는, 즉 유토피아 충동에 사로잡힌 주관성과 그 내면에 갇힌 주관성을 자기 반성(self-reflection)하는 주관성이 소설 내에서는 각각 장수호와 '나'인 김중호라는 두 인물로 분리되어 형상화되어 있다. 연봉 일억의 잘 나가는 광고회사의 유능한 카피라이터인 장수호는 "대학 다니던 시절 학생운동 과격파였으며, 그로 인해 감옥살이까지 한 적이 있을 뿐만 아니라, 위장취업을 했던 공장에서 만난 여공과 결혼하여 아직까지도 금실좋게"(113면) 사는 특이한 이력의 소유자이다. 방 한 칸을 얻을 수 없을 만큼 가난해서 식구들이 친척집에 뿔뿔이 흩어져 살아야 했던, 고단한 삶을 살아가는 '나'에게 그런 그는 "전형적인 자유주의자, 자신감에 찬 자유주의자로 보였다."(113면) 왜냐하면 '나'에게 현실은 적극적으로 순응하고 포섭되어야 할 대상이며, 그것이 '나'에게 허용된 유일한 삶의 논리이기 때문이다.

그렇기 때문에 '나'는 장수호가 자기의 아내와 함께 흔적도 없이 사라져 버렸다는 사실에서도 그 부부의 자유주의자로서의 면모를 발견한다. 장수호 부부가 은둔적 삶을 선택하게 되는 원인은 삶에 의해 입게 되었던 깊은 상처 때문일 수도, 삶에 대한 뿌리 깊은 절망감 때문일 수도 있다. 안기부 수사관들에게 자식을 잃고, 그의 아내가 출산능력까지 잃은 사건, 자신이 가지고 있는 것이 모두 자신의 것이라고 착각하지 말라는 '계시'를 내린, 말을 하는 나무와의 만남, 1987년 시민 혁명의 어정쩡한 승리, 그 뒤에 "언제나 패배가, 승리 자체를 무의미하게 만드는 패배와 분열이 시작"(129면)되는 그런 승리의 경험으로, 장수호는 개인을 말살하는 전체로서의 현실에 대한 인식과, 개인은 그러한 현실의 일부로서 존재할 수밖에 없다는 인식, 그리고 자신의 내적 이상을 현실에 각인시키려는 시도가 좌절되면서 겪게 된 절망감으로 은둔적 삶을 준비하고 있었던 것일 수도 있다.

> 그렇구나, 장수호. 나 같은 자는 오직 살아남기 위하여 세상이 살라는 그대로만 살고, 운동도 한 적 없고, 물론 감옥에도 간 적 없지만, 겨우 이 지경으로 살 수밖에 없는 것이고, 너 같은 자는 맑스주의자였다가도, 감옥을 갔다와서도, 더구나 북한에서 친척이 간첩으로 넘어오는 일이 벌어져도 이렇게 살 수가 있는 거로구나.(135면)

그럼에도 불구하고 그들은 '나'가 스무 평짜리 전셋집을 간신히 마련했을 때, 오십 평짜리 아파트에 사는 "그저 유복하고 원만한, 나 같은 밑바닥 출신과는 거리가 먼 부르주아일 따름"(135면)이었다. '나'의 눈으

432

로 보자면, 장수호 부부의 삶에는 그들이 어떤 정신의 소유자인가와 무관하게, 처음부터 현실 논리로부터 자유로울 수 있는 물질적인 기반이 갖추어져 있었음이 드러난다. 이렇게 장수호 부부의 과감한 현실 탈피의 행위는 '나'의 시선에 의해 한 차례 객관화 과정을 거치게 된다.

그렇다면 '나'의 삶은 어떠한가. 현실 논리에 억지로 적응하기 위해서, 그리고 현실 논리로부터 자신을 지켜줄 수 있을 것이라고 믿었던 가정을 지키기 위해 최선을 다했던 '나'의 삶에의 의지는 그 현실 논리에 의해 무참히 좌절되고 만다. 현실 논리에 충실하고자 하는 '나'의 삶에 대해 장수호는 '이 놈의 세상'에서 "공작 안하려면 죽거나 미치거나 폐인이 되는 수밖에 없다. (…) 봐라, 아무리 발버둥쳐도 우린 어느새 이놈의 세상기계의 어느 부분에선가 톱니바퀴가 되어 공작을 하게 되고 말"(125면) 거라고 통찰한 바 있다. 뿐만 아니라 식물성 공간인 거실에서 원초적인 것으로 회귀하려는 듯한 장수호 부부의 정사(情事), 강원도 산촌에 살면서 아름답고 싱싱한 웃음을 회복한 장수호 부부의 삶은 탐욕과 불안으로 어둡고 앙칼졌던 '나'의 아내의 삶의 어두운 부분을 두드러지게 한다. 이 지점에서 장수호 부부가 선택한 삶은 '나'의 삶의 허위성을 폭로할 수 있는 하나의 근거가 된다. 장수호 부부의 삶이 긍정적인 것으로 부각되고 있다면, '나'의 삶은 부정적인 것으로 판명되고 있다.

그러나 두 인물을 축으로 이루어지는 아이러니적 인식은 여기에서 멈추지 않고 다시 한번 역전 운동을 하게 된다. 송이와 더덕을 캐어다가 파는 장수호 부부는 먹고살기 위한 최소한의 노동만을 하며 사는 방식, 즉 자연을 인간의 필요에 종속시키는 것이 아니라 자연과의 동화를 꿈꾼다. 그렇게 그들은 세계와 개인 사이의 갈등 없는 접점을 발견하고자 한다. 그러나 그들의 그러한 저항은 외부 세계와 개인간의 관계에 아무런 변형도 가하지 못한다. 그들의 갸륵한 노력에도 불구하고 외부 세계와 개인간의 적대적 성격도 여전하다. 따라서 장수호의 선택은 보편적으로 통용될 수 있는, 그래서 현실 논리를 대체할 수 있는 새로운 윤리적 결단이 될 수 없으며, 다만 한 주관의 선택에 불과할 뿐이다. 아이러니적 인식의 역전 운동으로 장수호 부부가 선택한 은둔적 삶은 다시 한번 '나'의 인식에 의해 그 한계를 드러내게 된다.

> "버리기로 한 것뿐이야."
> 버리다니? 뭘 버린다는 것인가?
> "세상을."
> 세상을 버린다…… 그럴 수도 있는 것일까. 세상을 도대체 어떻게 버려요? 이건 도피에 지나지 않아요. 도피도 세상을 살아가는 한 가지 방식에 불과해요.(156면)

그리고 '나'의 시선에 의해 장수호 부부의 선택은 이 세상의 논리에 대응해서 살아가는 하나의 방식일 뿐임이 밝혀진다. 이에 따라 개별적 삶이 지닌 의미는 결코 하나의 본보기 이상이 될 수 없음 또한 명백해진다. 결과적으로 「모든 나무는 얘기를 한다」에서 현실을 무자비하고 철두철미하게 통찰함으로써 내포 작가는 현실의 부정성과 인물들의 무력함을 폭로하게 된다. 그런데 이처럼 부정 정신의 혁명적 저항성이 악무한적 아이러니의 원환 속에 갇혀, 등장인물들 내면에 의한 자기 반성의 수준으로 확장되지 못하고, 서로 다른 두 인물의 끝없는 거울 비추기 과정으로 이어질 때, 부정 정신은 소극적 의미 즉 현실의 부정성(不貞性)과 인물의 무력함에 대한 폭로에서 멈추게 되는 것이다.

5. 열정과 관조 혹은 광기와 우울 사이, 진동하는 주체

　자기인식과 자기지양 혹은 자기창조와 자기파괴의 변증법인 아이러니적 인식이 합리화된 근대 사회 일반의 논리에 대한 폭발적인 전복성의 힘을 발휘하기 위해서는 그 변증법의 효력이 작가나 등장인물의 의식의 차원에만 한정되어서는 안된다. 그러한 경우, 아이러니는 객체 혹은 타자들을 주관적으로 점유하는 방식과 마찬가지인 또 하나의 동일화 논리가 되고 만다. 따라서 낭만적인 부정 정신에 근거한 아이러니는 반성하는 주체의 범주를 넘어서고 주체와 타자를 가르는 경계를 넘어서야만 한다. 창조와 파괴라는 운동으로서의 아이러니는 의식과 무의식, 성찰과 도취를 동시에 취하는 한 인물 내의 분열된 의식 상태와 연관되어야 한다.[10]

　따라서 현실을 지배하는 논리를 부정하려는 정신이 좀더 강력한 폭발력을 내장하기 위해서는 (내포작가와 등장인물은) 인위적으로 만들어진 체계 전반을 거부할 뿐만 아니라 체계의 구성 성분이기도 한 개별성, 개체의 범주 자체를 포기하는 방향으로 나아가야 한다. 왜냐하면 존재의 변화 가능성은 모든 고정된 틀을 포기하는 태도에서 생겨날 수 있으며, 고정된 틀을 포기함으로써 주체 또한 변화 가능성이라는 그물에 포획될 수 있기 때문이다. 「구렁이들의 집」과 「잉어이야기」에서는 차이를 부수고 경계를 넘어서려는 인물들에 의한 존재 전이 가능성이 탐색된다. 작가는 그들을 통해 새로운 세계가 구성되는 원리를 밝힘으로써 현실의 폭압성에 저항하면서, 그 논리가 또 하나의 폭력 구조 속에 갇히지 않는, 하나의 유동하는 틀을 제시하고자 한다.

　「구렁이들의 집」에서 차이와 경계를 넘어서고자 하는 인물들, '나'와

---

10) 최문규, 「독일 낭만주의와 "아이러니" 개념」, 『문학이론과 현실인식』, 문학동네, 2000, 67-104면 참조.

'나'의 큰아비는 반인반수(半人半獸)의 존재로 그려진다. 왜 하필 인간과 구렁이 사이의 존재인가라는 질문에는 몇 겹의 허물을 벗으면서 '변신' 하는 파충류의 속성을 드는 식의 궁색한 설명을 할 수 있겠지만, 「구렁이 들의 집」에서 중요한 점은 왜 구렁이인가가 아니라 왜 변신을 하고자 하는가 이다.

새로운 세상의 가능성을 믿었으나, 그런 믿음을 가진 사람들 사이에서 서로 죽이는 일까지 벌어지는 사건을 경험한 후, 큰아비는 "인간의 태어 남과 죽음도 그 먼지의 조화에 불과할 뿐. 어떤 본질적 차이"(42면)도 없다고 믿는, 텅 빈 눈의 허무주의자이다. 큰아비는 새로운 세계에 대한 열망이 아무것도 남기지 못했다는 점뿐만 아니라 새로운 세상을 찾으려 는 자신의 노력이 자신의 아내와 딸이라는 타인의 희생을 이끌게 된다는 사실까지 깨닫게 된다. 그래서 그는 낮은 땅에 배를 대고 큰어미의 모든 욕설과 모욕을 견뎌내면서 구렁이가 되어 기게 되었던 것이다.

큰아비의 삶을 되살고 있는 '나'는 큰아비가 그러했듯이, 자신이 꿈꾸 는 모든 것이 이루어질 수 있는 새로운 세상을 열망한다. '나'가 꿈꾸는 세계는 "나와 세상을 구별할 수 없는 곳"(12면)으로, 그곳은 "과거와 더 먼 과거, 현실과 더 새로운 현실, 꿈과 더 먼 꿈"(12면)이 한꺼번에 뒤엉켜 아무것도 구별할 수 없는 시공간이다. 그러나 그러한 세계는 온전한 정신 의 '나'로서는 도달할 수 없는 곳이며, 약이나 본드를 통해 환각에 빠져들 때나 갈 수 있는 곳이다. 의식과 욕망이 분열된 존재인 '나'는 광기와 우울의 양극단 사이를 오간다. 새로운 세상의 도래를 확신하고 비현실적 으로 이상을 열망하는 자가 광기에 빠진다면, 유토피아에 대한 열망은 있으나 그 이상의 실현 가능성이 희박하다는 것을 깨달은 자는 우울에 빠진다. 그런 나에게 환각에 빠져드는 행동이 이 세계에 대한 복수일 수 있는 것은 환각을 통해 자기 자신을 망각하고, 자신을 규정하고 가두는 모든 틀을 망각할 수 있다는 점에서이다.

그러나 '나'가 모든 것을 가능하게 해주고 모든 것을 버릴 수 있게 해주는 환각의 문을 통과하기 위해서 혹은 이 세계를 철저하게 배신하기 위해서는 현실을 유지하는 가장 큰 권력인 '돈'이 필요하다. 이 세계로부터 탈주 가능성 또한 '돈'을 매개로 해서야 가능해진다. 뿐만 아니라 '나'의 탈주는 순이의 죽음이라는 희생을 치루고서야 그 희박한 가능성을 드러낼 수 있다. 큰아비와 마찬가지로 자신의 해방을 꿈꾸는 행위가 결국 타인의 죽음을 이끌게 되는 불합리한 현실 앞에서 결국 '나'는 큰어미와 순이에게 끝없이 속죄하며 사는 큰아비의 삶을 이해하게 된다. "이 세상에 태어나 단 하루라도 산 적이 있는 사람이라면 후회의 말 외에 다른 할 말이 무엇이란 말인가"(60) 그래서 '나' 또한 큰 아비처럼 "구렁이가 되어 담을 넘"(60면)게 되는 것이다.

열정과 관조 혹은 광기와 우울 사이에서 진동하는 인물들이 등장하고 있다는 점에서 「잉어이야기」는 「구렁이들의 집」의 연장선상 위에 놓여 있다. 「구렁이들의 집」에서 '모든 것이 가능하다'는 의미에서 좀더 긍정적인 의미를 구현하고 있었던 환각 너머의 세계는 여기서는 보다 사실적인 모습으로 묘사되고 있다. 그곳은 주인공 순길의 할애비가 가고자 하는 곳, 그리고 결국 그가 돌아간 곳, "아무것도 보이지 않고 아무것도 구별되지 않는, 거대한 혼돈과도 같은 안개"(72면) 속, 즉 모든 것이 나뉘고 구별되기 이전의 무엇인가가 존재하는 곳이다.

그들이 꿈꾸는 세계, 거대한 혼돈과도 같은 세계는 지옥 같은 이 세계의 끝에 있다. 구별과 차별로 이루어진 이 세계의 면모는 가마니를 맨 채 자신의 색시를 찾아다니는 가마니 거지(혹은 우렁이 서방)의 과거와 가마니 거지와 '나'가 북한기를 찾아 도서관 지하에 갔던 사건을 통해 드러난다. 이 세계는 온통 피맺힌 깃발로 나뉘어 있으며, 도서관 지하로

가는 길은 손가락 하나, 발톱 하나, 아니 목숨과 맞바꿔야 하는 힘든 여정 길이다. 바퀴벌레와 시궁쥐, 거미에게 가로막힌 어둡고 축축한 지하 통로를 통과해야만 했던 경험을 통해서 '나'는 이 세상에 존재하는 수많은 나라들, 그 나라를 상징하는 깃발들 아래 인간이 속한다는 것은 인간이 스스로 만들어낸 틀 속에 자발적으로 기어 들어가 자신을 가두는 것임을 알게 된다.

> 풀려나다니? 어디에서 어디로? 이 세계는 거대한 토굴이었다. 이 세상 전체가 저 찬란하고 멋있는, 백과사전에 가득한 그 피비린내나는 깃발들이 차지한 토굴인데, 누가, 어떻게 풀려날 수가 있단 말인가?(102면)

고문과 조사를 받고 풀려난 '나' 순길은 이 세계로부터의 탈출이 불가능하다는 사실을 너무나 분명하게 깨닫게 된다. 그래서 '나'는 "아무런 깃발도, 단 하나의 깃발도 없는 곳"(103면), 여기에는 없는, 토굴 아닌 곳을 찾아가게 된다. 본래 잉어였던 '나'는 물로 되돌아가고자 하는 것이다. 10년 전 '나'는 어미와 아비에게 찌든 가난과 고통스런 삶에서 구원이 될만한 새 생명이었다.

그러나 '나'의 탄생에 의해서도 희망은 쉽게 싹트지 않고, 간절한 기원 끝에 생겨난 아이인 '나'는 이 세상의 피비린내를 피해 고향으로 돌아가고 만다. 어미와 아비, 할애비는 그런 나를 놔줄 수밖에 없지만, 동시에 그들은 "열달 뒤에…… 아가, 열달 뒤에 다시 보자, 내 아가."(109면)라고 외칠 수밖에 없다. 새로운 세계에 대한 간절한 열망이 더 큰 절망이 되어 버릴지라도 다시 한번 새로운 세계에 대한 열망을 품을 수밖에 없는 것, 그것이 바로 근대 이후의 삶을 영위하는 인간이 안고 있는 비극적 존재

조건인 것이다.

6. 절망인가, 희망인가

현실 논리를 넘어서기 위해 최인석 소설의 인물들이 선택하는 가장 극단적인 방식은 아이러니하게도 인간과 자연의 경계를 넘나드는 것이다. 그것은 아마도 자신의 독자적 특질을 포기하고 얻은 이름인 자율적 개인에 저항하고 그러한 이름으로 포획되지 않고 남아 있는 인간 내부의 자연 즉 본능을 해방시키기 위한 시도일 것이다. 그럼에도 불구하고 그들의 선택이 문화적 존재로서의 의미를 완전히 포기하고 자연의 일부가 되어버리는 것을 의미하지는 않는다. 그들은 인간과 동물의 중간쯤에, 문명과 야만의 중간 어디쯤에서 유동하고 있는 것이다. 그것은 문명을 거부하고 야만으로 퇴행할 수도, 그렇다고 새로운 질서에 의해 지배되는 새로운 세계를 제시할 수도 없는, 우리의 현실이 직면하고 있는 딜레마에 대한 직접적인 표현일 것이다. 이 딜레마를 해결해 가는 작가의 지향점이 인간과 자연 혹은 주체와 객체의 대립을 넘어선 완전한 통일인지는 아직까지 불분명하다.

소설 내에서 존재 전이의 욕망을 통한 변신 과정은 금지된 자유의 이미지를 환기한다. 현실 논리가 구축되기 이전의 시공간으로 나아가려는 노력, 현실에 의해 개인이 형성되기 이전의 영혼 구조를 다시 회복하려는 노력, 그것은 최인석 소설의 주인공들을 인간이 아닌 존재로 변신시킨다. 변신 과정이 지니는 비판적 기능은 현실적인 원리에 의해서 자유와 행복에 부과된 한계를 최종적인 것으로 수락하기를 거부하고, '무엇이 가능한가'라는 질문을 망각하지 않도록 하는데 있[11]다. 물론 이곳이 아닌

다른 세계를 향한 인물들의 열망, 인물들의 존재 전이 욕망은 이 세계에 대한 해석에 따라 긍정적인 의미를 지닐 수도 아닐 수도 있다. 이 세계는 모든 인간을 구별하고 위계질서 속에 위치지우고 인간을 인간답게 살지 못하게 하는 곳이지만, 역사의 발전 도상에 놓일 때, 그것은 끝없이 타락해 가는 현실의 일면일 수도, 임박한 유토피아의 선구적 모습일 수도 있다. 최인석의 소설 세계 내에서 '이곳'이 어떤 지점인지를 가늠하기는 쉽지 않다.

그럼에도 불구하고 분명한 것은 『구렁이들의 집』의 소설들이 그려내고 있는 유토피아는 '현실로서 주어져 있는 체계의 틀을 넘어서야 한다'는 단일한 논리로 구성되어 있다는 점이다. 유토피아에 대한 최인석의 지향은 분리와 차별의 논리로 이루어진 세계가 지속되고는 있지만 그 세계가 영원하지는 않으리라는 믿음을 전제하고 있다는 점에서, 자신을 완전히 다른 존재로 만들어버리는 자기 부정과 그 부정의 귀결점인 체계에 대한 부정은 이전까지의 그의 세계관과 비교하자면 어떤 전환점을 맞이한 국면이라고 할 수 있다. 그러나 가시적인 변화를 쉽게 포착할 수 없을 정도로 오랜 동안 지속된 체계의 논리가 체계의 틀을 넘어서야 한다는 논리 혹은 변신 모티프만으로는 그렇게 쉽고 간단하게 극복되지 않는다. 그렇기 때문에 「구렁이들의 집」이나 「잉어이야기」 그리고 「모든 나무는 얘기를 한다」에서 시도되는 저항은 어찌 보면 절망적인 포즈처럼 보이기도 한다. 현실을 틀 지우는 논리들이 단 하나의 방법으로 분쇄될 수 없는 것과 마찬가지로 현실 너머의 세계가 단 하나의 방식으로 존재할 리도 만무하다. 그러므로 『구렁이들의 집』을 통한 최인석의 시도는 서로 다른 다양한 방향들과 함께 탐색될 때 보다 더 대안으로서의 가치를 획득할 수 있을 것이다.

---

11) H. Marcuse(김인환 옮김), 『에로스와 문명』, 나남, 1989, 123-135면 참조.

참고문헌

김예림, 「유토피아를 위한 변주 – 절대적 절망과 낭만적 기대의 선율」,
　　『작가세계』, 세계사, 2000 봄.

손정수, 「체험의 육체성으로 이룬 의식의 사회사 – 최인석론」, 『작가
　　세계』, 세계사, 2000 봄.

염무웅, 「부정의 치열성과 예술적 형상화 – 최인석의 문학세계」, 『혼
　　돈을 향하여 한 걸음』, 창작과비평사, 1997.

최문규, 「독일 낭만주의와 "아이러니" 개념」, 『문학이론과 현실인
　　식』, 문학동네, 2000.

황종연, 「비루한 것의 카니발 – 90년대 소설의 한 단면」, 『문학동네』,
　　1999 겨울.

G. Lukacs(반성완 옮김), 『소설의 이론』, 심설당, 1985.

H. Marcuse(김인환 옮김), 『에로스와 문명』, 나남, 1989.

Abstract

A Rhetoric of the Dilemma

- A essay on Choi In-Suk's 『The House of Snakes』 -

So, Young- Hyun

There has been a project that it must be showing a yearning for the new world but compromising with the infidelity of real world in Choi In-Suk's novel. It would like to represent real world by whole negative consciousness but would not be carried out through the novel. It is 『The House of Snakes』 that the traces of choi in-suk's effort for solving his dilemma. There has been two attempt to romantic negative consciousness to real world and a auto-restriction in the negative process in 『The House of Snakes』. The one is the irony of irony that is the reflection of consciousness without limitation. The other is the crossing the border of consciousness that means the crossing the boundary between consciousness and un-consciousness, human and nature, real world and un-real world. It is the principal solution that the crossing boundary between human and nature which has been chosen for overcoming the principle of a real world by Choi In-Suk's characters. That is the demand that escapes from their subjectivity. But that is too simplicity to solve his dilemma. Then, it demands a complex trial to solve his dilemma.

442

Key Words : negative consciousness, utopia, dilemma, romantic negative consciousness, irony of irony, crossing the border

번역

음독(音讀)에서 묵독(默讀)으로 - 근대 독자의 성립 - | 마에다 아이(前田愛)
(타지마 데츠오(田島哲夫)·박진영(朴珍英) 옮김)

음독(音讀)에서 묵독(默讀)으로

- 근대 독자의 성립 -

마에다 아이(前田愛)

타지마 데츠오(田島哲夫)·박진영(朴珍英)* 옮김

① 이 논문은 고(故) 마에다 아이(前田愛, 1932~1987)의「音讀から默讀へ : 近代讀者の成立」(『國語と國文學』, 1962. 6 ;『近代讀者の成立』, 有精堂, 1973, 132~167쪽)을 옮긴 것이다. 이 논문의 번역에 동의해주신 저자의 유족(마에다 미네꼬)과 이와나미 서점(岩波書店) 측의 후의에 감사드린다. 닛교(立教) 대학 교수였던 저자의 또다른 저서로는『幕府·維新期の文學』,『日本文學史』(공저),『幻影の明治』,『前田愛著作集』(전 6권) 등이 있다.

② 『근대 독자의 성립』(가제)은 대구가톨릭대 유은경 교수의 완역으로 이룸 출판사에서 곧 간행될 예정이다. 이 논문의 게재에 흔쾌히 동의해주신 데에 대해서 두루 감사의 말씀을 전한다.

③ 원문의 미주는 【원주】로, 역자의 풀이와 보충설명은 【역주】로 표시하였다.

④ 별다른 표시가 없는 주는 모두 저자의 것이다. 인용문 출전을 포함하여 본문의 괄호 안에 표시되어 있는 인용사항들은 모두 주로 처리하였다.

⑤ 원문에 충분히 밝혀져 있지 않은 서지사항이나 쪽수, 국내에 번역되어 있는 저술 등은 역자가 보충하였으며, 이를 따로 밝히지 않았다.

⑥ 인명은 처음 나올 때에만 한자와 생몰년대를 덧붙여 주었고, 성과 이름을 모두 표기하는 것을 원칙으로 삼았다. 원문의 몇몇 잘못은 역자가 바로잡았으며, 이를 따로 밝히지 않았다.

⑦ 작품명이나 서명 등은 우리말 풀이를 앞세우고 원래의 이름을 괄호로 처리하였으며, 처음 나올 때에만 원래의 이름과 발표연도 등을 괄호 안에 밝혀주었다. 옮기기 어려운 경우나 어색한 경우에는 소리나는 대로 혹은 한자식으로 읽고 원래의 제목을 그대로 드러내었다. 또, 원문에서 제목을 줄여 쓴 경우에도 원래의 작품명을 모두 표기하는 것을 원칙으로 삼았으며 이를 따로 밝히지 않았다.

⑧ 원문에서 강조 표시로 사용된 방점은 굵은 글씨로 처리하였다. 본문의 각종 구두점이나 부호 등은 무리가 없는 한 우리말 논문에 맞도록 바꾸었다.

---

* 연세대 박사과정

1

현대인들은 소설이라고 하면 다른 사람들과 함께 하는 것이 아니라 혼자 묵독(默讀)하는 것이라 생각하고 있다. 그러나 노인이 약간 이상한 가락으로 소리내어 신문을 읽는 모습을 우연히 접하기라도 하면, 이 묵독에 의한 독서 습관이 일반화된 것은 아주 최근 — 그것도 두세 세대 동안의 일이 아닌가 싶다. 시험 삼아 일기나 회고록 등에서 메이지 시대(明治時代, 1868~1912) 독자들의 모습을 찾아보면, 음독(音讀)으로 향수하는 방식에 대한 애착이 우리의 상상 이상으로 뿌리 깊이 살아 있었다는 데에 놀라게 된다.

무정부주의의 지도적 이론가로 알려져 있는 이시카와 산시로(石川三四郎, 1876~1956)[1]가 전후(戰後)에 집필한 『자서전』(自敍傳)에는 어렸을 때 할머니가 잠자기 전에 들려주시던 『쿠스노키코기』(楠公記)나 『오오카세이단』(大岡政談) 같은 이야기에서 받은 감명, 그리고 아버지와 형이 사이 좋게 독서하는 풍경이 언급되어 있다. 문명개화의 풍조가 나카센토(中仙道) 가도(街道)의 지방 부호 집안의 지적 분위기를 바꾸어가는 상황을 흥미롭게 보여주고 있는 것이다.

> 아버지도 형한테 여러 가지 책을 읽게 하고 듣기를 낙으로 삼았습니다. 예컨대 옛적 『한초군담』(漢楚軍談)이나 『삼국지』(三國志) 따위를 읽게 했었다고 기억됩니다. 뒤에는 후쿠자와 유키치(福澤諭

---

1) 【역주】이시카와 산시로(石川三四郎, 1876~1956) : 사이타마(埼玉) 현 출생의 기독교 사회주의자. 도쿄 법학원을 졸업한 후 고토쿠 슈스이(幸德秋水, 1871~1911)의 헤이민샤(平民社)에 참여했다. 유럽에 망명(1913~1920)했다가 귀국한 후 무정부주의자의 단결과 아나르코 생디칼리즘을 주장했으나 점차 윤리 운동으로 나아갔다. 『서양사회운동사』(西洋社會運動史) 등의 저서를 남겼다.

448

吉, 1834~1901)의 『학문을 권함』(學問のすすめ, 1872~1876)이
란 책을 도쿄에서 사와 읽게 한 적도 있었습니다.[2]

이 『한초군담』이나 『삼국지』는 세책방(貰册房)에서 빌린 것일지도 모른다. 이 시대에는 대부분 요미혼(讀本)[3]이나 군키모노(軍記物)를 소장하고 있는 일반 가정이 드물었고, 그만큼 세책방이나 친지한테서 책을 빌려왔을 때 온 식구가 함께 독서의 즐거움을 나누는 것이 보통이었던 것 같다. 야마카와 히토시(山川均, 1880~1958)의 『어느 평범한 사람의 기록』(ある凡人の記錄, 1951)에도 이러한 소설 독법이 나타나 있다.

> 내 소년 시절에는 아이들의 책이 적었다. …… 목판 시대의 책방이 모습을 감춘 후, 시골에서는 아직 활판 시대의 새로운 책방이 생기지 않았다. 그래서 소학교 시절, 신문 광고에서 본 박물책이 갖고 싶어서 일부러 도쿄에 있는 토야마보(富山房)(?)에 주문해서 받은 적이 있었다. 뭔가 특별한 집안이 아닌 한 어느 집안에도 장서라 할 만한 것은 없었고, 우리 집에도 『논어』(論語)나 『맹자』(孟子), 『당시선』(唐詩選), 『일본외사』(日本外史)와 같은 책들이 몇 권 있었을 뿐이었다. 어느 겨울, 잘 아는 집에서 『난소사토미 핫켄덴』(南總里見八犬傳)을 빌어와서 매일 밤 아버지가 재미있게 읽어주시면 어머니는 바느질을 하고 누나는 뜨개질을 하면서 온 식구가 들었던 적이 있었다. 그런데 1, 2년이 지나면 오랜만에 또 이 책을 빌어와서 다시 읽는 식이었다.[4]

---

2) 이시카와 산시로, 『자서전』, 31쪽.
3) 【역주】요미혼(讀本) : 에도 시대(江戶時代, 1603~1868) 후기에 유행한 소설의 일종으로, 그림을 주로 하는 에조시(繪草子)와 달리 문장을 주로 하고 삽화를 덧붙인 권선징악적·전기적(傳奇的) 소설을 가리킨다.
4) 야마카와 히토시, 『야마카와 히토시 자서전』(山川均自傳) 157~158쪽 [sic].

메이지 24년~25년(1891~1892) 무렵 히구치 이치요(樋口一葉, 1872~1896)의 일기에는 그녀가 모친 타키코(瀧子)에게 소설을 읽어준 기록이 몇 군데 남아있다. 참고로 메이지 25년(1892) 3월은 그녀의 처녀작 「밤벚꽃」(闇櫻)이 나카라이 도스이(半井桃水, 1860~1926)의 소개로 잡지『무사시노』(武藏野)에 발표된 달이다.

　　해 질 무렵 어머님께『요시노슈이』(吉野拾遺)를 읽어드리고 오다.
　　오늘 밤에 어머님께 소설을 좀 읽어드리고 오다.
　　저녁 식사를 유난히 시끌벅적하게 마치고, 어머님께 여러 대가(大家)들의 재미있는 소설을 읽어드리고 오다.
　　해가 진 후, 어머님께 소설 두세 권을 읽어드리고 오다.5)

　　이시카와 산시로의 집안은 혼조(本庄)의 호장(戶長), 야마카와 히토시의 집안은 바쿠후(幕府) 시대 쿠라모토(藏元)6)를 업으로 삼았던 쿠라시키(倉敷)의 유서 깊은 집안이었으며, 히구치 이치요의 돌아가신 아버지는 경시청 관리였다. 모두 다 지적 분위기에는 모자람이 없는 중류 가정이라 할 수 있다. 그러나 아직 소설은 개인적으로 감상하는 것이라기보다는 가족 공유의 교양의 양식이자 오락의 대상으로 생각되고 있었던 듯하다. 그리고 이와 같은 단란한 형식은 우리들에게 점차 잊혀져가고 있다.
　　이처럼 읽는 이와 듣는 이로 이루어지는 공동의 독서 방식은 일본의 '집'(家)이라는 생활양식과도 무관하지 않다고 생각한다. 그것은 잘 알려져 있다시피 라프카디오 헌(Lafcadio Hearn, 1850~1904)7)이 "일본인의

---

5) 각각 메이지 24년(1891) 9월 26일, 메이지 25년(1892) 3월 12일, 3월 18일, 3월 24일
6) 【역주】쿠라모토(藏元) : 에도 시대 영주의 저택과 창고를 겸했던 거래소의 총관리인으로서 곡물과 금전의 출납 등을 담당했다.
7) 【역주】라프카디오 헌(Lafcadio Hearn, 1850~1904) : 영문학자·수필가·소설가. 그

생활에서 내밀(內密)하다는 것은 어떤 종류의 것이든 거의 완전히 없다. …… 그리고 종이벽과 햇빛으로 된 이 세계에서는, 어느 누구도 함께 있는 남자나 여자에 개의치도 않고 쑥스러워하지도 않는다. 하는 일은 모두 다, 어떤 의미에서는 공적으로 하는 일이든가 혹은 개인적인 습관이나 특별한 버릇(만약에 있으면), 약점, 좋아하고 싫어하는 것, 사랑하거나 미워하는 것 등 모두를 어느 누구에게도 비밀로 할 수 없다. 악덕도 미덕도 숨길 수 없다. 숨기려 해봐야 숨길 만한 장소가 전혀 없는 것이다"[8]라고 지적한 바, 프라이버시의 결여를 기조로 하고 있다. 아주 최근까지도, 소설 독서를 비난의 눈초리로 보지는 않더라도 적어도 바람직한 것으로는 받아들이려 하지 않는 가정들이 적지 않았다. 그러나 이것은 소설 자체의 영향력과는 별도의 문제로, 소설과 함께 혼자의 세계에 틀어박히는 것이 라프카디오 헌이 말한 것처럼 가족 구성원 사이의 연대감으로부터 소외되는 행위를 뜻했기 때문이 아닐까 ? 유교 도덕의 규제가 심했던

리스 태생으로 영국인 아버지와 그리스인 어머니 사이에서 태어났다. 1896년 일본에 귀화했으며, 귀화 이름은 고이즈미 야쿠모(小泉八雲). 미국에서 저널리스트로 이름을 얻은 뒤 1890년『하퍼』지 특파원으로 일본에 와서 마츠에(松江) 중학교 영어교사, 1891년 고코(五高) 강사, 1896년 지금의 와세다(早稲田) 대학 전신인 도쿄전문학교에서 영문학을 강의했다. 비교적 일본의 전통이 많이 남아있던 마츠에에서 생활한 경험이 전통적인 일본문화를 해명하는 바탕이 되었다.『일본별견기』(日本瞥見記, Grimpses of Unfamiliar Japan, 1894),『동쪽 나라에서』(東の國から, 1895),『마음』(心, 1896) 등 서양인에게 동양을 소개하는 책들을 남겼으며, 일본의 민화나 전설에서 취재한『괴담』(Kwaidan, 1904)은 낭만적 경향을 보이기도 했다. 한편 대학에서는 스펜서의 진화론에 입각한 사회문화비평과 작품의 예술적 감상을 강조하는 강의로 인기가 높았다. 고재석 편저,『일본문학 · 사상명저사전』(깊은샘, 1993) 431~432쪽. 『고이즈미 야쿠모 전집』(小泉八雲全集, 전17권)이 있으며, 우리 나라에는『동양인을 위한 영국문학사』(김종휘 옮김, 동과서, 2002)가 번역되어 있다.

8) 【원주】라프카디오 헌, 오타니 마사노부(大谷正信) 옮김,『알려지지 않은 일본의 모습』(知られざる日本の面影).

메이지 초기, 소설의 지위는 말하자면 '장난감'처럼 폄하되어 있었다. 실제로 쿠사조시(草双紙)9) 같은 것은 온 가족이 즐기는 실내놀이처럼 읽힌 것이다. 하세가와 시구레(長谷川時雨, 1879~1941)의 『규분니혼바시』(舊聞日本橋)는 메이지 10년대~20년대 서민 거주지역 중류 가정의 일상생활을 상세히 기록한 흥미로운 책이다. 이에 따르면, 저녁 식사 후 높은 다락과 큰 화로가 있는 방에 온 집안의 여자·아이·하녀들이 모여 등불로 종이 모형을 비추며 놀거나 소라껍질치기를 하거나 바느질을 하면서 단란한 한때를 보낸다. 때로는 할머니가 나서서 수신담(修身談)을 들려주기도 한다. 이러한 분위기 속에서 쿠사조시가 읽혔다고 한다. 어린 시절의 쿠사조시 그림풀이를 떠올리면서 할머니나 어머니 혹은 누이에 대한 향수를 느끼는 메이지 사람들이 적지 않다.

한편 음독 습관은 이 시대의 읽고 쓰는 수준이 낮았다는 점과도 관련이 있다. 이는 중류 이하의 계층 특히 부녀자들의 독서 상황에서는 매우 중요한 사실이다. 메이지 초기 민중의 읽고 쓰는 능력이 어느 정도였는지를 구체적으로 전하는 자료는 매우 드물지만, 일례로 메이지 21년(1888) 이시카와(石川) 현에서 실시된 장정 교육 정도 조사10)를 들 수 있다. 이에 의하면, 오라이모노(往來物)11)를 읽고 쓸 수 있는 — 즉 자주적인 독서 능력을 갖추고 있는 장정은 4583명 중 1869명으로 약 41%이다. 메이지 5년(1872)의 신학제(新學制)12)를 거쳐 성년에 이른 첫 세대가 이처럼 낮

---

9) 【역주】쿠사조시(草双紙) : 그림을 곁들인 통속적인 이야기책으로 에도 시대 서민 층에서 유행했다.

10) 【원주】「문」(文), 『이시카와 현 통신』(石川縣通信), 메이지 22년(1889) 3월 25일.

11) 【역주】오라이모노(往來物) : 생활에 필요한 여러 가지 지식을 편지체의 문장 속에 엮어넣은 초급용 교과서의 총칭으로 카마쿠라 시대(鎌倉時代, 1185~1333)부터 메이지 초기 무렵까지 사용되었다.

12) 【역주】그러나 이 학제가 획일적이고 실정에 맞지 않는다 하여 1879년 교육령으로 미국식의 지방자치적인 교육제도를 받아들인 것이 이른바 '학제개편'이다. 1880

452

은 비율에 머물고 있었다. 여성의 교육 정도는 남성보다 더욱 낮아서 예컨대 메이지 20년(1887)의 남성 학령아동 취학률이 약 60%였던 데 비해 여성의 경우는 그 절반에도 못 미치는 약 28%였다. 바쿠후 말기 센호쿠초(仙北町) 테라코야(寺子屋)13) 제일의 재녀(才女)라고 불렸던, 이시카와 타쿠보쿠(石川啄木, 1886~1912)의 모친은 평생 45통의 히라가나 편지를 남긴 데 불과했다.14) 또 코슈(甲州)의 농부의 딸이었던 히구치 이치요의 모친도 겨우 카나로 장부를 쓸 수 있는 정도였다고 한다.15) 『당대서생기질』(當世書生氣質, 1885~1886)의 예기(藝妓) 타노지(田の次)가 동년배가 내민 『이로하 신문』(いろは新聞)16)을 "조그만 목소리로 읽"고 있듯이, 교육 수준이 낮은 부녀자가 혼자 글을 읽을 때에는 조그만 목소리로 주섬주섬 읽는 게 보통이었다. 이러한 독서능력 부족으로 인해 남이 읽어주는 것을 귀로 듣는 안이하고 간접적인 향수 방식에 길들여지게 마련이다. 원래 근세의 세책(貰冊) 독자 특히 닌죠본(人情本)17) 독자인

년 개정을 통해 교육에 대한 국가통제를 강화하였고, 문부대신 모리 아리노리(森有禮, 1847~1889)는 1886년 헌법 개정에 수반되는 제도 정비의 일환으로 국가주의적 색채가 짙은 학교령을 통해 도쿄 대학을 제국대학으로 바꾸어 관리양성기관으로 만들었다. 또한 헌법 제정 다음해인 1890년에는 '교육칙어'를 발포하여 충효를 근본으로 하는 유교적 교육원리를 확립하였다.

13) 【역주】테라코야(寺子屋) : 우리 나라의 서당 비슷한 곳으로, 에도 시대 서민들의 교육기관이었다. 실용적인 읽기와 쓰기, 셈하기 등을 가르쳤다. 이에 대해서는 하루오 시라네, 「교과과정의 역사적 변천과 경합하는 정전」, 『창조된 고전』 (하루오 시라네·스즈키 토미(鈴木登美) 편, 왕숙영 옮김, 소명출판, 2002) 416~418쪽을 참고할 것.

14) 【원주】이시카와 타쿠보쿠, 『일기』(日記), 메이지 42년(1909) 4월 13일.

15) 【원주】가즈타 요시에(和田芳惠), 『히구치 이치요의 일기』(一葉の日記).

16) 【역주】『이로하 신문』(いろは新聞) : '이로하'(いろは)는 원래 '이로하 가'(いろは歌)의 처음 세 글자를 가리키는 말로, 초보·입문·ABC라는 뜻으로 쓰인다.

17) 【역주】닌죠본(人情本) : 요미혼 및 유곽을 무대로 한 샤레본(洒落本)을 통칭하는 것으로, 쵸닌(町人, 도시 상인) 사회의 연애나 사랑을 그린 근세 후기 소설의 통칭이

경우, 이러한 향수 방식은 그리 낯선 일이 아니었다. 예컨대 『에이타이단고』(英對暖語)에는 애인 미네지로(峯次郎)가 모기장 안에서 모미(紅楓)·오후사(お房) 자매에게 닌죠본 『소노코타 히요쿠노 무라사키』(其小唄比翼紫)를 읽어주는 장면18)이 있고, 『슌교하치만가네』(春曉八幡鐘)에는 후카가와(深川)의 예기들이 낮 시간을 때우기 위해 서로 세책을 읽어주는 장면19)이 있다. 『무스메 나나쿠사』(處女七種)에서는 여동생이 나루터 객주집 부부에게 닌죠본을 읽어달라고 보채는 장면20)도 보인다. 타메나가 슌스이(爲永春水, 1790~1843)의 작품들에 허다하게 삽입되어

다. 나키혼(泣本)이라고도 한다.

18) 【원주】쑉(미네) "……누워 있어, 내가 책을 읽어 줄게." 후사(ふさ) "어머, 신난다." 모미(もみ) "무슨 책이에요?" 쑉 《히요쿠노 무라사키》라는 닌죠본이다……." 후사 "그럼, 처음부터 끝까지 읽어 줘야 해요!" 모미 "오호호호호, 오후사 상, 그렇게 말해봐야 한 권도 다 못 듣고 자버릴 걸……." 『에이타이단고』, 제8회.

19) 【원주】근심거리와 기쁜 일들을 아침저녁으로 오순도순 말하는 사랑의 속이야기와 뒷이야기, 그 중 아주 유난히 화목한 한 짝의 미인이 나란히 있는 2층의 모습…… 이제부터 여자들은 얼굴을 씻고 머리를 빗고 갖가지 볼일을 보면서 잡담하는 듯하다……. ● "아, 그거구나, 어제 읽어주다가 만 뒤부터 읽어줘. 저, 나중에 뭐 오면 줄게……." ■ "어머, 나도 듣고 싶으니까 읽어줘요. 나중에 꼭 맛있는 걸 사줄게." ▲ "호기심 많은 계집애들이로군." 이것보다 《코가네기쿠》(黃金菊)의 2편째를 읽자면서 중간치의 책을 꺼낸다 ● "음, 그것보다는 저 큰 것을 읽어다오." ▲ "네, 네, 그렇다면 읽을까? 자, 어디까지 읽었나? 오오, 여기네. 여기." 『슌교하치만가네』, 제17장.

20) 【원주】오토요 "어, 그게 요미혼이라는 거죠?" 오로쿠 "응, 《코분시덴》(好文士傳)이라는 타메나가(爲永)의 신작이야……." 오토요 "그럼 재미있겠다. 언니, 나한테도 좀 읽어줘요." 오로쿠 "아, 아, 읽어주는 대신 카끼모찌라도 구워준다면." 오토요 "카끼모찌든 뭐든 구울게." 오로쿠 "그리고 차도 따라줘야 돼." 오토요 "어머, 꽤 비싼 품삯이네요. 호호호호호" 오로쿠 "그거야 읽다보면 숨이 다 찰 테니까. 게다가 멋진 데나 재미있는 데가 나오면 곧바로 자기 경우랑 비교해서 애인 이야기를 꺼내니까 큰일이거든. 그래서 품삯을 후하게 받지 않으면 손해라구." 『무스메 나나쿠사』, 제25회.

있는 이러한 독서 장면들은 닌죠본 독자의 실태를 고스란히 전해줄 뿐만 아니라 타메나가 슌스이가 독자들에게 자신의 작품을 읽는 방법, 즐기는 방법에 대한 본보기를 일러주고 있는 것이기도 하다. 이는 그의 작품이 지닌 청각적 스타일의 비밀을 푸는 하나의 열쇠일지도 모른다.[21]

 상업주의화된 출판기업과 연결되어 세책방 회로를 통해 대량으로 유포된 근세 후기의 게사쿠(戱作)[22] 소설은 식자층의 범위를 넘어 그 주변에 잠재적 독자들을 만들어냈다. 야나기타 쿠니오(柳田國男, 1875~1962)[23]는 음독이라는 독특하고 함축성 풍부한 표현으로 향수하는 방식은 구승문예의 전통을 이어받은 것이라고 말하고 있다.[24] 그러나 여기서

---

21) 【원주】 …… 예전에는 사람들이 소리내어 읽었습니다. 그래서 한 사람이 읽고 다른 많은 사람들이 재미있게 들으면 히라가나조차 못 읽는 사람들까지 모두 지금 말하는 문학을 맛볼 수 있었습니다. 이것은 문학 교육이 보급되기 이전에 사람들이 암송을 통해 입에서 귀로 이어받던 흔적으로 볼 수 있습니다. 야나기타 쿠니오(柳田國男), 「여성생활사」(女性生活史) 4,『부인공론』(婦人公論), 쇼와 16년(1941) 4월.

22) 【역주】 게사쿠(戱作) : 에도 시대 통속·오락소설의 통칭.

23) 【역주】 야나기타 쿠니오(柳田國男, 1875~1962) : 효고(兵庫) 현 출생의 민속학자. 1900년 도쿄 대학 정치과를 졸업한 뒤 1919년까지 관료생활을 하면서 니토베 이나조(新渡戸稲造, 1862~1933)와 함께 '향토회'를 설립하는 한편 다카기 도시오(高木敏雄)와 함께 『향토 연구』를 발간하여 민속학 연구의 기초를 다졌다. 1920년 아사히 신문사(朝日新聞社)에 초빙되어 각지를 여행하며 기고했고 뒤에『설국의 봄』(雪國の春) 등을 출간했다. 1925년 『민족』을 창간했으며, 1934년에는 문하의 '목요회'(木曜會, 뒤의 '민속학연구소')를 이끌고 산촌, 어촌과 무인도 등의 민속을 조사했다. 이듬해 전국의 민속학자들을 결집하여『민간전승』을 주재하고 강좌를 여는 등 민속학 보급에 힘썼다. 약 100여 권의 저서를 남겼다. 이에 대해서는 고재석 편저,『일본문학·사상명저사전』, 807~811쪽을 참고할 것.

24) 【원주】 타메나가 슌스이의 닌죠본 스타일이 음독을 전제로 하고 있다는 사실은 구두점을 사용하는 방법에서 단적으로 나타난다. 예컨대『슌쇼쿠우메고요미』(春色梅兒譽美) 첫 장면에서 요네하찌(米八)는 단지로(丹次郎)가 은거하고 있는 집을 찾아간다. "난 이제。 들킬까봐 가슴이 두근두근거려서。 그리고 정말 서둘러 걸어왔으니까、아아 숨이 꽉 막힌다며 가슴을 때리고……" 여기에서 두 개의 '。'는 요네하

말하는 잠재적 독자는 구승문예를 통해 문예에 대한 관심을 키워온 민중 속으로 기록문예가 침투해가는 과정에서 나타난 것으로 보아도 좋다. 잠재적 독자는 읽을거리에 대한 관심과 욕구를 두루 갖추었으면서도 자주적으로 독서하는 의욕과 능력은 부족한 독자이며, 단적으로 말하자면 혼자서 독해하는 노력을 아끼고 귀로 들으면서 즐기려는 독자이다. 이 잠재적 독자 획득에 가장 눈부신 역할을 담당한 근세소설 장르는 주로 부녀자층을 독자로 삼았던 닌죠본이었다. 닌죠본 독자는 가부키(歌舞伎)25), 온교쿠(音曲)26), 하야시(囃)27), 코단(講談)28) 등 민중연예의 복제와 축약 그리고 재현을 책에서 찾는 독자29)이며, 모리야마 시게오(森山重雄)의 말을 빌자면 "익숙해진 시청각적 예비상황으로 조성되어 있는"30) 독자인 것이다. 민중연예적 요소를 많이 받아들이고 있는 닌죠본의 작자와

찌가 숨가빠 하며 말하는 모습을 드러내기 위한 기호이지 의미상의 끊어짐이 아니다.

25) 【역주】가부키(歌舞伎) : 에도 시대 서민의 예능으로 출발하여 발달한 일본의 전통적인 대중 연극.

26) 【역주】온교쿠(音曲) : 일본식 음악·가곡의 총칭 혹은 샤미센(三味線)에 맞추어 부르는 속곡.

27) 【역주】하야시(囃) : 노가쿠(能樂)·가부키 등에서 연기의 장단을 맞추거나 흥을 돋우려고 피리나 북, 징, 샤미센 등으로 연주하는 반주음악.

28) 【역주】코단(講談) : 무용담·정치담·군담(軍談) 등을 재미있게 들려 주는 연예 혹은 야담.

29) 【원주】시키테이 산바(式亭三馬, 1776~1822)의 곳케이본(滑稽本)이 가라쿠(可樂)의 라쿠고(落語)와 교섭하고 있었다는 것은 잘 알려진 대로이다. 샤레본과 우키요모노(浮世物), 흉내내기(眞似) 등의 연예 사이의 교섭에 대해서는 혼다 야스오(本田康雄)의 「회화체 샤레본의 성립에 대한 시론」(會話體の洒落本の成立に就いての試論), 『국어와 국문학』(國語と國文學), 쇼와 34년(1959) 11월, 고칸(合券)과 가부키 사이의 교섭에 대해서는 스즈키 시게조(鈴木重三)의 「고칸모노 제재의 전기와 타네히코」(合卷物の題材轉機と種彥), 『국어와 국문학』, 쇼와 36년(1961) 4월을 각각 참조할 것.

30) 【원주】모리야마 시게오(森山重雄), 「에도 소설의 문제점」(江戶小說の問題點), 『국어와 국문학』(國語と國文學), 쇼와 36년(1961) 4월.

독자 사이의 관계는 무대에서의 연기자와 청중 사이의 관계에 그 원형을
두게 된다. 타메나가 슌스이가 겐콘보 료사이(乾坤坊良齊)와 짝을 이루어
무대에 올라 손수『슌쇼쿠우메고요미』(春色梅曆, 1832)를 구연했다고 전
해지고 있는데,[31] 이 사실은 그의 작품이 소설이라기보다 산유테이 엔초
(三遊亭円朝, 1839~1900)의 구연 속기(口演速記)에 가까운 것으로 이해
되어야 함을 시사하는 것이리라.

　그런데 활판인쇄술 도입으로 염가의 출판물이 목판인쇄 시대와는 견
줄 수 없을 정도로 공급되기 시작한 메이지 초기는 식자층과 이를 웃도는
잠재적 독자층이라는 불균형이 확대재생산된 시기에 해당한다. 또한 문
명개화의 어지러운 세태는 민중에게 대량의 정보 소화를 요구하기도 했
다. 마을 유지가 사람들을 모아 신문기사를 읽고 들려주는 '신문해화회'
(新聞解話會), 승려・신칸(神官)이 신문이나 삼조(三條)의 교헌(敎憲)[32]

---

31) 【원주】세키네 다다마사(關根只誠) 옹 왈, 내가 젊었을 적에, 아마도 텐포(天保,
　　1830~1843) 11년(1840)의 10월 경인가 싶은데 시모야(下谷) 야마시타(山下)의 이발
　　소에서 처음엔 슌스이, 끝에 료사이, 그리고 중간에는 세화강담(世話講談), 인정이
　　야기(人情話)라고〔식순 혹은 안내문이——역자〕써붙여져 있는 것을 보았다. ……
　　슌스이는 눌변인 데다 70여 세의 노인이어서 음색도 낮고 참으로 듣기 거북했다.
　　특히 《슌쇼쿠우메고요미》(春色梅曆)를 강담하면 제목과 사람이 맞지 않아 한층
　　더 어색한 감이 들었다. …… 春のや主人, 「타메나가 슌스이 약전」(爲永春水略傳),
　　『중앙학술잡지』(中央學術雜誌), 메이지 19년(1886) 2월 1일.
32) 【역주】삼조(三條)의 교헌(敎憲) : 교조삼칙(敎條三則) 혹은 교칙삼조(敎則三條)라
　　하기도 한다. 메이지 정부가 1872년 3월 신지성(神祇省) 대신 교부성(敎部省)을 설치
　　하고 본격적인 국민교화정책을 실시하면서 같은 해 5월, 새로운 시대의 교화 활동
　　이 지표로 삼아야 할 강령으로 채택한 것을 가리킨다. 그 내용은 ① 경신애국의 취
　　지를 받들 것(敬神愛國の旨を体すべきこと) ② 천리인도를 분명히 할 것(天理人道を
　　明にすべきこと) ③ 천황을 봉대하고 조지를 지킬 것(皇上を奉戴し朝旨を遵守せしむ
　　べきこと)으로 이루어져 있다. 원래는 신칸들에게만 전달된 것이었지만, 교부성이
　　일시적으로 예능 업무를 관장하게 되면서 게사쿠 작가들을 비롯한 예능인들에게
　　큰 영향을 끼쳤다. 이에 대해서는 나카무라 미츠오(中村光夫),『일본 메이지 문학

에 기초하여 문명개화에 관한 정보라든가 왕정복고 이데올로기를 해설해서 들려주는 '설교'는 활자 커뮤니케이션에 구화(口話) 커뮤니케이션을 접목한 것이었고, 과도기 커뮤니케이션 시장의 불균형이 산출한 기형적 기관에 다름 아니었다. 소학교에 다니는 아이들이 신문을 읽는 데에 자극을 받아 부모들이 신문을 구독해서 읽기 시작했다. 그러한 종류의 기사[33]가 일종의 미담으로 신문을 떠들썩하게 만들었던 시대였다. 한편 메이지 10년(1877) 무렵을 고비로, 세책 게사쿠 소설은 소신문(小新聞)[34]의 '연재물'에 그 독자를 빼앗기기 시작한다. 매일 아침 배달되는 신문의 편리함이 3일마다 큰 보따리를 지고 책을 공급하러 돌아다니는 세책방을 구폐(舊弊)의 유물로 바꿔놓았던 것이다. 그리고 소신문이 가정 속으로 침투해 들어갔을 때, 그것은 역시 소리내어 읽고 귀로 듣는 것이었던 듯하다. 다음은 상인 집안의 딸이 젊은 상점지배인에게 '연재물'을 읽어달라고 조르는 장면이다.

> 그 지배인은, 밤중에 안쪽 살림방에 와서 신문을 읽고 들려달라, 어제 것의 속편이 나와 있으니 하며 보채는 것을, 산노스케(三之介)는 말리면서, 읽어드리겠지만 당신은 아무쪼록 연애담이나 정사(情死) 이야기만 좋아하고 도움될 만한 이야기는 듣지 않으니까 신문을 사는 게 무익합니다.[35]

사』(고재석·김환기 옮김, 동국대학교 출판부, 2001) 32~33쪽을 참고할 것.

33) 【원주】예컨대『요미우리 신문』(讀賣新聞), 메이지 10년(1877) 4월 5일, 4월 23일.

34) 【역주】소신문(小新聞) : 메이지 초기의 신문은 내용과 독자층, 문체 등에 따라 대신문과 소신문으로 나누어져 있었다. 대신문은 정치나 경제 등의 문제를 다룬 논설을 중심으로 삼았으며, 지식인들을 대상으로 하는 문어체를 사용했다. 반면 소신문은 화류·연예계 이야기 등 흥미 위주의 읽을거리를 중심에 두었으며, 구어체에 가까운 문체를 사용한 민중 대상의 신문이었다. 가격과 판매방법 등도 달랐다. 소설을 실은 것은 물론 소신문이었으며 잡보란에는 사진 대신 조잡한 목판 삽화를 넣었다. 나카무라 미츠오,『일본 메이지 문학사』, 34~35쪽.

『당대서생기질』에도 똑같은 장면이 삽입되어 있다. 제15회에서 손님 요시즈미(吉住)가 오이란(花魁)[36]인 카오토리(顔鳥)에게 『요미우리 신문』(讀賣新聞)을 읽어주는 장면이 있다.

가족이 한 방에 모여 소설을 함께 즐기는 향수 형태는 마루에 놓인 라디오 한 대에 온 가족이 귀를 기울이며 저녁 후의 한때를 보내던 향수 형태를 연상시킨다. 휴대하기 편리한 트랜지스터 라디오가 발명되고 텔레비전이 마루의 주인이 되고 난 쇼와(昭和, 1926~1989) 30년대에 들어서면서 이 공동적인 라디오 향수 형태는 해체된다. 라디오는 이제 독방이나 침실에 놓여 개인적으로 향수되기 시작했다. 이에 따라 라디오 방송 내용이나 진행 기술도 변화했다. 예컨대 심야방송의 아나운서가 홀로 있는 청취자를 향해 속삭이듯 말하게 되면서 가상적인 사적 커뮤니케이션의 장(場)이 구성된다. 그런데, 라디오 향수 형태의 변화가 쇼와 30년대의 약 10년 동안 눈에 띄게 진행된 현상임에 비하여 소설이 공동적인 향수 형태에서 개인적인 향수 형태로 변화하는 추이는 훨씬 완만한 템포의 진행이었음에 틀림없다. 바꿔 말하자면 소설의 경우, 공동적인 향수 형태와 개인적인 향수 형태는 꽤 장기간에 걸쳐 공존할 수 있었을 것이다.

2

한 사람의 읽는 이를 몇 명이 둘러싸고 귀를 기울여 듣는 공동적인

---

35) 오카모토 기센(岡本起泉, 1853~1882), 『하나오카기엔단』(花岡奇緣譚) 초편 하권, 메이지 15년(1882).
36) 【역주】오이란(花魁) : 고급 창기(娼妓).

독서 형식은 메이지 초기까지도 여전히 광범위하게 온존하고 있었으며, 일본의 '집'의 생활양식 즉 프라이버시의 결여, 민중의 읽고 쓰는 능력의 부족, 게사쿠 문학의 민중연예적 성격 등 여러 조건에 기초해 있었다. 다만 이 경우 소리내어 읽는다고 해서, 읽을거리에 대한 잠재적인 욕구를 가지고 있는 복수의 듣는 이들이 음독 그 자체에 대해 흥미와 관심을 집중할 만한 강한 내적 동기에 지배되고 있었음을 뜻하는 것은 아니다. 국어 학습 목표를 『실어교』(實語敎)37) 및 오라이모노의 습자(習字)에 두었던 테라코야 교육 단계에서 문장을 독송(讀誦)하고 그 율동감에 도취할 수 있는 능력은 장외에 있었다. 즉 문장의 리듬을 충분히 음미할 수 있는 감수성, 문장을 낭송(朗誦)하거나 듣는 것에서 즐거움을 발견할 수 있는 능력의 유무는 한적(漢籍) 소독(素讀)38) 체험의 여부와 관련되어 있었다.

논의를 명확히 하기 위해 '음독' 그 자체의 두 가지 형식——전달의 수단이자 이해의 보조수단으로서의 '낭독'과 문장의 리듬을 실감하기 위해 낭랑하게 소리내어 읊는 '낭송'을 나누어 보기로 한다. 첫번째 형식인 '낭독'은 주로 민중에게서 발견되는 것으로 온 가족의 공동적인 독서 형식에 적응했다. 게사쿠 소설, 소신문의 '연재물', 메이지식 고칸(合卷)39), 코단 속기 등의 문학 양식이 이에 대응한다. 두번째 형식인 '낭송'은 한적 소독을 거친 청년들인 이른바 서생들에게 특징적이다. 학교・기숙사・료(寮)・정치결사 등의 정신적 공동체 내부에서 서사시적 향수의 장을 창출해냈으며, 이에 대응하는 것이 한시문, 요미혼, 대신문(大新

---

37) 【역주】『실어교』(實語敎): 돈보다 지혜가 더 가치 있다는 내용의 고곤(五言) 96구를 모아놓은 교훈적 내용의 초급용 교과서. 유교적인 내용을 대구로 구성하여 외우기 쉬웠기 때문에 테라코야 교재로 보급되었다.
38) 【역주】소독(素讀): 문장의 뜻은 생각하지 않고 다만 글자만 소리내어 읽는 것.
39) 【역주】고칸(合卷): 쿠사조시의 일종으로 어떤 체재의 쿠사조시 혹은 그 내용을 이루는 소설의 형태를 가리킨다.

聞)40)의 논설, 정치소설 등의 문학 양식이다. 아래에서는 앞 절에서 언급하지 않았던 이 두번째 형식에 대한 대략적인 조감도를 그려보고자 한다.

사족(士族)이나 지방 부호의 자제는 빠르면 다섯 살, 늦어도 열 살 전후가 되면 한적 소독을 시작했다. 바쿠후 시대 말기부터 메이지 초기에 유소년기를 거친 사람들의 예를 몇 가지 들어보기로 한다.

> ▶ 우에키 에모리(植木枝盛, 1857~1892)
>   열한 살 때 토사(土佐)의 항코(藩校)41) 문무관(文武官)에 입학하여 사서오경의 구두(句讀)를 배운다.42)

> ▶ 모리 오가이(森鷗外, 1862~1925)
>   게이오(慶応) 2년, 다섯 살 때 항쥬(藩儒)43) 요네하라 츠나에(米原綱善) 밑에서 한적 소독을 받았고, 이듬해 츠와노(津和野)의 항코 양로관(養老館)에 입학한다.44)

> ▶ 토쿠토미 소호(德富蘇峯, 1863~1957)
>   여덟 살 때 외조부에게서 『논어』소독을 배운다. (그 전에도 어머니한테서 『대학』과 『논어』의 기초를 배운 적이 있다.)45)

> ▶ 사가노야 오무로(嵯峨の屋お室, 1863~1947)
>   다섯 살 때 아버지에게서 사서 소독을 배웠고, 아버지가 우에노(上野) 전쟁에 참가했다가 투옥된 후에는 형과 숙부를 통해 『맹자』 2권까지 터득한다.46)

---

40) 【역주】대신문(大新聞) : 앞의 주 34)를 볼 것.
41) 【역주】항코(藩校) : 테라코야와는 달리 주로 귀족 자제들을 가르치는 교육기관이었다.
42) 우에키 에모리, 「우에키 에모리 자서전」(植木枝盛自傳).
43) 【역주】항쥬(藩儒) : 영주에게 소속된 유학자.
44) 「연보」(年譜).
45) 토쿠토미 소호, 「토쿠토미 소호 자서전」(蘇峯自傳).

▶ 코다 로한(幸田露伴, 1867~1947)

일곱 살 때 오카치마치(徒士町)의 한학 선생인 카네다(金田) 밑에서『효경』소독을 시작했고, 오차노미즈(お茶の水) 사범 부속 소학교에 입학한 후에도 소독을 계속한다.[47]

▶ 마사오카 시키(正岡子規, 1867~1902)

여섯 살 때『논어』소독을 시작했고 여덟, 아홉 살 때 외조부에게서『맹자』소독을 배운다.[48]

▶ 타오카 레이웅(田岡嶺雲, 1870~1912)

열 살 무렵 아버지에게서『소학』의 기초를 배웠고, 그 후 소학교 교사 집에 다니면서『국사략』(國史略),『일본외사』,『십팔사략』(十八史略) 등의 소독을 배운다.[49]

메이지 5년(1872)에 신학제가 시행되고 나서도 아직 한학 존중의 기풍이 뿌리깊이 남아 있었다. 그래서 자제를 소학교에 통학시키면서 가정이나 사숙(私塾)에서 한적 소독을 배우게 하는 경우가 많았던 것 같다. "교사 자택에 다니면서 과외로 한적 학습을 하는 것이 경쟁적으로 이루어졌다."[50] 코다 로한은 이른 새벽에 일어나 촛불 밑에서 큰 소리로 되풀이해 읽고 나서야 등교하는 것을 일과로 삼고 있었다. 이 엄격한 훈련을 통해 "문구(文句)도 입버릇처럼 외우고 모두 다 암송해버렸기 때문에, 책의 처음 두세 쪽만 펼쳐보아도 그 다음부터는 책으로 전혀 눈을 돌리지"[51]

---

46) 사가노야 오무로, 「사가노야 오무로 자서전」(嵯峨の屋お室自傳).
47) 코다 로한, 「소년시대」(少年時代),『코다 로한 전집』(幸田露伴全集) 제29권.
48) 마사오카 시키, 「붓가는 대로」(筆まかせ).
49) 타오카 레이웅,『불행전』(數奇傳, 1911~1912).
50) 타오카 레이웅,『불행전』.
51) 【원주】코다 로한, 「소년 시대」(少年時代),『코다 로한 전집』(幸田露伴全集) 제29권, 280쪽.

않을 정도로 숙달되었다.

한적 소독은 말의 울림과 리듬을 반복하여 복송(復誦)하는 조작을 통해 일상의 말과는 차원을 달리하는 정신의 말 즉 한어(漢語)의 형식을 어린 혼에 각인시키는 학습 과정이다. 의미는 다 이해하지 못하더라도 문장의 울림과 리듬의 형식은 거의 생리적으로 체득된다. 좀더 나이가 들면서 강독(講讀)이나 윤독(輪讀)을 통해 얻는 지식은 바로 이 형식에 충족된다. 또한 소독 훈련을 거쳐 거의 등질적인 문장 감각과 사고 형식을 배양한 청년들은 출신 지역이나 계층의 차이를 넘어 같은 지적 엘리트에 속하는 동지로서의 연대감을 확보할 수 있게 된다. 게다가 한어의 울림과 리듬에 대한 감수 능력의 공유를 전제로 하는 한시문의 낭송·낭음(朗吟)이라는 행위는, 마치 방언이 지역 주민 사이의 친근감을 강화하듯, 연대감을 증폭시키는 작용을 하는 것이다.

입신출세를 꿈꾸며 각지에서 도쿄로 모여드는 청년들은 일단 한학숙(漢學塾)에 적을 두는 경우가 많았다. "관학교――육해군병학교, 법률학교――에 입학하기 위해서는 한학이 필요했"[52]기 때문이다. 또 등록금도 쌌기 때문에 하숙 대신 들어갔다가 거기서 뜻을 둔 학교에 통학한 것이다.[53] 타야마 카타이(田山花袋, 1871~1930)는 『도쿄의 30년』(東京の三十年, 1917)에서 서점 유린도(有隣堂)의 사환으로 일할 때 형이 수업을 받으러 나와 있던 한학숙 창문 밑에 서서 "솟아나오는 듯한 책읽는 소리"를 부럽고 슬픈 마음으로 듣던 일을 추억하고 있다. 그런데 메이지 10년대의 도쿄 시내에는 나카무라 케이우(中村敬宇, 1832~1891)의 '도

---

52) 카타야마 센(片山潛, 1859~1933), 『자서전』(自傳).

53) 【원주】 한학숙의 실태에 대해서는 카타야마 센의 『자서전』, 아베 이소(安部磯雄)의 『사회주의자가 되기까지』(社會主義者となるまで), 시노다 코로(篠田鑛造)의 『메이지 백화』(明治百話) 등에 상세하다.

진샤'(同人社), 미시마 추슈(三島中州, 1830~1919)의 '니쇼가쿠샤'(二松學社), 스기우라 주고(杉浦重剛, 1855~1924)의 '쇼코주쿠'(称好塾), 무코야마 코손(向山黃村, 1826~1905)의 '코손주쿠'(黃村塾), 오카 도쿠몬(岡鹿門, 1832~1913)의 '오카주쿠'(岡塾), 요시노(芳野世經)의 '요시노주쿠'(芳野塾) 등을 비롯하여 "한학숙은 …… 도처에 있었다."[54] "솟아나오는 듯한 책읽는 소리"는 이러한 사숙들뿐만 아니라 서생들의 하숙에서도 높이 울려퍼졌다. 『요미우리 신문』메이지 10년(1877) 3월 13일자 투고란을 보자.

　　일본 사람들이 옛 서적을 읽는 데에는 서양과 같은 문법도 없고, 콤마도 세미콜론도 풀스탑(full stop, 마침표)도 없다. 읽는 소리도 제멋대로 이상하고 희한한 가락을 붙여 웅얼웅얼 한다. 지녀수(志女壽)의 도도이츠(都都一)[55]처럼 긴 것도 있고, 외사 왈(外史曰), 외사 왈 하면서 한 구절을 다섯 번, 열 번 읽는 이도 있다. 그 중에는 순례(順禮) 소리[56], 도조야(どうぞや) 소리[57], 제문(祭文) 읽는 소리, 아호다라교(阿房多羅經)[58] 소리 같은 것도 있다. 만자이(萬才)[59]가 찾아온 줄 아는 사람도 있고, 기관에서 호출하러 온 줄 아는 사람도 있다. 그래도 이들은 아직 참아줄 만하지만, 서생 하숙집에서 간혹 사람들이 잠든 밤에 큰 소리로 읽어서 남의 잠을 훼방놓은 패거리는 좀 신경썼으면 한다. 그리고 책 읽는 방법은 신슈(眞宗)[60]의 승려가

---

54) 카타야마 센, 『자서전』.
55) 【역주】 도도이츠(都都一) : 유행 속요의 하나.
56) 【역주】 순례(順禮) 소리 : 사이고쿠(西國) 33소, 시코쿠(四國) 88소 등의 영장(靈場)이나 진자(神社)에서 신칸(神官)들이 내는 소리.
57) 【역주】 도조야(どうぞや) 소리 : 유곽에서 유녀(遊女)가 손님을 보낼 때 내는 소리를 일컫는다.
58) 【역주】 아호다라교(阿房多羅經) : 에도 시대 중기 거지중이 읊은 시사 풍자 속요.
59) 【역주】 만자이(萬才) : 둘이서 짝을 지어 우스갯소리를 하는 예능의 하나.
60) 【역주】 신슈(眞宗) : 불교 종파의 하나.

경을 읽듯이 구두(句讀)를 두어 좀 빨리 읽는 것이 낫다고 생각한다.

애독 한시문이나 교쿠테이 바킨(曲亭馬琴, 본명 타키자와 바킨(瀧澤馬琴), 1767~1848)의 요미혼을 음송·암송하는 것이 이 서생들의 레크레이션의 하나였던 것도 무리는 아니다. 메이지 8년(1875) 니가타(新潟)에서 상경하여 대학예비문(大學豫備門) 입학 준비를 하고 있던 이치지마 켄키치(市島謙吉)는 "그 즈음 도쿄의 서생 사회에서는 교쿠테이 바킨의 소설——『난소사토미 핫켄덴』(南總里見八見傳, 1814~1842)이나 『진세츠 유미하리즈키』(椿說弓張月, 1807), 『긴세세츠 비쇼넨로쿠』(近世說美少年錄, 1829~1831) 등을 읽는 것이 유행"이었으며, "많은 서생들이 『난소사토미 핫켄덴』의 중요한 장면의 문구를 외우고 있었을 뿐 아니라 시나노 해변의 이별의 한 구절 등을 암송하지 못하면 친구들 사이에서 어깨를 펴지 못하는 감이 있었다"[61]고 회상하고 있다. 그리고 좀 나중이긴 하지만 마사무네 하쿠초(正宗白鳥, 1879~1962) 역시 어렸을 때 "교쿠테이 바킨이나 라이 산요(賴山陽, 1780~1832)의 문체에 쾌감을 느꼈고, 시를 읊듯이 음독하기도 했다"[62]고 한다. 한문식의 격조 높은 문체로 쓰여진 정치소설도 교쿠테이 바킨의 요미혼만큼 애송할 만한 문학이었다. 특히 요소요소마다 한시를 끼워놓고 화려한 4·6조를 구사한 『카진노키구』(佳人之奇遇, 1885~1897)[63]의 미문(美文)이 서생들 사이에 널리 음송되어 인기를 얻었다는 것은 잘 알려진 대로이다. 삼백 명의 도시샤

---

61) 【원주】이치지마 켄키치, 「메이지 문학 초기의 추억」(明治文學初期の追憶), 『와세다 문학』(早稻田文學), 다이쇼 14년(1925) 7월.
62) 【원주】마사무네 하쿠초, 「옛 일기」(昔の日記), 『근대문학』(近代文學), 쇼와 21년 (1946) 1월.
63) 【역주】『카진노키구』(佳人之奇遇, 1885~1897) : 도카이 산시(東海散士, 1852~1922) 지음. 1897년 간행된 메이지 시대 정치소설의 대표작이다.

(同志社) 기숙생들이 예습하다가 『카진노키구』 속의 한시 낭음에 "빨려 들어가듯이 귀를 기울이는" 『까만 눈과 갈색 눈』(黑い眼と茶色の目, 1914)의 인상적 장면은 새삼 인용할 필요도 없다. 스기우라 주고의 쇼코 주쿠에서 공부했던 에미 스이인(江見水陰, 1869~1934)이 회상한 바 있듯이[64] '연파소설'(軟派の小説)[65]에 한눈 팔지 않던 한학숙의 서생들도 『카진노키구』나 『케이코쿠비단』(經國美談, 1883~1884)[66]의 스타일에 공명하고 좋아서 음송한 것이다. 이미 언급했듯이 한시문의 리듬에 대한 감수성을 공유하는 서생들에게 낭송이나 낭음은 파세틱한(pathetic, 비장한) 집단감정을 불러일으키는 계기가 될 수 있었다. 이러한 향수 공간의 원형은 『케이코쿠비단』이나 『카진노키구』 등의 명작 정치소설들이 나타나기 이전에도 마련되어 있었다. 한 예로, 타오카 레이웅은 토사(土佐) 자유민권운동의 하부조직이라 할 '샤'(社) 내부에서 고향 마을의 청년들과 함께 "오호(嗚呼)라, 삼천오백만의 형제들이여"로 시작되는 국회청원 격문이나 폴란드 멸망에 관한 노래 등을 즐겨 읊었다[67]고 말하고 있다. 정치소설은 학교·료·기숙사·사숙·결사 등의 정신적 공동체 내부에서 집단적·공동적으로 향수되는 방식을 통해 자유민권의 분위기를

---

64) 【원주】 에미 스이인, 『내가 본 메이지 문단사』(自己中心明治文壇史), 29쪽.

65) 【역주】 연파소설(軟派の小説) : 대략 메이지 중기 무렵 '경문학'(硬文學)과 '연문학'(軟文學)의 구분이 논의된 바 있는데, 이때의 연문학을 가리킨다. 경문학이 역사상의 인물에 대해 다루는 사론(史論)이나 국가나 사회, 사상 등을 직접 논하는 경우를 가리킨다면, 연문학은 연애나 색정을 다룬 게사쿠나 소설 등을 가리킨다. 이에 대해서는 스즈키 사다미(鈴木貞美), 『일본의 문학 개념』(김채수 옮김, 보고사, 2001) 220쪽 및 320~326쪽을 참고할 것.

66) 【역주】 『케이코쿠비단』(經國美談, 1883~1884) : 야노 류케이(矢野龍溪, 1850~1931) 지음. 1884년 간행된 메이지 시대 정치소설의 대표작으로 중국과 우리 나라에서도 같은 제목으로 번역되어 널리 읽혔다. 특히 우리 나라에서는 1908년 현공렴(玄公廉)의 역술로 우문관에서 상·하 합책으로 발행된 바 있다.

67) 【원주】 타오카 레이웅, 『불행전』(數奇傳), 58쪽.

앙양시키는 촉매로서의 역할을 보다 효과적으로 발휘할 수 있었을 것이다. 그리고 그것은 공중 앞에서 낭송되는 서사시의 향수 방식에 가까운 성격을 띠게 된다.

3

『고독한 군중』[68]의 저자로 알려져 있는 D. 리즈먼은 커뮤니케이션사의 관점에서 문화의 발전 단계를 셋으로 나누고 있다.[69] 첫째는 구화(口話) 커뮤니케이션에 의존하는 문화, 둘째는 인쇄된 문자 커뮤니케이션에 의존하는 문화 즉 활자문화, 셋째는 라디오·영화·텔레비전 등의 시청각 미디어에 의존하는 이른바 대중문화이다. 리즈먼의 문제의식은 활자문화로 형성된 내적지향형의 인간을 대신해 영화·텔레비전 등의 영상문화로 주출(鑄出)된 타인지향형의 인간이 등장하는 과정에 대한 탐구에 초점이 맞추어져 있지만, 일단 여기에서는 첫째와 둘째의 과도기 즉 활자가 구화 커뮤니케이션을 복제하는 수단으로 병용되었던 시대를 문제삼고자 한다.

리즈먼은 묵독 습관의 성립을 퓨리터니즘과의 관련 속에서 파악하고자 한다. 인쇄술이 발명된 15세기부터 퓨리터니즘의 영향 아래 개인적·내면적인 독서 방식이 일반화되는 18세기까지는 활자문화의 전기 혹은 준비기로 규정된다는 것이다. "실로 구텐베르크가 나온 뒤에도 현대의

---

68) 【역주】『고독한 군중』: D. 리즈먼 지음, 원제 The Lonely Crowd. 이 책은 국내에 번역되어 있다. 이상률 옮김, 『고독한 군중』, 문예출판사, 1999.

69) 【원주】D. Riesman, The Oral Tradition, Written word and the Screen Image, 1956 : Books-Gunpowder of the Mind (Atlantic Monthly, 1957. 2. 수록, 『아메리카나』지(アメリカーナ誌)에 번역되어 있다.)

독서 방식으로 일반화되기까지는 오랜 시간이 필요했다. 혼자 책을 읽을 때조차 소리내어 낭독했다. 그것은 문자가 발음대로 각자 멋대로 엮인———존슨 박사의 사전이 정자법(正字法)으로 통일되기까지는———데에도 나타나 있다. 인쇄된 행에 비스듬하게 머리를 베틀북처럼 빨리 움직이면서 조용하고 각광받지 않는 내밀한 읽기를 배운 것은———이는 정말 그들다운데———퓨리턴들이다. 이처럼 비교적 시간이 흐른 뒤에야 비로소 인쇄된 책은 바깥을 향한 문과 마찬가지로 안을 향한 문을 열었으며, 타인의 존재라는 부산함으로부터 고독 속으로 사람들을 유혹했던 것이다."[70]
책이 묵독으로 향수되는 시대에 앞서 음독 습관이 우월한 시대가 선행한다는 것은 리즈먼과 같은 사회학자뿐만 아니라 독자층 문제에 관심을 돌리는 문학사 쪽에서도 지적되고 있다. 예컨대 영국 엘리자베스 시대의 경우 시는 물론 산문조차 낭독에 의한 실연(實演)을 고려하면서 쓰여졌으며, 활자의 기능을 완전히 구사한 문학양식 즉 산문으로 된 소설은 18세기 초 저널리즘의 발생과 함께 겨우 그 모습을 나타냈다는 것이다.[71] 한편 17세기의 독서는 거의 예외없이 소리내어 읽는 것을 뜻했다———구두점에 의해 끊는 방법은 구문이 아니라 발성에 바탕을 두고 있다.[72] 또 18세기 독일의 통속화(通俗畵)에서 시민가정의 모습으로 즐겨 그려졌던 소재의 하나는 부모가 아이들에게 책을 읽어주는 장면이었다고 한다.[73]

일본의 경우에는 활판인쇄술 이입에 앞선 목판인쇄의 기간이 대체로 이 음독 시대와 대비할 만하다. 그리고 목판인쇄와 활판인쇄의 교체기에

---

70) 【원주】 D. Riesman, The Oral Tradition, Written word and the Screen Image, 1955.
71) 【원주】 I. Watt, The Rise of the Novel, 1957, p. 190 ; 전철민 옮김, 『소설의 발생』, 열린책들, 1988, 제 2 장을 볼 것.
72) 【원주】 Q. D. Leavis, Fiction and the Reading Public, 1932, p. 218.
73) 【원주】 L. L. Schucking, The Sociology of Literary Taste, Eng. tr. 1944, p. 72.

해당하는 메이지 초기는 리즈먼이 말하는 구화 커뮤니케이션 단계에서 활자 커뮤니케이션 단계로의 과도기, 그것도 그 최종기였다고 규정할 수 있다. 인쇄된 문자는 자율적인 매체로서의 기능을 충분히 발휘하지 못한 채 아직 구화 커뮤니케이션의 복제 혹은 재현 수단으로서의 역할을 겸하고 있던 시대였다. 바꿔 말하자면, 활자가 개인적인 커뮤니케이션 양식으로 작용하는 한편 가족공동체·지역공동체·정신적 공동체 등 집단을 단위로 하는 커뮤니케이션 양식으로 작용하는 경우도 적지 않았음을 뜻한다. 가족공동체에서의 게사쿠 소설이나 소신문, 지역공동체에서의 '신문해화회', 정신적 공동체에서의 정치소설은 각각 이 집단적·공동적인 향수의 존재 양식을 전형적으로 보여주고 있다.

음독에서 묵독으로 옮겨가는 이러한 향수 방식의 이행 과정을 동시대인의 한 사람으로서 꽤 정확하게 인식하고 있었던 것은 츠보우치 쇼요(坪內逍遙, 1859~1935)였다. 메이지 24년(1891) 4월 『국민의 벗』(國民之友)에 게재된 「독법을 일으키고자 하는 취지」(讀法を起さんとする趣意)는 말하자면 그의 문학적 이력의 분기점——소설개량에서 연극개량으로——에서 쓰여진 논문이지만, 이 자리에서 주목하고자 하는 것은 문학향수이론으로서의 성격이다.

츠보우치 쇼요는 이 논문의 첫머리에서, 상고시대에는 인쇄술도 없었고 종이도 모자라 저작을 유포시키는 일이 곤란하기 짝이 없었기 때문에 "낭송·낭독의 필요"가 일어났다고 말하고 있다. 그리고 호머나 헤로도토스의 이름을 들어가며 '절주문'(節奏文)〔운문〕이 '무조(無調)의 문장'〔산문〕에 앞서 나타나는 것은 바로 이 낭독이라는 발표 형식과 관련되어 있다고 설명한다. 이어서 츠보우치 쇼요는 자문자답의 형식을 빌어 논의를 진행시킨다. 현대는 상고시대와는 달리 교육이 보급되고 인쇄술이 발달한 결과 "한 편의 글이 순식간에 수만의 인쇄물이 되어

억만 명이 동시에 묵독할 수 있는 세상"이 되었다. 그래서 "옛 사람들이
야 귀를 통해 남의 작품을 읽기도 했지만 요새 사람들은 눈으로 읽을
수 있는 편의를 지니"는 이상, 학습방법이나 혹은 타인에게의 전달수단
으로 이해되었던 종래의 낭독법은 의의가 없는 것으로 변화해가고 있다
는 것이다. 여기서 츠보우치 쇼요는 '인성연구법'(人性研究法)의 일단에
응용 가능한 새로운 독서술='논리적 독법'을 제창하고 있는 것이다. 이
는 "문장의 깊은 뜻을 천착하고〔비평〕 아니 오히려 그 글의 작자——
각본이라면 그 인물——의 성정(性情)을 간파하고〔해석〕자기 자신이
그 작자 혹은 작중인물을 대신하는 마음"으로 읽는 것이며, 음독할 때에
는 몰라도 "묵독할 때에는 반드시 지켜"야 할 원칙이다. 이 원칙 위에서
표현 과정에 무게를 두는 것이 '미 독법'(美讀法)이다. 그것은 묵독에 의
한 향수 방식이 지배적으로 되어가는 대세를 전제로 지금까지 습관화되
어 있던 향수 방식인 낭독을 일단 부정하고, 다시 연극적 표현에 이어지
는 낭독법으로 재생시킨 것이다. 따라서 그것은 "낭독하는 동안에 원작
자의 본래 뜻이 활동하게 하"는 것이어야 하며 "글의 정(情)과 서로 어울
리고 짝을 이루어서 완급의 구두(pause)에 주의하고 그 음색에 애상분격
(哀傷奮激)의 정을 드러내고자 하는 마음가짐"을 필요로 한다——'미
독법'을 적용할 수 있는 문장으로 츠보우치 쇼요는 언문일치 문장과 '걸
작'의 각본을 들었다. 형식에서 출발해 내용에 도달하는 '소독'과는 완전
히 정반대의 진행법이다.

　이 '논리적 독법'은 문장 형식미의 완미함보다 형상의 파악에 역점을
두고 있다는 점에서 독자에게 산문에 대한 올바른 향수 자세를 시사하는
것이라 하겠다. 그리고 작자나 작중인물에 동화되어 그 사상·감정을
추체험하는 '논리적 독법'에 견딜 만한 문학작품이 되려면 당연히 작자
의 강인한 자기표현 의욕이 관통하는 엄격한 성격조형이 요청되어야만

한다. 츠보우치 쇼요는 뜻밖에도 '근대' 소설 독자의 향수 자세를 규정하고 있었던 셈이다. 그렇다면 메이지 20년(1887) 전후의 문학 근대화 움직임과 독자의 향수 양상 변혁은 실제로 어떻게 서로 얽혀들어가고 있었는가?

4

메이지 22년(1889) 4월, 『신저백종』(新著百種)[74]의 제1편으로 간행된 오자키 코요(尾崎紅葉, 1867～1903)의 출세작 『두 비구니의 색욕 참회』(二人比丘尼色懺悔, 1889)를 둘러싼 많은 비평들 중에서 경동자(京童子)라는 이가 바로 다음달 『출판월평』(出版月評)에 투고한 글이 있다. 그는 『두 비구니의 색욕 참회』의 문장에 대해 "고아(古雅)한 분자가 많은 부분을 차지하고 몇 번이나 되풀이해 읽을수록 더욱더 그 맛의 깊이를 깨닫는다"라고 고평한 뒤, "하지만 토막난 구절들이 많아 읽을 때 입에 올리기 어려운 것은 유감이다. 물론 소설은 우타이(謠)[75]도 아니고 조루리(淨瑠璃)[76]도 아니지만, 그렇다고 이처럼 토막토막난 구절만 갖고 송독(誦讀)할 때에는 독자에게 쾌감을 주기 어려울 것이라 생각한다"는 불만을 남기고 있다. "문장이 토막난 구절이 많다"는 인상은 단구(短句)를 쉴새없이 더하는 오자키 코요의 새로운 문체에 대한 반발이라 여겨지지

---

74) 【역주】『신저백종』(新著百種) : 겐유샤(硯友社)가 1888년부터 1890년까지 발간하여, 그 구성원들이 본격적으로 문단에 진출하는 계기가 되었다. 겐유샤에 대해서는 뒤의 주 113)를 볼 것.

75) 【역주】우타이(謠) : 노(能)나 쿄겐(狂言), 그리고 이에 가까운 예능의 가요.

76) 【역주】조루리(淨瑠璃) : 샤미센의 반주에 맞추어 가락을 붙여 엮어 나가는 이야기의 총칭. 에도 시대에 인형극으로 발달하였으며, 오늘날 분라쿠(文樂)로 그 명맥을 잇고 있다.

만, 어쨌든 소설 문장은 "송독할 때 독자에게 쾌감을 주는" 것이어야 한다는 인식을 전제로 하고 있다.

여기에는 음독에 의한 향수 방식과 밀접하게 결부된 문장감각이 드러나 있다. 즉 문장의 형식미만을 떼어 마음껏 완미하려는 감상 자세라 할 수 있다. 이러한 자세는 문장 너머에 있는 관념과 형상의 움직임을 신속하고 적확하게 포착하는 독해작업으로 인도하는 것이 아니다. 또한 이러한 문장감각에 잘 들어맞는 문장이란, 단순하고 투명한 표현을 지향하는 산문이 아니라 아무래도 운문적 장식에 공들인 미문(美文)이어야 할 것이다. 이 투고자의 경우, "소설은 우타이도 아니고 조루리도 아니"라고 하면서도 실은 소설 문장의 궤범을 이들 카타리모노(語り物)[77] 쪽으로 끌어당겨 이해하고 있음이 분명하다. 당시의 상식으로 보자면 그것은 "유려함이 특징인"[78] 교쿠테이 바킨의 문장에 해당할 것이다.

『두 비구니의 색욕 참회』의 아속절충체(雅俗折衷體)[79]에조차 불만을 품은 이 투고자의 경우에서 알 수 있듯이, 보수적 독자들이 "격조가 모자라고 운율이 결여"된 언문일치체로 쓰여진 소설에 대해 반감을 가졌다는 점을 상상하기란 그리 어렵지 않다. 언문일치운동의 주창자들 중 한 사람인 야마다 비묘(山田美妙, 1868~1910)는 기회가 있을 때마다 독자들이

---

77) 【역주】카타리모노(語り物) : 서사적인 이야기에 곡조를 붙이고 악기에 맞추어 낭창(朗唱)하여 들려 주는 조루리, 나니와부시(浪花節) 등의 예능이나 그러한 읽을거리.

78) 【원주】야마다 비묘(山田美妙), 「바킨의 문장 약평」(馬琴の文章略評), 『신소설』(新小説), 메이지 22년(1889) 4월 10일 참조.

79) 【역주】아속절충체(雅俗折衷體) : 문어체에서 근대적인 구어체로 넘어가는 과도기적 문체를 가리킨다. 츠보우치 쇼요, 코다 로한, 오자키 코요 등의 소설에서 널리 사용되었다. 특히 츠보우치 쇼요의 『소설신수』 하권에서 아문체(雅文體)·속문체(俗文體)와 함께 상세히 다루어진 바 있다. 츠보우치 쇼요, 『小説神髓』(岩波書店, 1936 ; 1999) 115~137쪽을 볼 것.

가지고 있는 이러한 소박한 반감에 대해 문장의 리듬――그의 용어로는 "어조, 성조, 음조"――문제를 들어 논박을 시도하고 있다. 반론은 두 갈래의 방향에서 이루어졌다. 하나는 산문을 운문처럼 읽는 방식에 대한 비판이며, 또다른 하나는 운문의 리듬과는 이질적인 차원에 놓여있는 산문 리듬에 대한 확인이다. 야마다 비묘의 언문일치론이 포함하는 이러한 일종의 독자론은 메이지 20년(1887) 전후의 작자－독자 관계의 한 측면을 밝혀줄 수 있을 것이다.

메이지 20년(1887) 6월에 집필되었다고 하는 『모조 금강석』(贋金剛石) 서문에서 야마다 비묘는 일찍이 새로운 감상 방법을 제창하고 있다. 즉 이때까지 일본에서 책의 '독법'과 '통상의 담화태'를 별개로 생각해왔던 것은 잘못이며, 언문일치체로 쓰여진 이 소설은 '통상의 담화태'로 읽어야 재미있게 읽힌다는 것이다. 이 낭독법 개량 의견은 「언문일치론 개략」[80]에서 더욱 면밀하게 다듬어진다. 야마다 비묘에 따르면, 고문의 음조가 우아하고 아름답다는 이유를 들어 속문의 비천함을 따지는 비언문일치론자들의 비난은 잘못이다. 이는 "음조를 주안"으로 하는 시가를 기준으로 삼아 문장을 생각하는 셈인데, 문장은 "음조에 주안"을 두지 않는다는 것이다. 이어서 "속문은 입으로 말하는 대로 써놓은 것"이기 때문에 "일상 회화처럼 읽는 것이 당연"하다고 설명한다. 이와 같은 감상 방법 개량의 주장은 「문과 어조」[81]의 약간 불분명한 해설을 거쳐 「우리들의 언문일치체」[82]에 이르면 운문 리듬과는 상이한 산문 리듬의 확인으

---

80) 야마다 비묘, 「언문일치론 개략」(言文一致論概略), 『학해지남침』(學海之指針), 메이지 21년(1888) 2월~3월.

81) 야마다 비묘, 「문과 어조」(文と語調), 『이라쓰메』(以良都女), 메이지 22년(1889) 12월~메이지 23년(1890) 1월.

82) 야마다 비묘, 「우리들의 언문일치체」(吾々の言文一致體), 『시가라미 잡지』(しがらみ草紙), 메이지 23년(1890) 5월.

로 발전하게 된다. 이 논문은 직접적으로는 모리 오가이(森鷗外, 1862~1925)의 「언문론」(言文論)에 대한 반론으로 쓰여진 것이긴 하지만, 언문일치의 원칙으로 내건 13개 항목 가운데 마지막 세 항목이 산문 리듬에 대한 언급을 포함하고 있어서 주목된다.

> (11) 글을 읊다가 더듬거려서 그 뜻을 다하지 못하는 것은 삽체(澁滯)입니다. 글을 헤아리면서 더듬거리지 않고 그 뜻을 다할 수 있는 것이 (가칭) 불삽체(不澁滯)입니다.[83] 그래도 불삽체과 악조(樂調)는 역시 달라야 하는 것입니다.
> (12) 그 정을 다하여도 그 소리가 반드시 악조인 것은 아닙니다. 불삽체로서 본래의 뜻을 읊는다 해도 역시 악조는 아닙니다.
> (13) 산문에서 일어나는 발음〔讀誦〕의 최상은 불삽체입니다. 운문에서 일어나는 발음〔昌誦〕의 최상은 악조입니다.

야마다 비묘는 독자의 향수과정에 입각해서 산문의 리듬을 규정하려고 한다. 독자 내면에서 '뜻'이 이해되어 '정'이 환기된다. 뜻을 다하고 정을 다하기 위해서는 송독이라는 행위의 원활한 진행──읊다가 더듬거리지 않는 것──이 필요하고도 바람직한 조건인 것이다. 독송의 더듬거림〔삽체〕은 이해를 둔하게 만들고 감동을 방해한다. 그러한 더듬거림을 가져다주지 않는 문장 흐름, 원활함, 일정한 속도──여기에서 야마다 비묘는 산문 리듬의 징표〔불삽체〕를 찾으려고 한다. 즉, 산문의 리듬은 '뜻'과 '정'을 걸러내는 필터 문제로 처리되고 있는 것이며, '뜻'과 '정'의 갖가지 양상에 따라 그 자신 미묘한 변화를 일으키는 유기체로서 파악되고 있지는 않다.[84] 이처럼 내용－형식을 통일적으로 이해하지 않

---

83) 【역주】삽체(澁滯) : 일이 더딤, 일이 더디어 잘 나아가지 못함.
84) 【원주】"리듬은 더욱더 깊은 것이다. 리듬은 말로서가 아니라 사상(思想)에 의해 생기고, 사상에 따른 본능과 정서 간의 어떤 집합으로 생긴다. 사상이 생김과 동시

고 따로 떼어놓고 고찰하는 태도는 일본의 시 율격에 대해 적잖은 창견(創見)을 피력한『일본운문론』(日本韻文論)[85]에서도 나타난다. 우치다 로앙(內田魯庵, 1868~1929)은 이 책에 대해 "야마다 비묘는 시에 성조가 있다고 말하면서도 성조를 일으키는 상(想)이라는 것은 모른다"[86]고 비판을 가했다. 시와 운문의 정의를 둘러싸고 서로 오해가 있다 하더라도, 이 비판은 야마다 비묘의 이론적 결함을 찌른 것으로 정당하며, 두셋의 말만 바꿔놓으면 산문 리듬 규정의 불완전함을 지적한 것으로서도 유효하다.

언문일치론에 대해 방관자적인 태도를 가지고 있던 모리 오가이조차 "운문은 노래하고 읊기 위해 만들어진 것이므로 더욱이 귀에 기대는 것이 있지만, 산문은 읽기 위한 것이니 단지 눈과 마음에 기댈 뿐이다"[87]라고 하여 산문이 원칙적으로는 묵독으로 향수되어야 한다는 이해에 도달하고 있었다. 이에 비해 야마다 비묘는 음독의 구애에서 확실하게 벗어난 것이 아니었다. 「문과 어조」에서 보이듯이, 야마다 비묘가 말하는 '읽다'는 '음송하다'에 대립하는 개념이면서도 묵독을 뜻하고 있지는 않았다. 적어도 그의 경우에 산문의 리듬이란 '독자의 소리'의 문제에 다름 아니었던 것이다.

언문일치체 문장이 "입말을 사용해서 쓴다"는 의식 아래에서 창출되

에 리듬이 어떤 형태를 띤다." H. 리드, 『산문론』(散文論), 타나카 사치호(田中幸穗) 옮김, 26쪽.

85) 【역주】『일본운문론』(日本韻文論) : 1890~1891년 『국민의 벗』(國民之友)에 연재되었다. 처음으로 일본 신체시 운율의 문제를 정면에서 다룬 본격적인 연구서로서 우치다 로앙의 반론을 거치면서 시가 연구의 길을 개척했다. 나카무라 미츠오,『日本の近代小說』(岩波書店, 1954 ; 1969) 56쪽.

86) 우치다 로앙, 「시변—비묘에게 준다」(詩辯—美妙齊に與ふ), 『국민의 벗』(國民之友), 메이지 24년(1891) 1월 3일.

87) 모리 오가이, 「언문론」(言文論), 메이지 23년(1890) 4월.

었을 때, 바꿔 말하자면 언문일치체의 '언'(言)이 '입말 일반'이 아니라 '작자의 주관을 담아내는 고유의 어조를 띤 입말'에 한정되었을 때, 그것은 처음으로 근대 소설 문체로서의 자격을 획득한 것이었다.[88] 작자는 운율이나 격조의 겉치레를 씻어내고 자신의 이른바 '맨소리'로 직접 독자에게 말을 건다. 그것은 작자의 개아(個我)의 자각, 강렬한 내면의 요구에 의해 찾아낸 방법이어야 한다. 이 경우, 산문의 리듬이 '독자의 소리'의 문제로서보다도 우선 '작자의 소리'의 문제로서 제기되는 것은 당연하다. 이러한 문제의식은 츠보우치 쇼요부터 후타바테이 시메이(二葉亭四迷, 1864~1909)로 이어지는 계열 속에서 찾아볼 수 있다. 그리고 감상 방법 개량에 열을 올렸던 야마다 비묘의 실제 창작 이상으로 후타바테이 시메이의 『뜬구름』(浮雲, 1886~1889)이나 『밀회』(あひびき, 1888)[89]가 독자의 향수 자세의 변혁을 이끌어내는 실효성을 갖추고 있었던 것은 하나의 문학사적 아이러니라 할 수 있을지 모른다.

5

메이지 25년(1892) 경 나는 타카세 분엔(高瀬文淵, 1864~1940) 군에게 여러 가지로 신세를 지고 있었는데, 평소 그의 입을 통해 후타바테이 시메이 씨의 훌륭한 인격에 대해 듣곤 했다. "자네, 하세가와(長谷川) 군에 대해서는 꼭 한번 봐둬라. 일본에는 실로 드문 인물이다." 이렇게

---

88) 【원주】사카쿠라 마츠요시(阪倉篤義), 「"말하는 대로 쓴다"는 것」(『話すやうに書く』といふこと), 『국어국문』(國語國文), 쇼와 32년(1957) 6월 참조.
89) 【역주】『밀회』(あひびき, 1888) : I. S. 투르게네프(1818~1883)의 『사냥꾼의 일기』 (1852) 일부를 번역한 것. 투르게네프의 작품으로는 처음으로 번역되었을 뿐 아니라 다음 세대의 문학에 큰 영향을 끼쳤다고 평가되고 있다.

말하면서『도시의 꽃』(都の花)에 실린『뜬구름』제 3 편을 가락을 붙인 재미있는 음조로 읽어주었다.[90]

타야마 카타이가 후타바테이 시메이를 회상한 글의 한 구절이다. 타카세 분엔은 타야마 카타이가『도쿄의 30년』에서 "그가 고취한 문학적 감화, 사실 그것은 예상 외로 깊었다"고 말하고 있는 인물이지만, 여기서는 타카세 분엔이 타야마 카타이에게 "가락을 붙인 재미있는 음조"로 후타바테이 시메이의『뜬구름』을 낭독하여 들려주었다는 점에 주의하고자 한다. 타카세 분엔은 "산문소설(散文小說)은 과연 무대 위의 코단과 비슷한가? 그 정이 격양(激揚)해서 연기자 혹은 시 속의 사람은 될 수 있지만, 그 성질은 도저히 담화의 영역을 벗어나지 못하지 않는가?"[91]라는 견해를 갖고 있었고, 메이지 26년(1893)에 발표된 언문일치 소설『새잎』(若葉)을 타야마 카타이에게 읽어준 적도 있었다고 한다.

이 에피소드는『뜬구름』을 보통 묵독으로 읽는 데 익숙해진 우리들에게 시사하는 바가 있다. 이 작품을 무대 위에서 구연되는 인정설화(人情噺)의 멋으로 받아들이는 것이 본래의 읽는 방법이 아닐까? 적어도『뜬구름』의 문체가 말하는 문체, 소리를 수반한 문체임을 새삼스레 다시 확인할 필요가 있지 않을까?

토카와 신스케(十川信介)는『뜬구름』전반부에 산유테이 엔초 내지는 라쿠고(落語)[92] 형식에 수반되는 '이야기하기'의 요소가 들어와 있는 징표로 세 가지를 들었다. ⓐ 작자가 직접 작품 속에 얼굴을 내밀고 평을 내린다 ⓑ 이야기 단락에 작자가 나와서 인사를 한다 ⓒ 독자에게 공감

---

90) 타야마 카타이, 「후타바테이 시메이 군」(二葉亭四迷君), 츠보우치 쇼요 · 우치다 로앙 편, 『후타바테이 시메이』(二葉亭四迷).
91) 타카세 분엔, 「문학의견」(文學意見).
92)【역주】라쿠고(落語) : 만담(漫談).

을 구하거나 호소하거나 하는 감동사(感動詞)를 많이 사용한다.[93] 『뜬구름』 전반부에서 작자는 "냉정한 방관자"이며 그 때문에 "당사자를 대신해서" 독자에게 인사를 하거나 설명을 덧붙이거나 하는 '연기', 작중인물로 분장하는 '연기'가 필요했다는 것이다.

그런데 '이야기하기'의 징표로서 토카와 신스케가 언급하지 않았던 것 하나를 더 들어야 한다. 그것은 『뜬구름』에서 의성어·의태어가 많이 쓰이고 있다는 점이다. 예컨대 제1회에서 주인공 우츠미 분조(內海文三)가 소노다(園田) 집에 도착하는 장면의 문장을 보자.

> 키 큰 남자가 현관을 지나가 툇마루에 서니, 옆 장지문이 살짝 열리면서 나이 열여덟, 아홉 살 부인의 머리, 조그맣고 오똑한 코, 일장기 무늬마냥 물든 포동포동한 뺨으로 보아 그 주인의 신분을 알 만한 하녀가 불쑥 나온다.

말할 나위도 없이 의성어·의태어는 음성 표상을 빌어 대상의 실태를 감각적으로 전달하려고 할 때 선택되며, 문장보다는 입말로 받아들여졌을 때 보다 효과적으로 작용한다. 산유테이 엔초의 『괴담 모란등롱』(怪談牡丹燈籠, 1884)에서 오츠유(お露)의 망령이 출현하는 중요한 부분의 경우, '따각따각' 울리는 코마게다[94] 소리가 기괴하고 음산한 분위기를 만들어내는 교묘한 효과를 발휘하고 있음은 잘 알려져 있는 대로이다. 『뜬구름』의 경우 『괴담 모란등롱』 정도는 아니더라도 동시대의 언문일치 소설들 중에서는 의성어·의태어 빈도가 매우 높다.

---

93) 토카와 신스케, 「≪뜬구름≫의 세계」, 『문학』(文學), 쇼와 40년(1965) 10월.
94) 【역주】코마게다 : 여성용 왜나막신(게다).

작 품 명	지문의 행수	의성어·의태어 수	10행 당 의성어·의태어 수
『뜬구름』 제1편	587	140	2.4
『뜬구름』 제2편	754	144	1.9
『뜬구름』 제3편	634	65	1.0
『무사시노』	148	7	0.5
『호랑나비』	199	12	0.6
『괴담 모란등롱』 (1회~8회)	243	71	2.9

모두 이와나미 문고(岩波文庫)판에 따른다. 다만 『뜬구름』은 구판(舊版).

『뜬구름』은 1행 당 42자, 『호랑나비』·『괴담 모란등롱』은 1행 당 43자

『뜬구름』의 제1편에서 제3편에 이르기까지 의성어·의태어 빈도가 감소하고 있는 것은 토카와 신스케가 말한 바 방관자에서 공범자로의 작자의 위치 전회와 호응하고 있다. 그러나 제3편조차 야마다 비묘의 『무사시노』(武藏野, 1887)나 『호랑나비』(胡蝶, 1889)와 견주면 그 빈도가 훨씬 높다.

야마다 비묘는 두번째 언문일치체 소설 『후킨시라베노히토후시』(風琴調一節, 1887)[95]의 「서언」에서 "한 마디로 말해 산유테이 엔초 인정설화의 필기(筆記)에 수식(修飾)을 덧칠한 듯한 것"이라 말하고 있다. 또 첫번째 언문일치체 소설 『조카이쇼세츠 텐구』(嘲戒小說 天狗, 1886~

---

95) 야마다 비묘, 「후킨시라베노히토후시」, 『이라쓰메』(以良都女), 메이지 20년(1887) 7~9월.

1887)96)에 등장하는 소설가는 "만담가한테서 얻어오거나 아니면 재탕삼탕 울궈먹은 소설을 얼렁뚱땅 꾸며가지고 책방 주인한테 아부하고"라는 식으로 회화화되어 있다. 예컨대 『무사시노』의 다음 부분에는 "산유테이 엔초 인정설화의 필기에 수식을 덧칠한" 취향이 분명히 드러나 있다.

> 눈을 감고 마음을 가라앉혀 한 마음으로 다라니경을 읽으려고 해도 (입으로 소리야 나오지만) 머리 속은 텅 비었다. "유(有)가 아니라, 무(無)가 아니라, 동(動)이 아니라, 정(靜)이 아니라, 적(赤)이 아니라, 백(白)이 아니라, ……" 그 문구도 오시모(忍藻)의 신세를 닮았다.

이에 호응하는 부분은 『괴담 모란등롱』 제 8 회이다.

> ……하기하라(萩原)는 모기장을 걷어올리고 들어가서 그 다라니경을 읽으려고 했지만, 좀처럼 읽지 못한다. 낭모파아부제부라태라(曩謨婆訝嚩帝嚩囉駄囉), 파아라날구쇄야(婆訝囉捏具灑耶), 달타얼타야달이야타암소쟁폐(怛陀孼陀野怛儞也陀唵素嚁閇), 발랄라부저훤아예아좌예(跋捊囉嚩底囉訝嚟阿左嚟), 아좌파예(阿左跋嚟). 왠지 외국인의 잠꼬대 같아서 까닭을 모르겠다……

이와 같은 호응은 야마다 비묘가 언문일치체를 창시하는 데 후타바테이 시메이와 마찬가지로 산유테이 엔초의 구연 속기를 바탕에 깔고 있었음을 말하는 하나의 방증이다. 그러나 무대 위에서 청중들에게 말을 거는 산유테이 엔초의 자세가 야마다 비묘의 문체 그 자체에 받아들여져 있다고는 말할 수 없다. 『뜬구름』에서 보이는 "여기에 좀 염담(艶談) 비슷한

---

96) 야마다 비묘, 「조카이쇼세츠 텐구」, 활판 비매본 『잡동사니 문고』(我樂多文庫), 메이지 19년(1886) 11월~메이지 20년(1887) 7월.

이야기가 하나 있는데, 이를 쓰기 전에 마고베이(孫兵衛)의 맏딸 오세(お勢)에 관한 이야기를 조금 여쭙겠습니다"[97]라는 식의 작자의 인사 같은 말투는 야마다 비묘의 언문일치체 소설에서는 의식적으로 사라져 있다. 이는 독자들에게 "통상의 담화태처럼 읽"[98]는 방법을 요청한 야마다 비묘의 태도와 관련되어 있다고 본다. 이러한 한에서『호랑나비』나『무사시노』는『뜬구름』제1편과 같은 희작조(戲作調)의 잔존에서 벗어나고 있는 것이다.

그러나 실은 후타바테이 시메이가 야마다 비묘보다도 한층 더 충실하게 산유테이 엔초의 말투를 받아들이려 했기 때문에『뜬구름』후반부의 치밀한 내면묘사가 가능했던 것이다. 토카와 신스케는 전반부의 희작조에 약간 부정적인 평가를 내리고 있지만, 후타바테이 시메이가『뜬구름』후반부의 문체를 획득하기 위해서는 산유테이 엔초의 말하기 형식을 통과하는 것이 전제되었어야 했던 것이다.

츠루미 슌스케(鶴見俊輔, 1922~)[99]는 산유테이 엔초 문체의 특색을 "메이지 이후의 문장어(文章語) 세계에서는 대부분 상실된 <몸짓으로서의 언어>"에서 찾고 있다.[100] 예컨대『신케이 가사네가후치』(眞景累ヶ

---

97) 후타바테이 시메이,『뜬구름』, 제2회
98) 야마다 비묘, 「서언」,『모조 금강석』(贋金剛石)
99) 【역주】츠루미 슌스케(鶴見俊輔, 1922~) : 도쿄 출생. 하버드 대학 철학과 수학. 철학자이자 평론가로서 전후(戰後)에『사상의 과학』(思想の科學)을 창간·주재하였다. 1960년 안보조약투쟁과 관련하여 도쿄공업대학 교수직을 사직하고 반전·평화운동에 나섰으며, 1965년 '베트남에 평화를!시민연합'을 결성하였다.『미국철학사』(美國哲學史),『전향』(轉向, 공동연구, 전 3권, 1959~1962),『전시기 일본의 정신사』(戰時期日本の精神史, 1982),『한계예술론』(限界藝術論),『츠루미 슌스케 저작집』(鶴見俊輔著作集, 전 5권) 등의 저서가 있으며, 구노 오사무(久野收, 1910~1999)와의 공저『현대 일본의 사상』(現代日本の思想, 1956)이 번역되어 있다. 심원섭 옮김,『일본근대사상사』, 문학과지성사, 1994.
100) 【원주】츠루미 슌스케, 「산유테이 엔초에 있어서의 몸짓과 상징」(円朝における身

淵)에서 안마사 소에츠(宗悅)가 후카미 신자에몬(深見新左衛門)의 어깨를 주무르는 부분의 경우처럼, 상황과 분리되어 있을 때에는 그다지 지시 기능을 갖지 않는 '이런', '이 왼쪽 어깨'하는 식의 조잡한 말들이 일회적이고 특수한 상황 속으로 교묘히 끼어들어갈 때 마력을 부리면서 그 상황의 특수한 실질에 손대게 만든다는 것이다. 앞에서 언급한 '따각따각'하는 코마게다 소리가 망령의 이미지를 환기하는 일종의 몸짓으로 지적되었음은 말할 것도 없다. 또한 『시오바라 타스케 일대기』(鹽原多助一代記)에서 타스케(多助)와 이오(靑)의 이별 장면은 "얼토당토 않은 마지막 설득의 끈질긴 되풀이는 오히려 사람들에게 어찌해 볼 도리 없는 주인공의 슬픔의 실질을 그대로 전한다"고 말한다.

R. P. 브랫모어는 『몸짓으로서의 언어』에서, 『햄릿』의 독백 "사느냐 죽느냐⋯⋯"의 경우 '잠드는 것'이라는 말의 반복이 '죽는 것'의 반복과 호응하면서 말 자체의 의미보다 '몸짓' 그 자체로서 관객에게 불안과 전율을 환기한다고 말한다. 그런데, 『햄릿』의 독백에서 보이는 몸짓이나 『시오바라 타스케 일대기』의 '몸짓'을 상기시키는 것이 바로 『뜬구름』 전반부에도 나타나 있다는 데 주의할 필요가 있다.

> 그것보다 우선 일단 에 - 또 무엇이었냐⋯⋯그래그래, 면직(免職)된 것을 숙모께 말씀드리고⋯⋯대개 싫은 낯을 하시겠지⋯⋯하지만 말하지 않고 배길 수는 없으니까, 마음먹고 오늘밤에라도 숙모께 말씀드리고⋯⋯하지만 오세 앞에서는⋯⋯에이, 그 앞에서라도 상관 없다, 숙모께 말씀드리고⋯⋯하지만 만약에 그녀 앞에서 더러운 욕을 들으면⋯⋯에이, 상관 없다⋯⋯오세한테 이야기하고⋯⋯더러운 욕을 들⋯⋯이야기하고⋯⋯아아 머리가 혼란스럽다⋯⋯101)

ぶりと象徵), 『문학』(文學), 쇼와 33년(1958) 7월.

오마사(お政)에게 실직을 털어놓으려는 결심과 오세의 경멸을 사지나 않을까 하는 우려가 분조의 마음 속에서 갈등하고 있다. 이 갈등은 '숙모'와 '오세'라는 말을 번갈아가며 되풀이함으로써 직접적으로 표현된다. 말의 끊어짐은 분조의 머뭇거림과 우유부단함을, 말의 반복은 집착과 얽매임을, 장구에서 단구로의 추이는 사고의 템포 변화를 실감케 만든다. 이는 분조의 내면풍경을 표상과 관념의 모자이크로 재현하려는 분석적 심리묘사 수법이 아니다. 말의 억양, 템포, 리듬 등의 직접적·실태적인 효과의 구사를 통해 회의하고 주저하는 심리적 기복을 독자의 감정과 공진(共振)시키려는, 말하자면 말의 '몸짓'을 최대한 활용한 수단인 것이다. 이를 더 발전시킨 작품으로는 히로츠 류로(廣津柳浪, 1861~1928)의 언문일치소설『잔기쿠』(殘菊, 1889)를 들 수 있을 것이며, 다소 연극냄새가 나긴 해도『곤지키야샤』(金色夜叉, 1897~1903)의 아타미(熱海) 해변 장면에서 강이치(貫一)가 집요하게 되풀이하는 "이 달 이 밤"의 대사 역시 이 수법의 한 변종이라 하겠다. 물론 음독보다 묵독에 익숙해진 우리로서는 이러한 방법에 거부반응을 일으키게 마련이지만 말이다.

제9회에서 한 가지 예를 더 들어보자.

> 속상해, 속상해, 분조는 치욕을 당했다. 요 며칠 전, 이삼일 전까지만 해도 관직의 높낮이는 좀 있었지만 같은 과의 국원이었던 데다가 더 잘나지도 못나지도 않았고 밀지도 밀리지도 않았는데, 노보루 같은 개 같은 놈 때문에 치욕을 당했다. 그렇다, 치욕을 당했다. 근데 무슨 원한이 있어서, 무엇 때문이냔 말이다.
> 생각컨대 분조, 노보루한테 원한이 있을지언정, 노보루가 원한을 품을 만한 일은 더더구나 없다. 그런데 노보루는 아무 도리도 없이 아무 이유도 없이 마치 사람을 욕보일 특권이라도 가지고 있다는

---

101) 후타바테이 시메이,『뜬구름』, 제4회.

듯이 분조를 흙먼지처럼 멸시하고 개 고양이 같이 취급하고 더군다나 숙모나 오세 앞에서 비웃고 모욕을 주었다.

혼다 노보루(本田昇)에게서 받은 모욕 때문에 분한 마음이 치밀어 겹겹이 쌓이며 속으로 번져가고 있는 분조의 심리는 그의 마음 속 말을 따라가는 화자의 소리로 증폭되어 있다. 그것은 "무슨 원한이 있어서, 무엇 때문에", "비웃고 모욕을 주었다"의 반복에 단적으로 나타나고 있다.『뜬구름』후반부의 심리묘사는 분조의 마음 속 말과 경쾌하고 교묘한 야유의 가락을 담은 작자의 소리를 포개는 수법으로 그 깊이를 더하고 있는 것이다.

산유테이 엔초가 여러 등장인물들의 신분과 성격, 처한 상황에 따라 무대 위에서 달리 연기해 보여주었듯이, 후타바테이 시메이는 분조의 내면의 소리, 내면의 극을 연기해 보여준다. 제 2 편에서 노보루 대 분조, 오세 대 분조의 생기 넘치는 응수도 이러한 후타바테이 시메이의 연기자적 역할에서 도출된 것이다.

이때, 후타바테이 시메이가 외국어학교에서 그레이와 만났다는 점도 생각해 볼 필요가 있다.[102] 그레이의 러시아 문학 낭독은 "몸짓과 말소리, 얼굴빛을 섞어가며 손을 흔들고 발을 움직이고 눈을 부라리고 머리를

---

102) 【역주】외국어학교는 바쿠후 시대의 통역양성소를 이어받은 학교였으며, 망명한 자유주의자였던 그레이는 미국 국적의 러시아인으로 이 학교의 교사였다. 후타바테이 시메이는 학제개편으로 외국어학교가 폐교되고 다른 학교에 강제편입되자 퇴학했다. 이 학교의 러시아어과는 러시아인을 교수로 두어 수사학과 러시아 문학사 등을 가르쳤을 뿐 아니라 다른 교과목들도 러시아어로 진행했다. 그러나 상급 학년의 경우 적당한 교과서가 없었던 탓에 교사가 소설이나 희곡을 낭독한 뒤 학생들이 작중인물의 성격비평을 러시아어로 써서 제출하도록 했다. 즉 초창기의 임시방편격인 교육방법이었던 셈인데 이를 통해 러시아 문학의 수용과 음조의 미를 체득하는 데 큰 영향을 미쳤다. 나카무라 미츠오,『日本の近代小説』, 45~47쪽.

흔들어서 가히 각색의 광경을 방불케” 했다고 한다.[103] 그레이가 자신의 육체를 빌어 직접 재현한 러시아 문학의 인간상이 후타바테이 시메이 문학에 끼친 영향의 깊이에 대해서는 나중에 따로 설명할 필요도 없으리라. 그레이의 낭독에 감명을 받은 후타바테이 시메이가 책을 빌려와 재미있는 대목마다 묵독해 보았으나, “노벨티(novelty, 새로움·신기함)가 없어졌기 때문인지 모르겠지만 교사가 읽었을 때만큼 흥미 있지는 않았다”[104]고 한다. 이어서 기다유(義太夫)[105]도 능란한 타유(太夫)[106]가 잘 살려서 말한 것은 재미있고 어설픈 타유가 잘 살리지 못한 것은 재미없다고 말하고 있다. 그러나 학교에서 돌아와 묵독하고 있는 그는 여전히 그레이의 낭독의 잔향을 귀로 듣는 듯이 느끼면서 자신으로서는 그것을 완전히 재현하지 못하는 답답함에 사로잡혀 있었던 것이 아닐까?

후타바테이 시메이가 산유테이 엔초의 이야기에서 터득한 ‘몸짓으로서의 언어’는 아마도 이 그레이의 낭독을 끊임없이 상기함으로써『뜬구름』의 문체로 살아났을 것이다――야마다 비묘에게는 이러한 문학체험이 없었다.

처음에 ‘～이다’(～だ)체로 언문일치체 소설을 쓴 야마다 비묘는 단편집『여름 나무숲』(夏木立, 1888) 출간 후 ‘～입니다’(～です)체로 전환한다. ‘～이다’(～だ)체는 하류층에 대한 어법이며, 어세가 거칠게 느껴지기 때문에 중류층의 어법인 ‘～입니다, ～합니다’(～です, ～ます)체를 선택한다는 것이다. 하지만 이 경우 화자의 위상이 분명히 정해지는 반

---

103) 【원주】 그레이의 낭독은 “자기 자신이 그 작자 혹은 작중인물을 대신하는 마음”으로 읽어야 한다는 츠보우치 쇼요의 ‘논리적 독법’에 대응한다.
104) 후타바테이 시메이, 「나의 애독서」(予の愛讀書).
105) 【역주】 기다유(義太夫) : 기다유부시(義太夫節)의 준말로 타케모토 기다유(竹本義太夫)가 창시한 조루리의 한 갈래.
106) 【역주】 타유(太夫) : 노(能)·가부키·조루리 등의 격식이 높은 상급 예능인.

면, 화자가 작중인물에 동화하고 화자의 소리와 작중인물의 소리를 포갬으로써 심리적 기복의 미묘한 추이를 입체적으로 재현하는 방법은 불가능하게 된다. 야마다 비묘는 이 함정을 알지 못했다. 혹은 후타바테이 시메이만큼 내면적 리얼리즘에 뛰어나지 못한 야마다 비묘가 스스로 선택한 길이었을지도 모른다.

한편, 후타바테이 시메이에게 주어진 과제는 무엇이었는가? 그레이의 낭독도 산유테이 엔초의 이야기도 복수의 청중을 대상으로 연기된 소리였던 셈인데, 후쿠다 츠네아리(福田恆存, 1912~1994)가 말하듯이 그들의 말투를 배운 『뜬구름』이 심각한 내면심리를 시도할 경우 즉 "독자와 한 자리에 앉아 서로 얼굴을 마주보며 이야기를 진행시켜야 한다면, 작자는 어떻게든 사실로부터 도망쳐 골계조로 말"[107]하게끔 된다. 이 골계조의 소리, 연기된 소리, 과장된 소리는 I. S. 투르게네프(1818~1883)의 작품을 번역한 『밀회』에서는 모습을 감추게 될 것이다.

6

후타바테이 시메이는 「나의 애독서」에서 산문의 리듬 — 문조(文調) — 을 언급하면서 다음과 같이 말하고 있다. "일본문으로 문조를 내려고 생각해서 문장을 쓸 때에는 문조가 굉장히 마음에 걸렸다." 이 '문조'는 야마다 비묘가 「우리들의 언문일치체」에서, "성조의 편리함은 신어격(新語格)보다도 구어격(舊語格) 쪽에 갖춰져 있다"고 말했을 때의 '성조'와는 의미가 다르다. 후타바테이 시메이에게 일본 재래의 문장 — 비묘가 말하는 구어격 — 의 문조는 "왠지 변화가 모자라고 억양이 빠져 있는

---

107) 후쿠다 츠네아리, 「비평가의 수첩」(批評家の手帖).

듯이 여겨"[108]졌던 것이다. 이러한 인식은 그레이의 낭독을 통해 알게 된 I. A. 곤차로프(1812~1891)[109]의 '문조'가 지닌 매력에 바탕을 두고 있다. 야마다 비묘가 말한 '성조'가 외재적 리듬이었다면, 후타바테이 시메이가 찾던 '문조'는 작자의 시상(詩想)과 밀착한 내재적 리듬이었다. 그레이의 낭독이 증폭해서 보여준 곤차로프 소설의 '문조'는 그 구체적인 실현이었다.

> 낭독을 잘하고 못하고를 떠나서, 문장에 따라 어느 정도까지는 문장 그 자체의 가락이 있다. 따라서 묵독을 하더라도 그 가락이 옮아가서 아무리 없애려고 해도 가락만은 읽는 이들의 마음에 옮아가는 문장이 있다.[110]

여기에는 음독으로 비로소 현재화되는 것이 아니라 묵독으로도 감지할 수 있는 산문 리듬의 은미(隱微)한 형식이 시사되어 있다. 후타바테이 시메이는 그것이 독자의 내면에 가져다주는 공진 작용에서 문학의 관념과 형상에 이르는 구체적 단서를 찾아낸 것이다. 후타바테이 시메이가 번역할 때 러시아 문학의 '문조'를 일본문을 빌어 '재현'하는 데 고심한 까닭도 여기에 있다.

---

108) 후타바테이 시메이, 「나의 애독서」(予の愛讀書).
109) 【역주】 I. A. 곤차로프(1812~1891) : 심비르스크(지금의 울랴노프스키) 출생의 러시아 문호. 1834년 모스크바 대학 문학부를 졸업한 뒤 30년 가량 관료 생활을 했으며, 이때 조선과 러시아 간 첫 교섭 당시의 모습이 그려져있기도 한『전함 팔라다』(Fregat Pallada, 1858)를 발표했다.『평범한 이야기』(Obyknovennaya istoriya, 1847),『오블로모프』(Oblomov, 1859),『절벽』(Obryv, 1869) 등의 사실주의 소설들은 러시아의 사회변화를 극적으로 표현했으며 생생하고 인상적인 성격을 창출했다. 특히 톨스토이의 극찬을 받은 바 있는『오블로모프』는 그의 대표작이다. 이 책은 최근에 우리 나라에서도 완역되었다. 최윤락 옮김,『오블로모프』, 전2권, 문학과지성사, 2002.
110) 후타바테이 시메이, 「나의 애독서」(予の愛讀書).

곱고 아름다움 속에 어딘가 쓸쓸한 데가 있는 것이 투르게네프의 시상이다. …… 그의 소설 전체에 그 기운이 퍼져 있기 때문에, 이를 번역하려면 항상 그 사람이 되어 그 마음을 잃지 않도록 써 나가지 않으면 때때로 문조에 맞지 않게 된다. …… 실제로 내가 투르게네프를 번역할 때에도 그 시상을 잊지 않으려고 애썼으며, 진실로 나 자신이 그 시상에 동화하려는 심산이었다……111)

후타바테이 시메이는 투르게네프의 시상에 동화하는――이를테면 츠보우치 쇼요의 '논리적 독법'을 외국문학에 응용하는 어려운 작업과 함께 "변화가 모자라고 억양이 빠져 있는" 일본 재래의 문장 대신 투르게네프의 '문조'를 '재현'할 수 있는 유연하고 섬세한 문체를 창출한다는 매우 대담한 실험을 스스로 짊어졌던 것이다. 이 실험의 성과는 동시대의 독자로 하여금 어떻게 받아들여졌는가? 간바라 아리아케(蒲原有明, 1876~1952)가 『밀회』에 대해 말한 바에 기대어 생각해보자.

간바라 아리아케에게 『뜬구름』은 읽기 거북하고 숨이 막히는 가락이 었지만 이와 대조적으로 『밀회』의 투명하고 음악적인 '임프레션'(impression)은 "도저히 잊을 수 없는" 것이었다.

그 때는 아직 중학교에 들어간 지 얼마 되지 않아 문학에 대한 감상력도 대개 유치해서 『카진노키구』 등을 소리 높여 읊고 있던 시대였다. 그러니 러시아 소설가 투르게네프의 번역이란 것도 불가사의했을 뿐 아니라 아무 생각 없이 읽다보니 교묘히 속어를 쓴 언문일치체 ―― 그 진기한 문체가 귀 언저리에서 끊임없이 친밀하게 속삭이고 있는 듯한 느낌이 들었다. 그래서 표현하기 어려운 어떤 쾌감과 함께 이에 반발하려는 생각도 마음 밑바닥 어딘가에서 솟아나왔다. 너무나 친밀하게 말해주는 것이 싫었던 것이다.112)

---

111) 후타바테이 시메이, 「내 번역의 기준」(余が飜譯の基準)

"귀 언저리에서 끊임없이 친밀하게 속삭이고 있는 듯한 느낌이 들"었다는 간바라 아리아케의 반응은, "묵독을 하더라도 그 가락이 옮아가서 아무리 없애려고 해도 가락만은 읽는 이들의 마음에 옮아가는 문장"을 목표로 삼으면서 시상에 밀착하여 문조의 재현을 노린 후타바테이 시메이의 의도와 거의 정확하게 대응하고 있다. 간바라 아리아케는 작자와 독자의 내밀한 교류가 가져다주는 시원한 전율과 미세한 반발에 대해 말하고 있는 것이다. 독자는 타인과 함께 하는 게 아니라 고독하게 작자와 맞서고 그가 속삭이는 내밀한 이야기에 귀를 기울인다. 이러한 비의(秘儀)에 참여할 수 있는 자격을 허락받은 독자야말로 '근대'의 소설 독자가 아닐까? 간바라 아리아케의 회상에서는 언급되지 않았지만, 이처럼 작자와 독자의 심리적 거리가 소실되는 감각을 만들어낼 수 있었던 또다른 이유로『밀회』가 일인칭 중에서도 가장 자극적인 효과를 지닌 '들여다보기'의 시점이었다는 점을 덧붙이고자 한다. 작자와 함께 밀회 장면을 들여다보는 독자가 스스로 공범자 입장에 놓이게끔 구조화되어 있는 것이다. 물론 초기의 언문일치체 소설들은 작자 자신의 입을 통하여 독자에게 말을 거는 일인칭 형식을 취한 것들이 많았다. 그러나 야마다 비묘의『비단 꾸러미』(ふくさづつみ)든 사가노야 오무로의『첫사랑』(初愛, 1889)이든 히로츠 류로의『잔기쿠』든, 신세타령 혹은 참회담의 소박한 체재에 따르고 있었을 뿐『밀회』의 정묘(精妙)한 시점과는 현저한 거리가 있었다. 예컨대『첫사랑』의 끝부분에서 "아아, 여러분" 하고 호소하는 말이 단적으로 가리키고 있듯이, 화롯가 주변에서 노인의 회고담을 귀담아듣는 청중이 상정되어 있다. 그러나『밀회』의 시점은 본래 묵독하는 고독한 독자를 요청하고 있는 것이다.

---

112) 간바라 아리아케, 「<밀회>에 대하여」(『あひびき』に就て), 츠보우치 쇼요·우치다 로앙 편,『후타바테이 시메이』(二葉亭四迷)

간바라 아리아케가 유치한 감상력으로 소리 높여 읊었다는『카진노키구』는 야마다 비묘가 배척한 '읊는' 독법으로 읽힌 것이다. 그것은 토쿠토미 로카(德富蘆花, 1868~1927)가『까만 눈과 갈색 눈』에서 생생하게 그려내고 있듯이 학교·기숙사·사숙·정치결사 등의 정신적 공동체 내부에서 집단적·공동적으로 향수되었다. 그러나 자유민권운동의 패퇴와 더불어 이러한 향수의 장은 상실되었고, 향수 단위는 가정이나 개인으로 축소된다. 야마다 비묘가 독자에게 요청했던 '통상의 담화태'로 읽는 방법은『소설신수』(小說神髓, 1885)에서 제시되었듯이 "아버지와 아들이 나란히 책을 펼치고 낭독하기에 견디"는 개량된 게사쿠, 그 구체적인 실현으로서의 겐유샤(硯友社)[113] 문학에 대응할 것이다. 즉 신문소설이고 가정소설이다. 겐유샤 문학의 득세 속에서『밀회』의 독자가 소수였다는 점은 부정할 수 없다. 그러나 근대 독자의 계보는 실로 이 소수자들 속에서 찾아질 수 있다. 그들은 한문투의 화려한 문체의 리듬에 도취해 정치적 정열을 드높이는 서생들도 아니고, 아속절충체의 미문을 재미있는 가락으로 낭독하는 가장의 소리에 귀를 기울이는 메이지 시대의 가족들도 아니다. 작자의 시상과 밀착한 내재적 리듬을 통해 작자 혹은 작중 인물과의 동화에 이르는 고독한 독자인 것이다. 자습하던 펜을 놓고 황홀

---

113) 【역주】겐유샤(硯友社) : 1885년 대학예비과 학생이었던 오자키 코요, 야마다 비묘, 이시바시 시안(石橋思案, 1867~1927), 마루오카 규카(丸岡九華, 1865~1927) 등에 의해 결성된 문학결사. 소설 개량 및 소설가의 지위 향상에 큰 공적이 있으며, 점차 사실주의적인 경향이 강화되었다. 잡지『잡동사니 문고』(我樂多文庫)를 발간(1885~1889, 필사회람본, 활판 비매본, 공매본 등 통산 32책)했으며, 1888~1890년『신저백종』발간을 통해 본격적으로 문단에 진출했다. 일찍이 구니키타 돗포(國木田獨步, 1871~1908)가 '양장문학'(洋裝文學)이라 부른 바 있지만, 에도 문학의 연장선 위에 놓여 있었던 과도적 문학 즉 양장한 게사쿠 문학의 성격이 강했다. 이에 대해서는 나카무라 미츠오,『일본 메이지 문학사』, 107~116쪽 및『日本の近代小說』52~64쪽 등을 참고할 것.

하게 들려오는 『카진노키구』 낭송 소리에 빠져 버린 삼백 명의 도시샤 기숙생들의 모습114)에서 『카진노키구』 독자의 유형을 찾을 수 있다면, 『밀회』의 독자는 옆구리에 책을 끼고 숲을 거닐면서 자연의 속삭임에 귀를 기울이는 고독한 독자이다. 간바라 아리아케 외에 또 한 명의 『밀회』 독자의 모습을 여기에 덧붙여두기로 한다.

> 『짝사랑』(片戀, 1896)115)은 「부평초」(うき草, 1897)116)만큼 나를 감동시키지는 않았지만, 그 중 「밀회」의 자연 묘사, 이것이 또한 나에게는 경이(驚異)였다. 자연 그 자체의 발자국 소리나 지저귐까지도 알아들을 수 있을 것만 같은 이러한 아름다운 묘사는 도저히 인간의 것이라고는 생각할 수 없었다. 나는 점심 시간이면 곧잘, 그때로서는 미려한 장정의 『짝사랑』을 안고 절 쪽으로 이어지는 중학교 뒤 숲 속을 혼자 거닐었다. 그리고는 나 자신이 투르게네프의 작중인물이 되어 수업 시작 나팔이 울릴 때까지 꿈을 꾸는 듯한 마음으로 보냈다.117)

---

114) 토쿠토미 로카, 『까만 눈과 갈색 눈』(黒い眼と茶色の目), 다이쇼 3년(1914).
115) 【역주】『짝사랑』(片戀, 1896) : 「짝사랑」은 후타바테이 시메이가 투르게네프의 「아샤」(アーシヤ)를 번역한 것으로, 그 밖에 「밀회」와 「기우」 두 편을 개역하여 『짝사랑』이라는 제목으로 춘양당(春陽堂)에서 출간했다. 특히 「기우」는 뒤에 「해후」(めぐりあひ)로 개제했는데 투르게네프가 이탈리아 여행에서 취재한 중편 「세 가지 해후」의 번역이다. 「밀회」의 번역과 함께 큰 영향을 미친 것으로 평가되고 있다.
116) 【역주】「부평초」(うき草, 1897) : 후타바테이 시메이가 투르게네프의 첫 장편소설이자 대표작인 『루딘』(Rudin, 1855)을 번역한 작품.
117) 아오노 스에키치(青野季吉), 「메이지의 문학청년」(明治の文學青年)

20세기 문학연구의 쟁점과 과제

인쇄일 초판 1쇄   2003년 02월 18일
          2쇄   2015년 06월 20일
발행일 초판 1쇄   2003년 02월 28일
          2쇄   2015년 06월 23일

지은이 이 길 연
발행인 정 찬 용
발행처 **국학자료원**
등록일 1987.12.21, 제17-270호

서울시 강동구 성내동 447-11 현영빌딩 2층
Tel : 442-4623~4 Fax : 442-4625
www. kookhak.co.kr
E- mail : kookhak2001@hanmail.net
ISBN 978-89-541-0020-5 (93810)
가 격 27,000원